TREIGL Y MARCHOG CRWYDRAD

TREIGL Y MARCHOG CRWYDRAD

Golygwyd gan D. Mark Smith

*Cyhoeddir ar ran Pwyllgor Iaith a Llên
Bwrdd Gwybodau Celtaidd Prifysgol Cymru*

GWASG PRIFYSGOL CYMRU
CAERDYDD
2002

© D. Mark Smith ⓗ, 2002

Cedwir pob hawl. Ni cheir atgynhyrchu unrhyw ran o'r cyhoeddiad hwn na'i gadw mewn cyfundrefn adferadwy na'i drosglwyddo mewn unrhyw gyfrwng electronig, mecanyddol, ffotogopïo, recordio, nac fel arall, heb ganiatâd ymlaen llaw gan Wasg Prifysgol Cymru, 10 Rhodfa Columbus, Maes Brigantîn, Caerdydd CF10 4UP.
www.cymru.ac.uk/gwasg

Manylion Catalogio Cyhoeddi'r Llyfrgell Brydeinig

Y mae cofnod catalogio'r gyfrol hon ar gael gan y Llyfrgell Brydeinig

ISBN 0–7083–1727–8

Dyluniwyd y siaced gan Chris Neale
Cysodwyd yng Ngwasg Prifysgol Cymru
Argraffwyd yng Nghymru gan Wasg Dinefwr, Llandybïe

I'm teulu
ac er cof am fy nhad-cu
Thomas George Harris
(1911–2000)

CYNNWYS

Rhagair   ix

RHAGYMADRODD
Rhagarweiniad   xi
Cyd-destun Cymdeithasol Llunio *Treigl y Marchog Crwydrad*   xiv
  (1) Y cyd-destun crefyddol a gwleidyddol   xiv
  (2) Y cyd-destun ieithyddol   xxv
Cyd-destun Llenyddol *Treigl y Marchog Crwydrad*   xxxv
  (1) *Treigl y Marchog Crwydrad* fel alegori   xxxv
  (2) Y cyd-destun marchogwriaethol   li
Llawysgrifau *Treigl y Marchog Crwydrad* a'u Perthynas   lxiii
  (1) Disgrifiad o'r llawysgrifau   lxiii
  (2) Perthynas y llawysgrifau Cymraeg   lxix
  (3) Cyfieithu testun *Treigl y Marchog Crwydrad*   xciii
Nodweddion Orgraffyddol Llanstephan 178   cii
Atodiad I   cx
Atodiad II   cxii
Nodyn ar y testun   cxxiii

TESTUN *TREIGL Y MARCHOG CRWYDRAD*
  o lawysgrif Llanstephan 178
  Rhan I   1
  Rhan II   50
  Rhan III   76

DIWYGIADAU TESTUNOL   110

NODIADAU AR Y TESTUN   118

MYNEGAI I'R TESTUN
  (1) Geirfa 151
  (2) Enwau Priod 194

BYRFODDAU 199

LLYFRYDDIAETH 202

RHAGAIR

Cyfeiriwyd at y testun Cymraeg hwn fel *Y Marchog Crwydrad* ers rhai blynyddoedd bellach, mewn erthyglau a chyfrolau ysgolheigaidd ac mewn arolygon o lenyddiaeth yr unfed ganrif ar bymtheg. Penderfynais adfer teitl llawn y testun ar gyfer y gyfrol hon, sef *Treigl y Marchog Crwydrad* – y mae hyn yn unol â'r rhagair ar ddechrau'r testun Cymraeg, ac yn cyfateb yn well i deitlau'r testunau Ffrangeg a Saesneg hefyd. Y mae confensiwn y daith yn ganolog i strwythur y testun hwn, a phleser yw cydnabod cymorth a chefnogaeth llawer un ar hyd fy nhaith bersonol o'i olygu a'i gyhoeddi.

Yr wyf yn ddyledus iawn i'r Dr Christine James a fu'n diwtor imi pan oeddwn yn fyfyriwr ôl-raddedig yn Abertawe: seilir y gyfrol hon ar y gwaith a wneuthum yn ystod y cyfnod hwnnw i raddau helaeth. Hoffwn ddiolch iddi am ei chyfarwyddyd manwl a chraff, am ei chymorth parod trwy'r amser, ac am fod yn gefn mawr imi ar hyd y daith. Dymunaf ddiolch hefyd i'r Athro Dafydd Johnston a'r Athro Hywel Teifi Edwards ac aelodau eraill o staff Adran y Gymraeg, Prifysgol Cymru, Abertawe, am eu cymorth a'u cefnogaeth ar hyd y blynyddoedd.

Y mae arnaf ddyled fawr hefyd i'm cyd-weithwyr yn Adran y Gymraeg, Prifysgol Cymru, Caerdydd, am eu cyfeillgarwch a'u cefnogaeth – diolch yn arbennig i'r Athro Sioned Davies a'r Athro Peter Wynn Thomas am eu cefnogaeth a'u diddordeb yn y gwaith ynghyd â'u hanogaeth i'w gyhoeddi.

Yr wyf yn ddiolchgar iawn i'r Athro Brynley F. Roberts am fy nechrau ar y daith trwy awgrymu y byddai golygu testun *Treigl y Marchog Crwydrad* yn faes ymchwil diddorol imi ac am ei sylwadau gwerthfawr ar y gwaith, ac i'r Dr Patricia Williams am ganiatáu imi ddefnyddio rhagymadrodd testun y *Gesta Romanorum* (Caerdydd, 2000) cyn cyhoeddi'r gyfrol honno ac am ei sylwadau buddiol hithau. Rhaid cymryd y cyfle hwn i ddiolch hefyd i Mrs Eirlys Howell, cyn-Bennaeth Adran y Gymraeg, Ysgol Gyfun yr Esgob Gore, ac i Mrs Sharon Nutt o'r un ysgol, am ysgogi fy niddordeb yn iaith a llên y Gymraeg gyda'u brwdfrydedd dihafal.

Hoffwn gydnabod hefyd y cymorth a gefais gan staff amryw lyfrgelloedd, gan gynnwys Llyfrgell Prifysgol Cymru, Abertawe; Llyfrgell Ganolog Caerdydd; Llyfrgell Prifysgol Cymru, Caerdydd; y Llyfrgell Brydeinig; a Llyfrgell Genedlaethol Cymru. Diolch yn arbennig i Daniel Huws a'r Dr Ceridwen Lloyd-Morgan o'r olaf am eu cyngor ynglŷn â'r llawysgrifau, a hefyd i Mrs Mary Burdett-Jones a staff Uned Geiriadur Prifysgol Cymru am eu cymorth parod hwythau.

Dymunaf gydnabod yn ddiolchgar y cymorth a gefais gan yr Academi Brydeinig a ariannodd y gwaith a wneuthum ar y testun hwn pan oeddwn yn fyfyriwr ôl-raddedig. Yr wyf yn dra diolchgar i Bwyllgor Iaith a Llên Bwrdd Gwybodau Celtaidd Prifysgol Cymru am ymgymryd â chyhoeddi'r gwaith hwn, ac yr wyf yn ddyledus iawn i Ruth Dennis-Jones a Llion Roberts o Wasg Prifysgol Cymru am eu gwaith glân a gofalus wrth lywio'r gyfrol trwy'r wasg.

Yn olaf, hoffwn ddiolch yn fawr i'm teulu – i'm rhieni a'm chwaer Sarah – am eu cymorth ymarferol a'u cefnogaeth gyson. Braint yw cael cyflwyno'r gyfrol hon iddynt hwy, ac er cof am fy nhad-cu annwyl, gyda diolch o galon am ei ddoethineb a'i gefnogaeth di-ben-draw dros y blynyddoedd.

D. Mark Smith
Ebrill 2002

RHAGYMADRODD

Rhagarweiniad

Rhaid cychwyn unrhyw astudiaeth o'r testun rhyddiaith *Treigl y Marchog Crwydrad*[1] ar gyfandir Ewrop. Cyhoeddwyd y testun Ffrangeg *Le Voyage du Chevalier Errant* yn Antwerp yn 1557, a chafwyd pum argraffiad arall rhwng 1557 a 1595, ynghyd ag un diweddarach yn 1620.[2] Jean Cartigny (neu de Cartheny) oedd awdur y gwaith hwn; fe'i ganed yn Valenciennes yng ngogledd Ffrainc tua 1520, daeth yn aelod o Urdd y Carmeliaid, a'i wneud yn ddoethur mewn diwinyddiaeth ym Mrwsel (canolbwynt Pabyddiaeth uniongred y pryd hwnnw) yn 1554.[3] Y mae'n amlwg bod Cartigny yn ŵr dysgedig: yr oedd yn hyddysg yn yr ieithoedd clasurol a'r Hebraeg, ac yn gweithio fel pregethwr, diwinydd a bardd crefyddol. Y mae'r ffaith ei fod yn gynghorydd preifat a chanon diwinyddol i Archesgob Cambrai (gan bregethu o flaen Cyngor Cambrai yn 1565) yn awgrymu bod ganddo dueddiadau uniongred, ac ategir hyn gan ei ragymadrodd i ail argraffiad *Le Voyage du Chevalier Errant* (1572), lle y sonnir am ei ymdrech fwriadol i osgoi cynnwys unrhyw beth gwrth-Babyddol yn y gwaith.[4] Yr oedd Jean Cartigny yn awdur nifer o weithiau o natur ddiwinyddol neu foesol – o leiaf chwech arall yn y Ffrangeg yn ogystal â *Le Voyage du Chevalier Errant*.[5] Bu farw tua 1578–80 yn Cambrai.[6]

---

[1] Fel yr eglurais yn fy rhagair, cyfeiriwyd at y testun Cymraeg hwn fel *Y Marchog Crwydrad* ers rhai blynyddoedd bellach. Fodd bynnag, penderfynwyd adfer teitl llawn y testun ar gyfer y golygiad hwn, sef *Treigl y Marchog Crwydrad*. Y mae hyn yn unol â'r rhagair ar ddechrau'r testun Cymraeg, ac yn cyfateb yn well i deitlau'r testunau Ffrangeg a Saesneg fel ei gilydd.

[2] Nodir argraffiadau 1572 a 1595 yn *British Museum General Catalogue of Printed Books*; argraffiad Anvers 1595 yw'r unig gopi yn Llyfrgell Genedlaethol Cymru.

[3] Dorothy Atkinson Evans (gol.), *The Wandering Knight* (Seattle, 1951), xiii–xiv. Noda Evans ei bod yn defnyddio gwaith De Villiers yn Gabriel Wessels (gol.), *Bibliotheca Carmelitana* (Rhufain, 1927), col. 808–9, fel ei phrif ffynhonnell ar Jean Cartigny.

[4] D. A. Evans (gol.), *The Wandering Knight*, xv–xvi.

[5] Ibid., xix–xx.

[6] Ibid., xviii.

Ymddangosodd *Le Voyage du Chevalier Errant* mewn pum iaith arall yn y ganrif ar ôl 1557, sef y Saesneg, yr Almaeneg, y Lladin a'r Iseldireg, ynghyd â'r Gymraeg. Fe'i cyfieithwyd i'r Saesneg gan William Goodyear o Southampton, o dan y teitl *The Voyage of the Wandering Knight*, a'i argraffu yn Llundain ym mis Mai 1581 gan Thomas East.[7] Ymddengys fod y testun Saesneg hwn wedi'i olygu gan Robert Norman,[8] ac fe'i cyflwynwyd i'w gyfaill Syr Francis Drake a gyferchir fel marchog yn y cyflwyniad iddo.

Cafwyd deg argraffiad pellach o'r testun Saesneg rhwng 1581 a 1687.[9] Y mae'n debyg bod y rhan fwyaf o'r rhain yn ailargraffu testun 1581 gyda mân amrywiadau, er bod testun 1687 ei hun yn dangos nifer o wahaniaethau eraill ac y mae'n bosibl bod *Pilgrim's Progress* John Bunyan wedi dylanwadu arno.[10] Ymddangosodd cyfieithiad diweddarach i'r Saesneg yn 1889, a droswyd gan A. J. Hanmer o argraffiad Ffrangeg 1572.

Troswyd y testun o'r Saesneg i'r Gymraeg o dan y teitl *Treigl y Marchog Crwydrad* tua diwedd yr unfed ganrif ar bymtheg. Y mae'r testun Cymraeg hwn wedi goroesi mewn pum llawysgrif a gedwir bellach yn Llyfrgell Genedlaethol Cymru, sef Llanstephan 178, Llanwrin 2 (NLW 15533B), Llanover E1 (NLW 13163B), Belmont (NLW 15541A) a Chwrtmawr 30B. Y mae rhai o'r rhain yn gopïau diweddarach a wnaethpwyd yn yr ail ganrif ar bymtheg, sy'n adlewyrchu diddordeb yn y testun ganrif ar ôl ei gyfieithu. Cafwyd trosiadau i ieithoedd eraill yn rhan gyntaf yr ail ganrif ar bymtheg hefyd: i'r Almaeneg gan A. Berg o dan y teitl *Dess irrenden Ritters Roiss* yn 1602, i'r Lladin cyn 1606 fel *Itinerarium Equitis Errantis*, ac i'r Iseldireg yn 1649 fel *De Reyse van den Dolenden Ridder*.[11]

Golygwyd testun llawysgrif Llanwrin 2 (NLW 15533B) gan Daniel Silvan Evans a'i gyhoeddi yng nghylchgrawn *Y Brython* yn 1862–3.[12] Ymddangosodd ar ffurf llyfryn annibynnol yn 1864 o dan

---

[7] Gw. isod, xiv–xv.

[8] Gw. isod, xiv–xv.

[9] Nodir argraffiadau 1607, c.1609, c.1626, 1661 ac 1889 yn *British Museum General Catalogue of Printed Books*; argraffiad Saesneg 1650 yw'r unig gopi yn Llyfrgell Genedlaethol Cymru.

[10] D. A. Evans (gol.), *The Wandering Knight*, xxvi–xxvii.

[11] Nodir dau gopi o argraffiad Almaeneg 1602 yn *British Museum General Catalogue of Printed Books*. Y mae'r testun Lladin yn dal mewn llawysgrif: gw. D. A. Evans (gol.), *The Wandering Knight*, xviii–xix, xxiii.

[12] *Y Brython* (Tremadog), 5 (1862–3), 1–17, 138–53, 257–67, 361–74.

y teitl *Y Marchog Crwydrad: Hen Ffuglith Gymreig* wedi'i gyhoeddi gan Robert Isaac Jones o Dremadog a W. Spurrell o Gaerfyrddin.

Y mae rhagarweiniad D. Silvan Evans i destun y llyfryn annibynnol (dyddiedig 10 Tachwedd 1864) yn rhoi ychydig o hanes y testun ac yn nodi mai dyna'r tro cyntaf iddo gael ei argraffu. Y mae'n debyg bod D. Silvan Evans yn gyfarwydd â'r dyfyniadau o'r testun a geir yng Ngeiriadur Cymraeg 'Dr Owain Puw',[13] cyn penderfynu golygu testun Llanwrin 2 ar ôl i'r 'Cadben' Mounsey ddangos y llawysgrif iddo tua 1861. Y mae D. Silvan Evans yn cyfaddef bod awdur a dyddiad y testun yn anhysbys iddo, er iddo wneud ymholiadau ymhlith ysgolheigion Cymru, Lloegr a Ffrainc. Ni lwyddodd i ddarganfod cyfeiriadau at y testun Ffrangeg gwreiddiol na'r testun Saesneg chwaith, er ei fod yn amau ar sail dulliau ymadrodd y testun Cymraeg mai cyfieithiad ydoedd yn hytrach na chyfansoddiad gwreiddiol. Yr oedd D. Silvan Evans yn gwybod am fodolaeth llawysgrif arall o'r testun Cymraeg ym Mhlas Llanofer Fawr, ond ni allai deithio yno i'w gweld a'i chymharu â'i destun golygedig ei hun ar y pryd. Cyfeiria at ei farn bod testun Llanwrin wedi'i lunio yn nhafodiaith 'y Ddeheubartheg', ac felly cyfnewidiwyd ychydig ar 'lythyraeth' y testun i'w wneud yn fwy dealladwy, wrth ei gyflwyno i holl ddarllenwyr Cymru.

O safbwynt ysgolheictod diweddar, cyfeiriodd G. J. Williams at *Treigl y Marchog Crwydrad* yn *Traddodiad Llenyddol Morgannwg* yn 1948 fel un o nifer o weithiau a gyfieithwyd i'r Gymraeg ym Morgannwg yn yr unfed ganrif ar bymtheg.[14] Copïwyd Llanstephan 178, sef y llawysgrif gynharaf sy'n cynnwys y testun hwn yn Gymraeg, gan Ieuan ab Ieuan ap Madog o Dir Iarll, ac awgrymodd G. J. Williams ymhellach mai 'ysgol o gyfieithwyr' a weithiai ym Morgannwg oedd yn gyfrifol am drosi'r testun hwn ynghyd â gweithiau eraill. Yn 1953-4, cyhoeddwyd y prif gyfarwyddyd ar *Treigl y Marchog Crwydrad* yn Gymraeg, sef erthygl gan E. D. Jones o dan y teitl, 'Le Voyage du Chevalier Errant', sy'n olrhain hanes y testun ymhellach ac yn ymhelaethu ar berthynas y testunau Ffrangeg, Saesneg a Chymraeg trwy eu cymharu â'i gilydd.[15] Crybwyllir y testun hefyd gan Morfydd E.

---

[13] William Owen Pughe, *Geiriadur Cymraeg a Saesoneg: A Welsh and English Dictionary* (Llundain, 1793-1803).

[14] G. J. Williams, *Traddodiad Llenyddol Morgannwg* (Caerdydd, 1948), gw. 176-7 yn arbennig.

[15] E. D. Jones, 'Le Voyage du Chevalier Errant' yn *CLlGC*, 8 (1953-4), 369-86.

Owen a Geraint Bowen mewn arolygon cyffredinol ar ryddiaith y cyfnod.[16]

Cyd-destun Cymdeithasol Llunio *Treigl y Marchog Crwydrad*

(1) Y cyd-destun crefyddol a gwleidyddol

Dyddia'r llawysgrif gynharaf sy'n cynnwys *Treigl y Marchog Crwydrad* yn Gymraeg i tua 1585, ryw bedair blynedd yn unig efallai ar ôl ymddangosiad y testun Saesneg sy'n sail iddo, sef *The Voyage of the Wandering Knight*.[17] Cyfieithwyd y testun Saesneg hwn o waith Ffrangeg gwreiddiol Jean Cartigny, *Le Voyage du Chevalier Errant* (1557),[18] ac y mae'r flaenddalen yn enwi 'William Goodyear of South-hampton Merchant' fel cyfieithydd y gwaith, ac yn ychwanegu ei fod wedi'i argraffu yn Llundain gan Thomas East ar 27 Mai 1581.[19] Ceir dau gofnod yn *Stationer's Register* y flwyddyn honno ar gyfer y testun Saesneg mewn gwirionedd.[20] Y mae'r naill (a ddyddir 9 Mai 1581) yn cyfeirio at Thomas East fel yr argraffydd, a'r llall (a ddyddir 17 Mehefin 1581) yn enwi'r gwerthwr llyfrau Richard Ballard, ond ni chyhoeddwyd argraffiad gan yr olaf y flwyddyn honno yn ôl pob tebyg.

Ni wyddys llawer iawn o fanylion am William Goodyear, cyfieithydd y testun Saesneg.[21] Ysgrifennwyd rhagarweiniad i'r testun gan y gwyddonydd Robert Norman,[22] a oedd ei hun yn awdur nifer o weithiau, gan gynnwys *The Newe Attractive* (1581), a chyfieithydd *The Safegarde of Sailers* (1584, o'r Iseldireg). Y mae'n debyg mai Norman oedd golygydd y testun hwn yn ôl ei ragarweiniad, a'i nod – yn ei eiriau ei hun – oedd 'to polish it and

---

[16] Morfydd E. Owen, 'The prose of the *cywydd* period' yn *GWL*, 2, 338–75, ac yn benodol 356–7; Geraint Bowen, *Welsh Recusant Writings* (Caerdydd, 1999), 49–50.
[17] Gw. uchod, xi–xiii; ac isod, lxiii–lxiv.
[18] Gw. uchod, xi.
[19] Ceir adargraffiad o'r flaenddalen hon ar ddechrau cyfrol D. A. Evans (gol.), *The Wandering Knight*.
[20] Ibid., xxiv–xxvi.
[21] Ibid., xxvii–xxix.
[22] Ibid.

burnish it, to restore and make it perfect',[23] ond nid yw'n glir i ba raddau y mae Norman wedi diwygio gwaith gwreiddiol Goodyear.[24] Yn ogystal â hynny, yn ôl ei ragarweiniad, yr oedd gan Norman gyfrifoldeb dros drefnu argraffu a chyhoeddi'r testun er lles pobl eraill, ynghyd â'i gyflwyno i'w gyfaill Syr Francis Drake ar gais William Goodyear. Y mae'n debyg mai Richard Ballard oedd cyhoeddwr arferol Robert Norman yn ystod y cyfnod hwn, ac felly y mae'n bosibl bod modd esbonio'r cyfeiriad yn y *Stationer's Register* at Ballard yng ngoleuni hyn.[25] Efallai bod Norman wedi bwriadu rhoi'r testun i Ballard yn y lle cyntaf, felly, cyn iddo gael ei drosglwyddo i'r argraffydd Thomas East am ryw reswm anhysbys, a chofnodwyd y testun yn enw East yn gyntaf.[26]

Y mae'r ffaith bod deg argraffiad pellach o'r testun Saesneg rhwng 1581 a 1687, ynghyd â'r prisiau uchel a hawliwyd am rai copïau, yn dyst i boblogrwydd y testun hwn,[27] ac y mae'n debyg bod y testun wedi dylanwadu ar nifer o weithiau Saesneg diweddarach, yn enwedig Llyfr 1 o waith Edmund Spenser *The Fairie Queene*.[28] Fodd bynnag, collwyd yr elfennau Pabyddol amlycaf yn anfwriadol wrth drosi *Le Voyage du Chevalier Errant* o'r Ffrangeg i'r Saesneg, ac yn sgil hyn o'r Saesneg i'r Gymraeg.[29] Yn ogystal â hynny, arhosodd y testun Cymraeg hwn mewn llawysgrif lle yr argraffwyd y testun Saesneg cyfatebol yn yr un cyfnod. Y mae hyn oll yn arwydd cryf fod *Treigl y Marchog Crwydrad* wedi'i ddefnyddio at bwrpas gwahanol, ac mewn

---

[23] Am drawsysgrifiad o'r rhagarweiniad hwn, gw. ibid., xlix–li.

[24] Ceir rhai gwahaniaethau amlwg rhwng y testun Ffrangeg a'r testun Saesneg: er enghraifft, y mae'r testun Saesneg yn hepgor penodau II.3, 7, 8 a 9, a III.9 o'r testun Ffrangeg yn gyfan gwbl, ynghyd â rhai darnau eraill. Y mae'r testun Cymraeg yn dilyn y testun Saesneg yn hyn o beth: gw. isod, lxix–lxxi. Gw. hefyd xciii–xcv.

[25] D. A. Evans (gol.), *The Wandering Knight*, xxvii.

[26] Ibid., xxiv–xxv.

[27] Gw. ibid., xxv–xxvi, ac uchod, xii.

[28] D. A. Evans (gol.), *The Wandering Knight*, xlii–xlvii.

[29] Yn ôl D. A. Evans (ibid., xxvii–xxxiv), y mae'n bosibl bod William Goodyear yn Anglican ar sail ei ddull o gyfieithu'r Deg Gorchymyn, y Credo Apostolaidd a Gweddi'r Arglwydd, ynghyd â rhai dyfyniadau Beiblaidd, o'r Ffrangeg i'r Saesneg. Awgrymodd nad tuedd fwriadol mo hon, ac nad oedd gan William Goodyear ddiddordeb 'crefyddol' yn y gwaith fel y cyfryw: 'Probably Goodyear knew much less than we do about Cartigny['s religious inclinations] and perhaps he saw in the story an instrument for good and a symbol of universal human experience which bore no stamp of dogma.' (ibid., xxxiv). Gw. hefyd Geraint Bowen, *Welsh Recusant Writings*, 50. Y mae'n ddiddorol sylwi yn ogystal bod y testun Cymraeg yn osgoi cyfieithu'n llawn y Deg Gorchymyn, y Credo Apostolaidd a Gweddi'r Arglwydd: gw. isod, xciv–xcv.

cyd-destun arbennig yng Nghymru. Y mae'n debyg bod *Treigl y Marchog Crwydrad* yn un o'r testunau a ddefnyddiwyd gan rai o Babyddion yr oes er calondid iddynt mewn cyfnod o orthrwm Protestannaidd. Pwrpas sylfaenol *Treigl y Marchog Crwydrad* oedd cryfhau ffydd y Pabyddion a'u calonogi i lynu wrth yr hen ffydd mewn cyfnod o newidiadau aruthrol o safbwynt crefydd a gwleidyddiaeth fel ei gilydd.[30]

Yn ystod teyrnasiad Edward VI (1547–53), cyfyngwyd yn chwyrn ar arferion Pabyddol, gan dynnu allorau Pabyddol i lawr a Phrotestaneiddio'r gwasanaethau yn raddol.[31] Y mae ymateb negyddol i'r datblygiadau hyn i'w weld yn glir yng nghwndidau Tomas ab Ieuan ap Rhys o Forgannwg, er enghraifft. 'Ffydd Sayson' oedd Protestaniaeth yng ngolwg hwnnw, ac y mae'n debyg ei fod yn adlewyrchu'r ymateb cyffredin ar y pryd.[32] Croesawyd y Frenhines Mari i'r orsedd yn 1553 gan Tomas ab Ieuan ap Rhys, am fod ganddi ddaliadau Pabyddol traddodiadol.[33] Aeth Mari ati i ailgyflwyno ffurf addoliad ac ymarferion Pabyddol, gan adfer gwasanaeth yr Offeren ac allorau ac addurn yr Eglwys Babyddol, a dadawdurdodi'r Llyfr Gweddi Gyffredin a gyflwynwyd yn ystod teyrnasiad Edward ac a ddangosai ogwydd Protestannaidd pendant.

Pan ddaeth y Frenhines Elizabeth i'r orsedd yn 1558, adferwyd dulliau Protestannaidd yn raddol yn ystod degawd cyntaf ei theyrnasiad yn y gobaith o gael y boblogaeth i arfer â Phrotestaniaeth, a'u hargyhoeddi i'w harddel ymhen amser.[34] Dewiswyd rhai o arweinyddion y mudiad Protestannaidd o blith yr alltudion a symudasai i'r cyfandir yng nghyfnod Mari, gan gynnwys rhai

---

[30] Y prif ffynonellau a ddefnyddiwyd wrth astudio hanes y cyfnod hwn oedd R. Tudur Jones, *Cymru a'r Diwygiad Protestannaidd* (Caernarfon, 1987) a'r gweithiau canlynol gan Glanmor Williams: *Welsh Reformation Essays* (Caerdydd, 1967); *The Welsh Church from Conquest to Reformation* (Caerdydd, 1976); 'Crefydd a llenyddiaeth Gymraeg yn oes y Diwygiad Protestannaidd' yn Geraint H. Jenkins (gol.), *Cof Cenedl*, 1 (Llandysul, 1986), 35–63; *The Welsh and their Religion* (Caerdydd, 1991); *Wales and the Reformation* (Caerdydd, 1997).

[31] Am hanes teyrnasiad Edward VI, gw. Glanmor Williams, *Wales and the Reformation*, 157–87.

[32] Ibid., 178–9.

[33] Ibid., 191; am hanes teyrnasiad Mari gw. ibid., 188–215, a hefyd Glanmor Williams, 'Wales and the reign of Queen Mary I' yn *Cylchgrawn Hanes Cymru*, 10 (1981), 334–58.

[34] Am hanes degawd cyntaf teyrnasiad Elizabeth, gw. Glanmor Williams, *Wales and the Reformation*, 216–47.

Cymry fel yr Esgob Richard Davies.[35] Adferwyd defnyddio'r Llyfr Gweddi Gyffredin Protestannaidd yn 1559, a phwyswyd ar y glerigaeth i dyngu llw o ffyddlondeb i'r drefn newydd.[36] Fodd bynnag, daliai llawer o boblogaeth Cymru (ynghyd â rhai o'r glerigaeth) i ddilyn yr hen arferion ceidwadol a'r hen ffyrdd cyfarwydd: 'The majority of the populace were confused, bewildered, ignorant, or apathetic; many of them were left so "punch-drunk" by frequent change as to become unmoved by either Catholic or Protestant extreme.'[37]

Un ffactor arwyddocaol a fu'n rhwystr i hynt y Diwygiad Protestannaidd yng Nghymru ar y dechrau oedd y ffaith bod y syniadaeth newydd hon yn cael ei chyflwyno i'r Cymry trwy gyfrwng iaith estron, sef y Saesneg. Sylweddolodd William Salesbury a chylch bychan o'r dyneiddwyr Cymreig bwysigrwydd cyflwyno delfrydau'r diwygiad i'r Cymry trwy'r Gymraeg, ac ynghlwm wrth hynny yr oedd yr angen i gynyddu llythrennedd a chynhyrchu llenyddiaeth Gymraeg. Fodd bynnag, yr oedd argraffu a chyhoeddi yn y cyfnod hwn yn newydd-beth ynddo ei hun, ac yn broses hir a drud; yr oedd nawdd yn brin a'r gynulleidfa lythrennog yn weddol o gyfyngedig o hyd.[38] Llundain oedd canolbwynt argraffu yn y cyfnod hwn, ac nid oedd argraffwyr Saesneg yn deall gofynion arbennig argraffu mewn iaith arall. Yn ogystal â hynny, yr oedd rhaid argyhoeddi llywodraeth Elizabeth bod achos pwrpasol dros gyflwyno Gair Duw i boblogaeth Cymru yn ei mamiaith. Erbyn Cyngor Esgobaethol Llanelwy 1561, llwyddwyd i gymeradwyo darllen yr Epistol a'r Efengyl yn Gymraeg ar ôl eu darllen yn Saesneg, ac i'r glerigaeth ddarllen y Catecism bob Sul yn y ddwy iaith. Yn 1563, llywiwyd deddf trwy Dŷ'r Cyffredin gan Humphrey Lhuyd o Ddinbych (yntau yn gyfaill i William Salesbury), a thrwy Dŷ'r Arglwyddi gan Richard Davies. Yr oedd y ddeddf hon yn gorchymyn cyfieithu'r Beibl a'r Llyfr Gweddi

---

[35] Am ragor o wybodaeth ar Richard Davies, gw. Isaac Thomas, *Y Testament Newydd Cymraeg 1551–1620* (Caerdydd, 1976), 262–86 a'r gweithiau canlynol gan Glanmor Williams: *Welsh Reformation Essays*, 155–90; *Grym Tafodau Tân* (Llandysul, 1984), 102–17; 'Richard Davies, Esgob Tyddewi, a'r traddodiad Protestannaidd' yn *LlC*, 16 (1989), 88–96; *Bywyd ac Amserau'r Esgob Richard Davies* (Caerdydd, 1953).
[36] Glanmor Williams, *Wales and the Reformation*, 219–25.
[37] Ibid., 235.
[38] Glanmor Williams, 'Iaith, llên a chrefydd yn yr unfed ganrif ar bymtheg' yn *LlC*, 19 (1996), 29–40, yn enwedig 34–5.

Gyffredin i'r Gymraeg, a'u defnyddio wrth addoli ym mhob plwyf lle siaredid yr iaith, erbyn dyddiad amhosibl o uchelgeisiol, sef 1 Mawrth 1567.[39] Aeth Salesbury a'i gyd-weithwyr ati i lunio'r gweithiau hyn, a chyhoeddwyd y Llyfr Gweddi Gyffredin ryw ddau fis ar ôl y dyddiad hwnnw, a'r Testament Newydd yn ddiweddarach yr un flwyddyn.[40]

Yr oedd y Pabyddion hefyd yn ymwybodol o bwysigrwydd adeiladu corff o lenyddiaeth Babyddol yn y gobaith o ddad-wneud effeithiau'r llenyddiaeth Brotestannaidd ac ennill mwy o gefnogaeth ac ymlyniad i'r achos. Tua diwedd cyfnod Mari (1555–6), cyhoeddodd y Cardinal Pole gynlluniau ar gyfer cyfieithiad Pabyddol o'r Beibl, ynghyd â Llyfr Gweddi Gyffredin (y ddau yn Saesneg, y mae'n debyg), ond rhwystrwyd y datblygiadau hyn pan esgynnodd Elizabeth i'r orsedd yn 1558.[41] Yr oedd Pabyddiaeth mewn perygl o fynd ar drai yng Nghymru a Lloegr erbyn 1568, wrth i wasanaeth yr Offeren raddol ddiflannu ar y naill law, ac wrth i ddulliau Protestannaidd ddod yn fwy amlwg ar y llaw arall.[42] Dewisodd rhai Pabyddion amlwg fynd i'r cyfandir fel alltudion, gan ddal ati yn gryf o blaid ymgyrch i adfer Pabyddiaeth yng Nghymru. Yr oedd aelodau Ysgol Milan, gwŷr eglwysig fel Gruffydd Robert, Morys Clynnog, Rhosier Smyth ac Owen Lewis, yn weithgar iawn wrth geisio cryfhau statws llenyddiaeth Gymraeg trwy adeiladu cyfoeth o lenyddiaeth grefyddol a gramadegol (megis Gramadeg Cymraeg Gruffydd Robert 1567).[43] Sefydlwyd Coleg Douai yn 1568 gyda'r bwriad o gynhyrchu llenyddiaeth yn y gobaith o atal y 'dirywiad' crefyddol gartref, ac i hyfforddi cenhadon i ddychwelyd i Gymru a Lloegr i gryfhau ac adfer Pabyddiaeth yno; dechreuodd rhai ddod i Gymru a Lloegr o 1574 ymlaen, a Robert Gwyn yn eu mysg.[44]

---

[39] Am hanes cyfieithu'r Ysgrythurau i'r Gymraeg, gw. Isaac Thomas, *Y Testament Newydd Cymraeg 1551–1620*; R. Geraint Gruffydd, 'The Welsh Book of Common Prayer 1567' yn *Journal of the Historical Society of the Church in Wales*, 17 (1967), 43–55; W. Alun Mathias, 'William Salesbury a'r Testament Newydd' yn *LlC*, 16 (1989), 40–68.

[40] Am olygiadau diweddar o Lyfr Gweddi Gyffredin 1567 a'r Testament Newydd, gw. Melville Richards a Glanmor Williams (goln.), *Llyfr Gweddi Gyffredin 1567* (Caerdydd, 1953); William Salesbury, *Testament Newydd* (Caernarfon, 1850); Thomas Parry (gol.), *Detholion o Destament Newydd 1567* (Caerdydd, 1967).

[41] Glanmor Williams, *Wales and the Reformation*, 212–13.

[42] Am hanes sefyllfa Pabyddiaeth rhwng 1568–88, gw. ibid., 248–79, yn enwedig 248–50.

[43] Geraint Bowen, 'Ysgol Milan', yn *TRh*, 79–117.

[44] Geraint Bowen, 'Ysgol Douai', yn *TRh*, 118–48.

RHAGYMADRODD

Erbyn y 1570au a'r 1580au yr oedd mwy o densiwn a gwrthdaro rhwng Pabyddiaeth a Phrotestaniaeth: yr oedd y ffigurau Pabyddol gartref yn amharod i adweithio'n agored yn erbyn y llif Protestannaidd mewn cyfnod pryd yr oedd cymaint o ansicrwydd ac ofn yn eu mysg, gan fynychu'r gwasanaethau er mwyn cydnabod awdurdod y frenhines yn unig.[45] Deddfwyd yn erbyn reciwsantiaeth yn 1581, a dedfrydu i'r carchar am wrando ar wasanaeth yr Offeren. Bu cynnydd yn y nifer o reciwsantiaid a ddaeth o flaen y llysoedd yng Nghymru erbyn 1582, a chafwyd ymdrech gyffredinol yn erbyn offeiriaid a reciwsantiaid Pabyddol rhwng 1583 a 1585.[46] Erbyn cyfnod *Treigl y Marchog Crwydrad* felly, yr oedd yn amhosibl i'r Pabyddion bregethu'n agored, ac yn gwbl anymarferol i argraffu gweithiau Pabyddol am fod argraffu o dan rym y llywodraeth:[47]

> Nid oedd modd iddynt gael mynediad i ddau gyfrwng mwyaf dylanwadol y cyfnod, sef y pulpud a'r wasg. Pe dymunent bregethu i'r bobl a'u hyfforddi, bu raid iddynt weithredu'n llechwraidd a than gudd yng nghartrefi'r gwŷr mawr a gydymdeimlai â hwy.[48]

Yr oedd argraffu llenyddiaeth reciwsantaidd yn broses ddrud a pheryglus felly. Ymdrechwyd i gyflwyno llenyddiaeth Babyddol i'r Cymry trwy argraffu gweithiau ar y cyfandir a'u smyglo i mewn yn gyfrinachol (er enghraifft *Athravaeth Gristnogawl* Morys Clynnog).[49] Argraffwyd gweithiau ar weisg cyfrinachol yng Nghymru, megis yr un yn Aberhonddu, a'r un yn Rhiwledyn, ger Llandudno.[50] Fodd bynnag, cynhyrchwyd y rhan fwyaf o weithiau Pabyddol y cyfnod hwn, gan gynnwys *Treigl y Marchog Crwydrad*, mewn ffordd ratach, sef ar ffurf llawysgrif – 'as valid a literary medium for a (Catholic) author as a printed book'[51] – ac y mae bodolaeth gweithiau crefyddol felly ym Morgannwg yn arwydd o

---

[45] Glanmor Williams, *The Welsh and their Religion*, 145.
[46] Glanmor Williams, *Wales and the Reformation*, 268–9.
[47] Ibid., 252.
[48] Glanmor Williams, 'Iaith, llên a chrefydd yn yr unfed ganrif ar bymtheg', 35.
[49] Glanmor Williams, *Wales and the Reformation*, 252; Morys Clynnog, *Athravaeth Gristnogol* (Llundain, 1880).
[50] R. Geraint Gruffydd, *Argraffwyr Cyntaf Cymru* (Caerdydd, 1972); R. Geraint Gruffydd, 'Gwasg ddirgel yr ogof yn Rhiwledyn' yn *Journal of the Welsh Bibliographical Society*, 9 (1958–65), 1–23.
[51] Glanmor Williams, *Wales and the Reformation*, 252.

dueddiadau ceidwadol yr ardal mor ddiweddar â'r 1580au. Y mae'n ddiddorol sylwi bod gweithiau moesol eraill fel y *Gesta Romanorum* a *Dives a Phawper* wedi'u cyfieithu i'r Gymraeg ym Morgannwg yn yr un cyfnod, ac awgrymodd yr Athro G. J. Williams fod y cyfieithiadau hyn i gyd yn gynnyrch ysgol o lenorion neu gyfieithwyr yn y cylch.[52] Copïwyd a dosbarthwyd testunau llawysgrif yn gyfrinachol gan wŷr ymroddgar a oedd yn awyddus i hybu'r ffydd Babyddol er perygl cosb a charchar, gwŷr megis Llywelyn Siôn, Antoni Powel ac Ieuan ab Ieuan ap Madog, copïydd *Treigl y Marchog Crwydrad* yn Llanstephan 178.

Yr oedd Ieuan ab Ieuan ap Madog yn ŵr diwylliedig a llengar o Dir Iarll, ac yn hanu'n wreiddiol o'r Betws, ger Pen-y-bont ar Ogwr.[53] Yr oedd Ieuan yn frawd i'r cwndidwr Tomas ab Ieuan ap Madog (bu farw cyn 1569),[54] a cheir achau'r teulu yn llyfrau'r arwyddfeirdd a rhai o weithredoedd Margam.[55] Y mae llawysgrif arall o'i law wedi goroesi, sef Llanstephan 171 (1574), sy'n cynnwys testunau rhyddiaith megis *Ystori y llong foel* ac *Ystori y Saith doethion Rhyfain*.[56] Yn ogystal â hynny, yr oedd nifer o bapurau eraill yn llaw Ieuan wedi'u cysylltu wrth glawr llawysgrif Llanstephan 178 ar un adeg,[57] ac y mae'r rhain yn dangos ei ddaliadau crefyddol: ceir rhai gweddïau, nodyn sy'n cyfeirio at weddi 'llyric Siarlas',[58] a chopi o 'Emynau Kurig', ynghyd â darluniau sy'n cynrychioli arwyddion y Dioddefaint. Y mae un o bapurau Ieuan yn cynnwys asesiadau sy'n rhoi manylion am ryw fath o drethiant milwrol ar bobl a oedd yn byw yn nhraean uchaf Llangynwyd neu'n dal tir yno yn 1584,[59] ac y mae Ieuan yn crybwyll enwau Llywelyn

---

[52] Gw. *TLlM*, 173–81; fy erthygl innau 'Llawysgrifau rhyddiaith Morgannwg yr unfed ganrif ar bymtheg: cynnyrch ysgol o gyfieithwyr? Pum cyfieithiad' (i'w chyhoeddi yn *CLlGC*), ac isod, ci.

[53] Gw. hefyd, E. D. Jones, 'Ieuan ab Ieuan ap Madog' yn *CLlGC*, 1 (1939–40), 229–30; *Y Bywgraffiadur*, 386.

[54] *TLlM*, 122.

[55] Ibid., 125: cyfeiria G. J. Williams at weithredoedd yng nghasgliad Margam yn y Llyfrgell Genedlaethol, ac at L. J. Hopkin-James a T. C. Evans (goln.), *Hen Gwndidau, Carolau a Chywyddau* (Bangor, 1910), 283.

[56] Gw. *Reports* . . ., 2, 763. Y mae'r llawysgrif hon yn dyddio i 1574 ar sail y coloffon ar ei diwedd.

[57] Y mae'r papurau hyn bellach ynghadw yn llawysgrifau NLW 280D a Lloyd Verney 20: gw. E. D. Jones, 'Ieuan ab Ieuan ap Madog', 229–30; *Catalogue of Manuscripts* 1, 194–5; isod, lxviii–lxix.

[58] Brynley F. Roberts, 'Llurig Alexander' yn *BBCS*, 20 (1962–4), 104–6.

[59] T. O. Phillips, 'Bywyd a Gwaith Meurig Dafydd (Llanisien) a Llywelyn Siôn (Llangewydd)' (Traethawd MA, Prifysgol Cymru, Caerdydd, 1937), 244–5.

Siôn[60] ac Antoni Powel[61] ill dau yn yr asesiadau hyn. Yr oedd Llywelyn Siôn yn gopïydd proffesiynol ac yn fardd o Langewydd: y mae ei gwndidau crefyddol a moesol yn dangos yn glir ei ymlyniad Pabyddol,[62] a cheir ei enw yn Rhol y Reciwsantiaid yn 1593–4 hyd yn oed.[63] Yr oedd Antoni Powel yn noddwr ac yn gopïydd ei hun, ac yr oedd ei fam Sioned, merch Hopcyn ap Madog, yn gyfnither i Ieuan hefyd.[64] Crybwyllir enw Antoni Powel yn ogystal yn y *bond* ym mhapurau Ieuan a ddyddir '24 April 1587', sy'n ymrwymiad ar ran yr iwmon Ieuan ab Ieuan ap Madog o Langynwyd a Riseus ap Ric. o'r Betws i dalu ugain punt i Antoni Powel o Lwydarth.[65]

Y mae rhai o'r testunau a gopïwyd gan Antoni Powel a Llywelyn Siôn yn yr un cyfnod â *Treigl y Marchog Crwydrad* yn cynnwys elfennau crefyddol a moesol hefyd.[66] Ceir un copi o'r *Gesta Romanorum* yn Gymraeg, yn llawysgrif Llanover B18 (NLW

---

[60] *Y Bywgraffiadur*, 568–9; T. O. Phillips, 'Bywyd a Gwaith . . .', 82–4; *TLlM*, 180. Am drafodaeth ar y llawysgrifau, gw. *TLlM*, 156–60. Y mae cyswllt amlwg bellach rhwng Llywelyn Siôn ac Ieuan ab Ieuan ap Madog, am fod tudalen crwydr (ff. 74) o lsgr. Llanstephan 178 wedi'i gynnwys yn llsgr. Harley 2414 yn y Llyfrgell Brydeinig, sy'n cynnwys casgliad o achau yn llaw Llywelyn Siôn: gw. isod, lxiii–lxiv.

[61] *TLlM*, 214–18; gw. hefyd, *Y Bywgraffiadur*, 724.

[62] *TLlM*, 133.

[63] Geraint Bowen, 'Rhyddiaith Reciwsantiaid Cymru' (Traethawd Ph.D., Prifysgol Cymru, Aberystwyth, 1979), 72–3.

[64] *TLlM*, 215–16.

[65] Yn ôl E. D. Jones ('Ieuan ab Ieuan ap Madog', 230), y mae'n debyg bod Ieuan yn hen ddyn pan lofnododd y *bond* hwn yn 1587. Yr oedd Ieuan yn ddigon hen yn 1547 i brynu *tire Nant y Krynwyth* yn Llangynwyd, a phrynodd Tir Moyle yn y Betws oddi wrth ei frawd Hopcyn ap Ieuan ap Madog yn 1569, yn ôl tystiolaeth rhai o ddogfennau Margam: gw. T. O. Phillips, 'Bywyd a Gwaith . . .', 244–6; L. J. Hopkin-James, *Hopkiniaid Morganwg* (Bangor, 1909), 185; Walter de Gray Birch, *A Descriptive Catalogue of the Penrice and Margam Abbey Manuscripts: Fourth Series*, 1 (Llundain, 1903), 189; L. J. Hopkin-James a T. C. Evans (goln.), *Hen Gwndidau, Carolau a Chywyddau*, 283. Awgrymodd T. O. Phillips ('Bywyd a Gwaith . . .', 244) ar sail hyn y ganwyd Ieuan tua 1520, ac efallai y gellid awgrymu terfynau bras ei fywyd fel 1520au cynnar hyd y 1590au cynnar.

[66] Ceir nifer o destunau rhyddiaith yn llaw Ieuan ab Ieuan ap Madog yn Llanstephan 171 ac yn llaw Llywelyn Siôn yn Llanover B17 sy'n fersiynau diweddarach neu'n addasiadau o destunau hŷn. Am drafodaethau pellach ar rai o'r testunau hyn, gw. Brynley F. Roberts, 'Ystori'r Llong Foel' yn *BBCS*, 18 (1958–60), 337–62; Patrick K. Ford, 'A fragment of the Hanes Taliesin by Llywelyn Siôn' yn *Études Celtiques*, 14 (1974–5), 451–60; Thomas Jones a J. E. Caerwyn Williams, 'Ystori Alexander a Lodwig' yn *SC*, 10/11 (1975–6), 261–304; Telfryn Pritchard, 'Ystori y Gŵr Moel o Sythia' yn *SC*, 18/19 (1983–4), 216–33; Telfryn Pritchard, 'Aristotle's advice to Alexander: Welsh versions of an Alexandreis passage' yn *CLlGC*, 24 (1985–6), 295–308; Graham C. G. Thomas (gol.), *A Welsh Bestiary of Love* (Dulyn, 1988), xix–xx. Gw. hefyd *TLlM*, 145–81.

13076B) yn llaw Llywelyn Siôn (c.1600).[67] Yn ei ffurf wreiddiol, yr oedd y *Gesta Romanorum* yn gasgliad o chwedlau Lladin a ddetholwyd o ffynonellau amrywiol. Casglwyd chwedlau'r *Gesta* ynghyd rywbryd yn y bedwaredd ganrif ar ddeg, a datblygodd yn llyfr poblogaidd wrth ei gyfieithu i ieithoedd eraill, a'i ddefnyddio gan leygwyr, llenorion a dramodwyr.[68] Y mae'n debyg bod y testun Cymraeg yn tynnu ar argraffiad Saesneg Wynkyn de Worde a gyhoeddwyd rhwng 1510 a 1515.[69] Eglurir ystyr pob stori yn ofalus mewn adran wahanol a ddaw yn syth ar ei hôl, ac y mae ergyd a phwyslais arbennig i'r storïau hyn felly, am fod y dull a ddefnyddir i sicrhau eu perthnasedd i'r gynulleidfa yn uniongyrchol iawn.

Ceir dau gopi o *Dives a Phawper* yn llaw Llywelyn Siôn yn llawysgrifau Caerdydd 3.240 a Chaerdydd 2.618 (dyddia'r naill i 1600, a'r llall i'r unfed ganrif ar bymtheg/ail ganrif ar bymtheg).[70] Gellir dyddio testun Saesneg *Dives and Pauper* i ddechrau'r bymthegfed ganrif, rhwng 1405 a 1410 yn ôl pob tebyg.[71] Y mae coloffon Llywelyn Siôn yn llawysgrif Caerdydd 3.240 (ff. 371v) yn datgelu bod y testun Cymraeg hwn yn dilyn argraffiad Saesneg Pynson 1493, er na chyfieithir yr amlinelliad o'r cynnwys a geir ar ddechrau'r argraffiad hwnnw.[72] Y mae'r testun wedi'i lunio ar ffurf sgwrs rhwng dyn cyfoethog a dyn tlawd. Sonnir am rinweddau tlodi'r Pawper mewn rhagair o ddeg pennod, cyn traethu yn esboniadol ar y Deg Gorchymyn fesul un mewn 'deg llyfr' sy'n cynnwys dros ddau gant a hanner o benodau ar eu hyd.

---

[67] Patricia Williams (gol.), *Gesta Romanorum* (Caerdydd, 2000); am wybodaeth ar y llawysgrif gw. *Handlist of MSS* . . ., 361. Gw. hefyd isod, xxxviii–xxxix, lv.

[68] Patricia Williams (gol.), *Gesta Romanorum*, xi–xii.

[69] Fodd bynnag, dangosodd Patricia Williams fod cynseiliau eraill posibl i'r testun hwn: gw. ibid., xiii–xxxvi, lxi–lxv.

[70] Gw. T. H. Parry-Williams (gol.), *Rhyddiaith Gymraeg*, 1 (Caerdydd, 1954), 133–6, am olygiad o ddwy bennod o'r testun hwn. Am fanylion ynghylch y llawysgrifau, gw. *Reports* . . ., 2, 306; a Graham C. G. Thomas a Daniel Huws, *Summary Catalogue of the Manuscripts of South Glamorgan Libraries, Cardiff Central Library, commonly referred to as the 'Cardiff MSS'* (Aberystwyth, 1994), 142, 249. Gw. hefyd isod, xxxix.

[71] Gw. H. G. Phfander, 'Dives et Pauper', *Library*, 4, 14 (1933–4), 299–312; H. G. Richardson, 'Dives and Pauper', *Notes and Queries*, 11, 4, 321–3. Gw. hefyd Priscilla Heath Barnum (gol.), *Dives and Pauper* (Early English Text Society, no. 275 a 280, Rhydychen, 1976 a 1980).

[72] Geraint Bowen, 'Llenyddiaeth Gatholig y Cymry (1559–1829): Rhyddiaith a Barddoniaeth' (Traethawd MA, Lerpwl, 1952–3), 271. Am y farn bod y testun Cymraeg hwn yn dilyn y Saesneg yn ofalus, gw. T. O. Phillips, 'Bywyd a Gwaith . . .', 148.

Y mae *Darn o'r Ffestival* wedi'i chadw yn llawysgrif Caerdydd 2.632 yn llaw Antoni Powel a chyd-weithiwr anhysbys (1550–75).[73] Y mae'n gyfieithiad o ran o *Liber Ffestialis* neu *Festial* John Mirk, testun Saesneg sy'n dyddio i tua 1400.[74] Y mae'r testun yn cynnwys homilïau ar gyfer y Sul ynghyd â gwyliau arbennig ac achlysuron eraill, a byddai wedi bod yn llawlyfr defnyddiol ac yn fodd i'r offeiriaid ddysgu'r plwyfolion mewn ffordd syml a phwrpasol:

> Mae'r pregethau hyn . . . yn syml ac yn gartrefol. Esbonnir ystyr enw y Sul neu'r Ŵyl, ac yna ymhelaethu drwy stori bwrpasol. Cymhwysir y cwbl at fywyd beunyddiol y plwyfolion.[75]

Y mae *Darnau o'r Efengylau* hefyd wedi'i chadw yn Caerdydd 2.632,[76] ac yn cynnwys cyfieithiadau i'r Gymraeg o rannau o Mathew 13, 15 a 19; Luc 11; ac Ioan 3, 4 ac 11.[77] Y mae pob un o'r darnau hyn (ar wahân i'r Pader) yn dechrau â'r ymadrodd 'Yn yr amsser gynt' neu 'yn y dechrav' sy'n arwydd posibl o'u defnydd fel llithiau (neu esboniadau ar lithiau) gwasanaethau eglwysig.[78]

Y mae'n amlwg bod gwŷr diwylliedig fel Ieuan ab Ieuan ap Madog, Llywelyn Siôn ac Antoni Powel yn chwarae rhan arwyddocaol yng ngweithgarwch llenyddol a diwylliannol Morgannwg yn ail hanner yr unfed ganrif ar bymtheg; yr oeddynt yn cydymdeimlo â'r achos Pabyddol, ac yn fodlon gweithredu i'w gefnogi yn ystod cyfnod o argyfwng i'r hen ffydd. Y mae'n debyg i destunau o'r fath gael eu noddi a'u defnyddio gan yr arweinwyr reciwsantaidd, sef yr uchelwyr a'u teuluoedd, y dosbarth o bobl y dibynnai'r beirdd a'r llenorion Pabyddol arnynt i'w cefnogi a'u noddi: pobl fel Tomas

---

[73] Bathwyd y teitl 'Darn o'r Ffestival' gan Henry Lewis wrth olygu'r testun yn atodiad *THSC* (1923-4), 1–95, ac fe'i defnyddir yma er hwylustod cyfeirio. Am wybodaeth ar y llawysgrif, gw. *Reports* . . ., 2, 329-31. Ceir testun *Darn o'r Ffestival* yn llaw cyd-weithiwr Antoni Powel ar tt. 80–195 o'r llawysgrif hon. Gw. hefyd isod, xxxix, lvi.

[74] Am fanylion ar hanes y testun Saesneg, gw. Geraint Bowen, 'Llenyddiaeth Gatholig y Cymry . . .', 381-2.

[75] Henry Lewis, 'Darn o'r Ffestival', 2.

[76] Golygwyd tt. 391–413 o destun Hafod 22 gan Henry Lewis, sef 'Darnau o'r Efengylau', *Y Cymmrodor*, 31 (1921), 193–216. Am wybodaeth ar y llawysgrif, gw. *Reports* . . ., 2, 329-31. Ceir testun *Darnau o'r Efengylau* yn llaw cyd-weithiwr Antoni Powel ar tt. 345–413 o'r llawysgrif hon.

[77] Am gyfeiriadau manylach at y rhannau a ddyfynnir o'r penodau hyn, gw. Isaac Thomas, *Y Testament Newydd Cymraeg 1551–1620*, 54.

[78] *Ibid.*, 54.

Lewys o'r Fan (gŵr y canodd Llywelyn Siôn awdl iddo), Edward Stradling o Sain Dunwyd, Edward Somerset o Raglan, John Gam o'r Drenewydd, Llansbyddyd, Teulu Werngochen ger y Fenni, Roland Morgan o Fachen, Richard Morgan o Lanharan ac Edward Kemes,[79] ynghyd â Griffiths a Thwrberviliaid Llancarfan.[80] Bu uchelwyr fel y rhain yn berchen ar destunau cymwys ar ôl diddymu'r mynachlogydd yn y 1530au, pryd yr aeth y llawysgrifau i ddwylo preifat (megis Poweliaid Llwydarth).[81] Y mae'n debyg bod y Pabyddion a oedd yn berchen ar dir yn sicrhau bod eu deiliaid o'r un lliw crefyddol, gan rannu a chyflwyno cynnwys testunau llawysgrif crefyddol Pabyddol â'u teuluoedd a'u perthnasau, ynghyd â'u gweithwyr a'r sawl yn y cylchoedd o'u cwmpas a ddibynnai arnynt:

> A Catholic landlord not only applied pressure; he also offered protection. It was his house that provided a priest with a bolt-hole where he could minister the Catholic sacraments in secret to the faithful: say mass, marry them, baptize their children, instruct them in the faith, and organize their funerals. Recusant landowners exercised their authority over their dependants by reading Catholic manuscripts to them when they met for worship in the absence of a priest. It was not usually the biggest landowners who performed such a role . . . but families of the second rank.[82]

Gellid tybio mai dyna'r math o gynulleidfa yr anelwyd gweithiau fel *Treigl y Marchog Crwydrad* ati: cylchoedd agos o reciwsantiaid uchelwrol a'u teuluoedd a fyddai'n cylchredeg llawysgrifau ymysg ei gilydd, sef cynulleidfa o bobl ymroddgar a ddaliai i ddilyn yr hen ffydd Babyddol mewn cyfnod o orthrwm Protestannaidd. Pwrpas sylfaenol testun fel *Treigl y Marchog Crwydrad* yn ôl pob tebyg oedd cryfhau ffydd y Pabyddion hyn, yn hytrach na cheisio ennill dilynwyr newydd, am mai cynulleidfa weddol o gyfyngedig a fyddai'n gallu ei ddefnyddio yn ymarferol oherwydd y gwaharddiadau o safbwynt argraffu llenyddiaeth Babyddol 'swyddogol' ar y pryd. Byddai gweithiau felly yn codi calon reciwsantiaid Pabyddol yr oes wrth eu cymell i lynu wrth yr hen ffydd ac i beidio plygu i'r

---

[79] Geraint Bowen (gol.), *Y Drych Kristnogawl* (Caerdydd, 1996), x.
[80] Geraint Bowen, 'Rhyddiaith Reciwsantiaid Cymru', 72–3.
[81] T. O. Phillips, 'Bywyd a Gwaith . . .', 111, 127.
[82] Glanmor Williams, *Wales and the Reformation*, 261.

ddelfrydaeth Brotestannaidd newydd; byddent yn foddion cymorth, cysur a dysg i'r lleygwyr llythrennog.

(2) Y cyd-destun ieithyddol

Un nodwedd amlwg yn iaith *Treigl y Marchog Crwydrad* yw bodolaeth llawer iawn o eiriau benthyg o'r Sacsneg. Y mae presenoldeb cynifer o eiriau benthyg yn y cyfrwng ysgrifenedig yn adlewyrchu cyflwr yr iaith ym Morgannwg y 1580au, ac yn awgrymu bod y geiriau hyn, a rhai eraill tebyg iddynt o bosibl, yn fyw ar lafar gwlad, ac yn gyffredin fel rhan sefydlog a derbyniol o'r iaith. Yr oedd amgylchiadau crefyddol a gwleidyddol amrywiol yr unfed ganrif ar bymtheg a drafodwyd eisoes yn gefn i'r iaith Gymraeg ar y naill law, ond yn foddion i'w herydu a'i dibrisio yn llwyr ar y llaw arall, gan greu cyd-destun ieithyddol cymysg lle yr oedd y Gymraeg yn agored i ddylanwad cynyddol y Saesneg. Er bod gan y Gymraeg statws uchel derbyniol fel iaith llythrennedd yr haenau uchaf yn y gymdeithas yn y cyfnod cyn yr unfed ganrif ar bymtheg,[83] fel cyfrwng dysg a'r traddodiad llenyddol, ac fel iaith feunyddiol trwch y boblogaeth, yr oedd safle'r Saesneg yng Nghymru wedi dod yn gryfach o dipyn erbyn dechrau'r unfed ganrif ar bymtheg.[84] Dibrisiwyd y Gymraeg ymhellach gan Ddeddfau Uno 1536 a ddyrchafodd werth a statws y Saesneg fel iaith meysydd swyddogol y wlad. Yr oedd y Deddfau Uno yn pwysleisio'r anghyfartaledd rhwng y Gymraeg a'r Saesneg, ac yn dylanwadu ar agwedd y Cymry at eu hiaith eu hunain trwy eu perswadio bod derbyn yr un hawliau â'r Saeson yn mynd i wella bywyd iddynt: a hyn ar draul y Gymraeg wrth gwrs. Crisialwyd y datblygiadau hyn yn y 'Cymal Iaith' a gyflymai'r duedd at seisnigeiddio ymhellach:

> Cyfyngwyd ar ddefnyddioldeb yr iaith. Nid oedd bellach yn addas ar gyfer rhai meysydd penodol. Cam bach oedd ystyried wedyn nad oedd y Gymraeg yn ddigonol ar gyfer sefyllfaoedd a meysydd statws uchel a swyddogol. 'Roedd yn rhaid wrth wybodaeth o'r Saesneg i fod yn geffyl

---

[83] Robert Owen Jones, *Hir Oes i'r Iaith* (Llandysul, 1997), 102–17.

[84] Ibid., 118–22. Am ragor o wybodaeth ar agweddau at y Gymraeg yn yr unfed ganrif ar bymtheg, gw. R. Brinley Jones, *The Old British Tongue: The Vernacular in Wales 1540–1640* (Caerdydd, 1970), yn enwedig 33–54.

blaen yn y gymdeithas, i ddal swyddi gweinyddol a chyfreithiol, i dderbyn addysg yn nwy brifysgol Lloegr, i lwyddo'n fasnachol a gweinyddol, ac i ddringo o fewn urddau eglwysig. Yr iaith Saesneg oedd yr allwedd a sicrhâi lwyddiant.[85]

Cafwyd dirywiad difrifol yn agwedd haen uchaf y gymdeithas Gymreig at yr iaith – a dirywiad yn statws y Gymraeg fel cyfrwng swyddogol – yn sgil hyn, ac yr oedd ffactorau eraill, megis y cynnydd yn y cysylltiadau masnachol rhwng Cymru a Lloegr,[86] a diffyg statws y Gymraeg ym maes addysg,[87] yn cyfrannu ymhellach at y dirywiad hwn. Yn anffodus, ni chododd y Cymry i adweithio'n erbyn yr erydiad i'r iaith a ddaeth yn sgil y Deddfau Uno, ac fe'i sefydlwyd yn dueddiad cynyddol a phendant. Seisnigeiddiwyd llawer o'r uchelwyr, a dengys gwaith y beirdd na fu ymateb negyddol ar eu rhan i ddigwyddiadau'r cyfnod. Dechreuodd y traddodiad barddol raddol ddirwyn i ben yn sgil y datblygiadau hyn: cyfundrefn a roddasai statws i'r Gymraeg ac a gynhaliai'r diwylliant Cymreig ar yr un pryd.[88] Fodd bynnag, er bod haen uchelwrol y gymdeithas yn dod yn fwyfwy agored i ddylanwad y Saesneg, yr oedd llawer o'r boblogaeth gyffredin yn uniaith Gymraeg o hyd, ac yr oedd anllythrennedd yn dal yn rhemp yn eu mysg. Yn sgil hyn, anodd iawn fyddai dychmygu unrhyw fudiad a ddibynnai ar gefnogaeth wresog y Cymry yn ennill tir heb ddefnyddio'r Gymraeg, yn enwedig mudiad crefyddol – maes lle yr oedd gan y Gymraeg safle cadarn a statws cryf er cyfnod llawer cynharach.[89] Rhoddwyd statws pwysig ac arwyddocaol yn ôl i'r Gymraeg yn ail hanner yr unfed ganrif ar bymtheg wrth i gylch bychan o'r dyneiddwyr Protestannaidd Cymreig sylwi ar botensial yr iaith Gymraeg fel ffordd o ennyn cefnogaeth i'w hachos, a'r Gymraeg fyddai'r arf pwysicaf iddynt wrth gyfleu eu neges

---

[85] Robert Owen Jones, *Hir Oes i'r Iaith*, 138–9.

[86] Glanmor Williams, 'Iaith, llên a chrefydd yn yr unfed ganrif ar bymtheg', 32; W. Ogwen Williams, 'The survival of the Welsh language after the Union of England and Wales: the first phase, 1536–1642' yn *Cylchgrawn Hanes Cymru*, 2 (1964), 67–93, yn benodol 68.

[87] William P. Griffith, 'Dysg ddyneiddiol, addysg a'r iaith Gymraeg 1536–1600', yn Geraint H. Jenkins (gol.), *Y Gymraeg yn ei Disgleirdeb* (Caerdydd, 1997), 287–314.

[88] R. Geraint Gruffydd, 'Yr iaith Gymraeg mewn ysgolheictod a diwylliant 1536–1600', yn ibid., 339–64.

[89] Robert Owen Jones, *Hir Oes i'r Iaith*, 110–13.

grefyddol a lledu gwybodaeth ynghylch y Diwygiad.[90] Dewisodd dyneiddwyr megis William Salesbury ysgrifennu yn Gymraeg er mwyn gwarchod yr iaith, a rhoi bri arni fel iaith urddasol a chyfoethog yng ngolwg yr uchelwyr Cymreig seisnigedig,[91] gan geisio dyrchafu statws y Gymraeg fel iaith lafar ac iaith dysg, yn ogystal ag iaith crefydd. Y Diwygwyr Protestannaidd oedd yn gyfrifol am lawer o'r trosi o'r Saesneg i'r Gymraeg yn yr unfed ganrif ar bymtheg mewn gwirionedd, wrth iddynt ddefnyddio'r Gymraeg fel cyfrwng arbennig ar gyfer eu hanghenion eu hunain. Prin iawn yw'r cyfieithiadau o'r Saesneg i'r Gymraeg a wnaed cyn y cyfnod hwn: deilliodd y rhan fwyaf ohonynt naill ai o'r Lladin neu o'r Ffrangeg.[92] Lladin oedd iaith draddodiadol crefydd, a bu nifer fawr o'r cyfieithiadau cynnar yn weithiau crefyddol a droswyd i'r Gymraeg am resymau cwbl ymarferol. Cyfieithwyd nifer o weithiau o'r Ffrangeg i'r Gymraeg yn y Cyfnod Canol hefyd, gan adlewyrchu'r cyswllt pendant rhwng dau ddiwylliant Cymru a Ffrainc yn y cyfnod cyn y bymthegfed ganrif.[93] Y mae prinder y cyfieithiadau o'r Saesneg yn adlewyrchu statws israddol yr iaith honno yn Lloegr cyn yr unfed ganrif ar bymtheg; ar y llaw arall y mae'r ffaith bod nifer o destunau Saesneg wedi'u cyfieithu i'r Gymraeg ym Morgannwg yn ail hanner yr unfed ganrif ar bymtheg,[94] sef yng nghyfnod *Treigl y Marchog Crwydrad*, yn arwydd o statws dyrchafedig y Saesneg a'r ymgysylltu cynyddol rhwng Cymru a Lloegr erbyn y cyfnod hwnnw.

Un duedd ieithyddol sy'n gyffredin i'r cyfieithiadau hyn o Forgannwg yw'r defnydd o eiriau benthyg o'r Saesneg. Y mae'n ddigon posibl bod y geiriau hyn yn rhan naturiol o'r iaith, ac y mae coloffon llawysgrif Llanstephan 171 yn ategu'r awgrym hwn, wrth i Ieuan ab Ieuan ap Madog nodi iddo gopïo'r gwaith 'yn y flwyddyn o *ddât* Iessy Grist 1574'.[95] Ceir llawer iawn o eiriau benthyg yn llaw

---

[90] Gw. uchod, xvi–xviii.

[91] R. Geraint Gruffydd, 'Yr iaith Gymraeg mewn ysgolheictod a diwylliant 1536–1600', 360–1.

[92] Am drafodaeth ar y cyfieithiadau hyn, gw. Stephen J. Williams, 'Rhai cyfieithiadau' yn *TRhOC*, 303–11.

[93] Am drafodaeth ar rai agweddau ar gyfieithu o'r Ffrangeg i'r Gymraeg, gw. Ceridwen Lloyd-Morgan, 'Rhai agweddau ar gyfieithu yng Nghymru yn yr Oesoedd Canol' yn *YB*, 13, 134–45.

[94] Gw. uchod, xxi–xxiii.

[95] Llsgr. Llanstephan 171, ff. 162; gw. uchod, xx.

yr un copïydd yn nhestun *Treigl y Marchog Crwydrad* yn Llanstephan 178, ac ar un olwg, y mae modd esbonio ymhellach bresenoldeb geiriau o'r fath mewn cyfieithiad o'r Saesneg i'r Gymraeg fel canlyniad anochel anwybodaeth y cyfieithydd am eiriau Cymraeg i gyfleu Saesneg ei gynsail. Fodd bynnag, bu'r broses o fenthyg geiriau estron yn llawer mwy cymhleth na hyn, ac yn fwy nag adlewyrchiad o dueddiadau llafar yn unig. Rhaid sylwi ar safle daearyddol y wlad er enghraifft, ac y mae Morgannwg, yn enwedig, yn agored i ddylanwadau diwylliannol o du de Lloegr, ucheldir Cymru, a thros y môr o Ffrainc ac Iwerddon:[96] ardal â photensial o wrthdaro rhwng diwylliannau gwahanol ac ieithoedd gwahanol oedd yr union ardal hon lle y cyfieithwyd *Treigl y Marchog Crwydrad* felly.

Ynghyd â hynny, y mae'n debyg bod y broses o dderbyn geiriau Saesneg i sgwrs feunyddiol y Cymry yn amrywio o safbwynt cyflymdra a modd hefyd, am fod cynifer o elfennau gwahanol yn effeithio ar y cyfrwng llafar yn y cyfnod hwn. Cafodd digwyddiadau allanol effaith ar yr iaith,[97] ac yr oedd rhai ardaloedd yn fwy seisnigedig nag eraill wrth reswm. Ni wyddys pwy oedd yn trosglwyddo'r geiriau benthyg ar lafar, ond ymddengys i'r arfer ddigwydd yn gyffredin mewn meysydd o dan ddylanwadau Seisnig a Saesneg, fel y gyfraith, masnach a ffasiwn.[98] Er bod llawer o'r uchelwyr yn seisnigedig fel y sylwyd eisoes, byddai wedi bod yn gwbl anymarferol iddynt droi yn eu cyfanrwydd at y Saesneg am fod y Gymraeg yn dal ei thir fel iaith y bobl gyffredin, a chyfrwng cyfathrebu rhwng yr uchelwyr a'r gweithwyr felly. Y mae'n bosibl bod llawer o wragedd a merched yr uchelwyr yn dal yn uniaith Gymraeg hefyd, gan y ceir nifer o lythyrau Cymraeg atynt, yn wahanol i'r arfer cyffredin ymysg yr uchelwyr o ysgrifennu yn Saesneg.[99] Dyna'r union fath o sefyllfa lle y byddai'r Gymraeg yn agored i ddylanwadau ieithyddol estron, a lle y byddai cymysgu rhwng y ddwy iaith yn debygol o ddigwydd ar lafar ac yn ysgrifenedig.

O safbwynt y traddodiad llenyddol, er bod llawer yn edrych ar

---

[96] Brian Ll. James, 'The Welsh language in the Vale of Glamorgan' yn *Morgannwg*, 16 (1972), 16–36.

[97] Geraint H. Jenkins (et al.), 'Yr iaith Gymraeg yn y Gymru fodern gynnar', yn *YGD*, 101.

[98] Ibid., 102.

[99] W. O. Williams, 'The survival of the Welsh language . . .', 82–3.

feirdd yr Oesoedd Canol fel 'ceidwaid yr hen iaith' (chwedl John Davies, Mallwyd), ceir tystiolaeth bod yr arfer o fenthyg geiriau estron yn dechrau dod i'r amlwg yn y bedwaredd ganrif ar ddeg yng ngwaith Beirdd yr Uchelwyr, megis Iolo Goch a Dafydd ap Gwilym, a'u bod yn eithaf niferus yn y bymthegfed ganrif.[100] Fodd bynnag, fel y sylwodd Dafydd Johnston,[101] gellid dehongli presenoldeb y geiriau benthyg hyn mewn sawl ffordd. Ar un olwg, gallent fod yn arwydd o hyder ymysg y beirdd, am eu bod yn ehangu gorwelion a chwmpas yr iaith Gymraeg trwy ddefnyddio geiriau o iaith arall.[102] Sylwodd yn ogystal na fyddai geiriau benthyg unigol mor 'amlwg' yng nghyfnod y beirdd, am fod llai o bwyslais ar y gair fel uned unigol.[103] Rhywbeth i'w glywed – cyfrwng a ddibynnai ar y gair llafar – oedd llenyddiaeth yn y cyfnod hwnnw fel y cyfryw. Ym marn Johnston, felly, yr oedd Beirdd yr Uchelwyr yn 'trin iaith mewn ffordd bragmatig a chreadigol, gan droi pob deunydd at eu melin eu hunain'.[104]

O ran testunau rhyddiaith, datgelir agwedd ddiddorol at yr iaith Gymraeg, a'r arfer o fenthyg geiriau estron, yn nhestun *Y Drych Kristnogawl*. Sylwodd Geraint Bowen fod *Y Drych Kristnogawl* yn frith o fenthyciadau Saesneg,[105] a thynnodd yr awdur ei hun sylw at ei ddefnydd ohonynt yn ei gyfarchiad i'r *Drych*:

Yn gyntaf, ef a rhyfeddir paam yn y llyfr hynn ir wyf yn arfer o eirieu anghyfieith, megis o eirieu Seisnic ag o ereill ny pherthynant i'r iaith Gymraec, heblaw bagad o'r sawl nyd ydynt Gymraeg rywiog, gann fy mod o'r blaen yn beio ar Gymbry am nad oeddent yn ymgleddu'r Gymbraeg. I atteb, hynn yw'r achos. Nyd oes bai ar y Gymraeg, ond ar y dynion yn y pwngc yma. Canys fy nghyngyd a'm meddwl yn bennaf yn y llyfr hynn yw rhoi cynghor sprydol i'r annysgedig. Ag er mwyn cael gann y cyphredin ddeall y llyfr er daioni iddynt, mi a ddodais fy meddwl i lawr a cheir eu bronneu hwy yn yr iaith gyphredinaf a sathrediccaf ymhlith y Cymry yr owron. Canys pei byssswn i yn dethol allan hen eirieu Cymraeg nyd ydynt arferedig, ny byssei vn ym mysc cant yn dyall

---

[100] Dafydd Johnston, '"Ceidwaid yr hen iaith?" Beirdd yr Uchelwyr a'r iaith Saesneg' yn *Y Traethodydd*, 155 (2000), 16–24.

[101] Ibid., 17–19.

[102] Ibid., 17.

[103] Ibid., 17–19.

[104] Ibid., 23.

[105] Geraint Bowen (gol.), *Y Drych Kristnogawl*, xxxviii; Geraint Bowen, 'Roman Catholic prose and its background' yn *GWL c.1530–1700*, 210–40, ac yn benodol 227.

hanner a ddywedasswn, cyd byssei yn Gymraeg dda, am fod yr iaith gyphredin wedy ei chymyscu a llawer o eirieu anghyfieith, sathredig ymhlith y bobl, a bod yr hen eirieu a'r wir Gymraeg wedy myned ar gyfyrgoll a'i habergofi. Amherthynas wrth hynn a fuassei ymarfer o araith heb nemor yn ei ddeallt.[106]

Tystia'r sylwadau hyn yn glir i'r ffaith fod Cymraeg llafar wedi'i lygru gan eiriau benthyg Saesneg, a'u bod hefyd yn ymddangos yn y cyfrwng ysgrifenedig yn yr union gyfnod pryd y cyfieithwyd *Treigl y Marchog Crwydrad*: dyddia llyfr argraffedig *Y Drych Kristnogawl* tua 1585.[107] Y mae cyfarchiad awdur *Y Drych Kristnogawl* yn cynnwys sylwadau eraill sy'n datgelu'r agwedd a feithrinwyd at y Gymraeg gan rai Cymry yn y cyfnod hwn, a'r ffaith bod yr iaith yn cael ei hesgeuluso'n ddifrifol.[108] Yn ôl yr awdur, bu'r ffordd y diystyriwyd y Gymraeg gan y boneddigion yn ennyn agwedd afiach ar ran y Saeson. Gan fod y Cymry eu hunain yn dibrisio'r Gymraeg, nid yw'n syndod bod yr iaith yn gwbl ddiwerth yng ngolwg y Saeson. Yn ôl awdur *Y Drych Kristnogawl*, ffactorau fel y rhain oedd yn gyfrifol am golli statws ar ran y Gymraeg a chael ei chymysgu â'r Saesneg, a'i llygru ganddi. Gesyd fri ar y Gymraeg, ac ymgeisia i'w dyrchafu yng ngolwg darllenwyr y *Drych* trwy ddweud ei fod yn gyfarwydd â nifer o ieithoedd eraill, a bod y Gymraeg cystal neu'n well nag unrhyw un ohonynt, 'os ceiph ei dodi a'i gossod allan yn ei rhith a'i heulun i hun'.[109] Ymbilia ar yr uchelwyr i ddyrchafu'r Gymraeg ymysg y bobl gyffredin trwy ei darllen a'i hysgrifennu: hynny yw, trwy ddefnyddio'r iaith fel cyfrwng ysgrifenedig.

Yr oedd yr arfer o ddefnyddio geiriau a fu'n gyffredin ar lafar fel rhan naturiol o'r iaith ysgrifenedig yn dderbyniol ymysg rhai ysgolheigion erbyn ail hanner yr unfed ganrif ar bymtheg hyd yn oed. Y mae Morris Kyffin a Gruffydd Robert ill dau yn awgrymu defnyddio geiriau cyffredin yn gyntaf, cyn benthyca o ieithoedd eraill lle nad oes gair addas.[110] Y mae Kyffin yn sôn am fenthyg geiriau o'r Roeg a'r Lladin fel arfer cyffredinol yn y Saesneg a'r

---

[106] Geraint Bowen (gol.), *Y Drych Kristnogawl*, 8.
[107] Y mae'n bosibl bod y dyddiad hwn ychydig yn rhy gynnar: gw. ibid., xlvi.
[108] Ibid., 5–6.
[109] Ibid., 6.
[110] Branwen Jarvis, 'Welsh humanist learning' yn *GWL c.1530–1700*, 141–3. Am ragor o wybodaeth ar agweddau at estyn yr iaith trwy fenthyg, gw. R. Brinley Jones, *The Old British Tongue*, yn enwedig 84–91.

Ffrangeg a llawer o ieithoedd eraill,[111] gan honni bod cynifer o eiriau estron yn y Gymraeg erbyn 1595 fel y gallai lunio llyfr ohonynt.[112] Ac yn ei Ramadeg (1567), y mae Gruffydd Robert, un o ffigurau Pabyddol pwysicaf y cyfnod, yn cymeradwyo benthyg os nad oedd gair addas ar gael yn y Gymraeg.[113] Yn ôl Robert, dylid benthyg o'r Lladin yn gyntaf, ac yna o'r Eidaleg, y Ffrangeg a'r Sbaeneg, ac wedyn, 'od oes geirieu Saesneg uedi i breinio ynghymru ni uasnaetha moi gurthod nhuy'.[114]

O safbwynt *Treigl y Marchog Crwydrad*, y mae'r rhan fwyaf o'i eiriau benthyg wedi dod o'r Saesneg, ac wedi cael eu cymreigio wrth eu derbyn i'r Gymraeg. Cymharol brin yw'r geiriau Saesneg 'pur' yn y testun: *dart, doctor, help, Indians, moat, order* a *philosophers*, er enghraifft. Yn eu plith, ceir sawl achos o'r enghraifft gynharaf a gofnodir yn *GPC* o rai benthyciadau penodol: *Ciwpyd* (I.6.990 etc.),[115] *damnabl* (I.4.255), *elm* (I.11.1511), *hofran* (I.6.984 etc.), *ifori* (II.7.2783), *Indians* (I.5.521), *liprosi* (I.14.1745), *moat* (I.11.1517, II.3.2106), *pirad* (I.5.623), *posi* (I.10.1330), *trymo* (I.10.1315), *Venws* (I.5.640 etc.), *warens* (I.11.1504), *wypan* (I.13.1620). Y mae'r benthyciadau hyn i gyd yn cyfateb yn uniongyrchol i'r gair a ddefnyddiwyd yn y testun Saesneg a fu'n gynsail i'r cyfieithiad Cymraeg, ac eithrio'r enghreifftiau o *hofran* a ddefnyddir i gyfieithu *waver/flutter* yn y Saesneg.

Ceir ychydig o eiriau benthyg eraill, lle y digwydd yr enghraifft gynharaf o air mewn ystyr neu ddefnydd penodol yn *Treigl y Marchog Crwydrad*, ac y mae'r rhain i gyd yn cyfateb yn uniongyrchol i'r gair a ddefnyddiwyd yn y testun Saesneg a fu'n gynsail i'r cyfieithiad Cymraeg: *box* (II.6.2535: yr enghraifft gynharaf yn yr ystyr *blwch, cist*); *hongan* (I.14.1727: yr enghraifft gynharaf o'r cyfaddasiad ar y Saesneg Canol *hongen, hangian*. Ymddengys *hangio, hangian* yng Ngeiriadur Salesbury yn 1547);

---

[111] Branwen Jarvis, 'Welsh humanist learning', 141–2.

[112] Ivor James, 'Yr iaith Gymraeg yn yr unfed a'r eilfed ganrif ar bymtheg' yn *Y Traethodydd*, 42 (1887), 243–54 a 295–312; gw. yn enwedig 246–7.

[113] T. H. Parry-Williams, *The English Element in Welsh* (Llundain, 1923), 6; R. Brinley Jones, *The Old British Tongue*, 86.

[114] T. H. Parry-Williams, *The English Element in Welsh*, 6: dyfyniad o Gruffydd Robert, *Dosparth Byrr ar y rhann gyntaf i ramadeg cymraeg* . . . (Milan, 1567), a godwyd gan T. H. Parry-Williams o'r adargraffiad yn atodiad y *Revue Celtique: 1870–1873, A Welsh Grammar and Other Tracts*, 201.

[115] Cyfeirir at y testun golygedig presennol trwy ddefnyddio'r dull hwn, lle y mae'r ffigur cyntaf yn cyfeirio at rif y rhan yn y testun, yr ail ffigur yn cyfeirio at rif y bennod, a'r ffigur olaf yn cyfeirio at rif y llinell.

medlyd (I.10.1464: ymddengys y gair benthyg hwn mewn cyd-destun gramadegol gwahanol yn gynharach yn yr unfed ganrif ar bymtheg, yng Ngeiriadur Salesbury); *parsli* (I.14.1731 a 1744: yr enghraifft gynharaf o'r amrywiad ar *palsi*, sy'n ymddangos gyntaf mewn gwaith reciwsantaidd yn 1574); *presay* (III.1.2850: yr enghraifft gynharaf yn yr ystyr *cwpwrdd* (dillad etc.), ond ceir enghreifftiau cynharach o ddefnyddio'r gair mewn ystyr wahanol yng ngwaith Salesbury); *sownd* (II.4.2225: yr enghraifft gynharaf o'r ystyr *sŵn, sain*); *tablen* (I.12.1577: yr enghraifft gynharaf o'r ystyr *llechen ac ysgrifen arni*, sef yng nghyd-destun Beiblaidd y Deg Gorchymyn).

Ceir rhai geiriau benthyg eraill yn *Treigl y Marchog Crwydrad* a ymddangosodd eisoes yng ngweithiau'r unfed ganrif ar bymtheg, ond sydd eto, y mae'n debyg, yn newydd-ddyfodiaid cymharol yn y Gymraeg: *bloto, ffansi, galari, gowts, hipocrit, marbl, oliff, prico* a *singco*, er enghraifft. Wedyn, wrth gwrs, ceir llawer o fenthyciadau a hen fenthyciwyd i'r Gymraeg erbyn cyfnod *Treigl y Marchog Crwydrad*, megis *atwrnai, bargen, bwa, coffor, dam, dwbled, exampl, ffol, ffwrnes, het, malais, opiniwn* a *posybl*. Unwaith eto, cyfetyb y rhan fwyaf o'r geiriau yn y ddau grŵp hyn i'r geiriau sy'n digwydd yn y testun Saesneg gwreiddiol. Fodd bynnag, defnyddir geiriau benthyg weithiau wrth gyfleu gair gwahanol o'r un ystyr wrth gyfieithu o'r Saesneg i'r Gymraeg: *carc* am *charge*, *crio* am *hallooing*, *damnasion* am *perdition*, a *hapio* am *chance*, er enghraifft.

Ceisiwyd dosbarthu geiriau benthyg diweddar *Treigl y Marchog Crwydrad* i feysydd bras, lle yr oedd yr iaith Saesneg yn arbennig o gryf yn y cyfnod hwn. Fodd bynnag, er y gellir priodoli rhai geiriau, o bosibl, i feysydd fel y gyfraith (e.e. *prwfo, hongan*), a masnach (e.e. *labar*) – ynghyd â'r maes crefyddol (e.e. *damnasion, hipocrit*) – ni lwyddwyd i'w dosbarthu yn gyweiriau arbennig am eu bod, y mae'n debyg, yn digwydd dros y spectrwm ieithyddol i gyd.

Awgryma tystiolaeth *GPC* fod nifer o eiriau benthyg *Treigl y Marchog Crwydrad* yn deillio o'r Ffrangeg yn y pen draw: geiriau megis *broedro, maistyr, molest, palffrai* a *proffid*, er enghraifft, a chyfetyb llawer o'r geiriau hyn yn uniongyrchol i'r un geiriau yn y testun Saesneg a fu'n gynsail i'r cyfieithiad. Fodd bynnag, nid oes unrhyw reswm dros gredu bod y geiriau o dras Ffrangeg wedi'u benthyca yn uniongyrchol o'r iaith honno i destun *Treigl y*

Marchog Crwydrad, am eu bod yn hen fenthyciadau i'r Gymraeg (trwy'r Saesneg) erbyn yr unfed ganrif ar bymtheg.[116] Yn yr un ffordd, ceir nifer o eiriau benthyg Lladin (yn arbennig geiriau o gyd-destun crefyddol megis *capel*, *Catholig*, *Crist* a *paradwys*) a fyddai wedi bod yn hen fenthyciadau cyffredin erbyn y cyfnod hwn, ac nid oes unrhyw reswm dros gredu felly bod yr un ohonynt wedi dod yn syth o'r Lladin.

Diddorol yw sylwi bod cyfran helaeth o eiriau benthyg *Treigl y Marchog Crwydrad* hefyd i'w chael yng ngwaith y dyneiddiwr William Salesbury. Yr oedd Geiriadur Cymraeg–Saesneg Salesbury a gyhoeddwyd yn 1547 yn cynnwys nifer helaeth o eiriau benthyg: cynifer â 1,200 o eiriau o'r Saesneg yn ôl Ivor James.[117] Digwydd trawsdoriad eang o holl eiriau benthyg *Treigl y Marchog Crwydrad* (h.y. hen eiriau benthyg Saesneg a rhai lled-ddiweddar, ynghyd ag ychydig o'r rhai sy'n deillio o'r Ffrangeg a'r Lladin) yng Ngeiriadur Salesbury yn ôl *GPC*, a digwydd nifer ohonynt hefyd yn Nhestament Newydd 1567: er nad yw hyn, wrth reswm, yn brawf pendant bod y sawl a luniodd *Treigl y Marchog Crwydrad* yn Gymraeg yn gyfarwydd â gwaith Salesbury ac o dan ei ddylanwad; y mae'n sicr o adlewyrchu hinsawdd ieithyddol y cyfnod a thueddiadau geirfaol cyffredin.

Y mae'n debyg bod nifer o resymau gwahanol dros bresenoldeb geiriau benthyg yn *Treigl y Marchog Crwydrad*, fel anghenion crefyddol er enghraifft, ond nid oes modd gwybod pam y benthyciwyd rhai geiriau ac na fenthyciwyd geiriau eraill. Y mae'n bosibl bod dwy agwedd at 'ddethol' geiriau benthyg o ran y defnydd ohonynt yn *Treigl y Marchog Crwydrad*, a bod geiriau yn cael eu dethol ar sail 'poblogrwydd' benthyciadau unigol yn gyffredinol ar y naill law, ac am resymau mwy ymarferol, wrth geisio trosi gwaith Saesneg i'r Gymraeg yn y ffordd gliriaf bosibl, ar y llaw arall. Byddai'r gynulleidfa y bwriadwyd y testun ar ei chyfer yn ffactor arwyddocaol, am fod mwy o seisnigeiddio ymhlith yr uchelwyr na'r boblogaeth gyffredin yn y cyfnod hwn. Y mae'n bosibl y byddai'r ffordd y trosglwyddwyd y gwaith yn ddylanwadol hefyd: a ellid tybio y byddai nifer y benthyciadau estron yn codi

---

[116] Am ddylanwad posibl y Ffrangeg ar y Gymraeg, gw. Morgan Watkin, 'The English element in Welsh: a review' yn *THSC* (1923–4), 116–32; Robert Owen Jones, *Hir Oes i'r Iaith*, 104–10; Llinos Beverley Smith, 'Yr iaith Gymraeg cyn 1536' yn *YGD*, 15–44, yn enwedig 29–30.

[117] Ivor James, 'Yr iaith Gymraeg yn yr unfed a'r eilfed ganrif ar bymtheg', 254.

neu'n gostwng yn ôl pa mor gyfarwydd oedd y llefarydd a/neu'r gynulleidfa â'r Saesneg, ynghyd â'u lefelau o ddealltwriaeth gyffredinol, pe darllenid y testun yn uchel yn amlach na'i ddarllen yn ddistaw gan y lleiafrif o bobl lythrennog?[118] Y mae'r ffaith i rai benthyciadau gwahanol ymddangos yn llawysgrifau Llanwrin 2 (e.e. *vertiw, rywl, ystopo*) a Chwrtmawr 30B (e.e. *twchio, hopo*) yn arwydd posibl o'r duedd hon.

Gwelwyd felly fod geiriau benthyg Saesneg *Treigl y Marchog Crwydrad* yn adlewyrchu dylanwad cynyddol yr iaith honno ar y Gymraeg yn y cyfnod dan sylw – dylanwad a'i effeithiau'n para hyd heddiw:

> Loan words always show a superiority of the nation from whose language they are borrowed, though the superiority may be of many different kinds . . . When a nation has once got into the habit of borrowing words, people will often use foreign words where it would have been perfectly possible to express their ideas by means of native speech-material.[119]

Gwanychwyd safle'r Gymraeg yn yr unfed ganrif ar bymtheg wrth i'r uchelwyr ddechrau dod o dan ddylanwad eu cymheiriaid o Loegr a'r iaith Saesneg, a chyflymwyd y duedd hon gan Ddeddfau Uno 1536 a gyfyngai'n ddifrifol ar ddefnydd a statws yr iaith. Er bod y Diwygiad Protestannaidd yn adfer statws y Gymraeg trwy ei defnyddio fel cyfrwng addoliad cyhoeddus a thrwy drosi'r Ysgrythurau a gweithiau crefyddol eraill i'r iaith, yr oedd yn amhosibl atal yr arfer o fenthyg geiriau estron a welir yn y testun hwn fel un o ganlyniadau pellgyrhaeddol y dirywiad cynharach.

---

[118] Gw. isod, xciv–xcv.
[119] O. Jesperson, *A Modern English Grammar, Part 1 (Sounds and Spellings)*, (Heidelberg, 1909), 209–10. (Dyfynnir hwn yn T. H. Parry-Williams, *The English Element in Welsh*, vii–viii).

Cyd-destun Llenyddol *Treigl y Marchog Crwydrad*

(1) Treigl y Marchog Crwydrad *fel alegori*

Disgrifiwyd *Treigl y Marchog Crwydrad* gan G. J. Williams fel a ganlyn:

> Llyfr mocsegol ydyw ar ffurf hen ramantau'r Oesoedd Canol, yn dangos mor dueddol yw dyn i ddilyn pethau ofer, ac mor galed yw cerdded llwybrau rhinwedd.[120]

Nid stori lythrennol, ffuglennol yn unig mo *Treigl y Marchog Crwydrad* felly: yn hytrach, y mae neges ddyfnach yn cael ei throsglwyddo i'r gynulleidfa ar yr un pryd, neges sy'n cyfleu natur rhinwedd a phechod a phwysigrwydd dianwadalwch yn y ffydd. Y mae *Treigl y Marchog Crwydrad* yn perthyn i *genre* lenyddol arbennig felly, sef yr alegori, y dechneg a ddisgrifiwyd gan Morgan D. Jones fel 'Chwedl neu hanes yn dwyn ail ystyr ffigurol, a'r un troad ymadrodd yn cael ei gynnal o'r dechrau i'r diwedd. Ceir bod y cymeriadau yn aml ar ffurf nodweddion haniaethol.'[121]

Y mae'n debyg bod ffurf yr alegori yn boblogaidd iawn trwy'r Oesoedd Canol ar eu hyd, yn arbennig yng nghyd-destun llenyddiaeth grefyddol wrth reswm. Y mae'n dechneg sy'n caniatáu defnyddio elfennau storïol cyfarwydd fel ffordd o egluro a throsglwyddo dysgu pwrpasol a moesol, gan ddatgelu lefel grefyddol a moesol ddyfnach yn raddol i'r gynulleidfa mewn ffordd bur effeithiol.[122] Wrth ystyried i ba raddau y mae *Treigl y Marchog Crwydrad* yn dilyn yn llinach dosbarth o lenyddiaeth alegorïaidd, ymddengys (ar sail y testunau sydd wedi goroesi) mai'r *exempla* oedd y dull alegorïaidd mwyaf poblogaidd – a mwyaf llwyddiannus – yn yr Oesoedd Canol cynnar, a dyna'r math o stori alegorïaidd y byddai'r gynulleidfa yr anelwyd *Treigl y Marchog Crwydrad* ati, o

---

[120] *TLlM*, 177.
[121] Morgan D. Jones, *Termau Iaith a Llên* (Llandysul, 1972), 10.
[122] Awgrymwyd y gellid dehongli rhan o chwedl *Culhwch ac Olwen* fel alegori gynnar, er enghraifft: gw. Armel Diverres, 'Can the episode of Arthur's hunt of Twrch Trwyth in "Culhwch ac Olwen" be an early twelfth-century allegory?' yn *THSC* (1992), 9–17.

bosibl, yn gyfarwydd iawn â'i chlywed.¹²³ Gellir diffinio'r *exempla* fel straeon syml a ddefnyddiwyd mewn pregethau i enghreifftio mewn ffordd bwrpasol neges foesol y pregethwr: 'a short narrative tale illustrating a moral point.'¹²⁴ Dyna ffurf syml ar yr alegori ar un wedd, am fod y berthynas a'r ffiniau rhwng dwy lefel yr alegori yn fwy annelwig, a'i neges gymaint yn fwy amlwg i'r gynulleidfa yn sgil hyn. Yr oedd yr *exempla* yn gyfrwng effeithiol i offeiriaid yr oes, felly, wrth grybwyll natur y rhinweddau i'w hanelu atynt ar y naill law, a'r drygeddau pechadurus i'w hosgoi ar y llaw arall. Yr oedd yn ddull poblogaidd o gyflwyno dysgeidiaeth yr eglwys mewn ffordd a fyddai'n apelio at y gynulleidfa ac yn ennyn ymateb cadarnhaol a chalonogol, a chroesawyd yr ochr 'dynerach' hon i bregethu am ei bod yn bur wahanol i farnedigaethau ffyrnig y cyfnod. Yr oedd yr *exempla* yn cynnig deunydd a apeliai at y boblogaeth anllythrennog a ddibynnai ar eiriau'r pregethwr o'r pulpud i'w cynnal yn ysbrydol: gellid derbyn a deall dysgu alegorïaidd yr *exempla* yn haws ac yn fwy gwresog, felly, na'r pregethu traddodiadol ac uniongyrchol.

Y mae'n debyg bod yr *exempla*, fel math arbennig o chwedl, yn boblogaidd ymysg pregethwyr y cyfnod, ynghyd â'u cynulleidfa. Am fod y gynulleidfa yn tueddu i gofio ystyr ac ergyd y straeon gafaelgar hyn yn ddigon didrafferth, byddai gan unrhyw bregethwr gwerth ei halen stoc barod ohonynt wrth reswm, ac fe'i defnyddiwyd ledled Ewrop. Byddai offeiriaid yn benthyg *exempla* eu cyd-bregethwyr, ac ymledasant ar draws gwledydd Ewrop yn ddigon hawdd am mai'r Lladin oedd *lingua franca* crefydd yn yr Oesoedd Canol.¹²⁵ Y mae'n debyg mai un o'r casgliadau enwocaf o *exempla* yn yr Oesoedd Canol oedd *Chwedlau Odo*,¹²⁶ a cheir cyfieithiadau ohonynt yn llenyddiaethau Saesneg, Ffrangeg, Sbaeneg ac Eidaleg, yn ogystal â'r Gymraeg. Yr oedd Odo ei hun (1180/90–1247) yn ddyn a dreuliodd lawer o amser yn Ffrainc, gwlad enedigol ei deulu, gan dderbyn ei addysg yno a theithio trwy'r wlad.¹²⁷ Ymddengys ei fod yn offeiriad, o bosibl yn aelod o

---

¹²³Am ddiffiniad o'r term *exempla* yn Gymraeg, gw. Ifor Williams (gol.), *Chwedlau Odo* (Caerdydd, 1957), xi–xvi.

¹²⁴*Cambridge Guide to Literature in English*, s.n. *exemplum*.

¹²⁵Dylid sylwi, fodd bynnag, fod y Gymraeg yn disodli'r Lladin ym maes crefydd o gyfnod digon cynnar: gw. uchod, xxvi.

¹²⁶Ifor Williams (gol.), *Chwedlau Odo*, xii–xiii.

¹²⁷Ibid., ix–x; gw. hefyd, A. C. Friend, 'Master Odo of Cheriton' yn *Speculum: A Journal of Medieval Studies*, 23 (1948), 641–58.

urdd grefyddol, er bod ganddo diroedd yn ei feddiant pan fu farw, peth a waharddwyd i'r sawl a berthynai i urddau crefyddol yr oes.[128] Yn wreiddiol, yr oedd *Chwedlau Odo* yn rhan o gyfrol o bregethau Lladin ar yr efengylau a gyfansoddodd tua 1219.[129] Defnyddiwyd y chwedlau gan bregethwyr fel modd o ennyn diddordeb y gynulleidfa a'i haddysgu yr un pryd, a 'chyhoeddwyd' detholiad ohonynt fel casgliad rhwng 1219 a 1247.[130] Cyfieithwyd rhyw 24 o'r chwedlau i'r Gymraeg gan glerigwr di-enw rywbryd cyn diwedd y bedwaredd ganrif ar ddeg.[131]

Y mae rhyw arbenigedd yn perthyn i *Chwedlau Odo* am mai straeon am anifeiliaid ydynt, wedi'u tynnu o ffynonellau amrywiol:

> Ni ddyry [Odo] straeon am a welodd ac a glywodd ei hun. Nid dynion a'u helyntion sy'n rhoi deunydd gwers iddo, ond bwystfilod fel rheol. Pan fo arno flys dysgu fel yr anghofir addunedau a wneir mewn enbydrwydd wedi i'r aflwydd fynd heibio, ei ddull ef yw adrodd y chwedl am y Llygoden a'r Cath.[132]

Y mae *Chwedlau Odo* yn defnyddio nodweddion arbennig creaduriaid unigol (er enghraifft, cyfrwystra'r cadno a dewrder y llew) fel ffordd o gyfleu'r rhinweddau dynol – neu'r gwendidau – a gynrychiolir ganddynt. Y mae chwedlau o'r fath yn peri i anifeiliaid ymddwyn fel petaent yn ddynion, ac yn gweithredu fel math o foeswers, felly, wrth ddysgu dynion am eu cyd-ddynion.[133] Yr oedd Ifor Williams o'r farn bod straeon am anifeiliaid mor boblogaidd ac effeithiol am fod cyswllt agos rhwng dynion ac anifeiliaid yn yr Oesoedd Canol, a'i fod yn hawdd i ddynion sylwi ar nodweddion anifeiliaid a'u cyffredinoli.[134] Hwyrach y gellir rhoi cyfrif am boblogrwydd storïau o'r fath yn sgil y ffaith nad oeddynt yn

---

[128] Ifor Williams (gol.), *Chwedlau Odo*, x; Enid Roberts, 'Chwedlau Odo' yn *Barn*, 47 (Medi 1966), 313.
[129] Ifor Williams (gol.), *Chwedlau Odo*, x.
[130] Ibid., xi.
[131] Ibid., xxxiv–xlii; gw. hefyd *Reports* . . ., 2, 424, sy'n dyddio llawysgrif Llanstephan 4 tua 1400. Arferwyd credu mai ym Morgannwg y gwnaed y trosi hwn (gw. *TLlM*, 173–6), er yr awgrymwyd bod modd cysylltu *Chwedlau Odo* â chanolbarth Cymru, a gogledd Ceredigion yn fwy penodol, gan Peter Wynn Thomas, 'Cysylltiadau daearyddol Chwedlau Odo' yn *YB*, 19, 59–85; gw. 80–1 yn enwedig.
[132] Ifor Williams (gol.), *Chwedlau Odo*, xvii.
[133] Ibid., xxi.
[134] Ibid.

beirniadu'r hil ddynol yn uniongyrchol: ni fyddai ergyd y stori mor anghyfforddus o finiog felly; yn hytrach, yr oedd 'pwynt' y stori'n glir ac yn haws ei dderbyn rhyfwodd.

Defnyddir delweddaeth anifeilaidd yn bur effeithiol yn un o ffynonellau Odo, sef y *Bwystorïau*, sy'n dyddio rhwng y ddeuddegfed ganrif a'r bedwaredd ganrif ar ddeg.[135] Yr oedd y *Bwystorïau* yn disgrifio natur ac arferion adar ac anifeiliaid, gan gyplysu nodweddion anifeiliaid â nodweddion crefyddol. Daeth y *Bwystorïau* yn fath o lyfr crefyddol erbyn yr Oesoedd Canol felly, lle y ceid disgrifiad o anifail a'i arferion ynghyd â'r 'wers' a oedd ymhlyg yn hyn.[136] Troswyd rhai o'r *Bwystorïau* i'r Gymraeg, ac y mae'r cyfieithiad Cymraeg o *Bestiaire d'amour* Richart de Fornival[137] (sy'n dyddio i'r drydedd ganrif ar ddeg yn y Ffrangeg) yn ddiddorol am ei fod yn defnyddio anifeiliaid at bwrpas cariad. Y mae'r gwaith ar ffurf llythyr oddi wrth ddyn i'w anwylyd, a defnyddir anifeiliaid fel ffordd o ddadansoddi ei gariad at y ferch wrth wneud sylwadau ar berthynas gŵr a gwraig. Ceir copi neu fersiwn diweddarach ar y testun Cymraeg hwn yn Llanover B17 (NLW 13075B), sef llawysgrif o eiddo Llywelyn Siôn, y copïydd o Forgannwg a weithiai yn ail hanner yr unfed ganrif ar bymtheg.[138]

Wrth ystyried llenyddiaeth alegorïaidd yr unfed ganrif ar bymtheg, gwelir bod nifer o'r testunau rhyddiaith eraill a gopïwyd ym Morgannwg yn yr un cyfnod â *Treigl y Marchog Crwydrad* o natur alegorïaidd am mai dyna un o'r dulliau mwyaf effeithiol o drosglwyddo neges foesol a chrefyddol ar y pryd.[139] Y mae'n amlwg, felly, y byddai cynulleidfa Gymreig yr ardal honno yn gyfarwydd iawn â deunydd alegorïaidd, ynghyd â'r 'broses' o ddefnyddio ychydig o ddychymyg wrth ymateb i weithiau felly, ac yn llawn ddeall eu gwir arwyddocâd. Yn y *Gesta Romanorum*,[140] er enghraifft, ceir casgliad o chwedlau moesol sy'n perthyn – unwaith eto – i ddosbarth yr *exempla*. Y mae holl chwedlau'r testun Cymraeg hwn yn dechrau â'r un fformiwla (sef, 'Ydd oedd gynt yn Ruvain amherawdr . . .'), ac eglurir 'pwynt' pob stori ar wahân, o

---

[135] Ibid., xxxi–xxxiv.
[136] Enid Roberts, 'Chwedlau Odo' yn *Barn*, 48 (Hydref 1966), 338.
[137] Graham C. G. Thomas (gol.), *A Welsh Bestiary of Love* (Dulyn, 1988).
[138] Ibid., xvi–xxii; gw. uchod, xx–xxi, a hefyd *Handlist of MSS*, 360–1.
[139] Am y posibilrwydd bod y gweithiau hyn yn gynnyrch ysgol o gyfieithwyr yn y cylch, gw. uchod, xix–xxv.
[140] Patricia Williams (gol.), *Gesta Romanorum*, xlviii. Gw. uchod, xxi–xxii; ac isod, lv.

dan y teitl 'Yr Ystyr'. Y mae ergyd a phwyslais y storïau hyn yn ddigon gwahanol i *Treigl y Marchog Crwydrad* felly (er bod eu pwrpas yn union yr un fath), am y defnyddir dull mwy uniongyrchol i sicrhau perthnasedd y storïau i'r gynulleidfa. Y mae chwedlau'r *Gesta* yn canmol rhinweddau ac yn ceryddu pechodau, gan dynnu ar ffynonellau amrywiol, ac y mae'r moeswersi sydd ynghlwm wrthynt yn pregethu achubiaeth trwy wahanol ffyrdd.[141]

Ceir storïau moesol digon tebyg yn *Dives a Phawper*,[142] testun sydd wedi'i lunio ar ffurf sgwrs rhwng dyn cyfoethog (Dives) a dyn tlawd (Pawper), a'r Pawper sy'n cael y rhan flaenllaw yn y sgwrs wrth reswm. Ceir rhagair o ddeg pennod, lle y mae'r Pawper yn sôn am rinweddau ei dlodi, cyn y defnyddir fframwaith y Deg Gorchymyn, a cheir 'deg llyfr' sy'n traethu ar y Deg Gorchymyn fesul un mewn ffordd ddealladwy ac esboniadol.

Yn nhestun *Darn o'r Ffestival*[143] ceir cyfres o homilïau a ddefnyddiwyd gan bregethwyr ar y Sul a gwyliau arbennig ac achlysuron eraill. Gellir diffinio'r term *homili* fel 'Esboniad ar ran o'r ysgrythur . . . eglurid yr ystyr yn llythrennol i ddechrau ac yna datblygu'r meddwl ysbrydol.'[144] Byddai wedi bod yn llawlyfr defnyddiol i'r offeiriaid wrth ddysgu pobl am ddianwadalwch yn y ffydd a phwysigrwydd cyffesu pechodau a throi at Dduw, er enghraifft, a defnyddiwyd yr homilïau i drosglwyddo neges grefyddol mewn ffordd ddealladwy a fyddai'n ennyn mwynhad ar ran y gynulleidfa:

Perthyn i fyd yr Eglwys Gatholig y mae ei gynnwys. Dengys inni bregethwr diwyd o'r ffydd honno yn fawr ei bryder am y rhai yr oedd eu heneidiau dan ei ofal. Gallwn wenu uwch ben y storïau bach rhamantus a adroddir ganddo i daro'i ergyd hyd adref ym meddwl ei wrandawyr. Cafodd y rheini flas yn ddiau, a budd, gobeithio, o'u clywed.[145]

Gwelir, felly, fod amrywiaeth eang o weithiau alegorïaidd ar gael yng Nghymru'r Oesoedd Canol, nid yn unig o safbwynt y cyfieithiadau a droswyd ym Morgannwg yng nghyfnod *Treigl y Marchog Crwydrad*, ond trwy'r Oesoedd Canol ar eu hyd. Mewn

---

[141] Ibid., xlix.
[142] Gw. uchod, xxii.
[143] Gw. uchod, xxiii, ac isod, lvi.
[144] Enid Roberts, 'Chwedlau Odo' yn *Barn*, 43 (Mai 1966), 201.
[145] Henry Lewis, 'Darn o'r Ffestival', 4.

gwirionedd, gellid dweud bod *Treigl y Marchog Crwydrad* yn perthyn i gorff (os nad traddodiad) o lenyddiaeth alegorïaidd yn y Gymraeg, ac yn rhan o fframwaith arbennig o ysgrifennu felly. Fodd bynnag, wrth ystyried *Treigl y Marchog Crwydrad* ei hun, rhaid dweud bod yr alegori hon yn fwy sylweddol o ran ei hyd a'i chymhlethdod o'i chymharu ag alegorïau eraill o'r un cyfnod, a defnyddir fframwaith pob un o dair rhan y stori yn ei thro fel modd i greu uchafbwynt yn natblygiad ysbrydol y Marchog, sy'n dod â'r ystyr ddyfnach a'i goblygiadau yn fyw i'r gynulleidfa. Defnyddir esboniadau crefyddol a sylwadau diwinyddol yn naturiol yn y gwaith, ac y maent yn effeithiol am eu bod yn rhan annatod o rediad y stori, fel bod y gynulleidfa yn anymwybodol nad rhan o'r stori lythrennol mohonynt. Rhan o gryfder stori'r Marchog yw ei bod yn cynrychioli taith unrhyw un trwy ei fywyd yn y ffydd, a cheir 'mannau uchel' a 'mannau isel' bywyd felly, gan gynnwys yr adegau pan fo dyn yn wan ei ffydd, neu'n cefnu ar Dduw ac yn syrthio i bechod. Dangosir y ffordd ymarferol i ddychwelyd at y ffydd, gan gynnig gobaith i'r gynulleidfa trwy ddangos nad yw profedigaeth pechod yn dragwyddol, am y gellir edifarhau a throi'n ôl at Dduw, ac ymgynnal mewn cyflwr ysbrydol o'r fath yn y bywyd hwn trwy ffydd, a thrwy hynny yn y bywyd a ddaw.

Cyffelybir taith y Marchog i ddameg y Mab Afradlon ar ddechrau'r testun (I.1.30–49), ac y mae'r prif gymeriad yn y ddau achos yn cefnu ar ei dad wrth fynd ar ôl dedwyddwch bydol a chamarfer 'cyfoeth' eu tad. Daw tro ar fyd y ddau ohonynt, ond y mae gobaith yn cael ei gynnig wrth i'r ddau sylweddoli eu bod wedi ymddwyn yn anweddus, cyn cydnabod eu beiau a throi'n ôl at y tad, sef Duw yn achos y Marchog. Daw Rhan I o *Treigl y Marchog Crwydrad* i isafbwynt, gan ddilyn hynt y Marchog wrth iddo deithio i Lys Gwaelder a chael ei ddal yn ei bechodau. Defnyddir dull naratif y person cyntaf wrth draethu am anturiaethau'r Marchog yn aml, ac y mae uniongyrchedd y dull hwn yn ffordd i uniaethu'r gynulleidfa â'r hyn sy'n digwydd i'r Marchog, a'i thynnu i mewn i'r stori. Ni chyflwynir y Marchog fel cymeriad â drygioni cynhenid yn perthyn iddo: yn hytrach, caiff ei gamarwain gan gymeriadau haniaethol sy'n cynrychioli nodweddion a ffaeleddau dynol a allai fod yn rhan o natur pob un ohonom. Cymer Ffolineb yn llywodraethferch (I.2) a chaiff ei annog i fynd ar ôl dedwyddwch bydol: y mae'n amlwg o'r cychwyn, felly, y bydd y daith hon yn gwbl ofer. Amlygir y ffaith bod y Marchog yn dechrau syrthio i ddrygioni, wrth iddo gael ei wisgo gan Ewyllys Drwg mewn cyfres o elfennau negyddol, sy'n cynrychioli nodweddion pechadurus yn ei gymeriad, a chaiff ei gamarwain ymhellach, wrth i Falchedd beri iddo geisio'r march Ffromder. Disgrifir Ewyllys Drwg fel *waithredwr pob drygoni*, sy'n cyferbynnu ag Ewyllys Da sy'n *waithredwr pob dayoni* (I.3.215-17), a disgrifir y dirywiad yng nghyflwr a chymeriad y Marchog, sydd bellach wedi ei lwyr wisgo yn ei ddillad pechadurus:

> Ag yno, pan oeddwn i lawn o bob gwael ddeisyfiadey, nyd oedd ddim yn rhengi vy modd i ond oferedd, a'm wyllys i oedd yn ddamnabl, ag felly roeddwn i'n ymfoddlon yn beriglys. (I.4.253-6)

Er bod dulliau naratif modern yn dibynnu'n aml am eu llwyddiant ar yr annisgwyl, rhan o grefft adeiladwaith alegori *Treigl y Marchog Crwydrad* yw bod y gynulleidfa yn gwybod o'r gorau bod y Marchog yn mynd i wneud drygioni cyn iddo wneud hynny, a hefyd bod yr hyn sy'n dilyn yn mynd i fod yn andwyol neu negyddol o safbwynt ei fywyd ysbrydol. Y mae hyn ar y naill law yn fodd i gynnal diddordeb y gynulleidfa ac, ar yr un pryd, yn cyfleu bod goblygiadau difrifol i'r hyn a wna. Er enghraifft, wrth i'r Marchog ymadael ar ei farch Ffromder yng nghwmni Ffolineb, a'i fryd ar fyw mewn hoffter, dywed: *a'r cyntaf a tifaroedd ohanom ni yn day oeddwn i fal y cewchwi glywed a barny* (I.4.329-30). Ceir rhybuddio cyfrwys hefyd wrth ddisgrifio 'cymeriad' Ffolineb: perir i'r Marchog ofyn iddi amdani ei hun ac am ei gweithredoedd, a dysgwn mai hyhi a achosodd bechod gwreiddiol ac a ddaeth â gau addoliaeth i'r byd. Traethir yn helaeth yn I.5 am y bobl y bu Ffolineb yn llywodraethu arnynt ers y dyddiau Beiblaidd cynharaf, a chyfleir oferedd taith y Marchog ymhellach pan ddywedir i weithredoedd Ffolineb gael eu cofnodi er mwyn i ddarllenwyr Cristnogol weld peryglon dilyn Ffolineb a'i drygioni.

Y mae'r rhan nesaf o'r alegori yn ddiddorol, ac yn hynod o berthnasol o safbwynt y gynulleidfa, wrth i'r Marchog orfod gwneud dewis sylfaenol sy'n mynd i siapio cwrs ei daith. Daw'r Marchog a Ffolineb at groesffordd (I.6), ac y mae'n rhaid dewis rhwng dwy ffordd symbolaidd eu natur: y mae'r ffordd ar y chwith i'w gweld yn ddymunol, ac yn cynrychioli dedwyddwch a phleserau'r byd hwn, ond y mae'r ffordd ar y dde yn gul ac y mae eisiau mwy o ymdrech i'w cherdded, am ei bod yn cynrychioli llwybr anodd bywyd yn y ffydd. Cadarnheir disgwyliadau naturiol y gynulleidfa pan fo Ffolineb yn ei gynghori i ddilyn y ffordd ar y chwith, a phan fo Ffromder ei farch yn ei dynnu tua'r ffordd honno hefyd:

> A phan oeddwn i yn petryso, heb wybod ble 'dd awn o'r ddwy ffordd, fo ddywad Ffolineb wrthyf may gorey a thecaf oedd y ffordd ar y llaw asay; a'm march iney, Ffromder, oedd yn tawly ag yn gwingad i gaisio myned y'r ffordd hono, fal yr oeddwn i yn cayl trafel yddy ffrwynno ef y mewn. (I.6.908–13)

Adeiledir ychydig o densiwn dramatig wrth i'r Marchog fynegi ei bryder ynghylch y ffordd honno, ond caiff ei sicrhau gan Ffolineb: sicrwydd na ellir dibynnu arno oherwydd gwir natur y cymeriad sy'n ei roi, wrth gwrs.

Datblygir yr olygfa ymhellach wrth i ddau gymeriad newydd gael eu cyflwyno, sef yr arglwyddesi Rhinwedd a Gwaelder. Disgrifir y ddwy mewn ffordd gyferbyniol, sy'n peri inni sylwi ar y gwahaniaethau rhyngddynt. Er enghraifft, y mae gan Rinwedd farch gwyn sy'n cynrychioli purdeb y ffydd, sydd yn cyferbynnu â march Gwaelder sydd *o liw y llygoden* (I.6.935–6), am nad oes gan Waelder unrhyw burdeb na sancteiddrwydd. Y mae cyngor y ddwy arglwyddes i'r Marchog yr un mor wahanol: lle y mae Gwaelder yn cymeradwyo'r ffordd ddymunol sy'n arwain at y llys o ddedwyddwch bydol, y mae Rhinwedd yn dangos sut y gellir byw bywyd rhinweddol trwy ddilyn y ffordd arall at wir ddedwyddwch. Cyfleir yn grefftus iawn, felly, fod gan bob un ohonom ddewis rhwng bywyd rhinweddol yn y ffydd ar y naill law, a bywyd o gefnu ar Dduw a mynd ar ôl dedwyddwch a materoliaeth y byd hwn ar y llaw arall. Nid yw'n syndod pan benderfyna'r Marchog dderbyn cyngor Ffolineb a dilyn Gwaelder (I.7), ond sicrheir ein bod yn sylweddoli'n glir bod y Marchog wedi'i gael ei hun i sefyllfa druenus a pheryglus wrth ddewis felly.

Adeiledir y rhan nesaf o'r alegori yn ofalus iawn, wrth i'r gynulleidfa weld y drygioni sy'n arwain at gwymp y Marchog, ac yntau bellach yn cael ei arwain gan Waelder. Cyrhaedda'r Marchog y llys o ddedwyddwch bydol (I.8), lle hoffaidd ac apelgar, lle y caiff ei groesawu gan gyfres o arglwyddesi ar lefel y stori arwynebol, ond dengys eu henwau haniaethol eu bod yn cynrychioli pechodau dybryd:

Pan oeddwn i o fewn i ergid bwa croes y'r llys, Gwaelder a wypoedd a galwoedd, ag ar hyny i daeth allan lawer o arglwyddese mewn gwych drwsiadey, ag yn flaenaf o rhain y dayth Nwyfant, ag Afrad, Godineb, a Ryfig, a Dibryderaeth, a Gwegi, Anlladrwydd, Trachwant, Medd-dod, a'r fath rhai hyny. (I.8.1162–7)

Y mae'r ymadrodd *a'r fath rhai hyny* (I.8.1167) ar ôl yr enw olaf yn y rhestr hon yn dangos i'r gynulleidfa fod mwy na'r rhai a enwir, hyd yn oed, yn y llys, gan bwysleisio bod y Marchog wedi gwneud camgymeriad dybryd wrth ddewis mynd i le mor enbyd. Wrth i'r Marchog gymryd swper yng nghwmni Gwaelder a'r arglwyddesi 'pechadurus' hyn, crëir sefyllfa bechadurus 'ddelfrydol', ac y mae fel petai'r Marchog yn cael ei fwydo i'w nerthu i bechu, a chrëir elfen o densiwn wrth ohirio ei gwymp pechadurus, trwy beri i'r Marchog wrthod cysgu â Nwyfant am ei fod mor flinedig ar ôl y daith.

Adeiledir y darlun o ddrygioni'r Marchog yn ofalus, gan ei bortreadu fel un sy'n hollol rwym wrth bechod. Pwysleisir drygioni Llys Gwaelder a'r rhai sy'n trigo yno (I.9), wrth i'r naratif gael ei ddatblygu i sefyllfa lle y mae pechu yn anorfod. Caiff y Marchog a Gwaelder swper *mewn gardday teg* (I.10.1297) cyn mynd i lety dirgel Gwaelder. Lle y cafwyd disgrifiadau manwl o'r llys hyd yn hyn, ni ddisgrifir y lle diwethaf hwn o gwbl; yn hytrach, dywed y Marchog, *myfi a gadwaf yn ddirgel y fath le a'r pethey oedd yno, rag digio y darllenadr glan* (I.10.1308–10), ac y mae'r ymateb hwn yn gwaethygu cyflwr y lle ym meddwl y gynulleidfa trwy roi rhyddid i'w dychymyg, a pheri iddi gredu bod y Marchog wedi mynd i'r eithaf mewn pechod. Fodd bynnag, eir ymlaen i draethu am berchennog pob un o saith tŵr Llys Gwaelder – sy'n cynrychioli'r saith pechod marwol – ac y mae'r disgrifiadau ohonynt yn rhybuddio'r gynulleidfa mewn ffordd gynnil bod y Marchog wedi cael ei faglu'n derfynol mewn pechod a drygioni.

Wedi datblygu'r sefyllfa sy'n arwain at bechod y Marchog yn fanwl ofalus, y mae'n arwyddocaol bod y weithred bechadurus ei hun, wrth i Waelder beri i'r Marchog gysgu â'r Arglwyddes Fenws trwy'r nos, yn cael ei chofnodi'n foel, gan nodi ond y manylion mwyaf angenrheidiol (I.11). Fodd bynnag, sicrheir yn I.12 fod y gynulleidfa yn sylweddoli maint y weithred hon y buont yn dyst iddi, yn ogystal â'i goblygiadau anorfod i'r Marchog, ac y mae'r gynulleidfa yn derbyn cyngor neu rybudd uniongyrchol sy'n mynd y tu hwnt i gyfyngiadau lefel arwynebol yr alegori.

Gwêl y gynulleidfa oblygiadau dilyn Gwaelder ar ddiwedd Rhan
I pan ddelir y Marchog yn ei bechodau mewn sefyllfa fyw iawn, ac
ymhelaethir ar natur bechadurus y rhai sy'n dilyn Gwaelder wrth
ei ddarlunio. Penderfyna'r Marchog farchogaeth y fforestydd o
gwmpas y llys ar ôl iddo fod yn y llys am un ar ddeg o ddyddiau,
trwy dori gorchmynion Duw ag arwain bywyd nefailiaidd (I.13.
1597–8). Y mae'n ymdrwsio'n ofalus cyn mynd ymaith ar ei farch
Ffromder yng nghwmni Gwaelder a'r arglwyddesi drygionus eraill,
a'r awgrym clir yw bod y Marchog yn barod i weithredu'n
bechadurus, ac yn wir, bod ei fryd ar wneud drygioni. Caiff
disgwyliadau'r gynulleidfa eu gwyrdroi'n llwyr, fodd bynnag, wrth
i'r holl sefyllfa newid:

> Mi a welwn y llys yn syrthio y'r ddayar a phob vn ag oedd yndi, a'r sawl
> y vo a deall ganto, ystyried y fath lefain tostyrys oedd gantynt. Yno y
> codes corwynt yn yn mysc a chrynfa dayar, yr hwn a'n gwahanoedd ni
> oll oddy wrth y gilydd. Ag yno i syrthiais fi a'm march ynn y gors hyd
> am fy haner, a'r pryd hyny nyd oedd neb gyda mi onyd yn vnig fy
> maystres Ffolineb. (I.13.1625–31)

Gellid tybio y byddai arwyddocâd y rhan hon o'r alegori yn glir
iawn i'r gynulleidfa, gyda'i phwyslais ar agwedd anobeithiol y
pechadur yn ei sefyllfa druenus. Anobeithia'r Marchog yn llwyr
wrth iddo raddol sylweddoli'i wir sefyllfa, a'i fod wedi'i dwyllo gan
Waelder a Ffolineb: *Yn lle dayoni, mi a gefais drygoni* (I.13.1656).
Gwelir bod bywyd y Marchog bellach yn ddibwrpas am na all
weithredu fel marchog, am nad oes angen amddiffyn corfforol arno
mwyach, ond amddiffyn ysbrydol: nerth gras Duw yn unig a all ei
dynnu o gors ei bechodau. Defnyddir sefyllfa druenus y Marchog er
mwyn rhoi rhybudd a chyngor ymarferol ac uniongyrchol i'r
gynulleidfa yn I.14, sef y dylent droi o waelder ac anrhydedd y byd
hwn at Dduw a'i ddaioni, er mwyn peidio â syrthio ar Ddydd y
Farn fel y syrthiodd y llys.

Wedi dilyn y Marchog ar ei daith gyfeiliornus i Lys Gwaelder yn
Rhan I, ceir cyferbyniad llwyr yn Rhan II, wrth i'r Marchog deithio
allan o gors ei bechodau, trwy Ysgol Edifeirwch i Lys Rhinwedd.
Sylweddola'r Marchog fod Duw wedi anfon ei adfyd a'i drallod
presennol er mwyn iddo gydnabod ei bechodau a'u cyffesu, a throi
ato Ef mewn ufudd-dod, ac y mae'r gynulleidfa yn dyst i hyn trwy
Ran II. Perir bod y Marchog ei hun, ar lefel arwynebol y stori ar

ddechrau Rhan II, yn ein hatgoffa o oblygiadau bywyd pechadurus trwy gyfeirio at ei sefyllfa druenus yn y gors:

> Hawdd yw y ddyn o'i waith y hvnan gwympo y yffern, ond amhossybl yddo ddyfod allan ailwaith heb nerth gann ras Duw. (II.1.1882-4)

Ar ôl i'r Marchog weddïo am faddeuant Duw, ymddengys Gras Duw fel cymeriad haniaethol arall o'i flaen, ac fe'i disgrifir mewn ffordd gadarnhaol sy'n cyferbynnu'n llwyr â'r disgrifiadau o arglwyddesi Llys Gwaelder. Y mae Gras Duw yn arglwyddes urddasol, a'i hwyneb yn disgleirio, nodwedd sy'n symboleiddio goleuni Iesu Grist y mae'n debyg, ynghyd â goleuni llythrennol y Marchog wrth iddo ddechrau troi at Dduw. Unwaith eto, gwneir taith y Marchog yn berthnasol i daith ysbrydol pob un, wrth i Ras Duw edliw iddo ei ffolineb wrth ddilyn Gwaelder. Sylweddola'r Marchog ei fod wedi gwneud camgymeriad wrth dderbyn cyngor Ffolineb, gan addo dilyn Gras Duw o hyn ymlaen, er ei fod yn haeddu damnedigaeth. Tynnir y Marchog o gors ei bechodau gan Ras Duw, gan adael Ffolineb a Ffromder ar ôl, a dyna'r cam cyntaf ar ei daith ysbrydol newydd mewn gwirionedd.

Y peth cyntaf a wna Gras Duw yw dangos i'r Marchog realiti dychrynllyd y llys o ddedwyddwch bydol, sef ei fod yn uffern (II.2). Y mae'r disgrifiad o'r lle yn cyferbynnu'n chwyrn â'r disgrifiad ohono a roddwyd yn Rhan I, ac y mae cyflwr y llys a thynged ei drigolion yn dychryn y Marchog (a'r gynulleidfa) bellach am ei fod mor annymunol ac erchyll. Y mae pwrpas deublyg i'r cwestiynau a ofyn Gras Duw i'r Marchog, sef peri i'r Marchog weld gwir natur Llys Gwaelder ar lefel arwynebol yr alegori, ac i'r gynulleidfa sylweddoli bod perygl iddynt hwythau fynd yno wrth fynd ar ôl dedwyddwch bydol. Fe'n hatgoffir hefyd o'r groesffordd lle y dewisodd y Marchog ddilyn Gwaelder yn gynharach, ac wyla'r Marchog wrth gofio am ei bechodau a'i ffolineb gynt.

Y cam nesaf ar y daith gadarnhaol hon yw bod Gras Duw yn mynd â'r Marchog i Ysgol Edifeirwch (II.3), ac amlygir awyrgylch yr ysgol hon trwy enwi cymeriadau sy'n cynrychioli haniaethau cadarnhaol megis Edifeirwch, Dolur am Bechod a Chyffesu Pechod. Disgrifir y modd y mae'r Marchog yn edifarhau am ei bechodau mewn ffordd bwrpasol ac ymarferol: rhestra'r Marchog ei hun ddrygioni'r gorffennol, a cheir rhestr gyferbyniol wedyn o'r hyn a ddysg yn Ysgol Edifeirwch:

A lle yr oeddwn i o'r blaen gwedy dysgy naidio, dawnso, chwaray, bwyta, yfed, hela pytainaid, a gwnaethyr pob ryw filaindra a mesiff, eithr yn Ysgol yr Etifairwch y dysgais wers newydd, nyd amgen penlino, tostyrio, gweddio, ymprydio, a byw yn ddayonys, yr hwn oedd wrthnebys y'r pethe a ddysgyswn yn y llys o ddedwyddyd bydol. (II.3.2121–7)

Y mae Edifeirwch yn peri i'r Marchog ddiosg y dillad pechadurus a gafodd gan Ewyllys Drwg a Ffolineb wrth wisgo ar gyfer ei daith ddrygionus yn Rhan I: dyma weithred symbolaidd sy'n cyfleu bod rhaid cael gwared ar bopeth yn y gorffennol pechadurus wrth edifarhau am bechodau a throi at Dduw.

Esbonnir yn glir yn y rhan nesaf o'r alegori fod newid sylfaenol yn digwydd wrth i'r Marchog edifarhau, trwy ddefnyddio dau ddarlun o natur anifeilaidd. Yn gyntaf, ceir darlun pwrpasol o sut y gellir mynd trwy fynediad cyfyng Ysgol Edifeirwch trwy ddisgrifio hen wiber yn mynd i mewn ac yn troi'n ifanc wrth wneud hynny; dywed Gras Duw fod rhaid i'r Marchog yntau adael ei hen groen (pechadurus) ar ei ôl, a throi'n ddyn ifanc yn y ffydd. Defnyddir darlun o eryr ar ôl hynny, sy'n troi'n ifanc ar ôl ymgreino mewn ffynnon, ac esbonnir bod yr un peth yn digwydd i'r Marchog wrth iddo ddod at Grist. Cyflwynir cymeriadau 'haniaethol' newydd wedyn wrth greu sefyllfa lle y gwelir y Marchog mewn rhyw 'lys' nefol (II.4). Gosodir yr olygfa hon yn ofalus: y mae Edifeirwch a'i llawforynion o gwmpas y Marchog, ac y mae Cydwybod (a'i gwialen Cnoad y Gydwybod) i'r chwith iddo, a Chofiedigaeth i'r dde. Y mae Gras Duw yn gorchymyn i Gydwybod agor llyfr sy'n sôn am bechodau niferus y Marchog: y mae'r rhain yn ei ddychryn ar lefel arwynebol yr alegori, ac yn dychryn y gynulleidfa ar yr un pryd, y mae'n siŵr. Dangosir bod y Marchog yn haeddu cael ei losgi yn nhân uffern mewn poenau tragwyddol am ddilyn Ffolineb a dedwyddwch bydol, ac y mae'r Marchog yn tybio *fod yffern yn egored yn barod y'm llyngcy* (II.4.2298–9). Fodd bynnag, y mae Gras Duw yn trugarhau wrtho ac yn agor llyfr Cofiedigaeth (II.5): y mae'r weithred hon yn ddyfais sy'n cynnig gobaith, am fod y llyfr yn dangos daioni a thrugaredd Duw mewn cyfres o hanesion Beiblaidd. Ceir pregeth gan y Meudwy Daionus, Deall Da (II.6), lle y defnyddir hanes Luc 7 i ailbwysleisio bod modd cael iechyd trwy ffydd.

Ceir dau beth o bwys yn natblygiad y daith gadarnhaol hon ym mhennod olaf Rhan II, sef bod y Marchog yn derbyn y Cymun ac yn cyrraedd Llys Rhinwedd. Defnyddir ffurf yr alegori mewn ffordd bwrpasol o hyd, wrth i'r Marchog – ar lefel lythrennol y stori – atgoffa'r gynulleidfa o gariad Duw ato ei hun wrth drugarhau wrtho, gan baratoi i dderbyn y Cymun mewn ffordd dduwiol a pharchus. Ar ôl y weithred hon, ceir nifer o gyferbyniadau â'r hyn sydd yn Rhan I. Y mae Gras Duw yn rhoi Deall Da (yn lle Ffolineb) i lywodraethu'r Marchog o hyn ymlaen (gan bwysleisio ystyr symbolaidd yr enw yng ngolwg y gynulleidfa):

> Myfi a roddaf y ti o hyn allan y Maydwy Dayonys hyn y'th lywodraethy. Deall Da y gelwir ef: cred yddy gynghorey ef, a gwna y pethe archo ef y ti y gwnaethyr. (II.7.2760–2)

Dilynir hyn gan weithred symbolaidd, sef bod Gras Duw yn rhoi tamaid i'r Marchog i'w fwyta: hynny yw, y mae Gras Duw yn 'entro' y Marchog, ac y mae'r Marchog yn sgil hyn yn gosod ei fwriad ar y llys o ddedwyddwch nefol (sef Llys Rhinwedd), ac yn dymuno marw er mwyn cyrraedd y nef. Ar ôl cinio, y mae pyrth cyfyng Llys Edifeirwch yn agor, a chrëir gwrthgyferbyniad graffig arall â'r hyn sydd yn Rhan I: lle'r oedd Llys Gwaelder a'i fynediad llydan yn arwain at ddistryw, y mae Llys Edifeirwch a'i fynediad cyfyng yn arwain at fywyd tragwyddol.

Disgrifir sut y cyrhaedda'r Marchog Lys Rhinwedd mewn ffordd sy'n amlygu gwir arwyddocâd yr olygfa i'r gynulleidfa. Y mae Gras Duw yn mynd o'i flaen i'w nerthu, ac fe'i dilynir gan Ddeall Da, Cofiedigaeth, Cydwybod ac Edifeirwch: dyna'r elfennau hanfodol ar gyfer y daith arbennig hon. Defnyddir darlun graffig (a Beiblaidd) o fyd anifeiliaid unwaith eto, er mwyn cyfleu'r ffordd y mae Gras Duw yn amddiffyn y Marchog rhag yr ysbrydion drwg sy'n anesmwytho'r rhai sy'n mynd i'r nef: cedwir y Marchog dan adenydd Gras Duw *fal i caidw y iar y chywian rag y barcyd* (II.7.2798–9). Y mae dyfodiad y Marchog i Lys Rhinwedd yn cael ei wylio gan Ffydd, ac y mae ystyr symbolaidd hyn, wrth gwrs, yn gwbl amlwg. Y mae saith tŵr Llys Rhinwedd yn cyferbynnu â saith tŵr Llys Gwaelder, ac y mae'r cyfarfod rhwng y Marchog a'r Arglwyddes Rhinwedd yn gwbl wahanol bellach. Lle yr oedd y Marchog wedi cefnu ar Rinwedd yn Rhan I, gan anwybyddu ei chyngor, y tro hwn gofyn iddi faddau iddo, am iddo ddilyn Gwaelder. Y mae Rhinwedd yn peri i'r Marchog godi, fel arwydd ei bod yn maddau iddo, ac yn ei gusanu a'i groesawu i'r llys.

Wrth grynhoi adeiladwaith yr alegori arbennig hon hyd yn hyn, felly, gwelwyd y Marchog yn cwympo i bechod yn Rhan I, ac yn edifarhau am ei bechodau a dod i Lys Rhinwedd yn Rhan II. Y mae prif ddigwyddiadau stori arwynebol y Marchog Crwydrad drosodd erbyn Rhan III felly, ac y mae'r rhan olaf hon yn gweithredu fel rhyw fath o atodiad esboniadol sy'n ategu'r hyn a ddigwyddodd i'r Marchog yn y rhannau blaenorol, ac yn gyfrwng i anelu gwybodaeth a chyngor uniongyrchol at y gynulleidfa. Ceir datblygiad ysbrydol uwch yn Rhan III, wrth i'r gynulleidfa ddilyn y Marchog ar gamau olaf ei daith. Y mae hyn yn ffurfio diweddglo digon effeithiol i'r gwaith, sydd hefyd yn berthnasol a phwrpasol iawn o safbwynt anghenion ysbrydol y gynulleidfa.

Disgrifia'r Marchog Lys Rhinwedd yn orfoleddus ar ddechrau Rhan III:

> A bod genyf i fil o dafodey i draethy gwirionedd am yr holl ddayoni a'r diddanwch, yr hwn a gefais i yn Llys Rinwedd. (III.1.2837-8)

Byddai gosodiadau o'r fath, ynghyd â'r disgrifiadau sy'n dilyn, yn cyferbynnu'n llwyr yng ngolwg y gynulleidfa â'r darlun o Lys Gwaelder a gyflwynwyd yn Rhan I. Dywed y Marchog nad oes yn Llys Rhinwedd yr un o'r pethau materol a geir yn y llys o ddedwyddwch bydol, *Onyd myfi a welwn yno bob peth yn ragori ymhell bob dim ag oedd ar y ddayar ag ny byd hyn* (III.1.2853-4). Y neges glir yw bod materoliaeth y byd hwn yn ofer ac yn negyddol, a gwelir ymhellach fod llawenydd a daioni y rhai cyfiawn yn Llys Rhinwedd – yn wahanol iawn i drigolion gwael Llys Gwaelder.

Anelir cyngor ymarferol at y gynulleidfa mewn ffordd grefftus o fewn y fframwaith alegorïaidd yn III.2-7, gan ddefnyddio y cymeriad Deall Da ar lefel lythrennol y stori fel modd i esbonio natur Rhinwedd a'i saith merch, ac i rybuddio rhag y pedwar drygedd sy'n wrthwynebus i'r pedair rhinwedd fydol, gan ddefnyddio hanesion Beiblaidd wrth gryfhau'r cyngor hwn. Ailgydir yn lefel lythrennol yr alegori wedyn yn III.8, wrth ddilyn y Marchog ar ei daith i weld dinas nef; ond, unwaith eto, caiff neges grefyddol ei chyflwyno'n naturiol ar yr un pryd, wrth i'r gynulleidfa sylweddoli bod y ffordd i'r nef – a'r ffordd briodol i ymddwyn yn sgil hyn – yn cael ei dangos iddynt hwythau. Dangosir dinas nef i'r Marchog o ddŵr Ffydd, pan fo yng nghwmni Ffydd a'r rhinweddau eraill, a gall y gynulleidfa hithau weld y pethau cadarnhaol rhinweddol sydd yno, ynghyd â'r pethau negyddol drygionus nas ceir yno. Bwriad amlwg hyn oll, wrth gwrs, yw codi awydd ar y gynulleidfa i fynd yno neu i amcanu mynd yno, ac y mae'r Marchog ei hun yn ymateb fel hyn:

> A gwedy y mi weled nef o dwr y Ffydd, a chlywed pwy fath drefn oedd yno, yr oeddwn yn fy meddwl yn casay y byd, ag yn tybiaid fy mod yn y nefoedd yn rodio. (III.9.3725–7)

Gofyn y Marchog i Ffydd am gael aros yn ei thŵr bob amser – dymuniad priodol i bob ffyddiwr – gan fynegi ei ddymuniad i fynd i'r nef wrth weddïo ar Dduw, gweithred sydd hefyd yn mynegi awydd y gynulleidfa i fynd yno, ynghyd â'u dymuniad i gyrraedd yr un man ysbrydol â'r Marchog.

Dangosir pwysigrwydd aros yn ddianwadal yn y ffydd ar ôl hyn, wrth i Ras Duw roi Dianwadal Aros i drigo gyda'r Marchog, gan orchymyn iddo ei gadw gydag ef bob amser am na ellir bod yn gadwedig hebddi. Y mae Deall Da yn esbonio y dylai'r teithiwr dynol gadw Dianwadal Aros gydag ef trwy'r amser (III.10): bydd y Marchog yn colli Llys Rhinwedd – a llawenydd y nef felly – wrth ei gwrthod unwaith, a dylai weddïo ar Dduw a dymuno nerth ei ras er mwyn aros mewn daioni. Perir i'r gynulleidfa ystyried eu tynged hwy eu hunain ymhellach, trwy ddefnyddio Deall Da i gael y Marchog i gofio ei fywyd pechadurus gynt, ac i feddwl am Ddydd y Farn pan fydd pawb yn gyfartal gerbron Duw.

Anelir y cyngor fwy neu lai yn uniongyrchol at y gynulleidfa erbyn III.11, er bod Deall Da yn ei roi i'r Marchog ar lefel arwynebol yr alegori o hyd, ac ni ddychwelir at stori'r Marchog yn III.12, y bennod olaf, am fod swyddogaeth lefel arwynebol yr alegori drosodd erbyn hyn, ac y mae'r gynulleidfa wedi hen ddod yn rhan annatod o'r hyn sy'n cael ei draethu. Ceir crynodeb o bwrpas y testun sy'n atgoffa'r gynulleidfa am y tro olaf am daith sylfaenol y Marchog, y peryglon o ymwrthod â Duw, a'r daioni a ddaw yn sgil edifarhau am bechodau a mynd i Lys Rhinwedd. Y mae'r Marchog yn Llys Rhinwedd o hyd: nid yw wedi marw eto ac felly nid oes sôn am fynd i'r nef; cynghorir y gynulleidfa i aros yn Llys Rhinwedd hyd y diwedd os ydynt yno'n barod trwy ras Duw – hynny yw, dylent aros yn yr un cyflwr ysbrydol â'r Marchog ar ddiwedd ei daith. Wedyn cynghorir y rhai nad ydynt eto yn Llys Rhinwedd, gan geisio eu cael i sylweddoli pa mor beryglus yw eu sefyllfa, ac i edifarhau a gofyn am faddeuant Duw. Yn olaf, gofynnir i Dduw roi gras i bawb, *y wneithyr yn ol yr hwn beth ag y draythwyd yn y llyfyr hwn* (III.12.4115).

Yn *Treigl y Marchog Crwydrad*, defnyddir ffurf yr alegori fel cyswllt rhwng yr awdur a'i neges a'r gynulleidfa a'i ffydd. Caiff y gynulleidfa ei thynnu i mewn i stori arwynebol taith neu bererindod y Marchog, gan dderbyn a deall y neges ddyfnach bron yn ddiarwybod, yn yr un ffordd ag y mae teledu a'r cyfryngau cyfoes yn cyflyru ein ffordd o feddwl ac ymddwyn, wrth i ni dderbyn gwybodaeth ac ymateb iddi heb inni fod yn ymwybodol o hynny. Y mae alegori *Treigl y Marchog Crwydrad* yn gweithio mewn ffordd debyg, gan drosglwyddo'r wir neges yn grefftus, heb bregethu'n sych na chyflwyno set o reolau y gallai'r gynulleidfa ymateb yn negyddol iddynt, er bod gofyn iddynt ddefnyddio ychydig o ddychymyg ar yr un pryd. Gall y gynulleidfa ymdeimlo â phrofedigaethau'r Marchog ar ei daith ysbrydol am y daw llawer iawn o'r traethu trwy enau'r Marchog ei hun. Y mae hyn yn fodd deheuig i gysylltu'r Marchog a'i brofiadau â phrofiadau unigol pob un o'r gynulleidfa. Defnyddir hanesion Beiblaidd i gryfhau stori'r Marchog ac i amlygu'r ystyr grefyddol, a llwyddir i'w cyflwyno mewn ffordd naturiol trwy elwa ar ffurf yr alegori i'w cynnwys ar yr adegau mwyaf priodol yn yr hanes. Caiff haniaethau gwahanol – da a drwg – eu diriaethu'n bobl a lleoedd er mwyn i'r gynulleidfa eu derbyn fel rhan o daith ysbrydol y Marchog. Y mae pwrpas dyfnach i'r cymeriadau haniaethol hyn, am eu bod yn cynrychioli agweddau ar y natur ddynol a'r natur ddwyfol, ac yn fodd i drosglwyddo gwir neges yr awdur (ar lefel ddyfnach yr alegori) i'r gynulleidfa. Dyna grefft alegori *Treigl y Marchog Crwydrad*, sef bod stori afaelgar taith y Marchog yn cynnal diddordeb y gynulleidfa ar lefel arwynebol ac yn cynnig gobaith i bobl sy'n ansicr eu ffydd, gan eu cryfhau a'u hysgogi i lynu wrth Dduw, a pheidio â chael eu dal mewn pechod, wrth drosglwyddo neges grefyddol bwysig mewn ffordd effeithiol ar yr un pryd. Er bod G. J. Williams yn ei ddisgrifio'n briodol fel 'llyfr moesegol', nid yw'r fath ddisgrifiad yn gwneud gwir gyfiawnder â'r gwaith. Nid llyfr sy'n moesoli'n sych ac yn uniongyrchol mo *Treigl y Marchog Crwydrad* o gwbl – y mae'n enghraifft o destun alegoriäidd diddorol ei naws a'i ffurf, ac yn sefyll ymysg pwysigion llenyddiaeth alegoriäidd yr Oesoedd Canol yn y Gymraeg.

(2) Y cyd-destun marchogwriaethol

Gellid tybio y byddai cynulleidfa Gymreig yr unfed ganrif ar bymtheg yn ymateb i stori *Treigl y Marchog Crwydrad* mewn ffordd arbennig ar sail ei gwybodaeth flaenorol o ddelwedd arbennig a phoblogaidd y marchog. Wrth edrych ar ystyr y motiff hwn yng ngolwg y gynulleidfa honno, ac ystyried y defnydd o ddelwedd y marchog a geir yn *Treigl y Marchog Crwydrad*, gellir gosod y testun yn ei briod le yn y corff o lenyddiaeth ryngwladol y mae'r marchog yn brif gymeriad iddo.

Yr oedd marchogwriaeth yn thema hynod o boblogaidd a ffrwythlon yn llenyddiaeth Ewrop yn yr Oesoedd Canol mewn gwirionedd, a sonnir am farchogion a'u harferion a'u morynion hardd yn llawer iawn o lenyddiaeth y cyfnod. Er enghraifft, ceir portread diddorol o'r marchog yn rhai o gerddi naratif y Ffrangeg (*c*.1090–*c*.1240: corff o waith sy'n cynnwys rhamantau Chrétien de Troyes),[146] ac awgrymodd Sally North y nodweddion canlynol ar gymeriad y marchog delfrydol:[147]

(i) Nerth corfforol: Y mae'r marchog delfrydol yn ddyn o gryfder eithriadol, ac y mae ei ddyfalbarhad wrth ymladd yn bwysig hefyd, sef y gallu i bara i ymladd ar ôl cael ei glwyfo a'i flino, er mwyn gorchfygu'i elyn yn y diwedd.

(ii) Dewrder corfforol: Y mae'r marchog delfrydol yn dangos dewrder corfforol, ac yn fodlon peryglu ei fywyd trwy fynd i ymladd mewn amgylchiadau anodd: er enghraifft, pan fo'r ochr arall yn fwy nag ef o ran maint a rhif.

(iii) Harddwch a bonedd: Y mae'r marchog delfrydol yn olygus

---

[146] Am lyfryddiaeth lawn ar Chrétien de Troyes, gw. D. Kelly, *Chrétien de Troyes: An Analytic Bibliography* (Llundain, 1976); ac am gyfieithiadau o'i waith i'r Saesneg, gw. W. W. Kibler (gol.), *Chrétien de Troyes: Arthurian Romances* (Llundain, 1991), a D. D. R. Owen, (gol.), *Chrétien de Troyes: Arthurian Romances* (Llundain, 1987). Am gysylltiad posibl cerddi Chrétien â'r rhamantau Cymraeg, gw. Idris Llywelyn Foster, 'Geraint, Owein, and Peredur' yn R. S. Loomis (gol.), *Arthurian Literature in the Middle Ages* (Rhydychen, 1959), 192–205. Gw. hefyd, R. M. Jones, 'Y rhamantau Cymraeg a'u cysylltiadau â'r rhamantau Ffrangeg' yn *LlC*, 4 (1956–7), 208–27; A. H. Diverres, 'Iarlles y Ffynnawn and Le Chevalier au Lion: adaptation or common source?' yn *SC*, 16/17 (1981–2), 144–62.

[147] Sally North, 'The ideal knight as presented in some French narrative poems, *c*.1090–*c*.1240: an outline sketch' yn C. Harper-Bill ac R. Harvey (goln.), *The Ideals and Practice of Medieval Knighthood* (Suffolk, 1986), 111–32.

a hardd, ac y mae golwg allanol atyniadol yn arwydd o werth moesol a chymeriad da. Y mae tras dda a statws cymdeithasol uchel yn wedd hanfodol ar y marchog delfrydol hefyd, ac yn fodd i ennyn edmygedd pobl eraill.

(iv) Rhinweddau corfforol a moesol: Y mae'r marchog delfrydol yn deyrngar, yn gwrtais ac yn hael; yn ffyrnig i'w elynion, ond yn garedig i'w gyfeillion.

Fodd bynnag, y mae'n debyg y byddai cynulleidfa Gymreig yr unfed ganrif ar bymtheg yn fwy cyfarwydd â'r ddelwedd o'r marchog a geir yn rhamantau *Owein*, *Peredur* a *Geraint*,[148] ynghyd â'r cyfieithiadau diweddarach, gan gynnwys rhai o Forgannwg fel *Treigl y Marchog Crwydrad*, a cheir amrywiaeth eang yn y ddelwedd o'r marchog a welir ynddynt. Portreedir llys Arthur yn *Historia Regum Britanniae* Sieffre o Fynwy yn y ddeuddegfed ganrif; a disgrifir sut y daeth marchogion Ewrop i'r llys er mwyn gwasanaethu Arthur, gan brofi eu teilyngdod i ferched y llys trwy eu campau dewr a'u milwriaeth a chyflwynwyd hynny i'r gynulleidfa Gymraeg yn y *Brut*.[149] Y mae sifalri yn nodwedd amlwg ar y rhamantau Cymraeg, lle y sonnir am foesau a defodau'r cestyll, ac am fywyd ac arferion y marchogion crwydraid:[150]

> Drwy'r fforestydd ... y mae'r marchogion yn crwydro ar ddisberod, yn chwilio am anturiaethau mewn modd amhendant, ac weithiau braidd yn ddi-gynllun; weithiau ar eu pennau eu hunain, weithiau yng nghwmni eu hoff ferched, neu gyda rhyw gorr surbwch. Y mae'r marchogion mor falch o brydferthwch eu merched priodol hwy, nes eu bod yn barod i ymladd i brofi'u rhagoriaeth â phwy bynnag a fyddai mor hy â'u hamau.[151]

Y mae'r rhamantau yn ymddiddori yn y ffordd y mae'r marchog, yr arwr, yn ymddwyn, ac y maent yn arddel safonau sifalrïaidd arbennig yn ôl Brynley F. Roberts.[152] Dylai'r marchog fod yn

---

[148] Gw. Glenys Witchard Goetinck (gol.), *Historia Peredur vab Efrawc* (Caerdydd, 1976); R. L. Thomson (gol.), *Owein* (Dulyn, 1986); R. L. Thomson (gol.), *Ystorya Gereint uab Erbin* (Dulyn, 1997).

[149] Brynley F. Roberts (gol.), *Brut y Brenhinedd* (Dulyn, 1984).

[150] Rachel Bromwich, 'Dwy chwedl a thair rhamant' yn *TRhOC*, 143–75, ac yn benodol 156.

[151] Ibid., 157.

[152] Brynley F. Roberts, rhagymadrodd yn Dafydd a Rhiannon Ifans (goln.), *Y Mabinogion* (Llandysul, 1980), ix–xxxi, ac yn benodol xxvii.

ddewr ac yn gryf wrth ymladd â'i elynion, ond yn deg â hwy ar ôl eu trechu. Dylai gadw anrhydedd ar bob cyfrif, a bod yn ffyddlon i'w lw, a dylai fod yn barod i amddiffyn y weddw a'r amddifad, ac i gywiro cam. Yn ogystal â hynny, gwelir yn y rhamantau y gred 'fod serch at wraig yn brofiad dyrchafol sy'n llanw'r holl bersonoliaeth',[153] ac y mae'r ymgysylltu hwn ym mywyd y marchog rhwng caru ac ymladd yn bur arwyddocaol. Y mae cariad at ferch yn dyrchafu'r marchog ac yn gwneud ei gymeriad yn fwy cyflawn, gan ei wneud yn ddyn dewr, hael a bonheddig, sy'n ymladd yn dda ac yn caru yn dda. Y mae gallu'r marchog i ymladd a llwyddo yn ei wneud yn fwy atyniadol fel gwrthrych serch ei wraig, a chaiff ei ysgogi i gyflawni campau milwrol ganddi sydd yn eu tro yn ennyn mwy o gariad ar ei rhan. Y mae'n bwysig cadw cydbwysedd ym mywyd y marchog fel milwr a charwr, am fod tyndra rhwng cariad y ferch a dewrder y marchog pan fo gormod o bwyslais ar un agwedd.[154] Gwelir gwendid anghymedroldeb pan fo'r marchog yn pwyso'n ormodol ar un agwedd ar draul y llall (e.e. yn *Owein*) sef y tensiwn yn y *topos* sifalrïaidd a gyflwynwyd gan Sieffre o Fynwy.[155]

Y mae *Peredur* yn chwedl sy'n ddadlennol iawn o safbwynt natur marchogwriaeth, ac agweddau'r byd allanol at ymddygiad sifalrïaidd. Y mae amharodrwydd a diffyg brwdfrydedd mam Peredur ar ddechrau'r chwedl yn dangos nad oedd pawb yn edrych ar farchogwriaeth fel swydd urddasol i ymfalchïo ynddi. Dengys ei chyngor i'w mab, wrth iddo gychwyn ar ei daith, amlygrwydd a statws marchogwriaethol llys Arthur, gan ddatgelu ychydig am god ymddygiad y marchog delfrydol hefyd:

'Dos ragot,' heb hi, 'y lys Arthur, yn y mae goreu y gwyr a haelaf a dewraf. Yn y gwelych eglwys, can dy pater wrthi. O gwely vwyt a diawt, o byd reit it wrthaw ac na bo o wybot a dayoni y rodi it, kymer tu hun ef. O chlywy diaspat dos wrthi, a diaspat gwreic anat diaspat o'r byt. O gwely tlws tec, kymer ti euo a dyro titheu y arall, ac o hynny clot a geffy. O gwely gwreic tec, gordercha hi kyn ny'th vynho. Gwell gwr a ffenedigach y'th wna no chynt.'[156]

---

[153] Ibid., xxvii.
[154] Gw. Patricia Williams, 'Y gwrthdaro rhwng serch a milwriaeth yn y Tair Rhamant' yn *YB*, 12, 40–56.
[155] Brynley F. Roberts, 'Tales and romances' yn *GWL*, 1, 203–43, ac yn benodol 224.
[156] Glenys Witchard Goetinck (gol.), *Historia Peredur vab Efrawc*, 9–10.

Datblygir yr agwedd dreisgar a diraddiol hon at ferched yn yr olygfa lle y mae Peredur yn cwrdd â morwyn Syberw Llannerch. Â Syberw Llannerch ar ôl Peredur i ddial arno, gan gredu y byddai marchog arall yn manteisio ar ei forwyn, er bod Peredur yn hollol ddieuog yn hyn o beth. Y mae'n debyg bod y marchogion yn tramgwyddo ei gilydd yn eu hymddygiad a'u hagweddau felly, a bod goblygiadau treisgar yn sgil hyn.

Gwelir darlun arwyddocaol arall o ffigur y marchog yn nhestun *Ystoryaeu Seint Greal*.[157] Cedwir y testun hynaf a mwyaf cyflawn o *Ystoryaeu Seint Greal* (cyfieithiad o'r rhamant Ffrangeg, *La Queste del Saint Graal*, a chyfieithiad o'r rhamant Arthuraidd, *Le Haut Livre du Graal* neu *Perlesvaus*) ym Mheniarth 11, llawysgrif sy'n dyddio o tua diwedd y bedwaredd ganrif ar ddeg. Y mae'n debyg bod Hopcyn ap Thomas o Forgannwg yn berchen ar y llawysgrif hon yn wreiddiol,[158] ac y mae'n debyg, felly, bod chwedlau a straeon marchogwriaethol yn ddigon hysbys a phoblogaidd ym Morgannwg rhyw ddwy ganrif cyn cyfieithu *Treigl y Marchog Crwydrad*.

Y mae'r ddelwedd farchogwriaethol a geir yn *La Queste del Saint Graal* yn arbennig o ddiddorol: y mae'r marchogion yn derbyn cyngor gan fynaich, offeiriaid a meudwyaid, ac y mae agwedd lem at bechod a phechodau'r cnawd:[159]

> Yn y cais am y greal ni wna anturiaethau bydol na'r rhinweddau milwrol traddodiadol y tro bellach. Gan fod hon yn antur Gristnogol, aruchel, bernir y marchogion yn ôl ffon fesur dra gwahanol, a digwydd rhai o'r anturiaethau ar lefel ysbrydol yn unig, megis y twrneimant du a gwyn. Profi ffydd a glendid y marchogion yw'r bwriad, nid dewrder a'r sgiliau milwrol arferol. Dyna pam y collodd cynifer o'r marchogion eu ffordd, neu droi'n ddigalon tuag adref, neu gael eu clwyfo a'u lladd. Tri yn unig, Peredur, Bwrt a Galâth a lwydda i gyrraedd pen y daith, ac i Galâth yn unig y caniateir gweledigaeth gyflawn o'r greal.[160]

Fodd bynnag, y mae'n debyg i'r cyfieithydd wneud ychydig o waith addasu wrth drosi *La Queste del Saint Graal* i'r Gymraeg, a cheir yn

---

[157] Golygwyd cyfieithiad Cymraeg *La Queste del Saint Graal* yn Thomas Jones (gol.), *Ystoryaeu Seint Greal Rhan I: Y Keis* (Caerdydd, 1992); gw. hefyd Dafydd Glyn Jones, 'Rhan gyntaf *Y Seint Greal*' yn *YB*, 6, 45–86, ac yn enwedig 64–82 o safbwynt delwedd y marchog.
[158] Thomas Jones (gol.), *Ystoryaeu Seint Greal*, xiv.
[159] Ibid., xxiii–xxiv.
[160] Ibid., xxiv.

y cyfieithiad Cymraeg fwy o bwyslais ar yr anturiaethau a'r digwyddiadau, yn hytrach nag ar ddadansoddi problemau ysbrydol.[161]

Ceir pwyslais ar yr ysbrydol a'r moesol yn nifer o'r cyfieithiadau eraill a gopïwyd ym Morgannwg yn yr un cyfnod â *Treigl y Marchog Crwydrad*, gan dynnu ar ddelwedd y marchog wrth drosglwyddo neges grefyddol. Er enghraifft, y mae nifer o chwedlau'r *Gesta Romanorum* yn sôn am y marchog fel cymeriad daionus;[162] y mae'r marchog yn cynrychioli'r enaid cyfiawn yn Ystori 14,[163] a gwelir haelioni a lletygarwch y marchog yn Ystori 42: 'A'r marchog a edrychawdd ar yr ysgwier jevank, ag idd oedd ef yn voddlon yddy ymddygiad ef; ag ef a genataodd llety yddo, ag a wnaeth graüso mawr yddo ef.'[164] Yn y stori hon, y mae'r marchog yn gymeriad digon anrhydeddus, gan geisio arbed bywyd y sgwier trwy ymyrryd â chynnwys rhai llythyrau sy'n darogan ei ladd, er ei fod yn eu darllen heb ganiatâd yn y lle cyntaf, tra bo'r sgwier yn cysgu.

Y mae'n debyg bod y ddelwedd o'r marchog yn fwy diddorol – ac yn llai traddodiadol – yn Ystori 7 lle y mae'r marchog yn achub dinas gyfan, am iddo wisgo arfau gwaharddedig, cyn i'w gyhuddwyr ei ladd.[165] Ymddengys fod y bedd lle y claddwyd y marchog arfog yn cynrychioli'r groth a ddaliodd y Crist ymgnawdoledig, ynghyd â'r bedd y claddwyd Crist ynddo.[166] Ceir darlun diddorol o'r marchog yn Ystori 10 sy'n sôn am y marchog call a'r marchog ffôl yn chwilio am y ffordd orau i'r ddinas, ac y mae'r eglurhad ar y chwedl hon yn dangos ffigur sy'n bur wahanol i brif gymeriad testun *Treigl y Marchog Crwydrad*:

'Kyving yw'r ffordd a sydd yn arvain i'r bywyd tragwddol.' Ag ar y ffordd honno i mae tri marchog harnaisys, yr hain yw y byd a'r knawd a'r kythraül. Ag i mae'n raid i ni ymladd a'r haini a'i gormailo hwynt kyn myned i'r nef.[167]

---

[161] Ibid., xxiv.
[162] Patricia Williams (gol.), *Gesta Romanorum*, lv. Gw. uchod, xxi–xxii a xxxviii–xxxix.
[163] Patricia Williams (gol.), *Gesta Romanorum*, lix, 19–24.
[164] Ibid., 103–10, ac yn benodol 107, ll.3943–6.
[165] Ibid., lx, 5–7.
[166] Ibid., lv.
[167] Ibid., 9–13, ac yn benodol 12, ll.394–8.

Y mae rhai o gymeriadau'r homilïau a geir yn *Darn o'r Ffestival* yn farchogion hefyd.[168] Gwelir y darlun traddodiadol o'r marchog nerthol sy'n hoff o'i fwyd a'i ddiod yn y disgrifiad hwn: 'marchoc yrddol kadarn . . . yn anllywodraethv y gorff ehvn a bwydydd a diodydd.'[169] Fodd bynnag, y mae'r ddelwedd hon yn fwy ysbrydol ac yn cyfleu pwrpas crefyddol yn nes ymlaen yn y stori am y marchog tosturiol sy'n cael ei gyffelybu, y mae'n debyg, i Iesu Grist ei hun.[170] Mewn homili arall, defnyddir delwedd y marchog i gyflwyno neges am faddeuant a thrugaredd.[171] Ceir stori am farchog sy'n ymladd â mab marchog arall a'i ladd. Â'r troseddwr hwn 'ar herw y wledydd pell'[172] ar ôl y digwyddiad hwn, a daw yn y diwedd at eglwys ar ddydd Gwener y Groglith, gan sefyll y tu allan a gwylio'r plwyfolion yn mynd i mewn i'r gwasanaeth. Wrth iddo agosáu at yr eglwys, gwêl 'y marchoc arall, y elyn'[173] yn dod yng nghwmni gwŷr arfog. Yn naturiol, y mae'r marchog hwn yn ei gyrchu am ladd ei fab, a gofyn y marchog troseddus am ei drugaredd a'i faddeuant. Pwysleisir yn y stori hon arwyddocâd dydd Gwener y Groglith ac aberth Iesu Grist ar y diwrnod hwnnw, a disgrifir breichiau'r marchog edifeiriol ar led fel y darlun o'r Iesu ar y Groes. Caiff ei faddau gan y marchog arall 'er mwyn y gwr a ddioddefwys ar y groes',[174] ac addola'r ddau ohonynt ar eu gliniau gyda'i gilydd. Y mae'r marchog maddeugar yn esiampl i bawb: trugarhau wrth eich cyd-Gristion yw ergyd clir yr homili hon.[175]

Y mae'r ddelwedd o'r marchog a geir yn *Treigl y Marchog Crwydrad* – fel darlun o'r pechadur – yn bur wahanol i'r darlun a gyflwynir yn y chwedlau traddodiadol yn Gymraeg ar adegau, ac,

[168] Gw. uchod, xxiii, xxxix.
[169] Henry Lewis, 'Darn o'r Ffestival', 39.
[170] Ibid., 59–60.
[171] Ibid., 63–4.
[172] Ibid., 63.
[173] Ibid., 64.
[174] Ibid.
[175] Nid y *Gesta Romanorum* a *Darn o'r Ffestival* yw'r unig destunau o Forgannwg i sôn am farchogion yn y cyfnod hwn, fodd bynnag: y mae un arall o destunau Llanover B17, *Ystori Alexander a Lodwig*, yn cynnwys straeon am farchogion, er enghraifft: gw. T. H. Parry-Williams (gol.), *Rhyddiaith Gymraeg*, 1, 118–21. Dylid nodi, wrth drafod y defnydd o ddelwedd y marchog mewn cyd-destun crefyddol, y cyfeiriadau a geir at y *marchog du* neu'r *marchog dall*: gw. G. Hartwell Jones, 'Celtic Britain and the pilgrim movement' yn *Y Cymmrodor*, 23 (1912), 39–44, 179–81; H. Elvet Lewis, 'Welsh Catholic poetry of the fifteenth century' yn *THSC* (1911–12), 23–41, ac yn enwedig 29; L. J. Hopkin-James a T. C. Evans (goln.), *Hen Gwndidau, Carolau a Chywyddau*, xiv.

yn wir, i'r llenyddiaeth grefyddol a gopïwyd ym Morgannwg yn yr un cyfnod. Y mae teitl y testun hwn – *Treigl y Marchog Crwydrad* – yn amlygu pwysigrwydd y syniad o daith (neu *voyage* fel y'i nodir yn nheitlau'r testunau Saesneg a Ffrangeg cyfatebol fel ei gilydd). Y mae'r syniad hwn yn ganolog yn y rhamantau sifalrïaidd, ac y mae'r tebygrwydd o ran strwythur i'w gael yn y testun hwn. Yn y rhamantau, gwelir taith y marchog a'r gwahanol gamau yn ei ddatblygiad a'i addysg arwrol farchogwriaethol. Y mae'r marchog yn gadael y llys ac yn mynd ar nifer o anturiaethau, ac y mae'r daith hon yn fodd i ddatblygu ei gymeriad ac yn gyfrwng addysg a hyfforddiant iddo. Defnyddir y daith hon fel sylfaen yr alegori yn *Treigl y Marchog Crwydrad*, wrth i'r Marchog fynd ar nifer o anturiaethau pechadurus cyn i'r daith droi yn un ysbrydol yn y pen draw. Y mae'r ddelwedd hon o'r marchog ar ei chryfaf yn Rhan I o'r testun, sy'n dilyn taith bechadurus y Marchog hyd at ei gwymp. Yn I.1.60–1, dywed y Marchog Crwydrad iddo ddechrau ar ei daith pan oedd *yn gryf ag yn iefangc, yn wyllt ag yn awyddys*, ac y mae'n debyg y byddai'r gynulleidfa a fyddai'n gyfarwydd â'r ddelwedd arferol o'r marchog arwrol yn lled-ddisgwyl taith arwrol i'w brofi fel marchog yn sgil hyn. Dyna'r drefn a gofnodir yn chwedl *Peredur*, er enghraifft, wrth i'r marchog fynd ar anturiaeth i lys Arthur a chael ei urddo'n swyddogol. Fodd bynnag, dysgwn yn bur fuan fod bryd y Marchog Crwydrad am gael boddhad personol: y mae hyn i bob pwrpas yn troi holl ergyd cais difrifol chwedl fel *Peredur* ar ei ben yn llwyr. Byddai'n chwerthinllyd o anaddas i unrhyw farchog osod ei fryd yn llwyr ar ddifyrrwch personol, a byddai hyn yn hollol anghytbwys a gwrthwynebus o safbwynt ei ddyletswyddau swyddogol a marchogwriaethol. Y mae'n amlwg o'r cychwyn cyntaf, felly, nad yw'r Marchog Crwydrad yn ymwybodol o ystyr sifalrïaidd draddodiadol ei statws, ac y mae ei naïfrwydd a'i ffolineb yn dod i'r amlwg yn bur fuan hefyd. Y mae ynddo ansicrwydd meddwl o'r dechrau, wrth sylweddoli *vod yn raidiol y mi gael cyngor* (I.2.94–5) pan fo ar fin cychwyn ar ei daith, gan beidio â gweithredu'n annibynnol ei farn fel marchog. Er bod y Marchog Crwydrad yn gosod ei fryd ar dderbyn cyngor da, defnyddiol, derbyn yn lle hynny gyngor drwg gan Ffolineb (sy'n ei gymell i fynd ymlaen ar ei daith ofer), heb sylweddoli gwir natur ei chymeriad. Darlun o gymeriad unllygeidiog a braidd yn naïf a geir yma felly, dyn sy'n fodlon derbyn cyngor rhywun arall heb feddwl drosto ei hun.

Y mae'r Marchog Crwydrad yn dibynnu ar Ffolineb i ddarparu'r offer priodol ar gyfer ei daith, fel ei drwsiad a'i harnais, a hyd yn oed ei farch, ac y mae Ewyllys Drwg yn ei chynorthwyo i'r perwyl hwn, gan wneud i'r Marchog

> grys o anlladrwydd, a dwbled o wael ddymyniadey, ag ysaney o ofer hoffter, a harnais o anwybodaeth, a chorsied o ansadrwydd, a menig plat o segyryd, a helmed o wegi, a bwcler o ddigwilyddrwydd, a gwregis o anhymeraiddrrwydd, a chleddyf o anyfydd-dod, a dart a elwir Gobaith am hir einioes. (I.3.206–11)

Y mae'r disgrifiadau o arfwisg y Marchog yn hollol wahanol i ddarluniau eraill lle y mae crandrwydd a balchder yn rhan bwysig o ymddangosiad corfforol y marchog, a lle y ceir disgrifiadau gofalus o'i arfau a'i wisg. Yn *Breudwyt Ronabwy*, er enghraifft, disgrifir marchogion Arthur mewn ffordd batrymol, gan ddechrau trwy ddisgrifio'r march, arfau'r march a'r marchog, wedyn ei gleddyf, ei helmed a'i waywffon,[176] a dangosir yr un gofal yn y darlun o wisgo Arthur ag arfau yn y *Brut*.[177] Darperir yr elfennau 'allanol' arferol hyn i'r Marchog Crwydrad, ond y mae ail ran pob un o'r disgrifiadau yn cyfleu pwrpas ofer ac annefnyddiol yr eitem, gan adlewyrchu natur bechadurus y Marchog. Er hynny, y mae'r Marchog Crwydrad ei hun yn anymwybodol o wir arwyddocâd ei arfau, gan dybio bod yr arfwisg hon yn mynd i fod yn ddefnyddiol iddo, ac felly y mae'n hollol barod i fynd yn ei flaen.

Y mae'r Marchog Crwydrad yn treulio *tridiey mewn gwynfyd a digryfwch* (I.4.236–7), sef cyfnod o ymlacio a bwrw ei bryderon oddi arno. Dyma sefyllfa hollol chwerthinllyd unwaith eto, am nad yw ei daith wedi dechrau o ddifrif, hyd yn oed, heb sôn am oblygiadau marchogwriaethol difrifol fel mynd i frwydr, ac y mae'n amlwg bod ei holl baratoadau yn mynd i fod yn ofer. Fodd bynnag, y mae'r Marchog Crwydrad ychydig yn chwilfrydig erbyn hyn, ac yn dechrau holi Ffolineb am ei chefndir o'r diwedd. Hanner ateb ei gwestiynau a wna Ffolineb, gan addo manylu yn nes ymlaen: ac y mae'r Marchog yn derbyn yr amod hwn yn ddifeddwl, peth sy'n

---

[176] Gw. Melville Richards (gol.), *Breudwyt Ronabwy* (Caerdydd, 1948); Ceridwen Lloyd-Morgan, 'Breuddwyd Rhonabwy and later Arthurian literature' yn Rachel Bromwich, A. O. H. Jarman a Brynley F. Roberts (goln.), *The Arthur of the Welsh* (Caerdydd, 1991), 183–208, yn enwedig 188.

[177] Gw. Brynley F. Roberts (gol.), *Brut y Brenhinedd*, 24–5, ll.776–84.

RHAGYMADRODD

tanseilio ei urddas a'i anrhydedd ymhellach. Yn nes ymlaen, ni sylweddola'r Marchog Crwydrad wir arwyddocâd y manylion am y bobl y mae Ffolineb wedi dylanwadu'n ddrwg arnynt, na gwir natur Ffolineb, sef ei bod yn llywodraethferch y rhai drygionus lluosog a gofnodir yn I.5, a'i bod bellach yn ei lywodraethu ef ei hun. Ni chefna'r Marchog Crwydrad ar Ffolineb, er iddo ymateb i'w stori ddrygionus olaf yn I.5 wrth edrych yn ôl o'i berspectif goleuedig, cyn ailddechrau'r disgrifiad o'r daith yn y bennod nesaf.

Y mae'r diffyg arwriaeth yng nghymeriad y Marchog Crwydrad yn dod i'r wyneb ymhellach yn I.6, wrth iddo ddangos ei ansicrwydd ynglŷn â pha ffordd i'w dewis wrth y groesffordd. Nid oes ganddo hunanhyder i ymateb yn reddfol fel marchog i'r sefyllfa hon, a phenderfynu drosto ei hun. Yn wir, ni welwyd unrhyw ddewrder na menter ar ei ran hyd yn hyn, ac nid yw wedi ei brofi ei hun o gwbl. Dal i bendroni y mae'r Marchog wrth i ddwy arglwyddes ddod ato. Fodd bynnag, nid yw'n ymateb fel marchog i bresenoldeb y ddwy: ac nid yw'r naill arglwyddes na'r llall yn wrthrych ei gariad yn yr episod hwn. Yn hytrach, y mae'r Marchog Crwydrad yn gofyn i'r ddwy am gyngor ynglŷn â pha ffordd i fynd, gweithred sy'n hollol groes i'r ddelfryd arferol o gariad yn ysgogi gweithredoedd y marchog. Wedyn, y mae'r Marchog yn gadael i Ffolineb ei lywio i dderbyn cyngor yr arglwyddes Gwaelder, sy'n cymeradwyo'r ffordd fwyaf atyniadol gan ei chanmol i'r eithaf, ar draul y llall. Nid yw rhesymeg y marchog arwrol sifalrïaidd yn llywio dewis y Marchog Crwydrad o gwbl: caiff ei ddenu gan olwg ddymunol allanol y ffordd hon, gan wrthod ffordd Rhinwedd am fod eisiau mwy o ymdrech i'w cherdded. Nid yw'r dewis hwn yn anrhydeddus felly, ac adlewyrchir realiti'r sefyllfa yn y sylw diddorol o ddilornus ar ddechrau I.7 sy'n sôn am ddiffyg synnwyr y Marchog: *Eithr pe bysei genyf synwyr cyffylog* (I.7.1080).

Erbyn I.8, hudwyd y Marchog Crwydrad gan Waelder, sy'n ei ddallu i wirionedd yr hyn sy'n digwydd iddo. Fodd bynnag, nid oes carwriaeth rhyngddynt yn yr ystyr arferol, fel a geir yn *Gereint* ac *Owein* er enghraifft, am y gorwedd prif ddiddordeb y Marchog Crwydrad o hyd mewn cael dedwyddwch bydol, ac y mae Gwaelder yn fodd iddo gyflawni'r amcan hwn. Â'r Marchog i'r llys o ddedwyddwch bydol yng nghwmni Gwaelder, ac y mae'r disgrifiad o'r ddau yn cyrraedd y lle hwn yn hollol wrthwynebus i'r *topos*

traddodiadol ac arwrol o farchogion yn mynd i lys Arthur, er y
defnyddir y cyd-destun marchogwriaethol arferol wrth sôn am fod
o fewn *ergid bwa croes* i'r lle (I.8.1163). Disgyn y Marchog
Crwydrad o'i farch, a thynnir ei helmed ymaith gan Ffolineb; caiff
ei gusanu gan arglwyddesi'r llys, a'i ddiarfogi gan Nwyfant. Nid oes
urddas nac anrhydedd marchogwriaethol yn perthyn iddo yn y
darlun hwn, er ei fod wedi'i wisgo fel marchog: ei ymddangosiad
allanol yn unig sy'n awgrymu ei statws, yn hytrach na'i ymddygiad.
Y mae'r diffyg urddas hwn yn parhau yn y wledd fawr a gynhelir yn
y llys sy'n anrhydeddu'r Marchog Crwydrad trwy beri iddo eistedd
yn y lle gorychaf ar y bwrdd (I.8.1185), ond y mae'r cymeriadau
drygionus ac anweddus o'i gwmpas yn amlygu gwir natur y sefyllfa.
Dangosir gwendidau pellach yn ei gymeriad ar ôl swper am nad
yw'n ymddwyn yn y ffordd farchogwriaethol ddisgwyliedig: y
mae'n rhy flinedig ar ôl y daith i ddawnsio a mwynhau ei hun, ac â
i'r gwely ar ei ben ei hun, wedi ymlâdd:

> Ag Arglwyddes y Nwyfant hefyd a ofynoedd y mi p'yn a fynwn, ay cysgy
> fy hynan, ay cael cywely ym. A miney a atebais gan ddywedyd fy mod i
> ynn ddyffygiol gwedy siwrnaio, ag mi a ddaisyfais gael myned y'm
> gwely. (I.8.1198–202)

Gwelir y Marchog yn ddarostyngedig i dywysog y llys (sef
Liwsiffer ei hun) yn I.9, ac y mae'r episod dilynol yn troi arwriaeth
lysol y rhamantau ar ei phen yn llwyr, am y caiff y Marchog
Crwydrad ei saethu gan Giwpid yn y llys ei hun. Y mae'r
digwyddiad hwn yn tanseilio ei hygrededd fel marchog ymhellach:
y mae'r gynulleidfa wedi gweld y Marchog Crwydrad yn derbyn
croeso mawr yn y llys a mwynhau'r lle gorau yn y wledd, ac y mae'n
hollol eironig, felly, ei fod yn cael ei saethu – er yn ffigurol – yn
niogelwch y llys, nid wrth frwydro mewn twrnamaint. A'r saeth
hwn – yn hytrach na'i deimladau ei hun – sy'n cymell chwant a
chariad yn y Marchog Crwydrad o'r diwedd, wrth i Waelder
ddangos ei *llettu dirgeledig* iddo yn I.10. Y mae hyn yn arwain at y
weithred bechadurus o gyfathrach rywiol â'r Arglwyddes Fenws
(I.11) sy'n arwain at gwymp y Marchog yn y pen draw: yn wahanol
iawn i'r rhamantau, lle y mae serch at wraig yn gwneud y marchog
yn fwy cyflawn.

Disgrifir ymddygiad y Marchog Crwydrad yn Llys Gwaelder yn
I.12.1543–6 yn y ffordd hon:

Nyd oedd ef yn gwnaethyr dim onyd chwarey, a dawnsio, naidio, cany, bwyta, ag yfed, heboca, hela, a dilyn aniwairdeb . . . ag arwain y vywyd yn anweddys yn hyd vn diwarnod ar ddeg.

Er bod rhai o'r pethau a nodir yma yn weithgareddau 'cyfreithiol' y byddai'r gynulleidfa yn disgwyl i'r marchog eu gwneud wrth ymlacio yn y llys, y mae gorbwyslais yma ar bleserau bywyd y llys, ac ni sonnir am yr elfen ddifrifol ar fywyd y marchog o gwbl. Y mae bryd y Marchog Crwydrad ar ddifyrrwch o hyd, ac nid yw dyletswyddau neu arferion marchogwriaethol ffurfiol yn rhan o'r ddelwedd a geir ohono. Treulia un diwrnod ar ddeg yn y llys cyn mynd allan o'r diwedd i farchogaeth *y'r fforestydd o amgylch y'r llys* (I.13.1599), ond gwnâ hyn nid yn sgil ei reddf farchogwriaethol ond *er mwyn fy nifyrwch vy hynan, o achos fy mod i yn blino yn ymborthi yn segyrllyd yn yr vn lle* (I.13.1600-2), gan roi pwyslais eto ar yr elfennau anwadal a gwan yn ei gymeriad.

Y mae'n hawdd rhagweld o'r dechrau bod yr antur newydd hwn yn mynd i fod yn fethiant llwyr, am nad yw'r Marchog Crwydrad yn magu agwedd ddifrifol neu ryfelgar ato. Gwisg *mewn trwsiad helwr* (I.13.1615) yn hytrach nag arfwisg marchog, y mae ganddo *het yn llawn esgyll* (I.13.1615-16) yn hytrach na helmed, a chorn yn hytrach na harnais. Nid pwrpas difrifol urddasol sy'n ei yrru ymlaen ar yr helfa hon chwaith felly, ond ei ddymuniad am ddifyrrwch llwyr. Ceir goblygiadau annisgwyl i'r perwyl hwn, fodd bynnag, sy'n tanseilio urddas a statws y Marchog Crwydrad yn llwyr, wrth iddo droi pen ei farch i gael gwynt, a gweld y llys yn syrthio, a chael ei ddal mewn cors ddrewllyd sy'n llawn creaduriaid gwyllt, er ei fod, yn eironig, yn llwyddo i gadw ei farch gydag ef. Nid oes gan y Marchog Crwydrad unrhyw anrhydedd ar ôl bellach, ac nid yw'n gallu delio â'r sefyllfa fel marchog arwrol. Er ei fod yn llidio wrth Ffolineb am ei gael i'r fath sefyllfa, ni all dynnu ei gleddyf na sbarduno ei farch:

Ag am hyny mi a lidiais, gan amcany tyny fy ngleddyf, ag ny ddawei ef allan o'r wain, ag yno mi ysbardynais fy march, onyd ny chwnei ef vn droed yddo. (I.13.1671-4)

Ni all y Marchog Crwydrad weithredu fel marchog erbyn diwedd Rhan I felly, ac y mae colli anrhydedd i'r fath raddau yn bur drychinebus o'i gymharu â'r darlun cyfarwydd o'r marchog arwrol a geir yn y rhamantau.

Ar ddechrau Rhan II, caiff y Marchog Crwydrad ei dynnu o gors ei bechodau gan Ras Duw, ac nid yw delweddaeth ffigur y marchog mor gryf na chwaith mor arwyddocaol o hyn ymlaen. Ceir mwy o bwyslais uniongyrchol ar ystyr grefyddol y gwaith, am fod y gynulleidfa bellach wedi'i thynnu i mewn i'r alegori, a cheir llai o bwyslais ar ddelwedd y Marchog yn sgil hyn, wrth i'r Marchog Crwydrad droi i ffwrdd o'i hen fodolaeth bechadurus. Fodd bynnag, nid yw'r cyd-destun marchogwriaethol yn diflannu'n llwyr, ac y mae'n ddiddorol sylwi bod Ysgol Edifeirwch wedi'i amgylchynu *o moat*, sef Yfydd-dod, yn II.3, ac mai yn yr ysgol hon y mae'r Marchog Crwydrad yn diosg ei 'arfwisg' bechadurus o'r diwedd, a hefyd mai *day farch gwynion* sy'n tynnu'r Marchog Crwydrad a'i gwmni haniaethol rhinweddol i Lys Rhinwedd yn II.7. Y mae'r marchog yn gymeriad mwy gofalus erbyn diwedd Rhan II, ac yn dangos mwy o 'gonsýrn' ynghylch ei dynged. Defnyddir y ddelwedd fel modd i amlygu ystyr ddyfnach yr alegori a diben foesol y gwaith i'r gynulleidfa yn Rhan III: er enghraifft, gwelir bod rhesymau pwrpasol dros ansicrwydd y Marchog yn III.9, wrth ofyn i Ffydd am gael aros yn ei thŵr a gofyn i Ddeall Da sut i gadw Dianwadal Aros gydag ef trwy'r amser.

Er bod *Treigl y Marchog Crwydrad* yn defnyddio confensiwn y daith yn strwythur i'w alegori, y mae'r ddelwedd o'r marchog a geir yn y testun hwn yn bur wahanol i'r hyn a geir yn llawer iawn o'r llenyddiaeth sifalrïaidd a oedd yn hysbys erbyn yr unfed ganrif ar bymtheg. Y mae addysg a datblygiad y Marchog Crwydrad yn gwbl wahanol i'r safonau disgwyliedig gan farchogion y rhamantau Cymraeg, er enghraifft; arwyr anrhydeddus sy'n dilyn cod ymddygiad arbennig yw'r rhain, fel arfer. Troir delwedd sifalrïaidd marchogion llys Arthur ar ei phen yn llwyr yn *Treigl y Marchog Crwydrad*, am fod y Marchog yn gorfoleddu yn llys Rhinwedd ar ôl ennill cyfanrwydd ysbrydol. Duw ei hun a wasanaethir ganddo yn y pen draw – nid arglwydd neu frenin y llys – wrth i'r Marchog wneud iawn am fethiannau di-rif ei orffennol. Nid brwydr waedlyd a chorfforol ar faes y gad a geir felly, am fod y Marchog Crwydrad yn ymladd brwydr fewnol ysbrydol yn erbyn pechod a'r diafol ei hun.

Llawysgrifau *Treigl y Marchog Crwydrad* a'u Perthynas

(1) Disgrifiad o'r llawysgrifau

Cadwyd testun *Treigl y Marchog Crwydrad* mewn pum llawysgrif Gymraeg, a'r testun hwn yn unig a geir yn y pump ohonynt:[178]

1 Llanstephan 178

Dyddiad: tua 1585,[179] dyna'r llawysgrif gynharaf sy'n cynnwys *Treigl y Marchog Crwydrad* yn Gymraeg, a'r llawysgrif fwyaf cyflawn o'r pump.

Copïydd: Ieuan ab Ieuan ap Madog.[180]

Cyflwr y llawysgrif: Y mae'r llawysgrif wedi ei rhwymo mewn hanner lledr. Y mae'r ysgriflaw yn glir ac yn ddarllenadwy ar y cyfan, er bod ychydig o'r ffolios wedi'u cyweirio ar ôl eu rhwygo, ynghyd â rhai o'r ymylon. Papur: 200 × 150mm.

Ffolios: 1–66, 68–73, 75–132; anghyflawn ar y diwedd. Y mae'r ffolio gyntaf sy'n cynnwys I.1, ynghyd â darn dieithr a gynhwysir yn ff. 133, wedi'u hychwanegu mewn llawiau gwahanol ac y mae ff. 2 wedi cael ei dileu.[181] Y mae'r ffaith bod y llawysgrif yn ddiffygiol yn golygu bod rhan o II.1, II.3 a III.11, ynghyd â'r cwbl o III.12, bellach yn eisiau. Y mae ff. 74 bellach yn rhan o lawysgrif Harley 2414 yn y Llyfrgell Brydeinig, sy'n cynnwys casgliad o achau yn llaw Llywelyn Siôn.[182]

Manylion eraill: Torrwyd enw Howel Morgan ar ff. 54, 58 a 76v, enw Elizabeth Thomas ar ff. 58, enw William Rich ar ff. 91, ac enw Thomas M. Sullard/Mullard ar ff. 129v. Ceir nodiadau ymylol yn llaw Ieuan ab Ieuan ap Madog ar ff. 78v a 79, sy'n cynnwys

---

[178] Dangosir rhannau diffygiol y gwahanol lawysgrifau yn Atodiad I isod, cx–cxi.

[179] E. D. Jones, 'Le Voyage du Chevalier Errant', 370; gw. hefyd *Reports* . . ., 2, 768, sy'n dyddio'r llawysgrif ar ôl 1575, ar sail nodyn Egerton Phillimore: gw. isod, lxxi–lxxii.

[180] Gw. uchod, xx–xxi; nid yw enw Ieuan yn digwydd yn y llawysgrif hon, ond nodir ei enw mewn coloffon ar ddiwedd y prif lawysgrif arall yn ei law, sef Llanstephan 171.

[181] Ychwanegir dechrau'r testun mewn llaw wahanol ar ff. 1, ac y mae rhan ddyblygedig y testun ar ff. 2 wedi cael ei dileu trwy daro llinell trwy'r cwbl.

[182] Gw. uchod, xx–xxi.

penillion o natur grefyddol; a cheir tri i bedwar o ddarnau ychwanegol (gan gynnwys pregeth o fath) – dau yn llaw Ieuan – mewn amlen yng nghefn y llawysgrif.

Hanes y llawysgrif: Yr oedd Llanstephan 178 yn rhan o gasgliad Thomas Wilkins (1625/6–99) erbyn ail hanner yr ail ganrif ar bymtheg,[183] a thorrodd ei enw ar y llawysgrif dair gwaith, ar ff. 1, 66v a 96. Yr oedd Thomas Wilkins yn offeiriad llengar a oedd wedi dilyn yn ôl traed ei dad a'i dad-cu fel rheithor Eglwys Llan-fair ger y Bont-faen, ac y mae un llawysgrif yn ei law wedi goroesi, sef Caerdydd 3.464 sy'n trafod hanes Morgannwg.[184] Yr oedd Wilkins yn berchen ar gasgliad pwysig o lawysgrifau yn y cyfnod pan oedd diddordeb y boneddigion yn llenyddiaeth a diwylliant y Cymry wedi pylu, ac yr oedd ganddo nifer o weithiau rhyddiaith eraill a gynhyrchwyd ym Morgannwg yr unfed ganrif ar bymtheg. Chwalwyd y casgliad ar ôl ei farwolaeth yn 1699; gadawyd ei lawysgrifau i'w fab hynaf, ac ymddengys i rai ohonynt fynd i ddwylo Edward Lhuyd.[185] Erbyn y bedwaredd ganrif ar bymtheg, y mae'n debyg bod Llanstephan 178 ym meddiant yr hynafiaethydd Howel William Lloyd o Gorwen (1816–93), gŵr a fu'n gysylltiedig â'r Eglwys Gatholig ac a ymddiddorai yn hanes a llenyddiaeth Cymru.[186] Yr oedd yr ieithydd Egerton Phillimore,[187] un o gyfeillion Lloyd, yn berchen arni ar ei ôl, cyn iddi fynd i gasgliad Syr John Williams,[188] ac oddi yno aeth i'r Llyfrgell Genedlaethol.

2 Llanwrin 2 – NLW 15533B

Dyddiad: tua 1600,[189] neu'n gynnar yn yr ail ganrif ar bymtheg.[190]
Copïydd: llaw anadnabyddus.

---

[183] *TLlM*, 161–7.

[184] Ibid., 161–2.

[185] Ibid., 163–7.

[186] Mewn nodyn ar ddechrau llawysgrif Cwrtmawr 30B, cyfeiria J. H. Davies at lawysgrifau eraill sy'n cynnwys *Treigl y Marchog Crwydrad*, ac at 'a Glamorganshire version circa 1575' (Llanstephan 178, y mae'n debyg) ym meddiant Syr John Williams, a brynwyd o gasgliad yr Hafod trwy Howel Lloyd. Cyfeirir at drawsysgrif o ran o Lanstephan 178 ymysg casgliad o bapurau H. W. Lloyd (NLW 430E) yn J. H. Davies, *NLW Catalogue of Manuscripts*, 1 (Aberystwyth, 1921), 303. Gw. hefyd, E. D. Jones, 'Ieuan ab Ieuan ap Madog', 229–30; am wybodaeth ar Howel Lloyd, gw. *Y Bywgraffiadur*, 547–8.

[187] Gw. isod, lxxi–lxxii; *Y Bywgraffiadur*, 710–11.

[188] *Y Bywgraffiadur*, 991–2.

[189] *Reports* . . ., 2, 370.

[190] E. D. Jones, 'Le Voyage du Chevalier Errant', 370.

RHAGYMADRODD

Cyflwr y llawysgrif: Y mae'r llawysgrif wedi ei rhwymo mewn hanner lledr. Y mae ymylon rhai ffolios wedi'u staenio neu wedi treulio. Papur: 200 × 145mm.

Ffolios: 1, 3–47, 49–56, 65–96, anghyflawn ar y diwedd, gyda rhai ffolios gwag yn y cefn. Y mae'r rhannau coll yn cynnwys rhan o II.1, II.4–canol II.6, a dechrau III.11–III.12. Y mae ail hanner ff. 1 o I.1 ar goll hefyd.

Manylion eraill: Ceir y nodyn hwn ar ff. 15v: 'John ap Rees his hand and Js book and how so ef er will he ssaith.' Nodir 'John Price his hand and pen' ar ff. 36, a 'John R Fam. of Jone. his hand' ar ff. 35v. Torrwyd enw Thomas Watkins ar ff. 55v, sef y pregethwr Piwritanaidd a'r bedyddiwr neilltuol a oedd yn ei flodau yn ail hanner yr ail ganrif ar bymtheg.[191] Ar ff. 93v a 124 ceir enw David Williams ('David Williams his hand'), gŵr a oedd yn byw tua'r un cyfnod â Thomas Watkins ac a gymerodd urddau eglwysig yn 1660.[192] 'Dafydd o'r Nant' oedd enw barddol David Williams, ac y mae'n ddiddorol nodi iddo ganu cywyddau mawl a marwnad i deulu Antoni Powel, i Boweliaid Maesteg a'r Ton-du, a bod Poweliaid Tir Iarll ymysg y rhai a'i hanogodd i argraffu peth o'i waith.[193]

Hanes y llawysgrif: Cyhoeddwyd golygiad o destun y llawysgrif hon gan D. Silvan Evans yn *Y Brython* yn 1862 ac ar ffurf llyfryn annibynnol yn 1864.[194] Cafodd D. Silvan Evans y llawysgrif o lyfrgell W. H. Mounsey yn 1861, ac yr oedd Mounsey wedi'i phrynu gan lyfrwerthwr yn Llundain ychydig yn gynt.[195] Torrir 'stamp' Mounsey ar ff. 1 a 96v. Yr oedd y llawysgrif ym meddiant D. Silvan Evans yn Rheithordy Llanwrin, ond y mae'n glir iddi fynd ar goll am gyfnod, am na ddaeth i'r Llyfrgell Genedlaethol gyda llawysgrifau eraill Llanwrin yng nghasgliad Cwrtmawr, ar ôl marwolaeth J. H. Davies yn 1926.[196] Ymddangosodd mewn ocsiwn Sotherby a'i phrynu i'r Llyfrgell Genedlaethol yn 1954, a nodir

---

[191] J. E. Lloyd ac R. T. Jenkins (goln.), *Dictionary of Welsh Biography down to 1940* (Llundain, 1959), 1153–4.

[192] *TLlM*, 102–5.

[193] Ibid., 103.

[194] Gw. *Y Bywgraffiadur*, 207–8; ac uchod, xii–xiii.

[195] D. Silvan Evans (gol.), *Y Marchog Crwydrad: Hen Ffuglith Gymreig* (Tremadog a Chaerfyrddin, 1864), rhagarweiniad.

[196] E. D. Jones, 'Le Voyage du Chevalier Errant', 369; E. D. Jones, 'Ieuan ab Ieuan ap Madog', 229, n.1; am wybodaeth ar J. H. Davies, gw. *Y Bywgraffiadur*, 128–9.

'Messrs. Bernard Quaritch Ltd, London W1, 13 February 1954' ar dderbynneb y llawysgrif.

3   Llanover E1 – NLW 13163B
Dyddiad: yn gynnar yn yr ail ganrif ar bymtheg.[197]
Copïydd: llaw anadnabyddus, yr un llaw â'r llawysgrif flaenorol, Llanwrin 2 (NLW 15533B), y mae'n debyg: 'The hand, layout, and general character of this manuscript all suggest that it was the work of the scribe of Llanwrin MS. 2.'[198]
Cyflwr y llawysgrif: Y mae'r llawysgrif wedi ei rhwymo mewn hanner memrwn. Papur: 200 × 160mm (gan gynnwys y gwaith cyweirio i ymylon y llawysgrif).
Ffolios: 4–7, darn o 17, 18–41, 43–6, 48–66, 68–9, 71–81, 84–5, anghyflawn ar y diwedd. Y mae briw ar ganol ff. 4 yn I.2. Y mae'r rhannau coll yn cynnwys y cwbl o I.1, dechrau I.2, diwedd I.4, rhan helaethaf I.5, rhannau o III.2–III.3, diwedd III.7, y cwbl o III.8, dechrau III.9, rhan helaethaf III.10, a III.11 a III.12 yn eu cyfanrwydd. Ychwanegwyd tudalennau eraill mewn llaw arall rhwng ff. 41 a 43, a rhwng ff. 46 a 48 sy'n cyflawni'r testun diffygiol yn y mannau hynny.[199] Gosodwyd tudalennau gwag lle y mae ffolios ar goll, rhwng ff. 17 a 18, 66 a 68, 69 a 71, 81 a 84.
Manylion eraill: Ymddengys yr enwau canlynol fel ymylnodau: Mansfield Bassett (ff. 23v – yr oedd Basset yn enw teulu bonheddig yn hanner olaf yr unfed ganrif ar bymtheg a dechrau'r ail ganrif ar bymtheg, ac yn un o'r teuluoedd y canodd Dafydd o'r Nant iddynt),[200] Morgan (John?) Cooke (ff. 41v, 77v), Hopkins (ff. 49v), Thomas (ff. 57v), Jenkin (ff. 69v).
Hanes y llawysgrif: Ceir cyfeiriad posibl at y llawysgrif hon yn llawysgrif NLW 13163A, sy'n cynnwys papurau amrywiol yn llaw Iolo Morganwg.[201] Ymysg y papurau hyn, ceir 'Catalogue of Books at London, May 20th 1794' sy'n rhestru 267 llyfr, ynghyd â nifer o lawysgrifau Cymreig, gan gynnwys *Treigl y Marchog Crwydrad*. Y mae'n bosibl mai'r llawysgrif hon ydoedd, a'i bod ym meddiant Iolo Morganwg ei hun, a oedd yn Llundain rhwng 1791 a 1795.[202]

---

[197] *Handlist of MSS . . .*, 4, 476; E. D. Jones, 'Le Voyage du Chevalier Errant', 370.
[198] E. D. Jones, 'Le Voyage du Chevalier Errant', 370.
[199] Gw. *Handlist of MSS . . .*, 4, 476.
[200] *TLIM*, 81; gw. uchod, lxv.
[201] *Handlist of MSS . . .*, 4, 423–4.
[202] Ibid., 423.

Yn ogystal â hynny, cyfeirir at y llawysgrif hon ym meddiant Mrs Herbert, Llanofer Fawr, mewn nodyn a dorrwyd ar ddechrau llawysgrif Cwrtmawr 30B yn rhan olaf y bedwaredd ganrif ar bymtheg.[203]

Y mae'r llawysgrif hon yn perthyn i gasgliad o lawysgrifau a osodwyd yn y Llyfrgell Genedlaethol yn 1916 gan Arglwydd Treowen ac a roddwyd i'r Llyfrgell gan ei ferch, yr Anrhydeddus Mrs Waltcr Roch (o Lanarth Court, Raglan, 1931, yn ôl y dderbynneb).[204] Y mae'r casgliad hwn yn cynnwys nifer o lawysgrifau yn llaw Iolo Morganwg ei hun, ynghyd â llawysgrifau fel y llawysgrif hon y credir eu bod yn ei feddiant.[205]

4 Belmont – NLW 15541A[206]

Dyddiad a chopïydd: Ychwanegwyd tudalen blaen y llawysgrif, ynghyd â'r ddwy ffolio gyntaf, gan y brawd Ffransiscaidd David Powell (Dewi Nantbrân: bu farw 1781) a oedd yn berchen arni ar un adeg.[207] Ychwanegwyd nodyn rhwng diwedd y testun a'r clawr cefn yn dweud mai 'Grigor Powell 1744 yw Perchenwr y Llyfr hwn,' sef Dewi Nantbrân.[208] Yn ôl y tudalen blaen, cyfieithwyd neu cyfansoddwyd y gwaith gan Richard William o'r Battel yn sir Frycheiniog, ond y mae'n amlwg ar sail y dyddiad a nodir yn yr un lle, sef 1684/1688 (neu Ebrill 1688, efallai) mai'r copïydd yn unig oedd hwnnw.

Cyflwr y llawysgrif: Y mae'r llawysgrif wedi ei rhwymo mewn lledr cyflawn. Y mae ymylon rhai o'r ffolios wedi'u staenio ychydig. Papur: 160 × 95mm.

Ffolios: Y mae'r ffolios wedi cael eu rhifo mewn pensil mewn cyfnod diweddar (wrth dderbyn y llawysgrif i'r Llyfrgell Genedlaethol, y mae'n debyg), ac nid oes modd dibynnu ar y rhifo

---

[203] Gw. isod, lxviii.

[204] E. D. Jones, 'The Llanover Manuscripts' yn *CLlGC*, 1 (1939–40), 39–40.

[205] Diddorol yw sylwi bod William Owen Pughe yn cyfeirio at *Treigl y Marchog Crwydrad* wrth sôn am Iolo Morganwg mewn llythyr at Wallter Mechain, 18 Mai 1792 (mewn llawysgrif LlGC 1807Eii, ff. 1179), gan ddweud: 'Iorwerth has got a piece of one called y Marchawg Crwydrad, of which he gives an extraordinary character – the moral of it is one of the finest exertions of genius – it is a beautiful allegory, and not the monstrous fables clothed in the garb of real History.' Yr wyf yn ddyledus i'r Athro Geraint H. Jenkins am dynnu fy sylw at y dyfyniad hwn.

[206] Gw. *List of MSS NLW 13686–16048*, 706.

[207] *Y Bywgraffiadur*, 1062.

[208] Ibid.; Geraint Bowen, 'Llenyddiaeth Gatholig y Cymry . . .', 398.

hwn o safbwynt deall cyfansoddiad y llawysgrif. Y mae tua 109 ffolio yn llaw y prif gopïydd, gan gynnwys y nodiadau a'r penillion a geir yn y ffolio rhwng Rhan I a II, ynghyd â'r ffolio wag rhwng III.2 a 3. Y mae'r ddwy ffolio gyntaf wedi'u hychwanegu mewn llaw arall (gweler uchod), ynghyd â godre un ffolio yn I.4. Y mae'r testun yn anghyflawn mewn rhannau o I.5, ar ganol II.5, ar ddechrau II.6 ac ar ddechrau III.11, oherwydd bylchau yn y gwreiddiol y copïwyd ohono yn ôl E. D. Jones.[209] Dyma'r unig lawysgrif sy'n cynnwys III.12.

Manylion eraill: Ceir rhai nodiadau rhwng y clawr blaen a thudalen blaen y testun: y mae'r rhain yn adleisio cynnwys y tudalen blaen ac hefyd yn nodi 'Abergavenny, March 1861'. Rhwng Rhan I a Rhan II o'r testun ceir rhagor o nodiadau sy'n cyfeirio at 'Richard Williams his book . . . 1685, Rees John a'i kant, Rees an ap Johns'.

Hanes y llawysgrif: Ymddengys ar sail y nodyn uchod fod y llawysgrif wedi'i chadw yn y Fenni ar ôl marwolaeth David Powell. Yr oedd yn rhan o gasgliad o'i lawysgrifau a brynwyd gan y Llyfrgell Genedlaethol o Abaty Belmont, Sir Henffordd, yn 1954.[210]

5 Cwrtmawr 30B

Dyddiad: yr ail ganrif ar bymtheg.[211]
Copïydd: llaw anadnabyddus.
Cyflwr y llawysgrif: Y mae'r llawysgrif wedi ei rhwymo mewn hanner lledr. Nid yw testun y llawysgrif hon yn glir; y mae'r ysgriflaw yn fach a'r llinellau yn agos at ei gilydd. Papur: 190 × 152.5mm (y mae peth amrywio ym maint y ffolios yn sgil y gwaith cyweirio a wnaethpwyd i ymylon y llawysgrif).
Ffolios: 1–14. Dyma'r llawysgrif fwyaf anghyflawn o'r pump: ceir y testun o ganol I.5 hyd ganol II.2 yn unig.
Hanes y llawysgrif: Nodir ar dudalennau'r llawysgrif i J. H. Davies ei phrynu gan Miss Armstrong Williams yn 1895, a chyfeirir at rai o'r llawysgrifau eraill sy'n cynnwys testun *Treigl y Marchog Crwydrad*.[212]

Llawysgrif NLW 280D

Y mae llawysgrif NLW 280D (sydd bellach yn cynnwys papurau yn

---

[209] E. D. Jones, 'Le Voyage du Chevalier Errant', 370.
[210] Ibid., 369.
[211] *Reports . . .*, 2, 933.
[212] *Y Bywgraffiadur*, 128–9.

llaw Ieuan ab Ieuan ap Madog a oedd ynghlwm wrth lawysgrif Llanstephan 178 ar un adeg)²¹³ yn cynnwys nifer o bapurau o'r bedwaredd ganrif ar bymtheg sy'n gysylltiedig â *Treigl y Marchog Crwydrad*, a gasglwyd gan Syr John Williams cyn eu trosglwyddo i'r Llyfrgell Genedlaethol. Yn gyntaf, ceir copi o lyfryn D. Silvan Evans a gyhoeddwyd yn 1864 ac a oedd yn drawsysgrifiad o destun llawysgrif Llanwrin 2 (NLW 15533B).²¹⁴ Yn ail, ceir llyfrynnau llawysgrif sy'n cynnwys trawsysgrifiad o destun Llanstephan 178 gan Howel W. Lloyd (er nad yw'n cynnwys Rhan III yn ei chyfanrwydd), gyda chyfeiriadau at destun D. Silvan Evans a nodiadau ar rai hynodion ieithyddol a chyfeiriadol.²¹⁵ Yn olaf, ceir tudalennau sy'n cynnwys copi o destun Llanstephan 178 (o ganol I.6 ymlaen), ynghyd â thudalennau eraill yn Gymraeg a Saesneg yn yr un llaw, o dan y teitl 'Elegy on Ieuan Lloyd of Havodunos by Siôn Tudur'.²¹⁶ Yn ogystal â'r rhain, ceir y nodyn hwn, o bosibl yn llaw Howel Lloyd: 'Drwg genyf nad oes o fewn fy nghyrhaed gyfargraff glân o'r *Marchog Crwydrad*. Llanymmawddwy, Dinas Mawddwy, Medi 1 1869.'

(2) Perthynas y llawysgrifau Cymraeg

1 Astudiaeth gychwynnol Dr E. D. Jones
Nododd yr Athro G. J. Williams ryw hanner canrif yn ôl bellach:

> Nid oes neb, hyd y gwn i, wedi cymharu'r copïau Cymraeg [o *Treigl y Marchog Crwydrad*] yn fanwl, ond cyn belled ag y gallaf i farnu, amrywiadau ar un cyfieithiad a geir yn y pedair llawysgrif.²¹⁷

Gellir tanlinellu dau bwynt o sylwadau G. J. Williams yn y fan hon: (i) nid oedd neb hyd 1948 wedi cyhoeddi astudiaeth gymharol o'r

---

²¹³ Gw. uchod, xx.
²¹⁴ Gw. uchod, xii–xiii.
²¹⁵ *Catalogue of Manuscripts*, 1, 195. Dylid sylwi bod llsgr. NLW 430-E yn cynnwys llyfryn arall o'r trawsysgrifiad hwn (sef ff. 74-5) ynghyd â'r nodyn hwn: 'This leaf has been copied into my MS copy of the entire Havod MS, Sept 30 1883 by me, H. W. Lloyd.' Y mae llsgr. NLW 430-E hefyd yn cynnwys trawsysgrifiad o I.1-3 mewn llyfryn arall. Gw. ibid., 303.
²¹⁶ Ibid., 194. Am wybodaeth ar Siôn Tudur, gw. *Y Bywgraffiadur*, 859.
²¹⁷ *TLlM*, 177; nid oedd llawysgrif Belmont (NLW 15541A) yn hysbys ar y pryd, ac ni chyrhaeddodd y Llyfrgell Genedlaethol tan 1954: gw. uchod, lxvii–lxviii.

llawysgrifau Cymraeg sy'n cynnwys *Treigl y Marchog Crwydrad*; (ii) ni sonnir am unrhyw gymhariaeth rhwng y llawysgrifau Cymraeg a'r testun Saesneg sydd yn gynsail i'r fersiwn Cymraeg.

Yn 1953–4, cyhoeddwyd erthygl gan E. D. Jones o dan y teitl 'Le Voyage du Chevalier Errant'.[218] Cymharodd E. D. Jones y pum llawysgrif Gymraeg hysbys â thestun Ffrangeg 1595 a thestun Saesneg 1650, a nododd ragymadroddion penodau'r tair rhan yn y tair iaith.[219] Gellir gweld o'r astudiaeth gychwynnol hon fod y testun Saesneg a'r testun Cymraeg yn cytuno â'i gilydd wrth hepgor II.3, 7, 8 a 9, a III.9 o'r testun Ffrangeg: cyfetyb II.3–5 o'r testun Saesneg a'r testun Cymraeg ill dau i II.4–6 o'r testun Ffrangeg, II.6–7 i II.10–11, a III.9–12 i III.10–epilog. Cymharodd E. D. Jones ran gyntaf I.1 yn y tair iaith, a daeth i'r casgliad fod y testun Cymraeg wedi'i drosi'n uniongyrchol o'r testun Saesneg:

> It is evident from a cursory examination of the extracts that the Welsh version owes nothing to the French and that it is derived immediately from Goodyear's English version. In a further examination of the various Welsh texts there is, therefore, no need to refer to the French original.[220]

Yn 1952–3 gwnaethai Geraint Bowen gymhariaeth fras o dair o'r llawysgrifau Cymraeg[221] (sef Llanstephan 178, Llanover E1 (NLW 13163B) a Chwrtmawr 30B) a'r un argraffiadau o'r testun Ffrangeg a Saesneg, a daethai i'r un casgliad sylfaenol ag E. D. Jones:

> Mae'n amlwg mai dilyn y cyfieithiad Saesneg a wnaed yn y tair [llawysgrif Gymraeg], oherwydd nid oes sôn o gwbl am nawfed bennod y Drydedd Ran fel y'i ceir yn y testun Ffrangeg gwreiddiol ac a adawyd allan gan y cyfieithydd Saesneg.[222]

Yn sicr, wrth gymharu'r testunau hyn, gellir gweld bod testun Ffrangeg 1595 yn cynnwys llawer o ddeunydd nad yw'n cael ei

---

[218] E. D. Jones, 'Le Voyage du Chevalier Errant' yn *CLlGC*, 8 (1953–4), 369–86.
[219] Y mae copi o destun Ffrangeg 1595 a thestun Saesneg 1650 ynghadw yn y Llyfrgell Genedlaethol: gw. nn.2, 9 uchod.
[220] E. D. Jones, 'Le Voyage du Chevalier Errant', 380.
[221] Geraint Bowen, 'Llenyddiaeth Gatholig y Cymry . . .', 394–403.
[222] Ibid., 402.

gynnwys yn nhestun Saesneg 1650 nac yn y testun Cymraeg. Er enghraifft, ceir esboniad ychwanegol ar bob un o'r Deg Gorchymyn yn I.12 o'r testun Ffrangeg, ynghyd â nifer o salmau a gynhwysir yn II.8, sef un o'r penodau 'ychwanegol' nad yw ar gael yn y Saesneg na'r Gymraeg.

Cyfeiriodd E. D. Jones at sylwadau cyffredinol G. J. Williams, gan ddweud:

> Professor G. J. Williams has suggested that the four manuscripts (the Belmont MS. was not available) represent variations of one translation made by a member of a Glamorgan school of prose writers and translators in the sixteenth century. The subsequent discovery of the Belmont MS. does not invalidate his conclusion. Professor Williams was aware of Egerton Phillimore's view that Llanstephan MS. 178 was a distinct translation, differing from Llanwrin MS. 2 and Cwrtmawr MS. 30, and clearly did not subscribe to it.[223]

Yr oedd Egerton Phillimore yn berchen ar lawysgrif Llanstephan 178 ar un adeg,[224] a chofnododd ei farn arbennig ynglŷn â pherthynas y llawysgrifau Cymraeg mewn nodyn sy'n ymwneud â'r llawysgrif honno:

> This M.S. was written by Ieuan ab Ieuan ab Madoc in the parish of Bettws, near Bridgend, Glamorganshire, in about 1575, and differs materially from the other two known MSS. – in fact it is a distinct translation, and interesting as a specimen of Glamorgan dialect.[225]

Er bod rhaid gwrthod y dyddiad cynnar a gynigir gan Phillimore am nad ymddangosodd y testun Saesneg sy'n gynsail amlwg i'r testun Cymraeg tan 1581, y mae ei farn ynglŷn â natur y cyfieithiad a geir yn llawysgrif Llanstephan 178 yn ddiddorol iawn, ac yn

---

[223] E. D. Jones, 'Le Voyage du Chevalier Errant', 370. Y mae'n debyg bod G. J. Williams yn gyfarwydd â nodyn Egerton Phillimore am ei fod yn cyfeirio at farn Phillimore ynglŷn â dyddiad Llanstephan 178 yn *TLlM*, 180. Fodd bynnag, ni soniodd yn fanylach am y nodyn, ac ni roddodd farn bellach ar sylwadau Phillimore ynglŷn â pherthynas y llawysgrifau Cymraeg.
[224] Gw. uchod, lxiv.
[225] Dyfynnir y nodyn hwn yn *Reports*..., 2, 769, a chyfeiria J. Gwenogvryn Evans at y ddwy lawysgrif arall y sonnir amdanynt fel Llanwrin 2 (NLW 15533B) a Chwrtmawr 30B.

arwyddocaol o safbwynt unrhyw drafodaeth ar berthynas y llawysgrifau Cymraeg.

Sylwyd ar berthynas y llawysgrifau Cymraeg gan Geraint Bowen fel a ganlyn:

> Wedi'u cymharu'n frysiog, barnaf fod Llsgrau Llanstephan 178 a Llanofer E1 yn amrywio'n fawr oddi wrth ei gilydd, ac y mae cryn dipyn yn fwy o amrywiadau yn Cwrtmawr 30. Y funud olaf, wedi imi orffen rhan gyntaf y bennod hon, cefais gyfle i gymharu darn o Llsgr. Llanstephan 178 a gwaith Richard Williams o'r Battel [sef llawysgrif Belmont, NLW 15541A], a gwelais fod y ddau yn gwahaniaethu'n ddirfawr, nes peri imi gredu bod Richard Williams wedi cyflawni'r cyfieithiad fel yr honnir yn y llawysgrif, ac nid wedi codi'r testun o lawysgrif gynharach.[226]

Yr oedd gwaith E. D. Jones[227] yn cymharu darnau o'r pum llawysgrif Gymraeg â'i gilydd ac â'r testun Saesneg yn fwy trylwyr ar un olwg, ond cymhariaeth *random* – a defnyddio gair yr awdur ei hun – a wnaethpwyd ganddo, gan ddethol chwe darn o Ran I (tri o I.5) ac un darn o Ran III ar gyfer ei astudiaeth, dewis sydd braidd yn anghytbwys o safbwynt rhaniadau'r testun. Nid yw'n glir a wnaeth astudiaeth gymharol o'r testun Cymraeg ar ei hyd â'r testun Saesneg, ac, yn anffodus, defnyddiodd i ddibenion cymharu destun Saesneg 1650, sy'n ddiweddarach o lawer na llawysgrif Llanstephan 178, ac yn dangos nifer o fân-amrywiadau digon diddorol o'i gymharu ag argraffiad Saesneg 1581 fel y gwelir o'r canlynol (nodir darlleniad argraffiad 1650 fel y'i cofnodir gan erthygl E. D. Jones yn ail ym mhob enghraifft):[228] the Wandering Knight/the Knight (I.5); noble/notable (I.5); heauen/his Realm (I.5); sparkle/sparks (I.5); built vpon/built with (I.8); in the gorgeousest place/in the highest

---

[226] Geraint Bowen, 'Llenyddiaeth Gatholig y Cymry . . .', 403. Mewn gwirionedd, y mae testun Belmont yn dilyn testun Llanover E1 (NLW 13163B) yn agos iawn.

[227] Defnyddir byrfoddau erthygl E. D. Jones wrth gyfeirio at y llawysgrifau Cymraeg, sef A–E. A = Llanstephan 178, B = Llanwrin 2, C = Llanover E1, D = Belmont, E = Cwrtmawr 30B.

[228] Defnyddiais i ddibenion cymharu destun golygedig o argraffiad 1581, sef D. A. Evans (gol.), *The Wandering Knight*. Am fod y golygydd wedi diweddaru orgraff y testun hwn, edrychais hefyd ar feicroffilm o destun gwreiddiol 1581, yng nghyfres y Llyfrgell Brydeinig, *University Microfilms Set, Early English Books 1475–1640* (micro 188). Y testun gwreiddiol hwnnw a ddyfynnir wrth gymharu yn yr adran hon.

place (I.8); curteously/curiously (I.8); description/superscription (I.10); the x Commandementes of Almightie God, vnder written/the Commandementes of Almighty God (I.12); went forth . . . viewed/going for . . . to view (I.13); not comming of man but of God, and it is a worke of God in man/not coming of God in man (III.2); for the auoiding of temptations/to avoyd temptation (III.11).

Cyfeiria E. D. Jones at lawysgrif Llanstephan 178 fel: 'the earliest of the surviving manuscripts of the Welsh translation, but not, as we shall see, the original of the Welsh versions.'[229] Yn ôl E. D. Jones, y mae'r pum llawysgrif Gymraeg yn tynnu ar ffynhonnell gyffredin, sef y cyfieithiad gwreiddiol o *Treigl y Marchog Crwydrad* a fyddai felly yn gynharach na Llanstephan 178 ac sydd bellach ar goll. Os yw'r ddamcaniaeth hon yn gywir, byddai'n rhaid dyddio'r cyfieithiad gwreiddiol hwn rhwng 1581 (sef dyddiad yr argraffiad Saesneg cynharaf) a *c*.1585 (os yw'r dyddiad a roddir ar Lanstephan 178 yn gywir). Noda E. D. Jones dair enghraifft a gododd o I.5 a ddengys fod y pum llawysgrif yn tynnu ar yr un ffynhonnell, ar gyfrif tebygrwydd wrth gyfieithu rhai geiriau penodol ar y naill law, ac wrth hepgor rhai eraill ar y llaw arall. Sylwa fod B, C, D ac E yn aml yn cytuno â'i gilydd yn erbyn A, ac wrth drafod rhan o I.5 a gadwyd yn A 26v, lle y ceir darlleniadau hefyd yn B ac E, dywed: 'B and E follow an original which, though not necessarily a different translation, kept closer to the English text than the version represented by A.'[230] Ac wrth drafod rhan arall o'r testun a ddaw'n ddiweddarach yn yr un bennod, dywed E. D. Jones: 'The pattern takes shape, throwing B, C, and D together, E also agrees with them against A whilst showing some signs of greater fidelity towards the English text.'[231]

Yn ôl E. D. Jones felly, ceir dau 'fersiwn' o'r testun yn Gymraeg, y ddau yn tarddu o'r un cyfieithiad gwreiddiol (llawysgrif X, dyweder); cadwyd y naill yn A – ac y mae digon o dystiolaeth amrywiol yn y testun, gan gynnwys cywiriadau a diwygiadau, i awgrymu ei fod yn dilyn copi ysgrifenedig yn wreiddiol – a'r llall yn B, C, D ac E. Fodd bynnag, y mae'r ddamcaniaeth hon yn codi nifer o anawsterau ynglŷn ag union berthynas y ddau fersiwn hyn

---

[229] E. D. Jones, 'Le Voyage du Chevalier Errant', 370.
[230] Ibid., 382.
[231] Ibid., 383.

â'r cyfieithiad gwreiddiol ar y naill law, ac â'r testun Saesneg ar y llaw arall. Wrth drafod camddarlleniad ar ran A yn I.5, dywed E. D. Jones:

> The translation of 'fifth' to 'cyntaf' in A points to a misreading of 'fifth' as 'first' by the translator. The correction to fifth by the others points to a collation with the original English text by the scribe responsible for the version which they follow. E represents a slightly different descent from that same exemplar.[232]

Gellir crynhoi'r syniadau hyn fel a ganlyn:

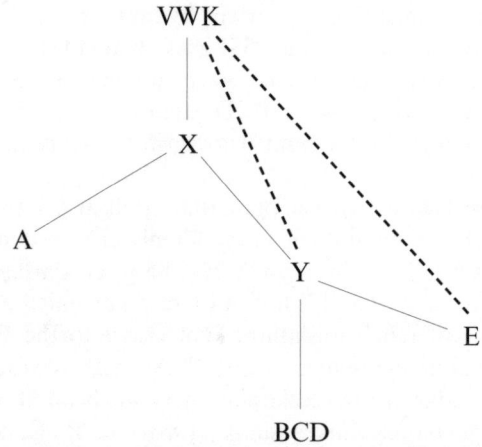

Ymddengys fod E. D. Jones yn awgrymu bod A yn dilyn X (sef y cyfieithiad gwreiddiol honedig); yr oedd copi arall o X – sef Y, dyweder – sydd bellach ar goll ond a ddilynir gan B, C, D ac efallai E, ac yr oedd copïydd y fersiwn coll hwn (Y) wedi cymharu ei gynsail (X) â'r testun Saesneg gwreiddiol. Os yw'r ddamcaniaeth hon yn gywir, byddai'n rhaid cydnabod bod y cyfieithiad a geir yn BCD(E) yn fwy na 'fersiwn' arall o X, ond nid cyfieithiad annibynnol arall mohono chwaith.

Wrth drafod darn o III.2 sydd ar ffurf crynodeb o'r testun Saesneg yn A lle y ceir cyfieithiad llawnach yn BCD, dywed E. D. Jones:

[232] Ibid.

RHAGYMADRODD

A has an abbreviated version. The complete version in B (C and D have no significant variations) shows some of the shortcomings of the original translator, and it is quite possible that Ieuan ab Ieuan ap Madoc purposely condensed the paragraph in copying the text now known as Llanstephan MS. 178.[233]

Fodd bynnag, dywed E. D. Jones wrth grynhoi ei gasgliadau: 'It seems fairly clear that Ieuan ab Ieuan ap Madoc was only a transcriber and that the translation was the work of an unidentified Glamorgan scholar.'[234] Yn ôl E. D. Jones felly, llawysgrif Λ yw'r hynaf o'r pump – ond nid dyna ffynhonnell y copïau eraill – ac awgryma fod C yn rhagflaenu B, sydd yn yr un llaw.[235] Dywed fod D yn deillio o fersiwn (Z, dyweder) sy'n debyg iawn i C a B, ac mai D yw'r llawysgrif ddiweddaraf o'r pump.[236] Ychwanega fod E wedi cael ei chymharu â'r testun Saesneg.[237] Gellir crynhoi syniadau E. D. Jones am berthynas y llawysgrifau Cymraeg â'i gilydd ac â'r Saesneg fel a ganlyn:

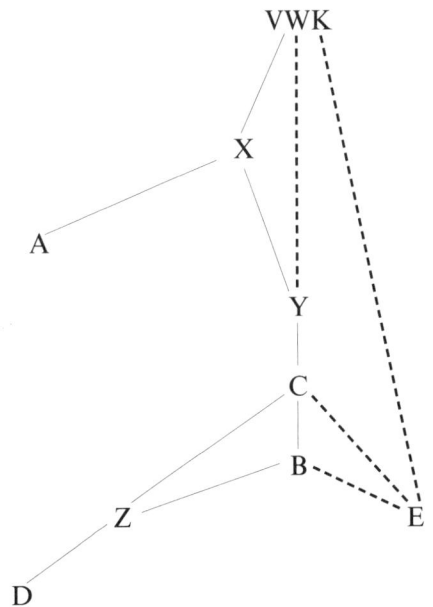

[233] Ibid., 385.
[234] Ibid., 386.
[235] Ibid.
[236] Ibid., 370, 386.
[237] Ibid., 386.

2 Cymhariaeth o'r pum llawysgrif Gymraeg â'i gilydd ac â'r testun Saesneg

Wrth gymharu'r pum llawysgrif Gymraeg ar eu hyd â thestun Saesneg 1581, gwelir bod y pump yn gytûn wrth hepgor rhai darnau o'r testun Saesneg. Er enghraifft, yn I.4 gwisgir y Marchog gan Ddrwg Ewyllys ar gyfer ei daith bechadurus, ond hepgorir rhan o'r disgrifiad yn y testun Cymraeg, sef y darn canlynol:

> After my gauntlettes of idlenesse were once on my handes, I greatlye gloried of the giftes which were in mee, vauntinge my selfe to bee more riche, more wise, more stronge, more hardye, more gracious, and in all respectes better then I was. Manye times I boasted of mine imperfections, as of dronkennesse, lecherie, and such lyke. After, on went my bucklar of shamelesnesse, which beeing about my shoulders, I blushed not to commit anye vilayne; I lead the lyfe of an infidell rather then a Christian. Unshamfullye I despised both God and man, nothing regardinge mine owne honour, renowne, or saluation.

Hepgorir nifer o ddarnau o'r testun Saesneg yn I.10, wrth i Waelder ddangos y Marchog o gwmpas y llys, gan ddisgrifio arwyddocâd y saith tŵr. Er enghraifft, ni chyfieithir i'r Gymraeg y rhan ganlynol o ddisgrifiad y pedwerydd tŵr, lle y mae Trachwant yn trigo:

> The couetous man is like vnto a band dog that feedeth vpon carrion, and will admit no companion to take part with him; but eating all alone, and filling his guttes till he burst, he dyeth, and the foules of the aire deuour him.

Yn II.6, sy'n crybwyll hanes Luc 7, ni chyfieithir i'r Gymraeg y rhan hon o'r testun Saesneg sy'n cyfeirio at y proffwyd Eseia ac at 'gyfieithiad' arall o'r Beibl:

> This Pharesie is of the race of the vainglorious, of whom the Prophet Esay speaketh in their person, saieng, 'Come not neere me, for I am cleane,' or as another translation saith, 'Get thee hence, meddle not with mee, for I am holier then thou.' Euen so surely it is not vnlike if the woman hadde come neere the Pharesie, he would haue vsed these words & haue said, 'Stand backe and touch me not, for I am holy; but thou art a knowne and a hainous sinner.'

Hepgorir y darn hir hwn o III.4, sy'n sôn am rinwedd gobaith:

This is true that Faith hath an eye generallye vnto that which is spoken in Holy Scripture, beleeuing that all the promises, without exception, which God made, shall bee accomplished, without descending to particular or speciall persons; but Hope applieth vnto hirselfe those same promises, waiting and hoping for the accomplishment of that which God hath promised. And therefore it is requisite for assured saluation that thou beleeue thou shalt be saued; and but to hope so is sufficient. For Faith of and in it selfe importeth an infallible assuraunce and certaintie of things, as when we firmely beleeue all the Articles of our true and Christian Faith, and all things conteined in the Holy Scriptures, to be more certaine than man is man; but the hoping of it is not so requisite. For if we haue a firme affiaunce in the goodnesse of God touching our saluation and doubt not a whitte of the remission of our sinnes, it is enough.

Ther be two degrees in Hope, which are two contrary extremities. The one, being the most highest, is most perfect & infailable assuraunce of eternall blessednesse. The other, being the basest and lowest, is to despaire of saluation. Betweene these two extremities consisteth Hope. But the morey a man approcheth to the highest extremitie, which is an infaileable assuraunce of eternall life, and the more he recoileth from the basest and lowest extremitie, which is desperation, the more perfect is he in Hope.

Hepgorir rhan o'r bennod olaf, III.12 hefyd, mewn ymgais, o bosibl, i osgoi rhoi'r gwahoddiad i'r gynulleidfa ddehongli'r testun o safbwynt crefyddol arall:

And now to conclude, I beseech your good courtesies that if any thing in this my labour mislike you, interpret the same to the best and to lay nothing to my charge in the waye of presumption; but commending my good meaning and allowing my will, not to contemne, but to speak well and esteeme of this my worke, and to vse it for thy benefite and edification, for the which ende I made and compiled the same.

Yn ogystal â hynny, y mae'r pum llawysgrif Gymraeg yn cytuno â'i gilydd wrth beidio â throsi nifer o ymadroddion (neu ddarnau llai) o'r testun Saesneg, a digwydd y duedd hon trwy'r dair rhan fel ei gilydd:

sundrie seasons made the lyke iourney, and that I should assure my selfe (I.2);

After washing in sweete waters, in came my breakfast, so sumptuous that partriges were esteemed palterie for pages, phesauntes for common folke (I.4);

For who is more mutable, vaine, light, inconstant, and variable then the fleshly louer? (I.9);

What shuld I speak of pigin houses & of secret banketting places fine & delicate? Why it wer but folly (I.11);

And heereof meaneth the knight to speake, purposing also to shew how it digresseth from God's Grace (II.4);

As for example, to make the matter more manifest (II.6);

he had rather descende into hell with vertue then mount vp into heauen with sinne (III.1);

Loue or Charitie maketh men consider of things present and visible, as if they were not (III.6).

Y mae'n debyg bod y pum llawysgrif Gymraeg yn tynnu ar yr un ffynhonnell, felly, am fod y pump yn hepgor yr un darnau a'r un ymadroddion o'r testun Saesneg. Fodd bynnag, wrth gymharu darnau pellach o'r llawysgrifau Cymraeg â'i gilydd ac â'r testun Saesneg, gwelir bod modd ymhelaethu ymhellach ar eu perthynas. Dewiswyd dau ddarn o bob un o dair rhan y testun, felly, i ddangos natur yr amrywiadau rhwng llawysgrifau gwahanol *Treigl y Marchog Crwydrad* a'i gilydd a rhyngddynt ac argraffiad Saesneg 1581.[238]

Enghraifft 1: I.6 ABCDE

Yn y darn hwn, rhoddir darlleniadau testun Saesneg 1581 a thestun Cymraeg Llanstephan 178, a rhestrir amrywiadau'r llawysgrifau Cymraeg eraill, sef BCDE. Gwelir bod amrywiadau sylfaenol yn y ffordd y trosir *Treigl y Marchog Crwydrad* o'r Saesneg i'r Gymraeg yn A ar y naill law a BCD(E) ar y llaw arall yn sgil hyn. Er enghraifft, cyfieithir yr ymadrodd *So long lasted the talke of Folly* yn A fel *A gwedy i Ffolineb adrodd y chwedley hyny*, ac yn BCDE ceir *Ac velly ve byrhaodd chwedlav Ffolineb*. Trosir *which of those waies I might take* gan A fel *ble 'dd awn o'r ddwy ffordd*, lle y ceir *pv'n oedd orav ym vyned* yn BCDE. Cyfleir *not being able to doe*

---

[238] Penderfynwyd cynnwys fersiynau golygedig o'r testunau Cymraeg gwahanol at ddibenion cymharu, er mwyn hwyluso'r broses i'r darllenydd. Rhestrir amrywiadau'r chwe enghraifft hyn yn Atodiad II isod, cxii–cxxii.

otherwise yn A fel *heb allel paidio* ac yn BCDE fel *heb vod yn abl y wnaethyr amgen*. O safbwynt llawysgrif E, y mae nifer o'i hamrywiadau yn dilyn darlleniadau BCD, ac y mae E yn tueddu i fod yn nes at BCD nag at A ar y cyfan. Fodd bynnag, y mae gan E nifer o ddarlleniadau unigryw, fel *gyfyngdwr ffordd* yn lle *gyfyngdwr*; *lanerch* yn lle *wayn a llanerch* (A) / *lannerch o waun* (BCD); *myned* yn lle *petryso*; *ceiso* yn lle *tawly ag yn gwingad i gaisio*; ac *mi feddylies* yn lle *mi a fwriadais* (A) / *mi vwriedais* (BCD), er enghraifft. Dengys y rhain fod E yn aralleirio testun A/BCD ar adegau, ac yn ei gyfleu mewn ffordd ychydig yn wahanol: nid yw darlleniadau E yn y darn hwn yn nes at y testun Saesneg, fodd bynnag.

Testun Saesneg 1581:
So long lasted the talke of Folly, that wee had worne out the way well, & the sunne went lowe. In the ende we came into a straight, where we found two wayes: one lay on the left hand, which was faire, broad, and entring into a goodly greene meddow; the other on the right hand, which was narrow, rockie, and full of mountaines. Being then in a perpleritie and doubtfull which of those waies I might take, Folly told me that the way on the left hand was best and fairest; and Temeritie, my horse, kept a flinging to goe that way, so that I had much adoe to rayne him in. Then saide I to Folly that I feared least the greene grassie way would lead us into some ditch and quagmire, where we should sticke fast. Besides that, I was more than half discouraged with hir tales which she had tolde me, and though I in heart hated them, yet notwithstanding custome caused me to vse them, not being able to doe otherwise, without God's Grace. Heereupon I was resolued to take the way that lay on the left hand, Folly keeping me companie.

(A) Llanstephan 178 (I.6.903–21):
A gwedy i Ffolineb adrodd y chwedley [36] hyny nes traylio y rhan fwyaf o'r dydd a gostwng yr hayl, yn y diwedd ni a ddaethom i gyfyngdwr lle 'dd oedd dwy ffordd; vn yn gorwedd ar y llaw asay, yr hon oedd deg a llydan, ag yn myned i wayn a llanerch las deg; a'r llall ar y llaw ddeay, yr hon oedd gyl garegog a mynydday. A phan oeddwn i yn petryso, heb wybod ble 'dd awn o'r ddwy ffordd, fo ddywad Ffolineb wrthyf may gorey a thecaf oedd y ffordd ar y llaw asay; a'm march iney, Ffromder, oedd yn tawly ag yn gwingad i gaisio myned y'r ffordd hono, fal yr oeddwn i yn cayl trafel yddy ffrwynno ef y mewn. Ag yno y dywedais i wrth Ffolineb vy mod i yn ofni rag y'r ffordd laswelltog honno fy nwyn i y gloddie a ffosydd a chorsydd crynedig, lle idd elem ni yn ffest yndynt.

A chyda hyny, roeddwn i gwedy diawchy o achos chwedley Ffolineb a ddwedysey hi wrthyf i; ag er vy mod i ny casay hwynt y'm calon, eto vy arfer oedd yn peri mi dilyn hwynt, heb allel paidio heb ras [36v] Duw. Ag ar hyny, mi a fwriadais gymeryd y ffordd ar y llaw asey, a Ffolineb yn cadw cydymaithias a mi hefyd.

Amrywiadau BCDE:

A gwedy i Ffolineb adrodd y chwedley hyny	B(C) Ac velly ve byrhaodd chwedlav Ffolineb
	D Ag felly fe byrhaodd wheddle Ffolineb
	E Ac felly fe barhaodd wheddle Ffolineb
traylio	BCD(E) troelo
yn y diwedd	E o'r diwedd
ni a ddaethom	E mi ddeythym
gyfyngdwr	E gyfyngdwr ffordd
'dd oedd	E roedd
oedd	BCD a oedd
deg	B teg
i	E ei
wayn a llanerch	B(CD) lannerch o waun
	E lanerch
las deg	E glas teg
ddeay	D dde
oedd	BCD a oedd
garegog	BC(D) graicoc E cerigog
mynydday	BC(E) llawn mynyddav
	D mynydde oerllyd
A phan	B(CDE) Pann
oeddwn i	BCDE oeddwn
petryso	E myned
ble 'dd awn	BC(D) pv'n E pa vn
o'r ddwy ffordd	BC(DE) oedd orav ym vyned
fo ddywad Ffolineb wrthyf	BCE Ffolineb a ddywad
	D Ffolined a ddwad
a'm	E a
iney	BC i D - E nine
tawly ag yn gwingad i gaisio	E ceiso

fal	E ond fel
yr oeddwn i	BCDE yr oeddwn
yddy	E yn y
Ag	BCDE-
y dywedais i	BCE y dywedais D dwedes
vy mod i	BC(D) vy mod E fy mod i'n
yn	E-
y'r	E y
laswelltog	E welltog
fy nwyn i	BC(DE) vy nwyn
a (ffosydd)	CE-
crynedig	D(E) krinedig
idd elem ni	E yr elwn
ffest	E ffast
roeddwn i	BCDE yr oeddwn
diawchy	D diawch
chwedley Ffolineb	BC y chwedlav D y wheddle
	E y wheddle hyny
a ddwedysey	D a ddywedase E y ddywedase
wrthyf i	BCDE wrthyf
vy mod i	BC(DE) vy mod
ny	BCDE yn y
casay hwynt	E gassau
mi dilyn hwynt	BC(D) ym ymddilyn ac hwynt
	E ym ddilin ag hwynt
heb allel paidio	BC(DE) heb vod yn abl y
	wnaethyr amgen
mi a fwriadais	B(D) mi vwriedais
	E mi feddylies
y ffordd	E ei ffordd
cydymaithias	E kymedeithas
hefyd	BCDE-

Enghraifft 2: I.2 ABCD
Yn y darnau eraill, rhoddir darlleniadau testun Saesneg 1581, a thestunau Cymraeg llawysgrifau Llanstephan 178 (A) a Llanwrin 2 (NLW 15533B) (B), gan restru amrywiadau'r llawysgrifau eraill yn Atodiad II. Y mae'r darn hwn yn enghraifft dda o duedd B (ynghyd â CD, sy'n dilyn y rhan fwyaf o amrywiadau B) i ddilyn y Saesneg yn fwy gofalus nag A, hyd yn oed o ran trefn a chystrawen y

frawddeg weithiau, i'r fath raddau nes ei bod yn darllen mwy fel cyfieithiad nag A, o'i gymharu â'r testun Saesneg. Er enghraifft, cyfieithir y gyfres o ddisgrifiadau hyfryd, *sowre seemed sweete, blacke seemed white* . . . mewn ffordd gwmpasog sy'n ymylu ar fod yn flodeuog yn A: *yr oedd y pethe syrion yn ymddangos y mi yn felysig, a'r du yn ymddangos y mi yn wyn* . . ., ond y mae B(CD) yn cadw'n nes at batrwm y Saesneg: *y sur yn velys, y du yn wynn* . . . etc. Ceir yr un math o amrywiad cystrawennol yn yr ail baragraff, â'r gyfres o ddisgrifiadau, *the worlde is troubled, realmes molested* . . . a gyfleir trwy ddefnyddio'r ffurf amhersonol hir yn B(CD), *y byd odys yn y drallodi, brenhiniaethav yn y blinhae* . . ., lle y mae A ychydig yn llyfnach: *(trwy gyngor drwg) yr ydis yn trallodi'r byd, ag yn blinhay brenhiniaethay* . . .

Yn ogystal â hynny, y mae A yn trosi'r ymadrodd agoriadol Saesneg, *Thus comforted, or rather emboldened* yn frawddeg ferfol Gymraeg, *Ag felly mi ymlawenhais mewn ewnder*, mewn ffordd lai amhersonol na'r llawysgrifau Cymraeg eraill (*Ac velly drwy ymlawenhae mewn ewnder*) a'r testun Saesneg fel ei gilydd. Ychwanegir at y prif rediad yn A hefyd: ***y'm llynaethy** mor ddoeth, mor araf, mor wybyddys **ag mor gynil***, gan gynnwys ymadroddion nas ceir yn y testun Saesneg na B(CD), gan ehangu ar ystyr y Saesneg ar adegau: *a wnai les y mi **a iechyd y'm enaid***, er bod A yn osgoi'r frawddeg gysylltiol *Now to our purpose* ar y diwedd.

Ceir nifer o gyfatebiaethau diddorol rhwng A a BCD yn y darn hwn: y mae'r pedair yn cyfleu'r ymadrodd Saesneg *my heart tickled within mee* mewn ffordd Gymraeg effeithiol, er enghraifft: *yr oedd fy nghalon yn crychnaidio yn vnghorff*. Y mae'r pedair yn osgoi rhan olaf ymadrodd *gwr doeth* yr ail baragraff hefyd, *for that 'they loue but what they lyke'*, a *cities sacked* yn y rhestr a ddaw ar ôl hynny.

Testun Saesneg 1581:
Thus comforted, or rather emboldened, I thought my selfe most happye to haue such a gouernesse – so wise, so graue, and so expert; for verye ioye whereof my heart tickled within mee. But alas, wretch that I was, my desire was alwayes after contrarye thinges; for I reiected whatsoeuer tended to my health, in so much that to mee sowre seemed sweete, blacke seemed white, evill seemed good, follie seemed wisdome, light seemed darknesse. And Follye had so sore bewitched me, that I neglected to doe the good I should haue done. And I was too willing to playe the part I should not have played.

It is true that the wise man spake, saieng, 'There is health where many doth giue counsell,' and 'he that taketh good aduise and counsell before, shall not repent him after.' But it is forbidden to take counsell of fooles, for that 'they loue but what they lyke.' There is an olde prouerbe, 'Such as my counsailour is, such must needes bee my counsell.' It were against reason that a foole shoulde give good counsell, for this is euen as if riuers shoulde runne against the hill. Nothing caune be compared to good counsel; neither can any thing be worse then euil counsell, by the which the worlde is troubled, realmes molested, princes defaced, kinges killed, empires altered, townes taken, cities sacked, lawes abolished, justice generally corrupted, diuine mysteries prophaned, mingled with mischiefe, and confounded; the true knowledge of God is forgotten, all reuerence to superiours neglected, shamefastnesse, sobrietie, faith, hope, charitie, and all other vertues defaced; all manner of warres, both forreine and ciuill, attempted. O griefe, O plague, O cruell monster! Now to our purpose.

(A) Llanstephan 178 (I.2.149–81):
Ag felly mi ymlawenhais mewn ewnder, ag mi a welwn fy hynan yn ddedwydd am gael y fath lywodraethferch hono y'm llynaethy mor ddoeth, mor araf, mor wybyddys ag mor gynil, ag o fawr lywenydd yr oedd fy nghalon yn crychnaidio yn vnghorff. Ond er hynny ffol tryan oeddwn, gan fy mod i yn deisyf pethe gwrthnebys, os [8] yr oeddwn i yn ysgaelysio pob peth ag a wnai les y mi a iechyd y'm enaid. Canys yr oedd y pethe syrion yn ymddangos y mi yn felysig, a'r du yn ymddangos y mi yn wyn, a'r drwg 'n ymddangos y mi yn dda, a'r ffolineb 'n ymddangos y mi yn ddoethineb, a thywyllwch yn ymdda[n]gos y mi yn oleini. Canys Ffolineb oedd gwedy vy rwymo i ysgaelysio gwnaethyr dayoni, ie, yr hwn a ddylyswn y wnaethyr, ag ir oeddwn i yn wyllysgar yn gwnaethyr y pethe nys dylyswn i gwnaethyr.

　Gwir a ddywad y gwr doeth, 'I may iechyd lle mae llawer yn roddi cyngor,' a'r neb a gymero deall da, ny bydd etifar ganto gwedy hynny, ond i mae yn warddedig gymeryd [8v] cyngor gan ffolaid. Y ddiayreb a ddywaid, 'Val i bo vy nghynghoriaid i, felly mae yn raid bod vy nghyngor i.' Os may'n erbyn reswn i ffol roddi cyngor da, canys tebig yw i afonydd yn rhydeg yn erbyn glenydd. Ond nyd oes dim a ellir y'w gyffleby i gyngor da, na dim waeth na chyngor drwg, cans trwy gyngor drwg yr ydis yn trallodi'r byd, ag yn blinhay brenhiniaethay, ag yn darostwng tywysogion, ag yn lladd brenhiniodd, ag yn newidio amherodraethay, ag yn distrywio trefydd, ag yn tori cyfraithay, ag yn barny yn anghyfiawn, ag yn halogi gwenidogionn dywiol ag ny cymysgy a drygoni, ag ny gortrechy, a gwir gydnabyddiaeth ar Dduw yn myned yn angof, ag yn ysgaelyso yfyddhay y'r penaethiaid, a digwilyddrwydd yn gymeradwy, a ffydd, gobaith a chariad [9] perffaith a'r holl rinwedde da eraill gwedy diwyneby, a phob ryw ryfel yn vwriadedig. O flinder! O ddiale! O graylonder anghenfilod!

(B) Llanwrin 2 (NLW 15533B)
Ac velly (drwy ymlawenhae mewn ewnder), mi a'm gwelwn vy hvnan yn ddedwydd gael y vath lywodraethferch honno mor ddoeth, mor araf, mor wybyddys ac mor kynnil, ac o vawr lawenydd ydd oedd vy nghalonn yn krychnaido ym korff. Ond er hynny (o ffol truan), vy naisif oedd am bethav gwrthnebys, os yr oeddwn yn ysgaeluso pob peth ac a vai les ym yn gymaint ac yr oeddwnn i yn gweled y sur yn velys, y du yn wynn, a'r drwc [5v] yn dda, ffolineb yn ddoethineb a thewyllwch yn olaini. A Ffolineb oedd gwedy vy rwymo i y walluso gwnaethyr daeoni, yr hwnn a ddylywn y wnaethyr, ac yr oeddwn yn rhy wyllysgar y wnaethyr y pethav nas delyswn y wnaethyr.

Gwir a ddywad y doeth, 'Y mae iechyd lle mae llawer yn rhoi kyngor,' a'r neb a kymero deall a chyngor da, na bydd etifar gantto gwedy hynny, ond y mae yn warddedic kymryd kyngor gann ffolaid. Y ddiaereb a ddywaid, 'Val y bo vy nghynghoriaid i, velly y mae rhaid bod vy nghyngor i.' Os y mae yn erbyn reswm y ffol rhoi kyngor da, kans debic yw hynny y afonydd yn rhedec yn erbynn y glennydd. Nyd oes dim y emgyfflyby y gyngor da, na dim waeth na chyngor drwc, drwy yr hwnn y byd odys yn y drallodi, brenhiniaethav yn y blinhae, twysogion yn y gorestwng, brenhinioedd yn y lladd, amherdraethav yn y newid, trefydd yn y distrywio, kyfraithav yn y torri, barnedigaethav yn y anghyfiawnhae, gwenidogion duwiol yn y halogi, ac yn y kymysgi a drygoni, ac yn y gortrechi, gwir gyddnabyddiaeth ar Dduw yn y anghofi, yfydd-dod y'r penaethiaid yn y wallyso, digwilyddrwydd yn kymeradwy, ffydd, gobaith, kariad perffaith a'r holl rinweddav eraill gwedy y diwyneby a phob ryw ryfel yn vwriadedic. O vlinder! O ddial! [6] O groelon anghenfil! Yn awr att y peth.

Enghraifft 3: II.1 ABCDE
Y mae'r darn hwn yn ddiddorol o safbwynt llawysgrif E, a dyfynnir testun E yn llawn yn sgil hyn. Y mae darlleniadau E yn tueddu i ddilyn prif amrywiadau B(CD) yn y darn hwn: er enghraifft, *Gwneythyrwr* yn lle *Gwnaethwr*, *ofyn* yn lle *erchi*, *nefol ras* yn lle *nefol drigaredd*. Ychydig iawn o amrywiadau E sy'n dilyn A: ceir *fy nghalon a'm golygon*, *am fy amal bechode*, *y rhai gwrthodedig*, er enghraifft. Gwelir nifer o ddarlleniadau sy'n unigryw i E hefyd: y mae'n hepgor *Dduw* yn y teitl *Arglwyd Dduw* yn y llinell gyntaf er enghraifft, yn defnyddio *lid* yn hytrach na *lidiawgrwydd*, a dyna'r unig lawysgrif sy'n defnyddio'r ansoddair *tryan* ar ôl *dy greadyr*

hefyd. Fodd bynnag, y mae gan E sawl amrywiad arall, sydd, o bosibl, yn nes at y testun Saesneg nag A/B(CD), sef *deilwng* am *worthy* (A(BCD) *ddyladwy*), a *deisif arnat faddoyant* am *craue pardon* (A(BCD) *airiol maddeyaint*).

Y mae'n debyg bod E yn tynnu ar destun B(CD) ac A, er ei bod yn cyfleu'r testun Cymraeg mewn ffordd wahanol i ABCD ar yr un pryd. Gwelir enghraifft dda o hyn yn y ffordd y cyfieithir *my former life displeaseth me greatly*. Yn A ceir *a'm bychedd ddrwg o'r blaen, yr hwn yr wyf i yn anfoddloni fy hynan*; yn B cedwir yn agosach at y Saesneg: *vy mychedd o'r blaen a'm anfoddlonhaodd yn vawr*; ac yn E ceir y darlleniad hwn: *a'm bychedd o'r blaen, y rhain a'm anfoddlonodd i'n fawr*, sy'n dilyn strwythur cystrawennol A yn y rhan gyntaf cyn glynu'n agosach at B. Gellid esbonio'r arwahanrwydd cyffredinol hwn ar ran E mewn sawl ffordd: efallai bod E yn aralleiriad o destun B(CD) ac A, neu'n tynnu ar y testun Saesneg yn ogystal â'r testunau Cymraeg, neu'n tynnu ar destun Cymraeg arall sydd bellach ar goll.

Testun Saesneg 1581:
'O Lord God, Father and maker of all things, I am not worthy to lift vp mine eyes towards thee, nor to aske pardon for the infinit sinnes, wherein I confesse my selfe guiltie. Neuerthelesse, O God of all goodnesse & father of mercie, I beseech thee not to punish me in thy great rage, nor to condemne me among the reprobate. I acknowledge my euil & craue pardon for my misdeeds; my former life displeaseth me greatly & my heart quaketh for feare of thy iudgm ts. O God, forsake not thy creature which is a sinner, but aide & assist me with thy heu ly grace, wherof if I may tast the vertue, I shall need none other succour. O graunt this for the glory of thy great name, and in thy name, for the loue of thy dere son Iesus Christ, who with thee & the Holy Ghost be all honour & power for euer and euer, Amen.'

(A) Llanstephan 178 (II.1.1947–62):
'O [68v] Arglwyd Dduw, Tad a Gwnaethwr pob dim, nyd wyf i yn ddyladwy i ddrychaif fy nghalon a'm golygon tiag atat ti, nag i erchi maddeaint am fy aml bechodey, yn y rhai yr wyf i yn cydnabod vy hynan yn ayog. Ond er hyny, Duw a'th holl dduwiolder, a Thad y drigaredd, myfi atolygaf y ti na chospych di fyfi yn [dy] fawr lidiawgrwydd, ag na chyfrif i ymysg y rhai gwrthodedig. Yr wyf i yn cydnabod fy nrygoni, ag yn airiol maddeyaint am fy nghamwaithredon a'm bychedd ddrwg o'r blaen, yr hwn yr wyf i yn anfoddloni fy hynan, a'm calon yn cryny rag ofn dy farnedigaeth. O Dyw, na wrthod dy greadyr, yr hwn sydd bechadyr,

onyd nertha a chynorthwya fi o'th nefol drigaredd, yr hwn, o caf i vlas dy rinwedd, nyd raid y mi amgen. O caniata hynn y mi er gogoniant dy enw, ag er carriad ar dy fawredig anwyl fab Iesu Grist, yr hwn gyda thi a'r Ysbryd Glan i bo holl anrydedd a gally yn dragwyddol. Amen.'

(B) Llanwrin 2 (NLW 15533B)
'O Arglwydd Dduw, Tad a Gwnaethyrwr pob dim, nyd wyf i ddylyadwy y ddrychaif vy ngolygon tiag attad, noc y ofyn maddyant am aml bechodav, yn y rai yr wyf yn y kyddnabod vy hvnan yn aeoc. Ond er hynny, Duw o'i holl dduwiolder, a Thad y trigaredd, mi a ddolygaf yt na chosbych vi yn dy vawr lidawgrwydd, ac nad aeoghaech vi ymysc y gwrthodedic. Yr wyf yn gyddnabod vy nrygoni, ac yn airiol maddyaint am vy nghamwaithredoedd, vy mychedd o'r blaen a'm anfoddlonhaodd yn vawr, a'm kalon a sydd yn kryny rac ofn dy varnedigaethav. O Duw, na wrthod dy greadyr, yr hwnn a sydd bechadyr, ond nertha a chynghorthwya vi a'th nefol ras, yr hwnn, (o kaf vlas y rinwedd), nyd raid ym wrth gyngorthwy amgen. O kenata hynn er gogoniant dy anwyl vab Iesu Grist, yr hwn gyda thi a'r Ysbryd Glan y bo holl enrydedd a gally yn dragwyddol. Amen.'

(E) Cwrtmawr 30B:
'O Arglwydd Dad a Gwneythyrwr pob dim, nyd wyf i deilwng ei dderchafy fy nghalon a'm golygon tiag attati, nag y ofyn maddeyant am fy amal bechode, yn y rhai yr wyf i yn cydnabod fy hynan yn eyog. Ond er hyny, Duw'r holl dduwiolder, a Thad y trygaredd, mi attolygaf y ti na chospech fi yn dy fawr lid, ag na ddotych fi ymysc y rhai gwrthodedig. Yr wyf i yn cydnabod fy nrygioni, ac yn deisif arnat faddoyant am fy nghamweithredoedd a'm bychedd o'r blaen, y rhain a'm anfoddlonodd i'n fawr, a'm calon sy'n cryny rhag ofon dy farnedigaeth. O Dduw, na wrthod dy greadyr tryan, yr hwn sydd bechadyr, ond nertha a chynorthwya fi a'th nefol ras, yr hwn, o caf i flas rhinwedd, nyd rhaid ym gynothwy amgen. O caniadha hyn er gogoniant dy fawr enw, ag er cariad anwyl dy fab Iesu Grist, yr hwn gyda thi a'r Yspryd Glan y bo holl anrhydedd a gall[u] yn dragwyddol. Amen.'

Enghraifft 4: II.2 ABD
Yn y darn hwn, ceir llawer o gyfatebiaeth rhwng A a B(D) o ran geirfa a chystrawen, ond gwelir bod A yn tueddu i symleiddio lle y mae B(D) yn glynu'n nes at y Saesneg (y mae D yn dilyn darlleniadau B gan amlaf). Er enghraifft, cyfieithir *but I found it contrarie* gan A fel *Onyd er hyny*, a chan B(D) fel *Ond hynny a ddaeth yn y wrthwyneb*. Cyfieithir *which made me much to meruaile*

fel *ag am hyny mi a ryfeddais yn fawr* gan A, lle y mae B(D) yn cadw'n nes at drefn y Saesneg: *yr hwnn beth a wnaeth ym ryfeddy yn vawr*. Cyfleir yr ymadroddion *monstrous mountaines & ragged rocks* yn syml gan A: *y mynydday a'r craigydd*, ac yn fanylach gan B: *y mynyddav arythyr a'r kraige llapre*. Trosir *it made me weepe bitterly* gan B(D), *mi a wylais yn hwerw*, yn fwy llythrennol nag A, *mi wylais yn dost*, ac y mae darlleniadau digon gwahanol ar gyfer *before I could enter into true Felicitie* hefyd. Ceir *cyn i gallwn fyned y mewn i wir ddedwyddyd* yn A, lle y mae B(D) yn defnyddio geirfa wahanol mewn mannau: *kynn y gallwnn entro mewn gwir hapysrwydd*.

Testun Saesneg 1581:
Now wh God's Grace caried me in hir arms, I fered my filthines would hurt hir rich aray, but I found it contrarie. For hir precious apparaile was nothing spotted and mine, beeing fowle, became faire, which made me much to meruaile. Then said God's Grace, 'My son, like as the sun shineth into the diar's dye-fat, and yet retourneth forth vnspotted, euen so doe I, without blotting my selfe, enter into thy sinfull soule and in a moment doe make it cleane.'

Then ouer the monstrous mountaines & ragged rocks away we walked, till we came to a crosse way, wher Vertue wished me to follow hir, whose saiengs when I called to minde, it made me weepe bitterly for my sinnes and follies past. But when God's Grace perceiued me to be weary & anoyed with the smells that I found in the loathsome lake, for pitie she tooke me in hir armes, & at the last she shewed me the Schooll of Repentance, whether I must go before I could enter into true Felicitie.

(A) Llanstephan 178 (II.2.2083–100):
A'r pryd hyny, pan y dygoedd Gras Duw fi yn y braychay, mi ofnais rag y'm halogrwydd i nyrddo y gwisgad hi, yr hwn oedd gyfoethog. Onyd er hyny, nyd oedd hacrach y thrwsiad gwyrthfawr hi, ie, a'm trwsiad brwnt inay aeth yn lan, ag am hyny mi a ryfeddais yn fawr. Ag yno y dywad Gras Duw, 'Fy mab, megis y tery yr hayl yn lliw y lliwydd, ag y try allan heb halogi dim, yn yr vn modd yr wyf inay heb halogi fy hynan, er y mi entro yn dy enaid pechadyrys di, ag mewn myned yn y wnaythyr ef yn lan.'

A gwedy hyny, dros y mynydday a'r craigydd y rodiasom, nes yn dyfod y'r groesffordd lle bysei Rinwedd yn dymyno arnaf y dilyn hi. Yno pan gofais y 'madr[o]ddion, mi wylais yn dost am fy mhechoday a'm ffolineb, y rhai athoedd haibio. Onyd pan wyby Ras Duw fy mod yn dyffygio, a drewiant y caybwll gwedy fy mlino, hi a'm cymerodd o drieni yn y braychay, ag o'r diwedd hi a ddangosoedd y [73v] mi Ysgol yr

Etifairwch, yr hwn le yr oedd yn raid y mi fyned cyn i gallwn fyned y mewn i wir ddedwyddyd.

(B) Llanwrin 2 (NLW 15533B):
Y pryd hynny, pan dygoedd Gras Duw vi yn y braichav, mi a ofnais rac y'm halogrwydd i nerddo y gwisgad kyfoethoc hi. Ond hynny a ddaeth yn y wrthwyneb, kans nad oedd hagrach y thrwsiad gwerthfawr hi, a'm trwsiad brwnt innav a aeth yn lan, yr hwnn beth a wnaeth ym ryfeddy yn vawr. Yno y dywad Gras Duw, 'Vy mab, megis ac y tery yr havl yn lliw y lliwydd, ac y try allann heb halogi dim, yn yr vn modd yr wyf innav heb halogi vy hvnan, yn entro yn dy eneid pechadyrys dithav, ac mewn mvned yn wnaethyr yn lan.'

Gwedy hynny, dros y mynyddav arythyr a'r kraige llapre y rodieson, nes yn dyfod y'r groesffordd lle y bysai Rinwedd yn damvno arnaf y dilyn hi. Pann gofiais y ymadroddion mi a wylais yn hwerw am vy mhechodav a'm ffolineb, y rhai athoedd haibo. Ond pan gwyby Gras Duw vy mod yn ddeffygiol, a drewiant y kavbwll gwedy vy mlinhae, hi a'm kymeroedd (o dryeni) yn y braiche, ag o'r diwedd hi a ddangonses y mi Ysgol yr Etifairwch, yr hwnn le ydd oedd yn rhaid ym vyned kynn y gallwnn entro mewn gwir hapysrwydd.

Enghraifft 5: III.1 ABCD

Yn y darn hwn gwelir tuedd B(CD) i gyfieithu'n fwy llythrennol nag A, a thuedd C a D i ddilyn y rhan helaethaf o amrywiadau B. Yn y frawddeg gyntaf, y mae A a BCD yn defnyddio geirfa wahanol wrth gyfleu *pleasures*: ceir *diddanwch* yn A, a *hoffter* yn BCD. Cyfieithir *For it cousisteth not in angelical knowledge, much lesse in man's wit, wholy to comprehend so notable a mysterie; none knows it but he who hath proued it* gan B(CD) fel *Kans nyd ydiw engylion wybyddiaeth (ac yn llai o lawer synwyr dyn) yn abl y ddamgelchynny y vath orychel yrddasrwydd hynny, nac yddy addnabod, ond yr hwnn a'i profoedd ef.* Y mae hyn yn bur wahanol i ddarlleniad A; byddai *angeliol*, y mae'n debyg, wedi gwneud mwy o synnwyr yn y cyd-destun hwn, ac y mae A yn ychwanegu cymal arall sy'n egluro'r ystyr yn well: *y rhain a sydd mewn gwybodaeth gwell na dyn*, yn ogystal â chynnwys y gair ategol *ie* cyn y cymal olaf.

Cyfieithir *and euerie corner sumptuously and superflously adorned* braidd yn wahanol gan A a B(CD) hefyd, sy'n dangos tuedd gyson A i fod yn ddisgrifiadol ac yn gyfoethog: A *a ffob gwaith gwedy addyrno a'y harddy yn wych ag ywchelfalch*; B(CD) *y gwaith a phob mann gwedy addvrno yn ychelfalch*.

Yn y rhestr ar ddiwedd y darn, y mae ABCD oll yn osgoi *all manner of mercery ware* ac y mae A yn cyfleu *daintie dishes* yn syml fel *bwydydd moethys*, o'i gymharu â *dysglaidiav dantaiddiol* yn BCD; a *delicate drinkes* fel *diodydd melys*, lle y ceir *diodydd moethys* yn BCD.

Testun Saesneg 1581:
If I had a thovsande tongues to tell the truth of all the goods and pleasures which I found in the Pallaice of Vertue, and if I should liue a thousande yeares, to report this matter, al were too little in euery point to decipher it. For it cousisteth not in angelical knowledge, much lesse in man's wit, wholy to comprehend so notable a mysterie; none knows it but he who hath proued it. You may be sure that there are not, as in the Pallaice of Worldly Pleasure, chambers hanged about with silke tapestry, and euerie corner sumptuously and superfluously adorned; no, no, but there were histories of the Old & New Testament to view & marke. I found not there cofers full of gold & siluer, cuberds of plate, presses of silke, all manner of mercery ware, neither daintie dishes, delicate drinkes, bawdie songs, wanton musike, y ladie of loue, her son Cupid, nor aniething y worldlings embrace: but I found a thing farre surpassing all that is in the world.

(A) Llanstephan 178 (III.1.2837–54):
A bod genyf i fil o dafodey i draethy gwirionedd am yr holl ddayoni a'r diddanwch, yr hwn a gefais i yn Llys Rinwedd; ie, a phei bewn i fyw fil o flynydde, i ddangos y mater oll, hyny oedd yn ry fychan y myfi ddyfaly y peth. Canys nyd ydiw angelion, y rhain a sydd mewn gwybodaeth gwell na dyn, yn [97] abl o'y synwyr y ddamgylchyny y fath orchwyl yrddasaidd hyny, ie, na neb onyd y sawl y sydd yn y brofi ef. Chwi ellwch wybod yn wir nad oes yno, megis yn y llys fydol, hoffter ag oferedd; nyd oes yno ystafelloedd gwedy gwisgo o lenay sidan ares, a ffob gwaith gwedy addyrno a'y harddy in wych ag ywchelfalch. Nag oes! Nag oes! Onyd yno yr oedd ystoriay o'rr Testament Hen a'r Newydd i synaid arnynt. Ny welais i yno goffray yn llawn ayr ag arian, na chybyrday yn llawn plat, presay yn llawn sidan, a bwydydd moethys, a diodydd melys, na chaniade anllad, na cherddwriaeth ryfygys, nag Arglwyddes y Cariad a'y mab Kiwpyd, na dim ag ydiw y bydolion yn y braychaidio. Onyd myfi a welwn yno bob peth yn ragori ymhell bob dim ag oedd ar y ddayar ag ny byd hyn.

(B) Llanwrin 2 (NLW 15533B):
A bod gennyf vil o dafodav y draethy y gwirionedd o'r holl ddaeoni a'r hoffter, yr hwnn a gefais i yn Llys Rinwedd; a phai bewn vyw vil o

vlynyddoedd, y ddangos y mater hynny oll oedd ry fychan y ddyfaly y peth. Kans nyd ydiw engylion wybyddiaeth (ac yn llai o lawer synwyr dyn) yn abl y ddamgelchynny y vath orychel yrddasrwydd hynny, nac yddy addnabod, ond yr hwnn a'i profoedd ef. Chwi ellwch wybod yn wir nyd oes yno, megis yn y llys o vydol hoffter, ystafelloedd gwisgedic o lennav sidan ares, y gwaith a phob mann gwedy addvrno yn ychelfalch. Nag oes! Nag oes! Ond yno yr oedd ystoris o'r Tesment Hen a'r Newydd y synaid arnynt. Ny welais i yno goffrav yn llawn aur ac arian, kybyrdav llawn plat, pressav yn llawn sidan, na dysglaidiav dantaiddiol, na diodydd moethys, na chaniadav anllad, na cherddwriaeth ryfygys, nac Arlwyddes y Kariad a'i mab Kiwpit, na dim ac ydiw y bydolion yn y braichaido. Ond mi a welwn yno bob peth yn ragori ymhell bob dim ac a sydd ar y ddaear yn y byd.

Enghraifft 6: III.5 ABCD
Y mae'r darn hwn yn ddiddorol yn y ffordd y mae A yn cwtogi darnau o'r Saesneg neu'n eu hepgor yn llwyr. Er enghraifft, y mae A yn hepgor dwy frawddeg gyfan o'r testun Saesneg: *But thou maist aske mee a question . . . for in so dooing thou louest thy selfe better then thou louest God*, ond fe'u cyfieithir yn B(CD). Cwtogir *and yet giue God his due and single loue* ar ddiwedd y paragraff cyntaf yn A: *y rhain yw gwaithredon cariad*; lle y mae BCD yn cynnig cyfieithiad mwy llythrennol: *ac etto roi y Dduw y ddyluedys buraidd gariad*. Cwtogir y frawddeg ddilynol *Nowe these things are not Charitie it selfe* yn A hefyd, ynghyd â llawer o'r ail baragraff, lle y mae BCD yn glynu'n nes at drefn a chystrawen y Saesneg.

Y mae ABCD yn debyg yn y ffordd y maent yn osgoi cyfieithu'r ymadrodd *not depending vppon another thinge* ar y dechrau, ac yn cyfleu *serues his turne* fel *gwnaethyr gwasanaeth yddo*, gan osgoi trosi ymadrodd Saesneg yn llythrennol. Y mae C a D yn dilyn B yn bur ofalus unwaith eto, er bod D yn cyfleu *without respect of profite or reward* mewn ffordd wahanol i ABC: ABC *enill ney daliad*; D *enill ne golled ne daliad*, ond y mae'n ddigon tebyg mai ychwanegiad neu wall ar ran copïydd D oedd yn gyfrifol am y darlleniad hwn.

Testun Saesneg 1581:
If thou loue God rightlye, he will rewarde thee greatlye; but this loue must be single, and it must be pure and not depending vppon another thinge. For who so loueth God for gaine, loueth him but as his horse, in whome hee delyghtes because he serues his turne. God ought to be loued louinglye, without respect of particular profite. But thou maist aske mee

a question, 'Maye I not loue God to this ende, and vnder this condition, that he maye giue me heauen, which is the souereigne good and principallest thinge that man canne wish for after this lyfe?' The doctours saye, 'No,' if wee consider well of the thing beloued, which is God; for in so dooing thou louest thy selfe better then thou louest God. Thou maist come to heauen by this meanes: as namely, by keeping his commaundements, by giuing almes, and by dooing other good deedes; and yet giue God his due and single loue. Nowe these things are not Charitie it selfe, but the works of Charitie. We say then that God ought to bee loued in doing good deedes and in keeping his commaundements; but this loue ought to be entyre, without respect of profite or reward.

To loue God orderlye aboue all thinges is to referre thy selfe and all thy goods to God, so that all which thou louest, wishest, doest, and leauest vndone, thou oughtest to loue, to wishe, to doe, and leaue vndone for the loue of God and his glorie. Thus referringe all to the honour and glorye of God, thou louest God aboue all things orderly, and accomplishest as much as in thee lyeth.

(A) Llanstephan 178 (III.5.3348–66):
O cery di Dduw yn iniawn, ti a gay daliad mawr ganto ef, onyd may'n raid bod y cariad hyny yn wirion ag yn byraidd. Eithr y neb a fo yn caru Duw er mwyn enill, nyd ydiw ef yn y garu onyd megis y farch, yr hwn a sydd hoff ganto, am y fod ef yn gwnaethyr gwasanaeth yddo, onyd fo ddylyir cary Duw heb brisio dim enill nailltyol. Canys tydi a elly gael nef yn y moddion hyn, nyd amgen trwy gadw gorchmynion Duw, a roi cardode, a gwnaethyr [112v] gwaithredon dayonys eraill, y rhain yw gwaithredon cariad. Onyd may yn ddyledys roddi bywraidd gariad, gan wnaethyr gwaithredon da[yo]nys, a chadw i orchmynion Duw yn ddigymwedd, a'r cariad hyny a ddyly bod yn anwyl gariad at Dduw, heb brisio dim enill ney daliad.

A hefyd, cary Duw ywchlaw pob peth [yn weddys] yw y ti osod dy hynan a'th gyfoeth dan law Dduw; ie, pob peth ag a gerych, ag o wyllys dy galon, o'th holl rym a'th nerth, tydi a ddyly wnaethyr yn wyllysgar foliant y Dduw er cariad arno ef, heb gyfflyby dim yddo ef.

(B) Llanwrin 2 (NLW 15533B):
O keri di Dduw yn vniawn, ti a gav vawr daliad ganto ef, ond rhaid y'r kariad hynny vod yn wirion ac yn buraidd. Y neb a vo yn karu Duw er mwyn y ennill, nyd ydiw yn y karu ef ond megis y varch, yr hwnn a sydd hoff gantto, am y vod yn gwnaethyr gwasanaeth yddo: Duw a ddyluyr y garu yn gariadys heb briso am ennill nailltyol. Ond ti elly ofyn gofyniad y mi, 'Ony allaf i garu Duw er mwyn yddo ef roi nef y minav gwedy

hynny, nav dros hynny, yr hynn ydiw y peth gorav ac a ddychon dyn y ddamvno ar ol y bywyd hwnn?' Y doctoriaid a ddywaid, 'Nage,' o deallwn ni yn dda pwy beth ydiw yr hwnn ydym ni yn y garu, sef ydiw Duw, os o wnaethyr velly yr wyd yn dy garu dy hvnan yn vwy no Duw. Os ti a elly gael nef yn y moddion hynn, nyd amgen drwy gadw y orchmynion ef, a rhoi kardodav, a gwnaethyr gwaithredoedd daeonys eraill, ac etto roi y Dduw y ddyluedys buraidd gariad. Y pethav hynny nyd ydynt gariad y hvnain ond gwaithredoedd kariad. Ni a ddywedwn am hynny mae Duw a ddyluyr y garu drwy wnaethyr gwaithredoedd daeonys, a thrwy gadw y orchmynion. Ond y kariad hynny a ddyly bod yn anwyl kariad, heb briso am ennill nav daliad.

Karu Duw yn weddys ywchlaw pob peth yw y ti dy osod dy hvnan a'th holl gyfoeth dan law Duw, pob peth ac a gerych, a wyllysych, a wnelych ac a edych heb wnaethyr, ti a ddluy y karu, wyllysy, gwnaethyr a gadel heb y wnaethyr er mwyn kariad Duw a'i ogoniant. Velly drwy osod pob dim y anrydeddy Duw ac yddy ogoneddy yr wyd yn karu Duw ywchlaw pob peth yn weddys, ac yr wyd yn kyflawnhae kymaint ac a sydd perthynys y ti y wnaethyr yn ol dy ally.

Hwyrach y gellir crynhoi'r prif gasgliadau ynglŷn â pherthynas y llawysgrifau Cymraeg fel a ganlyn:

(i) Y mae'r testun Cymraeg wedi'i drosi'n uniongyrchol o destun Saesneg William Goodyear, *The Voyage of the Wandering Knight*, ac nid o destun Ffrangeg Jean Cartigny, *Le Voyage du Chevalier Errant*.

(ii) Ymddengys fod y pum llawysgrif Gymraeg yn disgyn o un ffynhonnell, ar sail y tebygrwydd rhyngddynt o safbwynt manylion cyfieithu, a'r modd y maent yn hepgor yr un rhannau o'r testun Saesneg. Gellir dyddio cyfieithiad gwreiddiol *Treigl y Marchog Crwydrad* rhwng 1581 (sef y flwyddyn yr ymddangosodd *The Voyage of the Wandering Knight*, y testun Saesneg sy'n gynsail) a thua 1585 (dyddiad tebygol Llanstephan 178, y llawysgrif hynaf sy'n cynnwys y testun).

(iii) Y mae llawer o ddarlleniadau gwahanol a phwyslais sylfaenol wahanol rhwng A a B(CD). Cyfleir y testun Saesneg yn llyfnach ac yn rhydd yn A, sy'n cwtogi ei gynsail ar adegau (e.e. I.5, II.6 a III.2), lle y mae B(CD) yn glynu'n nes at y testun Saesneg ac yn ei gyfleu'n fwy llythrennol.

(iv) Y mae testun E yn tueddu i fod yn nes at B(CD) nag at A, ond nid ym mhob achos. Y mae gan E rai darlleniadau unigryw sy'n aralleirio testun A/BCD hefyd. Ymddengys fod E yn nes at y testun Saesneg mewn mannau, neu ei bod yn dilyn testun Cymraeg arall sydd bellach ar goll.

(v) Y mae C a D yn dilyn y rhan helaethaf o amrywiadau B, a gwelir yn y rhannau hynny o'r testun lle y mae B bellach ar goll bod C a D yn dilyn yr un cynsail ac yn dangos yr un pwyslais (e.e. II.5, III.11–12). Y mae'n debyg bod D yn dilyn B (neu gopi diffygiol o B, y mae'n debyg) yn hytrach na C yn uniongyrchol: camleolir dau baragraff yn I.14 yn C, ond nid yn ABD. Yn II.1, y mae BD yn hepgor cyfieithu *of thy great name, and in thy name*, ond fe'i cyfieithir yn C: *dy vawr enw ac yn dy enw*.[239] Efallai bod hyn yn arwydd bod C yn gynharach na B, a bod B yn hepgor yr ymadrodd yn y fan hon yn esgeulus, a bod D yn dilyn B.

(3) Cyfieithu testun Treigl y Marchog Crwydrad

1 Trosi'r testun o'r Saesneg i'r Gymraeg

Y mae'n debyg y byddai cyfieithwyr yr Oesoedd Canol yn addasu'r testunau ar gyfer cynulleidfa newydd a chyd-destun llenyddol newydd wrth eu trosi o un iaith i'r llall, yn enwedig yn achos testunau llenyddol.[240] Gwnaethpwyd nifer o fân addasiadau wrth drosi *The Voyage of the Wandering Knight* i'r Gymraeg, gan osgoi newid pwrpas neu ystyr sylfaenol y testun wrth ei baratoi ar gyfer y gynulleidfa newydd yng Nghymru. Er enghraifft, nid yw'r testun Cymraeg yn cynnwys y rhagymadrodd maith gan Robert Norman a geir yn y testun Saesneg, ynghyd â'r rhestr o deitlau penodau'r tair rhan, a chyflwyniad i Syr Francis Drake. Yn hytrach, ceir rhagymadrodd byr yn A sy'n gosod y testun Cymraeg yn ei gyd-destun llenyddol: *Lluma lufr a ddangos Treigl y Marchog Crwydrad, yr hwn a ddechmygoedd Sion Karthen Pkrank ag a droes Wiliam Godyar o'r Phrangeg yn Saesneg*. Nid yw'r rhagymadrodd hwn i'w gael yn y ddwy lawysgrif arall sy'n cynnwys dechrau Rhan I, sef B a D.

---

[239] Gw. uchod, lxxxiv–lxxxvi.
[240] Gw. Ceridwen Lloyd-Morgan, 'Rhai agweddau ar gyfieithu yng Nghymru yn yr Oesoedd Canol', 140, sy'n sôn yn benodol am drosi testunau llenyddol o'r

Dengys y testun Cymraeg fwy o sensitifrwydd i'r gynulleidfa hefyd, ac y mae'n gyfieithiad llai amhersonol na'r testun Saesneg. Ceir ymgais bendant i gyfeirio at y gynulleidfa Gymreig ac i'w chynnwys yn anturiaethau a phrofiadau'r Marchog Crwydrad ar hyd ei daith. Cyfleir yr ymadrodd *so to think* yn I.1 fel *y ddynion dybiaid velly* (BD *y ddyn dybiaid velly*) er enghraifft, sy'n cyffredinoli'r ystyr i gynnwys y gynulleidfa. Y mae'r duedd hon i wneud yr ystyr yn fwy perthnasol a phwrpasol i anghenion y gynulleidfa yn enwedig o gryf yn A: er enghraifft, *maynt yn gwnaythyr cam mawr a Duw* yn II.5.2317–18 (*he doth God great injury*); ac *Ag am hynny, y dyn* yn III.6.3537 (*Well then, Sir Knight*).

Tueddir i hepgor o'r testun Cymraeg gyfeiriadau manwl a phendant at weithiau neu ymadroddion mewn ieithoedd eraill. Er enghraifft, hepgorir dau ddyfyniad Lladin yn I.5: *Ego dixi Dii estis, et filii excelsi omnes*, a *Primus ab aethereo, venit Saturnus Olympo arma Jovis fugiens, et regnis exsul ademptis*. Yn ogystal â hynny, hepgorir cyfeiriad at eiriau *the comical poet, Sine Cerere et Baccho* yn I.4, esboniad ar derm Lladin yn III.2, ynghyd â dau gyfeiriad at destun Hebraeg yn II.5.

Y mae'r testun Cymraeg yn osgoi cyfieithu'n llawn y Deg Gorchymyn yn I.12 a III.11, ynghyd â'r Credo Apostolaidd a Gweddi'r Arglwydd yn III.11. Ymddengys fod y rhain wedi'u codi o'r Llyfr Gweddi Gyffredin Saesneg wrth eu trosi o'r testun Ffrangeg i'r Saesneg.[241] Cyhoeddwyd y tri yn y Gymraeg yn llyfr John Price, *Yny Lhyvyr hwnn* yn 1546, ac yn Llyfr Gweddi Gyffredin William Salesbury yn 1567. O safbwynt dyfyniadau Beiblaidd eraill y testun Cymraeg, y mae'n bosibl eu bod yn gyfieithiadau llawysgrif, er bod rhai dyfyniadau o'r Testament Newydd yn lled-debyg i ddarlleniadau Testament Newydd Salesbury (1567):[242]

Luc 6.25: Gwae chwy chvvi a' chwarddvvch yr awrhon: can ys chvvi a gwynfenwch, ac a wylwch;

I.14.1834–5: Gway chwi y rhai ydych yn chwerthin, canys chwi wylwch ag a gwynfenwch;

Ffrangeg neu'r Eingl-Normaneg i'r Gymraeg.

[241] D. A. Evans (gol.), *The Wandering Knight*, xxx–xxxii.

[242] Cymharwyd y testun Cymraeg ag argraffiad Caernarfon, 1850 o Destament Newydd Salesbury. Sylwyd hefyd ar anghysondeb yn y ffordd y cyfieithir y

Ioan 3.17:	Can na ddanvonawdd Duw ei vap i'r byt, i varny'r byt;
II.5.2393:	Ny ddanfones Duw i Fab y'r byd i farny'r byd.

Ioan 20.29:	Can yty vy-ngwelet, y credaist;
III.3.3082:	Am y ti fy ngweled i credaist.

Er bod rhai darlleniadau 'newydd' o'r dyfyniadau Beiblaidd yn y testun Cymraeg, y mae'n bosibl nad oedd y sawl a'i cyfieithodd yn awyddus i gyfieithu'n llawn y Deg Gorchymyn, y Credo a Gweddi'r Arglwydd am fod y rhain bellach ar gael yn y Llyfr Gweddi Gyffredin Protestannaidd ac yn rhan amlwg o ffurfwasanaeth y Protestaniaid yn Gymraeg, a'i fod am osgoi cysylltu *Treigl y Marchog Crwydrad* â gweithiau felly. Y mae'n bosibl hefyd bod rhywun yn teimlo bod eisiau osgoi torri ar draws yr elfen storïol, yn achos yr hepgor yn I.12 o leiaf. Efallai y byddai testun *Treigl y Marchog Crwydrad* yn cael ei ddarllen ar goedd, a'r gynulleidfa yn ymuno yn y darllen wrth adrodd y Deg Gorchymyn, y Credo a Gweddi'r Arglwydd yn y llefydd priodol: a chymerwyd yn ganiataol fod y gynulleidfa yn gyfarwydd â'r fersiynau Pabyddol ar y rhain felly, ac nad oedd eisiau eu cyfieithu'n llawn o'r herwydd.[243] Y mae'r ffordd y'u cyflwynir yn y testun Cymraeg yn ategu'r posibilrwydd hwn: er enghraifft '*Yr wyf i yn credy mewn vn Duw Dad hollallyog, gwnaethyrwr nef a dayar,*' **ag felly adrodd gwbl o byngcay y ffydd Gatholig** (III.11.3921–3); '*Yn Tad ni, yr hwn wyd ynn y nefoedd, santaiddier dy enw.*' **Ag felly dywaid gwbl o Weddi yr Arglwydd** (III.11.3936–7). Yn ogystal â hynny, ni chyfieithir rhan o ragymadrodd y testun Saesneg yn I.10 lle y cyfeirir at awdur y gwaith (h.y. at y testun *ysgrifenedig*), sy'n ategu'r posibilrwydd mai gwaith a ddarllenwyd ar goedd oedd y testun Cymraeg, neu yn dangos awydd i 'amsugno' y testun i lenyddiaeth Gymraeg, a dileu'r argraff mai cyfieithiad ydyw.

2 Treigl y Marchog Crwydrad: *Testun Llenyddol/Crefyddol?*

Y mae'n debyg bod rhaid edrych ar arferion cyfieithu yr Oesoedd Canol yn gyffredinol er mwyn gweld arwyddocâd y pwyslais

---

gorchymyn cyntaf yn I.12.1584 (*dduwie eraill*) a III.11.3931 (*vn duw arall*).

[243] Fodd bynnag, dylid nodi y cyfieithir rhagymadrodd III.12, *The Author's Peroration or Conclusion to the devout **readers or hearers*** fel *Y kyflawn vndeb o'r holl waith, ag ymadroedd awdwr y llyfyr hwn at y **darlleawdwr*** yn y testun Cymraeg, er na

gwahanol rhwng A ar y naill law, a BCD(E) ar y llaw arall, a pherthnasedd a phwrpas posibl cynhyrchu dau fersiwn, yn ôl pob golwg, o'r un testun.[244] Y mae'n rhaid dweud yn y lle cyntaf bod amrywiaeth eang o gyfieithiadau canoloesol wedi goroesi o safbwynt natur cynnwys y testunau: ceir gweithiau crefyddol a seciwlar wedi'u cyfieithu o'r Lladin, y Ffrangeg a'r Saesneg, testunau at bwrpas dysgu yn ogystal â difyrru. Fodd bynnag, nid oes llawer o dystiolaeth i awgrymu sut yn union yr aeth cyfieithwyr y cyfnod at eu gwaith, a pha hyfforddiant – os o gwbl – a dderbyniwyd ganddynt.[245] Awgrymodd Stephen J. Williams yn 1929 fod cyfieithwyr yr Oesoedd Canol cynnar (mewn cyfnod cynharach na *Treigl y Marchog Crwydrad* felly) yn derbyn hyfforddiant arbennig, a bod 'ysgol o gyfieithwyr medrus' yn trosi gweithiau o'r Ffrangeg i'r Gymraeg.[246] Fodd bynnag, yn sgil y diffyg gwybodaeth am ddulliau a hyfforddiant cyfieithwyr y cyfnod, tueddir i synio am gyfieithu'r Oesoedd Canol yn yr un termau â chyfieithu modern a'i farnu yn ôl yr un safonau. Gall y duedd hon fod yn bur gamarweiniol, am mai tueddiadau cyfieithu ysgrifenedig cyfoes yw ailedrych dros y gwaith cyfieithu a'i gywiro, a defnyddio geiriadur wrth gyfieithu,[247] heb sôn am holl bosibiliadau diwygio ffeiliau cyfrifiadur a defnyddio cynorthwyon cywiro electronig, er enghraifft.

Yr oedd amgylchiadau'r cyfieithu yn sicr o fod yn arwyddocaol hefyd. Gwyddys fod nifer o gyfieithiadau'r Oesoedd Canol wedi'u comisiynu, fel *Ffordd y Brawd Odrig*, y testun Lladin a droswyd i'r Gymraeg yn ail hanner y bymthegfed ganrif.[248] Cynnwys y testun hwnnw goloffon sy'n rhoi gwybodaeth bendant am y cyfieithydd, y

ellir pwyso'n ormodol ar arwyddocâd gosodiad o'r fath, y mae'n debyg.

[244] Am arferion cyfieithu yr Oesoedd Canol, gw. Stephen J. Williams, 'Cyfieithwyr cynnar' yn *Y Llenor*, 8 (1929), 226–31; Stephen J. Williams, 'Rhai cyfieithiadau' yn *TRhOC*, 303–11; J. E. Caerwyn Williams, 'Rhyddiaith grefyddol Cymraeg Canol' yn ibid., 335–59; Ceridwen Lloyd-Morgan, 'Rhai agweddau ar gyfieithu yng Nghymru yn yr Oesoedd Canol', 134–45.

[245] Ceridwen Lloyd-Morgan, 'Rhai agweddau ar gyfieithu yng Nghymru yn yr Oesedd Canol', 134–5.

[246] Stephen J. Williams, 'Cyfieithwyr cynnar', 227.

[247] Yr oedd Stephen J. Williams o'r farn bod geiriaduron wedi'u casglu i'r cyfieithwyr canoloesol, ond nid yw'r rhain wedi goroesi: gw. ibid., 227. Y mae'n rhaid bod yn ochelgar ynghylch yr awgrym hwn, fodd bynnag: gw. J. E. Caerwyn Williams, *Geiriadurwyr y Gymraeg yng Nghyfnod y Dadeni* (Pen-y-bont ar Ogwr, 1983), 8. Gw. hefyd, R. Brinley Jones, *The Old British Tongue*, 91–7. Cyhoeddwyd Geiriadur Salesbury yn 1547, rhai degawdau cyn cyfieithu *Treigl y Marchog Crwydrad*, ond geiriadur Cymraeg–Saesneg yn unig oedd hwnnw.

comisiynydd a'r man cyfieithu.[249] Noddwyd y cyfieithwyr gan leygwyr, ac y mae'n rhesymol inni gredu y byddai'n rhaid gorffen y gwaith erbyn dyddiad penodol – erbyn y Pasg neu'r Nadolig, dyweder. Go brin y byddai gan y cyfieithwyr amser i gywiro eu gwaith bob tro, yn enwedig pan oedd noddwr y cyfieithydd yn cael benthyg llawysgrifau gwreiddiol, o lyfrgelloedd preifat efallai, am amser cyfyngedig yn unig. Nid yw'n syndod felly fod gwallau yn y cyfieithu yn aml: 'Brys a diffyg amser i gywiro, ynghyd â diffyg hyfforddiant, a fu'n gyfrifol am nifer o enghreifftiau o gamgyfieithu.'[250] Y mae'n debyg bod rhai newidiadau a wnaethpwyd wrth gyfieithu o un iaith i'r llall yn gwbl ddamweiniol, o ganlyniad i gopïau gwael neu dreuliedig o'r testunau gwreiddiol a fyddai'n codi anawsterau wrth eu darllen.[251] Fodd bynnag, hyd yn oed petai amser yn caniatáu cywiro gwaith cyfieithu yn yr Oesoedd Canol, byddai costau uchel deunydd ysgrifennu, o bosibl, yn rhwystro'r cyfieithydd rhag 'drafftio' cyn gwneud copi glân.

Tuedd cyfieithu modern yw cadw'n agos at y gwaith gwreiddiol a chyfleu nid yn unig yr ystyr, ond naws ac arddull y gwreiddiol yn ogystal, i'r graddau y mae hynny'n bosibl. Ni ellir cyffredinoli ynghylch 'safon' cyfieithu'r Oesoedd Canol yn hyn o beth, am nad oedd y fath beth â safon gydnabyddedig yn bod: y mae sawl cyfieithiad sydd wedi goroesi yn dilyn y gwreiddiol yn agos iawn, a chyfieithiadau eraill (yn enwedig i fydryddiaeth) yn aralleirio neu'n addasu'r gwaith gwreiddiol i raddau helaethach o lawer. Yn naturiol, yr oedd ffyddlondeb i'r gwreiddiol yn bwysicach wrth gyfieithu gweithiau dysgedig a gweithiau crefyddol, ac yr oedd pwysigrwydd y gwaith a gynhyrchwyd gan y cyfieithydd yn cynyddu yn sgil hyn. Yn ôl J. E. Caerwyn Williams,

> mae enghreifftiau o gyfieithu clòs, o ddilyn y gwreiddiol yn gaeth os nad yn rhy gaeth. A hyn, efallai, a ddisgwylid wrth gyfieithu traethawd diwinyddol neu unrhyw draethawd yr oedd ei werth yn dibynnu ar fanylrwydd y diffiniadau ac ar bendantrwydd y dosbarthiadau yn ogystal ag ar gywirdeb yn gyffredinol.[252]

Ymddengys fod gan y cyfieithwyr agwedd wahanol at fathau

[248] Stephen J. Williams (gol.), *Ffordd y Brawd Odrig* (Caerdydd, 1929).

[249] Ibid., 57.
[250] Ceridwen Lloyd-Morgan, 'Rhai agweddau ar gyfieithu yng Nghymru yn yr Oesedd Canol', 143.
[251] Stephen J. Williams, 'Cyfieithwyr cynnar', 230.

gwahanol o destunau felly: yr oedd cyfieithwyr y rhai crefyddol yn canolbwyntio ar y gair llythrennol, ond yr oedd cyfieithwyr y testunau llenyddol am gyfleu cynnwys ac awyrgylch y testun.[253] Dyna gymhlethdod *Treigl y Marchog Crwydrad*, sydd fel petai yn croesi'r ddwy ffin hyn: y mae'n destun llenyddol yn yr ystyr bod ynddo stori gref ac elfen naratif gref, ond pwrpas crefyddol sydd i'r cwbl; y mae'n alegori grefyddol sy'n defnyddio fframwaith a thechnegau naratif y testunau llenyddol wrth drosglwyddo elfennau Beiblaidd a neges grefyddol bwysig i'r gynulleidfa. Y mae'r llawysgrifau a oroesodd yn adlewyrchu'r cymhlethdod hwn. Y mae pwyslais A a BCD(E) yn sylfaenol wahanol i'w gilydd: y mae A yn fwy llenyddol ac yn fwy llyfn, lle y mae BCD(E) yn glynu'n nes at y testun Saesneg ac yn cyfieithu'n fwy llythrennol. Dengys A yr agwedd lacach – yn ystyr gadarnhaol y gair – a oedd gan y cyfieithwyr at destunau llenyddol, gan gyfieithu yn fwy rhydd ac yn cynhyrchu testunau cywasgedig yn sgil hynny:

> Yn union fel copïwyr llawysgrifau yn yr Oesoedd Canol, os oeddynt [cyfieithwyr testunau llenyddol] am addasu neu newid y defnydd o'u blaen, byddent yn debygol o dalfyrru yn hytrach nag ychwanegu at y stori.[254]

Y mae'n bosibl bod cyfieithydd A yn fwy cyfarwydd â chyfieithu gweithiau llenyddol na thractiau crefyddol, ac felly yn fwy cyfarwydd â'r broses o gwtogi a chrynhoi deunydd na'i drosi'n fanwl neu ei estyn. Y prif gyd-destun lle y disgwylid gweld 'ychwanegiadau' yn y chwedlau ysgrifenedig yw pan fo eisiau eglurhad ar ddarn anodd neu amwys. Er na cheir yn *Treigl y Marchog Crwydrad* unrhyw ddarnau eglurhaol ychwanegol o sylwedd, fel yn y chwedlau a'r testunau llenyddol 'pur', ceir nifer o ymadroddion eglurhaol sy'n cyfleu ystyr y Saesneg yn gliriach, yn enwedig yn A. Y mae dull llyfn A yn fwy 'eglurhaol' o ran ei natur hefyd, am y ceir cymalau disgrifiadol yn hytrach na'r disgrifiadau llawer moelach sydd yn y testun Saesneg a BCD(E) fel ei gilydd.

Ar y llaw arall, ymddengys fod cyfieithydd BCD(E) yn fwy cyfarwydd â chyfieithu gweithiau 'crefyddol'. Credir mai gwŷr eglwysig oedd yn trosi'r gweithiau crefyddol yn gynnar yn yr

---

[252] J. E. Caerwyn Williams, 'Rhyddiaith grefyddol Cymraeg Canol', 353.

[253] Ceridwen Lloyd-Morgan, 'Rhai agweddau ar gyfieithu yng Nghymru yn yr Oesedd Canol', 139.

Oesoedd Canol, nid yn unig oherwydd cynnwys arbennig y gweithiau hyn, ond am mai clerigwyr oedd yr unig rai, i bob pwrpas, a fedrai'r Lladin yn ddigon safonol i wneud y gwaith: 'Am hynny, yr oedd y geiriau "ysgolhaig" a "crefyddwr" yn aml yn gyfystyron.'[255] Y mae'n debyg y byddai'r ysgogiad i gyfieithu gweithiau o'r fath yn deillio'n bennaf o'r abatai a'r mynachlogydd,[256] ac y mae'n bosibl mai ffrwyth carfan o glerigwyr (sef y Brodyr Duon a'r Brodyr Llwydion) oedd llawer iawn o'r gweithiau crefyddol cynnar.[257] 'Nodwedd gyffredin arnynt yw eu bod yn syml o ran eu mater, nid ymwnânt ddim â phynciau y byddai angen hyfforddiant mewn diwinyddiaeth i'w deall.'[258] Yr oedd llawer o waith y cyfieithwyr/ clerigwyr cynnar hyn yn feistraidd, er eu bod yn

> syrthio droeon i demtasiwn pob cyfieithydd, sef gwneud yr iaith y cyfieithir iddi yn isradd i'r iaith y cyfieithir ohoni i'r cyfryw raddau ag i ystumio cystrawen y naill er mwyn dilyn patrwm cystrawen y llall ... yn rhy fynych fe deimlir bod y cyfieithwyr Cymraeg ormod dan gyfaredd urddas a mawredd y Lladin ... Y canlyniad ydyw mai'n anaml y bydd y cyfieithwyr yn gallu osgoi rhoi'r argraff mai cyfieithu y maent.[259]

Dyna wendid testun BCD o *Treigl y Marchog Crwydrad*: y mae'n llai llwyddiannus ei effaith am ei fod yn glynu'n rhy agos at batrwm cystrawen y Saesneg a chollir rhan o bwrpas sylfaenol y gwaith yn sgil hyn, sef difyrru'r gynulleidfa wrth ei thynnu i mewn i alegori grefyddol a fydd yn ei thro yn ysgogi ei ffydd.

Y ddau bosibilrwydd amlycaf sy'n codi ynglŷn â pherthynas y llawysgrifau Cymraeg a'r ddau fersiwn o destun *Treigl y Marchog Crwydrad* a geir ynddynt yw:

(i) bod testun BCD yn ailweithio'r cyfieithiad gwreiddiol, cynharach, sydd yn A. Y mae'n bosibl bod rhywun neu rywrai ymysg Pabyddion y cyfnod a deimlai fod testun A yn rhy ddarllenadwy fel testun llenyddol, ac yn sgil hynny yn aneffeithiol fel tract crefyddol. Y mae'r posibilrwydd hwn yn dibynnu'n llwyr ar

---

[254] Ibid.
[255] Stephen J. Williams, 'Rhai cyfieithiadau', 303.
[256] Ibid.
[257] Iestyn Daniel, 'Golwg newydd ar ryddiaith grefyddol Cymraeg Canol' yn *LlC*, 15 (1984–8), 207–48; Iestyn Daniel (gol.), *Ymborth yr Enaid* (Caerdydd, 1995), xix–xxxiv.
[258] Iestyn Daniel, 'Golwg newydd ar ryddiaith grefyddol Cymraeg Canol', 207–8.

ymwybyddiaeth o'r testun Saesneg a chymhariaeth o fersiwn A ag ef: hynny yw, y mae'n rhagdybio bod galw am gyfieithiad ffyddlonach i union eiriad y gwreiddiol Saesneg. Fodd bynnag, nid oes modd dweud i ba raddau y byddai rhywun yn y cyfnod hwnnw yn gwrthwynebu 'llacrwydd' A yn hyn o beth (gan gofio hefyd bod rhai darnau o'r testun Saesneg wedi cael eu hepgor yn y pum llawysgrif Gymraeg),[260] na chwaith ba mor debygol y byddai i rywun 'siecio' y gwaith cyfieithu yn y lle cyntaf.

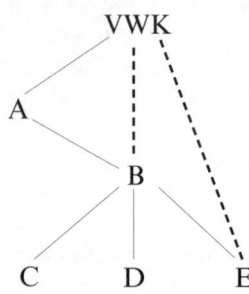

(ii) bod testun BCD yn deillio o gyfieithiad gwreiddiol coll (X). Y mae testun BCD yn fwy cyflawn na thestun A wedi'r cwbl, ac y mae A fel petai yn ei gwtogi ar adegau. Ni chyfieithir yn A unrhyw adrannau o'r testun Saesneg nad ydynt yn ogystal yn BCD, a gellir ystyried bod testun A yn aralleiriad mwy 'llenyddol' o destun BCD i ryw raddau. Efallai mai'r ail bosibilrwydd hwn yw'r un mwyaf tebygol, achos er mwyn dadlau mai A yw'r cyfieithiad cynharaf, byddai'n rhaid derbyn bod testun BCD yn tynnu ar A ynghyd â'r testun Saesneg, a bod rhywun yn troi'n ôl at y testun Saesneg i'w gymharu â'r cyfieithiad Cymraeg. Ar y llaw arall, os gellir derbyn bod testun BCD yn deillio o gyfieithiad gwreiddiol coll, y mae modd dychmygu sefyllfa lle yr aeth rhywun ati i ddarllen y cyfieithiad gwreiddiol hwnnw a chael ei dramgwyddo gan yr arddull, ac felly'n mynd ati i wneud neu i gomisiynu addasiad mwy rhydd a darllenadwy, sef y cyfieithiad sy'n goroesi yn A wrth gwrs. Y mae'r posibilrwydd hwn yn gallu sefyll heb ragdybio bod neb yn troi'n ôl at y testun Saesneg i'w gymharu â'r cyfieithiad Cymraeg.

---

[259] J. E. Caerwyn Williams, 'Rhyddiaith grefyddol Cymraeg Canol', 356.

RHAGYMADRODD

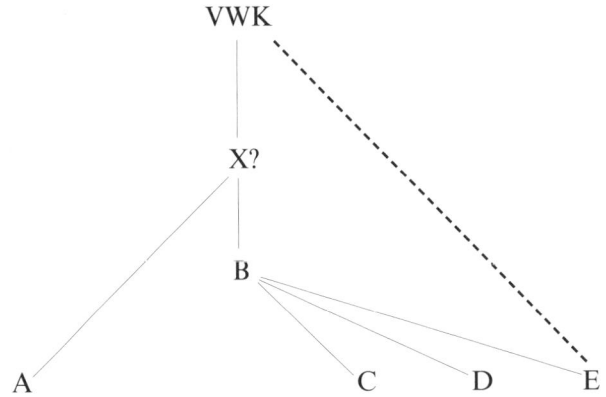

Y mae'n rhaid cofio hefyd theori G. J. Williams bod *Treigl y Marchog Crwydrad* yn gynnyrch ysgol o lenorion neu gyfieithwyr a weithiai ym Morgannwg.[261] Gellid dadlau bod testun A yn deillio o'r ysgol hon, ac felly y mae'n bosibl bod y fersiwn arall wedi cael ei lunio gan rywun neu rywrai eraill na pherthynai i'r cylch hwn. Ar y llaw arall, efallai bod y ddau 'fersiwn' o'r testun yn gynnyrch yr un ysgol, a bod cyfieithydd neu un o gyfieithwyr y cyfieithiad gwreiddiol yn anfodlon ar y gwaith, ac wedi mynd ati (gyda rhywrai eraill, o bosibl) i'w ailweithio. Y mae'n hawdd dychmygu anghytundeb ynglŷn â phwrpas cyfieithu gwaith crefyddol/llenyddol fel *Treigl y Marchog Crwydrad*, ac mai canlyniad hyn oedd cynhyrchu dau 'fersiwn', bob un â'i bwyslais gwahanol. Efallai bod comisiynydd neu gomisiynwyr y gwaith yn chwarae rhan arwyddocaol yn y broses o'i lunio hefyd, gan sicrhau bod 'safon' neu 'bwyslais' y gwaith yn gyffredinol yn briodol i'w dibenion eu hunain. Ar y llaw arall y mae'n ddigon posibl, wrth gwrs, y lluniwyd y ddau fersiwn gan yr un ysgol ac ar yr un pryd, a bod y pwyslais gwahanol rhyngddynt yn hollol fwriadol.

Wrth grynhoi, er cydnabod bod awgrymiadau erthygl E. D. Jones yn bur werthfawr, gellir manylu ymhellach ar berthynas y llawysgrifau erbyn hyn yng ngoleuni cymhariaeth fanylach o'r llawysgrifau Cymraeg â'i gilydd, ac â thestun Saesneg gwreiddiol 1581 ar ei hyd. Ymddengys yn fwy tebygol, hefyd, fod un 'fersiwn' o'r testun Cymraeg yn tynnu ar y llall, yn hytrach nag awgrym E. D. Jones bod y ddau fersiwn yn defnyddio'r testun Saesneg.[262]

---

[260] Gw. uchod, lxxvi–lxxviii.
[261] Am weithgarwch yr ysgol hon, gw. uchod, xx–xxiv.

Y mae pwyslais sylfaenol wahanol rhwng testun A a thestun BCD(E) o *Treigl y Marchog Crwydrad*, ac y mae modd cysoni a gwrthgyferbynnu pwrpas y ddau 'fersiwn' hyn yn sgil yr agwedd wahanol ar ran cyfieithwyr yr Oesoedd Canol at destunau llenyddol a chrefyddol. Nid cyfieithiad annibynnol mo'r naill na'r llall felly, ac er bod BCD yn nes at union eiriad y testun Saesneg, ac yn nes at y cyfieithiad cynharach efallai, byddai'n gwneud cam mawr â thestun A i'w ystyried fel addasiad syml o'r 'gwir' destun. Dyna wir ystyr 'distinct translation' felly, ys dywed Egerton Phillimore gynt,[263] sef bod gan destun A ei arddull arbennig ei hun o'i gymharu â thestun y llawysgrifau eraill.

Nodweddion Orgraffyddol Llanstephan 178

Gwelwyd eisoes fod modd cysylltu llawysgrif Llanstephan 178 â Morgannwg yr unfed ganrif ar bymtheg: y mae'n bosibl y troswyd *Treigl y Marchog Crwydrad* i'r Gymraeg fel rhan o weithgarwch ysgol o gyfieithwyr ym Morgannwg, ac awgrymwyd bod Pabyddion y cylch wedi'i ddefnyddio yn ystod cyfnod o reolaeth Brotestannaidd.[264] Gellir dyddio'r llawysgrif hon i tua 1585,[265] a gellir cysylltu ei chopïydd Ieuan ab Ieuan ap Madog â Morgannwg hefyd, ac yn fwy penodol ag ardal Pen-y-bont ar Ogwr.[266] Yn ogystal â hynny, sylwodd yr ysgolhaig Egerton Phillimore fod ôl dylanwad tafodiaith Morgannwg ar ei hiaith.[267]

Rai blynyddoedd yn ôl bellach, dechreuodd Peter Wynn Thomas wyntyllu'r cyswllt rhwng dosbarthiad daearyddol amrywiadau ieithyddol yr Oesoedd Canol a tharddle unrhyw destun penodol, gan awgrymu y gellir canfod amrywiadau ieithyddol a all gynnig ffordd o fras-ddosbarthu testunau i'r gogledd, i'r de-ddwyrain ac i'r de-orllewin.[268] Ar sail rhyw ddeugain o destunau (sydd oll yn

[262] Gw. uchod, lxix–lxxv.
[263] Gw. uchod, lxxi–lxxii.
[264] Gw. uchod, xiv–xxv.
[265] Am ddyddiad a hanes y llawysgrif, gw. uchod, lxiii–lxiv.
[266] Gw. uchod, xx–xxi.
[267] Gw. uchod, lxxi–lxxii.
[268] Peter Wynn Thomas, 'Middle Welsh dialects: problems and perspectives' yn *BBCS*, 40 (1993), 17–50. O safbwynt adnabod nodweddion tafodieithol bro Ieuan ab Ieuan ap Madog, pwysais yn bennaf ar John Bevan, 'Astudiaeth Seinyddol o Gymraeg Llafar Coety Walia a Rhuthun ym Mro Morgannwg' (Traethawd MA, Prifysgol Cymru, Caerdydd, 1970); T. I. Phillips, 'The Spoken Dialect of the Ogwr

gynharach na *Treigl y Marchog Crwydrad* fel y cyfryw), cynigiodd Peter Wynn Thomas dri amrywiad penodol ac iddynt arwyddocâd daearyddol,[269] a gwelir bod llawysgrif Llanstephan 178 yn tueddu i arddangos y criteria ieithyddol bras sydd yn caniatáu inni ei lleoli yn ne Cymru, yn union fel y disgwylir ar sail ein gwybodaeth o hanes ei chopïo:

(i) Y mae defnyddio [i] mewn terfyniadau yn nodwedd ogleddol. Y mae tuedd i golli [i] yn y safle hwn yn llawysgrif Llanstephan 178, er nad yw'r duedd hon yn gwbl gyson. Enghreifftiau o golli [i]: *cyd-Griston, diawlaid, hydolaeth, cysylltedig.*

(ii) Defnyddio *th/t* yn ffurfiau trydydd unigol a thrydydd lluosog *gan* a *rhwng* (y mae *th* yn nodwedd ogleddol). *Ganto, genti, gantynt* yw'r ffurfiau arferol yn llawysgrif Llanstephan 178, er bod rhai enghreifftiau o *gantho*, ac un enghraifft yr un o *genthi, ganthynt*. *Rhyngtynt* yw'r unig ffurf bersonol ar yr arddodiad rhediadol *rhwng* yn Llanstephan 178.

(iii) Defnyddio'r terfyniadau *-awdd/-ws* i gyfleu y trydydd unigol gorffennol mynegol (y mae *-awdd* yn nodwedd ogleddol). Yn llawysgrif Llanstephan 178, *-oedd* yw terfyniad mwyaf cyffredin y ffurf hon, er bod *-awdd* ac *-wys* yn amrywio â'i gilydd yn gyson.

Un o nodweddion mwyaf trawiadol orgraff llawysgrif Llanstephan 178 yw ei hanghysondeb: er enghraifft ceir pum amrywiad ar *ieuenctid* a thri amrywiad ar *maddeuaint*, a cheir anwadalwch orgraffyddol hyd yn oed wrth ailadrodd gair yn uniongyrchol: er enghraifft *vyd* [18] *fyd, gael* [60] *gayl*. Dwyseir yr amrywiaeth hon gan y ffaith mai testun ffiniol iawn o ran ei gyfnod a geir yn y llawysgrif hon: ceir anwadalu rhwng nodweddion canoloesol ar y naill law, a nodweddion sy'n gysylltiedig â chyfnod Cymraeg Diweddar ar y llaw arall (er enghraifft orgraff/seineg y terfyniad enwol lluosog). Y mae amrywiaeth orgraffyddol o'r fath yn arwain at gymhlethdodau wrth geisio dadansoddi'r hyn sy'n gyffredin neu'n nodweddiadol ar y naill law, a'r hyn sy'n anghyffredin neu'n eithriadol ar y llaw arall. Wrth wneud dadansoddiad bras o brif nodweddion orgraff Llanstephan 178 gwelwyd bod llawer o orgraff y llawysgrif yn dilyn prif gonfensiynau'r cyfnod. Yn y drafodaeth a ganlyn, canolbwyntir ar y nodweddion hynny yn

Basin, Glamorganshire' (Traethawd MA, Prifysgol Cymru, Aberystwyth, 1933).
[269] Peter Wynn Thomas, 'Middle Welsh dialects: problems and perspectives',

orgraff Llanstephan 178 sydd yn ei gosod ar wahân i brif gonfensiynau'r cyfnod. Dichon bod rhai o'r nodweddion hyn yn hynodion yr ysgrifydd (neu'n wallau ar ei ran o bosibl), ac eraill yn adlewyrchu seineg benodol ei dafodiaith.

Y Llafariaid

Sylwyd ar nifer o enghreifftiau o ysgrifennu *y* lle y ceir arwydd arall fel arfer. Ysgrifennir *y* yn lle *a* fynychaf o flaen yr acen (*drychefn*, *yfaley*, *ymdanad*, *tryfaely*, *gydawed*), gan adlewyrchu tuedd [a] i fynd yn aneglur ac ymdebygu i [ə] yn y safle hwn, y mae'n debyg, er y ceir enghreifftiau mewn safleoedd eraill hefyd: *try*, *drych*, *bysai*. Ysgrifennir *y* yn lle *e* yn y goben acennog (*rhydeg*, *cyryddy*, *gwryndy*), ac o flaen yr acen (*ysmwythter*, *cylfyddyd*, *prygethwyr*). Y mae'n debyg bod o leiaf rai o'r enghreifftiau yn adlewyrchu tuedd [e] i droi'n [y, ə] trwy gymathiad â seiniau mewn sillafau eraill. Ceir enghreifftiau o ysgrifennu *y* yn lle *i* ym mhob saflẹ (*y*, *y'r*, *llythro*, *rhynwedd*, *dyffygio*, *dyffygiol*, *posybl*, *odyd*), ac ysgrifennir *y* yn lle *o* yn y geiriau *gyfyn*, *gwagysgod*, *atylygaf* (eto trwy gymathiad seinegol, o bosibl).

Nodwyd ychydig o enghreifftiau o ysgrifennu *e* yn lle *a* (*cydnebyddiaeth*, *meddaywr*). Nodwyd enghreifftiau o ysgrifennu *a* ac *e* lle y disgwylir *o* (*dangasiad*, *bencyff*), o bosibl fel canlyniad i gymathiad seinegol. Defnyddir *oe* yn aml i gyfleu [o] yn y terfyniad trydydd unigol gorffennol mynegol (*trawoedd*, *toroedd*, *arbedoedd*, *arwenoedd*), er nad yw'r duedd hon yn gyson. Ni wyddys a yw hyn yn adlewyrchu nodwedd seinegol, neu a yw yn enghraifft o 'orgywiro' gan fod [oe] yn symleiddio i [o] ar lafar yn y de yn y sillaf olaf ddiacen, er na ddangosir y cyfnewidiad hwnnw yn orgraff Llanstephan 178 fel arfer.

Defnyddir y symbol *y* er cyfleu [ü] fel arfer, ond dynodir y sain hon gan nifer o symbolau eraill hefyd, sy'n adlewyrchu anallu'r ysgrifydd i wahaniaethu rhwng gwahanol fathau o [i, ü, ï] yn ei dafodiaith, y mae'n debyg, er ei fod yn llwyddo i ddilyn y confensiwn traddodiadol fel arfer. Ceir enghreifftiau o *v* ym mhob safle (*dvr*, *vn*, *vs*, *vnig*, *vndeb*, *vnwaith*, *vnbenes*, *cyryddv*), o *u* mewn geiriau unsill (*bu*, *llu*, *tu*) ac ar ôl yr acen (*Iesu*, *bwriadu*, *ternasu*, *credu*), ac o *i* yn y goben acennog (*igain*, *tiag*, *inig*, *inion*, *ciddio*), o flaen yr acen (*trigaredd*, *trigarog*, *trieni*, *igainfed*) ac ar ôl yr acen (*anrydeddis*).

Sylwyd ar enghreifftiau o *i* er cyfleu [ï, ə] ym mhob safle (*bid*, *i maynt*, *cid*, *cerbid*, *cidmeithion*, *benthig*, *cyfing*, *rhyfig*); o *v* ym mhob safle ond o flaen yr acen (*vd*, *gvda*, *gwledvdd*, *yddvs*), ac o *u* mewn gair unsill (*tu*) ac ar ôl yr acen (*fellu*, *llettu*, *tresordu*). Ceir rhai ffurfiau annisgwyl lle y ceir *a*, *e* neu *o* am [ï, ə], er enghraifft *gada*, *celfeddyd*, *cyffleby*, *esbailio*, *Temeraiddrwydd*, *osgol*, *ody* (rhai o ganlyniad i gymathiad seinegol, y mae'n debyg). Y duedd i [a] ac [ə] ymdebygu i'w gilydd, o bosibl, sy'n egluro *batheyaid*.

Y Lledlafariaid

Tueddir i golli [i̯] mewn terfyniadau ar lafar y de, a gwelir y duedd hon yn glir yn llawysgrif Llanstephan 178:[270] er enghraifft *bilainaid*, *ordainoedd*, *cysylltedig*, *clystay*, *cymydogon*, *naidais*, *camdystolaeth*.

Y Deuseiniaid

Ceir nifer o enghreifftiau o *aw* mewn sillaf olaf ddiacen, sy'n dangos ceidwadaeth orgraffyddol, gan y gwyddys bod [au̯] wedi troi'n [o] ar lafar yn yr Oesoedd Canol (*dynawl*, *dwylaw*, *gallyawg*, *gobrwyaw*, *hollawl*, *nefawl*, *ohonaw*, *anfeidrawl*, *ffrwythlawn*). Er hynny, ceir enghreifftiau clir o'r cyfnewidiad seinegol hwn yn y geiriau *cyfion*, *anghyfion*, ac mewn berfenwau megis *caisio*, *paidio*, *ymprydio*.

Nodwyd un enghraifft o ddefnyddio *yw* er cyfleu [eu̯] (*nywynllyd*), ac un enghraifft o ddefnyddio *aw* (*addawidion*), sy'n adlewyrchu dylanwad y gwreiddyn ar yr orgraff, o bosibl. Nodwyd rhai enghreifftiau o ddefnyddio *yw* er cyfleu [iu] hefyd, sef *pywraidd*, *nywlo*, *nywlogion*. Y mae [eu] diacen yn tueddu i droi'n [u̯] ar ddechrau gair (*wyllys*, *wyllysgar*), o ganlyniad i sain golli.

Nid yw orgraff y llawysgrif hon yn gwahaniaethu'n fanwl rhwng [ïu̯, əu̯, üu̯], ac y mae'n debyg na fyddai gwahaniaeth clir rhwng [ïu̯] ac [üu̯] ar lafar chwaith. Defnyddir y symbol *yw* fynychaf (*byw*, *anghywir*, *tywyllwch*, *ydyw*), a defnyddir *uw* ac *iw* i gynrychioli'r seiniau hyn hefyd (*Duw*, *duwiol*, *duwiolder*, *diwiol*, *aniwioldeb*, *cyfriw*). Ceir enghreifftiau o *yw* i ddynodi lle'r aeth [ʉ] ganoloesol yn [üu̯] o flaen [x] (*ywch*, *ywchlaw*, *ywchelder*), a nodwyd yr enghraifft hon yn yr un safle: *gogyfvwwch*.

Y mae orgraff Llanstephan 178 yn awgrymu rhyw gymysgu

cyffredinol rhwng y deuseiniaid [ae, ai, aü] ac [ei, eü, eï]. Anodd iawn yw penderfynu ai trafod amrywio orgraffyddol neu amrywio seinegol a wneir wrth ymdrin â phrif nodweddion y deuseiniaid hyn. Aeth [ei] ac [eü] yn yr Oesoedd Canol yn [ai] ac [aü] erbyn Cymraeg Diweddar, a dichon mai adlewyrchu'r newid hwnnw a wneir yma: gellir dyddio'r llawysgrif hon i tua 1585,[271] felly y mae'n destun ffiniol iawn yn gorwedd ar ryw gefnddeuddwr rhwng dulliau canoloesol a dulliau diweddar. Ar y llaw arall, gall mai adlewyrchu ansawdd 'gymysgadwy' y seiniau yn nhafodiaith y copïydd a wneir. Er hwyluso'r drafodaeth, trefnwyd yr enghreifftiau yn unol â'r orgraff safonol gyfatebol mewn Cymraeg Diweddar wrth eu dadansoddi, er ei bod yn bosibl iawn bod gorgyffwrdd rhyngddynt.

Ceir enghreifftiau o *ay* yn lle *ae* (*sayth, gwaylod, ayloday*), a nodwyd dwy enghraifft o *ai* (*penaithiaid, dysgydiaith*), ac un o *aie* (*llywodraiethais*), ynghyd ag un enghraifft o *e* (*gwethygy*). Ceir rhai enghreifftiau o [ae] yn symleiddio i [e] yn y sillaf olaf ddiacen gan adlewyrchu nodwedd dafodieithol leol (*gadel, gwahanieth, trafel, ymadel, gafel*).

Ceir enghreifftiau o *ay* yn lle *ai* (*baych, dayonys*), a nodwyd rhai enghreifftiau o [ai] yn symleiddio i [e] yn y sillaf olaf ddiacen (*gwele, medde, bydde*), a hefyd i [a] (*dywedas*),[272] ac i [i] (*synid*).

Dynodir [aü] gan *ay* fel arfer, ond y mae [aü] yn symleiddio i [e] yn y sillaf olaf ddiacen weithiau, gan adlewyrchu nodwedd dafodieithol leol (*blindere, waithie, ange, mine, mynydde*).

Dynodir [ei] gan *ei* ac *ai* (*pei, pai, deisyf, daisyf, deisyfy, daisyfy*), a nodwyd enghreifftiau o'r symbolau *ey* (*pey, batheyaid*), *ay* (*mayrch, maystres, baycho, braychaidio*) ac *ae* (*maestres*). Ceir rhai enghreifftiau annisgwyl o *a*, *e* ac *y* (*diffathwch, arweniad, arwenaf, arwenoedd, dysgydiaith*): tybir mai nodweddion orgraffyddol yn unig yw'r rhain, gan na ddisgwylir i [ei] symleiddio felly yn y goben acennog. Sylwyd ar un enghraifft o *e* o flaen yr acen (*gwenidogionn*), ac un o *y* (*gwrychonen*), a nodwyd dwy enghraifft anghyffredin o ddynodi [ei], sef *iei* (*dieisyfiadey*) ac *oe* (*troeledig*).

Dynodir [eü, eï] gan *ey* ac *ay* (*ney, cray, nay, beynydd, baynydd, daygain, teyrnasy, teyrnesais, aberthey, angey*). Ceir enghreifftiau o'r symbolau *eu* (*Ieuan*), *ae* (*aethym*), *ei* (*eiraid, goleini*) ac *ai*

[270] Ibid., 38–9.
[271] Gw. uchod, lxiii–lxiv.
[272] Y mae'n bosibl bod hyn yn adlewyrchu un o nodweddion tafodieithol y deddwyrain: gw. John Bevan, 'Astudiaeth Seinyddol . . .', 344–6; T. I. Phillips, 'The

(*golaini*) yn y goben acennog. Sylwyd ar sawl enghraifft o *e* yn yr un safle (*dechreoedd*, *maddeaint*, *ternas*), sy'n arwydd o bosibl bod y copïydd yn dilyn patrwm y sillaf olaf ddiacen. Gwelwyd enghreifftiau o *ei* (*breiddwydon*, *deiddegfed*) o flaen yr acen ac o symleiddio'r ddeusain i *e* hefyd (*ternasiad*, *ternasy*).

Ceir enghreifftiau o *oy* yn lle *oe* er cyfleu [oe] yn y goben acennog (***o**yddwn*, *br**o**ydo*, *Tr**o**ya*), a sylwyd ar un enghraifft o symleiddio'r ddeusain yn y sillaf olaf ddiacen: *brenhiniodd*. Nodwyd un enghraifft o *oy* yn lle *oi* er cyfleu [oi] (*troy*). Sylwyd hefyd ar enghraifft o *wi* yn lle *wy* er cyfleu [uï] (*gorchwilion*), a gwelwyd dwy enghraifft o'r ddeusain hon yn symleiddio i [u] (*pw*, *gwbod*).

Y Cytseiniaid

Ar y cyfan, y mae orgraff Llanstephan 178 yn fwy traddodiadol ac yn llai amrywiol wrth ddynodi'r cytseiniaid, er y sylwyd ar nifer o enghreifftiau o ddyblu cytseiniaid. Er enghraifft, defnyddir *tt* i ddynodi [t] yn achlysurol iawn ar ganol gair (*attal*, *sattan*, *etto*). Ceir rhai enghreifftiau prin o ddefnyddio *ss* er cyfleu [s] ar ganol gair hefyd (*cymerssant*, *cassa*).

Ceir rhai enghreifftiau o *dd* am [d] (*y **dd**aethon*, *y pethey ydwyf i yn y **dd**ywedyd*, *a**dd**nabod*, *cy**dd**nabod*, *merche**dd***, *distrywy**dd***). Nodwyd nifer o enghreifftiau o ddefnyddio *d* er cyfleu [ð] (*o **d**oethineb*, *miney a **d**ywedais*, *hi a**d**dawoedd dangos*, *enilloe**d***, *Balche**d***). Sylwyd hefyd ar *th* am [ð] ar ganol gair (*yntho*, *ynthi*), er y gallai hyn adlewyrchu nodwedd seinegol.

Defnyddir y symbol *c* er cyfleu [k] fel arfer, er bod *c* a *k* yn amrywio'n ddiwahân ym mhob safle (*ci*, *ki*, *ienctyd*, *ienktyd*, *iefanc*, *iefangk*). Nodwyd un enghraifft o ddefnyddio *gc*, sef *tegcaf*.

Defnyddir *ff* a *ph* er cyfleu [f]. Tueddir i ddefnyddio *ph* wrth ysgrifennu enwau priod estron a geiriau benthyg (***Ph**iloctetes*, ***ph**ilosophers*, ***Ph**aro*, ***Ph**rigia*, *Ti**ph**on*, *Am**ph**itrion*, *philoso**ph**i*). Defnyddir *f* a *v* er cyfleu [v]. Defnyddir *f* yn derfynol (*claf*, *wrthyf*, *cleddyf*), a thueddir i golli *f* derfynol wrth ffurfio gradd eithaf yr ansoddair (*pena*, *cynta*, *gwaetha*, *llaia*, *mwya*), er bod y duedd yn anghyson (*penaf*, *cyntaf*, *llaiaf*, *mwyaf*). Collir *f* derfynol mewn rhai ffurfiau berfol cyntaf unigol presennol mynegol hefyd (*mi a ddyweda*, *ateba*).

Defnyddir *nn* weithiau er cyfleu [n] (***nn**yd*, *ca**nn**ys*, *dy**nn**ion*, *yffer**nn***, *bar**nn***). Gwelwyd nifer o enghreifftiau o ddefnyddio *n* er cyfleu [nn] ar ganol gair (*ysgrifeny, miney, anwyl, penod, moliany*). Pan geir [n + k] fe glywir [η + k] ac adlewyrchir hyn yn yr orgraff (*llyngcy, singco, pyngcay, diangc, iefangc*).

Defnyddir *r* a *rh* er cyfleu [r̥] a [r], ac amrywiant â'i gilydd yn gyson, felly anodd iawn yw dosbarthu'r enghreifftiau. Gwelwyd sawl enghraifft dybiedig o ddefnyddio *rh* er cyfleu [r] dechreuol (*hi a rhoddes, o rhinweddey*) ac [r] canol (*ymrhoi, ymrhoddi*). Dynodir [r] gan *rr* yn ogystal mewn modd anghyson mewn rhai geiriau, a cheir enghreifftiau ym mhob safle, er bod y duedd yn fwy cyffredin ar ganol gair ac yn derfynol nag ar ddechrau gair (*rrinwedd, rras, carriad, natyrriaeth, ragorri, godinebwrr, taylwrr, Gwaelderr, pedwarr*). Sylwyd ar un enghraifft o ddefnyddio *r* er cyfleu [rr] (*careg*). Defnyddir *r* yn aml wrth ddynodi [r̥] yn ddechreuol (*riolaeth, roddion, ragor, raid*), ac ar ganol gair (*angenraidiay, anrydedd*).

Y mae colli [h] yn ddechreuol yn nodwedd arbennig ar dafodiaith Morgannwg,[273] ac yn nodwedd gyffredin yn y llawysgrif hon (*eritics, Ebryw, Ercules, ysbysrwydd*). Collir *h* ar ganol rhai geiriau yn ogystal (*cenedlaeth, cenedloedd, cyngorais, ansynwyrys, ffynonay, anapysrwydd*). Ni cheir anadliad caled ar ôl y rhagenw blaen nac ar ôl y rhagenw mewnol (*yn Arglwydd, yn y amgeleddy hi, yn amryffaiddwch, yn ystor, o'y achosion hi, a'y anrhydeddy, a'm Arglwydd, a'm arwenoedd*). Tueddir i golli [h] wrth gywasgu geiriau hefyd (*athoenysa, atharwenaf, ychynain, athaeddedigaeth*).

Elfennau Cywasgedig

Y mae tuedd bendant yn llawysgrif Llanstephan 178 i gywasgu rhai elfennau, nodwedd sydd yn digwydd yn aml iawn yn y gwaith gan roi naws anffurfiol neu 'lafar' i'r llawysgrif. Dyma'r prif gyd-destunau lle y mae cywasgu yn digwydd:

(i) colli'r *y* o *yn* traethiadol ar ôl cytsain: *ag nymroi, a'r drwg nymddangos, yn gynt nymgymysgy*;
(ii) colli *y* o'r rhagddodiad cilyddol / colli'r rhagenw perthynol *a* o flaen berfau sy'n dechrau â llafariad neu ddeusain: *ef*

Spoken Dialect of the Ogwr Basin . . .', 14.

[273] Beth Thomas a Peter Wynn Thomas, *Cymraeg, Cymrâg, Cymrêg* (Caerdydd, 1989), 146; T. I. Phillips, 'The Spoken Dialect of the Ogwr Basin . . .', 51; John

amddrychafoedd, ef amgrogoedd, y ddayar agoroedd, Gwaelder aisteddoedd;
(iii) hepgor y rhagenw trydydd person unigol ar ôl llafariad neu ddeusain: *nay wnaethyr, y helpy gydymaith, mae waithred ef*;
(iv) hepgor yr arddodiad *i* (*y*) ar ôl [i, y] neu ddeusain: *a'i dodi hi angey, a gwedy myfi, drwy ti ymofydio*;
(v) colli'r fannod *'r* o flaen [r̥] neu [r]: *a rhai, na rhai*;
(vi) ysgrifennu *yn* (arddodiad) ynghlwm â'r enw wrth dreiglo'n drwynol: *yngolwg, yniwedd, ynrigadle, ynghydmaithias*;
(vii) cywasgu'r rhagenw ategol: *dylywni, credwni, byddwni, cewchwi*.

Er nad yw'r nodweddion hyn yn gwbl anghyffredin ynddynt eu hunain, y mae cynifer ohonynt ynghyd yn creu blas arbennig ar iaith *Treigl y Marchog Crwydrad* fel y'i ceir yn llawysgrif Llanstephan 178.

Diweddglo

Y mae unrhyw drafodaeth ar orgraff a seinyddiaeth Llanstephan 178 yn rhwym o gael ei chymhlethu gan anwadalwch orgraffyddol y llawysgrif, a chan y ffaith mai testun ffiniol a geir ynddi, sy'n adlewyrchu nodweddion yr Oesoedd Canol ar y naill law, yn ogystal ag arddangos nodweddion dechrau cyfnod Cymraeg Diweddar. Fodd bynnag, gellir lleoli'r llawysgrif hon yn bur ddiogel ym Morgannwg ar sail ein gwybodaeth am ei hanes a'i chopïydd, ac y mae'n bosibl bod rhai o dueddiadau tafodieithol y de-ddwyrain wedi brigo trwodd i'r cyfrwng ysgrifenedig erbyn diwedd yr unfed ganrif ar bymtheg, nodweddion megis colli [i] a cholli [h], ynghyd â'r duedd i rai deuseiniaid symleiddio yn y sillaf olaf ddiacen. Gwelir rhai nodweddion deheuol pendant ar ieithwedd y llawysgrif hon, megis y ffurf *yddy*.[274] Ni nodwyd unrhyw nodweddion orgraffyddol sy'n awgrymu y dylid ailystyried y farn mai ym Morgannwg y'i lluniwyd, a nodwyd sawl nodwedd sydd yn cadarnhau'r farn honno.

Bevan, 'Astudiaeth Seinyddol . . .', 351.

ATODIAD I

Tabl i ddangos rhannau diffygiol y gwahanol lawysgrifau

Rhif y bennod	Llsgr. A	Llsgr. B	Llsgr. C	Llsgr. D	Llsgr. E
Rhan I					
1	(-)1	[1]	-	(-)1	-
2	2	2	-2	2	-
3	3	3	3	3	-
4	4	4	4-	4	-
5	5	5	-5	[5]	-5
6	6	6	6	6	6
7	7	7	7	7	7
8	8	8	8	8	8
9	9	9	9	9	9
10	10	10	10	10	10
11	11	11	11	11	11
12	12	12	12	12	12
13	13	13	13	13	13
14	14	14	14-	14	14
Rhan II					
1	-1	-1	-1	1	1
2	2	2	2-	2	2-
3	{3}	3	-3	3	-
4	4	4-	4	4	-
5	5	-	5	5-	-
6	6	-6	6	-6	-
7	7	7	7	7	-

ATODIAD I

Rhif y bennod	Llsgr. A	Llsgr. B	Llsgr. C	Llsgr. D	Llsgr. E
Rhan III					
1	1	1	1	1	-
2	2	2	(2)	2	-
3	3	3	(3)	3	-
4	4	4	4	4	-
5	5	5	5	5	-
6	6	6	6	6	-
7	7	7	7-	7	-
8	8	8	-	8	-
9	9	9	-9	9	-
10	10	10	10-	10	-
11	11-	11-	-	-11	-
12	-	-	-	12	-

Allwedd

-   Pennod gyfan ar goll
- -1   Rhan gyntaf pennod 1 ar goll
- 1-   Rhan olaf pennod 1 ar goll
- (-)1   Rhan gyntaf pennod 1 ar goll ond wedi'i hychwanegu mewn llaw arall
- 1(-)   Rhan olaf pennod 1 ar goll ond wedi'i hychwanegu mewn llaw arall
- {1}   Rhan o bennod 1 ar goll yn Llst. 178, ond bellach ynghadw yn llsgr. Harl. 2414
- [1]   Rhannau o bennod 1 ar goll
- (1)   Rhan o ganol pennod 1 ar goll

ATODIAD II

Gan fod dau fersiwn gwahanol o *Treigl y Marchog Crwydrad* yn Gymraeg, a'r gwahaniaethau rhwng testun A a thestun BCD(E) yn sylweddol, y mae'n anymarferol i restru'r holl amrywiadau yng nghyd-destun y gyfrol hon. Yn yr atodiad hwn, felly, y ceir amrywiadau manwl y darnau enghreifftiol sy'n amlinellu'n ddigon effeithiol y berthynas rhwng y llawysgrifau fel y dangoswyd yn y rhagymadrodd (tt. lxxviii–xcii uchod). Ni nodir amrywiadau orgraffyddol syml rhwng y gwahanol lawysgrifau yn yr atodiad hwn. Defnyddir bachau petryal i ddynodi lle y mae llawysgrifau C/D/E yn dilyn darlleniad B ond yn amrywio'n orgraffyddol i'r darlleniad hwnnw.

Enghraifft 1
Amrywiadau BCDE

A	BCDE
A gwedy i Ffolineb adrodd y chwedley hyny	B(C) Ac velly ve byrhaodd chwedlav Ffolineb D Ag felly fe byrhaodd wheddle Ffolineb E Ac felly fe barhaodd wheddle Ffolineb
traylio	BCD(E) troelo
yn y diwedd	E o'r diwedd
ni a ddaethom	E mi ddeythym
gyfyngdwr	E gyfyngdwr ffordd
'dd oedd	E roedd
oedd	BCD a oedd
deg	B teg
i	E ei
wayn a llanerch	B(CD) lannerch o waun E lanerch
las deg	E glas teg
ddeay	D dde
oedd	BCD a oedd

ATODIAD II

garegog	BC(D) graicoc E cerigog
mynydday	BC(E) llawn mynyddav
	D mynydde oerllyd
A phan	B(CDE) Pann
oeddwn i	BCDE oeddwn
petryso	E myned
ble 'dd awn	BC(D) pv'n E pa vn
o'r ddwy ffordd	BC(DE) oedd orav ym vyned
fo ddywad Ffolineb wrthyf	BCE Ffolineb a ddywad
	D Ffolined a ddwad
a'm	E a
iney	BC i D- E nine
tawly ag yn gwingad i gaisio	E ceiso
fal	E ond fel
yr oeddwn i	BCDE yr oeddwn
yddy	E yn y
Ag	BCDE-
y dywedais i	BCE y dywedais D dwedes
vy mod i	BC(D) vy mod E fy mod i'n
yn	E-
y'r	E y
laswelltog	E welltog
fy nwyn i	BC(DE) vy nwyn
a (ffosydd)	CE-
crynedig	D(E) krinedig
idd elem ni	E yr elwn
ffest	E ffast
roeddwn i	BCDE yr oeddwn
diawchy	D diawch
chwedley Ffolineb	BC y chwedlav D y wheddle
	E y wheddle hyny
a ddwedysey	D a ddywedase E y ddywedase
wrthyf i	BCDE wrthyf
vy mod i	BC(DE) vy mod
ny	BCDE yn y
casay hwynt	E gassau
mi dilyn hwynt	BC(D) ym ymddilyn ac hwynt
	E ym ddilin ag hwynt
heb allel paidio	BC(DE) heb vod yn abl y wnaethyr amgen

mi a fwriadais	B(D) mi vwriedais
	E mi feddylies
y ffordd	E ei ffordd
cydymaithias	E kymedeithas
hefyd	BCDE-

Enghraifft 2
Amrywiadau BCD

mi ymlawenhais	B drwy ymlawenhae
	C [ ]lawenhae (*llsgr. yn ddiffygiol*)
	D trwy ymlawenhae
ag	BCD-
mi a welwn	BD mi a'm gwelwn
	C mi a'm [ ] (*llsgr. yn ddiffygiol*)
am	BD- C [ ] (*llsgr. yn ddiffygiol*)
y'm llynaethy	BCD-
gynil	B kynnil
yr oedd	BCD ydd oedd
yn vnghorff	B(C)D ym korff
ffol	BCD o ffol
oeddwn	BCD-
gan fy mod i yn deisyf pethe	BC(D) vy naisif oedd am bethav
yr oeddwn i	BCD yr oeddwn
wnai	BC(D) vai
y mi	BD ym
a iechyd y'm enaid	BCD-
Canys yr oedd y pethe syrion yn ymddangos y mi yn felysig	B(CD) yn gymaint ac yr oeddwnn i yn gweled y sur yn velys
a'r du yn ymddangos y mi yn wyn	B(CD) y du yn wynn
a'r drwg 'n ymddangos y mi yn dda	BC(D) a'r drwc yn dda
a'r ffolineb 'n ymddangos y mi yn ddoethineb	BCD ffolineb yn ddoethineb
a thywyllwch yn ymdda[n]gos y mi yn oleini	BC(D) a thewyllwch yn olaini
Canys	BCD A

vy rwymo i	BC(D) vy rwymo
ysgaelysio	BC(D) walluso
ie	BCD-
ddylyswn	D ddylwn
ir oeddwn i	BCD yr oeddwn
wyllysgar	BC(D) rhy wyllysgar
yn gwnaethyr	BC(D) y wnaethyr
pcthc	D bethe
nys	BCD nas
gwnaethyr	B wnaethyr
gwr	BCD-
roddi	BCD rhoi
cyngor	C gyngor
gymero	B kymero
deall da	B(C) deall a chyngor da
	D kyn[g]or da
ny bydd	B na bydd
gymeryd	B(C) kymryd
Y ddiayreb a ddywaid, 'Val i bo vy nghynghoriaid i, felly mae yn raid bod vy nghyngor i.'	D-
mae yn raid	BC y mae rhaid
may'n	BCD y mae yn
roddi	BC(D) rhoi
cyngor	C gyngor
tebig yw	B debic yw hynny
	C(D) tebig yw hynny
glenydd	BC(D) y glennydd
Ond	BCD-
a ellir y'w gyffleby	BC y emgyfflyby D y gefflyby
cans	BCD-
trwy	BC drwy
gyngor drwg	BC(D) yr hwnn
yr ydis yn tralloddi'r byd	B(CD) y byd odys yn y (C ny) drallodi (D + a)
ag yn blinhay brenhiniaethay	BC(D) brenhiniaethav yn y blinhae
ag yn darostwng tywysogion	B(CD) twysogion yn y gorestwng
ag yn lladd brenhiniodd	BCD brenhinioedd yn y lladd

ag yn newidio amherodraethay	B(CD) amherdraethav yn y newid
ag yn distrywio trefydd	BC(D) trefydd yn y distrywio
ag yn tori cyfraithay	BC(D) kyfraithav yn y torri
ag yn barny yn anghyfiawn	BC(D) barnedigaethav yn y anghyfiawnhae
ag yn halogi gwenidogionn dywiol	BC(D) gwenidogion duwiol yn y halogi
ny	BCD yn y
ny	BCD yn y
a	BCD-
yn myned yn angof	BC yn y anghofi D yn anghofi
ag yn ysgaelyso yfyddhay y'r penaethiaid	BC(D) yfydd-dod y'r penaethiaid yn y wallyso
a	BCD-
gymeradwy	B kymeradwy
a	BCD-
a chariad	BD kariad
da	BCD-
gwedy diwyneby	BC(D) gwedy y diwyneby
ddiale	BCD ddial
graylonder anghenfilod	B(CD) groelon anghenfil
	BC(D) Yn awr att y peth

Enghraifft 3
Amrywiadau BCDE

Arglwyd	BCDE Arglwydd
Dduw	E-
Tad	E Dad
Gwnaethwr	BC(DE) Gwnaethyrwr
yn ddyladwy	BC(D) ddylyadwy E deilwng
ddrychaif	D ddrychafy E dderchafy
fy nghalon a'm golygon	BC(D) vy ngolygon
atat ti	BC(D) attad E attati
erchi	BCDE ofyn
fy	BCD-
yr wyf i	BCD yr wyf
yn cydnabod	B yn y kyddnabod
	D yn y gydnabod

Duw	C Dduw
a'th	BC(D) o'i E 'r
drigaredd	B(CDE) trigaredd
myfi	BCDE mi
atolygaf	B a ddolygaf C a dolygaf
y ti	BC yt D yd
chospych	E chospech
di	BCDE-
fyfi	B(DE) vi C vy
lidiawgrwydd	E lid
na chyfrif i	BC nad aeoghaech vi
	D na farnych fi E na ddotych fi
rhai	BCD-
Yr wyf i	BCD Yr wyf
cydnabod	B(D) gyddnabod
airiol maddeyaint	E deisif arnat faddoyant
fy nghamwaithredon	BC(DE) vy nghamwaithredoedd
a'm bychedd	BC(D) vy mychedd
ddrwg	BCDE-
yr hwn yr wyf i yn anfoddloni fy hynan	BC(D) a'm anfoddlonhaodd yn vawr
	E y rhain a'm anfoddlonodd i'n fawr
yn cryny	BCD a sydd yn kryny
	E sy'n cryny
farnedigaeth	BC(D) varnedigaethav
Dyw	DE Dduw
dy greadyr	E dy greadyr tryan
sydd	BCD a sydd
onyd	BCDE ond
chynorthwya	B chynghorthwya
o'th	BDE a'th
drigaredd	B(C)DE ras
caf i	BCD kaf
dy	BC y DE-
y mi	BCDE ym
amgen	B wrth gyngorthwy amgen
	C(D) wrth gynhorthwy amgen
	E gynothwy amgen
y mi	BCDE-

dy enw ag er carriad ar dy fawredig anwyl fab	B(D) dy anwyl vab C dy vawr enw ac yn dy enw er kariad dy anwyl vab E dy fawr enw, ag er cariad anwyl dy fab
Iesu Grist	C Iesu Krist

Enghraifft 4
Amrywiadau BD

A'r	BD Y
pan y dygoedd	BD pan dygoedd
mi ofnais	B(D) mi a ofnais
y gwisgad hi, yr hwn oedd gyfoethog	B(D) y gwisgad kyfoethoc hi
Onyd er hyny	B(D) Ond hynny a ddaeth yn y wrthwyneb
nyd oedd	B kans nad oedd D kans nyd oedd
ie	BD-
aeth	B(D) a aeth
ag am hyny mi a ryfeddais	B(D) yr hwnn beth a wnaeth ym ryfeddy
Ag	BD-
megis	B(D) megis ac
er y mi	BD yn
di	B(D) dithav
yn y wnaythyr ef	B yn wnaethyr D yn y wneithyr
A	BD-
y mynydday	B(D) y mynyddav arythyr
a'r craigydd	B(D) a'r kraige llapre
lle bysei	B(D) lle y bysai
Yno	BD-
gofais	D kofies
y 'madr[o]ddion	B y ymadroddion D ymadroddion
mi wylais	B(D) mi a wylais
dost	B hwerw D wherw
mhechoday	D mechode
Onyd	BD Ond

ATODIAD II

wyby	BD gwyby
Ras	BD Gras
dyffygio	B(D) ddeffygiol
mlino	B(D) mlinhae
ddangosoedd	B ddangonses D ddangoses
yr oedd	BD ydd oedd
y mi	BD ym
fyned y mewn	BD entro mewn
i wir ddedwyddyd	BD gwir hapysrwydd

Enghraifft 5
Amrywiadau BCD

genyf i	B(CD) gennyf
draethy gwirionedd	BC draethy y gwirionedd
	D drayth'r gwirionedd
am yr	BCD o'r
diddanwch	BC(D) hoffter
ie	BCD-
bewn i	BC(D) bewn
flynydde	BC(D) vlynyddoedd
oll, hyny	BC(D) hynny oll
yn	BCD-
myfi	BCD-
nyd ydiw angelion, y rhain a sydd mewn gwybodaeth gwell na dyn, yn abl o'y synwyr	B(CD) nyd ydiw engylion (C engyliol, D angylion) wybyddiaeth [ac yn llai o lawer synwyr dyn] yn abl
orchwyl yrddasaidd	BCD orychel yrddasrwydd
ie, na neb onyd y sawl y sydd yn y brofi ef	B(CD) nac yddy addnabod, ond yr hwnn a'i profoedd (D brofodd) ef
Chwi	D y chwi
nad oes	BD nyd oes
yn y llys fydol, hoffter ag oferedd	B(CD) yn y llys o vydol hoffter
nyd oes yno	BCD-
gwedy gwisgo	BC(D) gwisgedic
a ffob gwaith	BC y gwaith a phob mann
	D a ffob man

a'y harddy yn wych	BCD-
ag	BCD yn
Onyd	BCD Ond
ystoriay	BC(D) ystoris
Testament	B Tesment
a'r	D a
synaid	D synied
na chybyrday yn llawn plat	BC(D) kybyrdav llawn plat
a bwydydd moethys	BC(D) na dysglaidiav dantaiddiol
a diodydd melys	BCD na diodydd moethys
Arglwyddes	BD Arlwyddes
Onyd	BCD Ond
myfi	BCD mi
yn ragori	D yn ragori yn rhagori
ag oedd	BC ac a sydd D ag y sydd
ag ny byd hyn	BC yn y byd D-

Enghraifft 6
Amrywiadau BCD

ti a gay	D di a gay
daliad mawr	BC(D) vawr daliad
onyd	BCD ond
may'n raid bod y cariad hyny	BC(D) rhaid y'r kariad hynny vod
Eithr	BCD-
enill	BC(D) y ennill
nyd ydiw ef	BCD nyd ydiw
garu	BC karu ef D gary ef
onyd	BCD ond
y fod ef	BC(D) y vod
onyd fo ddylyir cary Duw	BC(D) Duw a ddyluyr y garu yn gariadys
brisio	D priso
dim	BCD am
enill nailltyol	BCD + Ond ti (D di) elly ofyn gofyniad y mi, 'Ony allaf i garu Duw er mwyn yddo ef roi nef y minav gwedy hynny, nav dros

ATODIAD II

	hynny, yr hynn (D + a) ydiw y peth gorav (D goref) ac a (D y) ddychon dyn y ddamvno ar ol y bywyd hwnn?' Y doctoriaid a (D y) ddywaid, 'Nage,' o deallwn ni yn dda pwy beth ydiw yr hwnn (D + yr) ydym ni yn y garu, sef ydiw Duw, os o wnaethyr velly yr wyd yn dy garu dy hvnan yn vwy no Duw.
Canys	BCD Os
tydi	BC ti D di
a elly	D elly
trwy	BC drwy
gorchmynion Duw	BCD y orchmynion ef
gwaithredon	BC(D) gwaithredoedd
y rhain yw gwaithredon cariad. Onyd may yn ddyledys roddi bywraidd gariad, gan wnaethyr gwaithredon da[yo]nys, a chadw i orchmynion Duw yn ddigymwedd.	B(CD) ac etto roi y Dduw y ddyluedys buraidd gariad (C kariad). Y pethav hynny nyd ydynt gariad y hvnain (D hynan) ond gwaithredoedd kariad. Ni a ddywedwn am hynny mae Duw a ddyluyr y garu (C karu) drwy (D trwy) wnaethyr (C gwnaethyr) gwaithredoedd daeonys, a thrwy gadw y orchmynion.
a'r	BCD Ond y
anwyl gariad	B anwyl kariad
at Dduw	BCD-
brisio	D priso
dim	BCD am
ney daliad	D ne golled ne daliad
A hefyd	BCD-
ywchlaw pob peth [yn weddys]	BCD yn weddys ywchlaw pob peth
osod	BCD dy osod
a'th gyfoeth	B(D) a'th holl gyfoeth C a'th oll gyfoeth
Dduw	BC Duw

ie
a gerych
ag o wyllys dy galon, o'th holl rym a'th nerth, tydi a ddyly wnaethyr yn wyllysgar foliant y Dduw er cariad arno ef, heb gyfflyby dim yddo ef.

BCD-
D y gerych
B(CD) a (D ag y) wyllysych a wnelych ac a (D y) edych heb wnaethyr, ti (D di) a ddluy y (D-) karu, (D gary) wyllysy, gwnaethyr a gadel heb y (CD-) wnaethyr er mwyn kariad Duw (D Kuw) a'i ogoniant. Velly (D fell) drwy (D trwy) osod pob dim y anrydeddy Duw ac yddy (D y) ogoneddy yr wyd yn karu Duw ywchlaw (D ywch) pob peth yn weddys, ac yr wyd yn kyflawnhae (D kyflawny) kymaint ac a (D y) sydd perthynys (CD berthynys) y ti y wnaethyr yn ol dy ally.

NODYN AR Y TESTUN

Yn y golygiad hwn argreffir y testun o lawysgrif Llanstephan 178, sef y llawysgrif gynharaf – a'r fwyaf cyflawn – o'r pum llawysgrif sy'n cynnwys y testun hwn yn y Gymraeg (gw. tt. lxiii–lxiv uchod). Llenwir bylchau yn y prif destun hwn trwy ddefnyddio testun y llawysgrifau eraill yn eu trefn gronolegol; ychwanegir y diwedd o lawysgrif Belmont, sef yr unig un sy'n ei gynnwys. Dangosir rhannau diffygiol y gwahanol lawysgrifau yn glir yn y tabl yn Atodiad I (gw. tt. cx–cxi uchod).

Wrth olygu testun llawysgrif Llanstephan 178, ceisiais gadw cymaint o naws a natur y llawysgrif wreiddiol ag oedd yn bosibl, tra ar yr un pryd ei wneud yn fwy dealladwy i'r darllenydd modern trwy ei olygu'n drwyadl.

Golygwyd y testun trwy atalnodi a rhannu'r deunydd yn frawddegau ac yn baragraffau, a thrwy ychwanegu dyfynodau. Ychwanegwyd priflythrennau ar gyfer enwau a theitlau penodol, a cheisiwyd cysoni'r defnydd ohonynt wrth gyfeirio at gymeriadau sy'n cynrychioli haniaethau, er bod swyddogaeth y rhain yn ddigon amwys ac amrywiol ar bwyntiau gwahanol yn yr alegori (er enghraifft *Gras Duw / gras duw*, *Rhinwedd / rhinwedd*).

Rhannwyd a chysylltwyd geiriau yn null orgraff safonol heddiw ar y cyfan; dilewyd geiriau dyblygedig a chywirwyd gwallau amlwg. Fodd bynnag, penderfynwyd peidio ag estyn a 'safoni' ffurfiau sydd yn gywasgiadau o ddau air, am fod hyn yn nodwedd arbennig ar arddull y llawysgrif hon (gw. tt. cviii–cix uchod am enghreifftiau).

Ni wahaniaethir yn y testun golygedig rhwng *i* a *j* (mewn enwau priod Beiblaidd a chlasurol) am nad yw'r copïydd yn gwahaniaethu'n fanwl yn ei ddefnydd o'r symbolau. Defnyddir *s* i ddynodi *s* ac *s*-hir fel ei gilydd.

Defnyddir bachau petryal er mwyn dynodi lle yr ymyrrwyd â'r sillafu neu lle yr ychwanegwyd at y testun, a nodir mewn bachau petryal hefyd pan droir at lawysgrif arall pan fo Llanstephan 178 yn ddiffygiol. Rhifau ffolio y llawysgrif yw'r rhifau o fewn bachau petryal.

Defnyddir llythrennau italig i ddynodi teitlau'r rhannau, is-deitlau'r penodau a'r llinellau sy'n cloi'r tair rhan. Rhifwyd llinellau'r testun er hwylustod cyfeirio a mynegeio. Ychwanegiadau golygyddol yw'r teitlau *Rhan I*, *Rhan II* a *Rhan III*; nis cynhwysir wrth rifo llinellau'r testun felly.

Rhestrir y diwygiadau testunol mewn adran ar wahân (tt. 110–17 isod). Cyfeirir yn yr adran honno at dystiolaeth y llawysgrifau Cymraeg eraill a'r testun Saesneg yn achos rhai diwygiadau, a cheir manylion pellach ar rannau diffygiol y prif destun hefyd. Trafodir hynodion ieithyddol yn y nodiadau ar y testun (gw. tt. 118–50 isod).

TREIGL Y MARCHOG CRWYDRAD
o lawysgrif Llanstephan 178

RHAN I

Lluma lufr a ddangos Treigl y Marchog Crwydrad, yr hwn a ddechmygoedd Sion Karthen Pkrank ag a droes Wiliam Godyar o'r Phrangeg yn Saesneg.

Y Marchog Crwydrad yn dangos y fwriad ffol a'e antiriey ansynwyrhol y chwenychy ag yn tebygy cael ohonaw yn y bvd hwn hapysrwydd a dedwyddyd.

Llawer o ystoriae diwiol a budol a draethes gwur dyskedigion y ddangos treigl ag antyrey llawer o ddynon yn y byd yma. Yn gyntaf, Jwstun a Diodare ag Ofydd a draethoedd o dreigl Jason, a Chastar, a Pholix, a Hercwles, a'y gidmeithian, yn myned ar hvd y moroedd y Ynvs Colcos y enill y cnif eiraid, yr hwn ydoedd y dragwn nei'r sarph yn y gadw. A hevyd Homer y Groegwr y draethoedd o dreigl Ulyses a'e gidmeithion yn ol y dyvodiad yn y hol o rhyvel Troea. Ag hevyd Virgil y Lladingwr dyscedig y vanegoedd o dregl Eneas yn yr Eid[a]l gwedy difethio Troea.

Ag ir rwan [1v] [ged]wch y ni ddyfod at 'r storiay diwiol, a ni gawn weled ddarvod y Voesen escreveny o dreigl plant yn Ysrael, a'y mynediad o'r Aifft y'r diffaithwch, a'e harosiad hwynt yno 40 o flenyddey, a'e [2] mynediad hwynt oddyno y Dir yr Amod. A hefyd y pedwar efangylwr ysgrifenoedd yn ffyddlon o vendigedig berindod yn Arglwydd ni Iessu Grist, gwir vab Duw a'n Caidwad, yr hwn a gymerth arno yn agwedd ni a'n natyr arno ef, a'r vn Iesu Grist hwnw a roes gyfflybaeth oblegid y treigl a wnaeth y plentyn afradys, a'y ddyfodiad ef drychefn at y dad. A hefyd Saint Lvwc yn nodedig ag yn byraidd a draethoedd o boen y bendigaid berindod a wnaeth y mawr lestr dewisedig Sant Pawl a'r gofid hefyd a gymerth ef i bregethy'r Efengil a ffydd Iesu Grist y'r cenedloedd oll.

[2v] Ag yr awr hon, drwy ras Duw, yr wyf inay yn bwriady traethy fy antyriav vy hynan a'm traigl, y rhai ydynt debig y draigl y plentyn afradys, yr hwn a adawodd tv i dad ag aeth i

wledvdd diaithr ag a draylodd i holl dda trwy fyw yn
afradlon, ie, wrth i wyllys y hynan. Ond yn ol yddaw adnabod
i vaiay vo ddayth at i dad ailwaith, yr hwn a'i cymerawdd ef
yn gariadys. Ag fellu yr oeddwn inay, trwy fawr ffolineb, yn
ymlwygad ymhell oddy ar y ffordd, fy nghorff a meddwl oddy
wrth Dduw fy Nhad, yr hwn a'm creawdd i. Ag felly mi a
draylais ag a diffrwythais yr holl gyfoeth, yr hwn a roddesei
Dduw Dad y myfi o'y drigaredd a'y haelder a'i ddayoni, gan
[3] ddilyn yr holl oferedd ag ymfoddloni fy hynan mewn
trachwant y byd hwn. Eithr o'r diwedd, gwedy vy ysbrydoli o
dywiol ras a chydnabod vy maiay, ie, a gadel tywyllwch y
pechod ag oferedd, a thrwy nerth a chyfrwyddyd dywiol ras,
mi a droesym at fy Nhad tragwyddol, gan erchi maddeaint a
thrigaredd yn yfydd yddaw ef, ag yn gariadys a'm cymeroedd
i ato ef, gan wnaethyr y mi fawr barch a grayso. Eithr mi a
fanegaf y chwi pwy foddion a vy hyny, gan ddaisyfy arnochwi
wrando yn yfydd arnaf i, a chofio oll o'r dechre y'r diwedd.

A gwedy y mi draylo vy amser mewn ffolineb ag
anlladrwydd dair wythnos o vlynydde vy oedran, sef oedd
hyny plentynaiddrwydd, bachcenyn [3v] mewn nwyfant, a
ienktyd, a rhai hyn oll a wna vn ar higain o flynydde vy
oedran i, ag yno yr oeddwn i yn dyfod mewn oedran gwr
iefangk, yr hon oedd y bedwrydd wythnos o'm oedran. Ag
yno, pan oeddwn i rwng dwy ar higain a xxiiii a xxv o
flwydde, mi feddylais, drwy vy ansynhwyrys orchwyl, am
wnaethyr taith ney draigl i gaisio gwybod ble ny byd hwn i
cawn i gwrdd a gwir hapysrwydd ney ddedwyddyd, yr hwn
oedd yn vy neall ffol i yn hawdd i gael. A minay yn gryf ag yn
iefangc, yn wyllt ag yn awyddys, mi a dybais yn vy meddwl i
may gwaeth nag angey oedd fyw ny byd heb hapysrwydd ney
ddedwyddyd. Ag o achos vy mod i [4] gwedy boddi mewn
dyfnder tywyllwch o anwybodaeth, nyd oeddwn i yn
cydnabod may rhodd Duw o'r gorychelder oedd y gwir
ddedwyddyd, ag na ellir cael dim dedwyddyd ney hapysrwydd
heb i nerth ef. Ag felly, pan oyddwn i gwedy vy sbailio o'm
synwyr a'm deall, mi a dybiais i gallwn i yn esmwyth vy hynan
ddyfod i ddedwyddyd heb nerth eraill. Ag felly mi a gaisais
yrddas lle nyd ydy, a lle ny by erioed, a lle ny bydd byth,
megis cyfoeth a gwynfyd, ney hoffter bydol, a chadernyd, ag
anrydedd, a chwantey y cnawd. Onyd y sawl y sydd yn tybiaid

i cant wy ddedwyddyd wrth [4v] ddilyn y pethe bydol hyny,
maent wy yn ynfydion fal yr oeddwn inay, ag megis gwr a fai
a rwyd gantho yn caisio dala pysgod yn yr awyr, ney o
bathyaid yn caisio dilyn ol ysgyfarnog yn y mor diffaith.
Onyd oedd, meddwch, yn ffolineb mawr y ddynion dybiaid
velly? Yn yr vn modd yw y ddyn dybiaid y cair gwir
ddedwyddyd ny byd halog hwn. Canys i may dedwyddyd
perffaith yn ymgyffrydy pob dayoni, ag fal i dywad Sant Ioan,
y may y byd yma yn gorbwyso ag 'n ymroi y bob drygoni, ag
yn gaeth i newyn, syched, gwres, oerfel, clefydey, blindere,
balchedd, trachwant ag anysmwythter, a ffolineb yw caisio ny
byd hwn hapysrwydd. Canys [5] nyd ydiw dedwyddyd heb
ddayoni a rinwedde da, yr hwn a sy'n dyfod oddy wrth Dduw
gorychaf, ag am hynny ffolineb yw i neb dybiaid i gall ef gael
mwyniany gwir ddedwyddyd o achos i orchwyl y hynan ny
byd yma. A phwy bynag a dybyco i gall ef i gael, vo gayff y
peth a gefais iney: fo gayff yn lle dedwyddyd, oferedd; ag yn
lle dayoni, fo gayff drygoni.

*Y Marchog Crwydrad a ddangosodd yddy lywodraethferch
Dam Ffolineb beth oedd y vwriad ef.*

2 penod

A minay yn bwriady myned y'm taith, mi a ddyellais vod yn
raidiol y mi gael cyngor, gan wybod may pob peth [5v] ag a
wneler heb gyngor da, na ddaw ef i ddiwedd; a'r pethe a
ddechreir drwy ddeall da, hwy a ddawant y ddiwedd da. Yr
amser hyny ir oedd morwyn yn tario gyda mi ag yn
llywodraethy fy nhy, a'y henw priodol hi oedd Ffolineb, a
hono oedd elynes i Ddoethineb, canys pob peth ag a gasao vn
vo car y llall. Y may cymaint o wahanieth ryngtynt hwy ag a
sydd rwng gwyn a du, a rwng twym ag oer, a sych a gwlyb,
golay a thywyllwch, a rwng Duw a diawl. Y rhain oll a sydd
wrthwynebys bob vn y'w gilydd, ag ny allant wy fod ynghyd
yn yr vn corff, canys Doethineb y sydd yn llywodraethy
y dynion da, a Ffolineb yn llywodraethy y rhai drwg.
Doethineb a wna y rhai drwg yn dda pan ymroddont [6] y
hynain y vod yn yfydd yddi. Ffolineb a wna y dynion da yn

ddrwg pan elont dan y chadwriaeth hi. Doethineb a dyn gwyr
o yffern ag a'i dwg hwynt y'r nef. Ffolineb a gyrch angylion
o'r nef i drigo yn yffern.

Nyd wyf i yn cyfrif yn ddoethineb y ddynion wybod y saith
celfyddyd, natyriaeth y planede a'r ser, ond yr wyf i yn galw
yn ddoethineb y neb a vo yn gwir addnabod Duw. Saint Siril
a ddywaid, 'Doethineb yw gwir wybodaeth o'r gorychaf
ddayoni,' sef yw hyny, Duw a welir, a gydnabyddir ag a gerir,
drwy berffaith gariad a phywraidd wyllys. Ffolineb yw gwir
anwybodaeth a chamaddoliaeth y Dduw. Doethineb a wna
ffolaid yn ddoethion, a ffolineb a wna doethion yn ffolaid.
Nyd oes doethineb vwy na gwasanaethy Duw y [6v] drwy
bywraidd ffydd, a chynal a chadw i gyfraith fendigedig ef yn
yfydd; ag yn wrthwyneb y hyny, nyd oes ffolineb fwy na
gwnaethyr pechod, ag anyfyddhay i Dduw drwy dori y
orchymynion ef. Pwy bynag a wnel pechod, i may ny glwyfo y
hynan, ag yn rydeg yn llwyr i ben y yffern, yr hwn a sydd yn
ffolineb mawr. Ag am hyny, pawb a sydd yn ffyddlon yn
gwasnaethy Duw ag yn cadw i orchmynion a sydd ddoethion,
a doethineb a sydd yn y llywodraethy. A rhai a sydd yn tori ag
yn dibrisio gorchmynion Duw ydynt ffolaid, gwedy rwymo a
chadwynay ffolineb megis bilainaid caethion.

Pan oeddwn i yn crwydro mewn ffyrdd rhyfygys, yr oeddwn
i yn tybied vy hynan fy mod i [7] yn ddoeth drwy wnaethyr vy
wyllys fy hynan, eithr mi a brwfais fy mod i yn ffol hollawl. Ag
felly yr oeddwn i yn cael maeth gan Ffolineb, yr hwn a
ddaroedd y mi addef vy mwriad yddi, sef oedd hyny myned i
gaisio kywrdd a dedwyddyd. Ag yno mi ddymynais y chyngor
hi, a hithe heb prisio p'yn a fai hyny ay drwg ay da y mi, hithe
a'm kymelloedd i fyned yn gefnog y'r daith hono, a bod yn
foddlon y'r peth. Ag felly yr oedd Ffolineb, o ymadroddion
gwenhaithys, yn vy anog i y fyned i'r antyr ney'r treigl hyny,
gan ganmol vy mwriad i a'm synwyr. A hi a fawrhaodd fy
ngrymyster i, a'm rinwedde a'm gwyboday, gan ga[n]mol fy
nhegwch a'm cyneddfay, gan ddwedyd may [7v] ail Selyf
oeddwn i am fod y fath feddwl canmoledig hyny y'm pen i. Ag
ar hyny hi addewis fod y mi yn gyfrwyddyd, ag a roes diofryd
nad elai hi oddy wrthyf y'm holl draigl, gan ddwedyd wrthyf
i cawn i weled y lle o'r gwir ddedwyddyd ar fyrder. 'O vy vab,'
heb hi, 'na feddwl di fod lle y'm calon i y dwyll na drygoni.'

Ag felly mi ymlawenhais mewn ewnder, ag mi a welwn fy hynan yn ddedwydd am gael y fath lywodraethferch hono y'm llynaethy mor ddoeth, mor araf, mor wybyddys ag mor gynil, ag o fawr lywenydd yr oedd fy nghalon yn crychnaidio yn vnghorff. Ond er hynny ffol tryan oeddwn, gan fy mod i yn deisyf pethe gwrthnebys, os [8] yr oeddwn i yn ysgaelysio pob peth ag a wnai les y mi a iechyd y'm enaid. Canys yr oedd y pethe syrion yn ymddangos y mi yn felysig, a'r du yn ymddangos y mi yn wyn, a'r drwg 'n ymddangos y mi yn dda, a'r ffolineb 'n ymddangos y mi yn ddoethineb, a thywyllwch yn ymdda[n]gos y mi yn oleini. Canys Ffolineb oedd gwedy vy rwymo i ysgaelysio gwnaethyr dayoni, ie, yr hwn a ddylyswn y wnaethyr, ag ir oeddwn i yn wyllysgar yn gwnaethyr y pethe nys dylyswn i gwnaethyr.

Gwir a ddywad y gwr doeth, 'I may iechyd lle mae llawer yn roddi cyngor,' a'r neb a gymero deall da, ny bydd etifar ganto gwedy hynny, ond i mae yn warddedig gymeryd [8v] cyngor gan ffolaid. Y ddiayreb a ddywaid, 'Val i bo vy nghynghoriaid i, felly mae yn raid bod vy nghyngor i.' Os may'n erbyn reswn i ffol roddi cyngor da, canys tebig yw i afonydd yn rhydeg yn erbyn glenydd. Ond nyd oes dim a ellir y'w gyffleby i gyngor da, na dim waeth na chyngor drwg, cans trwy gyngor drwg yr ydis yn trallodi'r byd, ag yn blinhay brenhiniaethay, ag yn darostwng tywysogion, ag yn lladd brenhiniodd, ag yn newidio amherodraethay, ag yn distrywio trefydd, ag yn tori cyfraithay, ag yn barny yn anghyfiawn, ag yn halogi gwenidogionn dywiol ag ny cymysgy a drygoni, ag ny gortrechy, a gwir gydnabyddiaeth ar Dduw yn myned yn angof, ag yn ysgaelyso yfyddhay y'r penaethiaid, a digwilyddrwydd yn gymeradwy, a ffydd, gobaith a chariad [9] perffaith a'r holl rinwedde da eraill gwedy diwyneby, a phob ryw ryfel yn vwriadedig. O flinder! O ddiale! O graylonder anghenfilod!

*Ffolineb a Drygwyllys a bartoawdd y'r Marchog Crwydrad
ddillad, a harnais, a march.*

3 penod

185 Yn gymaint a bod gwyr waithie yn newid i bwriadey, idd oedd Ffolineb yn ddiwall y'm cymell i fyned y'r traigl, gan ddwedyd na ddylye y fath fwriad da hyny i adel i vyned yn ofer. Ag i atebais inay, gan ddywedyd yr awn i y'm taith beth bynag a ddelei o hyny, onyd yr oeddwn i yn tybiaid vod yn raidiol y mi
190 gydmaithion a chyfraidie eraill, megis trwsiad, [9v] a march, a harnais gweddys y'r fath draigl hynn. 'O vy mab,' hebe hithe, 'mi a gymeraf y carc hyny arnaf i. Ymddiried y myfi, tafla ymaith oddy wrthyt bob gofal, ag na flinhay dy hynan. Bydd lawen, cwsc yn esmwyth, na wrthod lonyddwch, cans mi a
195 ddawaf ar fyrder atad a phob cyfraidiay ag a vo raid y ti wrtho, ag yn gymaint ag y ti ymrhoi y mi, ny ffaelaf iney i tithay.' Ag felly wrth airie Ffolineb mi ymlawenhais, ag a osodais pob peth yn y chydwybod hi, ag a gymerais vy esmwythter.

200 A Ffolineb oedd a chydnabod a harnaiswr, yr hwn a elwid Drwgwyllys, ag yr oedd hi baynydd ynghydmaithias hwnw. Nyd oedd yr harnaiswr yma yn vnig yn gwnaethyr harnais, [10] ond hefyd yr oedd ef yn gwnaethyr pob dillad ag a arche Ffolineb yddo y gwnaethyr. Ag yna Ffolineb a ddywad wrtho
205 ef fy holl fwriad i, ag yntey, wrth y daisyf hi, a wnaeth y mi grys o anlladrwydd, a dwbled o wael ddymyniadey, ag ysaney o ofer hoffter, a harnais o anwybodaeth, a chorsied o ansadrwydd, a menig plat o segyryd, a helmed o wegi, a bwcler o ddigwilyddrwydd, a gwregis o anhymeraiddrrwydd,
210 a chleddyf o anyfydd-dod, a dart a elwir Gobaith am hir einioes. Ag yno Balchedd a baroedd y mi gaisio march, yr hwn a elwid Ffromder. A'r holl arfey drwg hyn, a'r trwsiad afradys, a gefais i gan Ddrygwyllys, trwy ddeisyfiad Ffolineb. [10v] ag felly ny allei Ddrygwyllys well wasanaeth y myfi, o
215 achos nad oedd yndo ef ddim gwirionedd. Canys fal y mae Wyllys Da yn waithredwr pob dayoni, felly may Wyllys Drwg yn waithredwr pob drygoni. Megis y dywad Iesu Grist yn yr Efengil Marc 12, 'O gyflawnder y galon i dywaid y genay. Y dyn da, o dresor da y galon, a draetha allan bethey dayonys,

eithr y dyn drwg a ddywaid y drwg.' Canys ny all dyfod allan   220
o ffetan onyd y fath bethe ag a fo yndi, a lle bo coffor yn llawn
o berls gwrthfawr nyd raid edrych am gael yno rysod tanllyd.
Ag o'r achos hyny, a miney yn cael Drygwyllys yn daylwrr
ym, a Ffolineb yn rhiolwraig y mi, [11] b'wedd gan hyny y
gallwn i wnaethyr dim onyd y drygoni.   225

Ffolineb yn trwsiady ag yn harnaisio y Marchog Crwydrad.

4 *penod*

Tra ydoedd Ffolineb, a Drygwyllys fy harnaiswr, yn partoi y
mi drwsiad a phethey eraill raidiol, nyd oeddwn i yn gollw[n]g
yn angof fwrw pryderaeth drych fy nghefn, megis i daroedd y   230
Ffolineb, fy llywodraethferch, erchi y mi. Canys pan oeddwn
i yn blentyn, mi a fwytawn o'r bwyd moethysaf bob amser, ag
a yfwn o'r ddiod felysaf, ag a gysgwn pan fynwn mor
esmwyth ar sidan, ag velly traylo fy amser mewn hoffter a
gwynfyd, gan ymddires [11v] y'm rhiolwraig Ffolineb ynn vy   235
holl bethey. A gwedy y mi draylo tridiey mewn gwynfyd a
digryfwch, fo ddayth Dam Ffolineb, a Wyllys Drwg gyda hi,
y fron fy ngwely, y borey pan oeddwn felysaf yn vy hyn
ayraid, ag yr oedd ganthynt bob peth ag oedd raidiol y mi
wrtho. Ag yna Dam Ffolineb archoedd ym gwny fynydd: pa   240
bryd oedd ym vod y'm gwely? Ag yno y dywedas inay, 'Ha, fy
ngras anwyl, mi a ddilynais ych cyngor chwi, mi a vyrais pob
pryderaeth oddy wrthyf, ag a gymerais vy esmwythter, onyd i
mae yn rhyfedd genyf ych dyfodiad chwi mor vyan a hyn.' 'Pa
beth, wr,' ebe Ffolineb, 'Any wddosti mor ddiwall ydwyf i   245
y'm gwaithredoedd? Ny orffwysaf i nes dwyn i ben y peth a
gymerwyf vnwaith yn llaw.' Ag yno hi a ddodes amdanaf grys
o anlladrwydd, yr hwn oedd yn [12] cytyno a'm wyllys ryfygys
i; canys fy holl wyllys i a'm chwant oedd vod yn foethys, yn
orwag, ag yn esmwyth. Ag yn ol hyny mi a wisgais fy nwbled   250
o wael ddymyniadey, yr hwn sydd bob amser yn elyn y'r
Ysbryd Glan. Gwedy hyny mi wisgais vy saney o ofer hoffter.
Ag yno, pan oeddwn i lawn o bob gwael ddeisyfiadey, nyd
oedd ddim yn rhengi vy modd i ond oferedd, a'm wyllys i

oedd yn ddamnabl, ag felly roeddwn i'n ymfoddlon yn
beriglys. Yno, pan oeddwn i yn gwisgo amdanaf, Ffolineb a
orchmynoedd y'r ysgolhaig o'r gegin gwairio vy nghinio yn
barod o vwyd ysgawnn moethys, ag enw'r ysgolhaig oedd
Ddrwgrhiolaeth. Ag val yr oeddwn i, mi a Ffolineb, yn
gwnaethyr yn llawen, ag yn byrhay'r pryd i aros cinio, mi a
gymerais achos i ovyn pa oedran ydoedd hi, a phwy gymwedd
ney gysp a fedrei hi, a phwy bobloedd a fysai hi [12v] yn y
rhioli, a ph'wedd i llywodraethoedd hi hwynt. A hithey a
ddywad, 'Fe ofynwyd hyny y mi lawer gwaith cyn hynn, eithr
pann fom ni yn marchogaeth ar y ffordd, mi a draethaf y ti
hyny; ond am vy oedran i, ydd wyf i yn vwy na phymp mil o
vlwydde o oed.' A minay a ddywedais wrthi, 'Pa'r vodd i gall
hyny vod, nyd tebig ych bod yn ddaygain o flwyddey.' A hithe
a ddywad, 'Ydwyf, may'n rhaid y ti ddeall vy ngeni i y pryd y
gwnaethpwyd y byd, a'm bod i bob amser yn sefyll yn fy
ngrym, mewn iechyd, heb glefyd, ag ny byddaf i byth tebig i
hen, er ym fyw hyd Dydd y Farn. Y ffolaid a vyddant vairw,
ond y ffolineb ny bydd marw byth. Yr wyf i bob amser y'm
grym, yn teyrnasy o drais ymhob lle o'r byd, ag yn rhioli yn
gystal [13] tywysogion, cyfoethogion a thylodion.'

Ag gwedy darfod cinio, mi a wisgais fy nrwsiad a'm harnais
a'm arfay, yr hwn a enwid ny blaen, ag nyd oeddwn i yn
prydery am iechyd yr enaid, nyd oedd arnaf i chwant gwrando
Gair Duw, nyd ofnwn dori y gorchmynion, ny ffrisiwn i
wnaethyr dim ag a fai weddys i Gristion y wnaethyr tiag at
i gadwedigaeth. Mi a wnawn y peth a fynwn, mi a ddywedwn
y peth a garwn. A gwedy mi wisgo fy mhais ddvr o
anwybyddiaeth, mi aethym yn anwadal ag yn anghytyn yno'
fy hynan, ag yn cyfnewid fy mwriadey, nyd ar ddayoni ond ar
ddrygoni, ie, o vn drwgoni y'r llall. Ny orffwyswn i yn
ymgydnabod a phob pechod, heb wnaethyr dim a fai
syberwyd y mi [13v] a dayonys. Canys felly may natyriaeth
pechod: ony ddarostyngir ef ymrhyd, fo dyn pechod arall
atto, fal y tystolaetha Saint Pawl yn y penod cyntaf at y
Ryfiniait.

Ag yna Ffolineb a wisgawdd rhyw arall o harnais amdanaf,
yr hwn a elwir Ofer Ogoniant, a natyriaeth hwnw yw pa fwya
y tyfo, llaia yddvs yn y gydnabod ef. Yno i gwisgais vy myswr,
yr hwn a elwir Glothineb, yr hwn yw mamaeth pob pechod

cnawdol ag yn enwedig godineb. Canys pan vo'r boly yn llawn o fwyd bras a diod wresog, fo dwymwresoga yr aelodey eraill, y rhain a ymaelan ag ymrysonan yn erbyn yr Ysbryd Glan dayonys. A gwedy hynny mi a wisgais gwregis o anhymeraiddrwydd, yr hwn a ollyngawdd yn rydd ffrwyn [14] y godineb a phob chwantay cnawdol. Ag wrth y gwregis mi a wisgais cleddyf o anyfydd-dod, ag yno y anyfyddhais i yn erbyn Duw a'y orchmynion bendigedig a'r penaethiaid. Ond pei byswn i yn ffrwyno vy ewnder, ag yn cyryddv fy hynan o'm chwantey a'm dieisyfiadey, ag yn aros yn llonydd mewn cydwybod, heb anyfyddhay yn erbyn Duw, yno y byswn i yn gwasnaethy Duw ag yn cydnabod fy ngwell. Onyd Dam Ffolineb a'm dieithroedd i o'r helm, yr hon a elwid Rwyfysiad, yn yr hon i dodoedd hi gynffon pawin, megis na allwn i mwy ddioddef fy nghyryddy na'm baio, onyd yn gynt myntyno vy opiniwn yn erbyn pawb.

Ag yna esgynais ar [14v] gefn vy march, a elwid Ffromder, a dart yn fy llaw, yr hon a elwid Gobaith am hir oes. O ddart dwyllodrys, crinach na'r gorsen! Och! Pwy gymaint o ienctyd a ymddiredoedd y ti, ag a gawsant y twyllo. A gwedy mi gymeryd y ddart hon y'm llaw, mi a elwais ataf bob drygoni. Ag felly hi a'm rwystroedd i i vraychaidio etifairwch, gan ddywedyd wrthyf val hynn, 'Nyd wyti ond iayank. Bydd lawen tra gellych fod, os pan ddel henaint pob chwarey a difyrwch ant haibio, ag yno i bydd digon o amser y ti etifarhay.' Ag felly trwy lywodraeth Ffolineb ny feddylwn i am na Duw na diawl, am fywyd nag angey, am nef nag yffern, ond byw mewn hoffter gan wnaethyr pob [15] peth ar a fai foddlon genyf. Ag o'r diwedd, Ffolineb a ymdrwsioedd i hynann yn ysgawn megis klog o blyf, ag a esgynoedd ar ycha palffrai, ag agores i fflyf a'i hadanedd, a hi a hedoedd gyda'r gwynt ymaith. A minay a fentrais ysbardyno fy march Ffromder, ag ymaith yr aethom ni yn day. Ag felly chwi a welwch mae Ffolineb oedd fy nghyfrwyddyd a Ffromder fy march, a'r cyntaf a tifaroedd ohanom ni yn day oeddwn i fal y cewchwi glywed a barny.

Ffolineb ar y ffordd yn dangos y'r Marchog Crwydrad i hen waithredoedd hi, a'r sawl vn o wyr anrydeddys a fysai hi ny llywodraethy.

5 penod

A gwedy y ni gerdded ar hyd y ffordd nes y [15v] mi golli fy ngolwg ar fy nhy, mi a gofiais yr amod a wnathoedd Dam Ffolineb a mi y borey, nyd amgen no thraethy o'y gwaithredon, y rhai athoedd haibio, a phwy bobloedd fysei hi ny llywodraethy. Ag val hyn mi a ddechreyais gwenaithio wrthi, 'O fy maestres ddayonys, fy arglwyddes gariadys, fy nghalon, vy llawenydd, vy nwyd, fy chwant, fy nghyfrinach, fy ngobaith, fy mywyd, a'm gorychaf ddayoni, yr wyf i yn deisyf yn brysyr, o bydd cenad genyd, ar adel y mi ddeall beth oedd dy hen waithredon di cyn hyn, a phwy bobloedd a lywodraethaisti, pa'r fodd i riolaist di hwynt ag i cyngoraisti hwynt.' A hithey a ddywad, 'Fy ngwaithredon i sydd heb rifedi, nyd oedd ddigon deg o ddyddie y mi draethy haner hwynt; ond er hyny, er mwyn cyflenwi dy wyllys di ag i [16] fyrhay y ffordd, mi a ddyweda wrthyd y rhai prynsbala ohanynt.

'Yn gyntaf, y byd a minay a ddayth ar vnwaith, ag am na chefais i vn dyn ny byd, mi a esgynais i vynydd i'r nef. Ag yno, mi a brofais yr angel penaf o'r holl angelion, yr hwn a elwid Lysyffer; yr hwn, ar vy nyfodiad i yno, fo'm cymerth i yn llywodraethwraig arno, ag felly gwnaeth llawer o'y gyffelyb ef. A thrwy fy ngh[yng]or i, ef amddrychafoedd i hynan i amcany bod yn gydymaith gogyfvwwch a Duw. Ag am y balchedd hwnw, ef a'y gyfflybiaid a yrwyd o'r nef, ag a hwpwyd yn llwyr i peney i yffern. Ag fel dyna y gwaithred cyntaf a wnaethym i.

'Ag ar vyrder wedy hyny, fo wnaeth Duw ddyn, ag o'y asen ef fo lyniawdd gwraig yddaw. Y dday hyn oeddent wr a gwraig, a chydag hwynt [16v] mi gefais gwaith y wnaethyr, am i bod hwynt yn llawn doethineb a gwybodaeth. Onyd myfi a arferais o gynorthwy y naidr ddrygonys i hydo'r wraig, y llestr gwanaf; yr hon naidr, o ymadrodd twyllodrys, a baroedd y'r wraig fwyta yr afal, yr hwn a waharddysei Dduw yddynt i fwyta. Ond gwedy iddi y fwyta gair bron i gwr, am nad oedd ef yn ofni y hanghywirdeb hi, ynte hefyd a fwytaodd yr afal i gyflenwi i chwant. Ag am hyny byont ffolaid yll tay, ag am y ffolineb hyny i collysont wirionedd gras Duw a'y ogoniant; ie, hwy helwyd o'r lle a ordainoedd Duw yddynt y drigo yndo, a hwynt a ddodwyd, a'y plant yn y hol, dan bwer angey tragwyddol. A [17] dyna yr ail o'm gwaithredoedd i.

'Yno i dechreyais dernasy yn y byd, lle i llywodraethais i rifedi lawer o ffolaid. Mi lywodraethais Cainn, y ganedigaeth cyntaf o'y dad a'i fam; drwy fy nghyngor i fo laddoedd i frawd dayonys, Abel wirion. Myfi a lywodraethais y cewri mwyaf ag a fy errioed o had dyn, megis merched Cainn a maibion Seth. Mi a berais yddynt ymddiried yn y grym i hynain, nyd yn vnig mewn ryfel, ond hefyd mi a berais yddynt ddibrisio Gair Duw, na chydnabyddiaeth amdano. Ag myfi a berais yddynt arfer o'y rhydd-did, a byw yn ol i chwant mewn godin[e]b a phob rhyw bechodey dibryd eraill, a heb brisio am gyfiawnder, onestrwydd, nag ofn Duw.

'A gwedy i Noe bregethy 40 o flynydde oblegid y [17v] distrrywaeth oedd yn dyfod ar y byd, eithr y cewri anwardd hyny, y rhai oeddynt gwedy myrno mewn pob drygoni a bywyd halog, hwynt-hwy a gymerssant holl gyngor Noe a'y bregethay ar wattwar. Ag am hyny Duw a lidioedd ag a ddanfonawdd lif mawr, yr hwn a voddoedd pob creadyr byw onyd Noe a'y dri maib, Sem, Cham a Iaffeth, a'y gwragedd hwynt. Ag yno,' hebe Ffolineb, 'mi dybais y mi golli fy nhernasad yn y byd; eithr mewn ychydig o amser yn ol hyny fo amlhawdd y bobl ddrwg, a mi a'y cynghorais hwynt y adailiad twr ywchel, yr hwnn a gyrhaeddai hyd y nef, megis i gellynt o anfodd Duw ymgadw i hynain yno o meddylie ef ailwaith voddi'r byd. Eithr Duw a ddiffrwythoedd i bwriade hwynt, ag fal nad oedd onyd vn iaith yn yr holl vyd [18] o'r blaen, efo a'i rhanoedd hwynt yn llawer o iaithoedd, ag fo drigoedd y twr heb i gwplay, o achos nad oedd yr adailwyr yn deall pa beth a ddywetai vn ohan[yn]t wrth y llall.

'A'r pryd hwnw i gwasgarwyd etifeddion Noe ar lled y byd, a myfi,' hebe Ffolineb, 'a deyrnesais yn y mysg ymhob lle, gan gynghori llawer cenedlaeth i wrthod cydnebyddiaeth Duw ag i anrhydeddy y planedey; nyd amgen, yr hayl, y llayad, y ser, y tan, y dwr, yr awyr a'r ddayar; ag y wnaethyr delwe ar ddyll gwyr, anefailiaid ag adar, ag i addoli y rhaini a'y anrhydeddy,

fal nad oedd gwir gyddnabyddiaeth ar Dduw gan neb ond gan
genedlaeth o bobl, y rhai oeddynt yn hanfod o arenay Abram,
a rhaini yw'r Iddewon.'

Ag yno mi ofynais i Ffolineb pa vodd i [18v] dechreyodd
gay addoliaeth ddyfod y'r byd gyntaf, a phwy le i
dechreyoedd ef. A hithe a ddywad, 'Fy mab, gwybydd di may
trwy vy achosion i y daeth ef y'r byd gyntaf. Canys gay
addoliaeth a ddechreyoedd gyntaf yn y wlad a elwir Caldea,
yn y dinas a elwir Pabilon, ymrenhiniaeth yr Asirians, pan
oedd Ninws y trydydd brenhin yn ternasy yno; a'r Ninws
hyny oedd fab Bel, fab Nemrwth, fab Cws, fab Cham, fab
Noe. Ag felly Ninws y trydydd brenhin yMhabilon oedd y
gwr cyntaf ag a wnaeth temlay ag allore, ag aberthy arnynt a
wnaethbwyd yddy dad ef Bel, ag yddy fam ef Iuno. Yn gynaf,
vo lynioedd y delway safedig hwynt, ag a'y gosodes ynghenol
dinas Pabilon, a hyny oedd y dechreyad cyntaf ar y gay
addoliaeth. Ag yn ol hyny y cymydogion [19] hwynte, yr
Eifftiaid yn yr Eifft, a wnaeth yn yr vn ffynnyd i Osirws, ag o
lysenw Iubiter, gwir vab Cham o Rhea. A'r Osirws hyny, yn
ol i farw, am y rhinwedde da ef yr oedd yr Aifftiaid yn y
gymeryd ef yn dduw iddynt. Ag felly,' hebe Ffolineb, 'drwy fy
nghyngor i yr oeddent wy yn offrwm aberthay iddo ef, ag ny
addoli ef yn rhith ych ney Io. Ag yn yr vn modd i gwnaeth
plant yr Ysrael yn y diffaithwch yddy delw hwynte, yr hwnn a
elwid gwedy hyny Serapis.

'Ag felly nyd oeddwn i yn trigo yn llonydd nes cael gay
addoliaeth trwy'r holl fyd. Canys Ninws, fab Bel, brenin
Pabilon, yr hwn a enwid ny blaen, a briodawdd y wraig
arythr Semiramis, yr hon, val i may [19v] ysgrifenedig,
a ddechmygoedd ysbaddy'r maibion. Ag o'y chorff hi y
enilloedd Ninws vab, yr hwn a elwid Ninws yr Ail. Ag o wraig
arall ydd oedd yddo fab, yr hwn a elwid Trabeta, yr hwn wrth
gyfiawnderr a ddylysei deyrnasy a mwyniany coron Babilon.
Ond i lysfam a'i cadwodd hi ragddo ef, ag a gymerawdd i
llywodraeth yn y llaw y hynan, ag a'i cedwis yddy mab iefanc
y hynan, Ninws yr Ail. A'r pryd hyny i cilioedd Trabeta, rag
ofn i lysfam o Babilon, ymaith. A gwedy hir drafaely vo
dirioedd yn Ffrainc, yn agos i afon Rhon, lle i gwnaeth ef
ddinas ag a'y gelwis hi Trenies, yr hon a sydd eto ddinas o
henafiaid. A'r amser [hwnw], Galia Belgiga a'r holl wledydd

oddy amgylch, y rai [20] a alwni Almaen Isa, a halogwyd
o gay addoliaeth, yr hwn oedd 1947 o flynyddey cyn geni
Christ. Yno, Trabeta, trwy fy ng[hyng]or i,' hebe Ffolineb, 'a
wnaeth delw ar lyn y dadycy, Bel fab Nemrwth, y cawr mawr,
y Satwrn cyntaf yMhabilon, ag a baroedd addoli y ddelw a'y
anrydeddy yninas Trwes.

'Y padriarch dayonys Noe, ag o enw arall Ianws, fo vy yn
trigo yn yr Aidial 82 o flynydde pan ydoedd ef yn 950 o
flwydde. Ag ar ol y llif amgylch 350 o flynydde i by ef varw, a
chyn dyfodiad Christ ynghnawd oedd hyny, 1967 o flynydde.
A'r Noe hyny a fy gwynfawr trwy'r holl fyd, ag yn enwedig
gan yr Adailiaid, y pryd hyny a elwid Lanigenes, a chan yr
Armenians, os ar y rhaini yr oedd ef yn teyrnasy. A'r bobl
[20v] hyny, yn hwy nag i gwybyont farw Noe, yn ebrwydd
hwynt a wnaethant anrydedd yddo ef megis vn santaidd, cans
pob gwr santaidd yr amser hyny a elwid yn dduw, fal i traetha
yr Ysgrythr yn fynych, "Mi a ddywedais duwie ydych, a chwi
oll, plant y gorychaf ydych." A hefyd, hwynt a wnaethant y
Noe demlay ag allore, megis yddis yn gwnaethyr yn y dyddie
hynn i saint o'r nef, a'r sawl a wnelo felly gay addolwyr ydynt.
A myfi,' hebe Ffolineb, 'a berais y'r cyffredin gredy yndyn y
hynain y enaid Noe symyd y ryw gyrff nefol, ag am hyny
roeddent wy ny alw ef yr hayl, a had y byd, a thad y duwie, y
llaiaf a'r mwyaf, a duw yr heddwch, y cyfiawnder a'r [21]
santaiddrwydd, ymlidiwr ymaith y pethey drwg, a chaidwad y
pethey da oll. Ag yno, mi a berais y'r bobloedd offrwm
aberthey iddo ef megis y Dduw, ag am hynny yr oeddent wy
yn gay addolwyr. Eithr betfasent wy ny gymeryd ef yn wr da,
heb wnaethyr dim onyd hyny, ny bysynt wy yn pechy dim,
canys yn wir yr oedd Noe yn wr santaidd. Onyd er hyny,
synwch beth a ddywaid Saint Awstin yn y x llyfr o ddinas
Duw. "Nyd deddfol," medd ef, "offrwm aberthay i saint, p'yn
bynag vo ai dyn ay angel, onyd i Dduw yn vnig." Ag ar
ol distrywio Troea, Eneas a ddayth y'r Aidial, ag a ddyg
i ddywiey gydag ef, a duwiey Troea hefyd, ag felly gay
addoliaeth a amlhaodd yn rymys. Yr wyf i yn tybied,' hebe
Ffolineb, [21v] 'y mi draethy digon y ddangos pa fodd i dayth
gay addoliaeth y'r byd gynta. Ti a glywaist pwy fodd i
llywodraethais i angylion a chenedloedd, ag waithian ti gay
glywed pa fodd i riolais i wyr yn nailltyol.

'Ar ol y llif mi a riolais Cham fab Noe yn gyntaf, yr hwn oedd yn hollol gwedy ymrhoi y gelfyddyd magig, ag am hyny i enilloedd ef i alw Sorastos. Ag fo gasoedd i dad am fod i dad yn cary faibion eraill yn fwy nag efo, ag er mwyn dial hyny, fo gafas y dad Noe yn veddw, yn gorwedd ar y ddayar ag yn cysgy. Ag ynte yn amherffaith a noethoedd ddirgelwch i dad, a thrwy fy nghyngor i, fo daimlodd i aelode dirgeledig ef, a thrwy gelfeddyd magig fo baroedd na alloedd y dad o hyny allan enill dim plant mwy. A'y dad ef [22] a ddigiodd am hyny, ag a'i heloedd ef ymaith. Ar ol hyny i daeth Cham yn gyntaf brenhin a Satwrn yn yr Aifft, yn gymaint ag i may'r Ysgrythyr Lan yn galw Cham y brenhin cyntaf yn yr Aifft. Ag ailwaith, trwy fy nghyngor i, vo ddygoedd y bobl i fynydd wrth y natyriaeth y hynan mewn pob bilaindra a halogrwydd, gann ddangos i'r bobl i gallai bawb yn ddeddfol ymarfer o'y mamey hynain a'y chwiorydd, megis yr oedd arfer cyn y llif, a hefyd llawer o bethay anghyfraithys, yr hwn ny allaf rag cwilydd i hadrodd. Trwy y ddysgydiaith hyny yr oeddid yn traisio morynion gwyry natyriol yn fynych.

'A'r pryd hyny,' hebe Ffolineb, 'fy nghydymaith i Cham aeth i'r Aidial, ag a gamddaloedd y frenhiniaeth yddo y hynan. Ag ir oedd dywysogion eraill o'e waedolaeth ef yn Iermaen, [22v] yn yr Sbaen ag yn Ffraink, yn rhoi kynghore da ag arweniad perffaith yddy cyffredin. Ag yntey, Cham, yn wrthwyneb i hyny, yn esbailio'r ienktyd yn yr Eidial o'y holl rhinwedday da, ag ny dysgy mewn pob drygoni, megis ocor, lledrad, cynllwyn, gwenwyno a hydolaeth, yn yr hwn bethey yfe i hynan oedd y dychmygwr cyntaf arnynt, megis ag i may'r holl ystoriawyr yn dala opiniwn. Ond pan glyby i dad dayonys ef hyny, fo ddayth ag a'i heloedd ef ymaith o'r Aidial. Eithr pei bewn i yn ysgrifeny holl ddrygwaithredoedd Cham, fo fydde ddryll o waith pwysig anghenfilaidd. Ond o'r diwedd fo ddygoedd i hynan drwa i fysc y Bractiens, pobl yn trigo tia'r Indians, a thrwy gelfyddyd ef fo ddayth y bobloedd hyny yn yfydd yddo ef, ag efo a dernasoedd arnynt trwy fawr [23] nerth a gally. Eto, o'r diwedd, fo orfywyd ag a laddwyd ar vaes, drwy law Ninws brenhin Pabilon, yr hwn oedd yn dyfod o'y lin ef drwy fab Chws. Ag felly,' ebe Ffolineb, 'mi gollais vy ffry[n]d anwyl, Cham fab Noe, ag o lysenw Soraster Satwrn o'r Eifft, gelyn cyffredinol Duw a dyn, ag vn o'r craylonaid gwaetha ag a vy erioed.

'Myfi a lywodraethais Bel, yr ail brenin o Babilon, a'y fab yntey Ninws. Ymhenay y rhaini,' ebe Ffolineb, 'myfi a ddodais dirfawr chwant y fyw wrth y wyllys y hynain ny byd; ag i ddwyn hyny o gylch, mi a'y cynghorais hwynt i newid ag y dori ymaith y byd ayraid, yr hwn a fynai vod pob peth yn gyffredinol, yn heddychlon ag yn llonydd. Ag hwynte a harnaisysont y hynain ag a aethant i esbailio Sabatiws Saga, ag o lysenw Satwrn, brenhin [23v] a phadriarch yn Armenia, gwedy Noe y dadycy i ordeinio a'y wnaethyr. A'r Sabasiws hyny oedd fab Chws a brawd Nemrwth, yr hwn a alwoedd Moeses Sabatha yn Ebryw, yr hwn yw Satwrn yn Lladin. A'r pryd hyny, Sabasiws brenhin Armenia, gwedy diank o'r braidd o ddwylo Bel a Ninws, [aeth] at i dadyky Noe y'r Aidial. Fo gwnaeth Noe ef yn frenin ag yn badriarch ar yr Aberigens, ag a wnaeth dinas yddaw ef o'r ty arall i afon Tiber, yr hon a alwoedd ef Satwrnia, val i traetha Fyrgil ynn y lyfr ef.'

Ag yn y dyddie hyny, hwynt a alwent y gwr pena ymhob ty Satwrn, a'i vaibion Iubiter ney Ioues, a'i merched Iunoes, a'y hwyron Hercules. Ag felly, ni a welwn mewn henafiaeth ysgrifeny llawer vn yn dwyn [24] enw Satwrnys, Ioves a Hercules.

Ond i droi ailwaith at y peth a ddywad Ffolineb: 'A Ninws, yr hwn a enwid ny blaen, trwy fy nghyngor i, gwedy marw i dad Bel, yfo baroedd gwnaethyr llyn a delwe safedig, ag a orchmynoedd y bawb wnaethyr wgrogaeth ag anrydedd i ddelwe i dad ef a'y fam, ag felly efo a ddychmygoedd delwe yddy anryd[ed]dy gynta erioed. A hefyd,' hebe Ffolineb, 'myfi a lywodraethais Tiphon vab Cham, yr hwn oedd a holl ddrygoni y dad yntho yn gyflawn. Yr oedd ef yn gynfigenys wrth Osirws, ag o lysenw Iubiter y Cyfiawn, y frawd ef, yr hwn oedd ffynianys a gwynfydedig yn herlid y crayloniaid camweddys. Ag ir oeddwn i,' hebe Ffolineb, 'yn ddig iawn am fod gwr mor onest ag ef yn vyw. Ag am hyny, mi a berais i Tiphon, y frawd, a chewri eraill ladd Osirws [24v] i frawd, ag fe toroedd ef yn xxvi o ddarney, ag a'y roes hwynt y'r cewri eraill a'i helpysei ef o ladd i vrawd. Ag yn ol hyny Hercules o Libia, mab Sirws, drwy help i frodyr eraill mewn ymladd ar faes, a las Tiphon y cawr, a'r camweddwyr eraill a helpysei ladd y dad ef.

'A hefyd, ni a welwn mewn hen ystoriay vod tri yn dwyn enwe Iubiter, o rhai canmoledig. Y kyntaf oedd Osirws, wyr Noe a mab Cham, yr hwn oedd mor lawn ag oedd i dad o ddrygoni; a'r Iubiter hyny a enilloedd Hercules o Libia, yr hwn a fy vrenhin yn yr Sbaen, Ffrainc ag Itali. Yr Hercules hyn oedd fawredig a thebig yddy dad, yn herlid y crayloniaid camweddys trwy'r holl fyd, ag efo enilloedd o Araxa Twscws iefanc, brenhin Twscan a'r Aidial.

'A'r Twscws a enilloed Altirws Blascon; yntey enilloedd Camboblascon, yr hwn oedd, fal y dywaid rhai, o lysenw Iubiter yr Ail, ag ny anrydeddy gan y byd. Y Camboblascon hyn, o lysenw Iubiter, a enilloedd o Electra, merch At[l]as, o lysenw Italws, oddy wrth yr hwn i may Itali eto yn dwyn y enw ef. [25] A gwedy i Dardanws ladd i frawd Iasiws trwy gynfigen a thwyll, fo gilioedd i ynys Samos, ag oddyno i Phrigia, lle gwnaeth ef ddinas a'y henwi Dardania, lle i enilloedd ef vab a enwid Erictoniws. Ag ohano ef yn inion yr hanoedd Tros, yr hwn a droes enw y dinas Dardania yn Droea. Ag i'r Tros yr oedd dri o faibion, nyd amgen Iliws, Asaracws a Gaminedes. Tantalws, brenin Phrigia, a ddalwys Gaminedes ag a'i gwerthwys y Iubiter, brenhin Cret, yddy gamarfer megis y Sodomeaid; ag yddys yn dywedyd nad efo oedd dad Dardanws, yr hwn oedd hen dadycy Gaminedes. Eithr Iubiter y Cynta oedd Osirws, wyr Noe, yr hwn oedd Moeses ny alw Mesrain.

'Yr ail Iubiter oedd Camboblascon, brenhin Itali ag, medd rai, brenin Athens ag Arcadia. Ond yr wyf i yn tybied may Iubiter o'r Arcadia, yr hwnn a enillodd Lasedemon, oedd rhyw vn arall heb Camboblascon. Ond p'yn bynag, b'wedd y may'r peth yn sefyll, may'n ddilys ag yn wybodedig nad yr vn oedd Iubiter, [25v] Ioves, Osiris a Camboblascon.

'Y trydydd Iubiter anrydeddys gan y byd oedd frenin Cret, yr hwn oedd yn dwyn yn y scwthin a'i bais arfey, oedd yn dwyn eryr. Ond yn y arferon yr oedd ef gwedy 'mroi y ffolineb, canys yr oedd ef yn difladayo merched, yn traisio gwragedd, ag yn camarfer plant iefainc, ag yn gwnaethyr pob rhyw filaindra ag a ellid y ddywedyd nay wnaethyr. Vo wnaeth godineb gydag Alcumena, gwraig Amphitrion, o'r hon i enilloedd ef Ercules Fach o Roeg. Vo wnaeth yr vn modd a Leda, gwraig Dindarws, o'r hon i enilloedd ef Elen

Fanog. Yr wyf yn ddiog y draethy pob trais a bilaindra ag a
wnaeth ef ar forynion a phlant iefainc. Ond er yr holl
ddrygoni hyny,' hebe Ffolineb, 'mi a berais y'r bobl ynfydion
i alw ef a'y gymryd yn dduw yddynt. A llawer o gelwyddwyr a
sydd yn gosod yddo ef hardd waithredoedd y padriarch Noe,
a'y wyr Osirys, ag o enw arall Iubiter y Cyfiawn. A hefyd, nyd
[26] oedd y bobl yn vnig yn offrwm aberthey iddo ef, onyd
hefyd rhoi yddo ef enw mawr, a'i alw ef yr odidog ddayoni, ag
ynte yn odidog o'r drygoni.

'Myfi a lywodrraethais Hercules Fach, o enw arall Alsews,
mab o ordderch y'r Iubiter hynn o Alcumena, gwraig
Amphitrion. Eithr may'r Groegwyr celwyddog yn gosod y'r
Hercules hyn hardd waithredoedd Hercules o Libia, a'y enw
hefyd, yr hwn beth a sydd ffalst. Kanys Hercules Fach o Roeg
oedd y pirad ne'r llaidir cyntaf ar y mor, ag a oedd yn gyflawn
o bob drygoni, yn dilyn ol troed y dad Iubiter y godinebwr
mewn pob moddion. Ag fal ir oedd ef yn byw, felly cafas ef
varw; cans pan ydoedd ef gwedy gwallgofi, medd Seneca, fo
laddoedd y wraig a'y blant, a chwedy hyny fo losgoedd i
hynan. Onyd ychydig cyn i angey ve baroedd i Philoctetes
dyngy na ddangosai ef pa fodd i bysei angey ef, yr hyn beth a
wnaeth ef o dra balchter ag oferedd meddwl, er mwyn peri y'r
bobloedd gredy [26v] a thraethy may'r duwiey a'i tynnysei ef
atynt yn enwedig, onyd ny hapioedd fal yr oedd ef yn
dymyno. Eto, er hynny,' hebe Ffolineb, 'myfi a berais y'r
Groegwyr celwyddog ddywedyd fod hyn yn wir, ag ir oeddent
yn y anrydeddy ef megis yn dduw.

'A myfi,' hebe Ffolineb, 'a lywodraethais Paris deg, ag o
lysenw Alexander, mab Priamws brenin. Ar i ddechreyad, nyd
oedd gantho ef bris amdanaf i, ond arwain y fywyd yn iniawn,
a dilyn yr arglwyddes Palas, duwes y doethineb a'm gelynes
wrthnebys iney. Ond pan oedd Iuno a Phalas a Venws yn
ymryson am y bel ayraid, yr hon a fwrysid yn y mysc hwynt
mewn amod y'r tegcaf ohanynt y chayl hi, hwynt-wy a
ddodysant yr ymryson ar farn Paris, o lysenw Alexander, yr
hwn oedd yn barod y varny gyda Palas, fy ngelynes i, eithr
trwy fy nghanlyn i, ef a'y rhoes hi y Fenws, vy anwyl ffry[n]d
i. Ag yn lle taliad yddo ef dros y farnn ffol ef, myfi a'y
cynghorais ef i fyned [27] i Roeg, lle i traiswys ef Elen Fanog
deg. Ag ar hyn, y Groegwyr, mewn llid mawr a ffromder, a

ordeinoedd i holl nerth yn erbyn gwyr Troea; a gwedy sitsio y dinas ddeng mlynedd, hwynt a ddalysant Ilion, ag a ddodysant y brenin Priaf i angey, nes bod yr holl ynys gwedy diffaithio. Yn y ryfel hyny lladdwyd llawer marchog hardd, a llawer o dywysogion, megis Ector, Achilarwy; a Pharys hefyd a laddwyd gan Philoctetes, cydymaith oedd ef i Hercules Fach. O saeth i lladdwyd Paris, ag yno fo dygoedd gwyr Troea ef y'r dinas, ag ny man y by ef varw.

'Myfi,' hebe Ffolineb, 'a lywodraiethais Elen Fanog, merch o ordderch y'r trydydd Iubiter o Roeg, a enilloedd ef o Leda, gwraig Tintarws; yr hon Elen, drwy fy nghyngor i, a ddaeth oddy wrth i gwr priod Meneleys, ag a ddioddefoedd y thraisio gan y godinebwr tryan iefanc hyny Paris, ag o lysenw Alexanderr, fab Priamws. [27v] Ag yn lle goddol, hi a ddygoedd gyda hi waed ag angey i Droea, canys o'y achosion hi y diffaithwyd Troya, ag i lladdwyd Priaf a'r rhan fwyaf o'i blant. A rhag ofn yddy chywely hi, y godinebwr Paris ney Alexander, vyned at y wraig briod ddeddfol, hi a'y swynserchoedd ef o rhyw ddiod wrth i chelfyddyd hi Elen, yr hwn swyn, gwedy gwnelid ef ar ddyn, fo allyngai yn angof y pethey athoedd heibio, a'r dolyriay presenol. A phan ydoedd hi, Elen Fanog, gwedy dyfod y Droea, yna i gwr da hi, Meneleys, a Flises, ag eraill o Roeg, a ddaethant yddy chaisio hi adref. Yna y brenin Priamws a erchis y dwyn hi rag i bron hwynt, gan gynig ar goedd genad yddi, yn rwydd i fyned adref ailwaith o gwele hi fod yn dda, a'y golyd a'y niferoedd gyda hi. Ag yna yr ateboedd Elen, lle clywai y gwr a'r [28] brenin Priamws, a'r gwyr boneddigion a'r cyffredin, nad oedd yn y bwriad hi fyned ny hol ailwaith y Roeg y'w gwlad; a hefyd ir oedd hi yn dymyno y'w gwr da hi allel myned at Dduw, ag nad oedd hi ddim yn wraig yddo ef, Menelays, ag na bydde yddy hi ddim ag ef byth, ag na ddelsei hi y Droea yn erbyn i wyllys, ag nad oedd genti hi ddim am y briodas.

'Eithr o'r diwedd Troea a enillwyd ag a ddistrywydd trwy frad; 18 o flynydde i by hi oddy wrth y gwr. Ag yn hyny oll o amser, yr oedd hi yn byw mewn godineb gyda day odinebwrr, ag yna hi a wnaeth heddwch a'y gwr Menelaws. Ond pan aeth hi yn hen, hi a edrychoedd mewn gwydr, ag wrth weled i hynan cyn belled oddy wrth fod yn deg, hi a chwarddoedd yn ychel am ben y ffolaid a ymladdyse ddeng mlynedd o rester, o gariad ar beth oedd yn gwywo ymaith mor ebrwydd. [28v] A phan fy farw Menelavs, y gwr hi, day o'r gwyr gore yninas Sparta, y rhai a elwid Nicoffratws a Megapentws, gwyr o awdyrdod mawr, a heloedd Elen allan o ddinas Ysparta ag o frenhiniaeth Lesedemonia, heb osod iddi vn lle na gwlad i aros yndi. Ond pan i halltidiwyd hi oddyno, hi aeth i Rhods, at i hen gyfailles a'y ffrynd Polipo, yr hon oedd hefyd yn widow, o achos lladd i gwr hi Tleposemws wrth Droea. A phan oedd hi yn Rhods, y frenhines Polipo oedd yn y amgeleddy hi yn dda; ond y merched iefainc, y rhai oedd yn waitio ar y frenhines, oedd ynn casay Elen yn fawr, herwydd o'y hachos hi i lladdysid i maistyr hwynt, a'y brenhin Tlepolinws. Ag ar ddiwrnod, hwy a gytynysant oll ar i lladd hi, ag a'y cawsant hi y ardd, ag a ddodysant rhaff am y gwddwg hi, ag a'i crogyson hi nes i thagy wrth bren. Ag fal hyn i by dryan diwedd Elen. Ond gwedy marw hi,' hebe Ffolineb, [29] 'mi a berais i'r bobl ddaillion ffolaid gredy may duwes oedd hi, gan i theced, a gwnaethyr temel yddi a'y hanrydeddy hi, a'y galw hi drwy fawr gydnabod yn dduwes y tegwch, ag a ddwedysant gelwydd i bod hi yn gwnaythyr gwrthey, y rhai, ond er mwyn byrhay'r 'madrodd, mi a'y gadaf hwynt haibio.

'A hefyd,' hebe Ffolineb, 'myfi a lywodraethais Pharo Amenophis a Pharo Bocoris, brenhinioedd yll day yn yr Aifft, y rhai, drwy fy nghyngor i, a beris boddi holl faibion y Iddewon, y rhain bobloedd a oedd mewn caethiwed mawr gan Ffaro y Cyntaf. Ond yr ail Ffaro, mi a dysgais ef yn cystal na fynai ef oddef i blant yr Ysrael fyned allan o'y dir. Eithr o'r diwedd, gwedy y Dduw ddanfon dial arno, fe orfy arno ef i gollwng hwynt i fyned. A gwedy myned hwynt allan, mi a roesym [29v] gyngor y Ffaro fyned ar i hol hwynt, a'y holl farchogion a'y bwer o'r Aifft gydag ef, y'w dilyn hwynt y ddial arnynt. Ag felly i gwnaeth ef, a'r craylonwr hyny a'y holl nifer a voddoedd yn y Mor Coch.

'Myfi a lywodraethais Chore, Dathan ag Abiron, canys mi a'i cyngorais hwynt nad yfyddhaynt i orchymyn Moeses, yr hwn oedd Dduw gwedy ordeino yn riolwr penaf ar blant yr Ysrael. Onyd Corho, wrth offrwm aberth yn wrthwyneb yddy swydd, a vogwyd, a 500 o'y dylwyth gydag ef. Ag am y diraidi a wnathoedd Dathan ag Abiron, y ddayar agoroedd ag a'i llyngcoedd hwynt, a'i gwragedd, a'i plant a'i da yn vyw.

'A myfi,' hebe Ffolineb, 'a lywodraethais Sawl, y brenin cyntaf ar blant yr Ysrael. Wrth ddechre teyrnasy yr oedd ef yn wr duwiol da, ond o'r diwedd myfi a'y raibais ef, nes iddo beri lladd llawer o [30] broffwydi Duw, yn gymaint ag i dodoedd ef mewn vn dydd 85 o broffwydi y angey. Myfi a'i cynghorais ef y ymlidio Dafydd ddayonys, ag i ofyn cyngor i swynwragedd yn wrthwyneb i gyfraith Dduw. Ag o'r diwedd, Duw a'i gwrthodes ef, a'r Ffelistines a gafas y gorchafiaeth arno ef, ag a'i law i hynan fo ymliasoedd ar fynydd Gelboa.

'Myfi,' hebe Ffolineb, 'a fyo mor ewn ag entro i du y brenhin Dafydd, a thrwy fy nghyngor i, mi a berais yddo ef wnaythyr godineb gyda Bersaba, gwraig Vrias. Ag er bod Vrias yn was ffyddlon ag yn gynghorwr da yddo ef, eto, mi a roes gyngor yddo ef ladd Frias, val i gallei ef velly gyddio i bechod wrth briodi gwraig Frias. Ag am y bai hyny, y proffwyd Nathann a'm gortrechoedd i, fal i toroedd ef ymaith fy mwriad i ymhellach, ag o hyny allan fo a'm alltydiwyd i byth o du Dafydd. [30v] A hefyd,' hebe Ffolineb, 'mi a lywodraethais Absalon vab Dafydd, yr hwn, gwedy iddo ladd i frawd Amon, fo naeth ryfel yn erbyn i dad, ag a'y helwys ef o Gaerisalem yn ddigwilydd, ag a aeth y dai gordderchadey dad a gorwedd [gydag] hwynt. Ond derwenn a ddialoedd yn gyfion ar y plentyn drwg hyny, pan ydoedd ef yn tybied i diange ar gefn i vwyl, pren a'y dalioedd ef yn ffest herwydd gwallt i ben, nes dyfod Iacob a dart a'i ladd ef yn varw.

'A hefyd,' hebe Ffolineb, 'myfi a lywodraethais Iesabel. A honno a gynghorwys y gwr Achab i addoli delw Baal, a hi a barwys lladd Naboth ddayonys. Hi a herlidoedd y proffwydi duwiol, ag a wnaeth dodi llawer i angey. Hi a gaisoedd ymhob modd ddinistr Elias ddayonys. Ond fal yr oedd hi yn byw yn ddrwg, felly by i hangey hi yn gwilyddys, [31] fal i cwympwys hi drwy ffenestr ywchel, a hi a ddansiolwyd dan draed, a'r kwn a'y bwytaoedd hi.

'Myfi a lywodraethais Sardanapalws, y brenin diwethaf o'r Asirians, yr hwn nyd oedd yn prisio am riolaeth y dernas, onyd byw yn hollawl mewn hoffter a diofalrwydd. Vo arferai o baintio i wyneb a gwisgo dillad gwraigaidd amdano, ag ir oedd ef yn arfer o bob rhyw filaindra a halogrwydd, nes i rhan fwyaf o'y bobl i adel ag ymwrthod ag efo. A phan welas ef y fod yn anedwydd ag yn vnig mewn ryfel, ag mewn perigl ange

gan i elynion, ag nad oedd ef yn sefyll ar dir rydd, fo hapiodd
ar ddiwarnod i fod ef yn y twr yMhabilon, ag fo ymlosgoedd
i hynan, a'r maint oedd ganto ef hefyd.

'A hefyd,' hebe Ffolineb, 'myfi a [31v] lywodraethais
Cambises, brenin y Persians, mab y brenhin dayony[s] Cirws;
yr hwn, drwy fy nghyngor i, a ymrhoddes i hynnan i lothineb,
a medd-dod a drygoni eraill, yr hwn oedd anweddys y
dywysog y wnacthyr. Ag yr oedd Praxasbes, ddiwarnod, yn
gweled ar y brenin yn cyfeddach yn anfesyrol. Fo ddywad
wrth y brenhin nad oedd dywysogaidd yddo ef wnaethyr felly,
ag am hyny y brenhin a lidioedd, ag a archoedd yddo ddanfon
yn ol y fab ianga. A gwedy ddyfod ef yno, fo baroedd
Cambises i Braxaspes glymy fab wrth bren, ag a ddywad, "Os
trawaf i o'm saeth a'm bwa hir galon dy fab, a all dyn meddw
wnaethyr hyny?" Ag yno Cambises a saethoedd ag a
holltoedd calon y plentyn yn dday, ag a'y dangoses yddy dad,
ag a roddes [32] gorchymyn yddo ymweglyd rag baio y frenin
a'i arglwydd. A gwedy hynny, mi a berais yddo ef briodi y
chwaer gnawdol, a lladd i frawd i hynan. Fo hapioedd
ddiwarnod fod y brenin a'r frenhines y chwaer yn aistedd
wrth y ford, ag er mwyn hoffter a difyrwch ydd oedd gantho
ef lew iefanc yn y fagy'n gryf, gwedy ollwng, a gwaetgi mawr
grymys, yr hwn oedd y brenin yn peri y gadw. Y llew a'r ci a
ymladdysant yn graylon, ag o'r diwedd yr oedd y ci yn barod
i gael y gwaetha. Ag o fewn golwg yddynt yr oedd waetgi arall
yn rwym wrth gadwyn hayrn, yr hwn gi a gydfagysid a'r llall.
A phan welodd y ci y gydymaith mewn perigl o'y fywyd, fo
doroedd y gadwyn yn ebrwydd, ag a ddayth ar ffrwst y helpy
gydymaith, ag yll tay hwynt a laddysant y llew. [32v] A'r
brenin a fy hoff gantho gyd-gariad a chyd-gywirdeb y cwn,
onyd y frenhines a wyloedd yn dost, a phan i gwelas hyny fe
ofynoedd i'r vrenhines paham yr oedd hi yn tristay. Hithey
ateboedd val hyn, "Ny hapioedd y'm brawd i megis ag i
hapioedd y'r ci yma, yr hwn oedd ry wan y'r llew; er dy foti yn
vrawd yddo ef, ny ddangosaisti gymaint gariad a ffyddlonder
yddo ef ag a ddangosoedd y ki yma yddy gydymaith, canys
tidi a beraist ladd dy frawd." Yno i llidiodd y brenhin am yr
ateb hyny, ag a orchmynoedd myned a'r frenhines o'y olwg ef
a'i dodi hi angey, a hyny a wnaethbwyd. Ag fal yr oedd y
brenin yn ol hyny, ddiwarnod, yn marchogaeth o'r Aifft, fo

gwympoedd i gleddyf ef o'r wain, ag yntey a syrthioedd ar i
810 flaen ef, nes myned y cleddyf trwyddo, ag yna y by farw ef.
'A hefyd,' hebe Ffolineb, 'myfi a lywodraethais Herod a
Herodias, ag a berais yddynt wnaethyrr godineb. A mi a'y [33]
clymais hwynt mewn priodas, er i bod hi yn wraig y Phylip, i
frawd ef; ag am y briodas hyny, Ieuan Fedyddiwr a'i
815 ceryddoedd hwynt am wnaethyr felly, ag am hynny ynte a
gafas tori benn.
'Myfi a lywodraethais Pilat, ag Annas, a Chayffas
yNghaerisalem, a llawer o ddoctoriaid, effairiaid,
ysgrifenyddion. A mi a'y cynghorais hwynt i groeshoelio
820 Christ rwng day laidr, megis pei bysei ef herwr diraid ne laidr.
A gwedy gwnaethyr fellu, mi a dybiais y mi enill y byd; ond
pan y gwelais i efo yn cwny y trydy dydd yn vyw, yr hwn
beth nad oeddwn i yn tybied, mi a gollais llawer o'm
gwasanaeth-ddynion, cans pan glywsant y postolion yn
825 pregethy, hwynt a'm roesont i y fynydd.
'A hefyd,' hebe Ffolineb, 'myfi a lywodraethais Nerro, y
chweched amherodr yn Ryfain, yr hwn oedd wrth ddechre
teyrnasy yn ddayonys ag yn rinweddol, ond gwedy iddo
wresgyny yr amherodraeth bymp o [33v] flynydde, fo aeth yn
830 ddrwg ag yn wael, ag ymroddes y odineb a halogrwydd. Y
gwr hwnw oedd gynllwynwr: fo laddoedd y wraig a'y fam, a
llawer o ddynion da eraill; fo laddoedd Seneca; yfe gyntaf a
herlidioedd yr Eglwys a'r Christnogion, ag a ddodes llawer
o wyr da i angey megis Peder a Phawl. A phan ydoedd y
835 craylonwr hyn rhywbryd heb i gaidwaid o'y amgylch, i
seneddwyr boneddigion o Ryfain a gaisioedd i gosbi ef, ag o
dra llid vo laddoedd i hynan.
'Myfi,' hebe Ffolineb, 'a lywodraethais Antonivs Basian
Caracala, y 19 amherodr o Ryfain; yr hwn, drwy fy nghyngor
840 i, a laddoedd i frawd Igeta, ag a briodes i lysfam, ag a
ddaisyfoedd ar Pampion, y gwr o gyfraith mawr, wnaethyr
esgys drosto ef am y cynllwyn hyny. Ynte ateboedd ag a
ddywad nad oedd ef mor wyllysgar i gely cynllwyn ag oedd ef
yddy gyhoeddi; a'r amherawdr anylyedog i gael ateb cystal a
845 [34] hyny a lidioedd, ag a baroedd lladd y gwr o gyfraith hyny.
'Myfi,' hebe Ffolineb, 'a lywodraethais Iulian Apostata, y
29 amherawdr yn Ryfain, yr hwn yn y feddwl oedd yn ddoeth,
ag ef a wnaethpwyd yn ddarllenadr yn yr Eglwys o

Nicomedia. Y gwr hwnw a dryfaeloedd i Athens, lle by ef yn myfyrio philosophi, ond ny thrigwys ef yn y meddwl [hyny] yn hir, onyd, trwy fy nghyngor i, fo ymwrthodes a ffydd Grist ag aeth yn addolwr delwe. Mi a berais yddo herlid y Christnogion rag yddynt amlhay x am yr vn, onyd o fewn dwy flynedd gwedy hyny fo laddwyd yMhersia, a phan ydoedd ef yn roi'r ysbryd gwael y fynydd, fo gwnoedd i law tia'r nefoedd yn erbyn Duw, ag a ddywad, "Yr awr hon, o tydi y Galilean, ti a gefaist y gorchafiaeth."

'Myfi,' hebe Ffolineb, a lywodraethais y gay broffwyd Mahomet, ag a'y cynghorais ef y wnaythyr llyfr, a'y alw ef Alcaron, ag [34v] i ddeall pethey nyr Ysgrythyr Lan yn gnawdol, yr hwn bethe a wnaeth ef. A'r gyfraith honno a sydd yn sefyll eto ny ran fwyaf o'r byd.

'Myfi,' hebe Ffolineb, 'a lywodraethais Mesaline yr amherodres, y bytain gwpla yn yr holl fyd, pan ydoedd hi yn newydd briodad a'r amherawdr Clawdiws y Cyntaf yn Ryfain, yr hwn oedd hen wr bonheddig. Pan wyby hi trwy brofi nad oedd y gwr hi yn abal i wasanaethy chorff godinebys hi, trwy fy nghyngor i hi a wisgai yn fynych trwsiad gwr amdeni y amddieithro i hynan, ag ai y'r pytaindy cyffredin y wnaethyr godineb yno gada llawer o ddynion, ag a ddawe ny hol oddyno yn halogach na'r ast, gan fostio yddi ragori ar bob pytain yn y pytaindy.'

Ag yna, pan glywas y Marchog Crwydrad Ffolineb yn traethy'r fath bethe hyny, gan fod yndo ef beth gwrychonen o ddeall natyriol, fo feddylioedd i [35] fod ef yn ffol ny fedrei ef farny ar bethe mor vesifflyd a chynddrwg a hyny. A phan weloedd ef na allai ymhellach dewi, fo doroedd allan y feddwl at Ffolineb, drwy weled fod bai mawr ar yr amherodres, ag a ddywad a llais ywchel, 'Ffi, ffi, ffi, ast front a phytain wyllt, a ddlyai rwymo wrth bren yn noethlymyn, a'y roi y gwn nywynllyd ag adar ciglyd y'w bwyta a'y dinistr!' Ag yno mi ofynais y Ffolineb beth a fysei ddiwedd y wraig ddrwg hono. Hithe a ddywad y'r amherawdr y gwr y dodi hi angey am y godineb. Ag ar hynny cytynais inay, gan ddywedyd y fod yn waithreta: nyd oedd rhaid ond tair pytain halog o'r fath hyny i lygry ag ysbailio yr holl fyd.

Ag am y chwedley hyn, yr hwn a ddywad Ffolineb oblegid y gwaithredoedd hi, a'y chwmpasay, a'i dychmygion, a'i chymhelliad, a'i chynghoray; hwynt yn hirion ag yn ddierth, nyd oeddwn i yn abal yddy hadrodd [35v] fal i traethoedd hi, ond yn lled noeth mi a ddangosais cymaint ag a drigwys yn fy nghof i ohanynt, er mwyn i bob darllenadr Cristnogaidd ddysgy yn wyllysgar wybod pwy gymaint o ddrygoni yw dilyn cynghorey drwg gwael Dam Ffolineb. Canys pob dyn a ddylyei chysay hi ag ymwrthod a hi, canys diwedd pob dyn ag a sydd yn cymeryd y rhioli gan Ffolineb, ag yn cerdded y llwybrey hi, ag yn dawnsio gyda'y ffibe hi, periglys marwol a damnedig ydiw. Ni a drown at yn traigl a'r mater eto.

Y Marchog Crwydrad yn cywrdd a dwy ffordd, heb wybod p'yn ohonynt ydd ai; yno i hapioedd dyfod Rinwedd a Gwaelder ato ef, a phob vn yn cynig dangos y ffordd yddo ef.

VI penod

A gwedy i Ffolineb adrodd y chwedley [36] hyny nes traylio y rhan fwyaf o'r dydd a gostwng yr hayl, yn y diwedd ni a ddaethom i gyfyngdwr lle 'dd oedd dwy ffordd; vn yn gorwedd ar y llaw asay, yr hon oedd deg a llydan, ag yn myned i wayn a llanerch las deg; a'r llall ar y llaw ddeay, yr hon oedd gyl garegog a mynydday. A phan oeddwn i yn petryso, heb wybod ble 'dd awn o'r ddwy ffordd, fo ddywad Ffolineb wrthyf may gorey a thecaf oedd y ffordd ar y llaw asay; a'm march iney, Ffromder, oedd yn tawly ag yn gwingad i gaisio myned y'r ffordd hono, fal yr oeddwn i yn cayl trafel yddy ffrwynno ef y mewn. Ag yno y dywedais i wrth Ffolineb vy mod i yn ofni rag y'r ffordd laswelltog honno fy nwyn i y gloddie a ffosydd a chorsydd crynedig, lle idd elem ni yn ffest yndynt. A chyda hyny, roeddwn i gwedy diawchy o achos chwedley Ffolineb a ddwedysey hi wrthyf i; ag er vy mod i ny casay hwynt y'm calon, eto vy arfer oedd yn peri mi dilyn hwynt, heb allel paidio heb ras [36v] Duw. Ag ar hyny, mi a fwriadais gymeryd y ffordd ar y llaw asey, a Ffolineb yn cadw cydymaithias a mi hefyd.

Ag fal yr oeddem yn ymddiddan felly, mi a welwn ddwy o arglwyddesi yn dyfod tiag at y lle yr oeddem ni yn sefyll, a

RHAN I

hyny a vy lawen genyf. Ag vn ohanynt oedd yn marchogaeth
march gwyn, ag yn gwisgo amdeni own o liwie costfawr
gwedy froydo a gwaith nydwydd, ag oddy amgylch y'r gown
hwnw yr oedd y tair duwiol a'r pedair dynawl rhinwedd yn
ysgrifenedig. A'r arglwyddes hono oedd yn deg anianol, ag yr
oedd yn debig y bod hi gwedy chyflenwi o rhadey duwiol
a rhoddion ysbrydol. Yr oedd yddi gorff addfwyn ag
ymddygiad arafaidd, nyd oedd i hwyneb hi gwedy baintio, yr
oedd hi yn wybodys ymhob moddion, yr oedd hi yn
arwyddocay awdyrdod ag anrydedd diwatwar, nyd oedd hi yn
sur nag yn afrywiog, ond yn fwyn ag yn gariadys. A'r
arglwyddes arall oedd yn marchogaeth march o liw y [37]
llygoden, ag yn myned mewn gown o gyfnewidiol liwiey
gwedy harddy og ayr a gormoddion gost. Ag am i mwnwgl yr
oedd gadwyn o avr, a thlysey cyfoethogion yn ffest wrthdi, a'y
bysedd yn llawn medrwye. Idd oedd yn debig i dwyn hi y
fynydd yn foethys: i hwyneb hi oedd deg, onyd idd oeddwn i
yn tybiaid y vod ef gwedy baintio; yr oedd hi yn edrych yn
rwyfys ag yn anwadal, ag yn troi golygon i bob ffordd. Yr
arglwyddes hyn a ddayth ataf i o flaen y llall, a gwedy cyfarch
gwell, myfi ofynais yddi pwy vn o'r ddwy ffordd idd oedd
orey ym fyned i gael perffaith ddedwyddyd ne hapysrwydd
bydol. A hithay a ddywad, 'Vy mab, os dilyny di fi, mine a'th
ddygaf i ffordd ferr, hoffaidd, drwy lanerch deg, hoffaidd. Ag
na ddrygdybia ddim, canys myfi a'th letyaf di y nos heno yn
llys y dedwyddyd, yr hwn le, pan ddelych a chayl dy osod yno,
nyd raid y ti dybiaid am ddim ond am y pethey mwyaf ag a
vo yn rengi dy fodd di, ag a baro y ti hoffter fwya; megis
bychedd foethys, dawnsio, a chwarey, a lletya yn esmwyth,
cary arglwyddesi, [37v] a chwerthin, hela, heboca, adara,
marchogaeth, naidio, saethy, gwych ymdrwsio, a phob peth
ag a fedrych di y ddymyno y gyflenwi dy wyllys. A phob peth
ag a fo yn rengi dy fodd myfi a'y paratoaf y ti, a milioedd o
bethey rhagor hefyd, o achos myfi a biey roddi y fath bethey
hyny y'r sawl a'm cymero i yn faystres yddynt.'

Y gairie hyny a'm swynogloedd i, megis ag yr oedd yn hir
genyf i o aisey gweled y llys hoffaidd hynny, heb dybiaid fod
yr arglwyddes yn amgenach nag yr oedd hi yn dwedyd ag yn
dangos i bod. Ag fal yr oeddwn i yn dymyno gwybod i henw,
mi a ddwedais val hyn, 'O arglwyddes ddayonys, e fydd

gwaeth genych er y mi ofyn ych enw?' 'O fy mab, may rhai y'm dilyn, a chwedy cayl cydnabod ar fy nayoni, y rhaini a'm galwant i Dedwyddyd ney Hapysrwydd, a hyny trwy y haeddy yn gyfiawn; canys myfi yw Amherodres y llys fydol yn wir, a'r hoffter, yr hwn le mi a'th ddygaf di cyn [38] nos heno os dilyny di vyfi. Ond y may fy nghasogion yn rhoi arnaf i enway dirmygys anwiraidd, drwy ddywedyd may myfi yw Malais, Oferedd, Gwaelder a Dryghwant, ond na rho di glyst yddynt wy, am i bod hwynt yn dywedyd wrth y cynfigen a'y cas a'y drwgwyllys.'

Ag ar hyny, nachaf yr arglwyddes arall yn dyfod, a gwedy cyfarch y mi, hi draethoedd wrthyf y gairie hyn, 'Cydwybod a orchmyne y myfi gael dywedyd yn gyntaf, ond y may y bawines baintedig yma, yr hon a elwir Gwaelder, yn gosod y hynan y ddywedyd o'm blaen i bob amser, ag yn cymeryd y chwedl allan o'm pen i. Ag am hyny ymgadw rogddi, cans y may 'madroddion hi yn gwaethygy ag yn halogi y rhai gorey yn vyw, gan wenwyn i drygoni hi. Onyd yr awr hon yr wyf i y'th welet ti yn gorbwyso ar ddayoni, ag yn barod i bwyso dy lwybre yn y dafl, mor wyllysgar y rodio yn y ffordd dda ag yn y [38v] ffordd ddrwg. Ag am fod dy feddwl yn hofran, ymarfer dy hynan mewn rinweddey bob amser; byrha ddolyrie dy enaid; dyfra dy wyllys o doethineb; na fferigla dy wrthfawr oes bresenol mewn ewnder, trachwant, ofer ogoniant; na ddod dy hoffter mewn cnawdol gariad; ysgid ymaith segyryd, gan ymarfer a gorchwilion dayonys; cilia ymaith oddy wrth wynfyd bydol; harnaisa dy hynan yn erbyn dart Ciwpyd, rag yddo o'r diwedd dy orchyfygy di; agor dy glyste i ddeall, a dilyn fy nghyngor i. Nyd myfi yw y front, filainig, ofer, fesifflyd, ddrygonys, dwyllodrys, yr arglwyddes Gwaelder; onyd myfi yw y sywr a'r ddiogel ffordd y sydd yn arwain i berffaith ddedwyddyd. Ag er fy mod i yn gyfing ag yn boenedig y'm tramwy, eto, os myny vy nilyn i, mi a'th wnaf yn llawen, ag a'th arwenaf yn gyfarwydd y'r ffordd iniawn, yr hon a ordeinoedd Duw i vyned i wir ddedwyddyd. Onyd vy [39] mab, gwybydd di hyn: nad ydiw Duw gallyog yn rhoi llywenydd perffaith a gorychel ddayoni y ddynion, yn llai nag yddynt wy dryfaely yddy enill ef. Os tydi, am hynny, a feddwl bob amser am draylo dy oes mewn difyrwch bydol, a dilyn dy chwant dy hynan, a gwnaethyr y pethe a fo hoffaidd genyd, a thybiaid may'r ffordd

hono i cay di ddedwyddyd, ydd wyti ymhell oddy ar y iawn
ffordd ag yn camdybiaid. Eithr y sawl a fyno mel, raid yddo
wnaethyr yn fawr o'r gwenyn. Ag felly, os tydi a ddymyna
dedwyddyd, arwain dy fywyd fal i bo Duw o'y ddayoni yn
wyllysio yddy rhoddi ef y ti. Gan hynny, glanha dy galon, ag
arllwys y dryg feddylie allan, bydd ffest y'th ffydd, pyraiddia
dy enaid, na chymer dy dwyllo mewn drwg ddysgaidiaeth;
canys ny ellir gwnaethyr y pethey ydwyf i yn y ddywedyd heb
drafel, ie, ny ellir cael dayoni na'y enill heb gymeryd poen. Ti a
wely pa'r foddion y may'r defaidwyr, a morwyr, a chrefftwyr,
trwy labar a gofyd i maynt yn dyfod i [39v] gyfoeth ag yn
tyfy mewn golyd. Ag o'r achos hyny, ansynwyrys yw'r gwr a
feddylio cael medi llafyr y cynhayaf ar dir, ony bydd ef gwedy
hay had yn y ddayar yn y amser. Ag felly nyr vn modd, ofer yw
y ddyn gaisio dedwyddyd perffaith, nay fedi gwir hapysrwydd,
heb frynary a hay i vays o rhinweddey megis gwaithredon
da, ffydd, a gobaith, a chariad pryffaith, y rhai hynny ydynt
iniawn ywchel ffordd y'r nef. Ag felly y gwr a dailia y dir, ag a
darra y ddefaid, ag a impia y goed, a heya y had, ag a arwain
i vywyd mewn trafayl, gan obaithio i mwyniana ef ffrwyth,
y borfa, y llafyr, y gwlan, a chwbl o'r holl broffid, a hyny a
bair yddo gymeryd yn hoffaidd y drafayl a bod yn voddlon.
Ag felly nyr vn modd, os tydi a fyddy boddlon y gymeryd poen
i gerdded y ffordd hon, heb brisio am na chwareley,
na mynydday, na garwineb, bid sicir genyd i cay di wir
ddedwyddyd.'

A chwedy mi glywed y cyngor doeth gall [40] hyny, a synaid
ar yr arglwyddes yn fanol, ny ellais i fod yn llonydd nes gwybod
i henw. Ag am hyny, mi a ddywedais, 'O arglwyddes, drwy na
bytho gwaeth genych, mi a ddymynwn gael gwybod ych enw.'
Hithey ateboedd, gan ddywedyd, 'Vy mab, myfi ydwyf vawr
gyda Duw, myfi wyf gydnabyddys gyda'r saint, a myfi wyf
oll yn oll gyda'r angelion, myfi wyf gymeradwy gyda gwyr
dayonys, a hebof i ny wnair dim yn y nef, a hebof i ny ellir
gwnaethyr dim dayoni ar y ddayar. Fo'm gelwir i yn
gyffredinol Dedwyddyd, Doethineb a Rhinwedd. Myfi wyf yn
llywodraethy brenhinioedd dayonys, tywysogion a phobloedd;
myfi wyf yn rhioli preladiaid, gwyr eglwysig; myfi sydd yn atal
genay y gay broffwydi a'r camddangoswyr; myfi wyf yn
llywodraethy perchen tai a thylwyth mewn cymhendod

dayonys; yr wyf i yn cydymddaith a rhai a garant
ddysgeidiaeth; myfi yw gwr y gwragedd diwair, y gwidwod, a'r
morynion rhinweddys; yr wyf i yn [40v] gobrwyaw fy ngheraint
yn y gwynfyd o santaiddrwydd, ag yn y hadfyd o natyriol
gynghorey; yr wyf i yn roi yddynt ymborth, a gwisgoedd,
lletyay, cryfder, ag yfydd-dod, a phob rhyw bethe angenraidiol;
a ffwy beth bynag a fo gantynt, ay ychydig ay llawer, hwynt a
fyddant foddlon. Ag yn wrthwyneb y hyny, ny bydd trasay
Gwaelder boddlon byth, er bod gantynt ormoddion. Gwell gan
fy anwyl drasey i gany salmey nag ofer ganiadey, gwell gantynt
ymprydio na meddwi, gwell gantynt weddio na melltithio.
Hwynt a godant yn gynar ag ant i gysgy yn ddiweddar, hwynt
a bryderant yr esmwythter cyfraidiol. Ffydd a'y cynghora
hwynt, gobaith a'y cynal hwynt, cariad perffaith a'y cynyrch
hwynt, doethineb a'i llywodraetha hwynt, cyfiawnder a'i
cyfrwydda hwynt, a myfi a'i cyfoethoga hwynt, fal y bo yr holl
fyd yn [y] ryfeddy, yn y hanrydeddy, ag yn y mawrhay, ag yn
yfyddhay yddynt; ie, ag er mairw y cyrff, i henwey da hwynt a
[41] fyddant vyw yn dragwyddol, er dangosiad i eraill, a'y
enaidie anfarwol a fyddant val angelion. Ag yngwrthwyneb
i hyny, y rhai a vo yn arwain y bywyd mewn gwaelder,
halogrwydd, aflendid, ney ddrwg ymddigiad, onyd etifarant am
i bychedd bechadyrys, a bod yn ddrwg gantynt am draylo y
hamsere yngham, may bywyd y rhaini a'y hangay yn
ddamnedig, a'y henway cwilyddys ny byddant mairw byth,
mwy no dryg enwey Sardanaplus, Nero, Heliogabalws, Herod,
Pilat, Anas, a Chayffas, a'r fath rai hyny. Am hyny, fy mab,
gad ymaith Waelder, a meddwl di am gael gwir ddedwyddyd
perffaith, a santaiddrwydd, a iechyd tragwyddol.'

*Y Marchog Crwydrad, drwy gyngor Dam Ffolineb, a adoedd
Arglwyddes y Rinwedd ag a ddilynoedd Gwaelder, yr hon a'y
arwenoedd ef y'r lle o ddedwyddyd bydol.*

7 penod

A gwedy y mi wrando ar ymadrodd y [41v] ddwy arglwyddes,
ny wyddwn i pa vn ohanynt oedd oray y mi gymryd yn

gyfrwyddyd ym, o achos 'y mod i yn bererin tryan, trallodedig. Eithr pe bysei genyf synwyr cyffylog, a heb hofran mewn meddylie, gwell a fysei genyf ddilyn Rinwedd ag ymado a Gwaelder. Ag felly, pan oeddwn yn anwadaly, myfi a ddymynais ar fy llywodraethferch Ffolineb ddangos ym yn fyan p'yn oedd oray y mi dilyn o'r ddwy arglwyddes y gael gwir ddedwyddyd. Ag val i dywedais i gair, hithey yn ddisymwth a ddywad fal hyn; may drwg oedd wyllys Rinwedd, a'y ffydd hi oedd boenedig yddy cerdded. 'Ag am hyny, dilyn di Waelder, yr hon a sydd a'y ffordd yn deg, yn las, ag yn hoffaidd. Canys o dilyny di Rinwedd, yr wyti yn gosod dy hynan mewn oerfel, a gwres, a newyn, a syched, trafel, poen, a blinderay; a raid y ti godi yn gynar, a myned y'th wely yn ddiweddar; a bod yn ofnys, wylo, prydery, a byw mewn blinder; ag [42] er hyny, heb gael diogelrwydd am gael dedwyddyd. Ag o'r diwedd, o gwnay di ronyn yn y herbyn hi ar air na gwaithred, hi a'th edy di haibio, os i may'n rhaid i gwasnaethy hi yn fanol, a'r peth a ddyweto hi wrthyd yr awr honn, hi a'y gwada oll pan i caffo hi dydi ymysg y cwareley a'r mynydday, a hi a'th edy di dy hynan ymysc ynefailiaid gwyllton y arwain dy fywyd yn y diffathwch. Ag am hynny, fy nghyngor i yw y ti na ddilynych hi, ag na chred yddi, onyd gad y ni gymeryd y ffordd lydan hyn ar y llaw asay, yr hon y may'r rhan fwyaf o'r bobl yn tramwy yddi, a'r nos heno nyni a letywn yn llys y dedwyddyd. A hyn a ddywedaf wrthyd: o hapia dy fod ti yn [an]foddlon y'th amgeledd, ti a elly o vewn day ddydd ney dri droi yn dy ol ailwaith, os gwely di fod yn dda, ag os tebygy di allu tringad y'r mynydday a marchogaeth y ffordd ar y llaw ddeay.'

Ag fellu, moethys ddychmygiade fy ffrynd [42v] Ffolineb a dywylloedd holl gynghorey Rinwedd y mi, a chwedy mi roddi diolch yddi, mi a ddywedais, 'Ewch yn iach,' ag a ddaisyfais erni na bai gwaeth genti, er y mi bally o'y dilyn hi dros y mynyddey y pryd hyny. A'r arglwyddes Gw[a]elder a arwenoedd y ffordd y mi, a'm march iney Ffromder yn dilyn ny hol, a Ffolineb y'm dilyn wrth vy sodley. A Rhinwedd oedd yn edrych arnom yn graff, a hi a ddayth ar vy ol megis vn a fai yn tristay yn ol corff a fai yn myned yddy gladdy, gan ddywedyd a llais ywchel, 'O tydi ynfyd! Gad ymaith Waelder, os hi a'th arwain di y angey a chyfrgoll, ag y may cyngor dy gyfailles di Ffolineb yn ddiaflaidd. Y mae hi baynydd yn twyllo y neb a'y dilyno hi, a'y dedwyddyd hi a sydd anwiredd; a iaith Gwaelder yw drwg hydoliaeth, trwy'r hon y may hi yn swynogli y phlant.'

Ag er bod [Rhinwedd] y'm cynghori, ag yn dangos y mi vy maie, myned y'm ffordd a wnaethym i, ag ny allwn i gytyno a chyngore [43] Cristnogaidd. Eithr pan welas hi hyny, hi a rhoddes y mi ymichad ar rythr, gan ddywedyd, 'O tydi, ddyn anghenfilaidd! O eneifil hyrt! O ffol drwg dynghedfenys! O ddelw ynfyd! O wagysgod dyn! Nyd oes genyd vwy o ddeall na chan eneifil, yr wyd yn dangos dy fod dy hynan yn ddigwilydd, am dy fod yn gosod dy hynan i ddilyn Gwaelder ag ymwrthod a Rhinwedd. Ay gwell genyd vraychaidio cyfoeth bydol na rhade nefol? Yd wyti yn dymyno y pren o flaen y ffrwyth, mi a'th welaf gwedy dy dwyllo yn dryan. Y neb a ddilyno Gwaelder a gwrthod Rinwedd, may ef mewn caethiwed Satan. Kofia, o tydi dryan, beth a ddywad Salomon. "Myfi," medd ef, "a elwais arnad, onyd tydi a wrthodaist vy nilyn; myfi arosais hyd y borey, ond nyd oeddyd yn deally fy nghyngorey, ag ny dderbynyd fy nghosbedigaeth. Am hyny, mi a chwarddaf pan y'th [dd]inistrer, onyd pan ddigwyddio yt ddrygoni, ynno y'm ceisiwch yn forey ag ny'm cewch fi, am y ti gasay fy ngwybodaeth, ag na dderbynaist ofn Duw, nag yfyddhay y'm cyngore, [43v] onyd salwhay fy ngheryddiaeth."' Y gaire hyn a ddwetpwyd wrthyf trwy eney Doethineb, a allysei fod yn abl y'm tyny oddy wrth fy antyr ffol i, onyd yr oedd hi yn pregethy wrth bencyff; a Ffolineb, yr hon oeddwn i ny dilyn, oedd yn gwatwary Rinwedd yr enyd hyny.

Y moddionn i derbyniwyd ag i gresewyd y Marchog Crwydrad y'r lle o ddedwyddyd bydol.

8 penod

A gwedy ni fyned ddogon o ffordd trwy anfeidrawl lywenydd, yr Arglwyddes Gwaelder a ddodoedd i llaw ar fy mhenn, ag a roes y mi y bendith, a miney ny gadel yn llonydd megis vn a fai'n rwymedig ddylyed iddi. Yno y dywad hi airiey melysig wrthyf i y'm hydolaethay, ag felly mi a gollais yn ebrwydd fy neall, am fy mod i yn cymeryd pob peth yn dda ag [44] oedd hi yn y ddywedyd wrthyf. A gwedy y ni draylo mewn llywenydd ddwy awr ne dair o amser, yr hayl a ddechreyoedd myned i lawr, ag ar hyny mi ganfyo y llys o ddedwyddyd bydol. Ag am hyny nyd bychan oedd fy llywenydd, o achos myfi a dybygwn fod y llys yn lle hoffaidd ag aro[g]ley peraidd, ag yn wir nyd oedd hyny gid ond swynogley. Pan oeddwn i o fewn i ergid bwa croes y'r llys, Gwaelder a wypoedd a galwoedd, ag ar hyny i daeth allan lawer o arglwyddese mewn gwych drwsiadey, ag yn flaenaf o rhain y dayth Nwyfant, ag Afrad, Godineb, a Ryfig, a Dibryderaeth, a Gwegi, Anlladrwydd, Trachwant, Medd-dod, a'r fath rhai hyny.

A chwedy ym ddisgyn oddy ar fy march, Ffolineb a dynoedd fy helm nes bod fy wyneb yn noeth, ag yna yr holl arglwyddesi a'm cysanoedd ag a'm gresawoedd, yr hwn amgeledd oedd yn cytyno yn dda a'm [44v] ffansi ffol i. Ag yno Afrad a Thrachwant a'm arwenoedd i erwydd fy nwylaw, Anlladrwydd a'r arglwyddesi eraill oedd yn arwain y ffordd o'm blaen. Ag felly y ddaethon y'r plas ne'r llys o rhaincboddiaeth bydol, a'i borth ef oedd ywchel, gwedy adailiad ar faen marbl, ag yn egored ar lled nos a dydd, haf a gayaf, ag am hyny mi ryfeddais yn fawr. Yno y dywad Gwaelder wrthyf yr achos fal hyn, 'Yr wyf i yn cadw ty yn egored i bawb ag a fyno dyfod ataf bob amser, ay ar ddydd ay ar nos, y may yddynt rayso, a mi a'i derbyna hwynt yn wych.' Ag yno Gwaelder a'm arwenoedd i y nayadd fawr ddrychafaidd. Yno Nwyfant a'm diarfoedd i, Gwegi a roes y mi own o felfed coch gwedy ddyblo o chrwyn beleod, ag o fewn ennyd bychan gwedy hyny y gosodwyd y ford, ag i swper i daethant. A'r arglwyddes a'm gosodoedd i yn y lle gorychaf y eiste, ag wrth fy ystlys ir [45] oedd Melysrwydd a Medd-dod yn aistedd, a'r arglwyddesi eraill yn eiste bawb yn y graddey. Onyd Gwaelder aisteddoedd gyferbyn a mi yn iniawn, yr hon oedd yn fedrys yn tori ataf y bwyd moethys. Ag yr oedd yn waetio arnon wyr iefainck boneddigion, mewn trwsiadey gorwaegion, a'n bwydydd oedd gwedy dymhery yn dda, yn cogyddion oedd yn sywion, a'n bwtleraid yn haelion, yn cerddwyr oedd yn odidog, a'y caniadey yn felys, a'r tortsis

mawr yn llosgi, a ffob ryw swyddog yn ragori mewn
1195 moethyster. Yno yr oedd ymborthi yn felysig, ag yfed yn
ddrachtedig, nes bod haner meddw a chwbl feddw. A chwedy
swper, Arglwyddes y Ryfig a'm cymeroedd i erwydd fy llaw,
gan ofyn y mi ay chwaraywn i ddawns. Ag Arglwyddes y
Nwyfant hefyd a ofynoedd y mi p'yn a fynwn, ay cysgy fy
1200 hynan, ay cael cywely ym. A miney a atebais gan ddywedyd fy
mod i ynn [45v] ddyffygiol gwedy siwrnaio, ag mi a ddaisyfais
gael myned y'm gwely. Yno Anlladrwydd a'm dygoedd y'm
gwely esmwyth nawsaidd a llenllaine aroglber, a hyny mewn
ystafell odidog gostfawr. A gwedy hyny yr Arglwyddes
1205 Gwaelder a gymeroedd y chenad, ag a ddywad y dangosei hi
y borey dranoeth y mi gwbl o'r llys o ddedwyddyd bydol.

*Gwaelder yn dangos y'r Marchog Crwydrad rann o'r llys, a
gwedy hyny, hi aeth ag ef yddy ginio.*

Y 9 penod

1210 Y bore dranoeth, pan oedd baladr yr hayl yn harddy ag yn
goliany yr ystafell drwy ffenestr wydyredig ddisglair-loyw,
yno Gwaelder a ddayth y mewn attaf i ag a gyfarchoedd gwell
y mi, gan ofyn a gwnwn i fynydd. Miney a dywedais i
gwnawn, ag yn fyan codi a wnaethof. [46] Ag fellu pan
1215 oeddwn yn ymdrwsio vy hynan, y dayth Melysigrwydd a
Medd-dod y chwaer i mewn, y rhai a bartoedd y mi fy nhor
ympryd. Ag yn y man gwedy hyny i daeth yr Arglwyddes
Gwaelder i mewn, ag Aniwairdeb, a rhai eraill oll. A
Gwaelder oedd gwedy ymdrwsiady yn debygach y dduwes
1220 nag i frenhines. Y rhai hyny oll a'm cysanoedd, ag
aisteddasant gyda mi y dori ympryd. Ag yna yr aethym yn
bryderys am bob dim onyd y dayoni. A'r pryd hyny, myfi a
ddymynais ar Waelder ddangos y mi gwbl o'r llys, fal y byse
amod iddi. Ag felly nyni aethon y 'stafell fawr deg, gwedy i
1225 threfny o amgylch o brethyn avr a main gwr[th]fawr. A'r
ystafell honn oedd gwedy llorio a marbl du a gwyn, a'r pilerey
o iasbar, ag ystaeray o alabastar. Ag yn yr ystafell hono yr
oedd gadair anrydeddis o ystat, ag yn hono yr oedd dywysog

mawredig yn aistedd. Ag ar i ben yr oedd goron amherodraidd o ayr gwedy gosod main gwrthfawr a pher[l]s erni, ag yn y [46v] law ef teyrn wialen yrddedig, a'y wisg oedd gyfoethog, a chydag ef yr oedd rai lawer gwychion i trwsiade. Ag y'r tywysog hyny mi ostyngais. Yntey, nyr vn modd, a'm mawrhaoedd inay, ag a orchmynoedd gwnaethyr parch y mi. Ag fellu ni aethon oddyno, a gwedy myned, mi ofynais i Waelder pwy dywysog oedd hwnw. Hithey a ddywad may efo oedd dywysog y llys, a'y thad hithey, yr hwn a biey roddi hoffter bydol. A hyny a gredais iney fod yn wir, ie, nes ym gael gwybod may efo oedd Lywsyffer, tad yr halogrwydd, tadycy y glothineb, tywysog y balchedd, amherodr y drygoni, arglwydd y diffaithwch, rhiolwr y byd, ag vn nyd oes yddo ddim y wnaythyr yn y nef, ond ar y ddayar ymysc y bydolion a'r dynion diawlig. May'r Lywsyffer hyny yn ddigwilydd yn arddel bod ganto bwer a gallu y roddi gogoniant, anrydedd, a chyfoeth y rhai a fyno ef, ie, fal y may'r Ysgrythr Lan yn dywedyd, am [47] hyny y bydolion y sydd ny wasnaethy ef megis i ostyngedigion ef.

Ag oddyno nyni aethon y'r tresordu, lle yr oedd goffrey yn llawn bath a thlysey, y rhaini oedd Arglwyddes y Dynghedfen yn y cadw, ag yr oedd yn y gosod hwynt ar y rhai i gorchmynei y brenin iddi, medde Waelder wrthyf i. Ag oddyno ni aethon y du aroglber, lle yr oedd bob peth i gyffro chwant dyn a'r hoffter: yno yr oedd liwie i baintio gwragedd bailchion, ag arogley a wylmentey y wnaythyr i cyrff yn dyner ag yn beraidd, a chaidwad y lle hyny oedd Anlladrwydd. Oddyno ni aethon i syler deg ehalaeth, lle nad oedd aisay vn rhyw o win, a hono oedd brenhiniaeth Dam Medd-dod. Oddyno ni aethom i'r gegin, lle roedd Melysigrwydd yn cadw pob peth mewn order. Oddyno nyni aethon i fynydd lle'r oedd gwedy adailiad yn grwn, yr hwn oedd yn ddirfawr y olaini, o achos ffenestri mawrion, gwydredig, disglayr-loyw oedd yddi, a hwnw oedd yn gwasnaythy iddynt yn lle teml, canys nyd [47v] oedd gantynt vn amgen. Ag yno y gwelais i laweredd o arglwyddesi yn dwyn pryd a thegwch anianol, ag ymysg y rhai hyny yr oedd yno vnbenes yn ragori o degwch a chariad ar bawb. Ag yno mi ofynais i henw, a Gwaylder a ddywad mae hi oedd yr Arglwyddes Venws, yr hon ydiw yr holl gariadwyr yn foddlon iddi hi, ag yn y anrydeddy megis duwies. A chyda

hi yr oedd fachgen dall yn aistedd, yr hwn o'y fwa a'y saeth
oedd yn saethy wrth amcan, ag efo drawoedd fy nghalon i yn
dost, ag yn ddiohir y dayth Dam Fenws attaf ag a dynoedd y
sayth allan, gan vy mywhay o gairie llawenychaidd. Ag er
tyny y saeth allann yn vyan, ag nad oedd debig iddi wnaethyr
cam, eto yr oeddwn i yn tybied yn wenwynllyd, canys fo
wnaeth archoll ddyfn glwyfys y'm calon, anoedd i iachay. A'r
Ciwpyd hyny a sydd yn llywodraythy cariadon aniwair, beth
bynag a fon i hoedran a'i gradd, canys i may gwybodaeth
beynydd yn tystolaethy i [48] fod ef yn noeth ag yn
ddigwilydd, heb prydery pwy a edrycho arno. Kanys i
ddallineb ef a sydd yn arwyddocay y rhai a redant yn ol y
penay mewn aniwair garriad, gan ddodi y hadanedd yn y
gwynt, heb brrisio beth a ddel gwedy hynny. I vwa ef a'y saeth
sydd yn arwyddocay ffolineb y bobl ffolaid y sydd yn cynig y
hynain i fod yn barrseley iddo ef, ag yn sefyll yn llonydd try fo
ef yn y saethy hwynt ag ny taro. I adanedd ef sy'n arwyddocay
meddyliey anwadal y rhai a drawo ef, y rhai nyd ydynt yn
esmwyth vn amser yn vn lle. A rhai a ddywaid fod gan
Giwpyd ddart poeth yn y law, yn llosgi caloney y rhai a witsio
ef. A hyn y gid a wnaeth Gwaelder, a gwedy hynny yr aethant
y ginio. A gwedy bwyd hi addawoedd dangos y mi gwbl o'r
llys.

Gwedy cinio, Gwaelder a ddangosoedd i'r Marchog Crwydrad gwbwl o'r llys, a disgriad y twr.

10 penod

[48v] A hyny a ddamwainoedd yn yr amser hafaidd fis Mai,
pan oedd chwant a chariad fwya yn y rym. Ag yno i cytynwyd
ar y ni swpery mewn gardday teg, ag nyd mewn gwledd-dai, er
i bod hwynt yn lan odidog. Ag yn y gardday hyny ir oedd
peraidd lysaye yn tyfu, a choed ros, a gwinwydd, a ffynonay
gloyw-ddwr oer yn rydeg, ag aroglber floday, a'r adar
bychain yn cany ar frig y llwyney o amgylch y nyni. Ag yno yr
oedd chwareyaeth, pibyddiaeth, dawnsio, naidio, braychaidio
a chysany; pob cariadwr oedd a'y arglwyddes yn llawen, pob

vn oedd yn gwnaethyr y peth a fai hoffa ganto, ag yn tybed y
bod hwynt yn hapys gael y fath ddedwyddyd hyny. A'r pryd
hyny mi a gofiais yr Arglwyddes Gwaelder am gadw i hamod
a wnathoedd hi a mi, a hithe a'm cymeroedd erwydd fy llaw
ag aeth a mi yddy llettu dirgeledig hi y hynan, onyd myfi a
gadwaf yn ddirgel y fath le a'r pethey oedd yno, [49] rag digio
y darllenadr glan. Gwedu hyny ni aethon [o galari] y galari, o
swydd i swydd, o ystafell i ystafell, a phob man ag a welsom
ni oedd yn llawn cyfoeth dewisaidd, val na ellid dymyno mwy.
Ag ymysg hyn oll, yr oedd vn ystafell yn ragorri mewn
helaethrwydd a gwychter nag vn lle. Ag yno i gwelais wely
hardd gwedy drymo yn orwag, a hwnw a ganmolais i yn vawr.
Ag yna i dywad Gwaelder may hihi oedd gaidwad ar yr
ystafell hono, ag o bai raid a chwant arnaf i, cawn i orwedd
yno y nos hono. Ag Aniwairdeb a ddywad i dawe hi a'r
Arglwyddes Venws i orwedd attaf i. A'r pryd hyny myfi a
dybygwn fod yr archoll a roesai Giwpyd y mi mor newydd a'r
pryd cyntaf y saethysei ef fi. Gwedy hyny ni aethon oddy
amgylch y'r gwelydd, y rhai oeddynt dewonn a chedyrn. Ag ar
y gwelydd hyny i daroedd adailiad saith twr yn debig y
glochtai, a phob twr a'y berchenog yndo. Ag ynn y cyntaf yr
oedd Balchedd, yn yr ail [49v] Cynfigen, yn y trydydd Llid, yn
y pedwrydd Glothineb, yn y pymed Godineb, yn y chweched
Trachwant, yn y saithfed Diogi, ag yr oeddwn i yn bwriady
myned yddynt bob vn yn ol y gilydd.

Ag val yr oeddwn yn myned y'r twr o Falched, yr hwn oedd
y cyntaf, mi a welwn yn ysgrifenedig ar i borth ef posi: 'Hwn
yw Balchedd, tywysog a gwraiddin pob pechodey.' Fal i may
brenin a llawer o wasnaethwyr yn cydymddaith ag ef, fellu
may falchedd serten o bechoday yn waision cyffredinol yddo,
ar y rhaini may ef yn ternasu yn dywysogaidd. Gweled dyn yn
hir vyw mewn balchedd a sydd yn arwyddocay i vod ef yn
ddigadwriaeth, a gwedy i dafly allan ne ymaith. Canys may
balchedd yn anfoddloni Duw yn fwy na'r holl bethey eraill,
nyr vn modd ag i may yfydd-dod yn boddloni Duw yn vwy
na'r holl rinwedde eraill. Kanys may'r balch yn y ddrychafu
hynan ywchlaw eraill, ag y may'r diawl yn cyfrany ag ef yn ol
hyny. Megis y fran, y pryd na allo hi o'y ffig dori y gnayen
[50] galed, hi a hydeg yn ywchel ywchben ryw gareg, ag a
ellwng y gnayen i gwympo ar y maen nes torro hi, ag yno i

disgyn hithey fwyta'r cnywillyn. Yn yr vn modd y chwery y diawl a'r bailchion: yn gyntaf vo drychaif hwynt yn ywchel mewn gorchafiaeth ny byd hwn, a phan font ymrig y dedwyddyd, heb dybied vod dim perigl yn agos, y pryd hyny i daw y diawl, ag a'i gwthia hwynt yn llwyr i penay i waered i yffern drwy fesiff. Y gwahaniad rwng yr yfydd a'r balch a ellir i gydnabod wrth yr vs a'r vd. Canys yr vs a ddrychaif y fynydd gyda'r gwynt, ag a dderfydd ymaith; a'r vd dayonys a orwedd yn isel, ag a gynillyr oddy ar y ddayar, ag a ddodir i gadw yn gymeradwy gan bawb. Fellu digwyddia am yfydd-dod yr yfydd, ag am falchter y bailchion. Y falchedd i perthyn y pethe hyn, nyd amgen, diryfeddrwydd, bocsach, llid, anioddefiaeth, ofer ogoniant, trachwant, a'r vath hyny.

Yn yr ail twr yr oedd Gynfigen, ag ar y porth yn ysgrifenedig y gairie hyn: 'Etewyn o yffern ag anwylyd y diawl.' Cynfigen yw tristyd a thrymder calon, am fod arall [50v] mewn gwynfyd. Y pechod hyn a sydd orchafaidd yn y rhai drwg, megis cariad perffaith yn y rrai da. Cariad perffaith yw arwydd cadwedigaeth, a chynfigen yw arwydd damnedigaeth. Tebig yw'r dyn cynfigenys y'r diawl: i maent hwy mewn cyd-rhan mewn enill, ie, a cholled. O meda y diawl enill am wnaethyr drygoni, fo vydd y dyn cynfigenys sywr o ddilyn i ol ef; ag val y may'r dyn cynfigenys yn gwytho am fod gair da y ddyn arall, felly may ef yn llawenhay am ddyfod colled ne ddrygair y ddyn arall. Ny ddychon pechod fod yn halogach na chraylonach na chynfigen, canys may hi yn poeni ag yn trallodi i thadmaeth, sef yw y dyn cynfigenys, yn yr hwn i bo hi yn trigo yndo. Y neb a gaisio enill mewn colled dyn arall, nyd a ef ar i welliant byth yn y meddwl hyny. Cynfigen a sydd glefyd anhawdd i wellay, am i fod ef yn gorwedd yn y galon lle ny all vn ffesigwr ddyfod ato yddy wellay ef. Y'r drygoni hyn i perthyn salwhay, a dywedyd drwg, a thwyll. [51]

Ynn y trydydd twr yr oedd Llid yn trigo, ag ywchben y porth hyny yr oedd y gairie hyn yn ysgrifenedig: 'Cynllwynwr gwirion gariad.' Canys fal y may y gwirion gariad yn parodhay cydwybod y dyn y drigo gyda Duw, yn yr vn modd i may llid yn parothay y dyn y drigo gyda'r diawl. Llid a bair rwystro gwrando rysymolder: ny wryndy dyn llidiog ar vn cyngor da. Tebig yw i ddelw Dduw yw y dyn a fo mewn cariad perffaith, canys fo fydd Duw lle bo vndeb a heddwch, a lle bo

gwledydd mewn llonyddwch, yr hwn beth ny ddychon bod lle
bo llidiogrwydd. Y dyn llidiog a sydd debig y ddyn a fo ag
ysbryd drwg yndo ynn y drallodi. Llid a bair ymladd, llid a
bair cably, drwy lid y may y diawl yn gorchyfygy gwledydd,
llid y sydd debig y gi mewn trwyn-rwym, pryd na allo ef gnoi
fe hwrna nes hela eraill benben. Megis y tywylla y pysgodwr y
dwr rag y'r pysod weled y rwyd, yn yr vn modd y tywylla y
diawl ddeall y dyn llidiog, fal na allo [51v] ef ganfod i
golledigaeth y hynan. Y'r dyn llidiog y perthyn y drygoni hyn:
poethfan calon, digofaint, cindrogrwydd, dial, a chynllwyn,
a'r fath bethe hyny.

Ynn y pedwrydd twr yr oedd Trachwant yn trigo, ag
ywchben y borth ef yrr oedd y gairie hyn yn ysgrifenedig:
'Delw-addoliaeth a llyncbwll heb waylod diddigonedd.' Y dyn
trachwantys cebydd ydiw Duw yn y wrthod, gan i vod ef yn
cary i enill yn fwy na Duw, gwell ganto ef golli Duw no'y dda
bydol. Am ychydig o enill vo dwng, ag a ddywaid celwydd, yr
hwn beth a sydd ddamnedig. Y ffydd, gobaith, a'r cariad a
ddylyai fod ganto at Dduw, may trachwant ny troi hwynt at y
cyfoeth bydol. Calon y dyn trachwantys a sydd at dda, ie, ag
nyd at Dduw. Lle bo calon dyn, yno hefyd i bydd y gariad.
Y dyn trachwantys y sydd yn digio Duw, yn camgasgly, yn
camgadw, ag yn camgary dda, ag fal i delir y llygoden yn yr
anel wrth ddyfod i gaisio baet, yn yr vn modd i daila y diawl
y dyn trachwantys yn y magl, yn camddilyn cyfoeth. Y dyn
[52] trachwantys cebydd sydd debig y dwrch, yr hwn yn y
vywyd nyd ydy yn gwnaethyr dim daioni y neb ond ynn gynt
y drygoni, ond pan ddel y cigwr a'i ladd ef, yno may ef yn
ſwynedys, am i fod ef yn drwydded. Yn yr vn modd yw'r
cebydd trachwantys: ny wna ef ddim dayoni i neb onyd yn
vwy ddrygoni, onyd pan ddel y lladdwr, sef yw hwnw yr
angey, a'y ddifetha ef, yno i bydd y rhai fo ar i ol ef yn byw yn
well o'y blegid. Y cebydd a fyrnaidda ag a edy y tlawd mewn
aisie, ag i gebyddiaeth y perthyn y drygay hyn: oker, twyll,
anydone, a thrais, a'r cyfriw bethe.

Ynn y pymed twr yr oedd Glothineb yn trigo, ag ar i borth
ef yr oedd y gairie hyn yn ysgrifenedig: 'Gwin gwenwynig
nywiol voethay.' Gwir yw, i genay yw porth y corff; chwi
vddoch pan fo gwrthnebwr yn caisio enill castell, os gall ef
nwaith enill y porth, sicir yw ganto enill y cwbl. Yn yr vn

modd pan enillo y diawl y genay a myned i mewn, yno may'n
ddilys [52v] ganto i henill ef bob vn o'r dday, y pen a'r corff,
a'y ar[fer] ef yw dyfod i mewn a ffechodey gydag ef, yr
hyn bechoday yw glothineb y mam hwynt. Y dyn meddw
ansynwyrys y sydd yn cytyno a'y ymborth o bob drygoni. Am
hynny, gweddys yw dodi porthor da i gadw y diawl rag dyfod
i mewn y'r genay. Canys fal i dychon dyn arwain y varch
erwydd y ffrwyn, yn yr vn modd i gall y diawl rioli y dyn pan
gaffo ef vnwaith afel yn y enay erwydd glothineb, canys may
ef gwedy gwresgyny yndo ef yn hollol y pryd hyny. May
glothineb yn lladd mwy na chleddyf y gelyn, hyny sydd yn
peri y lawer fairw yn gynt nag y dylyen wrth natyriaeth.
Gormoddion yfed a bwyta sydd yn gwaethygy'r corff, ag yn
peri yddo fagy clefydey. Y rhai sydd yn cymeryd tefyrn yn lle
temel yddynt sydd debig y dwrch yn ymgraino mewn cors.
Megis i may yr enaifil halog hyny, y twrch, yn ymdroi mewn
ffosydd a thomydd, yn yr vn modd i may y [53] rhai glwthig
meddwon yn ymdroi ag yn ymgraino mewn medd-dod a
glothineb. Ag ar y pechod brwnt hwn y may pechoday eraill
yn waetio, sef ydynt chwanogrwydd i vwyd afradys, a
moethyster, gormoddion o ynfyd lywenydd, ofer soniaday,
anefailrwydd corfforol.

Yn y chweched twr yr oedd Aniwairdeb, ag ar i borth ef yr
oedd y gairiey hyn yn ysgrifenedig: 'Pytain vront gyffredinol a
haloga'r enaid a'r corff.' Brynti pytain a haloga gwr o'r tu
mewn ag o'r tu allan. Ag o'r holl bechodey, hoffa gan y diawl
y pechod hwn, godineb, am y fod ef yn gwethygy yr enaid a'r
corff. Ond ynfyd yw y marsiant a wnelai fargen, a gwybod o'i
blaen i byddai etifar ganto gwedy hyny. Yn yr vn modd, yr
aniwair a gymer lla[w]er o boen, ag a drayla i dda i gyflenwi y
ddaisyfiad; gwedy hynny fo tifarha am i drafel, a'y gost, a'i
bwrcas. Ag er yddo etifary vellu, nyd ydiw Duw yn maddey
yddo, yn llai na'y fod ef yn [53v] bwriady yn wyllysgar wellay
fychedd rag llaw. Tri pheth sydd yn trallodi dyn godinebys yr
y fywyd: y cyntaf yw poethter y bytain, yr ail yw poen i galon
y trydydd yw pryfyn y gydwybod y hynan, a fydd yn llosg
mewn chwant, yn drewi mewn anair, a'y gydwybod yn
cyhyddo i faiay. Godineb yw clawdd, yn yr hwn y bydd y
diawl yn tawly pechoday eraill. Edrych ar wraig yn ryfygys y
sydd gymelliad godineb, ag am hyny da oedd nad edrychic

erni, ond gwell ymhell oedd na thaimlid hi, ag na fedlyd hi yn gnawdol. A'r pechoday hyn sydd yn perthyn i aniwairdeb, sef ydynt godineb, trais, a thori priodas.

Ynn y saithfed twr yr oedd y Diogi yn trigo, ag ar y porth hyny yr oedd y gairie hyn yn ysgrifenedig: 'Gwraig tu ddiog yn wastad yn cysgy.' Diogi ney lesgedd yw trymder calon, a chasineb ar y dayoni ysbrydol, yr hwn a bair y ddynion vod [54] yn wallys ag yn ddiog y wasnaethy Duw ymhob vn o'r dday, mewn gairiey dayonys yn rydeg o'r genay, a gorchwilion dayonys yn ffrydio o'r galon, yr hwn dday beth y may Duw yn wyllysio y gwnaethyr. May yn weddys cydnabod y Creawdr, yr hwn y sydd yn amlhay y ddayoni, y rhai ydym ni ny dderbynaid baynydd, ie, a chydnabod yn hynain yn bod yn bechadyriaid, a Duw yn feddaywr pechoday. Ag fal i mae dynion yn ddylon y wnaethyr gwaithredon dayonys, felly maynt yn fyan y wnaethyr pechod. Llawer o ddrygoni a dyf o lesgedd, ag o rhaini day sydd beriglys, sef ydynt gwallysio troi at Grist, a bod yn ddiofalys am gyffesy bechode. Ag am hynny, may llawer yn ymado a'r byd yma heb gydnabod yddynt wnaethyr yn erbyn Duw, ag heb ail-droi ato ef; ag am yddynt wnaethyr felly, maent wy yn beriglys enaid a chorff. Peth anhawdd yw y ddyn farw yn dda a vo bob [54v] amser yn byw yn ddrwg. Ynn y twr o lesgedd hwn y mae deg o letyay: yn y cyntaf y may lledglaerder, yn yr ail anlladrwydd, yn y trydy dargysygrwydd, yn y pedwrydd dibryderiaeth am y iechyd y hynan, yn y pymed dihirio yr amser heb wnnaythyr dayoni, yn y chweched aniwioldeb, ynn y saithfed trymder calon ney ddigasedd moliany Duw, yn yr wythfed blino yn byw, yn y nawfed anobaith, yn y degfed anioddefaeth.

Ag felly am y saith twr a'r sawl oedd yn trigo yndynt. Ag waithian nyni a draethwn am sefyllfa y llys ar ychydig o airiey.

Gosodiad ney sefyllfa y llys o ddedwyddyd bydol.

11 penod

A'r llys yma oedd wedy osod a'y adailiad mewn dyffryn hoffaidd, a glenydd ywchel iachys o amgylch y'r llys, yn wasgodol rag y gwynt pa ffordd [55] bynag i chwythay ef. Ag ar y naill ystlys yr oedd gwinllanay dayonys, yn y rhai hyny yr oedd graps o amrafael rywion yn tyfy, ag ar yr ystlys arall yr oedd amlder o lafyriay yn tyfy. Ar ystlys yr oedd goedydd rwyddion, ag yndynt bob ryw o adar hardd yn magy. Mewn lle arall yr oedd warens yn llawn cwni[n]god ag ysgyfarnogaid. Yn lle arall yr oedd barc, a llyddnod cochion a llwydon yndo. A thrychefn y'r glenydd yr oedd fforestydd, a gwyr boneddigion yn chwarey, megis hela, heboca. Ag yn y dyffryn yr oedd llwyn teg o laswydd yn tyfy, a thrwy genol hwnw yr oedd afon o loyw-ddwr gwyra yn rhydeg. Ag ar ddwy lan y'r afon yr oedd yn tyfy goed yfaley, coed per, coed plemys, coed teri, coed elm, coed oliff, a'r fath hyny; a hefyd gardday, pysgod-lynay yn llawn pysgod, a ffob ffrwythay a bloday teg. Ag yn yr afon a'r coed hyny, yr oedd bob ryw o adar, dyfroedd, a thiroedd ag a ellyd i addnabod yn dwyn [55v] plyf. A chyda hyny, yr oedd yno denys cwrt i chwarey pel, gwelydd gwynion ywchel o amgylch yddo; a hefyd yr oedd moat ney glawdd rhyfeddfawr, ofnys i edrych arno, oddi amgylch y'r llys, a phont ddrychafedig drosto, a'y henw oedd Anobaith. A'r bont hono oedd hir a chyl, ag o troede vn drosti ychydig, fo gwympe i mewn yn beriglys ag ny chwnai byth.

A hefyd nyni a swperyson mewn gwledd-dai, a'n swper ni oedd yn ragori mewn moethyster ar y maint trwydded ag a welais i erioed. A'r Arglwyddes Venws oedd yn cadw cwmpniaeth a mi, ag ir oeddwn gwedy hyrto gan falchedd y gwasanaeth, yr hwn a gefais i yno. A'm holl hoffter oedd edrych ar yr Arglwyddes Fenws, yr honn oedd yn aiste gyferbyn a mi yn iniawn, ag am hyny Gwaelder a'm gorchyfygoedd i o'r diwedd. A gwedy swper i mewn y dayth charaywyr, dawnswyr, a phob ryw [56] lywenydd, y rhai ydynt ny arfer baynydd wrth wledda. Pan oeddwn yn blino, mi gymerais fy nghenad oddy wrth y cydmaithion, gan gany 'Ewch yn iach.' Ag yno y'm dygwyd y'r ystafell hardd yn llys yr Arglwyddes Fenws, a'y llawforynion oedd yn waetio arnaf; ond pob vn aythant ymaith pan aythym y'r gwely, ond Venws yn vnig, Duwes y Cariad, gyda'r hon i gorweddais i trwy'r nos.

RHAN I

*Yr athro yn traethy pwy foddion yr oedd y Marchog Crwydrad
a rhai gwael yn y byw yn y byd yn tori cyfraith Ddyw.*

12 penod

A'r hyd i by y Marchog yn trigo yn y wenwynllys hono o
vydol hoffter, yn dilyn y chwant y hynan trwy ofer dwyll
Gwaelder, nyd oedd ef yn gwnaethyr dim onyd chwarey, a
dawnsio, naidio, cany, bwyta, ag yfed, heboca, hela, a dilyn
aniwairdeb, a'r cyfriw bethey fal i gwnaeth y plentyn afradys;
ag arwain y vywyd yn anweddys yn hyd vn diwarnod ar ddeg,
yr hwn y [56v] sydd yn arwyddocay anffortyn. Y doctoriaid
Christnogaidd a'r philosophers a ddywaid may drwg ag
anedwydd yw cyfrif o vn ar ddeg, o achos y cyfrif o ddeg y
arwyddoca Deg Gorchymyn Duw. A'r cyfrif o vn ar ddeg, yr
hwn yw vn rhagor, arwyddoca tori gorchmynion Duw. Ag
vellu y Marchog a dariodd yn y llys vn diwarnod ar ddeg, yn
tran dori gorchmynion Duw, gan adel y ffrwyn yn rydd yddu
arferon drwg ef heb atal vn ohanynt. Eithr od ydrychwchwi
yn dda, chwi a gewch weled fod y rhai a sydd yn byw yn ol
arfer y llys fydol a dedwyddyd bydol, ag yn ymroddi y ddilyn
balchedd y byd a gwaelaidd hoffter y sydd yndo ef, ag yn
wyllysgar i ddilyn y fath fywyd hyny heb vwriadu newidio y
bychedd, onyd yn gynt ymlawenhay ny drygoni hyny, mi a
ddywedaf yn lle gwirionedd may'r fath ddynion hyny sydd yn
dryllio cyfraith Dduw a'i orchmynon.

Ag yn wrthwyneb y hyny, y sawl y sydd yn [57] cyfrif y
hynain megis perinion, ag yn gosod i bwriad ar y byd arall lle
may Iesy Grist yn ternasu, ag heb gymeryd y byd yma onyd
fal alltydiaeth, ag yn wyllysgar i ymado ag ef i fyned y lys y
Brenhin nefol, y rhaini a gayff mwyniany teyrnas nefoedd.
Eithr y may dynion y byd yma yn rhoddi llawer o dda yn
fynych er mwy anrydedd darfodedig, eto may ef yn gwnaethyr
terfyn arnynt. A rhai sydd yn roddi y roddion hyny o dda er
moliant y Dduw, pobloedd y Dduw ydynt; a rhai sydd yn
roddi y roddion hyny o dda yn wael, pobl y ddiawl ydynt, a
dryllio cyfraith Dduw y maent wy, fal y may Deg Gorchymyn
yn tystolaethy; a thrwy y rhai hyny y dychon y bydolionn
ddeally, os byddant wy yn byw yn ddrwg y bod hwynt yn
dryllio cyfraith Dduw yn dostyrys, er colledigaeth yddynt y

hynain. Megis yr oedd y Deg Gorchymyn yn ysgrifenedig mewn dwy dablen, felly maynt yn ddwy rhann: y pedwar cyntaf sydd yn [57v] gorchymyn cary Duw, a'r chwech eraill yn gorchymyn cary yn cymodogion. Ag am hyny, y rhai sydd
1580 yn byw megis bydolion, ag yn gosod i dedwyddyd mewn gwaelder, llestri y diawl ydynt, ag nyd ydynt yn cary Duw na'y cymydogon am i bod yn dryllio cyfraithay Duw, y rhain a ddywad Duw, 'Myfi yw'r Arglwydd dy Dduw; na fid y ti dduwie eraill onyd myfi.'
1585 Y rhai hyn yw gorchmynon Duw a'y gyfraith, wrth y rhain i gellwch weled vod y rhai y sydd yn byw mewn gwaelder bydol yn y dryllio hi, a rhai sydd yn ymgais am ddedwyddyd nefol, pobl y Dduw ydynt, a hwynt a gayff gwresgyn o'r lle hwnw. Waithian gwrandewch beth a hapioedd y'r Marchog
1590 gwedy iddo vyw xi o ddyddie ny llys ofer o fydol ddedwyddyd.

Y Marchog aeth y 'mlawenhay ag y hela o amgylch y'r llys, ag yn y man vo welei y llys yn ddisymwth yn syrthio i aigion y ddayar, ag [58] yntey a'i farch yn y gors hyd adannedd y
1595 *gyfrwy.*

13 penod

A gwedy myfi ymddwyn fy hynan yn y llys xi o ddyddie, trwy dori gorchmynion Duw ag arwain bywyd nefailiaidd, yno mi ddymynais marchogaeth y'r fforestydd o amgylch y'r llys, nyd
1600 mewn bwriad ymadel a'm gwael fychedd, onyd er mwyn fy nifyrwch vy hynan, o achos fy mod i yn blino yn ymborthi yn segyrllyd yn yr vn lle. Canys er bod y bydolion yn hoff gantynt vwyta, yfed, dawnsio, naidio, cany, marchogaeth, a rydeg; eto er hyn y gid, ny allant wy aros yn yr vn lle a'r vn peth yn
1605 wastad, onyd raid yddynt gymysgy ag ef ryw ddifyrwch arall. Ag am hyny, waithie y gadan heibio ryw hoffter, ag a gymerant ryw ddifyrwch arrall, er bod i bwriad y droi at yr hoffter cyntaf, nyd ydynt yn hollol yn ymado ag hwynt, ond i hoedi dros y pryd hyny i beri ragor [58v] hoffter yddynt. Ag fellu, minay a
1610 ddymynais ragorr o ddifyrwch, ag a chwenychais myned i'r

fforestydd o amgylch y hely. A phan glyby fy llywodraethferch Ffolineb hyny, hi a ddwad y chwedl wrth yr Arglwyddes Gwaelder, a hithey a gytynwys a mi ar fyned i hela ney heboca. Am hynny llawen a fym ine, a'r pryd hynny myfi amdrwsiais vy hynan mewn trwsiad helwr. Yn lle fy helmed mi a wisgais het yn llawn esgyll, ag yn lle fy harnais mi a wisgais gorn. A mi a naidais ar vy march Ffromder, a Gwaelder aeth ar gefn i hobi, a Ffolineb a'r arglwyddesi eraill aethant bob vn ar gefn palffrai. Ag yno y dayth yr helwyr a'y hyaid a'y milgwn, dan alw a wypan a chrio, a rhai y'r ffordd hyn, eraill y'r ffordd arall. Y cwn oedd yn barod wrth em[n]aid, fo darfwyd yr ysgyfarnog, y cri oedd nefol o'y glywed.

Ag ynghenol fy nigryfwch a'm llywenydd, fo [59] hapioedd y mi droi pen fy march i gael gwynt, a'm hwyneb at y llys o ddedwyddyd bydol, ag yn ddisyndod mi a welwn y llys yn syrthio y'r ddayar a phob vn ag oedd yndi, a'r sawl y vo a deall ganto, ystyried y fath lefain tostyrys oedd gantynt. Yno y codes corwynt yn yn mysc a chrynfa dayar, yr hwn a'n gwahanoedd ni oll oddy wrth y gilydd. Ag yno i syrthiais fi a'm march ynn y gors hyd am fy haner, a'r pryd hyny nyd oedd neb gyda mi onyd yn vnig fy maystres Ffolineb. A'r pryd hwnw y cyfodes drewiant mawr o amgylch y ni na chlywad erioed y fath. A'r pryd hyny mi wybyo fy mod i ymhell oddy wrth y llys hoffaidd a'r garddey a'r perllane lle byswn i o'r blaen gyda'r Arglwyddes Gwaelder, ond yr oeddwn i mewn cors halog front, ymysc amwyd, medrowod, ffrogaed, llyffaint, nadredd, gwiberod, a phryfaid gwenwynig eraill.

A mynay felly, mewn troedig feddwl, mi a gwympais mewn gwan obaith, heb [59v] fod yn abal y ddywedyd vn gair, canys yr oeddwn i gwedy ynfydy. Ond pan ddaythym i ailwaith y'm cof a'm deall, megis vn a fai yn dyfod o angey i fywyd, a'm gweled fy hynan mewn cors nefailaidd, yno mi a dynais fy ngwallt, mi a ddrylliais fy nillad, mi wylais, mi ddolyriais, mi ydais, mi lefais, mi wesgais fy nwylaw, mi gyrais fy mrest, mi rabinais fy wyneb, mi a gnoais fy mraychey ag a ddwedais fal hyn, 'O fydredd ohanaf i! O nar! O erthyll! O netwith! O ffol! O ynfyd trallodedig! Ple mae yr awr hon fy ystafelloedd gwychion, a'm garddey gwyrddion, a'm maysydd glaision, a'm llafyrdir, a'm coffray llawn bath, a'm arglwyddesi cariadys, fy hebogaid, fy hyaid, fy milgwn, a'm mayrch, a'm

ychen, a'm gwaision, a'm gwelyay esmwythion, a'm bychedd foethys, a'm gwin, a'm difyrwch, a ffob peth hoffaidd am law hyny ag a gamarferais i? Och! Och! Fydredd tryan, y'm swynoglwyd i! Canys myfi a dybiais y mi gael [60] y wir lys o
1655 ddedwyddyd, ond yn rith dedwyddyd, mi a gefais oferedd. Och! Tost y'm twyllwyd! Yn lle dayoni, mi a gefais drygoni.'

Ag ar hyny mi a droes at Ffolineb, ag a ddechreais i sardo, a dwedyd fal hyn, 'Melltigedig yw'r dydd i gwelais i di, melldigedig yw'r dydd i gwrandewais i di, melldigedig yw'r
1660 dydd y credais i di, a melltigedig yw'r dydd y dilynais i di. Ai fal hyn i cynghory? Ay fal hyn y llywodraythy? Ay val hyn i harweny bobloedd yddy cyfrgolli? Ple may'r dedwyddyd, yr hwn addewaist y mi? Ple may'r hap da a gawn genyd? Onyd fo hapioedd y mi fal yr oeddwn i ny brydery ar y ffordd, pan
1665 oeddyd yn traethy dy waithredon drwg o'r dechreyad. Ond er hyny, dy swynoglay a'th weniaith oedd yn peri y mi gadw cydmaithias a thydi, er fy mod i, Duw ny wybod, yn dymyno ymado a thi, ond fy ewndra o falchedd ag anwybodaeth a wnaeth y mi dy ddilyn di a'th gynghoray periglys diddim.' [60v]
1670 A phan oeddwn i felly 'n ymysgathry a hi, y gacen goeg, hi a chwarddoedd y'm gwatwary. Ag am hyny mi a lidiais, gan amcany tyny fy ngleddyf, ag ny ddawei ef allan o'r wain, ag yno mi ysbardynais fy march, onyd ny chwnei ef vn droed yddo. Eto, er hyny, yr oeddwn i yn meddyliaid myned allan
1675 oddyno, ond hyn a sydd wirionedd: pan ddarffo y ddyn vnwaith syrthio mewn pechod a boddi mewn dryg chwantey cnawdol, fo drig yn ffest yndo, heb vod yn abal y ddrychaf y hynan ailwaith o'y rym ef, yn llai nag yddo ef gael nerth gan ras Duw, yr hwn nerth Duw o'y ddaioni a'y roddo y ni bawb.

1680 *Yr athro yn llefain yn chwerw yn erbyn y byd a'r bydolion a'i ysbysrwydd.*

14 penod

O y byd brwnt! O ffalstwr celwyddog! O dwyllwr damnedig, arfog o bob halogrwydd, bradynys a melltigedig gynildeb, yrr
1685 hwn wyd a'th wyneb val dyn, a'r gynffon val [61] gwiber, yr

hwn wyd o'th soniant gwenhaithys yn addo y pethe nys
cwplay ag nys gelly i myny hwynt. Canys fyny di y byd brwnt,
na heddwch, na llonyddwch, na bendigedigrwydd, na
dedwyddyd, na diogelrwydd; onyd yr wyti yn ymddang[os] yn
wrthwyneb y hyny yn wenwynig, yn graylon, yn aflonydd, yn
ofer, yn aniogel, yn felltigedig, ag yn anobaithys. Ag am dy
foti yn myny roi dy wenwyn, ydd wyd yn y gyddio ef og
ychydig o vel yr hoffter. O y bydolion ffolaid, y rhai ydych yn
cary Gwaelder, pam yr ydych yn dioddef ych camarfer cyn
frynted? Pyham na chiliwch oddi wrthi hi, a chwithe yn
gwybod i bod hi yn ddamnedig? Pam i credwch y celwyddog?
Pam i dilynwch dwyllwr? Pam y gwnewch gydnabod a'r fath
gynllwynwr? Pam na lanhewch ych deall oddy wrth opinionay
drwg? Pam na wybyddwch beth yw y byd, drwy farnedigaeth
perffaith? Betfaychwi yn gwnethyr fellu, chwi a welech ych
ynain [61v] ymhell oddy ar y iawn ffordd, o achos da bydol
a dryg chwantay a rangkboddiaeth y sydd yn gynt 'n
ymgymysgy a ffethey chwerwon nag a phethey melyson, ag
am ych bod yn dilyn Gwaelder nyd ydych yn hapys onyd yn
anhapys, nyd ydych yn ddoethion onyd yn ffolaid.

Saint Ieuan a ddywaid, 'Pob peth ag a sydd yn y byd
yw chwant y cnawd, a chwant y llygaid, a chwant balchedd.
Y byd a'r holl lygredigaeth a ant haibio, onyd yr hwn a
wnel wyllys yr Arglwydd Dduw a bery yn dragywyddol.'
Gwrandewchwi y bydoliol ffolaid a llestri Gwaelder, hynn
yma sydd yn dangos yn oley mewn pwy beth y may ych holl
ddedwyddyd yn sefyll, a phwy fodd y may ef yn ddamnedig.
Deallwch airiey Saint Ieuan, 'Y byd a dderfydd a'i holl
lygredigaeth.' Beth ydiw ef ny feddwl fod y byd? Nyd ydiw y
byd dim amgen onyd fal i dywad Saint Awstin, ond y
bydolion, y rhai sydd yn cary Gwaelder, ag yn prisio pethe
gweledig yn fwy na ph[eth]ey anweledig, y cnawd yn fwy na'r
ysbryd, a Satan yn fwy no Iesu Grist, [62] yn yr vn modd ag i
galwn du yn dda ney yn ddrwg yn ol arferon y rhai a fo yn
trigo yndo. Y llygaid, y cnawd, ag ywchelfalch fywyd yw
dedwyddyd a nef y bydolion. Canys i may pob dayoni yn
dyfod o Dduw, felly may holl chwantay y llygaid a'r cnawd a
balchedd y bywyd yn dyfod o'r diawl, ag felly maent wy yn
cael i twyllo, y rhai sydd yn tebygy may dayoni ydynt, ag yn
dodi bwriad ar i dilyn hwynt. Mi allwn ddywedyd fod cnoad

y cydwybod yn blino y bydolion, mi allwn ddywedyd fod
digofaint Duw yn hongan ywch y peney hwynt, y dynion
gwael, mi allwn ddywedyd fod angey tragwyddol yn y gadw
yn daliad yddynt. Gwedy gormoddawl fwyta ag yfed i daw
1730 chwdy, a gwayw ny pen, cryd, ag anwyd, colli synwyr, colli
awen, gwingfa ny mysgar, y parsli, gwendid corff, ag anair, a
chwilydd. Aniwairdeb yw y peth mwyaf, yr hwn i may dyn
gwael yn ymhoffi arno ag yn ymfoddloni arno yn fwy na [62v]
dim. Yn gyntaf, pwy boene, pwy ddolyriey, pwy flinder, a
1735 phwy drallod ody y cariadwr yn y ddioddef cyn caffo ef y
ddaisyfiad? Eithr ny chair y daisyfiad hynny heb golled, canys
nyni a welwn odineb a glothineb yn magy tylodi, yr hwn a
sydd yn faych trwm, onyd pei caid ef heb gosti dim, megis i
hapia y gael ef waithie, eto er hyny may ny ddilyn ef golled
1740 enaid a chorff. Tebig yw dyn godinebys i eneifil, am fod y
chwant cnawdol yn y ddally ag yn ysbailio ef o'y ddeall a'i
synwyr, ag am hyny mae waithred ef y hynan yn dangos i vod
ef yn ddamnedig. Y pechod hwn sydd yn dwyn gydag ef y
taliade hyn yn y byd yma, nyd amgen no'r dropsi, parsli,
1745 liprosi, y gowts, llosgfaen, bothelley, a'r frech fawr, yr hwn yw
y clefyd casa ny byd, a chyda hyny mae yn peri alltydio y dyn
allan o gydmaithias y rhai perffaith.

Ag waithian oblegid chwant y llygaid, trwy'r hwn i deellir
trachwant a'r gyfoeth bydol. Yn gyntaf, er nad [63] ydiw ayr
1750 nag ariann onyd pridd, etto pwy drafel ody y dyn trachwantys
ynn y ddioddef ag ny gymeryd yddy henill a'y casgly hwynt?
Ef a hwyla dros foroedd ystormedig, fo a drafaela dros
fynydde cenllysgedig, fo gloddia yn ddyfwn yn y ddayar, fo
ddioddef newyn a syched ag anwyd a gwres arno, a mil o
1755 flinderay. Vn a foddes, arall a las, a'r trydydd a ysbailiwyd,
a'r vn a gafas y wynfyd y sydd yn byw yn bryderys rag colli
dim. Nyd coffray yn llawn bath a ddychon gwnaethyr dynion
yn hapys. Canys yn Caidwad ni Crist a'y galwoedd hwynt yn
ddrain ag yn ddrysi, am i bod hwynt yn prico y galon ag yn
1760 gwaethygy'r corff a'r enaid. Saint Pawl a ddywad, 'Pawb ag a
fo yn chwenychy golyd yn y byd y sydd yn syrthio mewn
profedigaeth.' Onyd ydiw Sydas yn exampl y ni, yr hwn
amgrogoedd y hynan o achos i drachwant.

Ag waithian nyni draethwn am drachwant y balchedd. Y
1765 sawl a gaffo [63v] anrydedd, ag awdyrdod, gally, cymeriad, a

drychafiaeth yn y byd yma, fo debig y fod ef yn ddedwydd, onyd y fath hyny a sydd gwedy baycho o anhapysrwydd. O pwy boene a thrafaelion a ddioddef dymynwr anrydedd, cyn gallo ef ddyfod i anrydedd a drychafiad ag awdyrdod? A phan ddarffo yddo ef i cael trwy drallod, nyd yw ef ddiogel na gwybyddys yddo pwy hyd i caffo y mwyniany hwynt. Kanys nyni a welwn lawer pryd rod y dynghedfen yn troi, a dymynwyr anrydedd yn diweddy i bywyd yn glodfawr.

Kymerwn exampl oddy wrth Priaf, vrenhin Troyaf, yr hwnn a fy yn blodayo a thrasay, a chyfoeth, ag anrydedd, a gally mawr. Eto er hyny fo laddwyd yn dryan, a'y holl gynhedlaeth, a'i blant, a rhai na laddwyd yno, hwy aethant i gaethiwed yn amharchys.

Cresws, brenhin y Lidians, er i fod ef yn gyfoethog ag yn allyawg, gwedy yddo ef dernasy 16 o flynyddey, y brenin [64] Sirws a'y gorchyfygoedd ef, ag ef a gollwys y deyrnas, ag arwenwyd ymaith mewn caethiwed y draylo y rhan arall o'y oes megis bilain.

Dionisiws, brenhin o Sisil, a helwyd allann o'y dernas, ag aeth mor dlawd ag i cedwis ef ysgol yn Corinthe, a thrwy ddysgy plant bychain y enilloedd ef y fychedd yn dlawd yn y oes.

Mithridates, brenin Pontws, oedd yn dywysog gallyog, efo a orchyfygoedd xxii o gynedlaethay, ymysg y rhai hyny, medde rai, y dywedid pob iaith. Etto er hyny, gwedy yddo flino y byd o ryfeloedd, i bobloedd y hynan a'i gwrthodoedd ef, a'i fab y hynan a'i herlidioedd ef, ag a'i gorchyfygoedd trwy gynhildeb, megis y by dda ganto ef ddaisyf arr Ffranc i ladd ef, ag felly by. Dyna y ddiwedd.

Varlerianws, yr amherawdr mawr o Ryfain, yr hwn a vy yn herlid y Cristnogion, ag a wnaeth llawer o fesiff, a brenhin Persil a'y daloedd [64v] ef, yr hwn, yn erbyn cyfraith arfey, a barai yddo ef orwedd ar y ddayar try fy ef yn sengi arno i naidio ar i farch. Dyna gaethiwed mawr.

Baiasethes, y 4 brenhin o'r Twrks, yr hwn a orchyfygwyd gan Tamerlan y Tartarian, brenhin Sithia, yr hwn a'y cadwoedd ef mewn caits megis enaifil, ag a'y harwenawdd mewn cadwyn ayr trwy fysg y llu megis ysbaynel, ag yr oeddid yn y borthi ef dan ford y Tamerlan megis ci. Ag am hyny, bid hyn yn dystolaeth nad ydiw anrydedd ag awdyrdod yn ddim etifeddiaeth.

A hefyd, pwy lafyr, pwy drafel, pwy drallod, a phwy berigl y sydd ar dywysogion yn yr amser hyn, yn myntyno y hynain mewn ystat? Pwy ryfeloedd a lladdfay a wnaethpwyd, ran i enill, a rann y riolaethay a brenhiniaethe i gadw y rhaini? Gwelwch gan hyny fod y dedwyddyd bydol yn llawn [65] gofyd ney drallod. Yn y iefeinctyd, dynnion a rydeg i rygedfa, heb brisio am gydwybod, onyd pan ddel henaint, a'r chwantay gwedy darfod, pan fo y gwallt yn wyn, a ffon draiglo yn y llaw, a'r ysbectal ar y trwyn, a gwlan yn y clystey, y pryd na allo vn o rhain ddim help yddo ef, yno i gorfydd arno ddioddef cnoad y gydwybod, yr hwn beth a ddaroedd i waelder y giddio ragddo yn hir o amser. Y peth a sydd hoffaidd gan ieinctyd y sydd gas ag anhoffaidd gan henaint. Eithr pwy lawenydd a ddychon y dyn hen i gymeryd, pryd na welo ef yddo draylo dim o'y ieinktyd mewn dayoni a rinwedde da? Och! Pwy dristyd fwy a ddychonn bod y ddyn, na bod i cydwybod y hynan yn cyhyddo cynddrwg i trayloedd ef i vlynyddey ynn y ienctyd. Ond val i mae yr etholedig yn byw mewn gobaith, felly y [65v] may y dyn anghymeradwy yn byw mewn anobaith. Y neb a ddilyno gwaelder yw casddyn Duw. Saint Iefan a ddywaid, 'Y neb y garo y byd a gasa Duw.' Chwi ellwch wybod yn dda fod yn gas gan Dduw bechode, ie, pan ddioddefoedd ef yddy vn Mab farw ar allor y Groes, er mwyn na chaffai bechod vod heb y ddial. A pham oedd hyny ond am fod pechoday Addaf yn amlhay, fal yr oedd yr epil yn amlhay. Y gwr drwg cyfoethog oed ny boeni yn yffern o than a syched, am yddo fyw yn ol chwant y cnawd, yn yr hwn i gwirhair gairie yn Caidwad ni Iesu Grist, yr hwn a ddywad, 'Gway chwi y rhai ydych yn chwerthin, canys chwi wylwch ag a gwynfenwch.' Ag am hyny, gway chwi y bydolion ffolaid ag ofer waelaidd bobl, y rhai ydych yn dilynn chwante y cnawd ag yn gweled ych ynain yn hapys. Eithr pan fo chwi, am yr hoffter hyny, yn dioddef poeney, nyd yn y byd yma, onyd ny byd a ddaw, yn [66] dragywydd, ar y pryd hwnw chwi a gennwch lais newydd tost.

Ond bellach nyni a drown at yn Marchog, yr hwn adawsom yn y gors. O synwch yn y Salmay o Ddafydd, ag yn benaf ar y 36, 68, 72, 143, ag yno chwi a gewch weled y gwirionedd nad ydiw dedwyddyd bydol yn ddim ond oferedd, breiddwydon, a chamarferon, a hefyd y bydolion a sydd felltigedig ag

anhapys. Am hyny, myfi a ddymynaf arnochwi, yn enw'r
Arglwydd a'n Caidwad ni Iesy Grist, ar y chwi arfer ych da
bydol megis perinion yn arfer y lletyay yn y fath draigl, sef yw
hyny, na bo y chwi osod ych caloney yn y da bydol, megis na
bo yno ddim gwedy adel y'r Arglwydd. Yn y modd i gwelas y   1850
Marchog y llys o ddedwyddyd bydol, a'y holl bobloedd, o'i
balchedd, yn syrthio yn ddisyndod, yn yr vn modd i hapia y'r
bydolion gwaelaidd ar Ddydd y Farn, yn llai nag yddynt
[droi] o'y ffordd ddrwg, ag ymwrthod a'y pechode, a
braychaidio bychedd newydd, a [66v] gwasnaethy'r Arglwydd   1855
mewn santaiddrwydd ag iniawnder. Am hyny, gedwch y ni
ffrwyno yn chwantay, attal yn gwynfyd yn hynain, ag
etifarhay drwy ddolyrio yn y galon, a waetio a gwilio am
drigaredd Duw, drwy airiol yn Arglwydd Iesu Grist, ar yddo
ef yn gwnaethyr ni yn ddedwydd wresgynwyr o wir   1860
dragwyddol deyrnas nef, yr hwn y bo anrydedd a gogoniant
dros fyth.

Llyma ddiwedd y rhan gyntaf o'r llyfr
Y Marchog Crwydrad a'y draigl.

RHAN II

*Llyma ddechre yr Ail Rhan o
Draigl y Marchog Crwydrad.*

*Gras Duw a dynoedd y Marchog allan o frynti
pechoday, yn yr hwn yr oedd ef yn ffest yndo.*

Y penod kyntaf

Myfi, yn y rhann gyntaf o'm traigl, a draethais pwy foddion, drwy lywodraeth Ffolineb, i gwrthodais i Rinwedd ag y dilynais Waelder, ag yr aethof y'r llys o hapysrwydd twyllodr[ys], [67] [*Llsgr. B*] yno yn esmwytho vy hvnan dros serten o amser, yn dryllio holl orchmynion Duw, yn arwain drwc vychedd vydol, drwy dybiaid, o vyw velly, vy mod yn [*Llsgr. D*] hapys, ond yn wir yr oeddwn yn anhapys. Ond pwyham? O achos yn lle hapysrwydd, mi a gefeis ofereidd. Fal yr oyddwn yn boddlonhay fy hynan yn hela, [*Llsgr. C*] [43] mi a welwn y llys waelaidd yn syrthio ac yn myned y gyfrgoll, a mvnav vy hvnan hefyd yn digwyddo mewn pwll y pechod ved y kyfrwy.

Hawdd yw y ddyn o'i waith y hvnan gwympo y yffern, ond amhossybl yddo ddyfod allan ailwaith heb nerth gann ras Duw. Yr wyf yn y alw ef yn yffern, yr hwn a sydd yn byw bob amser mewn drygoni ac yn pechy drwy hoffter, kans o bydd ef marw yn y wedd honno yffern yw y gyfran. Ond os etifarha yn y vywyd mae gobaith yddo am gadwriaeth, kans gras Duw a ddychon y lawenhae a'i rhyddhae. Am hynny, dyn ohano y hvnan a gwymp y ddistriwiaeth, ond heb rhas Duw ny all ef godi ailwaith. Pan gwelo Duw y greadyr yn ymroi y bob oferedd, yn hwenych anrhydedd, a heb baido a'i vywyd pechadurys, yn vynych ve a ddenfyn arno adfyd, anesmwythder, dianrhydedd, a thrallod bydol, yddy wnaethyr yn yddyf ac y agored y lygaid y ddeall, megis y gallo ddyfod y kyddnabod y bechodav a'i kyffesv wrth Dduw. Hynn arwyddokar yn yr Efengil, lle kodoedd yr Arglwydd Iesu blentyn y wraic weddw, yr hwnn oeddyd yn y ddwyn allan o ddinas Naim yddy gladdy. Iesu a orchmynoedd y'r rhai oedd yn dwyn y korff aros, ac wedy yddo daimlo amdo y korff, o lais ychel ve ddywad, 'Kyfod, y gwr iefank.' A'r pryd hwnnw y korff marw a godoedd, ac a ddywad. Gwedy hynny, yr Arglwydd a [r]hoddes ef yddy vam dostiryaidd. Y vam dostyriaidd honno a arwyddoka yr [43v] eglwys yn tristav am y phlant mairwon, yddy deall y bydolion drwc a'r Kristnogion gwaelaidd, y rhai ynt waeth no chyrff mairwon. Plentyn y wraic weddw y arwyddoka eneidav mairwon mewn pechod. Yr amdo y arwyddoka y korff naturiol, yn yr hwnn y mae yr eneid pechadurys yn gorwedd. Y pedwar a oedd yn dwyn yr eneid marwol i yffern y arwyddoka gobaith am hir oes, ymarfer pechv, oedi etifarhav, a dibriso Gair Duw. Ond er hynny, pan vynno Duw godi yr eneid marw yn vyw, ve orchymyn y'r dysgawdwyr aros; gwedy hynny ef a daimla y korff, drwy ddanfon ar bechadyriaid adfyd, klefydav, ac anfforten. Hynny y gid nyd digon, yn llai noc y Dduw yr Arglwydd ddywedyd wrth yr eneid, 'Eneid, dywedaf wrthyd kyfod.' Mynych i ymwelir a dynion drwy y trallody, a hwyntav yn gwytho yn erbyn Duw drwy y velldithiaw ef, yr hwnn a ddanfones yr adfyd arnynt. Am [*Llsgr. B*] [49] vod y rhai hynny mewn anyfydd-dod, yn analleawc y godi ohanynt y hvnain, anghenraidiol ydyw y Dduw ddywedyd wrth yr eneid, 'Kyfod.' Nyd oes gwahaniad rwng y ddywedydiad a'i waithred, kans y peth a ddyweto, ef a'i gwna. Ac am hynny, os dywaid ef, yr Arglwydd, vnwaith wrth yr eneid, 'Kyfod,' ve gyfyd, a'r pryd hynny vo a'i rhy ef yddy vam yr Eglwys, yr honn oedd dostyrys am y pechodav ef. Yn yr vn modd Duw a'm drychaif i o'm pechodav, a ddanfones adfyd arnaf, y beri ym gyddnabod vy nrygoni, a thrwy yfydd-dod y droi atto ef, yr hynn beth ny allaf y wnaethyr heb y rad nefol ef, na chyrhaeddyd gwir ddedwyddyd heb y nerth ef.

Yno y'm rebyddioedd gwialen Dduw [*Llsgr. A*] [68] – rybyddio fy mod yn debig y fydol am ddilyn Gwaelder, a'm bod i yn anhapys, ag yn gyflawn o halogrwydd a brynti, ag yn ymgrainio mewn cors o ddrygoni, yr hwn ny allwn i dynny fy hynan oddyno fyth. Canys fy llygaid oedd yn gayedig a'm deall gann Waelder, yr hwn gwedy hynny a egorwyd gan Ras

Duw y weled pwy fodd tryan yr oeddwn i yndo; a'r deall hyny a ddaroedd y Ffolineb y dywylly, a'm gwnaethyr yn flina bydredd ny byd oll. Ond er hyny, pan gefais fy maeddy gan adfyd, mi a wybym fod fy neall yn goliany ychydig, megis yr oedd fy nghydwybod yn dangos y mi na ddaroedd y mi ymarfer a dim dayoni. A phan i gwybyo iney na allwn droi yn fy ol heb Ras Duw, myfi a ddrychefais fy ngolygon tia'r nef, trwy wasgy fy nwylaw yn gwilyddgar, a chwynfan yn ywchel, ag yfyddhay vy hynan gair bron Duw, yr hwn i gwnaythoeddwn yn y [er]byn ef yn dost, ag a wnaethym fy achwyn wrtho val hynn:

'O [68v] Arglwyd Dduw, Tad a Gwnaethwr pob dim, nyd wyf i yn ddyladwy i ddrychaif fy nghalon a'm golygon tiag atat ti, nag i erchi maddeaint am fy aml bechodey, yn y rhai yr wyf i yn cydnabod vy hynan yn ayog. Ond er hyny, Duw a'th holl dduwiolder, a Thad y drigaredd, myfi atolygaf y ti na chospych di fyfi yn [dy] fawr lidiawgrwydd, ag na chyfrif i ymysg y rhai gwrthodedig. Yr wyf i yn cydnabod fy nrygoni, ag yn airiol maddeyaint am fy nghamwaithredon a'm bychedd ddrwg o'r blaen, yr hwn yr wyf i yn anfoddloni fy hynan, a'm calon yn cryny rag ofn dy farnedigaeth. O Dyw, na wrthod dy greadyr, yr hwn sydd bechadyr, onyd nertha a chynorthwya fi o'th nefol drigaredd, yr hwn, o caf i vlas dy rinwedd, nyd raid y mi amgen. O caniata hynn y mi er gogoniant dy enw, ag er carriad ar dy fawredig anwyl fab Iesu Grist, yr hwn gyda thi a'r Ysbryd Glan i bo holl anrydedd a gally yn dragwyddol. Amen.' [69]

A minay felly yn gweddio o'm llwyr wyllys, yn gollwng daigrey, ag yn cyro fy mrest, yn ymddolyrio, ag 'n ymofydio am fy mhechoday. Ag yn ddisymwth, mi a welwn arglwyddes yn disgyn gair fy mron, ar lan y gors, lle yr oeddwn i gwedy singco yn ffest yndi. A'r arglwyddes hyn oedd yn yrddasol, ag yn odidog ryfedd, ag yn wybodys. Hi amddangosoedd y mi mewn trwsiad o sattan gwyn, a chlog o ddamasc glas gwedy vroedro ag ayr a pherlay, a'y hwyneb oedd yn tywyny fal yr hayl, ag am hynny anoedd y mi edrych erni. Yno myfi a ynfydais ar y fath weledigaeth honno yn ddisyndod, heb wybod y pryd cynta pwy ydoedd. Etto, er hyny, mi a lawenhais, gan dybied mae rhyw help oedd yn dyfod o'r nefoedd y'm tynny allan o'r gors, yn yr hon yr oeddwn yn gorwedd ynthi. Ag o'r diwedd, gan i mawrhay, mi a ddymynais erni gan ddywedyd, 'O arglwyddes [69v] ddayonys raslawn, myfi atylygaf y ti yn yfydd, os gelly fod yn foddlon genyd, fy helpy allan o'r gors halog hon, am nad oes dim yn agos y mi ond gwiberod gwenwynig: yn enw Duw mi a ddaisyfaf gynorthwy.' Ag yno i dywad hithey, 'O ffol! O eneifil camarferedig! Ti a wely yr awr hon pwy roddion a gefaist gan Waelder am i dilyn hi. Pei bysti yn credy vy merch i, ny bysit ti ny fath drieni hyny.' Yno mi ofynais pwy oedd i merch hi. Hithey a ddywad, 'Y ferch felysaidd fonheddig, yr hon, es vn ar ddeg o ddyddie aeth haibio, a'th gynghores di y adel ymaith Gwaelder a'y dilyn hi; ag am na chredaisti hi, a distyried y chyngor, yr wyti yn dioddef yr anapysrwydd hyn.' Ag wrth yr ymadrodd hyny, myfi wybyo may Gras Duw ydoedd hi, mam Rhinwedd. Yno y cwympais i ar fy nglynie, gan wylo a dywedyd val [70] hyn, 'O arglwyddes anwyl, y gynghorwraig felltigedig Ffolineb a'm tynoedd i oddy wrth dy ferch di, a minay, anhapys fydrredd, a'i credais hi, yr hwn yr wyf yn dolyrio yn fawr. Ag yr awr hon yr wyf yn deisyfy maddeyant genyd, ag yn airiol yn yfydd arnad o'th drigaredd vy rhyddhay allan o'r halogrwydd glefyd hyn, dan amod ag aiddyned ar dy ddilyn di byth o hyn allan. Er fy mod yn haeddy damnedigaeth am fy nghamwaithredoedd, eto, er mwyn dy vod yn drigarog natyriol, arbed fi.' A phan y clywas Gras Duw fy nghwynfan, hi a estynoedd y mi wialen ayr, ag a orchmynoedd ym ddodi fy llaw erni, yr hwn beth, pan i gwnaethym, myfi a gyfodais o'm cyfrwy, ag felly y'm dodwyd i allan o'r figen, yr hon y gedais i fy march Ffromder, a'm llywodraethferch Ffolineb, y bysgota ffrogaed. Ag fal hyn i gwelwch may Gras Duw a'm tynoedd i allann o'm pechode, ag a sydd yn [yn] ryddhay ni ag yn [yn] cyfiawnhay ni heb y'm haeddy, [70v] onyd fal cynt nyd heb ddolyr calonn a blinder am yn pechode, yr hwn a sydd rodd enwedig gan Ras Duw, ag nyd gwaithred dyn o'y natyriaeth llygredig.

2010   *Gras Duw a ddangosoedd yffern i'r Marchog*
a'r holl gwmpayni, y rhai a welsai ef yn y
llys o ddedwyddyd bydol a'y hoffter.

ii penod

A miney allan o'r figen, yn ostyngedig ar fy nglynie, mi a
2015 roesym ddiolch y Ras Duw am y dayoni, gan wybod nad yw
ddyledog y ddyn gael dayoni gan Dduw ony bydd ef diolchys
amdano. Ag yno Gras Duw aeth o'm blaen i, ag a archoedd y
mine y dilyn hi, ag felly i gwnaethof i yn wyllysgar. Canys
myfi a'y dilynais hi, nes y mi gael gweled y llys o ddedwyddyd
2020 bydol, a'i ogoniant gwedy droi yn gaybwll dyfwn tywyll, yn
berwi gan y tan troeledig, o'r hwn le yr oedd darth halog a
mwg yn [71] cyfodi, a drewiant a safwr brwnt yn dyfod
ohonaw, o achos y brwmstan poeth oedd yn llosgi. A thros y
pwll hwnw yrr oedd yn raid y ni fyned hyd astell fechan hir
2025 gyl, ag am hyny yr oedd fy ngwallt yn sefyll. Ag yno, drwy
ddolyrys ychnaidion, mi a ddaisyfais ar Ras Duw ddywedyd
wrthyf beth oedd y weledigaeth a welsem ni yno. Hithey a
ddywad may Llys Gwaelder oedd yno, a'r holl gydmaithion,
'y rhain y byost di ny mysc yn cael dy annogiaeth ddrwg, ag
2030 ony byse y mi gymeryd trigaredd arnati, oco y bysyd dithe yn
cael dy boeni gydag hwynt. Meddwl ynod dy hynan beth yw y
lle akw, ay hoffaidd ay nyd yw? Ti a wely pwy fodd y may y
diawl yn trin y rhai acw mewn poeney. Dacw y brenhin mawr,
Lywsyffer, yr hwn a dybiaist i weled, a chydymaithion o
2035 foneddigion a phenaithiaid gydag ef, yn y llys o anwiredd.
Dacw hwynt yn y ffraio yn y ffwrnes, dacw daliad y rhai a'y
gwsanaetho ef.' Ag yno y [71v] gwelem ni wely o hayarn
twym-coch, yn yr hwn yr oedd gwraig yn gorwedd yn hoeth,
a sarff yn y braychaido, ag yn chwarey rwng y dwy goes
2040 o'y chynffon, a dwy wiber anferth yn blethedig am y
morddwydydd yn bwyta y dirgelwch hi, a'r wraig dryan hono
oedd yn llefain yn dostyrys a llais ywchel arythr. 'Dacw,' hebe
Ras Duw, 'y gwely, yn yr hwn y byosti yn gorwedd, a'r wraig
acw yw Duwes y Cariad, yr hon oedd yn cadw dy gydmaithias
2045 di. A fydde dda genyd fod gyda hi yr awr hon yn y
gwasnaythy?' Yno y dywedais iney na fydde. 'Ti a wely,' hebe
hi, 'dacw ddiwedd yr holl rai ag a sydd yn byw mewn

gwaelder a'r bydolion drwg. Gofyn yddynt yr awr hon ple may y da, a'y hoffter, a'i mawredd, a'y arglwyddesi.' 'Ny beiddaf i,' hebe finey, 'rag ofn.' Ag yno Gras Duw a ddechreoedd gyfyn yddynt a llais ywchel, 'O chwchwi, vydolion tryain melltigedig, y rhai a dafloedd Duw allan! Pwy le yr awr hon y [72] may ych ystafelloedd gwychion gwedy gwisgo amgylch yddynt o llenay sidan, a'ch gwelyay esmwythion, a'ch cyfoeth mawr, a'ch cybyrday, a'ch coffrey llawn ayr ag arian, a'ch plat, a'ch perls, a'ch main gwrthfawr, a'ch trwsiade gwychion, a'ch garddey teg hoffaidd, a'ch mayrch, a'ch gwin melys, a'ch gwaision, a'ch trasay, a'r holl rialwch, a'ch ysmwythter heblaw hynny. O bobl anhapys! Y cyfnewid hynny a sydd gyfion y chwi gael. Yn lle ych glothineb yr ydych yn dioddef newyn, yn lle ych medd-dod yr ydych yn dioddef syched, yn lle ych arogle peraidd yr ydych yn dioddef drewiant, yn ych aniwairdeb yr ydych mewn poene ynghydmaithias y diawlaid, ag am ych difyrwch haffaidd ny blaen yr ydych yn dioddef dialey arythr.' A gwedy y Ras Duw draethy yr ymadrodd hyny, y bobl felltigedig hyny a lefoedd yn ywchel, 'Gway ni o'r awr y'n ganed erioed! Cyfiawnder Duw, ie, trwm gyfiawnder Duw, [72v] am yn bod ni yn y haeddy, sydd yn yn poeni ag yn yn cosbi ny modd hyn.'

A gwedy darfod hyny, Gras Duw a ddywad fod yn raid ym vynd dros y lle hwnw drwa, er bod yr astell yn fain ag yn hir. Yno yr oeddwn i yn ofnys. Eto, er hynny, mi a'y dilynais hi, a hithe yn myned o'm blaen i er mwyn fy nibrydery i. Ond cyn y mi [fyned] dri cham hyd yr astell mi a welwn Serberws, y ci o yffern, a'y dri ffen yn safnrythy y gaisio fy ninystr i. Ag ar y gwelediad hyny mi ofnais, a'm troed a lithroedd, ag yntay yn fyann a'm cymeroedd i herwydd fy sodley ar feder fy nryllio, ag yno mi a lefais ar Ras Duw y'm nerthy. Hithay edrychoedd yn y hol ag a'm gweloedd mewn perigl, ag yn fyan hi a'm tynoedd y fynydd mewn mynyd, ag a'm ryddhaoedd i o'r caybwll. Ag yno mi a gofiais beth a ddywad Dafydd yn y salm, 'Fy nroed a lithroedd, eithr dy drigaredd di, Arglwydd, a'm [73] nerthoedd y godi.' A'r pryd hyny, pan y dygoedd Gras Duw fi yn y braychay, mi ofnais rag y'm halogrwydd i nyrddo y gwisgad hi, yr hwn oedd cyfoethog. Onyd er hyny, nyd oedd hacrach y thrwsiad gwyrthfawr hi, ie, a'm trwsiad brwnt inay aeth yn lan, ag am hyny mi a ryfeddais yn fawr. Ag yno y

dywad Gras Duw, 'Fy mab, megis y tery yr hayl yn lliw y lliwydd, ag y try allan heb halogi dim, yn yr vn modd yr wyf
2090 inay heb halogi fy hynan, er y mi entro yn dy enaid pechadyrys di, ag mewn myned yn y wnaythyr ef yn lan.'

A gwedy hyny, dros y mynydday a'r craigydd y rodiasom, nes yn dyfod y'r groesffordd lle bysei Rinwedd yn dymyno arnaf y dilyn hi. Yno pan gofais y 'madr[o]ddion, mi wylais yn
2095 dost am fy mhechoday a'm ffolineb, y rhai athoedd haibio. Onyd pan wyby Ras Duw fy mod yn dyffygio, a drewiant y caybwll gwedy fy mlino, hi a'm cymerodd o drieni yn y braychay, ag o'r diwedd hi a ddangosoedd y [73v] mi Ysgol yr Etifairwch, yr hwn le yr oedd yn raid y mi fyned cyn i gallwn
2100 fyned y mewn i wir ddedwyddyd.

Y Marchog yn traethy pwy fodd yr aeth ef y'r Ysgol o Etifairwch, a phwy fodd y derbynwyd ef yno.

3 penod

A phan oeddwn yn agos y'r Ysgol o Etifairwch, yr hon oedd
2105 gwedy hadailiad ar ycha glan ywchel gwedy damgylchyny o moat, yr hwn a elwir Yfydd-dod, ag yno y galwoedd Gras Duw, ag allan y dayth Arglwyddes yr Etifairwch mewn trwsiad plain: yn nesa yddy chroen ydd oedd grys o rhawn, ar ycha hyny yr oedd gown o liain sach gwedy ymwregysy o
2110 gwregis lleder mawr, a chwrsi o ganfas ar y phen. A chyda hi y dayth dwy lawforwyn a elwid Dolyr am Bechod, a Chyffesy y Pechod, a'y trwsiaday oedd fal trwsiad i harglwyddes hwynt. Ag vn ohanynt oedd dostyrys a thrist, a'r llall oedd fyl [74] a chwilyddgar yn dala y ffen yn isel. A'r pryd hyny y
2115 dywad Gras Duw wrth E[tif]airwch, 'May yma Farchog, yr hwn sydd yn dyfod y'th ysgol di fal y gallo ef anghofio y drygoni, yr hwn a ddysgoedd ef o'r blaen, a chael dangos yddo ddayoni, yr hwn nys cyddnaby erioed.' A gwedy mi fyned y'r Ysgol o Etifairwch, mi a ddysgais byw yno yn
2120 llonydd ag yn ddayonys ag anghofio a wnaethym y drygoni, yr hwn a ddangosysid y mi ny blaen. A lle yr oeddwn i o'r blaen gwedy dysgy naidio, dawnso, chwaray, bwyta, yfed,

hela pytainaid, a gwnaethyr pob ryw filaindra a mesiff, eithr
yn Ysgol yr Etifairwch y dysgais wers newydd, nyd amgen
penlino, tostyrio, gweddio, ymprydio, a byw yn ddayonys, yr
hwn oedd wrthnebys y'r pethe a ddysgyswn yn y llys o
ddedwyddyd bydol. Ag yno i dywad Etifairwch wrth Ras
Duw fod yn raid y mi dafly ymai[th fy] het asgellog, a phob
peth he[fyd a oe]dd y'm cylch. Yno wrth o[rchymyn Gras
Duw, Etifa]irwch a dynoedd fy ng[wisgad ymaith. Hi a
daf]loedd fy] het o ewnfalchedd [y'r caybwll,] [74v] a'm
gwregys o anhy[me]raiddrwydd, wrth yr hwn yr oedd fy
ngleddyf [o] anyfydd-dod yn ffest. Hi a'y toroedd yn ddrylle,
a'm pais o ofer ogoniant, a'm saney o ofer hoffter, a'm
dwbled o wael ddymyniade, y rhai hyny oll a dafloedd hi y'r
pwll, fal nad oedd ddim y'm cylch onyd yn vnig fy ngrys o
anlladrwydd, yr hwn hefyd hi a fynai y dyny dros fy mhen,
ond myfi ganlynais erni yn daer na'm gadawai yn hoeth, ag
felly y'm ysgyswyd dros y pryd hyny. Ag yn y man gwedy
hyny i dywad Etifairwch, 'Yn llai nag y ti fwrw ymaith dy holl
drwsiad, ie, yr hen ddyn, ny elly di ddyfod y'm osgol i, ag may
yn raid y ti ddyfod y mewn y'r tyllad cyfing yma y ffordd y
daythym inay allan.' Yno minay achwynais fod yn amhosybl
y mi allel dyfod trwy'r twll hwnw am nad ay fy mhen y mewn.
Hithey a ddywad nad oedd vn ffordd y ddyfod yddy hysgol hi
onyd hono. Ag yno myfi gofiais beth a ddywad Crist yn yr
Efengi[l o Saint Mathew, 'Y] ffordd a sydd gyfing, y[r hon a
sydd yn arw]ain y fywyd trag[wyddol, ag ychydig a sy]dd yn
traiglo y'r ff[ordd honno.']

[Pan oed]dwn i yn sefyll [ag yn rhyfeddy cyn] [75] gyfynged
oedd y tyllad, yno mi a welwn wiber hen yn myned y mewn,
ag yn y hol yn gyfnaid, yn gyfnewydd, ag yn iefanc, ag am
hynny mi rhyfeddais. Yno y dywad Gras Duw wrthyf, 'Fy
fab, fal hyn i may yn raid y tithay wnaethyr, canys pan elych
di y Ysgol Etifairwch, raid y ti adel dy hen groen ar d'ol, a
gwedy hyny tydi a droy ailwaith yn ddyn iefangc. Ag am hyny
dywad Saint Pawl, "Dod haibio yr hen ddyn a'r ymddygiad
halogaidd cyntaf, yr hwn sydd oddy allan yn ddrwgonys, a
gwisc ymdanad y dyn newydd, yr hwn a sydd yddy gray yn
gydsyniol a Christ, mewn cyfiawnder, a santaiddrwydd, a
gwirionedd." Yr hen ddyn yw gwaithredon pechadyrys a'r
drwg fychedd o'r blaen, yr hwn adewir ar ol yn yr Ysgol o

Etifairwch, a'r dyn newydd yw y fychedd ddayonys, yr hon a ddechreyir o newydd mewn santaiddrwydd a gwirionedd.' Ag fal yr oedd Gras Duw y'm dangos felly, mi a welwn hen eryr, a llygaid trymion, plyfdew, [75v] yn hofran yn ywchel. A'r eryr yma a ddisgynoedd y'r llawr, ag amgrainoedd dair gwaith mewn ffynon oedd yno, ag yn bresenol ef ailwaith a droes yn iefangc ag yn hoenys, ag am y gwrthe hyny mi a ryfeddais yn fwy nag am y wiber. Ag yno Gras Duw a ddywad wrthyf i, 'Fal yr ail-droes yr eryr o'r ffynon yn iefanc ag yn hoenys, felly yr ail-droy dithey yn ol dy ddyfod at Grist, drwy ti ymofydio am dy bechod a'y cyffesy, yr hwn bethe os gwnay, ti a gay dderbyn dy wirionedd cyntaf, yr hwn a roesbwyd y ti yn dy fedyddiad.'

Ag yno yr aeth Gras Duw o'm blaen i y'r Ysgol o Etifeirwch, ag a ddywad, 'Myfi a'th ddygaf y mewn, cans nnyd oes neb onyd myfi yn dangos y ffordd y bechadyriaid etifary.' Ag yno hi a'm tynoedd y mewn, ag yn ddiohir myfi aythym yn elynaidd y'r pechod. Ag am hyny na fawrhaed neb y hynan, canys gras Duw sydd yn myned o flaen dyn a'y wyllys, a thrwy ras Duw y [76] gwnair dyn yn ddayonys. Ag yno myfi aethym i mewn ar i hol hi, a gwedy mi fyned ychydig y mewn yr oedd y twll yn helaethy ychydig. Ag yno Gras Duw oedd y'm tyny herwydd fy mhen, ag Etifairwch yn gwthio fy nraed. Ag wrth fyned i mewn y'r lle cyfing, mi a edais fy ngrys o anlladrwydd ar fy ol gwedy tori yn ddryllie, yr hwn hi a'y tawloedd y'r caybwll, a'm holl gorff oedd gwedy frayny. Ag fal hyn y may Etifairwch yn parothay yddy hysgolhaig hi, canys o bydd neb o'y enay yn cyffesy i bechoday, y rhai aethant haibio, ag heb ymofidio oddy fewn yddo, ag ymddolyrio am ddigio Duw, a heb gyflawn fwriad ar wellay i fywyd yn wir, mawr yw i gamsynaid ef. Canys o tebig ef y cayff fendith Duw, felly fo gayff melltith Duw yn hytrach. Ag felly Etifairwch a ddodes am fy nghorff noeth i y fath wisgad ag oedd hi hynan yn y wisgo, yr hwn pan y gwelais mi feddyliais am [76v] yr Apostolion, nyd gan feddwl fy mod yn cystal a hwynt, onyd fy mod yn gobaithio, trwy ras Duw, ddyfod i'r lle y maynt wy, ag yr oeddwn yn yfydd y wnaethyr megis y gwnaethant wy.

Y modd y may gwir etifeirwch yn entro ynom, a phwy fodd yr oedd Cydwybod yn cyhyddo y Marchog, a phwy boene oedd ef yn y hayddy.

4 penod

Gwirionedd yw na ellir etifarhay fal yr ydis yn tybiaid heb gael gras Duw. Canys y dynion pechadyrys ny ddychon y calone hwynt newidio y anweddys fychedd, na throi oddy wrth y baiay, ie, na ffarothay y hynain, heb nerth gras Duw.

Y doctoriaid y sydd y'm holi baynydd p'yn y may gwir etifairwch yn cymeryd i dechreyad, ay o gariad, ay yntey o ofn. Y gofyniad hyn a ellir i ateb mewn ychydig o airiey byron. Myfi a ddwedaf y dychon ef ddechre ymhob vn o'r dday; o achos bod gwir etifairwch yn waithred Duw, fo ddychon y dechre ynn y modd y myno ef. Ond pan i del ef o gariad, nyd ydiw yn weddys gyffredinol, ond [77] mawr ryfeddod yw. Edrychwch ar ymhoeliad Saint Pawl, Saint Mathay, a'r llaidr.

Onyd yn weddys y may Duw yn dechrey etifeirwch ynom ni drwy ofn, megis yn y trydydd llyfr o'r Brenhinioedd, pan orchmynoedd ef i Elias ddyfod allan o'y ogof i aros ar y mynydd gair bron i Arglwydd. A gwynt mawr cadarn aeth haibio, a dryllioedd y glenydd ywchel, a'r cwareley yn llapre o flaen yr Arglwydd, onyd nyd oedd yr Arglwydd yn y gwynt. Gwedy hyny i dayth crynfa dayar, onyd nyd oedd yr Arglwydd yn y grynfa dayar. Gwedy hyny dayth tan, ond nyd oedd yr Arglwydd yn y tan. Gwedy hyny i dayth sownd llariaidd, ag mewn hwnw yr oedd yr Arglwydd. Yn yr vn modd i denfyn Duw y gwynt, sef yw ofn, y dori mynyddey gallyog y balchedd, a'r galon galetach na'r careg ney'r cwareley. Gwedy hyny i daw trallod y'r enaid. Gwedy hyny i daw cydwybod i waithio'r galon y pechadyr, ag yddy gyhyddo ef o'y fywyd drwg. Onyd eto nyd ydiw yr Arglwydd yndynt a'y fywiol ras, ond [77v] er hyny i maent yn flaenoriaid i barodhay ffordd yr Arglwydd. Eithrr pan fo dirfawr ofn gwedy marwolhay drwgwyllys dyn, a'i arwain haychen y yffern, yno i daw sain llariaidd gras Duw, yr hwn a fywioca yr en[a]id a dywedyd, 'Lasarws, dare ymaith.' Dyma y llais y sydd yn rhoi diogelrwydd: pan i clywo ef ni allwn ymado

mewn heddwch, gan ymlawenhay am faddeaint o'n pechoday.
May yn debig may trwy gariad i dechreywys etifairwch gyntaf
2240 ynn y Marchog, a hyny yn wrthfawr, canys pan ydoedd ef
ymrynti y pechod, yn ddisymwth, drwy ras Duw, fo addefwys
i ffolineb, gan gasay i faiedig fywyd, fo archoedd nerth a
gwasgod gan ras Duw, yr hon yn ddiohir a'y nerthoedd, ag a'i
dygoedd allan o syrthfa pechod. Onyd y dyll hyn, nyd ydiw yn
2245 arfer cyffredinol. Yn wir y may serten o flaenoriaid i
gyfiawnhay pechadyriaid, y rhain a sydd yn partoi y ffordd y
fywiol ras Duw, ag i offrwm y Dduw ysbryd newyddaidd a
chalonn bywraidd gyfiawn, a'r dyll hynny ydiw pobl dduwiol
ynn y [78] arfer yn vnig pan font yn troi at Dduw.
2250   A gwedy darfod i Etifeirwch wisgo amdanaf o rawn a lliain
sach, fe'm dodwyd i ar ystol. Ag yno Gras Duw amddangoses
y mi, a dwy wraig eraill ag vn gwr, yr hwn oedd bregethwr. Yr
oedd yn y llaw ddeay i vn o'r gwragedd wialen hayarn
flaenllem a elwid Cnoad y Gydwybod, ag ynn y llaw asey
2255 iddi llyfr coch. Ag am hyn myfi a'y hofnais, canys yr oedd
hi yn synid arnaf, am hynny yr oeddwn yn tybie[d] y bod hi
y'm bwgwth. Y wraig [arall] oedd dirion, a llariaidd, a
boneddigaidd, [yn] dala yn y llaw ddeay lyfr ayraid [gwedy]
y werchyrio o pherls, a'i henw hi [oedd Co]fiodigaeth. Ag yno
2260 Gras Duw a oso[doedd] Cydwybod ar fy llaw asey, a
Chofiodigaeth ar fy llaw ddeay, a'r pregethwr ag Etifeirwch
a'y llawforynion oedd o amgylch y mi. Ag yno i
gorchmynoedd Gras Duw i Gydwybod egored y llyfr coch, yr
hwn pan i gwybyo ag i gwelais y gairiey gwedy ysgrifeny o
2265 gwaed, ag yn traethy fy holl faiay, a phwy boeney a [78v] oedd
yn gymhesyr yddynt am y mi ddilyn Ffolineb, ag yno mi
aethym yn ddiymadroddion ag a ddifesais. Ag yno Cydwybod
o'y gwialen hayrn a'm twitsioedd, ie, ag a'm pricoedd y'm
calon, a hi a ddywad yn ychel wrthyf i, 'O tydi, ddyn tryan!
2270 Edrych ar y llyfr hwn yn fanol, a thi a gay weled pwy foddion
y byosti yn byw yn erbyn Duw, y cyfiawnder a reswn. Tydi a
fyost falch, diryfedd, a dymynwr anrydedd, a chynfigenys am
ffyniant rai eraill, llydiog, cnoi drychef[n], anghywir, ag yn
trachwanty ayr, rwyfys, godinebys, glwthig, digwilydd, ag
2275 ymrhoddi y bob drygoni, gan ddryllio gorch[m]ynion Duw,
ag arwain dy fywyd yn halog, gwady Duw, yn tyngy ag yn
cably i en[w] ef, yn gelwyddog, ag yn dwyn camdystolaeth, yn

chwenychy da eraill, ag yn anyfydd y'th daidiay, gan y melltithio a dymyno i hangey hwynt. Nyd oedd genyd na ffydd na gobaith mewn Duw, ond yn hytrach mewn grym, cyfoeth, ag anrydedd, gan draisio dy genedl a'y hawdyrdod, ag ny fedraf i gyfrif dy bechoday yn gwbl, gan i bod yn fwy no rifedi. Yr oedd genyd ychydig o brydery am haeddy bodd Christ, ie, [79] nag am iechyd dy enaid dy hynan, onyd ymrhoi bob amser i waelder, brynti, a drygoni.'

A gwedy i Gydwybod fy nghyddo i, yno i dolyriais am fy mhechode, ag a wylais yn dost ag yn chwerw, gan gyrro fy mrest. Ag ynno Cydwybod a ddangoses y mi pwy boene oeddwn i yn y haeddy am ddilyn gwaeledd ag oferedd, a'y cary yn fwy na Duw. 'Tydi, ddyn,' hebe hi, 'a ddylyd dy losgi mewn tan yffernol diddiffoddedig, ie, a'th flinhay o ffoeney enaid a chorff. Ag o hyn allan dy chwerthin a dry yn wylofain, a'th lywenydd yn dristyd, dy ganiade yn llefey, ie, pwy boene a ellir i henwi nad ydiw yn ddyledog y tydi y dioddef heb obaith rhyddhad, canys hyny yw taliad dedwyddyd bydol a dilyniad Ffolineb. Meddwl di yr awr hon a ydiw y'th bwfer di ally ymryddhay oddy wrth y poene hyny.' A phan y clywais fy nghydwybod ynn dwedyd felly, mi a dybiais fod yffern yn egored yn barod y'm llyngcy. A thrwy dostyrys ymddygiad, myfi a gwympais y'r llawr gair bron Gras [79v] Duw, heb ally dwedyd vn gair, ond hi a gymeroedd trieni arnaf i ag archoedd y myfi gyfodi, ag felly gwnaethof heb haner gobaith genyf. Ag er mwyn fy nghynffwrdo i, hithey agores y llyfr oedd yn llaw Cofiodigaeth.

Kofiodigaeth, wrth orchymyn Gras Duw, a ddarllenoedd y mi ddayoni Duw, a'y addawidion y bechadyriaid a font yn etifarhay.

5 penod

A gwedy i Gofodigaeth egored y llyfr, mi a wybym fod y lythyrey ef o ayr ag asyr, yr hwn oedd yn traethy mawr ddayoni Duw, a'y drigaredd y'r pechadyriaid a faint yn etifarhay o ddyfnder i caloney. Ag yno Cofiodigaeth, wrth orchymyn Gras Duw, a ddarllenoedd y llyfr yn y modd hwn:

Saint Pawl at y Ryfainiaid a esgrifenoedd fal hyn, 'Lle may pechod yn fawr, i may gras Duw yn fwy.' Pwy [80] bynag a sydd yn drwgdybiaid wrth drigaredd Duw, may hwnw yn tybiaid nad oes dim trigaredd mewn Duw. A'r sawl a wnelo felly, maynt yn gwnaythyr cam mawr a Duw, canys may y rhaini yn amay bod Duw yn gariad, yn wirionedd, ag yn allyog, yn yr hwn i may holl obaith y pechadyriaid yn aros. Canys o'y fawr gariad y danfones ef i Fab y'r byd y gymeryd natyrriaeth dyn amdano, megis i gallai vn Mab Duw yn y cnawd hwnw ddioddef angey ar y Groes dros bechadyriaid, yddy ryddhay hwynt. A hefyd, fo amodoedd er cariad ar i Fab ryddhay a madday pechoday yr holl dryain bechadyriaid, bob amser ag i gofynynt yddaw mewn gostyngedig ag yfydd galon o thrwm ddolyrys am y bechodey. Canys may Duw yn gywir y addawidion, fal i may ef o'y ally yn abal yddy cyflenwi hwynt, ag fal i may ef yn abl felly, i myn ef wnaythyr pob peth ag a vo [80v] boddlon ganto ef. Duw a fyn maddey i bechadyriaid y pechode: pwy a ddychon rwystro y peth a fo boddlon gan Dduw?

Y gwirionedd o hynny sydd yn yr Ysgrythyr Lan yn cystal yn yr Hen Testament a'r Testament Newydd. Yn gyntaf, Esai y proffwyd a ddywad, 'Myfi fy hynan a sydd yn bloto ymaith dy ddrygoni er mwyn fy nghariad fy hynan, ag ny fynaf vod dy bechoday mewn cofiaeth.' 'Er mwyn fy nghariad i,' medd Duw, 'ag nyd er mwyn dy gariad ti a'th aeddedigaeth.' Megis pe bai ef yn dywedyd wrth holl bechadyriaid y byd val hynn, 'Odyd wyd ti yn tybiaid fy mod i yn maddey y ti dy bechode er mwyn dy haeddedigaeth dy hynan yr wyt ti yn cael dy dwyllo. Nage! Nage! Onyd er mwyn fy nrigaredd fy hynan a'm mawr ddayoni yr wyf yn maddey. Nyd oes achos y ti anobaithio, canys may'r rhan leia o'm trigaredd i yn fwy na'th holl bechodey di.' Ag mewn man arrall y dywaid ef trwy'r vn ryw broffwyd, 'Trowch ych ynain ataf i, yr holl ddayar, a chwi a fyddwch gadwedig, canys myfi yw Duw ag nyd oes vn arall [81] onyd myfi.' Beth yw meddwl y gairie hyny, 'Myfi yw Duw,' sef yw, i fod ef yn Dduw dayonys ag yn drigarog. Od ydiw yn amhosybl y fod ef yn Dduw, felly may yn amhosybl i fod ef yn ddayonys ag yn drigarog. Yr vn ryw broffwyd a ddywad wrthym ni gyd, 'Gydawed yr angred-ddyn i ffordd, a'rr dyn anghyfiawn i fwriadey, a throed at yr Arglwydd, ag fo gymer trieni, canys may ef yn barod y faddey.'

A hefyd, drwy'r proffwyd Ieremi, y dywad Duw wrth bobl
yr Ysrael i fod ef yn llidiog am i delw-addoliaeth a llawer o
bechodey eraill. 'Tro ataf Ysrael, tydi anyfydd, canys dy
Arglwydd ydwyf i, ag ny throf iney fy wyneb oddy wrthyd.
Canys idd wyf,' medd yr Arglwydd, 'yn santaidd ag yn
foneddigaidd, ag ny chadwaf fy nigofaint yn dragwyddol.' A
hefyd, trwy'r proffwyd Esegiel, i dywad ef val hyn, 'Os
etifarha y dyn drwg am i bechodey, a chadw fy ngorchmynion
a gwnaethyr cyfiawnder, fo gayff byw ag nyd marw, ag ny
fynaf gofio dim o'y faiay aethant haibio mwy.' Yr Arglwydd
a ddywaid, [81v] 'A ydywchwi yn tybiaid fod yn hoff genyf i
angey pechadyr? Nag ydiw, onyd yn gynt, gwell genyf i yddo
ef droi oddy wrth i anwiredd a byw. Etifarhewch fal i byddoch
fyw.' Y proffwyd Dafydd a ddywad ddarfod y'r Ysrael
obaithio yn yr Arglwydd o'r borey hyd yn y nos. Beth ydiw
hyny ny arwyddocay, onyd bod y dynion ffyddlonion yn
gobaithio yn yr Arglwydd o'y ganedigaeth hyd i hangey. Y
may yn ysgrifenedig yn llyfr y proffwyd Ioel yn y gairiey hyn,
'Trowch ych ynain at yr Arglwydd o'ch holl galonay, mewn
ympryd, a gweddie, ag wylofain, ag ymddolyrio, gan ddryllio
ych calonay, ag nyd ych trwsiadey. Felly may'n raid y chwi
droi at yr Arglwydd ych Duw, os may ef yn llawn trigaredd a
mawr i ras. May ef yn ddiog y ddigio ag yn barod i faddey, sef
yw hyny, may ef yn ddiog y gyflenwi y dial, yr hwn a
fygythoedd am bechoday.' Micheas y proffwyd a draethoedd
fal hyn, 'Pwy Dduw a sydd debig y [82] tydi, yr hwn wyd yn
tyny ymaith ddrygoni ag wyd yn maddey pechodey. Nyd ydiw
ef yn cadw y lid ney ddigofaint dros fyth, ond o'y drigaredd i
cymer ef drieni arnom ni. Efo a ddyd ymaith yn drygoni ni, ag
a daifil yn pechodey ni y'r mor heb waelod.' Och! Pwy
bechadyr ag a glywo y gairie hynn, ag a fo yn drwm i galon,
ag a wanobaithia, ie, a gwybod fod Duw mor barod i faddey
ag yw y pechadyr i ofyn maddeyant.

Bellach gedwch y ni ddyfod at y Testament Newydd, i
edrych pwy dystolaethay y sydd yno am yr vn ryw bethe. Mab
Duw, yr hwn yw diffaeledig wirionedd, a draethoedd wrth
Nicodemws fal hyn, 'Felly carroedd Duw y byd megis i
danfones y vnig ganedig Fab, fal i bai bawb ag a gretai yndo
ef yn gadwedig, ag nyd colledig, namyn caffael bywyd
tragwyddol. Ny ddanfones Duw i Fab y'r byd i farny'r byd,

ond er mwyn gwnaethyr y byd yn gadwedig trwyddo ef.' Krist
a ddywad wrth y Ffarisiaid a'r [82v] ysgrifenyddion, y rhai
oedd yn digio am i fod ef yn bwyta ag yn yfed ymysc y
pwplicans a'r pechadyriaid, 'Y rhai ydynt iach nyd raid
yddynt wrth feddig, onyd y rhai a fo yn glaifion.' Ag ailwaith
y dywad yr Arglwydd, 'Ny ddaythof i y alw y rhai cyfawn
onyd y pechadyriaid y tifairwch, nyd megis barnwr ond megis
meddig. Er mwyn y rhai sydd yn flinedig yn y pechoday y
daythym i y'r byd, nyd fal i dylyent aros yn y pechodey, eithr
bod yddynt droi oddy wrth y pechode, fal i gellynt fod yn
gyfiawn trwy yddynt etifary.' Ag yn yr vn modd fo ddywad
wrth y Ffarisiaid, 'Y may angelion nef yn llawenhay mwy am
vn pechadyr yn troddi y'r iawn, nag am onyd vn cant o rhai
cyfiawn na bo raid yddynt wellay bychedd.' Sant Pawl a
ddywad fal hyn, 'Nyd arbedoedd Duw i vn Mab heb i rhoi ef
drosom ni, onyd yn gynt i roddi ef i varw na'n bod ni heb yn
rhyddhay.' Os Duw nyd arbedoedd i vn Mab rag marw dros
bechadyriaid, pwy beth, wrth [83] hyny, sydd yrddasach na
gwrthfawrocach i Dduw, fal i dylyai ef i gwrthod hwynt? Ag
am hyny yr vn Apostol a ddywad fal hyn, 'Nyd oes genym
offairiad, yr hwn na ddychon cymeryd trigaredd am yn
pechoday, onyd y fath vn ymhob peth, fal ninay, a fu mewn
profedigaeth ymhob peth onyd pechod. Ag am hynny,
gedwch y ni fyned yn ewnn i aisteddle gras, fal i gallom ni enill
trigaredd a chael rad mewn amser gweddys.'

Mi allwn draethy mil o leoedd yn yr Ysgrythyr Lan, yr hwn
a sydd yn dangos faint yw trigaredd Duw y'r pechadyriaid
etifarys am i pechodey. Nyni a welwn nad oes i neb
wanymddires y ddayoni Duw, nag i wanobaithio er maint a fo
i bechoday. A niney yn gweled i Dduw wnaethyr cymaint o
addawidion teg y'r pechadyriaid ar fadde yddynt y pechode,
os etifary a wnant o ddyfnder i caloney. A hefyd y bobl o
Ninive, y rhai a fygythwyd y dinistr am i hamlder [83v]
bechoday gan y proffwyd Ionas, eto, hwynt a gymersant o
etifairwch, ag a weddiasant ar Dduw, ag ynte a faddayoedd
yddynt. A hefyd y Samaritan a'r Cananit, er i bod hwynt
yn bechadyriaid arythr, pan i archysont drigaredd y Dduw
fo vaddeyoedd yddynt. Saint Mathe a Rache a llawer o
bwplicans a etifarasant, a Duw a'y cymerth wy mewn ffafwr.
Peder, yr hwn a wadoedd i faistyr dair gwaith, ag ymregoedd

nas adwaenai ef, eto, pan wyloedd ef am y bechod, fo gymeroedd Duw drigaredd arno ef. Y llaidr ar y groes, pan oedd e yn barod i farw, yr hwn a fysai yn byw ar ledrad a chynllwyn yn y holl oes, eto, fo gydnaby i ddirfawr bechode ag archoedd maddayant i Dduw, ag ef a'y cafas, ie, fo gafas mwy nag oedd ef ny gaisio, canys fo ddywad Crist wrtho ef, 'Y dydd heddiw y byddy di gyda myfi ny bradwys.' Hyny yw natyriaeth Duw: yn iniawn roddi y bawb, o'y haelioni, fwy nag y fo y dyn yn fentro i gaisio. Saint Pawl [84] oedd gablwr a herlidiwr Eglwys Duw; er hyny, fo gafas trigaredd. A Duw a osodes y fath bobl hyny i lawr, er dangosiad i bechadyriaid na bo yddynt anobaithio am drigaredd Duw, ag i ddangos nad ydiw ef yn madde i baie y bechadyriaid er mwyn y haedded[ig]aeth y hynain, onyd yn vnig er mwyn i haeddedigaeth y hynan, yr hwn a sydd ywchlaw yr holl waithredoedd, canys nyd oes dim er mwyn haeddedigaeth onyd haeddedigaeth Iesu Grist, a'y chwerw angey ef. Kanys bet fai vn pechadyr yn gwnaethyr cynifer o bechodey ag a sydd o ddafnay yn y mor, ney o dywad ar lan y mor, eto, nyd oes achos yddo i anobaithio. Canys er amled a font, may trigaredd Duw yn fwy nag hwynt, canys may trigaredd Duw yn y darfod hwynt yn gynt na'r tan llidiog yn llosgi y llin sych.

A phan glywais i Arglwyddes y [84v] Cyfiodigaeth yn darllain y gairie hyny, mi a gymerais calon obaithys. Ag yno, mi gofiais fan ysgrifenedig ynn y Salme o Ddafydd fal hyn, 'Yn ol amlder o flindere a dolyrie fy nghalon, dy gyfnerth di a hoenysoedd fy enaid.' Yno y cwympais ar fy ngliniay a drychafy fy nwylaw yn ywchel, a thrwy ymddigiad dolyrys, a gobaith fy nghalon, ag aros yn llonydd yn holl addewidion Duw â haeddedigaeth yn Arglwydd ni Iesy Grist, yno, myfi a ddeisyfais yn yfydd faddeyaint o'm pechoday ar law Gras Duw. Ag ar y wir gyffes hyny am fy maiay, a'm calon yn ddolyrys gan etifairwch am fy anwiredd; ag felly, trwy nerth gras Duw, myfi a gefais fwyniant angey a phasiwn yn Arglwydd ni Iesu Grist, yr hwn gyda'r Tad a'r Ysbryd Glan y bo moliant ag anrydedd yn oes oesoedd.

2470 *Y bregeth a wnaeth y Maydwy* [85] *Dayonys, yr hwn a elwir Deall Da, y'r Marchog, a'r ystori o Fair Fawdlen.*

vi penod

Yn enw y Tad, a'r Mab, a'r Ysbryd Glan. Amen. Mawr ddayoni a thrigaredd yn Arglwydd ni Iesu Grist, yr hwn a fu arferedig yn yr holl amseroedd i bechadyriaid tryain, a hyny sydd yn amlwg ag yn gydnabyddys yn llawer o leoedd yn y Efengil, ond yn benaf oll yn y saithfed o Lywc, yn yr hwn le y traethir am wraig bechadyrys, halog, ddrwg i gair, am i bychedd salwedig, ag yn gas gan ddynion. A'r dayonys Iesu Grist a'y cymeroedd hi mewn i ffafwr, a thrwy ddirgel ysbrydoliaeth, ef a'y tynoedd hi y etifairwch mawr, onyd pwy foddion a fu hyny gwrandewch a dyellwch.

Yr Efengil a ddywaid fod yno wr o'r Ffarisiaid gwedy i nywlo mewn oferedd ney wag santaiddrwydd, ag yn gyflawn o anghywir ffydd, a hwnw oedd [85v] ddoctor o'r gyfraith a gorychel farnwr, ond er hyny gwan mewn ffydd, ag er hyny yn ywchel i feddwl. A phan ydoedd yn Caidwad ni ar ddiwarnod yn pregethy, ag yn dangos i'r bobl trwy dduwiol santaiddrwydd, ag yn cynghorri y tryain bechadyriaid trwy etifairwch y droi at Dduw, ag yn traethy llawer o gyfflybaythay megis y plentyn afradys a'r ddafad golledig, y pethey hyny oedd yn arwyddocay mor barod yw Duw y gymeryd pechadyriaid etifairol yddy ffafwr ef, a'r Ffariswr a ddaisyfoedd ar Iesu ddyfod yddy du ef y ginawa gydag ef. A'r Arglwydd dayonys, yr hwnn oedd gwedy cymeryd arno natyriaeth dyn, ag a aned er yn cadwriaeth ni oll, ny ffalloedd ef y'r balchwr o'y ofyniad, ag ny wrthodoedd ddyfod y'w du er i fod yn dymyno anrydedd. Ag wrth y ford y aisteddoedd Mab Duw, yr hwn a wnaethysyd yn [86] ddyn er cadwedigaeth dynion. Yr oedd ef yn gynefin ymysg dynion, yr oedd ef yn bwyta ag yn yfed gyda dynion, yr oedd ef yn ymrhoddi y hynan i nerthy pawb, gan ddangos i ddayoni y bawb heb wahaniaeth rwng neb.

Ag felly pan ydoedd ef yn aiste wrth y ford, fo ddayth vn i mewn ag ymddygiad gwraig ond a meddwl gwraidd, yr hon oedd bechadyres fawr wrth leferydd yr holl ddinas, a gair drwg yddi gan y byd, a ffawb ynn y gwatwary. Onyd er hyny, yr oedd hi yngolwg Duw mewn anrydedd, nyd am y bod hi yn ddirfawr bechadyres, ond am i bod hi gwedy i dethol a'y blaen-dyngedfeny gan Dduw er y dechreyad i deyrnasy gydag ef yn y frenhiniaeth nefol. A phan i clywas y wraig hono, drwy laferydd, y canmolaeth oedd ar yn Prynwr, a'y fod ef yn dangos y hynan yn hael ag yn drigarog y'r holl bechadyriaid, ag yn y amddyffyn hwynt [86v] yn erbyn cynfigen a gwatwar y Ffarisiaid ewnbailchion, ie, ag yn addo i bawb a gredai yndo ef yn ffyddlon gael teyrnas nefoedd, a'r wraig honno oedd gwedy i hysbrydoli o'r ty mewn ag o'r tu allan drwy yn Arglwydd ni a'n Caidwad Iesu Grist, er mwyn yddi edrych ag i wrando arno yn pregethy. A'r pryd hyny, drwy arwyddion o'r tu allan, hi a ddangosoedd i meddyliay oddy fewn, ag wrth weled i henaid yn glaf afiachys, a'i chalon yn llawn drygoni a phechod, a'y chydwybod gwedy ymhalogi mewn pob gwaelder, a hithey hynan heb nerth am y iechyd, ag yn myfyrio pwy foddion y gallai hi wrygio o'r clefyd hyny, ag yno hi a bartoedd y hynan y fyned at yr hwn a sydd feddig pob enaid clwyfys, a hi a gaisioedd gan ffynon y drigaredd rras a maddayant am y drygoni. Ag er i bod hi yn bechadyres [87] gwilyddys, eto ef a'y derbynoedd hi, yr hwn a ddayth y'r byd y ryddhay pechadyriaid. Ny ddayth hi mewn gwisgoedd balchwych, nag a neb gyda hi, ond hi a ddayth y hynan, ag nyd a'y llaw yn wag, canys hi a ddygoedd gyda hi flwch yn llawn o iraid gwerthfawr aroglber, i arwyddocay i ffydd, gobaith, a chariad oedd yn lletua yn y chalon hi.

Pa beth i gallai hyny fod onyd peraidd aroglay rinwedd. Beth ydoedd y box o faen alabastar yn y arwyddocay onyd y santaidd ffydd, yr hwn oedd genthi hi ar y gwir gornelfaen Iesu Gr[i]st, ynn yr hwn i may yr holl rinweddey, a heb y rhai hynny, amhosybl yw boddloni Duw. Ag ny ddayth y waraig hono yno y hynan, ond yr oedd gyda hi ffydd, a gobaith, a chariad perffaith, ag yfydd-dod, ag etifairwch. Hi a ddaeth y'r ty [87v] heb i galw, lle yr oedd y meddig, ag a ddodoedd ymaith bob cwilydd ag a oedd yn y harwain hi y ddamnasion, gyda gwatwar y Ffarisiaid bailchion, y rhai oeddent yn aistedd wrth y ford. Ag yno i cafas hi iechyd a llywe[ny]dd yddy henaid claf, gan yddi gydnab[o]d y dolyriay, a chredy bod yr hwn yr oedd hi yn dywod ato yn abal yddy nerthy hi, ag ny ddaeth hi at y meddig hyny heb ffydd. Ag nyd oedd hi yn cy ewned ag edrych yn wyneb yr Iesy, onyd cwympo ar i glinay wrth drraed yr Iesu, yn gwynfanys ag ynn wylofys. Ag o'r llif y deigrey hyny y golchoedd hi y draed ef, ag a'y sychoedd hwynt o gwallt i phen, ag a'y cysanoedd hwynt, ag a'y iroedd hwynt ag iraid gwyrthfawr. Ag nyd oedd hi yn llafary yn ywchel, onyd y chalon hi oedd yn dywedyd wrth Fab [88] Duw val hyn, 'Nyd raid y mi draethy o'm genay fy nolyriay o fewn, na dywedyd yr achos y daythym i yma, am may yn deall y gwddosti ddirgelwch pob calon. Atat, o Crist, yr wyf i yn dyfod, y gaisio maddeyant am fy mhechoday, ie, gan offrwm yt fy nghalon ddolyrys yn lle aberth y ti yn wir.' Onyd ystyried yn dda yr oedd gwaithred Mair o Fawdlen hyny yn dda, ag yn tystolaythy bod hi yn ddolyrys yn y chalon am y baie. Canys y llygaid gloywon a'y hwyneb teg hi, yr hwn oedd gynefin a'y baintio o llywie costfawr y harddy y thegwch, i gymell cariadwyr a hydolion gwael, a'y haniwairdeb y pryd hwnw oedd gwedy troi yn ddaigray wylofys. A'y chorff hi, yr hwn a oedd cyn hyny gwedy ymrhoddi y bob hoffter, oedd y pryd hyny ny gosbi yn chwerw, a'y chwerthin hi a drosoedd yn wylo, ag fal yr oedd a bywyd hi [88v] ny blaen gwedy ymroi y foddloni y byd, yr oedd hi y pryd hyny yn gadarnach, gwedy ymroddi y foddloni Duw. Canys hi a wylmentoedd draed yn Arglwydd ni a'n Caidwad Crist, ag a'y sychoedd hwynt o'y gwallt sidanaidd, ag fal hyny y dylywniney etifarhay. Yn wir, nyni a ddylem wnaethyr yn ol dangosiad Saint Pawl, nyd amgen nag offrwm y'r Arglwydd bob aylod ag a fysai yn gyfyn yn gwasnaethy drygoni, y bod hwynt yn ymroddi y wnaethyr cyfiawnder ag i gael santaiddrwydd. O byosti feddw b[y]dd araf, o byosti lwthig bydd ymprydiol, o byosti falch bydd yfydd, o byosti drach[w]antys bydd roddwr cardoday, o byosti lidiog bydd [rywiog], o byosti gynfigenys bydd gariadys, o byosti anghywir bydd ffyddlon, o byosti odinebys bydd ddiwair, o byosti gablwr bydd [89] ofnys o hyn allan y ddywedyd dim onyd gwirionedd. Ag felly, ynghyfair pob drwg arfer, gosod feddyginaeth weddys, yr hwn a wasnaetho y'r clefyd, ag a helo ymaith wenwyn y pechod.

Waithian, gedwch y ni weled beth a feddylir ag a fernir am y Ffarisiwr, yr hwn a wahoddawdd yn Arglwydd ni a'n Caidwad y ddyfod yddy dy. Yn wir yr oedd yn debig y vod ef yn hipocrit, ag yn ofer i ogonian[t], canys pan welas ef y wraig waeledig hono yn cwympo wrth draed yr Iesu, ag o'y daigre ny golchi hwynt, ag o'i gwallt yn y sychy hwynt, ag o'i min yn y cysany hwynt, ag o'y hiraid yn y hiri[o] hwynt, yno y Ffarisiwr a'y baioedd hi ynn y galon, a'r Arglwydd hefyd am y dioddef hi. Ag yno y cymeroedd yr Arglwydd y wraig glaf, ag a'y gwnaeth hi yn iach o'y chlefydey yngwydd y Ffarisiwr [89v] balch hyny, ag fo gadwoedd y feddiginaeth oddy wrtho ef y gaflach ofer. Ag yno y Ffarisiwr a ddangosoedd y hynan yn amhwyllig, megis vn a fai gwedy colli ddeall, heb gydnabod i ddolyr y hynan, na ffwy feddyginaeth a wnai les yddo, canys fo ddywad yn ffol y gairie hynn, 'Pei bai y gwr yma yn broffwyd, ef a wybyddai yn fyan pwy fath wraig yw hon a sydd yn y deimlo ef, canys may hi yn bechadyres fawr.'

Eithr gwir yw, cyfiawnder a santaiddrwydd a drigarha wrth bechadyriaid tryain, ag yngwrthwyneb y hyny, anghyfiawnder a chwrisedd a'y casa ag a'y salwha hwynt. Onyd gedwch y ni wrando trwy pa ryw ymadrodd i gorchyfygoedd yn Arglwydd ni y Ffarisiwr ffol hwnw, gan y brwfo ef yn waeth na'r wraig bechadyrys. Yr Arglwydd a ddangosoedd y pryd [90] hwnw y fod ef yn broffwyd, ag yn Arglwydd, ag yn Dduw y'r proffwydi, ag ef a ddywad wrth y Ffarisiwr balch, 'Simon,' hebe ef, 'may genyf beth y ddywedyd wrthyd.' Yno y dywad yntey, 'Dwedwch allan, fy maistyr.' Yr Arglwydd a ddywad, 'Yr oedd ryw vn ag y[ddo] dday ddylyedwr. Y vn ohanynt yr oedd ef yn dylyed pymp cant cainog, ag y'r llall ddeg a daygain o gainogey. A'r dday hyn oedd heb ddim modd y daly i dylyed, a'r dylyedwr a faddeyoedd yddynt yll day y dylyed. Yn nawr, dywaid y mi p'yn o'r dday hyn a'y car ef fwya.' Simon a ddywad, 'Yr wyf i yn tybied yr may hwn y maddeywyd yddo fwya.' A Iesu a ddywad, 'Inion y bernaist.' Yr Arglwydd, wrth y gofyniad hyny, oedd yn wyllysio iachay y Ffariswr hefyd, cans pei bysei ef ny wady, ny fwytawsai Iesu ddim o'y fwyd ef. Y dday ddylyedwr hynny oedd Simon a'r wraig bechadyrys. [A'r wraig bechadyrys,] nyd yn vnig wrth farn y rhai oeddent yn sefyll gair y llaw hi yno, ond hefyd yn y chyffes hi hynan, yr hon oedd yn [90v] cyfaddef i hynan i bod mewn mwy o ddylyed no Simon, a Simon mewn llai no'r wraig o ddylyed, am y fod ef yn tybied y hynan y fod yn ddibechod ag yn gyfion ynn y bron hi. Y dylyedwr yw yr Arglwydd Dduw, yr hwn a sydd yn benthyca ag yn rhoddi y nyni roddion ysbrydol a chorfforol mewn cyfran, gan roi y vn bymp talent ag i arall ddwy dalent, ag i arall vn talent. Ag wrth farn Simon may yn arwyddocay fod y wraig hon yn fwy dylyed i Dduw nag oedd Simon, am yddo ef vaddey iddi hi fwy o bechode nag i Simon. Ag am y bod hi yn cary Duw yn fwy nag ydd oedd Simon, yr oedd hithe yn haeddy i chary yn fwy gan Dduw, am yddi wnaethyr mwy o wasanaeth y Dduw nag a wnaeth Simon.

Ag am hyny fo brwfoedd yr Arglwydd fod y cariad a'r wyllys da oedd gan y wraig ato ef yn fwy na'rr hwn oedd gan Simon. A'r Arglwydd a ddywad wrth Simon, er mwyn gostwng i falchedd ef, 'A wely di y wraig hon, yr hon yd wyti [91] ny barny i bod hi yn fwy dylyed nag wyti? Canys myfi a ddaethym y'th dy, ag ny roddeist ym ddwfr i olchi fy nraed, onyd hi a'y golches hwynt o'i deigrey, ag a'i sychoedd hwynt o gwallt y phen. Ag ny chysenaisti fy min i, onyd hi a gysanoedd fy nraed i. Nyd iraisti fy mhen ag oel cyffredinol, a hithey a iroedd fy nraed ag oel gwerthfawr. Ag fellu, ti a wely i bod hi y'm cary yn fwy nag yr wyti, ag am hyny may llawer o bechoday gwedy maddey iddi, canys llaia faddeyir y'r llaia garo.' A hyny a ddywad yr Arglwydd er mwyn maeddy i lawr falchedd ag ymddaliad y Ffariswr ynfyd, canys yn wir, y mwya a wnel pechodey a sydd fwya mewn dylyed Duw. Ag yn yr vn modd am yr vn a becho lai, canys may yn raid y'r llai a'r mwya wrth ras Duw, at yr hwn ny ddychon neb ddyfod o'y nerth a'y rinwedde y hynain. Megis y may'r pechadyr mwya yn gadel ar law Dduw y ryddhay am i bechodey, yn yr vn modd i dyly y gwr cyfiawna wnaethyr hefyd, canys nyd oes vn pechod ag a wnel dyn na wnel dyn arall bechod o'r vn fath, yn llai [91v] nag y Dduw, yr hwn a wnaeth dyn yn ddibechod, i gadw ef oddy wrth bechod, fal i may Saint [Awstin] yn dywedyd. Onyd fo ddywaid ryw ddyn, 'Ny wnaythym i odineb val i gwnaeth y dyn acwy.' Eithr myfi atebaf y dyn hwnw, 'Canys ny rodded y ti y fath achos i odineby ag a roed yddo ef, ag ny roed yddo ynte y fath ras i weglyd ag a rodded i tydi. Canys gwaithred Duw ydoedd ag nyd dy waithred dy hynan, am na chefaist amser gweddys nag achos y syrthio yn y fath bechod hwnw. Canys pei bysit ti yn cael achos ag amser gweddys i bechy felly, er dy fod yn ymatal, eto gwyl may Duw a'th gyfrwyddoedd ag a'th rioloedd fal na ddylyd bechy, ag fellu cydnebydd ras Duw, fal yr wyd yn rwymedig, am na wnaethost y fath bechod. Ag felly, may y mwya a wnaeth pechod yn sefyll yn y dylyed mwya y Dduw. Ag yn yr vn modd, y may y sawl na phechoedd dim erioed mewn dylyed y Dduw, canys ony bai fod gras Duw ny gyfrwyddo, fo wnai ormodd o ddrygoni.'

A gwedy y'r Arglwydd ostwng balchedd y Ffariswr, yr hwn oedd yn ymddala a'r [92] wraig bechadyrys, fo ddywad fal hyn, 'Ha wraig! Maddaywyd y ti dy bechodey.' Ag yno, llawenhay a orig y wraig oedd yn gorwedd yn alarys wrth draed yr Iesy, am glywed lleferydd Mab Duw yn dywedyd wrthi, 'Maddeywyd y ti dy bechode.' Ag am y gairie llawenychaidd hynny, anfoddloni a wnaeth y Ffarisiaid bailchion yn y wledd fawr hyny. Ag yno y cablasant yr Iesu, gan ddywedyd, 'Pwy gydymaith yw hwn sydd yn maddey pechodey? May ef yn gablwr, canys y Dduw yn vnig i perthyn madde pechode.' Yn wir, nyd ydoedd y gwyr hyny y[n] cydnabod y dolyrie a'r afiechyd oedd yndynt oddy fewn, nag yn cyddnabod y feddyginaeth a'r nerth oedd raid yddynt i gayl, canys nyd oeddent wy yn credy fod Iesu Grist yn Fab Duw ag yn feddig y iachay yr holl enaidie etifarys. Dawed pob enaid claf, llwythfawr o bechode, os myn ef iechyd, ie, dawed mewn ffydd, a gobaith, a chariad pryffaith cryf at wir feddig enaidiey, yr hwn [92v] yw Iesu Grist, a chyffesed i faiay drwy ddolyrio yn y galon, ag wylofain, a sychy draed yr Arglwydd o'y gwallt. Ag yna i troes yr Iesu at y wraig wylofys ag a ddywad wrthi hi, 'Dy ffydd a'th iachaodd. Dos ymaith mewn heddwch.' Rowch ych gormoddion gyfoeth ymysc y tylodion, ag nyd mewn gwledday traylio ych daoedd mewn medd-dod a thrwsiade. A phan ddarffo y'r pechadyr, drwy fawr gariad a haylioni, nerthy y tylawd o bob cyfraidiey, a dywedyd yn deg ag yn foneddigaidd wrtho yn cystal mewn cynghoray a chardoday, a byw yn ol riolaeth Gair Duw mewn santaiddrwydd a gwirionedd, fo all bod yn sywr o gael heddwch a llonyddwch yddy gydwybod, a myned at Dduw Dad, ie, trwy haeddedigaeth angay a dioddefaint i anwyl Fab ef, yn Arglwydd ni Iesu Grist, y'r hwn y bo moliant ag anrydedd yn oes oesoedd.

Gwedy i'r Marchog dderbyn y Cymyn Santaidd, a gwrando y bregeth a [93] *diweddy cynio, ef aeth yn ywchel mewn cerbid o orchafiaeth. Trwy Ras Duw fo ddygwyd i Lys Rinwedd.*

7 penod

Ag ny ellir gwybod pwy gymaint y'm llawenhaodd y bregeth, yr hon a wnaeth y Maydwy Dayonys, ag am hyny yr oeddwn i yn dymyno cael y enw ef, a'r Arglwyddes Cofiodigaeth a ddywad wrthyf may Deall Da i gelwid ef. Yno myfi a dderbynais y Cymyn Santaidd, a gwedy darfod hyny a rroddi diolch y Dduw, myfi a feddyliais am fyned i gyfarch gwell yddo ef. Onyd cyn y mi fyned i dderbyn y Cymynn Santaidd o gorff a gwaed yn Arglwydd a'n Caidwad Iesu Grist, mi a gofiais fawr gariad yr Arglwydd, yr hwn a gymeroedd natyriaeth dyn yn yfydd amdano er yn mwyn ni, ag a ddioddefoedd chwerw angay ar y Groes y'n ryddhay ni o gaethiwed y pechod, ag yffern, ag angey tragwyddol, a'n dwyn ni y'r bywyd a bery byth. Ag yno mi a gofiais hefyd y cariad, yr hwn a [93v] ddangosoedd ef y mi pan y tynoedd ef vi allan o syrthfa pechod, lle roeddwn i gwedy digwyddio dros fy mhen a'm clystay. Fo'm tynoedd i allan o'm dirfawr bechode, ag a'm gwnaeth i yn gyfranol o'y drigaredd hefyd a'y ddywiol fawredd trwy ffydd. Ag er mwyn bod yn foddlon genyf i gael y Cymyn, myfi a weddiais arno ef val hyn:

'O'r tirionaf Iesu! O gariadys Brynwr! Yr wyf i yn diolch y ti am dy ddirfawr gariad, drwy yr hwn y'm glanhaist i oddy wrth halogrwydd fy mhechod, a'm tyny trwy dy ras allan o ddyfn gaybwll angey. Edrych, yr wyf i yn ail-droi atati, ag yr daisyf arnad drwy wyllys calon, fod yn foddlon genyd ymyse rifedi o roddion, o'th fawr haelioni roddi y mi ras, i fod yn gyfranwr ffyddlon o'th wrthfawr gorff a'th waed, yr hwn ydi yn y roddi y mi mewn anweledigaeth fodd dan liw bara a gwin. O Frenhin anfarwol, yr wyf i yn addef nad wyf i yn [94 ddyledys i gael y fath rodd yrddedig honno. Etto, myf atolygaf arnad, fal ydd wyti yn gwnaethyr yr anheilwng yr deilwng, a'r pechadyr yn gyfiawn, ag felly gwna di finey yr deilwng i dderbyn y Cymyn Santaidd nefawl hwn er iechyd y'm enaid. Portha fy enaid pechadyrys i, O Arglwydd; O gorff ysbrydol, gad y'th waed fywocay fy ysbryd. Gwna fi, drwy fod dy ras beynydd yn elwhay ynof, yn aelod o'th gorff dywiol di, megis i bwyf i o fewn yr addewid a'r bendith a wnaethosti y'th saint a'th apostolion yn y Swper Ddiwethaf, drwy gyfrany yddynt y santaidd aberth o'th gorff a'th waed hefyd, ie, ag y tydi fy nodi inay ymysc y rifedi o rhai a oeddynt yn byw yn ol yr addewidion a'r aiddyned a wnaethant yn y bedydd, ag a oeddynt yn byw mewn ffydd, a thrwy dy ras di a dderbynwyd i gydmaithias y saint. Amen.'

A gwedy diweddy y weddi, myfi a dderbynais y Cymyn bendigedig yn ddywiol. [94v] Gwedy hyny, nyni aethon o'r capel y nayadd fawr, ag yno y cyhwrddais a'r Maydwy Dayonys, Deall Da, yr hwn, gwedy mi gyfarch gwell yddo ag ynte y miney, myfi a ddiolches yddo y bregeth ddayonys. Ag fal yr oeddem yn ymadrodd felly, fo ddywad Gras Duw wrthyf i, 'Syr Farchog, myfi a roddaf y ti o hyn allan y Maydwy Dayonys hyn y'th lywodraethy. Deall Da y gelwir ef: cred yddy gynghorey ef, a gwna y pethe archo ef y ti y gwnaethyr.' Ag yno mi a gofiais fy hen lywodraethwraig Ffolineb, yr hon a adawswnn i yn y figen ymysc gwiberod a'r llyffaint. Ag felly yr oeddwn i yn llawen am gael y fath wr hyny y'm llywodraethy, a mi a roesym ddiolch y Ras Duw, yr hwn oddy ar y ford a roes y mi damaid y'w fwyta, ag yno mi gofiais fan yn ysgrifenedig yn y 80 Salm o Ddafydd, sef yw, 'Agor dy enay yn llydan, a mi a'y llanwa ef.' A gwedy myfi lyngcy y tamaid, yr hwn a roddesei hi y myfi, [95] yno myfi a ollyngais y byd yn angof, ag nyd oedd genyf bris ar ddim ag oedd yndo ef, canys fy holl fryd oedd weled y llys o ddedwyddyd nefol. Yr oeddwn yn fyan yn dymyno angay i gael myned at Grist y'r nef. A gwedy darfod cynio fo agorwyd pyrth yr etifairwch, y rhai oeddynt yn gyfyngon, ag yn wrthnebys [i'r hyn oedd] yn ysgrifenedig yn y llyfr cyntaf. Ag yr oedd y ffordd yn llydan ag yn halaeth i fyned i Lys Gwaelder, onyd i diwedd hi oedd annobaith a chyfrgoll, a'r ffordd y Lys Etifairwch a sydd gyl a chyfing, a'y diwedd hi yw bywyd tragwyddol, canys i may Saint [Pawl] yn dywedyd may etifairwch a sydd yn arwain y dyn etifarys y gadwedigaeth tragwyddol.

A gwedy egored y pyrth, mi esgynais y fynydd mew[n] cerbyd o ifori, yr hwn oedd a thrwyll o ayr, a day farch

gwynion yn tyny y cerbyd, ag adanedd oedd y'r mayrch hyny.
2785 A Gras Duw aeth yn [95v] gyntaf i fynydd, ag o'y llaw hi
a'm nerthoedd iney i fynydd. Gwedy hyny fo'm dilynoedd
y Maydwy Dayonys, Deall Da, a gwedy hyny Cofiodigaeth,
a Chydwybod, ag Etifairwch, a Gras Duw oedd yn
llywodraethy y cwbl. Pan i trawoedd Gras Duw y mayrch
2790 o'y gwialen, hwynt a ddrychafysant dros y mynydday, y
rhai ydynt ywchlaw y ddayar. Felly ni aethon drwy deyrnas
yr wybr lle yr oedd yr holl ysbrydion drwg yn trigo, y
rhai oeddynt yn gwiliad anesmwytho pawb ag a fai yn
ymddrychafy y'r nef. Ag er fy mod i yn ofnys, eto fy ngobaith
2795 i oedd mewn Gras Duw, a than i hadanedd hi yr oeddwn i'n
ymgiddio. Ag nyd oeddwn i yn ymddiried me[w]n Cydwybod,
nag i Etifai[rwch], nag i Ddeall Da, onyd yn vnig mewn Gras
Duw, yr hon oedd y'm cadw i dan i had[a]nedd, fal i caidw y
iar y chywian rag y barcyd. Ag yna, hi a orchmynoedd y'r
2800 dryg ysbrydion gilio ymaith, ag yn ddiohir hwynt a giliasont
ymaith, dan lefain yn ywchel a dwedyd fal hyn, 'Yr awr hon i
collysoni y Marchog. Gwelwch, fo ysgynoedd y fynydd i Lys
Rhinwedd o'n hanfodd ni oll.' 'Pwy fodd i diangoedd ef?'
hebe vn. 'Dan [96] adanedd Gras Duw,' hebe y llall, 'yr hwn le
2805 na allwn i gyrchy ef.' A gwedy mi ddiangc, myfi a roesym
ddiolch y Ras Duw am y dayoni y mi, ag yn ddisymwth, mi a
welwn ar ben mynydd lys yrddedig, ag yno mi ofynais y Gras
Duw pwy lys oedd hono. Hithe a ddywad may Llys Rinwedd
oedd hi. Yr oedd hi yn ywchel, yn cyrhayddyd hyd y nef, ag
2810 oddy amgylch iddi yr oedd saith twr o alabastr. Yn y cyntaf yr
oedd Ffydd yn trigo, yn yr ail yr oedd Gobaith, ynn y trydy yr
oedd Cariad Perffaith, yn y pedwrydd yr oedd Doethineb, yn
y pymed yr oedd Cyfiawnder, yn y chweched Grymyster, yn
y saithfed Tymeraiddrwydd. Yn y twr cyntaf Gras Duw a
2815 ddangosoedd Ffydd y mi, yr hon oedd yn gwiliad yn dyfodiad
ni yno. Yn agos yno yr oedd y llys o wir ddedwyddyd, ag yna
myfi a ddymynais ar yr Arglwyddes Cofiodigaeth fy nghofio
i y bore y fyned y weled y dinas yrddasol hyny. Erbyn hyny
yr oeddem ni yn Llys yr Arglwyddes Rynwedd, a'i saith
2820 merchedd, Ffydd, Gobaith, Cariad, Doethineb, Cyfiawnder,
Grymyster, Tymeraiddrwydd. A phan i gwelais gynta mi
adnabym may'r arglwyddes hono oedd Rinwedd, [96v] yr hon
a fysai cyn hyny y'm cynghori, a minay heb wrando erni. Ag

yno mi aythym ar fy nglinay, ag a erchais maddeyant yddi, am salwhay i chynghoray a dilyn Gwaelder. Hithay baroedd ym gyfodi, yn arwyddocay i bod yn maddey mi, a hi a'm cysanoedd ag a'm gresawoedd i yno. Ag felly, drwy fawr lywenydd ynghydmaithias Gras Duw a Deall Da, cydwybod esmwyth a gwir etifairwch, nyni a ddaython i Lys yr Arglwyddes Rinwedd.

Ag felly tyrfyna yr Ail Ran o Draigl y Marchog Crwydrad.

RHAN III

Ag fal hyn y canlyn y Trydy Ran o
Draigl y Marchog Crwydrad.

Y Marchog yn traethy mawr lywenydd a'r dayoni, yr hwn a
2835   gafas ef yn Llys yr Arglwyddes Rinwedd.

Y penod kyntaf

A bod genyf i fil o dafodey i draethy gwirionedd am yr holl
ddayoni a'r diddanwch, yr hwn a gefais i yn Llys Rinwedd; ie,
a phei bewn i fyw fil o flynydde, i ddangos y mater oll, hyny
2840 oedd yn ry fychan y myfi ddyfaly y peth. Canys nyd ydiw
angelion, y rhain a sydd mewn gwybodaeth gwell na dyn,
yn [97] abl o'y synwyr y ddamgylchyny y fath orchwyl
yrddasaidd hyny, ie, na neb onyd y sawl y sydd yn y brofi ef.
Chwi ellwch wybod yn wir nad oes yno, megis yn y llys fydol,
2845 hoffter ag oferedd; nyd oes yno ystafelloedd gwedy gwisgo o
lenay sidan ares, a ffob gwaith gwedy addyrno a'y harddy yn
wych ag ywchelfalch. Nag oes! Nag oes! Onyd yno yr oedd
ystoriay o'rr Testament Hen a'r Newydd i synaid arnynt. Ny
welais i yno goffray yn llawn ayr ag arian, na chybyrday yn
2850 llawn plat, presay yn llawn sidan, a bwydydd moethys, a
diodydd melys, na chaniade anllad, na cherddwriaeth ryfygys,
nag Arglwyddes y Cariad a'y mab Kiwpyd, na dim ag ydiw y
bydolion yn y braychaidio. Onyd myfi a welwn yno bob peth
yn ragori ymhell bob dim ag oedd ar y ddayar ag ny byd hyn.
2855   Ny ellir enwi yn ddyledys ddigon yr holl ddayoni oedd yno,
y llawenydd, a'r diddanwch, a'r esmwythter. Onyd y rhai da
a rhai drwg a'y galwant ef yn Dduw, yfo yn iniawn yw y
gorychel ddayoni, ywchlaw pob dim. Fo allei y chwi, Syr
Farchog, [97v] ddywedyd, 'Dyma newyddion dieithr y chwi
2860 weled Duw yn Llys Rinwedd.' Pyham i bai hyny ddierth nay
ryfedd, a gwybod fod Duw ymhob lle, nyd yn vnig yn y nef,
ond hefyd yn y ddayar ag yn yffern. Yn wirr, yr wyf yn addef
vod Duw ymhob lle, eithr yr wyf yn amay fod Duw yn trigo

ymhob lle. Eto, mi wn drwy i allu anweledig i vod ef yn bresenol ymhob lle, eithr nyd ynghyflawnder i faint a'y roddion y may ef ymhob lle. Y may yn canlynn fellu nad ydiw Duw yn preswylio ymhob lle. Erdolwyn, dwedwch y mi pwy lesiad a sydd y rhai damnedig i fod ef yn yffern, drwy nerth, i gyfiawnder, a'i ddialedd? Yn wir, er bod Duw yn bresenol felly, nyd oes yddynt lawenydd na dedwyddyd o'i blegid, canys pawb a sydd felltigedig ar nad ydiw Duw yn trigo yndynt trwy ras, pwy bynag pwy font, ay brenhinioedd, ay tywysogion, ay cyffredin; ie, er bod gantynt bob rhyw o gyfoeth a hoffter yn y byd. Ond pawb ag a sydd gwedy cael gras gan Ddyw a sydd hapys mewn gobaith; ie, pei baint wy [98] mewn carchar drewllyd a chyn dylotet ag oedd Lasarws, yr hwn oedd yn dymyno cael tori newyn o'r briwson, yr hwn oedd yn cwympo oddy ar ford y gwr cyfoethog, ag felly may'r dyn dywiol yn foddlon ymhob gofydion.

Pan fom ni yn gweddio, nyd ydym ni yn dywedyd, 'Yn Tad, yr hwn wyd ymhob lle,' onyd, 'Yn Tad, yr hwn wyd yn y nefoedd'; ie, dyna y lle y may y rhai etholedig yn cael i gwresgyny a mwyniany Duw, ag yno i may i trigadle ordainedig trwy ras Duw. Dyna'r lle i dywad Duw amdanno trwy'r proffwyd Esai, gan draethy fal hyn, 'Y nef yw fy aisteddle, a'r ddayar yw fy ystol draed.' 'Yn gymaint,' medd Duw, 'a'm bod i yn trigo yn y rhai etholedig trwy ras, myfi a roddaf dramgwydd wrth fy nraed y rhai a fo yn cary gwaelder yn fwy na'y Creawdr.' Yn Llyfr y Doethineb y traethyr fal hyn, 'Aisteddle y doethineb yw calon y cyfiawn.' Duw yw'r doethineb, a'rr enaid cyfiawn yw eistedle Duw. Duw sydd ymhob lle ag i bo ef yn trigo, onyd [98v] nyd ydiw ef yn trigo ymhob lle ag i may ef. Hyn a sydd wir er i fod yn ryfedd, canys y may y rhai drwg bob amser yn y lle i may Duw, ag er hyny nyd ydynt yn drigadwyr gyda Duw, na Duw yn drigadwr gydag hwyntay. Canys pwy le bynag i bo y dynion drwg, ny allant ymgiddio oddy wrth Dduw, ag er hyny nyd ydynt yn drigadwyr gyda Duw, na Duw yn drigadwr gydag hwyntey. I maent ny lle may Duw yn yr vn modd ag i may y dyn dall mewn goley yr hayl, ag nyd ydiw y goleini yndo ef o achos nad ydiw ef yn cael mwyniant y goley o'r hayl. Eithr y rhai dayonys a fyddant bob amser gyda Duw, a Duw yn drigadwy gyda hwynte, ie, yndynt megis yn y deml. A Duw i hynan a ddywaid, 'Myfi a fyddaf gydag hwynt, myfi a rodiaf yn y mysc hwynt, ag a fyddaf yn Dduw yddynt, a hwynte yn blant y minay.' Ag felly chwi a welwch fod Duw ymhob lle drwy i bwer, ag er hyny nyd ydiw ef yn vn lle yn drigadwy onyd yn y lle i may ef [99] trwy ras, canys may Duw yn preswylio lle i bo rinwedd. Gan hyny, dwedwch y mi pwy anfoddlonder a ddychon y'r enaid i gael, yr hwn i bo Duw yn trigo yndo trwy ras, yr hwn yw cyfnerth a llywenydd yr holl greadyriaid deallys.

Nyd ydiw yn bosybl i neb gael yn y nef nag ar y ddayar y fath orychel ddayoni ag ydiw Duw y hynan, yr hwn yw y dayoni mwyaf a gwerthfawrocaf oll. Pwy foddion, gan hyny, i dychon y corff ffaely o vn rhyw ddayoni, yr hwn a fo Duw yn trigo yn y galon trwy ras; ie, yr hwn yw awdyr pob dayoni a roddiawdur pob gwir lawenydd a dedwyddyd perffaith.

Ag am hyny bid hysbys y chwi, fal y may yr enaid yn werthfawrocach na'r corff, felly nyr vn modd i may dayoni yr enaid yn rhagori dayoni y corff. Mwy yw llawenydd y rai cyfiawn o'r tu mewn yddynt nag o'r ty allan, o achos bod y dayoni yn yr enaide, a llawenydd y rai ryfygys [99v] bydol y sydd o'r tu allan yn y corff. Y dyn cyfiawn y sydd yn dioddef molest a thristyd o'r ty allan, ond er hyny i may ef o'r ty fewn yddo yn fwy lawenydd nag yw y dyn gwael. Ag er bod y dyn cyfiawn yn y drallod bob amser, ag yn ymddangos yn brysyr, eto, er hyny, may lawenydd ef yn ymddangos pan ddel i awr angey, drwy obaithio am y bywyd tragwyddol. Ag yn wrthwyneb i hyny, i may y bydolion gwaelaidd yn myned i yffernn trwy ddigofain, a gwytho, a gwanobaithio. Canys nyd ydiw y dyn cyfiawn yn prisio am avr nag arian onyd megis pridd gwedy liwio, a chyfoeth bydol a drychafiaeth a hoffter megis mwg a fai yr wybr ynn y ddiffrwytho ag ny ddarfod yn ddisyndod. Ie, nyd ydyw y dynion cyfion yn cyfrif y byd hwn onyd megis alltydiaeth, ag er bod i cyrff yn y byd yma yn arros dros amser, eto may holl feddyliay a'y dymyniadey yn gynefin ymysc gradday yr angelion santaidd, a hapys gynyllaidfa y saint yn y nef, ynn cany [100] salmay, a moliant diderfynedig. Ag felly, pob peth ag ydym ni yn y gymeryd ag yn y brisio megis yn ddrygoni yn y byd yma, y may Duw yn y troi hwynt yn ddayoni, canys may ef yn peri y nyni ymlawenhay yn yn trallodey, a'y cymeryd hwynt fal meddiginiaeth y'n glanhay o'n halogrwydd, ag nyd y cyfrif hwynt megis yn gasogion ney elynion, ond yn hytrach, ney yn gynt, yn nerthy ar yn cadwedigaeth.

Y dyn cyfiawn y sydd yn prisio bychedd gymhedrys yn well nag amlder o foethey, a gormodd fedd-dod, ne lothineb. Y maynt wy yn cymeryd mwy o wynfyd mewn penlinio, a gweddio, ag ymprydio, nag ydiw y bydolion yn y gymeryd wrth ddawnsio, naidio, a chany; ie, na dim ag a fo'n troi ar ddayoni y dyn cyfion. Ag am hyny may Sain Pawl yn dywedyd fod pob peth yn troi yn ddayonys y'r dyn a fo yn cary Duw. Ny weloedd llygaid, ny chlywoedd clystay, ag ny ddealloedd calon dyn pwy gymaint yw y llawenydd ydiw Duw yn y ddwyn y'r corff pan ddel ef y drigo yndo trwy ras. Canys y bydolion gwaelaidd a sydd yn [100v] cymeryd da y byd hwn yn lle gwir ddedwyddyd, megis y dyn dall yn cymeryd arno fedry adnabod lliwiey. Canys maent hwy yn cyfflyby anwiredd, a dedwyddyd bydol, a chyfoeth bydol, y gyfoeth pryffaith a dedwyddyd perffaith, yr hwn beth nyd ydynt ond gwagosgod. Canys nyd oes dim yn anfoddloni y dyn cyfiawn yn fwy na phechod, a'r pethey a fo yn arwain y dyn i bechod. Nyd oes dim yn boddloni y dyn dewisedig onyd Duw, a'r pethey sydd yn arwain at Dduw. Yn wir, o bydd yr enaid yn casay pechod ag yn cary rinwedd, fo fydd gwell ganto golli yr holl fyd na cholli rinwedday, ie, a dioddef pob ryw boene na gwnaethyr pechod. Canys lle may rinwedd, yno i may llonyddwch, ond lle may pechod, nyd oes dim dayoni. Ag am hyny, trafaeled pawb ymwrthod a hapysrwydd bydol o bydd ef yn bwriady enill rinwedd, yn yr hon i may pob dayoni yn arros, ond nyd oes pris gan lawer ar rinwedd am nad ydynt yn gwybod beth yw rinwedd. Onyd y may y Maydwy Dayonys, Deall Da, yn y disgrio hi, a'y saith merched, nyd [101] amgen ffydd, gobaith, cariad, doethineb, cyfiawnder, grymyster a thymeraiddrwydd, yn y modd i traythyr yn ol hynn.

Desgriad rhinwedd.

Yr ail pennod

Saint Awstin, yn yr ail llyfr o Ryddwyllys, yn y 18 penod, a ddywaid fal hyn, 'Rinwedd ydiw cynheddfay dayonys yr enaid, drwy yr hwn i may dyn yn byw yn ddayonys ag yn gyfiawn, heb wnaethyr drygoni, yr hwn beth yn wir ydiw inig waithred Duw mewn dynion.' Drwy yr enaid, y may ef, yn y man hyny, yn deall y rhan ywchaf o'r meddwl ney'r enaid, yn yr hwn i may reswn, barn a wyllys yn sefyll. Y rhan isaf a alwni deall, yr hwn a sydd gyffredinol y ddyn ag enifail. Drwy yr enaid, wrth hyny, i deallwni ryddwyllys dyn, yr hwn beth a ddywaid y philosophers nad ydynt yn ddim amgen onyd rydd farnedigaeth y meddwl a'r wyllys. Ond pan fom ni yn dywedyd 'ryddwyllys,' yr ydym ni yn [101v] dywedyd day air, nyd amgen, 'rydd' a 'wyllys.' Ie, yr ydym yn y alw ef yn rydd am fod yr wyllys yn ddirwystr, yn rydd y wnaethyr i gynildeb, ag yr ydym ni ny alw ef ryddwyllys er mwyn barn yr enaid. Am hynny, ryddwyllys a sydd yn y rhan ywchaf o'r enaid, ag am hyny may ryngom ni wahaniaeth a'r nefailiaid, y rhai a sydd a deall gantynt megis ninay, onyd nyd oes gantynt farnedigaeth o ryddwyllys. Pan ddwetom ni may rrinwedd yw cynheddfay dayonys yr enaid, hyny yw ryddwyllys; canys rinwedd sydd yn tymhery ryddwyllys, ag yn y gwnaethyr yn barotach y wyllyso dayoni, yr hwn beth ny ellir y wnaethyr heb nerth gras Duw.

Yr ail ran o'r ymadrodd yw drwy yr hwn y may dyn yn byw yn inion. Nyd oes neb yn byw yn inion ony bydd ef yn byw yn gyfiawn, ag nyd oes neb yn byw yn gyfiawn heb rinwedd. Canys y sawl a fo yn byw yn gyfiawn a sydd yn byw [102] yn ddayonys, a'r neb a sydd yn byw yn ddayonys sydd yn enill gwir ddedwyddyd. Ag wrth hyny, nyni welwn may rinwedd sydd yn enill gwir ddedwyddyd, canys rinwedd a sydd yn parottay 'n rydd wyllys, yr hwn ny ellir i feddwl na'y wnaethyr yn dda heb gynorthwy gras Duw, yr hwn a sydd yn llywodraethy rinwedd.

Y trydydd rann o'r ymadrodd yw, trwy ni fod heb wnaethyr dim drygoni yr ydym ni yn damgylchyny yrddas rinwedd. Eithr dynion a ddychon camarfer yr holl ddayoni,

RHAN III

a'r holl gylfyddyd y byd, megis yr ydis yn wir yn camarfer yn fynych ayr, ag arian, a gwragedd. Eithr pwy bynag a sydd yn arfer o rinwedd, ef a wna gwaithredoedd rinweddys, a'r neb y sydd yn gwnaethyr gwaithredon rinweddys a sydd yn gwnaethyr dayoni. Ag os trwy rinwedd yr ydis yn gweglyd gwnaethyrr y drygoni felly, ti a ddylyd fod yn well genyd golli yr holl fyd na cholli rinwedd, a'y [102v] gweled hithe yn ragori pob peth a phob dayoni.

Rinwedd, wrth hyny, ydiw gwaithred Duw ynom ni. Fal y dywad Saint Awstin ar yr ymadrodd a draethwyd yn y Salm 118, 'Mifi a wnaethym farn a chyfiawnder. Cyfiawnder,' medd ef, 'ydiw mawr rinwedd yr enaid yn dyfod trwy rras Duw, yr hwn ydiw ef yn y waithred mewn dyn.' A phan ddywad y proffwyd, 'Myfi a wnaethym gyfiawnder,' nyd oedd ef yn meddwl nag yn dwedyd yddo ef wnaethyr rinwedd a chyfiawnder ohano ef i hynan, yr hwn a sydd yn ragori gally pob dyn yddy wnaethyr, onyd yr oedd ef yn gosod y hyn gyda Duw, yr hwn ydoedd ef yn credy fod y power a'r gally ganto. Wrth y gairie hyny y dywad Saint Awstin, y may yn amlwg nad ydiw cyfiawnder dyn yn waithredoedd dyn y hynan, namyn gwaithredon Duw mewn dyn. Piter Lwmbard a sydd yn cytyno ar y gairiey hyny o Saint Awstin, ag yn dywedyd nad ydiw [103] rinwedd yn peri ryddwyllys, nag vn hoffter yr enaid yn dyfod o ryddwyllys. Onyd y may ef yn dwedyd may rinwedd y sydd yn diffrwytho drygoni a halogrwydd a gwaelder, ag yn nerthy ag yn cyffroi ryddwyllys y wnaethyr dayoni. Ag felly chwi a welwch may rinwedd yw gras Duw, yr hwn sydd yn partoi y'r wyllys ddymyno yn ddayonys, a thrwy hoffter yr enaid yn ol hyny i dawant y gwaithredon dayonys, a bychedd bywraidd. Ag megis i may y glaw yn irhay y pridd yddy wnaethyr yn ffrwythlawnach, eto, er hyny, nyd y glaw yw y pridd, ag nyd y pridd yw y ffrwyth. Yn yr vn modd, medd ef, y bydd yr enaidie, sef yw hyny, rydd-did yn wyllys, y may y glaw o fendith Duw yn y dywallt, sef yw hyny gras Duw, ysbrydoli ag yn irhay wyllys dyn, yddy wnaethyr yn ffrwythlawn y fod yn wyllysgar y wnaythyr dayoni yn ol natyriaeth ysbrydoliaeth Duw, yr hwn [103v] ydiw y ras ef yn gwaithio ynom ni, y'n dwyn y wnaethyr dayoni. Ag am hyny, yr holl waithredon da a wnelom ni, ag a allom ni y gwnaethyr, y sydd yn dyfod o Dduw a'y ras, yr hwn a sydd yn parodhay yn wyllys y wnaethyr dayoni. Y gras hyny sydd yn magy chwantay dayonnys mewn enaid dyn, a'r chwantey dayonys hyny ydiw y rodd bena gan ras Duw y ddyn, ag yn enwedig ffydd y gredy bod Crist yn wir Fab Duw, a chariad perffaith i gary Duw a'n cymydogion. Ag felly, may yr holl rinweddey eraill, y rhai ydynt ddayonys fagwriaeth a roddion gras Duw, yn gwaithio ynom ni y fwyhay rinwedday er gwresgyny bywyd tr[a]gwyddol. May yn amlwg, wrth hyny, may rinwedd ydiw rodd gan ras Duw, yn gwaithio yn wyllys y beri y ni fod yn wylly[s]gar y wnaethyr dayoni. Ag felly, ffydd, gobaith, a chariad a sydd rinweddey diwiol o rade Duw a'y ras. A rhai a ddywaid may rinwedd yw dayonys arfer, a nerth natyriol, nyd amgen [104] na bod y dyn o fewn yddo mewn pryffaith chwantay yr enaid, yn y anog ef y ddymyno dayoni trwy rad Duw, ag nyd ohano y hynan, canys gwaithredon Duw ydiw rinwedd, ag nyd gwaithred dyn ohanno y hynan.

Disgriad ffydd, a phwy fodd i dylywni gredu y Dduw i gael yn cadwriaeth.

Y 3 penod

Ffydd ydiw rinwedd, drwy yr hwn i credwn y peth nys gwelwn. Y may yn amlwg may ffydd ydiw peraidd rodd Duw, drwy'r hwn i credwni y peth nys gwelwn, ond eto nyd credu pob peth ar nys clywsom ag nys gwelsom, onyd credu yn vnig y pethe sydd yn perthyny y ffydd Iesu Grist, gwir addoliaeth Duw. Nyd ydiw ffydd yn berthynys i bethey amlwg, o achos pethe gweledig amlwg nyd raid yddynt wrth ffydd, onyd gwelediad amlwg, megis pan ddywad yr Arglwydd wrth Domas, 'Am y ti fy ngweled i credaist.' Etto fo gredoedd Tomas vwy nag a weloedd, canys fo weloedd dyn, ag fo gredoedd fod y dyn hyny yn Dduw, a [104v] hefyd fo dywad, 'Tydi yw fy Nyw a'm Arglwydd.' Mewn hyn i may haeddedigaeth ffydd yn sefyll, nyd amgen na phan fo dyn, drwy orchymynion Duw, yn credu y peth nys gwelas. 'Cred,' medd Saint Awstin, 'ydiw tybiaid am y peth a fo yn cytyno a'r meddwl,' megis pan fych di yn tybiaid geni Mab Duw o'r forwyn wyry, ag yddo ef gymeryd natyriaeth dyn amdano; a hyny yn cyttyno a'r meddwl, ie, dyna gredyniaeth briodol. Y meddwl hyny a ddychon dyfod yn fynych trwy weled, ag yn fynych trwy glywed. Fal y dywaid Saint Pawl, 'Ffydd yn gyffredinol a ddaw trwy glywed, a thrwy glywed Gair Duw.' Yr oedd ef yn deall may trwy glywed i daw y ffydd y'r meddwl, os byddem ni yn cytyno ar hyny. Canys nyni allwnn edrych ar y pregethwr heb gytyno ar y peth a fo ef yn y draethy, o achos nyd ydiw dynion bob amser yn credy y peth a fo y pregethwr yn y draethy; o achos y cyttyndeb, yn yr hwn i may perffaith ffydd yn sefyll, yr hon a sydd yn dyfod o byraidd rodd Duw, ag nyd o weled na chlywed, onyd yn vnig trwy olaini gras yn dywedyd yn yr enaid y credadyn yn peri yddo gredy y gwirionedd penaf, yr hwn yw Duw, ag yn [105] gwaithio yndo ef gyttyndeb o'r gwirionedd penaf, ywchlaw pob peth arall.

Ag felly ffydd yw sylfaen disymydedig y'r ffyddlon ag y'r gwirionedd, yr hon ffydd, pan fo hi yn gysylltedig a chariad perffaith yn yr Arglwydd Iesy Grist, yr hwn yw sylfaen y gwir santaiddrwydd hono, a drig ynghalon y rhai credadwy. Ag yn cyd ag i bo y ffydd mewn dyn, fo all bod yn sywr na chyfrgollir ef byth. Onyd ffydd heb gariad perffaith nyd ydiw hi yn sylfaen, am fod y fath ffydd hyny yn ofer ag yn ddifwyniant. Ffydd gysylltedig a chariad perffaith y sydd berthynys y'r Cristnogion dayonys; ie, a ffydd heb gariad perffaith a sydd berthynys y'r Cristnogion drwg. Y may yn angenraidiol, am hyny, y ni synaid ar y gw[a]haniad y sydd rwng y tri dywedydiad hyn, nyd amgen credy Duw, credu o Dduw, a chredy mewn Duw. Kredy o Dduw yw credy bod pob dim yn wir ag a ddywad Duw, ag felly may'r Cristnogion drwg yn credu yn llai na'y bod hwynt yn heritycs. Credy Duw yw credy i fod ef yn wir inig allyog Dduw, ag felly [105v] y may y diawlaid yn cystal a'r Cristnogion drwg. Onyd [credy] mewn Duw yw cary Duw, ymddiried mewn Duw, a thrwy gredu, ymgysylltio dy hynan a Duw trwy gariad ag yfydd-dod, a'th gydgorffoli dy hynan ag ef, ie, a'y aeloday ef, sef yw yr Eglwys.

Dyma'r ffydd a sydd yn cyfiawnhay pechadyr, ffydd yn gysylltedig a chariad sydd yn dechray gwnaethyr gwaithredon da, y rhai ny ellir i gwnaethyr hwynt heb gariad perffaith. Y ffydd, yr hon y sydd gan y Cristnogion drwg, yw natyriaeth o ryddwyllys, ond nyd ydiw yn gysylltedig a chariad perffaith, yr hwn yw rwym perffaiddwch a bywyd y ffydd, fal i may y ffydd yn fywyd yr enaid. Onyd ny ellir galw y fath ffydd noeth hyny yn rodd o ras Duw, canys fo ddychon dyn drwg gael peth rodd gan Dduw, onyd ny ellir galw hono yn rinwedd briodol, o achos may drwy rinwedd yr ydym ni yn dysgy byw yn iniawn. Ag am fod y diawlaid a'r Cristnogion drwg yn byw mewn drygoni, hyny sydd yn arwyddocay bod i ffydd hwynt yn farwol, ag am [106] hyny nyd ydiw hi yn rinwedd briodol, nag yn waithredoedd Duw. O myny di fod dy ffydd yn ddayonys ag yn iachys, raid yw bod yndi bedwar ryw natyr; ie, raid yddi fod yn blain ag yn yfydd, yn gyfan ag yn iach, yn ddianwadal disymydedig, yn fywiog ag yn fywiol.

Am y natyr cyntaf, sef yw plain ag yfydd, hyny a ddengys y ti fod yn raid y ti gredy Gair Duw yn yfydd ag yn blain, a phob dim ag a sydd yndo, heb chwilio nag ymofyn nywlogion bethe Duw trwy rysynay dynawl, onyd credy yn yfydd yn dy galon fod pob peth ag a sydd yn yr Ysgrythyr Lan yn wirionedd.

Ag am yr ail mater, sef ydiw bod dy ffydd yn gyfan ag yn iach, ny ddylyti gymeryd cyfran o ffydd yr eritics, na gorbwyso dim at ddryg opinionay gelynion gwirionedd Duw, canys nyd ydiw hono yn ffydd dda, iachys. Ag am hyny, er mwyn dangos beth yw dy ffydd, na fid arnad gwilydd er addef dy ffydd ymysc y gynllaidfa ynghydmaithias y saint, a dwedyd, 'Yr wyf yn credy yn y bendigedig Drindod, megis y may yr Eglwys [106v] santaidd, yr hon a adailiwyd trwy Grist, ar yr hon i may ef yn ben, yn dangos y mi osod fy ffydd.'

Am y trydydd natyriaeth, sef yw bod dy ffydd yn ddianwadal ag [yn] ddisymydedig, hynny yw bod yn ddiogel ag yn ddiofn mewn profedigaethay, ag er dy fwgwth o ffyn ne angay, na'th dyner di y hofran er vn reswn ag a fedro ymhenydd dyn i ddychymig. Na ad i wrthgasedd y sawl a fo yn caisio dy swynogli di a'th hydolaethy drwy ofer hoffter y byd hwn, er i fod ef yn byw mewn llywenydd, allel dy dwyllo di y orbwyso at i opiniwn ney ymddaliad ef. Canys hyny sydd yn anffyddlon, ie, a gwaithred ydiw; ie, dichell y diawl yw y sawl a fo yn newidio y hynan yn rith angel golaini y dwyllo y rhai gwirion, y neb ydiw Duw yn dioddef y profi er mwyn gweled i diogelrwydd dianwadal yn y ffydd. Eithr fo ddywad yr Arglwydd a'n Caidwad yn llyn, 'Y sawl a greto hyd y diwedd a fydd cadwedig.'

Am y pedwrydd natyr, sef yw bod dy ffydd yn fywiog ag yn fywiol, hyny yw, raid y'r ffydd fod [107] ynghyd a chariad perffaith, yr hwn yw bywyd y ffydd, megis y may'r enaid yn fywyd y'r corff. Ag am hyny na thwylla dy hynan, fal y may rai yn gwnaethyr, gan ddywedyd, 'Y may genyf i ffydd, a mi a fyddaf gadwedig dawed a ddel.' Och! Och! Byd hysbys y ti: ony bydd dy ffydd di gwedy bywhay o chariad perffaith, ny thal hi ddim, ag am hyny y may yn anhawdd y ti enill ney gael gwir santaiddrwydd. Ag am hyny, may'n raid bod y ffydd hono yn santaidd, yn fywiol, ag yn efangylaidd, yn gwaithio trwy gariad perffaith. Fo ddywad Crist yn yr Efengil, 'Y neb a greto ag a fedyddier a fyddant gadwedig.' Eithr may yn raid y ni ddeall may y ffydd hono ydiw cariad perffaith yn y bywiocay, canys may'r Ysgrythyr Lan mewn llawer o fanne yn dywedyd na bydd neb cadwedig yn llai nag yddynt gadw gorchmynion Duw. Ny ddychon neb gadw gorchymynion Duw heb gariad perffaith, felly ny ddychon neb fod yn gadwedig heb gariad perffaith. Eithyr y cwbwl yw hyn: [107v] y neb a ymwrthoto a ffechod a drygoni, ag a fraychaidio bywiol ffydd, ag a fo byw mewn cariad perffaith, ny ddychon hwnw gyfrgolli, onyd fo gayff yn y diwedd fywyd tragwyddol trwy Iesy Grist.

Disgriad gobaith, a phwy fodd i dylywni obaithio mewn Duw hollallyawg.

Y 4 pennod

Gobaith yw rinwedd, drwy yr hon i gobaithir dayoni ysbrydol a thragwyddol. Megis ag i may ffydd am bethey sydd heb y gweled, felly nyr vn modd y may yn raid y ni obaithio am y pethey sydd heb y gweled. Canys may Saint Pawl yn dywedyd, 'O gobaithir am y peth a welir, nyd ydiw hyny yn obaith, am yn bod yn wresgynol o hyny yn barod.' May ffydd a gobaith yn gyffredinol am y pethey ny welir, ag er hyny may gobaith yn nailltyo oddy wrth ffydd, nyd yn vnig mewn Duw, onyd hefyd mewn reswn. [108] Canys drwy ffydd ni a gredwn y pethe drwg megis y pethe da, megis fod nef ag yffern. Nyni a gredwn fod godineb yn bechod anferth, ni a gredwn hefyd fod cariad perffaith yn beth dayonys. Y rhain oll ni gredwn i bod, da a'r drwg, onyd yn gobaith ni sydd ar bethey dayonys, ag nyd am bethey drwg. Ffydd y sydd am bethey aeth haibio, am bethey a sydd, ag am bethe a ddaw. Canys ni a gredwn may Iesu Grist, yr hwn aeth haibio, a ddioddefoedd angey drosom ni; nyni a gredwn hefyd i fod ef, yr awr hon, yn aistedd ar ddehaylaw Duw Dad yn y nef; ag ni a gredwn y daw ef oddyno i farny byw a mairw. Onyd yr wyf i yn gobaithio am bethe presenol fal hyn: yr w[y]f i yn gobaithio fy mod i mewn ffafwr gyda Duw. Ag am bethe aeth haibio, yr wyf i yn gobaithio fod Duw gwedy maddey y mi fy mhechode. Ag am y pethe a ddaw, fal hyn yr wyf i yn gobaithio, y caf i fywyd tragwyddol. Digon y'r dyn obaithio, a fo yn credy ag yn [108v] cary Duw, ymddires yddo yn hollol y rydd Dyw, o'y ras a'y ddayoni, yddo ef bob peth ag addawoedd ef yddy etholedigion, drwy obaithio y fod ef yn vn o'y rifedi hwynt. Ag felly raid yw bod genym ymddiried diogel gwybyddys yn yn Caidwad Iesu Grist, yn gymaint a bod yn gobaith ni yn edrych ag yn gwiliad am ddaioni ysbrydol a thragwyddol. Raid y ni ddeall fod day beth mewn gobaith: vn yw Duw y hynan, a'r mwyniant y sydd berffaith o fod yn y olwg ef, a'r ail yw y moddion angenraidiol y ddyfod i gael mwyniant Duw, a'y weled ef yn amlwg ag yn ddisglairr. A'r moddion hyny ydiw maddayant am yn pechodey, cyfiawnhad, nerth gras Duw, ffydd ddidwyll, gwaithredon trigarog, a chyfyndeb a Duw. Ag felly, am bob peth ag yr ydym ni yn y obaithio i gael, nyni a ddylwn weddio yn ddywiol ar i gael ef gan Dduw, megis cael i deyrnas ef, maddayaint am yn pechode, yn cyfiawnhay, a ragoriaeth o ras a rinwedde, gwaithredoedd ffydd a chariad perffaith.

Onyd am dda bydol, fo ellir i harfer hwynt yn ddrwg ag yn dda. Fo ellir dwedyd i bod [109] hwynt yn fwy rwystyr ar gadwriaeth enaid nag o nerth. Ag am hyny, ny ddyly vn Cristion dayonys chwenych gormodd ohanynt; ie, onyd cymaint ag a fo angenraidiol yddy wasnaethy ag ymborth yddo, fo ddychon gofyn hyny yn gyfraithys. Onyd nyni a

ddylywn gofio gwnaethyr gwaithredon da, fal i bo boddlon
gan Dduw yn cyfoethogi o da, yr hwn dda a ddylywn i gosod
yn ddayonys a'i traylo. Ag i Dduw yn vnig y perthyn
haeddedigaeth y gwaithredon hyny, y rhai a waithioedd ef
ynom ni, canys yn holl waithredon da ni ydiw roddion Duw,
err nad ydiw yn amay i ras y nyni, drwy'r hwn yr ydym ni yn
cytyno ar wnaethyr gwaithyredon da, yr hwn ydiw ef yn vnig
yn y anog ynom ni. Ag am hyny, fo ddyly pob dyn o'y holl
nerth wnaethyr gwaithrredon da gymaint ag allo fwya, ie, a
gwbod y bod yn dyfod o Dduw, yr hwn yw athro pob gwaith
da, a hebddo ef nyd ydym ni yn abl i feddwl yn dda nag i
wnaethyr daioni. Onyd gobaithio a wnawn i gael myned y'r
nef, a niney yn gwnaythyr drygoni heb wnaethyr [109v]
dayoni, ag felly ymadel a'r iniawn ffydd, canys nyd gobaith yw
hono eithr ewnfalchedd. Ag am hyny, tydi a ddyly gymell dy
hynan y wnaethyr gwaithredon da, drwy obaithio dy fod ti
a'th waithredon da yn gymeradwy gan Dduw, ond er hyny nag
ymddires y'th ddayoni dy hynan, onyd yn hollol i fawr gariad
Duw a'y ddayoni. Canys fo ddywad y proffwyd fal hyn,
'Melltigedig a fo y dyn a ymddireto mewn dyn, a dedwydd
yw'r neb amddireto mewn Duw.' Nyni a ddylywn bob amser
wnaethyr dayoni, a dodi yn hoffter mewnn gwaithredon da, a
gobaithio mewn dayoni Duw, megis i caffom ni y pethe
addawoedd ef y roddi y ni. Onyd fo ddyly y gobaith hyny fod
yn gryf ag yn ddianwadal, fal angor y ddala yn cydwybod,
megis na bo i lif profedigaeth yn cyffroi. Rai a ofyn pwy
fodd i tystolaethir fod cydwybod dyn mewn diogel lonyddwch
am faddeyaint o'y bechode, drwy ddewisiad Duw a
santaiddrwydd nefol. Myfi ateba fal hynn: Saint Ieuan a
ddywad fal hyn, 'Y may tri ffeth yn [110] dwyn tystolaeth ar y
ddayar, nyd amgen yr ysbryd, y dyfwr, a'r gwaed.' Y tri hynny
a sydd yn tystolaethy i ysbryd y dyn credadwy fod Crist yn
wirionedd diffaeledig, yr hwn y sydd yn y dyn credadwy gwbl
o holl addewidion Duw. Y cyntaf y sydd yn tystolaethy ag
yn diogelhay gobaith mewn dyn yw y gwrthfawr waed yn
Arglwydd ni, Iesu Grist, yr hwn a ollyngwyd er ryddhay
dynion o'y pechoday. Yr ail tystolaeth yw y dwfr bedydd,
drwy'r hwn i maddaywyd y ddynion y pechoday. Onyd nyd
ydiw y dday dystolaeth hyny yn dodi cydwybod pechadyr
mewn cyflawn obaith perffaith diogel. Ag am hyny raid yw

dodi atynt hwy y trydydd tystolaeth, yr hwn yw yr Ysbryd Santaidd, yr hwn a sydd yn dwyn tystolaeth gyda'n ysbryd niney, yn bod yn faibion ag yn etifeddion y Dduw. A'r neb ny bo y tystion hyn ganto, ny ddychon ef fod mewn diogelwch am i gadwedigaeth. Gwaithredon yr Ysbryd Glan mewn dyn a sydd [110v] yn dwyn tyst fod yr Ysbryd Glan gydag ef. Gwaithredon da yw yr rhai hyn, nyd amgen ymofydio am bechy, casay pethey a font yn anfoddloni Duw ag a fo gwrthwyneb yddy orchmynion ef, cymeryd hoffter mewn darllain a gwrando Gair Duw, tristay am yn amryffaiddwch, ag am fychaned yw yn ffydd, a'n gobaith, a'n cariad perffaith, ie, ag am fychaned yn chwant a'n bwriad i gary Duw yn fwy na dim, ag y wnaethyr yn holl ally y gadw gorchmynion Duw. Eithr ny ddaw yr holl bethey hyny allan o halog natyriaeth dyn, yn llai na bod y meddwl a'r galon gwedy irhay o gwlith gras Duw. Heb ras Duw ny chlwyni ynom yn hynain ddim cariad, na chwant gwnaethyr gwaithredon da, y rhai ydynt arwyddion bod yr Ysbryd Glan gyda ni. Ag am hynny, ni a ddylywn, drwy ychnaidio a chwynfan, weddio ar Dduw, a daisyf arno yn yfydd fod yn wiw ganto, er i fawr drigaredd, ddanfon y ni y Santaidd Ysbryd, yr hwn a ddychon yn [111] diogelhay ni am faddayaint o'n pechoday, a'n galw ni yddy ddewisiad y fwyniany santaiddrwydd tragwyddol.

Disgriad cariad perffaith, a phwy fodd y dylywni gary Duw a'n cymodog.

Y 5 penod

Kariad yw rinwedd, drwy yr hwn y cerir Duw er y fwyn ef y hynan, a'n cymodog er cariad ar Dduw, ney er cariad mewn Duw. Ag am hyny may cariad yn bena rinwedd ag a sydd oll, ag yn fam a mamaeth y'r rinweddey eraill oll, canys y neb a sydd heb gariad yndo, nyd oes yndo ddim i enill bywyd tragwyddol. Y cariad hyn a roddir pan roddir yr Ysbryd Glan: pan fo ef yn drigadwy yn yr enaid fo bair yddo gary Duw er y fwyn y hynan, a'n cymydogion er mwyn Duw. Carry Duw er i fwyn y hynan ydiw y gary ef er mwyn y

RHAN III

ddywiolaeth y hynan, ag am i fod yn Dduw. A hyny sydd yddy wnaethyr mewn tair ffordd, nyd amgen cary [111v] Duw ywchlaw pob peth yn anwyl, ywchlaw pob peth yn weddys, ywchlaw pob peth yn wrthfawr.

Cary Duw yn anwyl yw bod wyllys da at Dduw, a bod yn llawenhay am i fod ef y fath vn ag ydiw yn wir. Onyd er mwyn dangos ragor wybodaeth, beth ydiw cariad? Cariad ydiw dymyno dayoni y bob dyn, megis pan fwyf i yn cary dyn, yr wyf i yn dymyno dayoni yddo megis ym fy hynan. Y may day ryw gariad. Vn yw cariad trachwantys, fal pan fo dyn yn cary rywbeth er enill ney hoffter yddo y hynan, ag felly may dynion yn cary y mayrch, ney trwydded, a phob angenraidiay bydol. Y cariad arall a elwir cariad o drasay ney o wyllys da, megis pan fo dyn yn caru peth er mwyn i hynan, heb brisio am enill ney hoffedd y hynan; megis pan fwyf i yn gweled gwr doeth rinweddys y may genyf i hoffter yndo, ag yr wyf i yn dymyno y'r rinwedd a sydd yndo ef barhay ag amlhay yndo ef, ag felly gwnaf i am fy mod yn pycho dayoni yddo ag yn y gary ef. Canys nyd oes dim dayoni mewn Duw nad ydiw yn debig yddo i hynan, o achos i [112] ally, i ddoethineb, i gyfiawnder, y drigaredd, y gyfoeth, a'i ddayoni ef y sydd nefol, fal i may ef y hynan, yr hwn a sydd oll yn ddoeth, oll yn drigarog, oll yn gyfoethog, ag yn hollallyog. Ag felly i dylwni gary Duw yn anwyl ywchlaw pob peth, ag ymlawenhay am i fod ef y fath wr ag ydiw yn wir, ie, a heb brisio am enill ney anrydedd yn hynain. Ny ddyly dyn gary Duw o chariad trachwantys, sef yw hyny, ny ddyly di gary Duw yn vnig er mwyn i fod ef yn roi y ti bob peth enillfawr. Os gwnay di felly, yr wyd yn dy gary dy hynan yn fwy nag yr wyd yn cary Duw. O cery di Dduw yn iniawn, ti a gay daliad mawr ganto ef, onyd may'n raid bod y cariad hyny yn wirion ag yn byraidd. Eithr y neb a fo yn caru Duw er mwyn enill, nyd ydiw ef yn y garu onyd megis y farch, yr hwn a sydd hoff ganto, am y fod ef yn gwnaethyr gwasanaeth yddo, onyd fo ddylyir cary Duw heb brisio dim enill nailltyol. Canys tydi a elly gael nef yn y moddion hyn, nyd amgen trwy gadw gorchmynion Duw, a roi cardode, a gwnaethyr [112v] gwaithredon dayonys eraill, y rhain yw gwaithredon cariad. Onyd may yn ddyledys roddi bywraidd gariad, gan wnaethyr gwaithredon da[yo]nys, a chadw i orchmynion Duw yn ddigymwedd, a'r cariad hyny a

3360 ddyly bod yn anwyl gariad at Dduw, heb brisio dim enill ney daliad.

A hefyd, cary Duw ywchlaw pob peth [yn weddys] yw y ti osod dy hynan a'th gyfoeth dan law Dduw; ie, pob peth ag a gerych, ag o wyllys dy galon, o'th holl rym a'th nerth, tydi a 3365 ddyly wnaethyr yn wyllysgar foliant y Dduw er cariad arno ef, heb gyfflyby dim yddo ef. Canys may yn ysgrifenedig mewn Detromiwn ag yn Saint Mathew fal hyn, 'Tydi a gery dy Arglwydd Dduw o'th [holl] galon, o'th holl enaid, ag o'th holl nerth.' Beth amgen ydiw caru Duw o'th holl galon, o'th holl 3370 enaid, ag o'th holl nerth, onyd y ti osod pob peth y Dduw ag yddy ogonia[n]t ef, ie, yn holl feddyliay, yn holl airiay, a'n holl waithredoedd, a'n holl ffyrdd, a'n holl fwriadey. Ag felly cary Duw yn weddys yw y ni yn gosod yn hynain y [113] Dduw a'i ogoniant; ie, cymaint oll ag a sydd oddy fewn ag 3375 oddy faes y nyni, yr hwn beth ny allwn i wnaethyr yn llai na bod yn meddyliay, yn gairiey, a'n gwaithredon, a'n ffydd yn gymeradwy gan Dduw.

Kary Duw yn wrthfawr yw y ni gary ef mor anwyl ag mewn cymaint gymeriad ag na fyny ti er dim yn y byd y golli ef na'y 3380 gariad, onyd yn gynt dymyno colli dy holl dda, dy holl dir, dy ayloday, a'th fywyd. Ag felly yn wir y may cary Duw yn gariadys ywchlaw yr holl fyd, pan fon ni yn gosod i foliany Duw gymaint oll ag a fo genym ni, yn caloney, yn dwylaw, yn gwefysedd, yddy fawrhay ef, ag i ddodi allan i yrddaswydd, y 3385 ywchelder, i ogoniant, a'y ally. Cary Duw er i fwyn i hynan yw i gary ef am i fod yn ddayonys, a'r neb a garo Duw felly, bid hysbys yddo na ddigwyddia arno ef ddistrywiaeth byth.

May yn orchmynedig y ti gary dy gymydogon mewn Duw, ney er mwyn Duw. May yn raid y ti ddeall may pob dyn yw 3390 dy gymydog, a raid y ti ddangos trigaredd, cyfnerth, nay [113v] gynhorthwy yddo ef, ag felly may pob dyn rysymol a sydd gymydog y ti, pwy le bynag i bo ef yn trigo yn yr holl fyd. Felly may y saint yn y nef yn gymydogion y ti, drwy y rhai y'th nerthwyd ag y'th ddangoswyd y fyw yn ddywiol, ag 3395 am hyny ti a ddyly cary hwynt a holl hiliogaeth dyn, er mwyn ney mewn Duw. Tydi a ddyly gary dy gymydog am i fod yn ddayonys, ney am i fod ef yn ddylyedog y fod yn ddayonys, ag felly yn wir yr wyd ny gary ef er mwyn Duw.

Ti a ddyly gary pob dyn ag a sydd yn bechadyr, nyd am i

fod yn bechadyr, ond am i fod ef yn ddyn, er mwyn cariad 3400
Duw. Tydi a ddyly gary yn y dyn pechadyrys y pethe ydiw ef
ny gasay, ie, a chasay y pethe ydiw yn y gary. Canys y dyn
pechadyrys a gar pechod, a halogrwydd, a drygoni, yr hwn a
ddyly di y gasay. Y dyn pechadyrys a gassa i enaid a pheraidd
natyriaeth, yr hwn bethe a ddyly di y gary. Canys may pechod 3405
yn erbyn natyr, yn halogi natyr, yn darostwng natyr, ag yn
diffodd [natyr], a'r neb a wnel pechod a ladd yr enaid y hynan,
ag ef a waethyga y natyr. Ag am hyny, tydi a ddyly gary enaid
a [114] natyriaeth y pechadyr, ag nyd i bechod. A phan
roddych di gardod i bechadyr, yr hwn a fo mewn aisay, ny 3410
ddyly di wnaethyr felly am y fod ef yn bechadyr, onyd am y
fod ef yn ddyn ag o'r vn natyriaeth ag yr wyt tythay.
    Rai yt yn drasay, rai yt yn gasogion: dy drasay a ddyly di y
cary mewn Duw, rag y ti, os cery hwynt mewn modd arall,
anfoddloni Duw. Eithr ti a ddyly gary dy gasogion er mwyn 3415
cariad Duw, ag o gwna dy gas y'th erbyn, ar air na gwaithred,
ag etifary ag erchi maddayant y ti, ti a ddyly faddey iddo
er mwyn cariad Duw o'th holl galon, a'y dderbyn ef y'th
gyfaillach ailwaith. Ag o bydd dy wrthnebwr yn wrthgas, heb
baidio a'th herlid a'th drallodi, er na ellych di yn presenol 3420
faddey yddo, etto ny ddyly di y gasay ef, onyd yn gynt
gwnaethyr dayoni yddo ef, ag yn enwedig y pryd i bo ef yn
etifarhay, raid y tithey fod yn barod bob amser y faddey yddo
pan gaisio ef faddeyant; ie, ti a ddyly wnaethyr yddo ef y
dayoni pella ag a ellych yn y anghenraid. Kans fo ddylyir cary 3425
pob dyn byw, y rhai da a rhai drwg yn gymaint a'y hynain.
Canys may yn Arglwydd a'n Prynwr yn dywedyd yn y 7 o
Fathew fal hyn, 'Pob peth ag a [114v] fynyd y'th gymydog y
wnaethyr y ti, gwna dithe yn yr vn modd yddo yntey.' Ag
fellu, yr vn a wnelo yddy gymydog fal i myne yddy gymodog 3430
wnaethyr ag yntey, may hwnw yn cary gymydog fal i hynan.
Ond may'n raid y ti ddeall hyn yn gyfynol a Duw: os daw dyn
a chynig y ti herlodes bert y'th foddloni y gysgy gyda thi, ney
roddi y ti fenthig cleddyf y ymladd ag i ladd arall, deall a
ddangos y ti y dylyd ti wrthod y cynigion hyny. Felly cariad 3435
cyfyn a Duw a ddangos y ti yfydd-dod, a hyny a ddyly bod yn
reol y'th fywyd, ag yn oleini y'th arwain ag y'th gyfrwyddo
mewn lleoedd tywyllion. Ag felly perthyn cary Duw a'y
gymodog.

Kanmolaeth o ffrwyth cariad perffaith.

Y vi penod

Nyd oes tafod yn y byd a wyr traethy yn wirionedd holl yrddas a ffrwyth cariad perffaith, canys yn gyntaf dim oll, cariad a wna dynion yn blant i Dduw, ag yn etifeddion o'r nef. Megis y dywad Saint Ieuan, 'Synwch pwy gariad a ddangosoedd y Tad y nyni, y'n gwnaethyr yn blant y Dduw.' A Saint Pawl a ddywaid fal hyn, [115] 'Yr holl rai ag ydiw ysbryd Duw ynn y harwain, blant y Dduw ydynt. Ny dderbynysoch ysbryd caethiwed y ofni dim mwy, onyd chwi a erbynysoch ysbryd dewisiad, drwy yr hwnn i llefwn, "Aba yn Tad," a'r ysbryd hyny yw ysbryd cariad perffaith, a sydd yn tystolaethy gyda yn ysbryd ninay yn bod yn blant ag yn etifeddion y Dduw, ag yn gyd-etifeddion a Christ.' Ay allwni ddymyno peth yrddasach na bod yn blant y Dduw, ag yn etifeddion o'r nefoedd? Llyma anrydedd mawr y sawl a fo a gwres cariad duwiol yn y caloney, ag ewnder ddigon yndynt, ie, bet fai yr holl fyd yn y casay hwynt. Kanys hyn a sydd ddigon sicir: y rhai a fo'r byd yn y casay, nyd plant y byd ydynt ond plant y Dduw. Ag yn erbyn hynny, y rai a fo ny byd yn cael y cary, plant y byd ydynt, ag yn yr vn modd plant y diawl.

Ailwaith, cariad a sydd yn gwaithio yr achos ynom ni a bair i Grist drigo ynom ni. Canys Saint Ieuan a ddywad fal hyn, 'Y neb a fo yn trigo mewn cariad perffaith a sydd yn trigo mewn Duw, a Duw yndo yntey.' Yn Arglwydd Iesu Grist [115v] a ddywad fal hyn, 'Os car dyn fyfi, a chadw fy ngorchmynion, fy Nhad i a'y car yntey, ag ni a ddawn ag a drigwn gydag ef.' Ei allwni gael na dymyno cael vn lletywr gyfoethocach nag efo? Ay ydiw yn debig fod lletywr mor gariadys a hwnw? Ay edy ef aisay ar yn enaidie? E gais ef arian trayl genym? Na wna. Nyd ydiw yn dyfod i drigo gyda ni y draylo'r peth a fo genym ni, onyd i amlhay yn cyfoeth ag y fwyhay yn ystor.

A hefyd, p'yn bynag a fo genym ni, ay ychydig ay llawer o gyfoeth, cariad a wna hyny yn gymeradwy gann Dduw. Cariad a bair y ddyn gasay y byd, a bod yn llawen [mewn] tralloday a phrofedigaethay. Pan ddel cariad ag entro yn yr enaid, y may ef yn dwyn gydag ef bob dayoni, ag i may ef yn

[yn] clymy ni yn vn a Duw. Cariad a wna dynion yn yr vn feddwl, ag yn yr vn wyllys. Cariad a bair y ddynion wellay i harferon, a nesay att Dduw. Cariad a bair calon lan byraidd, yr [116] hon a ddychon deall a gweled pethey nefol. Drwy gariad i llywodraethir da y byd hwn yn weddys. Trwy gariad, dirgelwch Duw a welir. Saint Ieuan a ddywad yn llyn, 'Duw yw cariad.' Yn y gairie hyny yr oedd ef yn meddwl y Tad, a'r Mab, a'r Ysbryd Glan, yn dri ag yn vn: Duw y Tad yw cariad, Duw y Mab yw cariad, Duw yr Ysbryd Glan yw y cariad. Y cariad hyn a ddyly bod yn bywraidd, fal i gellych drwyddo ef, megis drwy wydyr ysbrydol vndeb, dy giddio dy hynan wrth Dduw, a bod yn ewn ymddiddan a Duw yn ddiofn.

Y neb ny charro yn berffaith a gyll y fywyd, a'r sawl a garro yn berffaith a ddrychaf yn wastad i olygon at Dduw, yr hwn ydiw ef ny gary, ynn y ddymyno, yn meddwl amdano, ag yn gorffwys yndo, drwy yr hwn i may ef yn gadwedig. A'r fath enaid ffyddlon, dwyfol, cariadys hyny, fo ddywaid, fo ddarllain, fo wna i holl waith yn ddeallys, fo wyl pob peth o'r blaen, megis pe bai Dduw yn [116v] presenol gydag ef, yr hwn yn wir a sydd gydag ef yn ysbrydol. Y dyn i bo Duw yn lletya ynn y enaid, fo weddia megis pei bai Dduw yn bresenol yn gorfforol gydag ef. Y cariad perffaith a ddyhyna yr enaid pan fo yn cysgy, ag a'y dyd ef mewn meddwl am y gadwedigaeth, fo irha ag a nawsaiddia y galon. Cariad a wna calon afrywiog yn foneddigaidd, cariad a ddyrr ymaith bechodey, carriad a gaidw chwant y cnawd a'r gwaed yn orisel, cariad a wella arferon y dynion gwallys, cariad a adnewydda yr ysbryd, cariad a ffrwyna ysgawn chwantay ieingctyd. Hyny i gyd a waithia cariad perffaith lle i bo ef yn bresenol. Ag yn erbyn hynny, lle nyd ydiw cariad perffaith, yno i may yr enaid mewn haint gwedy oeri, megis padellaid o ddwfr gwedy tyny y tan oddy deni.

Cariad yn ynig yw y peth a bair y'r enaid nesay at Dduw, ag yn ddianwadal glyny wrtho ef, ag yn llawenn ymddiddan ag ef, a gofyn [117] cyngor yddo ef ynn y holl orchwylion. Yr enaid a fo yn cary Duw, ny ddychon ef onyd meddwl ag ymadrodd yn wastad am Dduw, a chasay pob anywiolder. Y neb a fyno addnabod Duw, may'n raidiol yddo i gary ef. Pwy mwya i caro dyn Dduw, mwyaf oll i tyf ef mewn cydnabod a Duw. Ny chayff dyn gyddnabod ar Dduw er darllain nag ysgrifeny ony bydd mewn cariad perffaith. Ofer yw y ni ddarllain, ofer yw y ni ymadrodd, ofer yw y ni bregethy, ofer yw y ni weddio ar Dduw, ony byddwni yn cary Duw. Cariad ar Dduw sydd yn enill cariad y'r enaid, ag yn y wnaethyr ef yn feddylgar bob amser. Duw a garr er mwyn y gary ynte ailwaith, ag am hyny dedwydd yw'r dyn a garro Duw. Yr enaid a fo yn cary Duw yn berffaith a ddygir drwy addewidion Duw, ag a dynir drwy ddymyniaday y'r nef. Yr enaid a fo a chariad Duw yn bresenol yndo a [117v] sydd gyflawn o lywenydd, ag ef a naidia y'r nef. Cariad a fag cynefinrwydd a Duw, cynefinrwydd a Duw a fag ewnder gyda Duw, ewnder gyda Duw a fag blas ar Dduw, blas ar Dduw a fag newyn am gael myned at Dduw. Pey bewn i yn traethy holl yrddasrwydd cariad perffaith yr amser a ffaele y mi, a'm gally a'm gwybyddiaeth oedd ry fychan. Yr enaid i bo cariad Duw yndo, ny ddychon hwnw ddymyno dim ag a fo yn gwrthwyneby Duw, onyd fal i clywo ef flas pechod, ef a lef allan gyda'rr proffwyd, gan ddwedyd, 'O Arglwydd Dduw, yn y modd i may y carw yn chwenych y ffynonay croywddwr, felly yr wyf inay in dy ddymyno dithay.' Ag am hynny, y dyn, drychaf dithe dy galon, a chofia ddirfawr gariad a thrigaredd Duw arnat ti, a'r roddion perffaith, y rhai a roddes ef y ti, drwy y rhai, gwedy eglyrhay deall dy galon, i gellych beynydd fyned y'th flaen, ag amlhay dy waithredon dayonys er gogoniant y Dduw, yr hwn a sydd hoffaidd ganto y rhai duwiol. Fal y dywad Crist, [118] 'Disglairied ych golaini gair bron dynion, fal i gallont hwy, wrth weled ych gwaithredoedd da chwi, roddi gogoniant i Dduw, yr hwn a sydd yn y nefoedd.' Ag velly.

Disgriad y pedair rinwedd bydol, doethineb, cyfiawnder, grymyster, a thymeraiddrwydd.

Y 7 penod

Drwy y pedair rinwedd hyn i bydd dyn byw yn dda ag yn weddys yn y bywyd marwol hwn. Saint Ierom a ddywad may drwy y pedairr rinwedd hyn y bydd dyn Cristnogaidd byw yn ddayonys ny byd hwn, a thrwyddynt hwy gwedy farw i daw ef i fywyd tragwyddol. Doethineb a edwyn dayoni, yr hwn a ddylywni y wnaethyr, a'r drygoni, yr hwn a ddylywni y adel heb y wnaethyr. Cyfiawnder a wna dayoni. Temherraiddrwydd a edy haibio y drygoni. Grymyster a sydd ddianwadal, heb golli y hoenyster mewn adfyd na balchio mewn gwynfyd. Doethineb a ddangos y ddyn pwy fodd y may yddo ef nesay at Dduw. Grymyster a thymeraiddrwydd a ddangos y ddyn pwy fodd y may yddo ef [118v] lywodraethy hynan. Cyfiawnder a ddengys y moddion i dylyo ef arfer y gymydog. Dyma'r pedwarr peth i may Satan yn saethy atynt i ddinistr yr enaid.

Drwy ddoethineb, yr hon yw iniawn riolaeth reswn, yr ydym ni yn llywodraethy yn hynain yn synhwyrys, heb wnaethyr dim ond cyfiawnder. Mewn doethineb y may gwybodaeth, dangasiad, a chyngor da yn aros. Dyn doeth a wyr o'r blaen pwy fodd i diwedda i gyngor. Plato a ddywad may doethineb yw prynses yr holl rinwedde bydol, am i bod hi yn dangos y ni pwy foddion i dylywni ddeall y rinweddey eraill a'y harfer oll. Canys megys ag i may ffydd yn dangos y ni am pwy beth i dylywni obaithio, a phwy a ddylywni gary, yn yr vn modd i may doethineb yn dangos y ni pwy fodd y dylywni arfer cyfiawnder, canys nyd ydiw gwr doeth yn gwnaethyr dim onyd a sydd gyfiawnder. Onyd er hyny, nyd ydiw doethineb heb gariad perffaith onyd diffrwyth, megis ffydd heb gariad perffaith. Eithr o bydd dyn doeth ynn cary o'y holl galon, may yn amhosybl ony bydd ef dayonys, ag fo wna dayoni hefyd. [119]

Kyfiawnder yw rinwedd, yr hon ydis yn y arfer mewn dwy ffordd. Waithie may hi yn rinwedd gyffredinol ag yn damgylchyny yndi hynan yr holl rinwedde eraill, megis dyn a fo yn byw yn ddayonys ag yn gyfiawn, ag am hyny gelwir ef yn ddayonys, yn rinweddys, ag yn gyfiawn. Mewn modd arall y gelwir hi rinwedd nailltyol, ag yn cael i galw cyfiawnder gyfranedig, gan roddi y bawb y pethe fo dylyedys yddynt i gael. Y rinwedd hyny, sef ydiw cyfiawnder gyfranedig, a sydd weddys i bod gan ymherodron yn enwedig, a brenhinioedd, a thywysogion, a'r neb a fo yn llywodraethy yr esmwythter cyffredinol a chyfraith; er mwyn roddi y bob vn i eiddio y hynan, ag amddiffyn y gwirion, a chosbi y camweddwyr, ag

anrydeddy y rhai da, a syrhay y rhai drwg, a gwnaethyr
cyfiawnder a chydwybod yn cystal y rhai bychain ag y rhai
3595 mawrion, y'r tylodion ag y'r cyfoethogion. May llawer gwedy
paintio cyfiawnder ny tai, ag er hyny camwedd yn y calonay;
llawer vn sydd a Christ yn y genyay, a'r diawl yn y meddyliay.
Onyd y neb [119v] a fyno bod yn gymeradwy gan Dduw, raid
yddo fod yn gyfiawn yn y air a'y waithred, ag yn byraidd y
3600 feddyliay.

Grymyster ydiw y rinwedd y'r hon i perthyn mawredd a
hoenyster, heb ofni dim ond gofynion anghyfion. A'r dyn a fo
a rinwedd hyny ganto, fe gaidw i hynan yn yfydd yn y adfyd,
ag yn ddifalch yn y wynfyd. Grymyster a sydd o fawredd
3605 anianol, mewn gobaith dianwadal, a diogel oddefiaeth, ag
yfydd-dod. Y merthyri ymhob oes ag ymhob gradd oedd a'r
rinwedd hynny gantyn yn gyflawn, gan aros ar ycha gwir
ffydd yn ddiogel, heb brisio am fwgythay na phoenay craylon,
ag yn barod i ddioddef angey yn gynt na gwady Iesu Grist. Y
3610 proffwydi duwiol oedd gwedy ymarfogi mewn grymyster, y
rhai oeddynt yn ddiweniaeth yn baio brenhinioedd yr Ysrael
a Iwdea am i pechode a'y camaddoliaeth y Dduw, a heb ofni
y llid hwyynt a'y digofain. A hefyd yr apostolion Iesu Grist
oedd gwedy ymarfogi y hynain mewn grymyster, y rhai nyd
3615 oeddynt yn ofni cynhwyso [120] doethineb y rhai doethion, a
gorchyfygy y rhai oeddynt mewn ychel leoedd, fal i gellynt
hwy felly ymfoddloni y ddwyn iay Crist. Nyd oeddent yn
gwnaethyr hyny drwy rym y cyrff, na thrwy bwer dynol, nag
arfey ryfelwyr, ond trwy ddysgeidiaeth dduwiol; nyd dymyno
3620 i lladd, onyd i mairw i hynain. Y brenhinioedd a'r gwyr
cedyrn a ddylyai fod gwedy ymarfogi mewn grymyster, fal i
baint yn prydery rag perigl ymddiffyn ffydd Iesu Grist, a bod
yn yr vn feddwl a'r merthyri santaidd mewn Duw. Yn y
rinwedd hyn y dylyai prygethwyr a dangoswyr Gair Duw
3625 ymarfogi y hynain, yn dailwng y amddiffyn Gair Duw yn
erbyn yr holl eritics a rhai a fai elynion yddo ef, heb ofni
bwgythwyr gwrthwynebys pwy bynag a faint. Onyd nyd ydiw
grymyster yn gyfranog y wnathyr pethe anghyfraithys, fal
clwyfo ney ladd dy gyd-Griston, yn llai na bod yn raid y ti
3630 wnaethyr felly ymddiffyn dy hynan a'th wlad. Eithr os gwnai
di hynny mewn achosion eraill, llid ney gynfigen a ffromder
meddwl ydiw hyny, ag nyd [120v] grymyster. Nyd ydiw

milwriaeth, yr hwn yw grymyster, yn ganmoledig onyd mewn pethay cyfraithys, megis ymddiffyn dy gorff dy hynan a thywysog dy wlad, ney ffydd Grist, ynghweryl yr hon, o dioddefy angey, dyna rymyster yrddedig.

Tymeraiddrwyd yw rinwedd y ffrwyno chwant y cnawd. Medd Saint Awstin, 'Temeraiddrwydd a sydd yn rioli ag yn llywodraethy hoffter, ag yn gwnaethyr pethey a sydd yn boddloni Duw.'

Ag yn ol cyfiawnder, ag yn wrthwyneb y'r pedair rinwedd hyny, y may pedwar ryw o ddrygoni yn halogi ag yn difetha y pedair rinwedd, sef yw hyny, ffolineb sydd yn difa doethineb, balchedd sydd yn halogi grymyster, trachwant sydd yn difa cyfiawnder, godineb sydd yn difa tymeraiddrwydd. Ag er mwyn hyny, Syr Farchog, mi a fynwn y ti ymgadw rag y drygedday hyny, rag y ti golli mwyniant y pedair rinwedd ychod. Ti a wddost y llawenydd, a hoenysrwydd, a chydmaithias [121] ddayonys a gefaisti yn Llys Rinwedd. Yno y gwelaisti Dduw, a ffydd, a gobaith, a chariad, doethineb, cyfiawnder, grymyster, a thymeraiddrwydd, a phob dayoni ag allai ddyfod y'r enaid yn y bywyd presenol hwn. Ond am y llwenydd, a'r hoffter, a'r dayoni a gayff y dynion a garo ag a gatwo y rinweddey hyn yn y byd a ddaw, ny ddychon neb i ddangos na'y draethy onyd y sawl a gafas y brofi ef.

Y modd y dangosoedd Ffydd, o'y thwr hi, ddinas nef y'r Marchog.

8 pennod

A gwedy i Ddeall Dayonys draethy wrthyf i yr ymadroddion hynny, yr oedd fy meddwl i gwedy newidio, ag nyd oeddwn yn prisio am fwyd na diod, ond yr oeddwn yn ryfeddy am na welwn y nos yn dyfod, am ddarfod traylo llawer o oriey. A mynay yn ryfeddy felly, fo ddywad Rinwedd wrthyf na bydde nos byth yn y llys hi, ag nad oedd i dywyllwch ddim a wnelai yn y man i bai hi yn trigo. Ag yno myfi a gofiais y Ras Duw draethy wrthyf ar y ffordd may [121v] trwy waithredon ffydd, y rhai ydynt y ffrwyth hi y hynan, i gallwn i weled dinas nef,

yn yr hon i damgylchynir y gwir santaidd ddedwyddyd. A'r pryd hyny, Ffydd a'm arwenoedd i yddy thwr hi, a'r holl
3670 rinwedde eraill oedd yn cadw y chydmaithias hi, canys nyd ydiw ffydd yn alwedig heb obaith, na gobaith heb gariad perffaith, ag am hyny may'n raidiol yddynt fod y giyd o vn parth. Ag er bod cynheddfay nailltyol ar y rinwedde hyny, eto y maent bawb yn llawen heb wahany vn oddy wrth i gilydd.
3675 May Saint Sierom yn dywedyd fod Abram yn gyflawn o ffydd, a Sioel yn gyflawn o rymyster, a Dafydd yn gyflawn o yfydd-dod, ag felly yr oedd y gwyr santaidd eraill nyr vn modd, y rhain a draethir amdanynt yn yr Ysgrythyr Lan.

Ag yno y dangosoedd Ffydd, o'y thwr hi, y mi lan ywchel,
3680 ag ar hono i daroedd adailiad dinas mawr yrddasol ryfedd, a hi a ddywad wrthyf mae hono oedd dinas nef, yn yr hon y may gwir santaiddrwydd a pherffaith ddedwyddyd. Ag ny welwn i vn deml ynn y dinas hono, yr hwn beth a fy ryfedd genyf. Ag yno y dywad Ffydd wrthyf i may yr Arglwydd
3685 Dduw hollallyawg oedd deml y dinas hynny. Nyd raid [122] yno wrth dywyn yr hayl, na goleini y lloer, na disglairwch y ser y roddi goleini, canys Duw yw i golaini hwynt y hynan. Nyd a neb y'r dinas hyny onyd y rhai sydd yn ysgrifenedig yn Llyfr y Bywyd. A hefyd Ffydd a ddywad y myfi nad oedd
3690 yno ddim anghytyndeb, nag adfyd, na phechod, na danod, na drygoni, nag ofn, na thristyd, na chwilydd, na thywyllwch, na phoenay, na drygdyb, na thrais, nag anyfydd-dod, nag anesmwythter, na digofaint, na dim ag oedd yn hanfod o farwolder. Ond yno yr oedd gyfyndeb, gwynfyd,
3695 perffaiddwch, cariad, llawenydd, llonyddwch, a gwir hapysrwydd, a dayoni diderfynedig mewn Duw, a bywyd tragwyddol, a dedwyddyd. Yno yr odd llawenydd heb dristyd, esmwythter heb drafel, enill heb golled, bywyd heb angey, glendid heb halogrwydd, dedwyddyd heb rwystyr. Duw a
3700 welir ynn y dinas hynny wyneb yn wyneb. Yno i may golaini diderfynedig yn disglairio, a'r saint bob amser yn cany, a'r enaidie santaidd yn llawenhay, ag yn edrych ar Dduw heb hyrtrwydd ddymyniad. A dinaswyr y dinas nefoedd a sydd gyd-etifeddion a'r Drindod, y Tad, a'r Mab, a'r Ysbryd Glan.
3705 Ag i maynt gwedy i [122v] gwnaethyr yn byrraidd ag yn anfarwol, oherwydd addewidion yn Arglwydd a'n Caidwad Iesu Grist, yr hwn a ddywad, 'Fy Nhad, y rhai a roddaist y

myfi, mi a fynaf i bod hwynt lle i bwyf inay, fal i gallont weled
fy nisglairwch i.' O beth a ddywedei mwy? Yn y dinas hynny i
may vn Brenhin heb angey a heb gyfnewid, heb ddechre a heb
ddiwedd. Nyd oes dim nos yn y dinas hynny, na mesyr ar
amseroedd, onyd dydd disglairedig yn dragwyddol, canys yn
y dinas hyny i may Tad y goleini yn trigo, ie, Duw y hynan,
a'y olaini ef ny ddychon tywyllwch i wasgodi ef. Dinaswyr y
dinas hyny a sydd dynghedfenys a santaidd, canys y maynt yn
gyfranog o rad anfeidrawl, ag o ddedwyddyd difesyredig, ag o
lawenydd diderfynedic, ag o'r fath berffaiddwch na ellir y
fwyhay. Ag i'r lle hyny y drychefir y rhai cyfiawn: a rhai drwg
yn y pwll o dan a brwmstan yn llosgi, yno i bydd y cyfran
hwyntey.

Y Marchog yn dymyno cael myned y'r nef, a'r modd i daeth
Gras Duw ag arglwyddes ato ef, yr hon a elwid Arros
yn Ddianwadal.

Y 9 penod

[123] A gwedy y mi weled nef o dwr y Ffydd, a chlywed pwy
fath drefn oedd yno, yr oeddwn yn fy meddwl yn casay y byd,
ag yn tybiaid fy mod yn y nefoedd yn rodio. Yno mi ofynais y
Ffydd a gawn i aros yn y thwr hi bob amser. Hithe a ddywad
i cawn yn wyllysgar, am fy mod i heb flino dim vn amser yn
edrych drwy ffenestr y thwr ar y nef, a phwy fwyaf yr oeddwn
yn edrych erni, mwyaf oll i gwelwn i y thegwch hi. Ag o'r
diwedd yr oedd yn gas genyf i fyw yn y byd yma, ag yna myfi
a ddymynais angay fal i gallwn yn gynt weled dinas nef, a
chael gweled mwyniany Crist fy Nghaidwad. Ag yno wrthyf
vy hynan, mi a benlinais ag a ddywedais fal hyn:
'O pwy mor ddedwydd ydiw yr enaid a sydd allan o garchar
y byd dayarol, ag a sydd yn gorffwys mewn llawenydd nefol,
yn gweled y Gaidwad wyneb yn wyneb. May yr enaid hyny
heb ofn na thrallod arno. O pwy mor ddedwydd yw'r enaid a
sydd ynghydmaithias yr angelion a'r saint [123v] bendigedig,
yn cany moliant y'r gorychaf; yn wir, y fath enaid hyny a sydd
gwedy lwytho o lawenydd a dedwyddyd; ie, cael vndeb a

chydmaithias y saint, y rhai a fyont yn ymofidio yn y bywyd marwol hwn, onyd yr awr honn i maent yn teyrnasy gvda Duw yn dragwyddol. O y tirion Iesu, gad y mi ddyfod y'th ddinas wynfydedig, lle mae dy ddinaswyr y'th weled ti beynydd er mawr ddiddanwch yddynt. O pwy lawenydd diderfynedig ydynt hwy ny gael, a phwy mor hapys a fyddwn inay pai cawn glywed y caniaday, ie, bey cawn fy nioddef i gany vn o ganiaday Dafydd yn dy fynydd santaidd. Och! Na chawn, yr hwn wyf y llaiaf o'th waision, drwy dy ras, ddodi haibio fy maych cnawdol, a dyfod y'th ddinas ddedwydd di, y gydmaithias y gynyllaidfa santaidd ddedwydd, i weled gogoniant fy Ngreawdr, ag y synaid ar y gariadys yrddasrwydd ef, megis i bwyf i gweddys y gael y fath santaiddrwydd hyny. O caniata y mi, atolygaf arnad Arglwydd grasol, nad edrychwyf i byth yn fy ol ar wagosgod [124] dyffryn y deigray, ag na bwyf i yn cofio byth am hoffter y byd twyllodrys gwaelaidd hwnn, ag na bwyf i yn prisio dim am y bywyd halog drwg hwn. Och! Pwy foddion y gallwni fod yn ddedwydd yn y byd yma, lle may y diawl bob pryd yn 'n molesty ni, a'r byd yn yn twyllo ni, ie, lle may yr enaid yn cael i ddally, a phob ryw ddynion yn pechy, ag yn ol hynny o ddrygoni i daw angey y ddiweddy pob oferedd a hoffter. Och! Gan hyny, pwy gyfiawnhad ney iawn a ellir y wnaethyr y tydi vn Duw, yr hwn wyd yn roddi cyfnerth a diddanwch y nyni ynghenol yn blinder a'n trallod, drwy dy ddywiol ras. O syna arnaf, dryan bechadyr, cyflawn o brysyrdeb; ie, pan fwyf i yn deally fy mhechoday, ag yn ofni dy farnedigaeth, ag yn meddwl am awr angey, ag yn cofio poeney yffern, ag heb wybod pwy ddial a ddylyaf i gael, ag heb wybod pwy le na phwy fodd i diweddaf vy [124v] nyddiay. Yn yr holl bethe hynny a llawer hefyd yr wyf i yn ymroddi fy hynan dan rasol ddayoni, gan wybod dy fod ti yn barod y rhoi y mi cyfnerth yn yr holl flindere hyny. Yr wyt ti yn drychafy fy enaid yn ywch na'r mynydday; ie, yr wyt ti yn peri y myfi erbynaid dy gariad a'th ddayoni, drwy'r hwn yr wyd yn bywhay fy ysbryd go thrwm i, ag yn llewychy fy nghalon brysyr i, drwy ddangos dy nefol hoffter.'

A gwedy ym ddiweddy fy ngweddi, myfi a ollyngais dros gof fy holl flindere, ag a orffwysoedd fy enaid wrth angor gobaith. Ag felly pan oeddwn i ynn penlinio, Gras Duw amddangos[oedd] y myfi ag arglwyddes arall gyda hi, yr hon nys gwelswn i erioed. A gwedy ym roddi diolch yddi am i roddion dayonys, hi a roddes y mi yr arglwyddes hono, yr hon a elwid Arros yn Ddianwadal, gan orchymyn y myfi y chadw hi gyda myfi bob amser dros fyth, os bewn i yn meddwl bod yn vn o ddinaswyr nef, cannys [125] hebddi hi ny thal y rinwedde eraill ddim enill. Canys fo ddywad Crist fal hyn, 'Y neb arhoso yn ddianwadal hyd y diwedd a fydd cadwedig.' A raid y ti barhay oblegid hyny, a hefyd i mae llawer o sompley nyr Ysgrythyr Lan, a myfi a ddangosaf dday ohannynt.

A'r pryd cyntaf i gwnaethbwyd Sawl yn frenhin ar blant yr Ysrael, yr oedd ef mor yfydd ag mor ostyngedig a phlentyn blwydd o oed. Eithr ny pharhaoedd ef vellu yn ddayonys onyd dwy flynedd, canys gwedy iddo ef ddodi Aros Dianwadal heibio oddy wrtho, ef a droes y wnaethyr drygoni, ag a dyfoedd yn graylon ag yn dost, yn cymaint ag i lladdoedd ef lawer o broffwydi yr Arglwydd, ag ef a herlidoedd y brenhin Dafydd. Onyd pwy fodd i by ddiwedd ef? Ve gorchyfygoedd i elynion ef, a gwedy i Dduw y roddi ef y fynydd, fo laddoedd i hynan ar fynydd Gelboe.

Ag ailwaith am yr vn ryw beth, pan i gwnaeth Duw Sydas gyntaf [125v] yn apostol, yr oedd ef yn ddayonys ag yn wasnaethgar i Dduw, a phan ddodes ef Aros Dianwadal ymaith oddy wrtho, efo aeth yn llaidr trachwantys, efo a fradychoedd ag a werthoedd i faistir Iesu Grist. Ond pwy fodd i by ddiwedd yntey? Fo gwrthodoedd Duw ef, ag vo gwympoedd i anobaithio, a thrwy gydwybod felltigedig, yr hon oedd yn cyhyddo drygoni y waithred, ef amgrogoedd y hynan wrth gebystr.

Ag yna, pan i clywais i yr Arglwyddes Arosiad yn traethy felly, myfi a ofnais rag y mynay ddigwyddio ynn y cyfriw bethey hyny, ag yno myfi a ddymynais ar y maydwy, Deall Day[o]nys, ddangos y mi pwy foddion i gallwn i gadw Arosiad gyda mi bob amser, megis trwy wnaethyr felly na chollwn i ogoniant teyrnas nef. Ag wrth fy naisyf i, Deall Dayonys, yr hwn oedd yn prydery cadw fy enaid, a ddywad wrthyf i val hynn.

Deall Dayonys yn dangos y'r Marchog pwy fodd i gallai ef gadw Dianwadal Aros gydag ef bob amser.

10 penod

[126] Vy mab, (hebe Ddeall Day[o]nys), y rhan ddiwethaf o iechyd dy enaid ydiw y ti ddysgy gwybod pwy fodd i arosych ynn y man lle yr wyd yn awr heb droi yn dy ol, yr hwn beth, os myny di y wnaethyr, raid ytti gadw Aros Dianwadal gyda thi. Canys o gwrthod hi dydi vnwaith, may'n raid y ti golli Llys yr Arglwyddes Rinwedd, yn yr hwn le yr wyd yr awr hon, ag od ay di yn dy ol oddyno, bid hysbys y ti y colli di hi a llywenydd nef hefyd. Ag am hyny raid y ti arros yn ddianwadal yn dy feddwl dayonys heb hofran, a raid y ti weddio yn dailwng bob amser a dymyno nerth gan ras Duw, canys heb ras Duw ny ddychon neb aros mew[n] dayoni. Ag er mwyn cyflenwi yr holl bethey hyn, may'n raid y ti gofio tri pheth: yn gyntaf dy fychedd, yr hon aeth haibio; yr ail dy fychedd yr awr hon; yn y trydydd dy fychedd, yr hon a ddaw rag llaw. Y tri chofiodigaeth hynny a'th gaidw ag a'th oenysa rag y ti ryo yn dy ol, a felly byddy hoenys ddigon.

O [126v] meddwl beth a wnaethost a pheth a welaist cyn hyn wrth ddilyn Ffolineb, a ffw foddion yr wyd yn byw yn ofer, gan ymroddi dy hynan i bob oferedd o chwantey cnawdol, drwy'r hwn i cwympaisti mewn halogrwydd pechod, ag i dodaist dy enaid a'th gorff mewn perigl, a'th gydwybod y'th gyhyddo di. Och! Gan hyny, pwy le i bysit ti ony bysei y Ras Duw gymeryd trieni arnat ti? Pwy le y may y bydolion, y rhai ny fynynt ymofydio am y pechoday, ie, ple yr aethant wy? Onyd ydynt hwy gwedy i cyfrgolli y boeney tragwyddol, ie, y'r tan yffernol? Och! Gan hyny, meddwl di fod y pechod yn anfoddloni Duw yn fawr. Meddwl di pwy boenay a ordainoedd Duw am bechoday y elynion ef, a rhai hyny yw trasay y diawl, canys y pechod a wna dynionn yn elynion y Dduw, ag yn anwylaid y'r diawl. O meddwl di hefyd i bechod berri ti golli dy wiriondeb cyntaf a'th rinwedd, a'th wnaethyr di yn fwyd y fatheyaid yffern, ymysc y rhaini y bysid yn [127 dy gyfrif di, ony bysei i Ras Duw gymeryd trieni arnat ti.

A meddwl di hefyd fod Duw yr awr hon yn dy arbed ti ag y'th ffafro di, a thrwy y ras ef a'y nerth y'th wnaethbwyd t

yn blentyn y Dduw ag yn etifedd o deyrnas nef, trwy y
ti obaithio, fal i may dy gydwybod yr awr hon yn esmwyth.
Meddwl pwy gyfnnerth dayonys a gefaist drwy weddio, a
meddwl pwy ddangosiad ysbydol a gefaisti gan ras Duw.
Meddwl pwy foddion y may hoffter y byd yma yn gymysgedig
o flinderey, a meddwl di hefyd na chai di ddim drygoni os aros
a wnay di lle yr wyd, canys yr wyd ti ynghadwriaeth Duw.
Meddwl ydd a y byd hwn haibio, a'i holl hoffter; meddwl may
y modd presenol, yr hwn yr wyd yr awr hon yndo, yw yr ywchel
ffordd i fyned i'r nef, ag felly i cedwy Aros Dianwadal gyda thi.

Meddwl may cyfiawn farn Duw a ddaw y roddi nefoedd y'r
dynion dayonys, ag yffern y'r [127v] dynion drwg. Meddwl
fod yn raid y ti farw, ag ar dy awr angay ny chay di y fath
gyfnerth ag a gefaist gan Rinwedd a Gras Duw o ddangosiad
a chynghoray, ag yn y rhai hynny i dyly di aros hyd yniwedd
dy oes. Meddwl pan ddel angay y ti fod yn raid yt adel ar dy
ol dy wraig, dy blant, dy dda a'th arian, pwy bynag p'yn a
wnaethost, ay drwg ay da. Meddwl fod yn raid y ti fyned i
deyrnas anghydnabyddys ag i le na byosti erioed, ag o'th
[dd]elir di yn marw mewn pechod heb etifarhay, fo fydd y
diawlaid yn gwiliad cael dy gorff melltigedig di a'th enaid
damnedig, a hwynt a'y dygant yll day i gaybwll y tywyllwch
i gael yno boenne tragwyddol. Onyd o'th [dd]elir di gyda
Dianwadal Aros yn Llys Rinwedd, fo fydd milioedd o
angelion yn myned o'th flaen di, ag yn dy ddwyn di drwy fawr
lywenydd y'r nef. Och! Gan hyny, meddwl am gyfiawn farn
Duw, yr hon a ddaw, ag yn yr hon i bernir pob vn [128] yn
ol i waithredon. Canys nyd arbed Duw na brenhin, nag
ymherawdr, na thywysogion, na phobl ywchel, na phobl isel,
na chyfoethogion, na thylodion; ag yno i corona ef y rhai
dayonys duwiol, ag i salwha ef y rhai drwg. Ar Ddydd y Farn
honno, pan fo raid i bawb ymddangos yn ddiesgys gair bron
Duw, ag ar y pryd hyny, raid i bawb fod yn atwrne drosto i
hynan, pan fo y Barnwr cyfiawn yn ymddangos i hynan yn
arythr y rhai gwrthgas a oeddent yn dilyn Gwaelderr, ag heb
etifarhay na throi oddy wrth i halogrwydd a brynti pechoday;
onyd fo fydd rywiog, a boneddigaidd, a dayonys wrth y rhai a
oeddynt yn ymofydio ag yn etifarhay am y baiay. O meddwl
pwy boeney a fydd raid y rhai oeddent heb etifarhay i
ddioddef, enaidie a chyrff, yn dragwyddol; a'r neb a fo yn

aros mewn dayoni hed i diwedd a gayff llawenydd ynn y nefoedd gyda Duw a'y gyflawnder. Ag am hyny, ymro di o'th holl ally i aros mewn dayoni hyd y diwedd, a thi a gay weled Duw yn barod o'i ras a'y drigaredd [128v] y'th sanntaiddio di, ag y'th gyfoethogi, ag y'th arfogi yn dy Gristnogaidd fwriad.

Amodiaeth a chyngor da a ddangosoedd Deall Da y'r Marchog, yddy wnaethyr baynydd gair bron Duw i hela ymaith brofedigaethay, a'r modd i dylyai ef yfyddhay gair bron Duw baynydd, a ffwy beth a ddylyei ef i erchi yn y weddi.

11 penod

O vy mab, myfi a ddymynwn y ti gadw Dianwadal Arros gyda thi, drwy'r hwnn y gellych di ochelyd profedigaethay, y rhai a gaisiant dy dyny di y bechy, a pheri y ti ymwrthod a'r iawn ffydd, a dryllio gorchmynion Duw gallyog. Ag er mwyn gwachelyd hynny, mi a fynwn y ti bob dydd adrodd yr addewidion, y rhai a wnaethost wrth Dduw y pryd y'th fedyddiwyd, nyd amgen na rhai hyn. O y mawr orychelder, a'r mawr odidog, a'r mawr santaidd Drindod, y Tad a'rr Mab a'r Ysbryd Glan, yr wyf i yn addo ag yn amodi byw a marw yn y gwir Gatholig ag [129] apostoliaidd ffydd, a chadw dy santaidd orchmynion, y rhai cyn hyn a ddrylliais i yn llwyr. Ag am hynny yr wyf i yn ddolyrys ag ynn etifarhay am y dryllio hwynt, ag yn arrwydd ar hyny yr wyf yn gwnaethyr fy nghyffes, gan ddwedyd fal hyn, 'Yr wyf i yn credy mewn vn Duw Dad hollallyog, gwnaethyrwr nef a dayar,' ag felly adrodd gwbl o byngcay y ffydd Gatholig.

A gwedy hyny dywaid, 'Arglwydd Dduw, yr wyf i yn dymyno arnad roddi y mi ras, y addef yn ddiofn ag i gredu holl byngcay ffydd Gristnogaidd,' ag yn y rhai hynny may'n raid y ti aros hyd y diwedd. Ag yno adrodd di Deg Gorchymyn y gallyog Dduw, y rhai a draethoedd Duw yn yr igainfed penod o lyfr Exodws, gan ddywedyd, 'Myfi yw'r Arglwydd dy Dduw, yr hwnn a'th ddygoedd di allan o dir yr Aifft ag o dy y caethiwed. Na fid y ti vn duw arall onyd myfi.' Ag felly adrodd gwbl o'r Deg Gorchymyn.

RHAN III

A gwedy hyny cyddnebydd beth yw deall yr hwn a adroddaist, ag deisyf ras gan Dduw y rodio yn ol i wyllys ef, ag arfer o'r [129v] weddi a ddangosoedd Crist y ti, a dywaid, 'Yn Tad ni, yr hwn wyd ynn y nefoedd, santaiddier dy enw.' Ag felly dywaid gwbl o Weddi yr Arglwydd.

A chyda hyny, may yn raid y ti yn wyllysgar ymostwng dy hynan gair bron Duw, a chydnabod dy hynan yn bechadyr, ag na elly di wnaethyr dim ag a sydd iniawn. Eithr o bydd dim dayoni ynot ti, y naill ai o natyriaeth, ay o ras Duw, may'n raid y ti addef a chyddnabod may o'r gorywchelderr i maynt oll yn dyfod. Na chymer dy hynan yn well nag arall, ond yn hytrach yn llaiaf oll. Ag o bydd neb y'th salwhay nag y'th watwary di, nag y'th ddirmygy di, dioddef yn yfydd, ag yn wyllysgar, ag yn llawen, er cariad ar Dduw, canys yr ysgol i dringad y'r nef yw yfydd-dod. Ag na feddwl dy hynan dy fod yn dda er dim ag a wnaethost nag a ellych y wnaethyr, ond o bydd dim dayoni yn dy gorff nag yn dy enaid, na fid arnad gwilydd er addef nad dy aiddio dy hynan ydiw hyny, canys nyd ydiw ef yn dyfod ohanat ti, onyd o Dduw y may [130] yr holl ddayoni yn dyfod.

A hefyd, onyd yfyddhay di y Dduw nyd oes gobaith iechyd y'th enaid. Ag am hynny y dywaid yn Arglwydd ni Iesu Grist fal hyn, 'Ony throwch a bod megis plant bychain, ny chewchwi ddyfod y deyrnas nefoedd.' A Saint Bernad a ddywaid, 'Y neb a fyno bod yn yfydd, raid yddo fod yn foddlon y'r byd i salwhay a'i ddirmygy, canys ny ddymyna y dyn yfydd i fawrhay gan y byd, oherwydd nad ydiw hyny yn bwynt o yfydd-dod.' Ag am hynny, ymro dy hynan i Dduw a dod dy wyllys yndo ef, gan gymeryd pob adfyd yn yfydd, pob trallod, pob blinder, pob anesmwythter, pob herlid, ie, ag angay. A bod yn foddlon ag yn wyllysgar y sydd raid y ti am yr holl bethe hyny, ag may'n raid y ti gyddnabod nad ydiw Duw yn danfon dim y'r dyn ffyddlawn namyn dayoni, ag er mwyn iechyd yddy henaidie hwynt. Ag am hyny, raid y ti yn fynych weddio ar Ddyw a dywedyd, 'O Arglwydd Dduw, ro y myfi y peth a vynych, a gwna a myfi y peth a gerych.' Ag o cai di vn ryw rodd santaidd o fewn y ti, megis doethineb ney ryw rodd arall ddayonys, [130v] eto er hynny, na drychaf dy hynan mewn balchedd, nag anghanmol eraill er na chawsont y fath roddionn hynny gan Dduw, onyd ymarfer di yr hwn a gefaist er moliant y Dduw.

A hefyd, o gwely di dy gymodog yn digwyddo, gwagel rag i gasay ef; na farna ef, ag na salwha ef, ond meddwl fod Duw yn dioddef gennyd weled i fai efo er dayoni ney enill y ti. O tebygy di na wnaethost erioed y fath faie a sydd ar dy gymydog, er hyny na thebig di na wnaethosti faie eraill cymaint ag yntay nay waeth. O tybygy dy fod yn ddifaiedig, na phrisia dy hynan, er hyny, yn well na'r dyn a fo baiys, a gwybod dy fod o'r vn ryw ddefnydd ag i gwnaethbwyd yntay, ie, ag er dy dybygaeth di yn bechadyr ag yn faiys megis yntey, ag yn raidiol y'ch gwellay ych day. A bid hysbys y ti, ony bai fod Duw gwedy parodhay drosod ti yn well nag i haeddyd ti dy hynan, y bysyt ti gwedy gwnaethyr y fath [131] faiay ag a wnaeth yntay, ney waeth nag hwynt. Ag am hyny diolch i Dduw, yr hwn a'th gedwis di fellu, a gweddia dros yr vn a sydd yn gwnaethyr ar fai, ag a sydd heb wellay eto. A phan welych di arwain dyn yn gyhoeddys tiag at i ddiwedd, a'y ddodi wrth gyfraith i ddioddef angey am i ddrygoni, gwybydd dithe dy fod yn bechadyr gair bron Duw megis yntey, er dy fod ti yngwydd y byd yn cael dy gyfrif yn well nag efo.

Bywyd ag angey yn Arglwydd ni Iesu Grist, yn Caidwad, a sydd yn ddrych i bob Cristion ffyddlawn edrych yndo. Ag am hynny, arwain dy fywyd yn ddywiol ag yn santtaidd yn ol i ddangosiad ef; cymer boen i fod yn ddioddefys fal y by Grist; dilyn i yfydd-dod ef, a'y arafwch, a'y ddayoni, a'i gariad, a'y drigaredd, a'y holl rrinwedday eraill ef. Nyd oes vn ysgol cystal y ddyn ddysgy byw yn ddayonys ag ydiw synaid ar arweniad bywyd yn Caidwad ni, Iesu Grist, a'i arferon dayonys ef. Meddwl yn fynych am dy angay a'th [131v] ddiwedd, ag am dy farn, ag am nef ag yffern; aros mewn gweddi ag mewn dayoni hyd angey, ag felly i boddlony di Dduw ag ny byddy diog i farw. 'Cofia dy ddiwedd,' medd y gwr call, 'ag ny phechy di byth.' May yn raid y ti weddio yn fynych ar Dduw, a phann fych di yn gweddio, nailltya dy hynan oddy wrth bob dim o feddyley bydol, canys gweddi ydiw drychafiad y galon at Dduw, ag ymddiddan dirgeledig yr enaid wrth Dduw, ag am hynny nyd gweddys y ddyn dyny na gady i feddwl y lythro oddy wrth Dduw. Ag am hyny may raid y ti ddodi dy holl waithredon bydol o'r ty allan y ti haibio, a gorestwng dy enaid gair bron Duw, a raid i ti gany salmay a chaniaday duwiol i anrydeddy Duw, ag yddy foliany ef; ie, a raid y ti ddwedyd Gweddi yrr Arglwydd yn fynych, trwy gwynfan ag wylo yn dost y deigrey dwfrllyd o'th galon, o drymder a galar, o etifeirwch am dy bechodey. 4015

Ond may'n raid y ti ddeally hyn, nad [132] y weddi hwyaf oll a sydd fwyaf i ffrwyth, o achos amlder o feddylionn a gyfnewid mewnn calon dyn cyn i gwnelo ef derfyn ar y weddi hir. Canys raid yw bod gweddi mewn meddylion dywiol, canys y weddi a wneler drwy dduwiolder, a chariad, 4020 ag yfydd-dod calonn, honno a sydd ffrwythlon, ag o gwnair gweddi mewn moddion amgen no hyny, nyd ydiw hi onyd diffrwyth ag ofer. Digon y ti draethy tri gair yn dduwiol, yn wyllysgar, yn yfydd, ag yn gariadys, megys y traethoedd y pwplican, 'Duw, bydd drigarog wrthyf i, bechadyr tryan,' nay 4025 megis y dywad y Cananit, 'Iesu, Fab Dafydd, trigarha wrthyf.' A hefyd, na fydd bryderys am osod dy dafod i ddywedyd yn ffraeth, yn goeth, ag yn arren, canys ny chais Duw ddim o hyny. Difei ganto ef y'r galon feddwl a dwedyd yn y corff yn dailwng ag yn wyllysgar, er bod y tafod yn 4030 floesc. Od ydiw ef yn ddiffaint may ef yn ddifai, megis yddym ni yn ddarllenn am Foeses a Samwel ond yn wirionedd. Fo ddyly y tafod a'r galon weddio a molianny Duw fal i may'n weddys, ag am hyny bydd [132v] fedrys yn dy weddiay, rag danod y ti fal y dannodes yr Arglwydd i ddynion, gan 4035 ddywedyd yn llyn, 'Ny wddochwi pwy bethe ydychwi ny gaisio.'

Ynn y rhann gyntaf o'th weddi yr wyd yn caisio teyrnas Duw a'y gyfiawnder yn gyfyn a dangosiad Duw. Gwedy hynny yr wyd yn erchi yn dy weddi fod Duw yn gydnabyddys, 4040 yn anrydeddys, ag yn ogoneddys gan bawb oll; ie, a bod y wyllys ef yn wnaethyredig mewn pawb, yn gystal mewn dynion arr y ddayar ag mewn angelion ynn y nef. A hefyd yr wyt ti yn daisyf yn dy weddi ar Dduw elwhay ney fwyhay ffydd, gobaith, a charriad perffaith, a maddeyaint pechoday, 4045 a gras Duw a'y ogoniant. Onyd ny ddyly di erchi gormoddion o dda bydol, onyd cymaint ag a fo raidiol y ti wrthynt yn fesyrol, i gynal iechyd corfforol ag i nerthy y tylodion anghenys. Ag o byddy di claf, tylawd, ney mewn adfyd, ti a elly ddaisyf iechyd, cyfoeth, a ffyniant, drwy dy fod ti yn erchi 4050 hyny er moliant y Dduw. [133] [*Llsgr. D*] Ond o bydd dy drallode di yn ragori gogoniant Duw yn fwy na'th lwyddiant, trwy ymroi dy hynan y wllys Duw, di a ddyly erchi yfydd-dod, a dwedyd drwy galon ostynedig, 'Arglwydd, dy wllys di a wnelyr, ag nyd fy wllys i.' Bob amser kadw ofn Duw ynghyfeir dy lygeid trwy dy farny dy hynan, ag ny chay di dy farny gan Dduw. Na ad y bechode dyrnasy ynod ti, a'th dreiso am ras Duw, a'th fwrw di y ange trygwddol. Gwell y ti farw mewn trallod yn ddibechod na byw yn llwyddianys mewn pechod; a gwell y ti golli dy fowyd ynghweril Duw na byw yn esmwyth a cholli Duw a'th fywyd hefyd.

O bydd hwante yn gorbwyso y bechy, na wanobeitha; o achos y mae Duw, ar yr hwn, os gweddy di arno ef, o'y nerth a'y ras a ddarestwng y hwante knawdol pechadyrys hyny. Am hyn bydd hoynys pan fo [112] profedigath arnad; kais nerth gan Dduw a dweid, 'O Arglwydd, prisia y'm kadw i; o Dduw, gwna ffrwst y'm nerthy; o dydi Arglwydd, o Dduw fy iechyd, gwna y maint a ellych y wrthladd y diawl,' ag ef a gilia oddi wrthyd. Nasa at Dduw trwy ffydd, ag ef a ddaw ynes y tithe yn yr ysbryd. O bydd y diawl yn dy folesty di, dirmyga ef a gwna dy achwyn wrth yn Keidwad Iessu Grist, a dwaid, 'Arglwydd,' ag ef a'th nertha di. Byd diogel genyd y gwna Duw dydy yn nerthog, y gwasgoda ef dydi, y esmwytha ef dydi, ag o'r diwedd y dyd ef dydi yn rydd oddi wrth pob blindere, trwy dy osod ti yn y nefodd, yr hon yw kyfran ag etifeddiath y wsnaythwyr ef. Ag y Iessu Grist, gida'r Ysbryd Glaen, y bo holl anrhydedd a moliant, gogoniant a cha[n]moliath yn drygwddol. Amen.

Y kyflawn vndeb o'r holl waith, ag ymadroedd awdwr y llyfyr hwn at y darlleawdwr.

Y deiddegfed benod

Yr wyf yn roi diolch y'r gallyog Dduw dros y ddayioni, am yddo fy nerthy y ddyfod y ddiwedd Treigl y Marchog Krwydrad, trwy yr hwn beth di a elly ddyall, o achos yddo ddilin Ffolineb ag ofer waylder, fe ymwrthodoedd a Duw, er drygioni yddy [112v] eneid a fferigl damnedigath trygwddol. Yma gelly di ddysgy a gweled fod y rhai gwayledd y bychedd ynifer gaython y Satan, ag y may da dayiarol a hoffder a dderfydd yn fyan. Yma y dangoswyd y ti hefyd pwy dirionwch mawr a ddangoswydd Duw yddo ef, pan ddanfonodd ef y ras yddy dyny ef allan o syrthfa pechod, yn yr hwn y darodd yddo syrthio; a ffwy fodd y arweinwyd ef y Lys Etyfeirwch, ag oddyno y Lys Rinwedd, yn yr hwn le, trwy ras Duw, y may ef yr aw[r] hon; pwy ddayioni a gafas ef yno, ti a klowest yn helath. Yr Arglwydd a geniatao y nine dirwy y lle y tiriws ynte, yn inion yn y tir o amod y etholedigion. Amen.

Ag yn awr ydd wyf yn kyngori, trwy Grysnogeidd gariad, od ydychwi, tr[wy] ras Duw, yr awr hon yn drigadwy yn Llys Rinwedd, aroswch yno hyd y diwedd, trwy ych yfyddhay ych hynain gyr bron Duw, a phob bryd ymddyried yn y ddayioni ef, ag nyd yn ych nerth ych hynain nag yn ych teilyngdod; a hefyd gyddnabod gras Duw, trwy yr hon yr ych fal yr ydych, a chan yr hon y kawsoch yr hwn a gawsoch. Byd ych holl ymddyried yn y drygaredd ef a'y ddayioni. A hefyd, o bydd neb yn tybied y fod allan o Lys Rinwedd o achos y oferedd bydol, edryched faint yw y berigl, yr hwn y mae ef [113] yndo, ag ar frys trodded ef y etyfeirwch t[rwy ddolyrys gal]on a gofyn maddyant gan Dduw, ag ymddyried yn hollol mewn teilyngdod a dioddefaint yn Harglwydd a'n Keidwad a'n Prynwr Iessu Grist. Ag na fyd arnad gwilidd am gyddnabod dy bechode a'th feie, yr hwn beth, os gwna ef, ef a gayff trygaredd a gras gan Dduw.

Ag yn awr yr wyf yn dymyno ar Dduw roddi gras y ni y gid, y wneithyr yn ol yr hwn beth ag y draythwyd yn y llyfyr hwn, kans gwneithyr hyn ohanom yn hynein nys gallwn heb ras Duw; megis trwy arwein yn bowyd yn gyfyn a'y santeidd wllys ef, y gal[l]on gael yniwedd ne gwedy yn treigl yr hwn a sydd raid y ni y neithyr yn y byd hwn, weled mwyniany, gwresgyny, a chal llywenydd gogoneddys ddinas paradwys, lle may gwir santei[dd]rwydd a fferffeidd ddedwyddyd yn iniawn ynrigadle Duw gallyog, y'r hwn y bo holl ogoniant, nerthodd, ga[n]moliath, ag arglwyddiath, yn os oysol. Amen.

Ag felly y terfyna y llyfyr hwn.

DIWYGIADAU TESTUNOL

1–20 Ychwanegir dechrau'r testun mewn llaw wahanol ar ff. 1, ac y mae rhan ddyblygedig y testun ar ff. 2 wedi cael ei dileu trwy daro llinell trwy'r cwbl. Llwyddwyd i ddarllen y testun ar ff. 2, ac adferir y darlleniad hwnnw ar gyfer y golygiad presennol.

3 **Godyar:** *godydar* yw darlleniad y llsgr.
7 **Llawer:** *llawrr* yw darlleniad y llsgr.
9 **a draethoedd:** *a a draethoedd* yw darlleniad y llsgr.
12 **sarph:** *sawph* yw darlleniad y llsgr.
15 **dyscedig:** *dystedig* yw darlleniad y llsgr.
18 **plant:** *dlant* yw darlleniad y llsgr.
40–1 gan [3] gan
63 gwe [4] gwedy
73 ddil [4v] ddilyn
84 canys [5] canys
107 ymroddont [6] ymrhoddont
132 i [7] i
143 may [7v] may
154 os [8] os
165 gymeryd [8v] gymeryd
179 per [9] perffaith
196–7 **i tithay:** *i tithay y tithay* yw darlleniad y llsgr.
222 **nyd raid:** *nyd traid* yw darlleniad y llsgr.
224 bweddr [11] bwedd
248 cy [12] cytyno
275 ty [13] tywysogion
278 **nyd oedd:** *nyd oeddn* yw darlleniad y llsgr.
299 ffrwyn [14] ffrwyn
319 **ant:** *ant ant* yw darlleniad y llsgr.
322 pe [15] peth
335 y [15v] y
341 **vy nwyd:** *vy nywid* yw darlleniad y llsgr. Yn betrus iawn, mentrwyd diwygio'r ffurf hon am fod *bywyd* yn digwydd yn nes ymlaen yn yr un rhestr yn nhestun y llsgr. hon. Y mae'n debyg mai engh. o 'ryddid' cyfieithiad Llst. 178 a

geir yma felly, a dau air cyfystyr (*nwyd* a *chwant*) yn cael eu defnyddio yn Gymraeg i drosi'r un gair Saesneg.

348–9	fyr [16] fyrhay
363	hwynt [16v] hwynt
374	dyn [17] dyna
399	vyd [18] fyd
411	**rhaini:** *rhami* yw darlleniad y llsgr.
412	i [18v] i
417	**Asirians:** *asirians asirians* yw darlleniad y llsgr.
425	hwynt [19] hwynte
427 etc.	**Iubiter:** *inbiter* yw darlleniad y llsgr.
449	rai alwn [20] a alwni
451	**Christ:** *crhist* yw darlleniad y llsgr.
472	ar [21] ar
497	ef [22] ef
523	ner [23] nerth
536	a pha [23v] a phadriarch
547	**Ioues:** *iones* yw darlleniad y llsgr.
	Iunoes: *innoes* yw darlleniad y llsgr.
549	en [24] enw
614–15	nyd [26] nyd
644	**y varny:** *y i varny* yw darlleniad y llsgr.
647	fyned [27] fyned
675	bre [28] brenin
704	ffolineb [29] ffolineb
732	bro [30] broffwydi
746	dafydd [30v] dafydd
757	**duwiol:** *duwiol duwiol* yw darlleniad y llsgr.
759	gwilyddys [31] gwylyddys
772	lyw [31v] lywodraethais
785	gor [32] gorchymyn
812–13	clym [33] clymais
829	o [33v] o
838	**Antonivs:** *antomvs* yw darlleniad y llsgr.
844–5	a [34] a
875	i [35] y
893	**dilyn:** *dilyn dilyn* yw darlleniad y llsgr.
935	y [37] y
953	a ch [37v] a chwerthin
968	cyn [38] cyn

998	vy [39] fy	
1014	gyf [39v] gyfoeth	
1030	hyn [40] hyny	
1061–2	a [41] a	
1077	y [41v] y	
1093	ag [42] ag	
1108	ffrynd [42v] ffryd	
1124–5	a chyngore [43] a chynghore	
1131	**gwell:** *gwell gwell* yw darlleniad y llsgr.	
1143	cyngore [43v] cyngor	
1156–7	oe [44] oedd	
1186	ir [45] yr	
1203	**aroglber:** *arogller* yw darlleniad y llsgr.	
1214	a wnaethof [46] a wnaethof	
1218	**Aniwairdeb:** *aniwairdel* yw darlleniad y llsgr.	
1231	yn y [46v] yn y	
1234	**orchmynoedd:** *orchmymoedd* yw darlleniad y llsgr.	
1246	am [47] am	
1262–3	nyd [47v] nyd	
1278	i [48] i	
1309	yno [49] yno	
1320	**Giwpyd:** *gipyd giwpyd* yw darlleniad y llsgr.	
1334	**dyn:** *tyn* yw darlleniad y llsgr.	
1342	gal [50] galed	
1409	tr [52] trachwantys	
1414	**sef:** *ses* yw darlleniad y llsgr. Y mae hyn yn awgrymu bod copïydd Llst. 178 yn copïo o gynsail a oedd yn defnyddio *s* hir, o bosibl.	
1440	y [53] y	
1456	bwria [53v] bwriady	
1466	**trais:** *trais trais* yw darlleniad y llsgr.	
1471	vod [54] fod	
1485	bob [54v] bob	
1499	by [55] bynag	
1519	**a chyl:** *a chyl a chyl* yw darlleniad y llsgr.	
1530	ly [56] lywenydd	
1547	y [56v] y	
1562	yn [57] yn	
1594	ag [58] ag	
1609	ragor [58v] ragor	

1618	gefn: *gefn gefn* yw darlleniad y llsgr.
1623	hap [59] hapioedd
1654	gael [60] gayl
1671	**gan:** *gam* yw darlleniad y llsgr.
1685	val [61] fal
1701	ym [61v] ymhell
1718	grist [62] grist
1733	na [62v] na
1749	nad [63] nad
1780	brenin [64] brenhin
1810–11	gof [65] gofyd
1817	**y giddio:** *y giddio i gyddio* yw darlleniad y llsgr.
1823	**ienctyd:** *iemctyd* yw darlleniad y llsgr.
1824	y [65v] y
1839	yn [66] yn
1855	gw [66v] gwasnaethyr
1910	**ymarfer:** *ymarf yn* yw darlleniad y llsgr. Penderfynwyd yn betrus ddiwygio yn y fan hon, gan dybio bod y gystrawen yn disgwyl berfenw, yn yr un patrwm ag *oedi etifarhav*. *Custom of sinning* yw darlleniad y testun Saesneg. Ceir yr un darlleniad yn llsgr. C a Llst. 178; fodd bynnag, ceir darlleniad ychydig yn wahanol yn llsgr. D, sef *ymaraf yn*. Y mae'n bosibl mai ffurf ar *araf* yw *ymaraf* ac mai byrdwn y darlleniad hwn yw *pechu yn fwriadus/ yn bwyllog/yn ddigynnwrf*. Er nad yw'r dehongliad hwn yn cyfleu'r Saesneg yn fanwl, y mae'n bosibl y dylid ystyried diwygio darlleniad Llst. 178 i gyfateb i ddarlleniad D.
1947	o [68v] o
1955	**bychedd:** *bydchedd* yw darlleniad y llsgr.
1969	**chlog:** *chlod* yw darlleniad y llsgr.
1980	**gwiberod:** *gwneberod* yw darlleniad y llsgr.
1991	val [70] val
2004	**hyn:** *hyn hyn* yw darlleniad y llsgr.
2022	yn [71] yn
2053	y [72] y
2076	**troed:** *traed troed* yw darlleniad y llsgr.
2083	nerth [73] nerthoedd
2098	y [73v] y
2114	**[74]:** Y mae ff. 74 o lsgr. Llst. 178 bellach yn rhan o lsgr. Harley 2414 yn y Llyfrgell Brydeinig: gw. uchod, lxiii.

2128–31, 2147–50
> Y mae cornel ff. 74 wedi mynd erbyn hyn, ac felly llenwir y bylchau trwy ddefnyddio darlleniad y llawysgrifau eraill.

2142 **mewn:** *mewn mewn* yw darlleniad y llsgr.
2143 **inay:** *imay* yw darlleniad y llsgr.
2166 plyfdew [75v] plyfdew
2182 gw [76] gwnair
2214 **o:** *o o* yw darlleniad y llsgr.
2215 ond [77] ond
2232 ond [77v] ond
2238 **ymlawenhay:** *ymewnhay* yw darlleniad y llsgr.
2249 ynn y [78] yn y
2256–60 Nid oes modd darllen rhan o ff. 78 ar y pwynt hwn, ac felly llenwir y bylchau ar sail darlleniad y llawysgrifau eraill.
2284 ie [79] ie
2315 by [80] bynag
2329 vo [80v] fo
2347 ond [81] onyd
2353 **gymer:** *gyner* yw darlleniad y llsgr.
2364 ddywaid [81v] ddywaid
2379 y [82] y
2395 ysgrifen [82v] ysgrifenyddion
2411 wrth [83] wrth
2442 o [84] oedd
2456 cyfio [84v] cyfiodigaeth
2463 **â:** Atalnodi'r llsgr. a geir yma.
2470 day [85] dayonys
2485 oedd [85v] oedd
2499 yn [86] yn
2514 hwynt [86v] hwynt
2527–8 bechadyres [87] bechadyres
2554 fab [88] fab
2568 hi [88v] hi
2581 of [89] ofnys
2608 hwn [90] hwnw
2625 yn y [90v] yn
2640–1 yd wyti [91] yd wyti
2676 ar [92] ar
2692 yr hwn [92v] yr hwn
2708 diw [93] diweddy

DIWYGIADAU TESTUNOL

2725 dda [93v] ddangosoedd
2739 yn [94] yn
2755 gw [94v] gwedy
2770 yn [95] yno
2775–6 **[i'r hyn oedd] yn ysgrifenedig:** Diwygir y testun yn y fan hon ar sail darlleniadau'r llawysgrifau eraill. Ni sonnir am byrth Edifeirwch yn Rhan I, fodd bynnag, er bod sôn bod ffordd Rhinwedd yn gyfyng yn I.6.995.
2785 yn [95v] yn
2804 ada [96] adanedd
2807 **Gras:** *dras* yw darlleniad y llsgr.
2810 **alabastr:** *alablastr* yw darlleniad y llsgr.
2842 yn [97] yn
2859 ddy [97v] ddywedyd
2875–6 baint wy [98] baint wy
2892 onyd [98v] onyd
2908 ef [99] ef
2923 ryfygys [99v] ryfygys
2939 cany [100] cany
2974 nyd [101] nyd
2990 yn [101v] yn
3005 byw [102] byw
3021 ay [102v] ay
3037 rin [103] rinwedd
3051 yr hwn [103v] yr wn
3067 amgen [104] amgen
3080 **nyd raid:** *nyd traid* yw darlleniad y llsgr.
3103 yn [105] yn
3139 am [106] am
3157 eglwys [106v] eglwys
3174 yn [107] ynghyd
3206 reswn [108] reswn
3222 yn [108v] yn
3240 bod [109] bod
3256 **wnaethyr:** *wanethyr* yw darlleniad y llsgr.
3257 wnaethyr [109v] wnaethyr
3274 yn [110] yn
3276–7 **yn wirionedd:** *yn yn wirionedd* yw darlleniad y llsgr.
3290 sydd [110v] sydd
3305 yn [111] yn

3321	cary [111v] cary
3323	**ywchlaw pob peth yn wrthfawr:** *ywchlaw pob peth yn wrthfawr ywchlaw pob peth* yw darlleniad y llsgr.
3339	i a [112] i ally
3345	**hynain:** *hynanain* yw darlleniad y llsgr.
3356	gwaith [112v] gwaithredon
3373	y [113] y
3409	natyr [114] natyriaeth
3428	a [114v] a
3447	hyn [115] hynn
3481	yr [116] yr
3496	yn [116v] yn
3512	cyn [117] cyngor
3543	dis [118] disglairied
3561	lyw [118v] lywodraethy
3580	hefyd [119] hefyd
3598	neb [119v] neb
3615	doeth [120] doethineb
3629	**gyd-Griston:** *gyd gyd Griston* yw darlleniad y llsgr.
3632	grym [120v] grymyster
3649	dday [121] ddayonys
3666	may [121v] may
3685	**nyd raid:** *nyd traid* [122] *nyd raid* yw darlleniad y llsgr.
3705	i [122v] i
3711	**nos:** *nos nos* yw darlleniad y llsgr.
3724–5	y 9 penod [123] y 9 pennod
3758	dyff [124] dyffryn
3788	heb [125] hebddi
3822–3	10 penod [126] 10 pennod
3854	yn [127] yn
3869	yr [127v] yr
3870	**awr:** *awr awr* yw darlleniad y llsgr.
3884	vn [128] vn
3901	drigaredd [128v] drigaredd
3917	ag [129] ag
3920	**arrwydd:** *arrwydd arwydd* yw darlleniad y llsgr.
3934	**Dduw:** *dduw dduw* yw darlleniad y llsgr.
3935	arfer or [129v] arfer or
3951	may [130] may
3963	**hyny:** *hyny hynny* yw darlleniad y llsgr.

3969	ddayonys [130v] ddayonys
3984	fath [131] fath
3992	**Bywyd:** *bywywyd* yw darlleniad y llsgr.
4000	ath [131v] ath
4016	nad y w [132] nad y weddi
4034	ved [132v] fedrys
4065	profe [112] profedigath
4086	yddy [112v] yddy
4091	**y ras:** *y y ras* yw darlleniad y llsgr.
4107	yn [113] yndo
4110	**dioddefaint:** *diodddfaint* yw darlleniad y llsgr.

NODIADAU AR Y TESTUN

2	**Sion Karthen Pkrank:** Awdur y testun Ffrangeg gwreiddiol, *Le Voyage du Chevalier Errant*, sef Jean Cartigny. Gw. uchod, xi.
3	**Wiliam Godyar:** Cyfieithydd y testun Saesneg, *The Voyage of the Wandering Knight*, a ddyddir tua 1581. Gw. uchod, xii, xiv–xv.
9	**Jwstun:** Awdur Lladin a oedd yn ei flodau rhwng yr ail a'r drydedd ganrif OC. Gw. *OCCL* s.n. *Justin*.
	Diodare: Diodorus Siculus (*c.*40 CC), awdur gwaith Groeg sy'n olrhain hanes y byd. Gw. *OCCL* s.n. *Diodorus Siculus*.
	Ofydd: Y bardd serch enwog a oedd yn ei flodau rhwng 43 CC ac OC 18. Gw. *OCCL* s.n. *Ovid*.
9–12	**o dreigl Jason . . . yn y gadw:** Cyfeiriad at un o hanesion mwyaf adnabyddus mytholeg Groegaidd. Gw. *OCCL* s.n. *Argonauts*.
10	**Chastar:** Cymeriad sy'n perthyn i fytholeg Groegaidd ac a gymerodd ran yn ymgyrch yr Argonawtiaid. Gw. *OCCL* s.n. *Dioscuri*.
	Pholix: Gefell i Castar mewn mytholeg Groegaidd; a chwaraeodd yntau ran yn ymgyrch yr Argonawtiaid. Gw. *OCCL* s.n. *Dioscuri*.
	Hercwles: Cymeriad o grefydd y Rhufeiniaid. Gw. *OCCL* s.n. *Hercules*.
13–14	**Homer y Groegwr . . . o rhyvel Troea:** Y bardd Groeg ac awdur yr *Odyssey*, y gwaith y cyfeirir ato yma. Gw. *OCCL* s.n. *Homer*, *Odysseus*, *Odyssey*.
13	**y draethoedd:** Engh. o ddefnyddio *y* ar gyfer y rhagenw perthynol lle y disgwylir *a*: cf. *y vanegoedd* yn I.1.15.
15–16	**Virgil y Lladingwr . . . gwedy difethio Troea:** Bardd a oedd yn ei flodau yn y ganrif CC, ac awdur cerdd yr *Aeneid*, sef y gwaith y cyfeirir ato yma. Gw. *OCCL* s.n. *Virgil*, *Aeneas*, *Aeneid*.
18–21	**Voesen . . . Dir yr Amod:** Arweinydd yr Israeliaid yn ystod yr Ymadawiad o'r Aifft a chyfnod y crwydro yn yr

	anialwch. Ceir hanes Moses yn yr Hen Destament, o lyfr Exodus hyd at lyfr Deuteronomium. Gw. hefyd *OCB* s.n. *Moses*; ac yn benodol yn y cyd-destun hwn gw. Llyfr Numeri 35.6.
25	**y plentyn afradys:** Luc 15.11–32; cf. I.1.30–6, I.12.1545.
26–9	**Saint Lvwc . . . cenedloedd oll:** Cyfeiriad cyffredinol at lyfr Actau'r Apostolion lle y ceir hanes teithiau cenhadol Pawl i'r cenhedloedd.
40	**Dduw Dad:** Engh. o drin yr enw *Duw* fel enw priod, a threiglo'r ansoddair *Dad* ar ei ôl, yn ôl *TC* 124. Gw. II.6.2703–4, III.4.3215, III.11.3921–2.
42–3	**gwedy vy ysbrydoli o dywiol ras:** Gw. I.5.449–50, I.6.925–6, 937, 986, 1019, I.8.1183, I.9.1224–6, 1272, I.14.1692–3, 1831–2, II.1.1969–70, II.2.2053–4, II.3.2105–6, II.4.2258–9, 2291–2, II.6.2550–1, 2562, 2643–4, III.1.2932–3, III.4.3246, 3299–300, III.5.3345. Trafodir yr holl enghreifftiau hyn yn *TC* 349–50, o dan y teitl *â=o; o=â*, mewn adran sy'n sôn yn benodol am dueddiadau testunau Morgannwg. Yn ôl T. J. Morgan, y mae cystrawen eithriadol iawn i'w gweld yn rhai o destunau Morgannwg a Gwent, sef arfer *o* offerynnol gyda threiglad llaes *â* yn ei dilyn. Ceir enghreifftiau o *â*/*ag* yn Llst. 178 hefyd. Yr oedd T. J. Morgan o'r farn mai dysgeidiaeth lenyddol oedd yn gyfrifol am y cyfnewid hwn: sef ymgais i gysoni'r priod-ddull a ddefnyddiai *o* offerynnol (sy'n peri treiglad meddal ar lafar) â'r arfer lenyddol o ddefnyddio *â* + treiglad llaes.
51–5	**dair wythnos o vlynydde vy oedran . . . y bedwrydd wythnos o'm oedran:** wythnos = saith mlynedd yma. 22–8 oed yw'r bedwaredd wythnos felly, a'r marchog yn manylu ar ei oed yn I.1.56–7, sef rhwng 22 a 24/5. Yr oedd bachgen 14 oed yn oedolyn yn llygaid y gyfraith yn yr Oesoedd Canol: gw. Dafydd Jenkins, *Cyfraith Hywel* (Llandysul, 1970), 22–3. Gw. hefyd I.4.236n.
58	**ny:** Nid y negydd *ny*, ond cywasgiad o *yn* + *y* (y fannod). Cf. I.2.124n.
80	**Sant Ioan:** Cyfeiriad posibl at Ioan 3.19–20; I Ioan 2.15–17.
81	**'n ymroi:** Defnyddir *'n* yn y fan hon (cf. *ny* uchod: gw. I.1.58n.) i gyfleu *yn*, a ddilynir gan y berfenw *ymroi*.

91	**yddy:** Gw. *TC* 149. Engh. o'r ffurf ddeheuol *yddy*, sef *i'w* mewn Cymraeg Diweddar. Y mae'r ffurf hon yn tarddu o'r defnydd o *y* = *i'w* (*y* = yr arddodiad *i* + y rhagenw blaen *i*). Y mae'r *y* + *y* yn rhoi'r ffurf ar *i'w* a glywir yn y de, sef *yddy*.
112–13	**y saith celfyddyd:** Cyfeiriad at y *Quadrivium* a'r *Trivium*, sef y termau a ddefnyddid gan ysgolheigion yr Oesoedd Canol wrth wahanu'r saith celfyddyd o ran gwybodaeth a huodledd. Yr oedd y *Quadrivium* yn cynnwys rhifyddeg, cerddoriaeth, daearyddiaeth a seryddiaeth, a'r *Trivium* yn cynnwys gramadeg, rhethreg a rhesymeg. Gw. *BDPF* s.n. *seven*, *Quadrivium*, *Trivium*. Engh. o gadw'r gysefin ar ôl *saith* a ddyfynnir yn *TC* 135.
114	**Saint Siril:** Y patriarch a'r diwinydd o Alexandria a fu farw yn 444. Gw. *ODCC*, s.n. *Cyril*; ac am wybodaeth bellach ar yr hanes hwn, gw. *TWK* 134, n.2.
124	**ny:** Nid y negydd *ny*, ond cywasgiad o *yn* + *y* (rhagenw personol dibynnol blaen trydydd unigol gwrywaidd). Cf. I.1.58n.
125	**yn rydeg yn llwyr i ben y yffern:** Cyfeirir at yr engh. hon wrth drafod *llwrw* yn *TC* 263. Yn ôl *Welsh Grammar* John Morris-Jones, y mae *lwrw i ben* yn rhan o dafodiaith y de, er bod T. J. Morgan yn amau bod y ffurf dreigledig i'w chael ar lafar. Dengys y geiryn *yn* a geir yma o flaen *llwrw* fod yr ymadrodd yn draethiadol. Gw. I.5.358–9.
143	**ail Selyf:** Ffurf Gymraeg ar enw Solomon, mab Dafydd, a oedd yn frenin ar yr Israel, ac a fu farw tua 930 CC. Yr oedd Solomon yn nodedig am ei ddoethineb mawr. Am hanes Solomon, gw. I Brenhinoedd 1–11; a gw. *ODCC* s.n. *Solomon*.
147	**vy vab:** Engh. o dreiglad meddal annisgwyl ar ôl *fy*, ac nid y treiglad trwynol. Cf. II.3.2153–4.
154	**os:** Defnydd o *os* yn yr ystyr *achos*. Gw. *GPC* 2657, sy'n awgrymu mai ffurf a gysylltir â Morgannwg yw hon, o bosibl.
163	**y gwr doeth:** Cyfeiriad pellach at Solomon, ac at y diarhebion o'i eiddo yn yr Hen Destament; gw. I.2.143n.
163–4	**'I may iechyd . . . roddi cyngor':** Adlais o Ddiarhebion 11.14, 12.15, 13.10 a 19.20.

NODIADAU AR Y TESTUN

164–5	**a'r neb . . . gwedy hynny:** Adlais posibl o Ecclesiasticus 32.24 (yn yr Apocrypha).
164	**ny bydd etifar ganto:** Cofnodir hyn yn *TC* 468, fel engh. o'r ffaith bod *edifar* yn troi'n *etifar* ym Morgannwg mor gynnar â'r unfed ganrif ar bymtheg. Gw. I.10.1455.
166–7	**Y ddiayreb a ddywaid . . . vy nghyngor i:** Adlais posibl o Ddiarhebion 15.22.
206–11	**grys o anlladrwydd . . . am hir einioes:** Cymharer y rhestr o arfau'r Ffydd Gristnogol a grybwyllir gan Pawl yn Effesiaid 6.13–17.
214	**ny allei Ddrygwyllys well wasanaeth:** Yn ôl *TC* 50, y mae hyn yn engh. o gamarfer syniad lleol y gwelir ei dylanwad ar nifer o destunau Morgannwg, sef y duedd i dreiglo'n feddal ar ôl *cymaint* a *gormod* yn ogystal â *mwy* a *llai*: h.y. camdybied bod ansoddair o bob math a gradd yn peri treiglad pan ddaw o flaen enw.
218	**Marc 12:** Cyfeirir at yr efengylwr Marc ar gam yma: perthyn y dyfyniad sy'n dilyn i Efengyl Mathew, ac nid enwir y naill na'r llall yng nghorff y testun Saesneg.
218–20	**'O gyflawnder . . . y drwg.':** Mathew 12.34–5; cf. Luc 6.45.
222	**nyd raid:** *nyd traid* yw darlleniad gwreiddiol y llsgr. Gellid esbonio'r ffurf *traid* fel caledaid *nid + rhaid*, d-rh > tr yn ôl *TC* 353. Gw. III.3.3080 a III.8.3685.
224	**b'wedd:** Cyfeirir at yr engh. hon yn *TC* 441–2, wrth drafod *pa, pwy* a'r gofyniad gwrthrychol. Gw. I.4.263.
231–2	**pan oeddwn i yn blentyn . . . :** Cymharer I Corinthiaid 13.11.
236	**tridiey:** Tri oedd y rhif berffaith yn ôl Pythagoras, ac felly'n symbol o'r Duwdod. Cymharer *tair wythnos* yn I.1.51, a thridiau y Pasg. Gw. *BDPF* s.n. *three*.
237–8	**fo ddayth Dam Ffolineb, a Wyllys Drwg gyda hi, y fron fy ngwely:** Cyfeirir at yr engh. hon yn *TC* 409, wrth drafod ystyr adferfol *bron* ac *ymron.*
238–9	**pan oeddwn felysaf yn vy hyn ayraid:** Dyfynnir yr ymadrodd hwn yn *TC* 307, wrth drafod y dibeniad ar ôl y ffurfiau amherffaith, fel engh. o duedd cyfnod Cymraeg Diweddar, sef cael *yr oeddwn* yn y safle blaen, a'r dibeniad yn treiglo ar ei ôl.
249	**a'm chwant oedd vod yn foethys:** Cyfeirir at yr ymadrodd hwn yn *TC* 306 wrth drafod *dibeniad + oedd + goddrych*,

fel engh. o'r ffaith bod *oedd* yn peri i'r goddrych dreiglo yn wreiddiol. Gw. I.4.258–9.

258–9 **ag enw'r ysgolhaig oedd Ddrwgrhiolaeth:** Gw. I.4.249n. a *TC* 306.

259–60 **Ag val yr oeddwn i, mi a Ffolineb, yn gwnaethyr yn llawen:** Engh. o *ragenw* + *a* yn cyfleu ystyr *efo*, *gyda*, a ddyfynnir yn *TC* 150. Gw. I.13.1629–30.

263 **ph'wedd:** Gw. I.3.224n. a *TC* 441–2.

272 **er ym fyw hyd Dydd y Farn:** Cyfeirir at yr engh. hon yn *TC* 394 wrth drafod caledu *dd* ar ôl *hyd* yn yr ymadrodd *hyd Dydd y Farn.*

289–90 **Saint Pawl yn y penod cyntaf at y Ryfiniait:** Gw. yn arbennig Rhufeiniaid 1.18–32.

292–3 **pa fwya . . . llaia:** Engh. o dreiglo ar ôl *pa/pwy* a ddyfynnir yn *TC* 404. Cf. III.6.3515–16.

308 **pawin:** Ffurf lafar ar y gair *paun* a ddefnyddir ym Morgannwg: gw. *GPC* 2703–4.

324–5 **a esgynoedd ar ycha palffrai:** Dyfynnir yr engh. hon wrth drafod yr arddodiad *ach* yn *TC* 391.

329 **a tifaroedd:** Engh. o'r llafariad ddiacen yn diflannu (*etifar* > *tifar*) ond erys y gytsain *t* heb ei threiglo ar y dechrau. Gw. *TC* 468; I.2.164n.; cf. I.10.1454 a II.5.2399–400.

331–3 **yn dangos . . . a'r sawl vn o wyr anrydeddys a fysai hi ny llywodraethy:** Engh. o ddefnyddio *sawl* fel enw cyffredin i olygu *nifer mawr* a ddyfynnir yn *TC* 92. Camarfer hen gystrawen yw hyn i raddau, yn ôl T. J. Morgan.

344 **a phwy bobloedd:** Dyfynnir hyn yn *TC* 178 fel engh. o *pwy* yn disodli'r rhagenw gofynnol *pa* ar lafar yn y de. Daw yn union o flaen yr enw, ac y mae'n achosi treiglad meddal. Gw. I.5.413, 486–8, I.14.1821.

354 **Lysyffer:** Enw ar y diafol a ddefnyddiwyd gan St Jerome a thadau eraill yr eglwys gynnar. Gw. *ODCC* s.n. *Lucifer.*

354–5 **fo'm cymerth i yn llywodraethwraig arno:** Cyfeirir at yr engh. hon yn *TC* 368 fel ffurf ar *ef (a)*.

358–9 **ag a hwpwyd yn llwyr i peney i yffern:** Gw. I.2.125n. a *TC* 263.

359–60 **y gwaithred cyntaf:** Engh. o enw lle y mae'r genedl yn wahanol i'r un a ddisgwylir, yn *TC* 9.

361–2 **ag o'y asen ef fo lyniawdd gwraig yddaw:** Gw. Genesis 2.21–3.

364–74	**Onyd myfi a arferais . . . angey tragwyddol:** Ceir yr hanes yn Genesis 3.
370	**yll tay:** Engh. sy'n dangos ansicrwydd y glust yn y ffordd y cynrychiolir *lld* a *sd* a ddyfynnir yn *TC* 44.
376–8	**Mi lywodraethais Cainn . . . Abel wirion:** Ceir yr hanes yn Genesis 4.1–8.
378	**Abel wirion:** Cyfeirir at yr engh. hon wrth drafod treiglo ar ôl enwau priod yn *TC* 118. Y mae'n bosibl mai *Abel, yr un gwirion o'r ddau* a olygir yma yn ôl T. J. Morgan: neu fod y duedd i dreiglo yn y safle hwn yn ymledu.
378–93	**Myfi a lywodraethais . . . a'y gwragedd hwynt:** Ceir yr hanes yn Genesis 4.17–26; 6; 7 a 24.
386	**Noe:** Ceir hanes Noe yn Genesis 5–10.
392	**Cham:** Gw. Genesis 5.32.
394–402	**eithr mewn ychydig . . . wrth y llall:** Ceir hanes twr Babel yn Genesis 11.1–9.
403	**A'r pryd hwnw . . . ar lled y byd:** Genesis 11.9. **i gwasgarwyd etifeddion Noe ar lled y byd:** Dyfynnir yr engh. hon wrth drafod *ar lled* yn *TC* 387. Gw. I.8.1175–6.
410	**Abram:** Patriarch o'r Hen Destament: ceir ei hanes yn Genesis 11.26 – 25.18. Gw. *ODCC* s.n. *Abraham*.
413	**a phwy le:** Gw. I.5.344n. a *TC* 178.
417	**yn y dinas a elwir Pabilon:** Yn ôl *TC* 454, y mae'r engh. hon yn adlewyrchu nodwedd dafodieithol a ymddengys oherwydd amharodrwydd i dreiglo geiriau benthyg, a chafwyd ffurfiau eraill ar yr un gair pan ymddangosodd mewn safle lle y byddid yn disgwyl treiglad fel arfer. Canlyniad hyn oedd cael dwy ffurf gysefin a dwy ffurf dreigledig ar rai geiriau mewn rhai ardaloedd felly. Y mae *b* y gwreiddiol yn troi'n *p* yma. Gw. I.5.420.
418	**Ninws:** Am wybodaeth bellach ar yr hanes hwn, gw. *TWK* 135–6, n.6.
419	**Bel:** Enw arall ar Baal, ac enw ar un o brif dduwiau Babylon. Ceir hanes Bel mewn dwy stori sy'n ymddangos fel rhan o lyfr Daniel mewn rhai llawysgrifau Groegaidd, ynghyd â'r Apocrypha. Gw. *OCB* s.n. *Bel and the Dragon*; *ODCC* s.n. *Bel, Bel and the Dragon*. **Cws:** Gw. Genesis 10.6.
420	**yMhabilon:** Gw. I.5.417n. a *TC* 454.

422	**Iuno:** Gwraig Jupiter a duwies Eidalaidd yng nghrefydd y Rhufeiniaid: gw. *OCCL* s.n. *Juno.*
426	**Osirws:** Un o dduwiau yr Eifftiaid, a gŵr a addolwyd fel duw poblogaidd. Gw. *OCCL* s.n. *Osiris.*
427	**Iubiter:** Yng nghrefydd y Rhufeiniaid, yr oedd Jupiter yn ysbryd yn yr awyr yn wreiddiol, a oedd yn gysylltiedig â chynhaeaf y grawnwin. Gw. *OCCL* s.n. *Jupiter.*
433	**Serapis:** Yr oedd Serapis yn dduw a ddyfeisiwyd ac a gyflwynwyd i'r Aifft gan Ptolemy I. Gw. *OCCL* s.n. *Serapis.*
437	**Semiramis:** Am wybodaeth bellach ar yr hanes hwn, gw. *TWK* 137, n.9, lle y dyfynnir o waith y *Gesta Treverorum*.
447	**Trenies:** Am wybodaeth bellach ar y ddinas hon (sef *Treves* yn y testun Saesneg), gw. *TWK* 137, n.10, lle y cyfeirir at y *Gesta Treverorum*.
448–54	**A'r amser ... yninas Trwes:** Am fwy o wybodaeth ar yr hanes hwn, gw. *TWK* 137–8, nn.11–13, lle y cyfeirir at waith Lemaire yng nghyd-destun yr hanes hwn.
449–50	**a halogwyd o gay addoliaeth:** Gw. I.1.42–3n. a *TC* 349–50.
452	**ar lyn y dadycy, Bel fab Nemrwth:** *tad y cu* yw'r ffurfiad gwreiddiol, yn ôl *TC* 99. Cystrawen gyfarchiadol ydyw yn wreiddiol, gyda'r fannod a geir o flaen enwau cyffredin yn y cyflwr cyfarchiadol. Ni dderbynia T. J. Morgan yr awgrym mai rhyw fath o lafariad epenthetig yw'r *y*, am fod gormod o dystiolaeth yn y testunau. Gw. I.5.537, 591, I.9.1239–40.
455	**Ianws:** Am wybodaeth bellach ar darddiad yr enw hwn, gw. *TWK* 138–9, n.16, lle y cyfeirir at waith Berosus a Lemaire.
456–7	**950 o flwydde ... 350 o flynydde:** Gw. Genesis 9.28–9. Y mae'r testun Cymraeg yn cywiro darlleniad y testun Saesneg (*359 years*) yn y fan hon, ac felly'n gyson â darlleniad Genesis.
459–64	**A'r Noe hyny ... yn dduw:** Am wybodaeth bellach ar yr hanes hwn, gw. *TWK* 139–40, nn.18–20, lle y cyfeirir at waith Lemaire a Berosus.
465–6	**Mi a ddywedais ... y gorychaf ydych:** Salm 82.6.
476	**yn gay addolwyr:** Engh. o osgoi treiglo *gau* a gofnodir yn *TC* 442.

476	**betfasent wy:** Nodir yr engh. hon yn *TC* 373 wrth drafod *yd* (ar ôl y cysylltair *pei*).
479	**Saint Awstin:** Yr offeiriad, yr awdur a'r athro a oedd yn ei flodau rhwng OC 354 a 430. Gw. *OCCL* s.n. *Augustine*, a gw. *TWK* 141, n.24 yng nghyd-destun y dyfyniad hwn.
486–8	**pwy fodd . . . pa fodd:** Gw. I.5.344n. a *TC* 178.
489–98	**Ar ol y llif . . . ymaith:** Cf. Genesis 9.20–7, ond gw. hefyd *TWK* 141–2, nn.26–7 sy'n sôn am yr hanes yng nghyd-destun gweithiau eraill hefyd.
515	**yn yr hwn bethey:** Engh. o roi *yr hwn* yn union o flaen yr enw i geisio cyfateb i'r dim i'r Saesneg wreiddiol, sy'n achosi cystrawen letchwith a threiglad meddal i'r enw yn ôl *TC* 177. Cymharer I.10.1426–7 lle y ceir *yr hyn bechoday*, a I.10.1473 lle y ceir *yr hwn dday beth*.
522	**y bobloedd hyny:** Eithriad i'r rheol bod enwau lluosog yn cadw'r gysefin ar ôl y fannod: gw. *TC* 10. Y mae naws led Feiblaidd i'r testun yn y fan hon, am y ceir *y bobloedd* yn y Beibl; *y pobloedd* yw'r ffurf arferol mewn Cymraeg Canol yn gyffredinol.
529	**yr ail brenin:** Engh. o *ail* yn cael ei ddefnyddio'n drefnol heb achosi treiglad i'r enw gwrywaidd ar ei ôl a ddyfynnir yn *TC* 141. Gw. I.10.1357, III.2.2979, III.3.3150 a *TC* 41.
533	**y byd ayraid:** Am wybodaeth bellach ar y syniadaeth hon, gw. *TWK* 142, n.31, lle y cyfeirir at waith Lemaire.
535	**Sabatiws Saga:** Am wybodaeth ar ffynhonnell yr enw hwn, gw. *TWK* 143, n.32, lle y cyfeirir at waith Lemaire a Berosus.
537	**Noe y dadycy:** Gw. I.5.452n. a *TC* 99.
538–9	**yr hwn a . . . yn Ebryw:** Gw. Genesis 10.7 a I Cronicl 1.9.
542	**Fo gwnaeth Noe ef yn frenin:** Sylwer bod y testun Cymraeg yn cyfleu'r ystyr yn well na thestun Goodyear yn y fan hon. Y mae darlleniad y testun Saesneg yn gymysg yma: *and made Noah king*: gw. *TWK* 144, n.34. Cofnodir hyn fel engh. o ffurf gysefin y ferf ar ôl y geiryn rhagferfol, sy'n adlewyrchu treigladau'r iaith lafar, yn *TC* 161. Gw. I.5.563–4 a III.9.3800–1, 3808 hefyd.
547	**Iunoes:** Yng nghrefydd y Rhufeiniaid, yr oedd Juno (sef duwies merched) yn fersiwn benywaidd ar Jupiter. Gw. *OCCL* s.n. *Juno*.

549	**Satwrnys:** Yr oedd Saturn (= *yr heuwr*) yn dduw amaethyddiaeth yn yr Eidal. Gw. *OCCL* s.n. *Saturn.*
557	**Tiphon:** Gw. *TWK* 144, n.39, ynglŷn â hanes Tiphon yn llofruddio'i frawd yng nghyd-destun gwaith Berosus a Lemaire; *OCCL* s.n. *Typhoeus, Typhon.*
563–4	**ag fe toroedd ef yn xxvi o ddarney:** Gw. I.5.542n. a *TC* 161.
565–6	**Hercules o Libia:** Am fwy o wybodaeth ar yr enw hwn, gw. *TWK* 145–6, nn.41, 44 a 45, lle y cyfeirir yn fwyaf penodol at waith Lemaire yn y cyd-destun hwn.
566	**Sirws:** Sefydlydd ymerodraeth Persia 559–529 CC. Gw. *OCCL* s.n. *Cyrus*, *OCB* s.n. *Cyrus.* Gw. hefyd, Ezra 1–5; II Cronicl 36; I Esdras 2, 5–7 (yn yr Apocrypha).
571	**mor lawn:** Gw. *TC* 405: engh. o dreiglo *ll* ar ôl *mor*, o ganlyniad i lygriad yn ôl T. J. Morgan.
575–6	**Araxa Twscws iefanc:** Am fwy o wybodaeth ar yr hanes hwn, gw. *TWK* 146, n. 46, lle y cyfeirir at Lemaire.
577	**Altirws Blascon:** Am wybodaeth bellach ar yr hanes hwn, gw. *TWK* 146, n.47, lle y cyfeirir at waith Lemaire a Berosus.
580	**Electra, merch At[l]as:** Yn ôl mytholeg Groegaidd, yr oedd Electra yn ferch i Atlas ac yn wraig i Zeus. Dardanus oedd mab Electra. Gw. *OCCL* s.n. *Electra, Dardanus.*
582	**Dardanws:** Mab Electra yn ôl mytholeg Groegaidd. Gw. *OCCL* s.n. *Dardanus.*
585	**Erictoniws:** Mab Dardanus yn ôl mytholeg Groegaidd. Gw. *OCCL* s.n. *Erichthonius, Troy.*
586	**Tros:** Mab Erichthonius yn ôl mytholeg Groegaidd. Gw. *OCCL* s.n. *Troy.*
587	**Iliws:** Mab Tros yn ôl mytholeg Groegaidd. Gw. *OCCL* s.n. *Troy.*
588	**Asaracws:** Hen dad-cu Aeneas yn ôl mytholeg Groegaidd. Gw. *OCCL* s.n. *Assaracus, Troy.* **Gaminedes:** Mab Tros yn ôl mytholeg Groegaidd. Gw. *OCCL* s.n. *Ganymede, Troy.* **Tantalws:** Cymeriad o fytholeg Groegaidd a gafodd ei gosbi yn Hades. Gw. *OCCL* s.n. *Tantalus.*
591	**hen dadycy:** Gw. I.5.452n. a *TC* 99.
593	**Mesrain:** Gw. Genesis 10.6, 13; I Cronicl 1.8, 11.

596	**Lasedemon:** Gw. *TWK* 147, n.52, lle y cyfeirir at yr *Iliad* yng nghyd-destun yr enw hwn.
601–2	**oedd yn dwyn eryr:** Gw. *TWK* 147, n.53, am wybodaeth bellach ar yr eryr yng nghyd-destun gwaith Jwstin a Lemaire.
606	**Alcumena:** Gwraig Amphitryon yn ôl mytholeg Groegaidd. Gw. *OCCL* s.n. *Amphitryon.*
607	**Ercules Fach:** Engh. o dreiglad meddal mewn ansoddair ar ôl enw priod: cf. I.5.636 *Paris deg.*
608	**Leda:** Merch Thestios a gwraig Tyndareus yn ôl mytholeg Groegaidd. Gw. *OCCL* s.n. *Leda.*
608–9	**Elen Fanog:** Merch Leda yn ôl mytholeg Groegaidd. Gw. *OCCL* s.n. *Helen.*
626	**Seneca:** Yr athronydd a oedd yn ei flodau rhwng 4 CC ac OC 65. Gw. *OCCL* s.n. *Seneca.*
628	**Philoctetes:** Mab Poias, yn ôl mytholeg Groegaidd. Gw. *OCCL* s.n. *Philoctetes.*
636	**Paris deg:** Mab Priam yn ôl mytholeg Groegaidd. Gw. *OCCL* s.n. *Paris (1).*
639	**Palas:** Y dduwies Pallas Athene yn ôl pob tebyg. Gw. *OCCL* s.n. *Pallas.*
640	**Venws:** Duwies cariad yn ôl crefydd y Rhufeiniaid. Gw. *OCCL* s.n. *Venus.*
650	**Ilion:** Enw arall ar ddinas Troy. Gw. *OCCL* s.n. *Troy.*
653	**Ector:** Mab Priam: gw. *OCCL* s.n. *Hector.* **Achilarwy:** Mab Peleus a Thetis, un o'r arwyr pennaf ar ochr y Groegiaid yn ystod Rhyfel Caerdroea. Gw. *OCCL* s.n. *Achilles.*
657	**Elen Fanog:** Am wybodaeth bellach ar yr enw hwn yn y cyd-destun presennol, gw. *TWK* 148, n.58, lle y cyfeirir at gyffelybiaeth yng ngwaith Lemaire.
660	**Meneleys:** Brenin Sparta a gŵr Helen (Elen Fanog) yn ôl mytholeg Groegaidd. Gw. *OCCL* s.n. *Menelaus.*
671	**Flises:** Cymeriad o fytholeg Groegaidd, mab Laertes ac Anticlea. Gw. *OCCL* s.n. *Odysseus.*
695	**Polipo:** Am y farn mai gwall am yr enw *Polyxo* yw'r enw hwn, gw. *TWK* 148, n.60.
710–11	**Pharo Amenophis a Pharo Bocoris:** Gw. *TWK* 148–9, n.62, lle y cyfeirir at waith Josephus yng nghyd-destun yr hanes presennol.

712–13	**a beris boddi holl faibion y Iddewon:** Gw. Exodus 1.7–22.
714–21	**Ond yr ail Ffaro . . . yn y Mor Coch:** Gw. Exodus 14.
722	**Chore, Dathan ag Abiron:** Gw. Llyfr Numeri 16, 26.9–11; Deuteronomium 11.6; Salm 106.17.
729–37	**Sawl . . . ar fynydd Gelboa:** Brenin cyntaf ar Israel, a oedd yn rheoli rhwng *c.*1020 a 1000 CC. Gw. *OCB* s.n. *Saul.* Ceir yr hanes yn I Samuel 22–31; gw. yn enwedig 22.18; 26; 28 a 31.4.
734	**Dafydd:** Brenin cyntaf llinach frenhinol Jwda. Ceir hanes Dafydd yn I Samuel–I Brenhinoedd ac I Cronicl. Gw. *ODCC* s.n. *David.*
738–40	**Myfi . . . Bersaba, gwraig Vrias:** Gw. II Samuel 11.2–5.
740–43	**Ag er bod Vrias . . . gwraig Frias:** Gw. II Samuel 11.14–25.
744	**Nathann:** Cyfeiriad at hanes II Samuel 12.1–15.
747	**Absalon vab Dafydd:** Cyfeiriad at hanes II Samuel 13–18.
748	**Amon:** Gw. II Samuel 13.
754	**Iesabel:** Ceir yr hanes yn I a II Brenhinoedd, yn enwedig I Brenhinoedd 18, 19.1–3, 21 a II Brenhinoedd 9.30–37.
755	**Baal:** Ystyr yr enw *Baal* yw *perchennog, arglwydd, gŵr.* Defnyddiwyd *Baal* yn yr ystyr *arglwydd* wrth gyfeirio at ddelwau a duwiau Canaanaidd yn y Beibl: gw. *OCB* s.n. *Baal, ODCC* s.n. *Baal.*
756	**lladd Naboth:** Gw. I Brenhinoedd 21 am yr hanes.
758	**Elias:** Cyfeiriad at hanes Elias yn I Brenhinoedd 17–21 a II Brenhinoedd 1–3.
762	**Sardanapalws:** Gw. *TWK* 150, n.75, am fanylion pellach ynglŷn â'r hanes a geir yma.
773	**Cambises:** Mab Cyrus a'r dyn a orchfygodd yr Aifft (529–522 CC). Gw. *OCCL* s.n. *Egypt, Persian Wars.*
776	**Praxasbes:** Gw. *TWK* 150, n.76, lle y cyfeirir at yr hanes hwn yng ngwaith Herodotus.
811–16	**Herod . . . tori benn:** Gw. Mathew 14.1–12; Marc 6.14–29.
817	**Pilat:** Pontius Pilate, llywodraethwr Jwda rhwng OC 26 a 36. Gw. *OCB* s.n. *Pilate; ODCC* s.n. *Pilate.*
	Annas: Archoffeiriad yr Iddewon rhwng OC 615 a 617. Gw. *ODCC* s.n. *Annas.*
	Chayffas: Archoffeiriad yr Iddewon, mab-yng-nghyfraith i Annas. Gw. *ODCC* s.n. *Caiaphas; OCB* s.n. *Caiaphas.*

819–22	**A mi a'y cynghorais ... yn vyw:** Mathew 26–28; Marc 14–16; Luc 22–24; Ioan 18–20.
826–37	**Nerro ... i hynan:** Nero oedd ymherodr Rhufain rhwng oc 54 a 68: gw. *OCCL* s.n. *Nero*.
834	**Peder a Phawl:** Yr apostolion a olygir yma. Gw. *ODS* s.n. *Peter, Paul*.
838–9	**Antonivs Basian Caracala:** Ymherodr Rhufain rhwng oc 161 a 180. Gw. *OCCL* s.n. *Marcus Aurelius Antoninus*.
846	**Iulian Apostata:** Ymherodr Rhufain rhwng oc 361 a 363. Gw. *ODCC* s.n. *Julian the Apostate*; *OCCL* s.n. *Julian*.
859	**Mahomet:** Prif broffwyd y grefydd Islamaidd rhwng *c.*570 a 632. Gw. *ODCC* s.n. *Islam*.
860	**Alcaron:** Ffurf ar enw llyfr mwyaf sanctaidd Islam, sef y *Koran*. Gw. *ODCC* s.n. *Koran*.
863	**Mesaline:** Gwraig yr ymherodr Claudius. Gw. *ODCC* s.n. *Messalina*.
905	**dwy ffordd:** Am ddefnydd ar y syniad hwn o 'ddwy ffordd' mewn testunau eraill, gw. *TWK* 151, n.1, lle y cyfeirir at episod debyg yng ngwaith Deguileville.
906–8	**llydan ... gyl:** Adlais o Mathew 7.13–14 lle y dywedir mai'r ffordd lydan sy'n arwain i ddistryw a'r llwybr cul sy'n arwain i fywyd. Ceir adlais tebyg yn Ystori 10 o'r *Gesta Romanorum*: gw. Patricia Williams (gol.), *Gesta Romanorum* (Caerdydd, 2000), li, 9–13.
922	**Ag fal yr oeddem yn ymddiddan ... :** Cymharer arddull a datblygiad y paragraff hwn â thestun *Breudwyt Ronabwy* er enghraifft: ceir yr un math o ddisgrifio manwl yma.
925	**gwisgo amdeni own:** Engh. o dreiglo *gŵn* a ddyfynnir yn *TC* 458, sy'n wahanol i'r arfer gyda rhai geiriau benthyg eraill sy'n dechrau *g-*.
925–6	**(g)own ... gwedy froydo a gwaith nydwydd:** Gw. I.1.42–3n. a *TC* 349–50. Hefyd, yn ôl *TC* 163, y mae hyn yn engh. o ysgrifennu *wedi i*, gyda'r ddwy *i* wedi eu cywasgu, nes bod y rhagenw blaen yn ddealledig. Y mae cywasgu fel hyn yn nodwedd amlwg ar orgraff testun Llst. 178: gw. uchod, cviii–cix.
927	**y tair duwiol a'r pedair dynawl rhinwedd:** Cyfeiriad at y saith rhinwedd, sef ffydd, gobaith, cariad, cyfiawnder, dewrder, callineb a chymedroldeb. Rhennir y saith

rhinwedd hyn yn ddau grŵp: y tri cyntaf yw'r rhai duwiol a Christnogol, a'r pedwar olaf yw'r rhai dynol. Gw. *BDPF* s.n. *virtue*; II.7.2819–20 a III.1.2974.

937 **gwedy harddy og ayr a gormoddion gost:** Gw. I.1.42–3n. a *TC* 349–50.

986 **dyfra dy wyllys o doethineb:** Gw. I.1.42–3n. a *TC* 349–50.

990 **dart Ciwpyd:** Cupid oedd duw cariad yn ôl crefydd y Rhufeiniaid. Fe'i gwelir yn aml fel bachgen hardd adeinog gyda mwgwd dros ei lygaid, a chan gario bwa a saethau; cf. y darlun ohono yn I.9.1268–89. Gw. *BDPF* s.n. *Cupid*; *OCCL* s.n. *Cupid.*

992–3 **Nyd myfi yw y front, filainig, ofer, fesifflyd, ddrygonys, dwyllodrys:** Gw. *TC* 14. Treiglir yn feddal ar ôl y fannod pan ddefnyddir ansoddair yn lle enw benywaidd unigol, a'r enw a ddylai ragflaenu yr ansoddair yn ddealledig.

994 **y sywr a'r ddiogel ffordd:** Gw. *TC* 11. Y mae'r ansoddair *ddiogel* o flaen yr enw *ffordd* yn ffurfio gair cyfansawdd ag acen llac, a threiglir ar ôl y fannod am fod yr enw yn fenywaidd unigol. Cf. geiriau Crist 'Myfi yw'r ffordd a'r gwirionedd a'r bywyd' yn Ioan 14.6.

1006–7 **a ddymyna dedwyddyd:** Engh. o gadw'r gysefin ar ôl y terfyniad -*a*, a ddyfynnir yn *TC* 209. Gw. I.10.1448, I.12.1551, I.14.1826–7 yn ogystal.

1015–29 **Ag o'r achos hyny ... wir ddedwyddyd:** Adlais o Mathew 13.

1019 **a hay i vays o rhinweddey:** Gw. I.1.42–3n. a *TC* 349–50.

1026 **os tydi a fyddy boddlon:** Cyfeirir at yr engh. hon yn *TC* 300 wrth drafod y duedd lenyddol o drosglwyddo cystrawen wreiddiol *bydd* i'r personau eraill, a chadw cysefin y dibeniad ar ôl y ffurfiau hyn.

1066–7 **am draylo y hamsere yngham:** Cyfeirir at hyn wrth drafod y gwahaniaeth rhwng *ymhell* (yn + enw) ac *yn bell* (yn + ansoddair) yn *TC* 245. *Yn + enw* a geir yma.

1069–70 **dryg enwey ... Nero ... Herod, Pilat ... a'r fath rai hyny:** Engh. o *y fath* yn hepgor y geiryn *â, ag* a ddyfynnir yn *TC* 84. Gw. I.8.1167, II.1.1984, II.5.2444, II.6.2665–6, II.7.2740, 2765 a III.11.3971 hefyd.

1069 **Herod:** Cyfeirir yma at *Herod Mawr*, y mae'n debyg, sef Brenin yr Iddewon 37–4 cc. Gw. *OCB* s.n. *Herodian Dynasty*; *ODCC* s.n. *Herod family*.

NODIADAU AR Y TESTUN 131

1098–9 **ymysc ynefailiaid gwyllton ... yn y diffathwch:** Adlais o Marc 1.13.

1106 **(g)allu tringad y'r mynydday:** Cyfeirir at yr engh. hon yn *TC* 461 wrth sôn am ymgyfnewid *tr/dr*, sy'n nodwedd seinegol. Ceir enghreifftiau yn Llst. 178 o eiriau sy'n dechrau â *dr-* yn gynhenid yn troi'n *tr-* yn y ffurf gysefin, gyda'r canlyniad mai *dr-* fyddai'r ffurf feddal, heblaw bod treiglad llaes *th-*. Ceir *tringad* mewn rhannau o Forgannwg, fel ffurf fwy lleol. Gw. III.11.3946.

1127 **eneifil:** Efallai mai trawsosod seiniau sy'n cyfrif am y ffurf hon: cf. I.10.1439.

1132–3 **y pren o flaen y ffrwyth:** Adlais Beiblaidd posibl; cf. Lefiticus 26.4 a 20, 27.30; Nehemeia 10.35; Diarhebion 11.30; Mathew 7.17–20, 12.33; Luc 3.9, 6.43–4; Ioan 15.2.

1136–43 **Myfi ... fy nghereddiaeth:** Diarhebion 1.24–30.

1151 **gwedy ni fyned ddogon o ffordd:** Gallai'r treiglad meddal *ddogon* fod yn dreiglad meddal adferf, ond dyfynnir hon yn *TC* 233 fel engh. o dreiglo'r enw 'gwrthrychol' ar ôl y berfenw, wrth drafod enwau mesur ac amser ar ôl y berfenw. Gw. II.2.2073–4.

1159 **mi ganfyo:** Y mae'r pum llsgr. Gymraeg yn gytûn ar y darlleniad hwn. Y mae'n debyg mai ffurf cyntaf unigol gorffennol mynegol ydyw (fel y mae yn y testun Saesneg hefyd): efallai'n adlewyrchu ffurf lafar. Cf. II.4.2264 *gwybyo*.

1167 **Anlladrwydd, Trachwant, Medd-dod, a'r fath rhai hyny:** Gw. I.6.1069–70n. a *TC* 84.

1174 **y ddaethon:** Ceir treiglad meddal annisgwyl yma: nid yw'r geiryn rhagferfol *y* yn peri treiglad meddal fel arfer. Ai engh. o *dd* yn cynrychioli [d] ydyw felly?

1174–5 **ne'r llys o rhaincboddiaeth bydol:** Nodir yr ymadrodd hwn wrth drafod *rhyngu bodd* yn *TC* 219. Gw. I.14.1702.

1175–6 **a'i borth ... yn egored ar lled nos a dydd:** Gw. I.5.403n. a *TC* 387.

1183 **(g)own o felfed coch gwedy ddyblo o chrwyn beleod:** Gw. I.1.42–3n. a *TC* 349–50.

1187 **bawb yn y graddey:** Eistedd pawb yn y wledd yn ôl eu statws, sy'n cyfateb i'r diddordeb yn y drefn gymdeithasol a geir yn y chwedlau traddodiadol: gw. Ifor Williams

	(gol.), *Pedeir Keinc y Mabinogi* (Caerdydd, 1951), 13; Robert L. Thomson (gol.), *Ystorya Gereint uab Erbin* (Dulyn, 1997), 13, 51, er enghraifft.
1196	**nes bod haner meddw a chwbl feddw:** Gw. *TC* 38. Ni threiglir ansoddair ar ôl *hanner*.
1204–5	**yr Arglwyddes Gwaelder:** Gw. *TC* 113. Engh. o'r gystrawen ddiweddar ar enw rhywogaeth + enw person, sef cyfosod teitl ac enw.
1224–6	**'stafell . . . gwedy i threfny o amgylch o brethyn avr . . . gwedy llorio a marbl du a gwyn:** Gw. I.1.42–3n. a *TC* 349–50.
1239–40	**tad yr halogrwydd, tadycy y glothineb:** Gw. I.5.452n. a *TC* 99.
1272	**gan vy mywhay o gairie llawenychaidd:** Gw. I.1.42–3n. a *TC* 349–50.
1295	**fis Mai:** Y mae'r syniad bod y chwantau ar eu peryclaf ym mis Mai yn un traddodiadol, ac yn thema boblogaidd a chyson ar draws gorllewin Ewrop yn yr Oesoedd Canol. Fe'i defnyddir yng ngwaith Dafydd ap Gwilym, er enghraifft, a ganodd gywydd cyfan i 'Fis Mai'. Am gyfeiriadau pellach, gw. Eurys I. Rowlands, 'Cywydd Dafydd ap Gwilym i Fis Mai' yn *Llên Cymru*, 5 (1958–9), 1–25, a gw. hefyd Helen Fulton, *Dafydd ap Gwilym and the European Context* (Caerdydd, 1989), 168–70.
1324–7	**Ag ynn y cyntaf . . . yn y saithfed Diogi:** Cyfeirir at y saith pechod marwol, sef balchder, llid, cenfigen, trachwant, glythineb, cybydd-dod a diogi. Gw. *BDPF* s.n. *seven*.
1350–3	**Canys yr vs . . . gan bawb:** Adlais o Mathew 3.12 a Luc 3.17.
1357	**yr ail twr:** Gw. I.5.529n. a *TC* 141.
1393	**cindrogrwydd:** Dangosir calediad *ndd* > *nd* yn y gair hwn, yn ôl *TC* 27.
1426–7	**yr hyn bechoday:** Gw. I.5.515n. a *TC* 177.
1439	**enaifil:** Efallai mai trawsosod seiniau sy'n cyfrif am y ffurf hon: cf. I.7.1127.
1448	**a haloga gwr:** Gw. I.6.1006–7n. a *TC* 209.
1454	**fo tifarha:** Gw. I.4.329n. a *TC* 468.
1455	**er yddo etifary:** Gw. I.2.164n. a *TC* 468.
1473	**yr hwn dday beth:** Gw. I.5.515n. a *TC* 177.

1481	**am gyffesy bechode:** Engh. o dreiglad meddal annisgwyl ar ôl y cywasgiad *cyffesy* + *y* (= rhagenw blaen trydydd lluosog, *eu*).
1515	**denys cwrt:** Dechreuwyd chwarae tenis yng Nghymru yn y bedwaredd ganrif ar ddeg.
1519	**A'r bont hono oedd hir a chyl:** Ceir adlais i hyn yn *Purdan Padric* lle y traethir (mewn cyd-destun marchogaidd) am hen gred Geltaidd o bont yn yr isfyd yr oedd yn rhaid ei chroesi er mwyn cyrraedd y goleuni. Gw. G. Hartwell Jones, 'Celtic Britain and the Pilgrim Movement' yn *Y Cymmrodor*, 23 (1912), 39–41.
1519–20	**o troede vn drosti:** Engh. o gadw'r gysefin ar ôl y cysylltair *o*, a ddyfynnir yn *TC* 375. Gw. II.1.1958, II.3.2193, III.5.3348–9, III.11.3967–8, 3975–6.
1523	**ar y maint trwydded:** Engh. o beidio â threiglo *maint* ar ôl y fannod, na'r enw genidol, yn y gystrawen *maint* + *enw genidol*, a ddyfynnir yn *TC* 78.
1545	**y plentyn afradys:** Gw. I.1.25n.
1546	**vn diwarnod ar ddeg:** Engh. o beidio â threiglo *diwarnod* yn drwynol ar ôl y rhifol *un*, a ddyfynnir yn *TC* 138. Gw. I.12.1552.
1549	**vn ar ddeg:** Defnyddiwyd 11 i symboleiddio pechod ers dyddiau Awstin: gw. Vincent Foster Hopper, *Medieval Number Symbolism* (Efrog Newydd, 1969), 87.
1551	**arwyddoca tori:** Gw. I.6.1006–7n. a *TC* 209.
1552	**vn diwarnod ar ddeg:** Gw. I.12.1546n. a *TC* 138.
1552–3	**yn tran dori gorchmynion Duw:** Y mae'r gair *daran, taran, tran* yn golygu *rather, fair-sized* yn ôl *TC* 37, ac yn fyw ar lafar Sir Benfro yn ôl T. J. Morgan. Gw. hefyd Ifor Williams (gol.), *Pedeir Keinc y Mabinogi* (Caerdydd, 1951), 266.
1560	**yn lle gwirionedd:** Ystyr *yn lle* yn y fan hon yw *fel*.
1572	**Deg Gorchymyn:** gw. Exodus 20; Deuteronomium 5.
1577	**dwy dablen:** gw. Exodus 34.
1577–9	**y pedwar cyntaf ... yn cymodogion:** Y mae rhaniad y Deg Gorchymyn yn wahanol yn y llawysgrifau eraill (tri a saith), ond testun Llst. 178 sy'n fanwl gywir yn y fan hon yn ôl dysgeidiaeth draddodiadol yr eglwys.
1583–4	**Myfi yw'r Arglwydd ... onyd myfi:** Exodus 20.2–3; Deuteronomium 5.6–7.

1590	**xi o ddyddie:** Gw. I.12.1549n.
1626	**a phob vn ag oedd yndi:** Engh. o *ag* yn cael ei ddefnyddio fel rhagenw perthynol. Yr oedd hyn yn duedd lafar yn wreiddiol yn ôl *TC* 176, a datblygodd *a* > *ag* ar batrwm y cysylltair *a*, ac â'r arddodiad *â, ag.*
1629–30	**Ag yno i syrthiais ... ynn y gors:** Adlais o Jeremeia 38; cf. hefyd *Daith y Pererin: slough of despond.* Gw. hefyd I.4.259–60n. a *TC* 150.
1646	**netwith:** Amrywiad Morgannwg ar *nodwydd* a ddefnyddir i fynegi peth diwerth. Gw. *GPC* 2590.
1673	**vn droed:** Nodir yr engh. hon wrth ddangos pa mor gynnar y troes yr enw *troed* yn fenywaidd ym Morgannwg, yn *TC* 132.
1692–3	**yn y gyddio ef og ychydig o vel:** Gw. I.1.42–3n. a *TC* 349–50.
1702	**rangkboddiaeth:** Gw. I.8.1174–5n. a *TC* 219.
1706–9	**Pob peth ... yn dragywyddol:** Gw. I Ioan 2.16–17.
1715	**Saint Awstin:** Am ragor o wybodaeth ar yr hanes hwn, gw. *TWK* 153, n.3.
1734–5	**a phwy drallod ody y cariadwr yn y ddioddef:** Tynnir sylw at hyn gan T. J. Morgan yn *TC* 291–2 wrth gyfeirio at nifer o enghreifftiau eithriadol o ddefnyddio'r ffurfiau cysylltiol *ydiw, ody, ydynt,* yn y safle lle y byddid yn disgwyl cael y ffurfiad di-gysylltair *y mae, y maent.* Gw. I.14.1750–1, II.4.2248–9, III.1.2852–3, 2955–6, III.3.3169, III.4.3251–2, III.5.3401–2, III.6.3447–8, III.9.3747–8. Yn ôl T. J. Morgan, y mae'r enghreifftiau i gyd mewn cymal perthynol traws, a'r ferf yn bresennol mynegol cwmpasog, a cheir *ag* fel rhagenw perthynol yn rhai ohonynt.
1750–1	**pwy drafel ody y dyn trachwantys ynn y ddioddef:** Gw. I.14.1734–5n. a *TC* 291–2.
1760–2	**Pawb ag a fo ... mewn profedigaeth:** Gw. I Timotheus 6.9.
1762	**Sydas:** Jwdas, a grogodd ei hun wedi 'gwerthu' Crist am ddeg darn ar hugain o arian yn Mathew 27.5.
1779	**Cresws:** Brenin olaf Lydia (560–546 CC). Gw. *OCCL*, s.n. *Croesus.*
1784	**Dionisiws:** Gw. Actau 17.34, *ODCC* s.n. *Dionysius the Areopagite.*
1788	**Mithridates:** Brenin Pontus (163–120 CC) a gelyn Rhufain: gw. *OCCL* s.n. *Mithridates.*

1795	**Varlerianws:** Am ragor o wybodaeth ar y cymeriad hwn, gw. *TWK* 154, n.8.
1800–1	**Baiasethes . . . Tamerlan y Tartarian:** Am fwy o wybodaeth ar yr hanes hwn, gw. *TWK* 154, n.9.
1811–18	**Yn y iefeinctyd . . . gan henaint:** Darlun trawiadol o henaint y gellid ei gymharu â'r darlun o'r henwr yng nghanu Llywarch Hen: gw. Ifor Williams (gol.), *Canu Llywarch Hen* (Caerdydd, 1935).
1821	**Pwy dristyd:** Gw. I.5.344n. a *TC* 178.
1825–6	**casddyn Duw:** Engh. o gadw *-sdd-* heb galedu, yn *TC* 25.
1826–7	**Saint Iefan . . . a gasa Duw:** gw. I Ioan 2.15; priodolir y dyfyniad hwn i Iago yn y testun Saesneg (gw. *TWK* 56), ac y mae adlais ohono yn Iago 4.4.
	a gasa Duw: Gw. I.6.1006–7n. a *TC* 209.
1828	**pan ddioddefoedd ef yddy vn Mab farw:** Gw. *TC* 40. Defnyddir *un* yma gydag ystyr *unig* o flaen yr enw *Mab*. Disgwylir i'r enw *Mab* dreiglo'n feddal, am fod yr ansoddair *unig* yn disodli *un,* ac yn peri treiglad meddal fel ansoddair o flaen enw. Fodd bynnag, nid yw *unig* yn peri i'r enw gwrywaidd dreiglo ym Morgannwg, ac y mae *unig mab* yn adlewyrchu olion cystrawen y rhifol, *un mab*. Efallai mai 'twyll orgraffyddol' yw hyn: gw. II.5.2391, *y vnig ganedig Fab.* Ar *yddy*, gw. I.2.91n.
1831–2	**Y gwr drwg . . . chwant y cnawd:** Adlais o Luc 16.19–24.
	ny boeni yn yffern o than a sychcd: Gw. I.1.42–3n. a *TC* 349–50.
1834–5	**Gway chwi . . . a gwynfenwch:** Luc 6.25.
1842–3	**Salmay o Ddafydd . . . 36, 68, 72, 143:** Yn ôl *TWK* 154, n.12, cyfeirir at Feibl y Fwlgat yma, a byddai'r rhifau yn newid i 37, 69, 73 a 144 yn y Beibl Saesneg, ac felly hefyd yn y Beibl Cymraeg wrth gwrs.
1862	**dros fyth:** Cyfeirir at yr engh. hon wrth drafod *am byth* a *tros byth* lle nid yw *byth* yn treiglo, yn *TC* 388. Yn ôl T. J. Morgan, y mae'n debyg bod *tros fyth* yn ymdrech i 'reoleiddio' a defnyddio'r treiglad arferol a geir ar ôl *tros*. Gw. II.5.2381 hefyd.
1890	**Pan gwelo:** Ni threiglir yn feddal ar ôl y cysylltair *pan* fel y disgwylir yma.
1896	**yr Efengil:** Ceir yr hanes yn Luc 7.11–17.
1930–1	**Yno y'm rebyddioedd gwialen Dduw – rybyddio:** Y mae

	tor-gystrawen ymddangosiadol yma, oherwydd bod llsgr. Llst. 178 yn ddiffygiol ar y pwynt hwn.
1944	**yfyddhay:** Defnyddir *ufuddhau* yma yn yr ystyr *gwneud yn ostyngedig*, sy'n cyfateb i *humbling myself* yn y testun Saesneg.
1958	**o caf i vlas:** Gw. I.11.1519–20n. a *TC* 375.
1966–7	**y gors . . . yn ffest yndi:** Cf. Jeremeia 38.1–13; Salm 69.14; a *Cors Anobaith* yn *Taith y Pererin* yn ddiweddarach.
1969–70	**a chlog . . . gwedy vroedro ag ayr:** Gw. I.1.42–3n. a *TC* 349–50.
1984	**ny bysit ti ny fath drieni hyny:** Gw. I.6.1069–70n. a *TC* 84.
1986	**vn ar ddeg o ddyddie:** Gw. I.12.1549n.
2014–15	**a roesym ddiolch:** Engh. o'r terfyniad *-um* a ddyfynnir yn *TC* 202. Gw. II.7.2805–6 hefyd.
2015–16	**gan wybod nad yw ddyledog:** Cyfeirir at yr engh. hon wrth drafod treiglo'r dibeniad ar ôl *nid yw* yn *TC* 289.
2016	**ony bydd ef diolchys:** Engh. o gadw cysefin y dibeniad ar ôl *cyplad + rhagenw personol*, a ddyfynnir yn *TC* 334. Gw. III.9.3755 a III.11.4049.
2018–45	**Canys myfi a'y dilynais . . . dy gydmaithias di:** Darlun trawiadol a graffig, yn atgoffa rhywun am y murluniau a fwriedid i addysgu a dychrynu'r bobl yn eglwysi'r Oesoedd Canol. Am fwy o wybodaeth gw. Glanmor Williams, *The Welsh Church from Conquest to Reformation* (Caerdydd, 1976), 430–62.
2027–9	**Hithey a ddywad . . . y rhain y byost di:** Newidir o araith anunion i araith union ar ganol y frawddeg hon: y mae hyn yn debyg i'r grefft a welir yn rhai o'r chwedlau traddodiadol felly.
2038	**hoeth:** Amrywiad ar *noeth*: ffrwyth camrannu *yn noeth* yn *yn (h)oeth* yn ôl *GPC* 1885. Gw. II.3.2138 hefyd.
2053–4	**ystafelloedd gwychion gwedy gwisgo amgylch yddynt o llenay sidan:** Gw. I.1.42–3n. a *TC* 349–50.
2067	**Gway ni o'r awr y'n ganed erioed:** Adlais o Jeremeia 20.14.
2073–4	**cyn y mi [fyned] dri cham:** Gw. I.8.1151n. a *TC* 233.
2074	**Serberws:** Ci angenfilaidd sy'n perthyn i fytholeg Groegaidd ac a oedd yn gwarchod y porth i'r Arallfyd. Yr oedd ganddo dri (neu bum deg) o bennau. Gw. *OCCL* s.n. *Cerberus*.

NODIADAU AR Y TESTUN

2082–3 **Fy nroed a lithroedd . . . y godi:** Adlais posibl o Salm 18.31–6 neu Salm 40.1–2.

2083–7 **A'r pryd hyny . . . aeth yn lan:** Delwedd y dillad glân, yn symbol o lendid ysbrydol a moesol. Gw. Lefiticus 11.25–40, 13.6 a 34, 14.8–9 a 47 etc.; a Numeri 8.7 a 21, 19.7–10 a 19–21, 31.24 am gyfatebiaethau Beiblaidd posibl.

2083–4 **pan y dygoedd Gras Duw fi:** Engh. o ddefnyddio *pan y* i 'gyfiawnhau' y gysefin, yn *TC* 161. Gw. II.4.2214, 2218–19, 2297–8.

2087–91 **Ag yno . . . yn lan:** Engh. anghyffredin o'r ddelwedd 'heulwen trwy wydr'. Ceir y ddelwedd hon yn nifer o weithiau barddol yr Oesoedd Canol: gw. D. R. Johnston (gol.), *Gwaith Iolo Goch* (Caerdydd, 1988), 139–40; Henry Lewis, Thomas Roberts ac Ifor Williams (goln.), *Cywyddau Iolo Goch ac Eraill 1350–1450* (Caerdydd, 1937), 96; Nerys Ann Jones ac Erwain Haf Rheinallt (goln.), *Gwaith Sefnyn, Rhisierdyn ac Eraill* (Aberystwyth, 1995), 152. Dyfynnir y rhain yn Jane Cartwright, *Y Forwyn Fair, Santesau a Lleianod: Agweddau ar Wyryfdod a Diweirdeb yng Nghymru'r Oesoedd Canol* (Caerdydd, 1999), 61–4. Gw. hefyd, Andrew Breeze, *Medieval Welsh Literature* (Dulyn, 1997), 135; Andrew Breeze, 'The Blessed Virgin and the sunbeam through glass' yn *Celtica*, 23 (1999), 19–29.

2096 **pan wyby Ras Duw:** Cyfeirir at yr engh. hon wrth drafod treiglo ar ôl y terfyniad *-fu, -bu,* yn *TC* 220.

2105–6 **gwedy damgylchyny o moat:** Gw. I.1.42–3n. a *TC* 349–50.

2147–9 **[Y] ffordd . . . [honno]:** Mathew 7.14.

2153–4 **Fy fab:** Engh. o dreiglad meddal annisgwyl ar ôl *fy*: cf. I.2.147.

2157–61 **Dod haibio . . . a gwirionedd:** Effesiaid 4.22–4.

2165–70 **eryr:** Cf. Salm 103.5 lle y defnyddir yr eryr at bwrpas motiff adnewyddu.

2171–2 **Fal yr ail-droes yr eryr . . . felly yr ail-droy dithey:** Engh. o drin *ail* fel elfen mewn gair cyfansawdd, a threiglo'r ferf yn feddal ar ei ôl. Gw. II.7.2734 hefyd.

2177–9 **Myfi . . . etifary:** Adlais o Luc 5.32.

2191 **ymofidio oddy fewn yddo:** Gw. III.5.3374–5n. a *TC* 399.

2193 **o tebig ef:** Gw. I.11.1519–20n. a *TC* 375.

2193–4	**y cayff fendith . . . fo gayff melltith:** Cofnodir hyn yn *TC* 208 fel yr unig engh. yn llsgr. Llst. 178 o'r ffurfiad 'cysylltiol' + gwrthrych sy'n rhoi treiglad. Ceir 39 engh. heb y treiglad yn ôl T. J. Morgan.
2197–8	**nyd gan feddwl fy mod yn cystal a hwynt:** Gw. II.5.2332–3, II.6.2700–1, III.3.3109–10, 3122, III.7.3593–4 a III.9.3798. Cofnodir y rhain yn *TC* 440 fel enghreifftiau o gadw cysefin *cystal, cymaint, cyhyd* ar ôl *yn*. Cf. III.11.4042–3.
2214	**pan i del ef o gariad:** Gw. II.2.2083–4n. a *TC* 161.
2216	**ymhoeliad Saint Pawl, Saint Mathay, a'r llaidr:** Am dröedigaeth Saint Pawl, gw. Actau 9; Saint Mathew, gw. Mathew 9.9; a'r lleidr, gw. Luc 23.32–43.
2218	**trydydd llyfr o'r Brenhinioedd:** Y mae'r cyfeiriad hwn at hanes Elias (Elijah) yn digwydd yn I Brenhinoedd 19.9–18. Cyfeirir yma at Feibl y Brenin Iago a'r Beibl Saesneg lle y ceir I a II Brenhinoedd fel I a II Samuel.
2218–19	**pan orchmynoedd ef i Elias ddyfod:** Engh. o *pan* yn peri treiglad meddal a nodir yn *TC* 161 mewn cyferbyniad i enghreifftiau o ddefnyddio *pan y* i 'gyfiawnhau' y gysefin. Gw. II.2.2083–4n.
2230	**i waithio'r galon y pechadyr:** Engh. o'r fannod ddwbl mewn cystrawen enidol. Gw. *GMW* 25.
2232–3	**i barodhay ffordd yr Arglwydd:** Mathew 3.3; Marc 1.3; Luc 3.4.
2236	**Lasarws, dare ymaith:** Ioan 11.43.
2248–9	**a'r dyll hynny ydiw pobl dduwiol ynn y arfer:** Gw. I.14.1734–5n. a *TC* 291–2.
2255	**llyfr coch:** Defnyddir coch yma fel symbol o bechod, ac o waed ac aberth yr Iesu ar y Groes felly.
2256–7	**yn tybie[d] y bod hi y'm bwgwth:** Cyfeirir at yr engh. hon yn *TC* 244 wrth drafod *y* + traethiad.
2258–9	**(l)lyfr ayraid [gwedy] i werchyrio o pherls:** Gw. I.1.42–3n. a *TC* 349–50.
2264	**gwybyo:** Gw. I.8.1159n.
2267	**ddifesais:** Tybir mai ffurf person cyntaf unigol gorffennol mynegol sydd yma. Ceir yr un darlleniad yn llsgr. C, er bod llsgr. D (yr unig lsgr. arall sydd ar gael ar y pwynt hwn) yn rhoi'r ffurf *difethais*. Darlleniad y testun Saesneg yw *amazed, speechless*: tybed felly ai *difeithais/ difethais* a olygir yn y cyd-destun presennol, ac mai *di*

(rhagddodiad cadarnhaol/cryfhaol: *GPC* 943) + *methu* (= llesgáu, mynd yn ddiffygiol: *GPC* 2445) yw'r ystyr a fwriedir?

2291–2 **a'th flinhay o ffoeney enaid a chorff:** Gw. I.1.42–3n. a *TC* 349–50.

2292–3 **dy chwerthin . . . yn dristyd:** Adlais o Iago 4.9.

2297–8 **A phan y clywais fy nghydwybod ynn dwedyd felly:** Gw. II.2.2083–4n. a *TC* 161.

2309–10 **y llyfr . . . o ayr ag asyr:** Darlun o lyfr gwerthfawr, o werth allanol a materol ynghyd â gwerth ysbrydol. Efallai y cyfeirir at gopi llawysgrif o'r Beibl yma.

2314–15 **Lle may pechod . . . yn fwy:** Rhufeiniaid 5.20.

2332–3 **Y gwirionedd o hynny sydd yn yr Ysgrythyr Lan yn cystal yn yr Hen Testament a'r Testament Newydd:** Gw. II.3.2197–8n. a *TC* 440.

2334–6 **Myfi fy hynan . . . mewn cofiaeth:** Eseia 43.25.

2345–7 **Trowch ych ynain . . . onyd myfi:** Eseia 45.22. Y mae ail hanner y dyfyniad hwn yn adleisio'r gorchymyn cyntaf yn Exodus 20.2–3.

2351–3 **Gydawed . . . y faddey:** Eseia 55.7.

2356–9 **Tro ataf . . . yn dragwyddol:** Jeremeia 3.12.

2360–3 **Os etifarha . . . haibio mwy:** Eseciel 18.21–2.

2364–7 **A ydywchwi . . . byddoch fyw:** Eseciel 18.23 a 32.

2367–8 **Dafydd a ddywad . . . yn y nos:** Gw. Salm 119.147–8.

2372–8 **Trowch . . . am bechoday:** Joel 2.12–13.

2379–83 **Pwy Dduw . . . mor heb waelod:** Micha 7.18–19.

2381 **dros fyth:** Gw. I.14.1862n. a *TC* 388.

2390–4 **Felly carroedd . . . trwyddo ef:** Ioan 3.16–17.

2391 **y vnig ganedig Fab:** Gw. I.14.1828n. a *TC* 40.

2397–8 **Y rhai . . . yn glaifion:** Mathew 9.12; Marc 2.17; Luc 5.31.

2399–400 **Ny ddaythof i . . . onyd y pechadyriaid:** Mathew 9.13; Marc 2.17; Luc 5.32.

y alw . . . y pechadyriaid y tifairwch: Gw. I.4.329n. a *TC* 468.

2405–7 **Y may . . . wellay bychedd:** Luc 15.7 a 10.

2408–10 **Nyd arbedoedd . . . rhyddhay:** Rhufeiniaid 8.32.

2413–18 **Nyd oes genym . . . amser gweddys:** Hebreaid 4.15–16.

2426 **Ninive:** Jona 3.

2426–7 **i hamlder bechoday:** Engh. o dreiglo'r enw genidol ar ôl *amlder*, *rhagor*, a ddyfynnir yn *TC* 95. Yn ôl T. J. Morgan, y mae'r arfer hwn yn mynd yn ôl i'r ffaith bod treiglad meddal ar ôl *amlder o, rhagor o,* a chedwir y treiglad pan hepgorir yr *o.* Y mae'n duedd sy'n gysylltiedig â Morgannwg. Gw. III.5.3325–6.

2429 **y Samaritan a'r Cananit:** Ioan 4.
2431 **Saint Mathe:** Cyfeiriad posibl at Mathew 9.9.
Rache: Ymddengys enw Sacheus yn y testun Saesneg ar y pwynt hwn: gw. *TWK* 73. Ceir hanes Sacheus yn Luc 19.1–10.
2433–5 **Peder . . . arno ef:** Mathew 26.30–35 a 69–75; Marc 14.26–31 a 66–72; Luc 22.31–34 a 54–62; Ioan 13.36–38, 18.15–27.
2435 **Y llaidr ar y groes:** Mathew 27.38; Marc 15.27; Luc 23.32 a 39–43.
2440 **Y dydd . . . ny bradwys:** Luc 23.43.
2442 **y dyn yn fentro i gaisio:** Engh. o gytsain wreiddiol y gair benthyg *venture* yn cael ei throsglwyddo i'r Gymraeg, er na cheir *f* mewn safle dechreuol mewn Cymraeg cynhenid. Gw. *TC* 455.
Saint Pawl: Cyfeiriad at hanes Actau'r Apostolion 9.1–31 ac adlais o I Timotheus 1.13.
2444 **y fath bobl hyny:** Gw. I.6.1069–70n. a *TC* 84.
2459–60 **Yn ol amlder . . . fy enaid:** Salm 94.19.
2471 **a'r ystori o Fair Fawdlen:** Cyfeiriad at Luc 7.36–50, sef yr hanes sy'n dilyn, er na chyfeirir at y wraig yno fel Mair Magdalen.
2477 **y saithfed o Lywc:** Seilir II.6 ar Luc 7.36–50.
2491 **y plentyn afradys:** Luc 15.11–32; gw. I.1.25 hefyd.
a'r ddafad golledig: Luc 15.1–7.
2517 **gwedy i hysbrydoli o'r ty mewn ag o'r tu allan:** Dyfynnir hyn yn *TC* 400 er mwyn dangos bod engh. o *tu mewn* a'r ffurf dreigledig *tu fewn* yn digwydd yn yr un testun.
2548 **yn cy ewned:** Engh. o gadw'r gysefin *cyn,* geiryn yr ansoddair cyfartal, ar ôl *yn,* a ddyfynnir yn *TC* 439.
2549–50 **Ag o'r llif y deigrey hyny:** Engh. o'r fannod ddwbl mewn cystrawen enidol.
2550–1 **ag a'y sychoedd hwynt o gwallt i phen:** Gw. I.1.42–3n. a *TC* 349–50.
2554–8 **Nyd raid y mi . . . y ti yn wir:** Nid dyfyniad uniongyrchol o Luc 7 mo hyn. Yn hytrach, y mae'n rhan o sylwadaeth

yr awdur, sy'n chwyddo'r hanes gwreiddiol er mwyn amlygu'r gwir ystyr i'r gynulleidfa.

2559 **Mair o Fawdlen:** Gw. II.6.2471n. Ni chyfeirir at Fair Magdalen yn y testun Saesneg ar y pwynt hwn, er bod cyfatebiaeth rhwng y ddau destun wrth gyfeirio ati yn y rhagymadrodd i'r bennod. Y mae'n bosibl bod y sawl a gyfieithodd *Treigl y Marchog Crwydrad* i'r Gymraeg yn manylu ar ddisgrifiad moel y Saesneg (*this woman*) ar sail yr enw yn y rhagymadrodd felly.

2562 **a'y baintio o llywie costfawr:** Gw. I.1.42–3n. a *TC* 349–50.

2563 **hydolion:** Er mai *worldlings* yw'r gair a ddefnyddir yn y testun Saesneg (a *bydolion* yn llawysgrifau C a D, y ddwy lsgr. arall sydd ar gael ar y pwynt hwn), penderfynwyd peidio â diwygio'r ffurf hon am ei bod yn ddigon addas yn y cyd-destun presennol.

2573 **Saint Pawl:** Gw. Rhufeiniaid 6.13.

2599–601 **Pei bai . . . bechadyres fawr:** Luc 7.39.

2610–19 **Simon . . . y bernaist:** Luc 7.40–43.

2623–4 **yn sefyll gair y llaw hi:** Engh. o rediad wreiddiol *gerllaw*, a ddyfynnir yn *TC* 402.

2628 **ynn y bron hi:** Defnyddir yr engh. hon wrth gymharu rhediad *gerbron* ac *ymron* yn *TC* 402.

2630–1 **gan roi y vn bymp talent . . . vn talent:** Gw. Mathew 25.14–30.

2631 **ddwy dalent . . . vn talent:** Engh. o enw benthyg sy'n fenywaidd ond yn cadw'r gysefin ar ôl *un*, a ddyfynnir yn *TC* 129.

2640–9 **A wely di . . . llaia garo:** Luc 7.44–7.

2641 **yn fwy dylyed:** Engh. o gysefin yr enw yn dilyn *mwy* yn *TC* 50.

2643–4 **ag a'i sychoedd hwynt o gwallt y pen:** Gw. I.1.42–3n. a *TC* 349–50.

2665–6 **yn y fath bechod hwnw:** Gw. I.6.1069–70n. a *TC* 84.

2673–4 **fo wnai ormodd o ddrygoni:** Gw. II.2.2696n. a *TC* 77.

2677 **Ha wraig . . . dy bechodey:** Luc 7.48.

2683–4 **Pwy gydymaith . . . pechodey?:** Luc 7.49.

2693 **sychy draed yr Arglwydd:** Ceir treiglad meddal annisgwyl yn y fan hon: efallai o ganlyniad i'r duedd arferol o gywasgu berfenwau sy'n diweddu mewn -*y* â'r rhagenw trydydd unigol blaen *y* = *ei*. Tybed ai *sychy draed* (= *sychu ei draed*) oedd y darlleniad a fwriadwyd, ond i'r copïydd newid y gystrawen ar ganol ei hysgrifennu. Neu a ydyw'n bosibl bod *yr Arglwydd* yn ymadrodd mewn cyfosodiad?

2695–6 **Dy ffydd . . . heddwch:** Luc 7.50.

2696 **Rowch ych gormoddion gyfoeth ymysc y tylodion:** Engh. o dreiglo'n feddal ar ôl *gormod*, sy'n arfer ym Morgannwg a Gwent, er nad yw'n gyfyngedig i'r ardaloedd hyn, yn ôl *TC* 77. Gw. III.1.2948, a cf. III.11.4046–7 a II.6.2673–4.

2700–1 **yn cystal mewn cynghoray a chardoday:** Gw. II.3.2197–8n. a *TC* 440.

2703–4 **at Dduw Dad:** Gw. I.1.40n. a *TC* 124.

2712 **pwy gymaint:** Cofnodir yr engh. hon yn *TC* 439 i ddangos bod *pwy* yn disodli *pa* yn y de o leiaf mor gynnar â'r testun hwn. Gw. III.1.2955.

2734 **yr wyf i yn ail-droi atati:** Engh. o drin *ail* fel elfen mewn gair cyfansawdd, a threiglo'r berfenw yn feddal ar ei ôl. Gw. II.3.2171–2n.

2740 **y fath rodd yrddedig honno:** Gw. I.6.1069–70n. a *TC* 84.

2760 **Syr Farchog:** Engh. o dreiglo'r enw cyffredin *marchog* ar ôl *syr*, mewn ystyr swyddogol a ddyfynnir yn *TC* 113. Gw. III.1.2858–9 a III.7.3646 hefyd.

2765 **y fath wr hyny:** Gw. I.6.1069–70n. a *TC* 84.

2768 **80 Salm o Ddafydd:** Y mae'r dyfyniad sy'n dilyn i'w gael yn Salm 81 yn y Beibl Cymraeg. Gw. I.14.1842–3n.

2768–9 **Agor dy enay . . . llanwa ef:** Salm 81.10.

2778–9 **a'r ffordd . . . tragwyddol:** Cf. Mathew 7.14.

2780 **Saint [Pawl]:** Gw. II Corinthiaid 7.10.

2798–9 **fal i caidw y iar y chywian rag y barcyd:** Cf. Mathew 23.37; Luc 13.34.

2805–6 **a roesym ddiolch:** Gw. II.2.2014–15n. a *TC* 202.

2819–20 **Llys yr Arglwyddes Rynwedd, a'i saith merchedd:** Gw. I.6.927n. a III.1.2974.

saith merchedd: Engh. o'r lluosog ar ôl y rhifol, ac o'r duedd i enwau sy'n dechrau ag *m*- beidio â threiglo ar ôl *saith*. Gw. *TC* 135.

2837–40 **A bod genyf i fil o dafodey . . . y myfi ddyfaly y peth:** Engh. o *dopos yr anhraethadwy*. Am fanylion pellach ar y *topos*, gw. Andrew Breeze, *Medieval Welsh Literature*

(Dulyn, 1997), 145–6; Andrew Breeze, 'Bepai'r ddaear yn bapir' yn *BBCS*, 30 (1982–3), 274–7. Trafodwyd y *topos* hwn ym mhapur E. Wyn James, 'If all the world were paper', yn y nawfed Gyngres Geltaidd a gynhaliwyd ym Mharis yn 1991. Gw. *Études Celtiques: IX Congres International*, 37 am wybodaeth bellach. Ceir adlais tebyg i'r gosodiad hwn yn Ioan 21.25, cf. III.6.3442 a III.6.3530–1 hefyd.

2845–6 **ystafelloedd gwedy gwisgo o lenay sidan ares:** Gw. I.1.42–3n. a *TC* 349–50. Y mae T. J. Morgan yn cyferbynnu'r engh. hon ag engh. II.2.2053–4: yma, ceir y treiglad meddal a ddisgwylir ar ôl *o* offerynnol.

2848 **Testament Hen:** Engh. o ansoddair sydd fel arfer yn blaenori enw yn dilyn enw: cf. *y dedyf hen* yn D. Simon Evans (gol.), *Buched Dewi* (Caerdydd, 1965), 5.

2852–3 **na dim ag ydiw y bydolion yn y braychaidio:** Gw. I.14.1734–5n. a *TC* 291–2.

2858–9 **Syr Farchog:** Gw. II.7.2760n. a *TC* 113.

2860–2 **Pyham i bai hyny . . . ag yn yffern:** Cf. Salm 139.8.

2876–8 **Lasarws . . . y gwr cyfoethog:** Cyfeirir yma at Luc 17.19–21.

2881–2 **Yn Tad, yr hwn wyd yn y nefoedd:** Dechrau Gweddi'r Arglwydd. Am ragor o fanylion ynglŷn â chyfieithu Gweddi'r Arglwydd i'r Gymraeg, gw. uchod, xciv–xcv.

2885–6 **Y nef . . . fy ystol draed:** Eseia 66.1.

2886–9 **Yn gymaint . . . na'y Creawdr:** Y mae'n debyg bod hyn yn aralleiriad o eiriau yn Eseia 66.

2889 **Llyfr y Doethineb:** Un o lyfrau'r Apocrypha. Ceir adlais posibl o Lyfr y Doethineb 7 yn y dyfyniad sy'n dilyn.

2899–901 **I maent ny lle . . . y goley o'r hayl:** Cf. Ioan 9.

2904–6 **Myfi a fyddaf . . . yn blant y minay:** Lefiticus 26.12; II Corinthiaid 6.16.

2922 **o'r tu mewn yddynt:** Gw. II.6.2517n. a *TC* 400.

2925 **o'r ty fewn:** Gw. II.6.2517n. a *TC* 400.

2932–3 **megis pridd gwedy liwio, a chyfoeth bydol:** Gw. I.1.42–3n. a *TC* 349–50.

2948 **amlder o foethey, a gormodd fedd-dod:** Gw. II.6.2696n. a *TC* 77.

2952–4 **Ag am hyny . . . yn cary Duw:** Rhufeiniaid 8.28.

2954–6 **Ny weloedd llygaid . . . trwy ras:** Adlais o I Corinthiaid 2.9.

2955	**pwy gymaint:** Gw. II.7.2712n. a *TC* 439.
2955–6	**y llawenydd ydiw Duw yn y ddwyn y'r corff:** Gw. I.14.1734–5n. a *TC* 291–2.
2965–8	**Yn wir . . . na gwnaethyr pechod:** Adlais o Mathew 16.26; Marc 8.36; Luc 9.25.
2970	**trafaeled pawb ymwrthod:** Engh. o'r gysefin ar ôl ffurfiad *-ed*, y trydydd unigol gorchmynnol, a ddyfynnir yn *TC* 212.
2974	**saith merched:** Gw. I.6.927n., II.7.2819–20n. a *TC* 135.
2979–83	**Saint Awstin . . . mewn dynion:** Am ragor o wybodaeth ar yr hanes hwn, gw. *TWK* 158, n.1.
2979	**yn yr ail llyfr:** Gw. I.5.529n. a *TC* 41.
2992–3	**yr wyllys . . . i gynildeb . . . ny alw ef:** Engh. o *ewyllys* fel enw gwrywaidd a ddyfynnir yn *TC* 60.
3015	**a'r holl gylfyddyd y byd:** Engh. o'r fannod ddwbl mewn cystrawen enidol: gw. *GMW* 25.
3024	**Saint Awstin:** Am ragor o wybodaeth ar yr hanes hwn, gw. *TWK* 158, n.2.
3035	**Piter Lwmbard:** Awdur o'r ddeuddegfed ganrif a ysgrifennodd nifer o weithiau diwinyddol. Gw. *ODCC* s.n. *Peter Lombard*.
3074–5	**Ffydd ydiw rinwedd . . . nys gwelwn:** Cf. Hebreaid 11.1.
3080	**nyd raid:** Gw. I.3.222n. a *TC* 353.
3081–2	**megis pan ddywad . . . i credaist:** Ioan 20.29.
3085	**Tydi yw fy Nyw a'm Arglwydd:** Ioan 20.28.
3087–9	**Cred . . . yn cytyno a'r meddwl:** Am wybodaeth bellach ynghylch y dyfyniad hwn, gw. *TWK* 159, n.3.
3093–4	**Fal y dywaid Saint Pawl . . . Gair Duw:** Rhufeiniaid 10.17.
3102	**yr enaid y credadyn:** Engh. o'r fannod ddwbl mewn cystrawen enidol: gw. *GMW* 25.
3109–10	**Ag yn cyd ag i bo y ffydd mewn dyn:** Gw. II.3.2197–8n. a *TC* 440.
3122	**y may y diawlaid yn cystal a'r Cristnogion:** Gw. II.3.2197–8n. a *TC* 440.
3150	**yr ail mater:** Gw. I.5.529n. a *TC* 41.
3156	**y bendigedig Drindod:** Engh. o beidio â threiglo ar ôl y fannod a ddyfynnir yn *TC* 12. Gw. III.11.3917 hefyd. **Drindod:** Canolbwynt y gred Gristnogol, sef bod Duw yn bodoli fel tri pherson ac un sylwedd, sef y Tad, y Mab a'r

	Ysbryd Glân. Gw. *ODCC* s.n. *Trinity, doctrine of the*; *OCB* s.n. *Trinity*. Am arwyddocâd y Drindod y tu allan i Gristnogaeth, gw. *BDPF* s.n. *three.*
3169	**y neb ydiw Duw yn dioddef y profi:** Gw. I.14.1734–5n. a *TC* 291–2.
3171	**yn llyn:** Adferf a ddefnyddir yn yr ystyr *fel hyn, felly*. Gw. *GPC* 2273.
3171–2	**Y sawl ... cadwedig:** Mathew 10.22 a 24.13; Marc 13.13.
3183–4	**Y neb ... gadwedig:** Marc 16.16.
3187	**na bydd neb cadwedig:** Engh. o gadw cysefin y dibeniad ar ôl y goddrych enwol a ddyfynnir yn *TC* 334.
3195	**Disgriad gobaith:** Gw. *TWK* 159, n.1 lle y cyfeirir at waith Awstin yn y cyd-destun hwn.
3199–201	**Megis ag ... heb y gweled:** Adlais o Hebreaid 11.1; cf. III.3.1–2.
3202–3	**O gobaithir ... yn barod:** Rhufeiniaid 8.24.
3215	**Duw Dad:** Gw. I.1.40n. a *TC* 124.
3246	**yn cyfoethogi o da:** Gw. I.1.42–3n. a *TC* 349–50.
3251–2	**yr hwn ydiw ef yn vnig yn y anog:** Gw. I.14.1734–5n. a *TC* 291–2.
3264–5	**Melltigedig a fo ... mewn Duw:** Jeremeia 17.5 a 7.
3274–5	**Y may tri ffeth ... a'r gwaed:** I Ioan 5.8.
3279–80	**y gwrthfawr waed yn Arglwydd ni:** Engh. o ddefnyddio'r fannod o flaen enw a ddilynir gan gystrawen enidol: gw. *GMW* 25.
3286–7	**yr hwn a sydd ... yn etifeddion y Dduw:** Adlais o Rufeiniaid 8.16.
3299–300	**a'r galon gwedy irhay o gwlith gras Duw:** Gw. I.1.42–3n. a *TC* 349–50.
3308	**cariad perffaith:** Cf. I Corinthiaid 13; Luc 10.25–37.
3325–6	**er mwyn dangos ragor wybodaeth:** Gw. II.5.2426–7n. a *TC* 95.
3345	**Ny ddyly dyn gary Duw o chariad trachwantys:** Gw. I.1.42–3n. a *TC* 349–50.
3348–9	**O cery di Dduw:** Gw. I.11.1519–20n. a *TC* 375.
3367–9	**Tydi a gery ... o'th holl nerth:** Deuteronomium 6.5; Mathew 22.37.
3374–5	**oddy fewn ag oddy faes:** Gw. *TC* 399 sy'n trafod *oddi + mewn, oddi + maes*. Yn ôl T. J. Morgan, yr awydd i gyfrif *i mewn* fel yr unig gystrawen gywir (yn hytrach nag *i*

	fewn) yw'r prif reswm dros fynnu *oddi mewn* fel yr unig ffurf gywir. Treiglir *mewn* a *maes* ar ôl *oddi* yn Llst. 178: gw. II.3.2191.
3378–9	**mewn cymaint gymeriad:** Gw. *TC* 81. Ni ddisgwylir i'r enw genidol dreiglo ar ôl *cymaint*, ond y mae tuedd i destunau'r de (a rhai Morgannwg yn arbennig) dreiglo yn y safle hwn. Awgryma T. J. Morgan dri rheswm dros hyn: i) bod y treiglad yn adlewyrchu hen gystrawen *WM* 406; ii) bod syniad lleol yn cymeradwyo hen 'reol'; iii) bod y llenorion yn camdybied mai'r un yw'r rheol ar ôl ffurfiau cyfartal fel *cymaint* ag ar ôl ansoddair cysefin.
3380–1	**dymyno colli . . . a'th fywyd:** Cf. hanes Job, yn enwedig Job 1–2.
3388–9	**May yn orchmynedig . . . er mwyn Duw:** Adlais o Mathew 22.37–40.
3401–2	**y pethe ydiw ef ny gasay . . . y pethe ydiw yn y gary:** Gw. I.14.1734–5n. a *TC* 291–2.
3402, 3405	**pethe . . . y gary:** Disgwylir *cary* yma, ar ôl y rhagenw blaen, trydydd lluosog, yn cyfeirio'n ôl at *pethe*. Gw. Henry Lewis (gol.), *Brut Dingestow* (Llandysul, 1942), lle y dyfynnir rhagor o enghreifftiau o'r treiglad meddal hwn o Gymraeg Canol.
3420	**yn presenol:** Gw. a cf. III.6.3496, 3498, 3506 yn ogystal. Cyfeirir at y rhain yn *TC* 454, wrth drafod yr amharodrwydd i dreiglo geiriau benthyg. Treiglir y gair benthyg yma ar ôl i'r darllenydd gael amser i gynefino â'r gair, yn ôl T. J. Morgan.
3428–9	**Pob peth . . . yddo yntey:** Mathew 7.12.
3442	**Nyd oes tafod yn y byd:** Engh. o *dopos yr anhraethadwy*, gw. III.1.2837–40n.
3445–6	**Synwch pwy gariad . . . yn blant y Dduw:** I Ioan 3.1.
3447–53	**Yr holl rai . . . a Christ:** Rhufeiniaid 8.14–17.
3447–8	**Yr holl rai ag ydiw ysbryd Duw ynn y harwain:** Gw. I.14.1734–5n. a *TC* 291–2.
3463–5	**Y neb a fo . . . yndo yntey:** I Ioan 4.16.
3466–7	**Os car dyn . . . a drigwn gydag ef:** Ioan 14.23.
3468	**lletywr gyfoethocach:** Engh. o gadw ffurf dreigledig gradd gymharol yr ansoddair mewn brawddeg ofynnol: gw. *GMW* 43–4.

3475–6	**a bod yn llawen . . . phrofedigaethay:** Adlais o Rufeiniaid 5.3.
3483	**yn llyn:** Gw. III.3.3171n.
3483–4	**Duw yw cariad:** I Ioan 4.8 a 16.
3496	**yn presenol:** Gw. III.5.3420n. a *TC* 454.
3498, 3506	**yn bresenol:** Gw. III.5.3420n. a *TC* 454.
3515–16	**Pwy mwya . . . mwyaf oll:** Engh. o *palpwy + y gysefin* a ddyfynnir yn *TC* 404. Cf. I.4.292–3.
3530–1	**Pey bewn i . . . yr amser a ffaele y mi:** Engh. o *dopos yr anhraethadwy*: gw. III.1.2837–40n.
3535–7	**O Arglwydd Dduw . . . dy ddymyno dithay:** Salm 42.1.
3537–8	**am hynny, y dyn, drychaf dithe dy galon:** Engh. o'r fannod + enw yn y cyflwr cyfarchiadol yn *TC* 415.
3543–6	**Disglairied ych golaini . . . yn y nefoedd:** Mathew 5.16.
3547	**y pedair rinwedd bydol:** Engh. o gadw cysefin yr ansoddair ar ôl enw benywaidd unigol a ddilynai rifol uwch na dwy, a ddyfynnir yn *TC* 64.
3550	**i bydd dyn byw yn dda:** Engh. o gadw cysefin y dibeniad ar ôl goddrych enwol a ddyfynnir yn *TC* 339.
3551	**Saint Ierom:** Ysgolhaig Beiblaidd a oedd yn ei flodau rhwng *c*.345 a 420. Gw. *ODCC* s.n. *Jerome, St*; a *TWK* 160, n.1, yng nghyd-destun yr hanes presennol.
3569	**Plato:** Yr athronydd Groegaidd o'r bumed ganrif CC. Gw. *OCCL* s.n. *Plato*; a *TWK* 160, n.2, yng nghyd-destun yr hanes presennol.
3572–3	**Canys megys . . . dylywni obaithio:** Adlais o Hebreaid 11.1.
3593–4	**a gwnaethyr cyfiawnder a chydwybod yn cystal y rhai bychain ag . . . :** Gw. II.3.2197–8n. a *TC* 440.
3613	**yr apostolion Iesu Grist:** Engh. o'r fannod flaen mewn cystrawen enidol: gw. *GMW* 25.
3622	**prydery:** = *gofalu [am]* yn y cyd-destun hwn. Gw. Ifor Williams (gol.), *Pedeir Keinc y Mabinogi* (Caerdydd, 1951), 157–8. Gw. hefyd III.9.3818.
3638–40	**Temeraiddrwydd . . . boddloni Duw:** Dangosir yn *TWK* 160, n.4, mai dyfyniad o St Augustine, *De Diversis Quaestionibus*, a geir yma.
3646	**Syr Farchog:** Gw. II.7.2760n. a *TC* 113.
3675–8	**May Saint Sierom . . . Ysgrythyr Lan:** Am wybodaeth ynghylch y dyfyniad hwn, gw. *TWK* 160, n.2–4.

3682–7	**Ag ny welwn i . . . golaini hwynt y hynan:** Adlais o Lyfr y Datguddiad 21.22–3.
3685	**nyd raid:** Gw. I.3.222n. a *TC* 353.
3688–9	**Nyd a neb . . . yn Llyfr y Bywyd:** Adlais o Lyfr y Datguddiad 21.27.
3689	**Llyfr y Bywyd:** Ymddengys mai rhyw fath o gofrestr o'r rhai cadwedig yw'r llyfr hwn: gw. Llyfr y Datguddiad 3.5, 13.8, 17.8, 20.12 a 15, 21.27, 22.
3696	**mewn Duw:** Engh. o ddefnyddio *mewn* i olygu *yn* gydag enw penodol: gw. *GMW* 202.
3707–9	**Fy Nhad . . . fy nisglairwch i:** Ioan 17.24.
3711–14	**Nyd oes dim nos . . . i wasgodi ef:** Adlais o Lyfr y Datguddiad 22.5.
3747–8	**O pwy lawenydd diderfynedig ydynt hwy ny gael:** Gw. I.14.1734–5n. a *TC* 291–2.
3750	**dy fynydd santaidd:** Ymadrodd hysbys yn y Salmau; er enghraifft 43.3, 48.1.
3755	**megis i bwyf i gweddys:** Gw. II.2.2016n. a *TC* 334.
3789–90	**Y neb arhoso . . . cadwedig:** Mathew 10.22, 24.13; Marc 13.13.
3793	**Sawl:** Gw. I Samuel 9–31, I Cronicl 10.
3798	**a dyfoedd yn graylon ag yn dost, yn cymaint ag i lladdoedd . . . :** Gw. II.3.2197–8n. a *TC* 440.
3800–1	**Ve gorchyfygoedd i elynion ef:** Gw. I.5.542n. a *TC* 161.
3802	**Gelboe:** Ceir hanes lladd Sawl yno yn I Samuel 31.8 a I Cronicl 10.8.
3803	**Sydas:** Ceir hanes Jwdas yn Mathew 10, 26 a 27; Marc 3 a 14; Luc 6 a 22; Ioan 6, 12, 13, 18; Actau 1.
3808	**Fo gwrthodoedd Duw ef:** Gw. I.5.542n. a *TC* 161.
3917	**y gwir Gatholig ag apostoliaidd ffydd:** Gw. III.3.3156n. a *TC* 12.
3921–2	**Yr wyf i . . . nef a dayar:** Dechrau'r Credo Apostolaidd. Am ragor o fanylion ynglŷn â chyfieithu'r Credo i'r Gymraeg, gw. uchod, xciv–xcv. **yn credy mewn vn Duw Dad:** Gw. I.1.40n. a *TC* 124.
3929–31	**Myfi yw'r Arglwydd . . . onyd myfi:** Exodus 20.2–3; Deuteronomium 5.6–7.
3936	**Yn Tad ni . . . dy enw:** Mathew 6.9.
3946	**ysgol i dringad y'r nef:** Gw. I.7.1106n. a *TC* 461.
3954–5	**Ony throwch . . . nefoedd:** Mathew 18.3.

3955	**Saint Bernad:** Abad Clairvaux, a oedd yn ei flodau rhwng 1090 a 1153. Gw. *ODCC* s.n. *Bernard, St*; a gw. *TWK* 161, n.5, ynglŷn â'r dyfyniad a geir yma.
3967–8	**o cai di:** Gw. I.11.1519–20n. a *TC* 375.
3971	**y fath roddionn hynny:** Gw. I.6.1069–70n. a *TC* 84.
3975–6	**O tebygy:** Gw. I.11.1519–20n. a *TC* 375.
3995	**fal y by Grist:** Engh. o dreiglo'r goddrych ar ôl *bu* a ddyfynnir yn *TC* 308.
3997–8	**Nyd oes vn ysgol cystal y ddyn ddysgy byw:** Engh. o gadw cysefin y ffurf gyfartal ar ôl y cyplad, a ddyfynnir yn *TC* 440.
4003–4	**Cofia dy ddiwedd . . . di byth:** Adlais o Ecclesiasticus 7.36 (yn yr Apocrypha).
4014–15	**o drymder a galar, o etifeirwch:** Cyfeirir at yr engh. hon yn *TC* 459 wrth drafod cymysgu a chamrannu *a galaru* > *ac alaru*, neu *ac alaru* > *a galaru*.
4025	**Duw . . . bechadyr tryan:** Nodir 'Lywc 18' ar ymyl y ddalen ar y pwynt hwn, a cheir y dyfyniad hwn yn Luc 18.13. Nid 'pwplican' a ddyfynnir yn y fan honno, fodd bynnag, ond casglwr trethi.
4026–7	**Iesu . . . trigarha wrthyf:** Nodir 'Mathew 17' ar ymyl y ddalen ar y pwynt hwn: y mae'n lled-adleisio Mathew 17.15, ond yn nes at Mathew 9.27, 15.22 a 20.30; Marc 10.47; Luc 18.38.
4032	**Foeses:** Cyfeiriad posibl at Exodus 4.10–12.
	Samwel: Hannah, mam Samuel, a grybwyllir yn y fan hon yn y testun Saesneg: gw. *TWK* 118.
4036	**yn llyn:** Gw. III.3.3171n.
4036–7	**Ny wddochwi . . . ny gaisio:** Mathew 20.22.
4042–3	**yn gystal mewn dynion arr y ddayar ag mewn angelion ynn y nef:** Engh. o dreiglo *cystal* ar ôl *yn*, a ddyfynnir yn *TC* 440. Cf. II.3.2197–8.
4046–7	**gormoddion o dda bydol:** Gw. II.6.2696n. a *TC* 77.
4049	**o byddy di claf:** Gw. II.2.2016n. a *TC* 334.
4054–5	**Arglwydd, dy wllys . . . fy wllys i:** Adlais o Luc 22.42.
4062–4	**o achos y mae Duw . . . a ddarestwng:** Engh. o dorgystrawen, o ganlyniad i lynu'n ormodol at y gwreiddiol Saesneg.
4066	**prisia:** Tybir mai ffurf ar *prysio (brysio)* / ? *prysuro* sydd yma, ar sail y darlleniad Saesneg *make speed*. (Nid oes

darlleniad yn unrhyw un o'r llawysgrifau Cymraeg eraill ar y pwynt hwn).

4088 **ynifer:** Tybir mai cywasgiad *yn* + *nifer* a geir yma. Defnyddir *nifer* ar lafar ym Morgannwg yn fwy diweddar i olygu *teulu, tylwyth*.

4096 **yn y tir o amod y etholedigion:** Adlais posibl o Mathew 24.3–31; Marc 13.3–27; II Timotheus 2.10.

MYNEGAI I'R TESTUN

Rhennir y mynegai canlynol yn ddwy adran, sef geirfa ac enwau priod. Trefnwyd y geiriau hyd y gellid yn ôl eu trefn mewn orgraff ddiweddar, er yr anwybyddwyd anwadalwch orgraffyddol megis rhwng *y* ac *u*, a dyblu'r 'n' a'r 'r'. Yn achos geiriau cyffredin a llawer o enghreifftiau ohonynt, nodir y pum enghraifft gyntaf yn unig. Rhestrir ffurfiau berfol o dan y berfenw, a graddau'r ansoddair rheolaidd o dan yr ansoddair cysefin. Rhestrir enwau lluosog o dan yr enw unigol, ar wahân i rai enghreifftiau o enwau lluosog a ffurfir trwy ychwanegu terfyniad yn unig lle nad oes enghraifft o'r unigol yn y testun.

(1) Geirfa

a (*cys.*) 6, 7, 9, 10, 10 etc.; ac 1879, 1885, 1894, 1899, 1901 etc.; ag 2, 5, 9, 14, 17 etc.; a & *y fannod* a'r 24, 28, 96, 113, 156 etc.; a'rr 2352, 2891, 3915; a & *rhag. gen. 1 un.* a'm 31, 68, 141, 142, 142 etc.; *2 un.* a'th 1666, 1669, 1950, 2293, 2337 etc.; *3 un.* a'e 4, 13; a'i 40, 325, 377, 547, 547 etc.; a'y 25, 40, 99, 302, 358 etc.; *1 llu.* a'n 23, 24, 1191, 1192, 1522 etc.; *2 llu.* a'ch 2054, 2055, 2055, 2055, 2056 etc. *3 llu.* a'e 19, 20; a'i 728, 728, 728, 1277 etc.; a'y 10, 373, 392, 408, 504 etc.
a (*cys. ar ôl y radd gyf.*) 244, 876; ag 196, 499, 562, 571 etc.
a (*ebych.*) 2837
a (*rhag. perth.*) 1, 2, 2, 7, 9 etc.; a & *rhag. gwrth. 1 un.* a'm 38, 46, 138, 307, 316 etc.; *2 un.* a'th 946, 948, 968, 996, 996 etc.; *3 un.* a'i 35, 442, 443, 498, 518 etc.; a'y 447, 645, 646, 666, 701 etc.; *1 llu.* a'n 1628; *3 llu.* a'i 110, 400, 723, 727 etc.; a'y 395, 423, 532, 564, 709 etc.
a (*geir. gof.*) 782, 2045, 2364, 2640; e 963, 3470
[â] a (*ardd.*) 175, 200, 357, 879, 895 etc.; ag 155, 195, 203, 221, 239 etc.; og 937, 1692; a & *y fannod* a'r 806, 865, 1318, 1345, 1482 etc.; a & *rhag. gen.*
2 un. a'th 1685; *3 un.* a'i 737, 1891; a'y 2075, 2531, 2562
aberth 725, 2558, 2749; *llu.* aberthay 430, 480; aberthey 475, 615
aberthy 421
abl 1144, 2328, 2842, 3255; abal 867, 890, 1639, 1677, 2328, 2546
acw 2033, 2044; acwy 2661; akw 2032; oco 2030
achos *ardd.* 63, 87, 215, 401, 695 etc.; *enw* 223, 261, 1015, 1178, 2342 etc.; *llu.* achosion 415, 663, 3631
achwyn *enw* 1946, 4071; *be. 1 un. gorff. myn.* achwynais 2143
adailiad *be.* 396, 1176, 1260, 1323, 1497 etc.; *gorff. amhers.* adailiwyd 3157
[adain] *llu.* adanedd 325, 1281, 1285, 2784, 2795 etc.; adannedd 1594
adara 953
[adeiladwr] *llu.* adailwyr 401
[aderyn] *llu.* adar 408, 881, 1300, 1503, 1514
adfyd 1047, 1892, 1913, 1918, 1926 etc.
adnabod 34, 2959; addnabod 114, 1514, 3515; *3 un. pres. myn.* edwyn 3554; *3 un. amherff. myn.* adwaenai 2434; *1 un. gorff. myn.* adnabym 2822
[adnewyddu] *3 un. pres. myn.* adnewydda 3504
adref 672, 673
adrodd *be.* 506, 890, 903, 3912; *2 un.*

gorff. myn. adroddaist 3934; *2 un. gorch.* adrodd 3923, 3927, 3932
addef 135, 2739, 2862, 3154, 3925 etc.; 3 un. go*rff. myn.* addefwys 2241
addewid 2747; *llu.* addewidion 2462, 2751, 3278, 3525, 3706, 3913; addawidion 2306, 2327, 2424
addfwyn 930
addo 1686, 2515, 3916; *2 un. gorff. myn.* addewaist 1663; *3 un. gorff. myn.* addawoedd 1290, 3223, 3268; addewis 145
addoli 408, 431, 453, 755
addoliaeth 413, 416, 425, 435, 450 etc.
addolwr 852; *llu.* addolwyr 468, 476
[adduned] aiddyned 1997, 2751
addyrno 2846
aelod 2746; aylod 2574; *llu.* aeloday 3125; aelode 495; aelodey 296; ayloday 3381
afal 367, 369; *llu.* yfaley 1510
afiachys 2521
afiechyd 2686
aflendid 1065
aflonydd 1690
afon 446, 543, 1509, 1510, 1513; *llu.* afonydd 168
afrad gw. *Enwau Priod*
afradlon 34
afradys 25, 32, 213, 1443, 1545, 2491
afrywiog 934, 3501
[agor] *3 un. gorff. myn.* agores 325, 2303; agoroedd 727; *amhers. gorff.* agorwyd 2774; egorwyd 1935; *2 un. gorch.* agor 991, 2768
agored *be.* 1894; egored *be.* 2263, 2309, 2782; *ans.* 1176, 1179, 2299
agos 446, 1347, 1980, 2104, 2816
agwedd 23
angay 1067, 2704, 2722, 2773, 3162 etc.; ange 768, 4058; angey 62, 321, 373, 628, 629 etc.
angel 353, 481, 3168; *llu.* angelion 353, 1036, 1063, 2405, 2841 etc.; angylion 110, 487
angenraidiol 1049, 3116, 3230, 3243; anghenraidiol 1920
anghanmol 3970
anghenfilaidd 520, 1127
anghenfilod 181
anghenraid 3425; *llu.* angenraidiay 3331
anghenys 4049
anghofio 2116, 2120

anghydnabyddys 3876
anghyfiawn 174, 2352; anghyfion 3602
anghyfiawnder 2604
anghyfraithys 505, 3628
anghymeradwy 1824
anghytyn 283
anghytyndeb 3690
anghywir 2273, 2485, 2580
anghywirdeb 369
angof 177, 230, 668, 2771
angor 3269, 3781
angred-ddyn 2351
ai *geir.* 481, 1660, 3941; ay 137, 137, 481, 1050, 1050 etc.; ei 3468
ail 143, 374, 439, 444, 529 etc.
ail-droi 1483, 2734; *2 un. dyf. myn.* ail-droy 2172; *3 un. gorff. myn.* ail-droes 2171
ailwaith 35, 398, 501, 551, 674 etc.
alabastar 1227, 2535; alabastr 2810
allan 219, 220, 497, 692, 715 etc.; allann 1273, 1784, 2005
allor 1828; *llu.* allore 421, 467
alltydiaeth 1565, 2936
alltydio 1746; *amhers. gorff.* alltydiwyd 745; alltidiwyd 694
am *ardd.* 57, 86, 126, 144, 150 etc.; *1 un.* amdanaf 247, 256, 291, 638, 2250; *2 un.* ymdanad 2159; *3 un.* amdano 382, 765, 2017, 2321, 2721 etc.; amdanno 2884; amdeni 869, 925; *3 llu.* amdanynt 3678
amay 2318, 2863, 3250
amcan 1270
amcany 357, 1672
amdo 1899, 1907
amddiffyn 3592, 3625; amddyffyn 2514; ymddiffyn 3622, 3630, 3634
Amen gw. *Enwau Priod*
amgeledd 1104, 1171
amgeleddy 697
amgen 337, 406, 587, 1263, 1355 etc.; *gr. gym.* amgenach 961
amgylch 449, 457, 835, 926, 1225 etc.
amharchys 1778
amherffaith 494
amhosybl 2143, 2349, 2349, 2538, 3579; amhossybl 1883
amhwyllig 2597
aml 1949; *gr. gyf.* amled 2453
amlder 1502, 2426, 2459, 2948, 4017
amlhay 853, 1475, 1830, 1831, 3336 etc.;

MYNEGAI I'R TESTUN 153

3 un. gorff. myn. amlhaodd 484;
amlhawdd 395
amlwg 2476, 3033, 3062, 3075, 3079 etc.
amod 21, 336, 642, 1224, 1306 etc.
amodi 3916; *3 un. gorff. myn.* amodoedd
2324
amodiaeth 3903
amrafael 1501
amryffaiddwch 3294
amser 50, 98, 232, 234, 251 etc.; *llu.*
amseroedd 2475, 3712; amsere 1067
amwyd 1636
anair 1460, 1731
[analluog] analleawc 1919
anedwydd 768, 1549
anel 1407
anesmwythder 1893; anesmwythter
3693, 3961; anysmwythter 83
anesmwytho 2793
anfarwol 1063, 2739, 3706
anfeidrawl 1151, 3716
anferth 2040, 3208
anfesyrol 777
anfodd 397, 2803
anfoddlon 1104
anfoddlonder 2910
anfoddloni 1337, 1955, 2681, 2962,
3292 etc.
anffortyn 1547; anfforten 1914
anffyddlon 3167
anhapys 1705, 1846, 1876, 1932, 1993,
2059
anhapysrwydd 1767; anapysrwydd 1988
anheilwng 2741
anhoffaidd 1818
anhymeraiddrwydd 299, 2132;
anhymeraiddrrwydd 209
anianol 928, 1264, 3605
[anifail] enifail 2986; enaifil 1439, 1802;
eneifil 1127, 1129, 1740, 1982; *llu.*
anefailiaid 408; nefailiaid 2995;
ynefailiaid 1098
[anifeilaidd] nefailaidd 1642; nefailiaidd
1598
[anifeilrwydd] anefailrwydd 1445
anioddefiaeth 1356; anioddafaeth 1492
aniogel 1691
aniwair *ans.* 1276, 1281 *enw* 1453
aniwairdeb 1465, 1545, 1732, 2063,
2564; gw. hefyd *Enwau Priod*
anllad 2851
anlladrwydd 51, 206, 248, 1487, 2137,
2187; gw. hefyd *Enwau Priod*

[annog] anog 140, 3068, 3252
annogiaeth 2029
[annwyd] anwyd 1730, 1754
[annwyl] anwyl 242, 526, 645, 1053,
1960 etc.
anobaith 1492, 1825; annobaith 2778;
gw. hefyd *Enwau Priod*
anobaithio 2343, 2445, 2453, 3809
anobaithys 1691
[anodd] anoedd 1275, 1971; anhawdd
1373, 1485, 3180
anrhydedd 1891, 4077; anrydedd 72,
463, 554, 933, 1244 etc.
anrhydeddy 406, 408; anrydeddy 454,
556, 579, 635, 706 etc.
anrydeddys 332, 600, 4041; anrydeddis
1228
ansadrwydd 208
ansynhwyrys 57; ansynwyrys 1015, 1428
ansynwyrhol 5
antyr 140, 1145; *llu.* antyrey 8; antyriav
31; antiriey 4
[anudone] anydone 1418
[anufudd] anyfydd 2278, 2356
[anufudd-dod] anyfydd-dod 210, 301,
1919, 2133, 3692
[anufuddhau] anyfyddhay 123, 305; *1 un.
gorff. myn.* anyfyddhais 301
[anuwiol] anywiol 1421
[anuwioldeb] aniwioldeb 1490
[anuwiolder] anywiolder 3514
anwadal 283, 942, 1286
anwadaly 1082
anwardd 387
anweddys 775, 1546, 2207
anweledig 1717, 2864
anweledigaeth 2738
anwiraidd 970
anwiredd 1120, 2035, 2366, 2466, 2960
anwybodaeth 64, 118, 207, 1668
anwybyddiaeth 283
anwylaid 3852
anwylyd 1358
anylyedog 844
apostol 2413, 3804; *llu.* apostolion 2197,
2748, 3613; postolion 824
apostoliaidd 3917
ar 11, 37, 53, 56, 145 etc.; arr 1793,
4043; *1 un.* arnaf 49, 192, 278, 969,
1317 etc.; *2 un.* arnat 3539, 3845,
3855; arnati 2030; arnad 1136, 1995,
2735, 2741, 3154 etc.; *3 un.* arno 23,
24, 355, 716, 716 etc.; erni 1111,

1231, 1464, 1971, 1977 etc.; *1 llu.*
arnon 1190; arnom 1115, 2382; *2 llu.*
arnochwi 48, 1846; *3 llu.* arnynt 421,
516, 523, 720, 1569 etc.
araf 151, 2576
arafaidd 931
arafwch 3996
arall *ans.* 288, 291, 440, 455, 543 etc.;
enw 1359, 1755, 2630, 2631, 3434,
3943; arrall *ans.* 1607, 2344; *ans. llu.*
eraill 179, 190, 229, 297, 384 etc.;
enw. llu. eraill 69, 671, 1062, 1340,
1389, 1620
arbed 3856; *3 un. pres. myn.* arbed 3885;
3 un. gorff. myn. arbedoedd 2408,
2410; *2 un. gorch.* arbed 1999
archoll 1275, 1320
arddel 1244
[aren] arren 4028; *llu.* arenay 410
ares 2846
arfay 277; arfey 212, 601, 1797, 3619
arfer *enw* 504, 918, 1426, 1556, 2245
etc.; *llu.* arferon 602, 1554, 1719,
3480, 3504, 3999; *be.* 383, 766, 1531,
1847, 1848 etc.; *3 un. amherff. myn.*
arferai 764; *1 un. gorff. myn.* arferais
365; *2 un. gorch.* arfer 3935
arferedig 2475
arfog 1684
arfogi 3902
arglwydd 22, 786, 1241, 1583, 1709 etc.;
Arglwyd 1947
arglwyddes 340, 639, 928, 935, 943 etc.;
llu. arglwyddesi 923, 953, 1170, 1173,
1187 etc.; arglwyddese 1164
arglwyddiath 4123
arian 2056, 2849, 2932, 3016, 3470,
3874; ariann 1750
[arllwys] *2 un. gorch.* arllwys 1009
aroglay 2534; arogle 2062; arogley 1161,
1254
aroglber 1203, 1252, 1300, 2532
aros 260, 304, 693, 1604, 1899 etc.;
arros 2937, 2972, 3830; gw. hefyd
Enwau Priod; *1 un. gorff. myn.*
arosais 1137; *2 un. pres. dib.* arosych
3824; *3 un. pres. dib.* arhoso 3790;
2 llu. gorch. aroswch 4100
arosiad 19; gw. hefyd *Enwau Priod*
arwain 638, 994, 1064, 1099, 1173 etc.;
arwein 4117; *1 un. pres. myn.* arwenaf
997; *2 un. pres. myn.* arweny 1662;
3 un. pres. myn. arwain 1022; *3 un.*
dyf. myn. arwain 1118; *3 un. gorff.*
myn. arwenoedd 1075, 1113, 1172,
1181, 3669; arwenawdd 1802; *amhers.*
gorff. arweinwyd 4092; arwenwyd
1782; *2 un. gorch.* arwain 1007, 3994
[arweiniad] arweniad 511, 3999
arwydd 1362, 1362; arrwydd 3920; *llu.*
arwyddion 2519, 3302
arwyddocay 933, 1280, 1283, 1285, 1335
etc.; *3 un. pres. myn.* arwyddoca
1550, 1551; arwyddoka 1903, 1906,
1907, 1909; *amhers. pres.* arwyddokar
1896
arythr 437, 2042, 2065, 2430, 3892
asen 361
[asgell] *llu.* esgyll 1616
asgellog 2128
ast 871, 879
astell 2024, 2071, 2074
[aswy] asay 906, 911, 1101; asey 920,
2254, 2260
asyr 2310
at 17, 26, 35, 45, 280 etc.; att 3480; *1 un.*
ataf 315, 943, 1179, 1189, 2345, 2356;
attaf 1212, 1271, 1319; *2 un.* atad
195; atat 1949, 2556; atati 2734; *3 un.*
ato 47, 901, 1374, 1483, 2546 etc.;
atto 289, 1927; *3 llu.* atynt 632, 3285,
3563
atal 1041, 1554; attal 1857
ateb *enw* 806, 844; *be.* 2211; *1 un. pres.*
myn. ateba 3273; atebaf 2661; *1 un.*
gorff. myn. atebais 188, 1200; *3 un.*
gorff. myn. ateboedd 675, 801, 842,
1034
[atolygu] *1 un. pres. myn.* atolygaf 1951,
2741, 3756; atylygaf 1978
atwrne 3890
athro 1538, 1680, 3254
[aur] avr 938, 1225, 2932; ayr 937, 1230,
1749, 1802, 1970 etc.
awdyr 2917; awdwr 4079
awdyrdod 691, 933, 1765, 1769, 1805,
2281
awen 1731
awr 30, 856, 981, 1096, 1158 etc.; *llu.*
oriey 3662
awyddys 61
awyr 75, 407

bach 607, 618, 622, 655; gw. hefyd *llai*,
lleiaf
bachcenyn 52

MYNEGAI I'R TESTUN

bachgen 1269
baeddy 1938; gw. hefyd *maeddy*
baet 1407
bai *enw* 743, 878, 3975, 3987; *llu.* baiay 35, 43, 1461, 2208, 2265 etc.; baie 1124, 2446, 2561, 3976, 3977; beie 4112
[baich] baych 1738, 3752
baiedig 2242
baio 309, 785, 3611; *3 un. gorff. myn.* baioedd 2592
baiys 3979, 3981
balch *enw* 1339, 1349; *ans.* 2272, 2577, 2595, 2610; bailchion *enw llu.* 1345, 1354; *ans. llu.* 1254, 2543, 2682
balchedd 83, 358, 1240, 1333, 1335 etc.; gw. hefyd *Enwau Priod*
balchio 3558
balchter 630, 1354
balchwr 2497
balchwych 2530
bara 2738
barcyd 2799
bargen 1451
barn 272, 643, 1853, 2623, 2631 etc.; barnn 646
barnedigaeth 1699, 1956, 2989, 2997, 3769
barnwr 2400, 2486, 3891
barny 174, 330, 644, 876, 2393 etc.; *amhers. pres.* bernir 2585, 3884; *2 un. gorff. myn.* bernaist 2619; *2 un. gorch.* barna 3974
bath 1249, 1649, 1757
bathyaid 76
bedydd *enw* 2752; *ans.* 3281; *amhers. gorff.* bedyddiwyd 3914; *amhers. pres. dib.* bedyddier 3184
bedyddiad 2175
bedyddiwr 814
[beichio] baycho 1767
[beiddio] *1 un. pres. myn.* beiddaf 2050
beleod 1183
bellach 1841, 2387
bendigaid 27
bendigedig 22, 121, 302, 2755, 3156, 3740
bendigedigrwydd 1688
bendith 1153, 2194, 2747, 3048
benthig 3434
benthyca 2629
berwi 2021
beth *rhag. gof.* 92, 188, 343, 479 etc.

beynydd 1278, 2746, 3540, 3747; baynydd 201, 1119, 1476, 1531, 2209 etc.
bilain 1783; *llu.* bilainaid 130
bilaindra 502, 609
blaen *enw* 810, 943, 1133, 2181, 2222 etc.; *ans.* 277, 400, 436, 552, 978 etc.; *gr. eith.* blaenaf 1165
blaen-dyngedfeny 2510
blaenllem 2254
blaenoriaid 2232, 2245
blas 1958, 3529, 3529, 3534
ble 58, 909
[blin] *gr. eith.* blina 1937
blinder 180, 1093, 1734, 2007, 3767, 3961; *llu.* blinderay 1091, 1755; blinderey 3863; blindere 82, 2459, 3775, 3781, 4075
blinedig 2401
blinhay 171, 2291; *2 un. gorch.* blinhay 193
blino 1491, 1531, 1601, 1726, 1791 etc.
bloday 1300, 1513
blodayo 1775
bloesc 4031
bloto 2334
blwch 2531
blwydd 3795; *llu.* blwyddey 268; blwydde 57, 267, 457
blynedd 650, 688, 854, 3796; blynydde 51, 53, 386, 456, 457 etc.; blynyddey 450, 1780, 1823; blenyddey 20
bocsach 1355
bod *be.* 94, 104, 108, 138, 144 etc.; *cym. enw.* 63, 132, 133, 153, 914 etc.; *1 un. pres. myn.* wyf 30, 112, 113, 266, 273 etc.; ydwyf 245, 269, 1011, 1034, 2357; *2 un. pres. myn.* wyt 2340, 3412, 3775, 3776, 4044; wyti 317, 1004, 1089, 1132, 1689 etc.; wyd 1129, 1685, 1686, 1692, 2339 etc.; *3 un. pres. myn.* ydiw 84, 898, 999, 1267, 1398 etc.; ydyw 1920, 2935; ydy 70, 1410; ody 1735, 1750; mae 163, 165, 167, 215, 244 etc.; may 79, 81, 95, 101, 124 etc.; oes 120, 122, 169, 1128, 1921 etc.; *1 llu. pres. myn.* ydym 1475, 2880, 2940, 2990, 2991 etc.; yddym 4031; *2 llu. pres. myn.* ydych 465, 466, 1693, 1694, 1704 etc.; ych 4103; ydychwi 4036, 4099; ydywchwi 2364; *3 llu. pres. myn.* ydynt 31, 129, 468, 1020, 1286 etc.; ynt 1905; maent 74, 1363,

1484, 1572, 1723 etc.; maynt 1014, 1479, 1577, 2199, 2317 etc; *amhers. pres.* ydis 171, 2205, 2737, 3015, 3019, 3581; yddis 467; yddys 590; yddvs 293; *2 llu. pres. arf. myn.* byddwni 3520; *1 un. dyf. myn.* byddaf 271, 2904, 2905, 3178; *2 un. dyf. myn.* byddy 1026, 2440, 3838, 4003, 4049; *3 un. dyf. myn.* bydd 70, 164, 273, 319, 343 etc.; *2 llu. dyf. myn.* byddwch 2346; *3 llu. dyf. myn.* byddant 272, 1051, 1062, 1063, 1068 etc.; *1 un. amherff. myn.* roeddwn 36, 54, 56, 64, 74 etc.; royddwn 67, 1878; *3 un. amherff. myn.* roedd 51, 55, 60, 62, 65 etc.; rodd 3697; ydoedd 12, 228, 261, 456, 626 etc.; *1 llu. amherff. myn.* roeddem 922, 923, 2759, 2819; *3 llu. amherff. myn.* roeddynt 388, 410, 1322, 2750 etc.; roeddent 362, 430, 471, 475, 634 etc.; *amhers. amherff.* roeddid 506, 1803; roeddyd 1138, 1665, 1897; *3 un. amherff. arfer.* bysai 262, 332, 2436, 2574, 2823; bysei 338, 882, 1080; *1 un. gorff. myn.* bym 1614; *2 un. gorff. myn.* byost 2029, 2272; byosti 2043, 2271, 2576, 2576, 2577 etc.; *3 un. gorff. myn.* by 48, 70, 379, 455, 457 etc.; bu 2415, 2474, 2482; byo 738; *3 llu. gorff. myn.* byont 370, 3743; *1 un. pres. dib.* bwyf 2747, 3327, 3334, 3708, 3755 etc.; *2 un. pres. dib.* bych 3089, 4005; *3 un. pres. dib.* bo 114, 166, 195, 221, 221 etc.; bytho 1033; *1 llu. pres. dib.* bom 265, 2880, 2989; bon 3382; *2 llu. pres. dib.* byddoch 2366; *3 llu. pres. dib.* bon 1277; bont 1346, 2249, 2307, 2453, 2872, 3292; *1 un. amherff. dib.* bewn 518, 2839, 3530, 3787; byswn 303, 305, 1634; byddwn 3748; *2 un. amherff. dib.* bysit 1984, 2666, 3844; bysyt 3984; bysyd 2030; bysti 1983; *3 un. amherff. dib.* bai 74, 137, 280, 286, 322 etc.; byddai 1452; bydde 519, 679, 2045, 2046, 3663; bysei 629, 820, 1080, 2093, 2620 etc.; byse 1223, 2030; *1 llu. amherff. dib.* byddem 3096; *3 llu. amherff. dib.* baint 2311, 2875, 3622, 3627; bysynt 477; *amhers. amherff. dib.* bysid 3854; *2 un. gorch.* bydd 193, 317, 1009, 2576, 2577 etc.; *3 un. gorch.* bid 1028, 1583, 1804, 2919, 3154 etc.; byd 3178, 4072, 4104
bodd 254, 951, 956, 2283
boddi 63, 398, 712, 1676; *3 un. gorff. myn.* boddoedd 391, 721; boddes 1755
boddlon 139, 323, 1025, 1026, 1051 etc.
boddlonhay 1878
boddloni 1338, 2538, 2568, 2569, 2964 etc.; *2 un. pres. myn.* boddlony 4002
boly 295
[boncyff] bencyff 1146
boneddigaidd 2258, 2359, 2700, 3502, 3894
boneddigion 676, 836, 1190, 1507, 2035
bonheddig 866, 1985
bord 789, 1184, 1804, 2498, 2504 etc.
bore *enw* 1210, 2818; borey *enw* 238, 337, 1137, 1206, 2368; *ans.* 1141
bostio 871
box 2535
brad 683
[bradychu] *3 un. gorff. myn.* bradychoedd 3807
bradynys 1684
[braich] *llu.* braychey 1645; braychay 2084, 2098
braidd 541
bran 1341
bras 296
brawd 378, 538, 559, 563, 563 etc.; *llu.* brodyr 566
brayny 2188
brech 1745
[breicheidio] braychaidio 316, 1131, 1302, 1855, 2853; braychaido 2039; *3 un. pres. dib.* braychaidio 3191
brenhines 697, 698, 788, 799, 800 etc.
brenhiniaeth 417, 509, 692, 1257, 2511; *llu.* brenhiniaethay 171; brenhiniaethe 1809
brenin 435, 529, 542, 588, 594 etc.; brenhin 418, 420, 499, 500, 524 etc.; *llu.* brenhinioedd 711, 1040, 2218, 2872, 3589 etc.; brenhiniodd 172
brest 1644, 1964, 2288
brethyn 1225
[breuddwyd] *llu.* breiddwydon 1844
brig 1301, 1346
briwson 2877
[brodio] broydo 1970; broedro 926
bron *adf.* 368, 672, 1944, 2220, 2300 etc.; *enw* 238
brwmstan 2023, 3719
brwnt 1442, 1683, 1687, 2022, 2086; *ben.*

MYNEGAI I'R TESTUN

front 879, 992, 1636; vront 1447; *gr. gyf.* brynted 1695
bryd 2772
brynary 1019
brynti 1448, 1867, 1932, 2241, 2285, 3893
brys 4108
[buan] byan 244, 1084, 1214, 1273, 1479 etc.; byann 2077; gw. hefyd *cynt, cyntaf*
[buchedd] bychedd 952, 1066, 1457, 1559, 1600 etc.
bwa 782, 1163, 1269, 1282
bwcler 209
bwriad 4, 92, 135, 141, 187 etc.; *llu.* bwriadey 185, 284, 2352, 3372; bwriade 398
bwriadedig 180
bwriadu 1558; bwriady 30, 94, 1327, 1456, 2971; *1 un. gorff. myn.* bwriadais 920
bwrw 230, 2140, 4058; *amhers. amherff.* bwrysid 641; *1 un. gorff. myn.* byrais 242
bwtleraid 1192
bwyd 232, 258, 296, 1189, 1290 etc.; *llu.* bwydydd 1191, 2850
bwyta 367, 368, 368, 881, 1344 etc.; *1 un. amherff. myn.* bwytawn 232; *3 un. gorff. myn.* bwytaoedd 761; bwytaodd 369; *3 un. gorberff. dib.* bwytawsai 2621
bychan 1160, 1184, 2840, 3532; *llu.* bychain 1301, 1786, 3594, 3954; *gr. gyf.* bychaned 3295, 3296; *ben.* fechan 2024
byd 8, 42, 58, 62, 79 etc.; bvd 5
bydol 71, 73, 946, 967, 990 etc.; budol 7
bydoliol 1710
bydolion 1242, 1246, 1580, 1602, 1680 etc.; bydolionn 1573
bydredd 1646, 1653, 1938; bydrredd 1993
[bygwth] bwgwth *be.* 2257, 3161; *3 un. gorff. myn.* bygythoedd 2378; *amhers. gorff.* bygythwyd 2426; *enw llu.* bwgythay 3608
[bygythiwr] *llu.* bwgythwyr 3627
bynag 88, 124, 188, 481, 597 etc.
[byr] *llu.* byron 2211; *ben.* ferr 947
byrder 147, 195, 361
byrhay 260, 349, 708; *2 un. gorch.* byrha 985
bysedd 939

byth 70, 271, 273, 680, 746 etc.
[bytheiad] *llu.* batheyaid 3854
byw *be.* 33, 62, 272, 322, 383 etc.; *ans.* 562, 728, 822, 981, 1911
bywhay 1272, 3179, 3777
bywiocay 3186; bywocay 2745; *3 un. pres. myn.* bywioca 2235
bywiog 3143, 3173
bywiol 2232, 2247, 3143, 3174, 3182, 3192
bywyd 321, 342, 389, 638, 795 etc.; bowyd 4060, 4117

cablwr 2442, 2581, 2684
cably 1387, 2277; *3 llu. gorff. myn.* cablasant 2682
cacen 1670
cadair 1228
cadarn 2220; *gr. gym.* cadarnach 2569; *ans. llu.* cedyrn 1322, 3621
[cadernid] cadernyd 71
cadw 12, 121, 127, 791, 921 etc.; kadw 4066; *1 un. pres. myn.* cadwaf 1309, 2359; *3 un. pres. myn.* caidw 2798, 3503, 3603, 3837; *2 un. dyf. myn.* cedwy 3867; *3 un. gorff. myn.* cadwodd 442; cadwoedd 1801, 2595; cedwis 443, 1785, 3986; *3 un. pres. dib.* catwo 3654; *2 un. gorch.* kadw 4055
cadwedig 2346, 2392, 2394, 3172, 3178 etc.
cadwedigaeth 281, 1362, 2500, 2781, 2946 etc.
cadwriaeth 109, 1887, 2496, 3072, 3241, 3864
cadwyn 794, 796, 938, 1802; *llu.* cadwynay 130
[caebwll] caybwll 2020, 2081, 2097, 2131, 2188 etc.
cael 5, 60, 66, 86, 88 etc.; cayl 642, 913, 949, 965, 2688; cal 4120; *1 un. pres. myn.* caf 1958, 3220; *2 un. pres. myn.* cai 3863, 3967; cay 487, 1004, 1028, 2174 etc.; *3 un. pres. myn.* cayff 88, 89, 90, 1566, 1588 etc.; *1 llu. pres. myn.* cawn 18; *2 llu. pres. myn.* cewch 1141, 1555, 1843; cewchwi 330, 3955; *amhers. pres.* cair 78, 1736; *3 llu. dyf. myn.* cant 73; *1 un. amherff. myn.* cawn 59, 147, 1317, 1663, 3728 etc.; *amhers. amherff.* caid 1738; *1 un. gorff. myn.* cefais 89, 213, 352, 363,

1526 etc.; cefeis 1877; *2 un. gorff.*
myn. cefaist 857, 1983, 2665, 3860
etc.; cefaisti 3649, 3861; *3 un. gorff.*
myn. cafas 493, 625, 736, 816, 1756
etc.; *2 llu. gorff. myn.* cawsoch 4104;
kawsoch 4104; *3 llu. gorff. myn.*
cawsant 314, 701; cawsont 3970;
3 un. pres. dib. caffo 1097, 1432,
1735, 1765, 1771; *1 llu. pres. dib.*
caffom 3267
caeth *ans.* 82; *llu.* caethion 130; caython 4088
caethiwed 713, 1135, 1778, 1782, 1799 etc.
caffael 2392; *3 un. amherff. myn.* caffai 1829
caits 1802
caled 1342; *gr. gym.* caletach 2228
calon 148, 152, 218, 219, 341 etc.;
calonn 2007, 2248, 4021; *llu.* calonay 2372, 2374, 3596; calone 2207;
caloney 1288, 1849, 2312, 2425, 3383, 3456
call 1030, 4004
cam 1067, 1274, 2074, 2318
camaddoliaeth 118, 3612
camarfer 590, 604, 1694, 3014, 3015;
1 un. gorff. myn. camarferais 1653;
enw llu. camarferon 1845
camarferedig 1982
camdybiaid 1005
camdystolaeth 2277
[camddal] *3 un. gorff. myn.*
camddaloedd 509
camddangoswyr 1042
camddilyn 1408
camgadw 1406
camgary 1406
camgasgly 1405
camsynaid 2193
camwaithredoedd 1998; camwaithredon 1954
camwedd 3596
camweddwyr 567, 3592
camweddys 561, 575
canfas 2110
canfod 1391; *1 un. gorff. myn.* canfyo 1159
caniaday 3749, 3750, 4012; caniade 2293, 2851; caniadey 1053, 1193
[caniatáu] *3 un. pres. dib.* ceniatao 4095;
2 un. gorch. caniata 1959, 3756
canlyn 645; canlynn 2866; *3 un. pres.*
myn. canlyn 2832; *1 un. gorff. myn.*
canlynais 2138
canmol 141, 142; *1 un. gorff. myn.*
canmolais 1315
canmolaeth 2512; canmoliath 4078, 4123; kanmolaeth 3440
canmoledig 144, 570, 3633
[canol] cenol 423, 1508, 1623, 3767
cant 2406, 2614
cany 1053, 1301, 1532, 1544, 1603 etc.;
2 llu. dyf. myn. cennwch 1840
canys 79, 84, 100, 105, 155 etc.; cannys 3788; cans 170, 194, 463, 626, 824 etc.; kanys 622, 1279, 1339, 1771, 2450, 3457; kans 1885, 1887, 1922, 3425, 4116
capel 2756
carc 192
carchar 2876, 3736
cardod 3410; *llu.* cardoday 2578, 2701;
cardode 3356
careg 1342, 2228
caregog 908
cariad 117, 178, 688, 803, 988 etc.;
carriad 1281, 1960, 3502, 4045;
kariad 3311; gw. hefyd *Enwau Priod*
cariadon 1276
cariadwr 1303, 1735; *llu.* cariadwyr 1267, 2563
cariadys 36, 46, 340, 934, 1650 etc.
caru 3333, 3351, 3351, 3369; cary 492, 953, 1399, 1578, 1579 etc.; carry 3319; kary 3378; *2 un. pres. myn.* cery 3348, 3367, 3414; *3 un. pres. myn.* car 101, 2617, 3403, 3466, 3467; carr 3522; *3 llu. pres. myn.* carant 1044;
amhers. pres. cerir 116, 3311; *1 un.*
amherff. myn. carwn 282; *3 un. gorff.*
myn. carroedd 2390; *3 un. pres. dib.*
caro 1826, 2649, 3386, 3516, 3653;
carro 3490, 3490, 3523; *2 llu. pres.*
dib. cerych 3364, 3967
carw 3536
cas *enw* 973, 3416; *ans.* 1818, 1827, 2479, 3732; *gr. eith.* casa 1746
casay 699, 918, 1141, 2242, 2966; cysay 895; *3 un. pres. myn.* casa 1826, 2604;
cassa 3404; *3 un. gorff. myn.* casoedd 491; *3 un. pres. dib.* casao 100
casddyn 1825
casgly 1751
casineb 1470
casogion 969, 2945, 3413, 3415

MYNEGAI I'R TESTUN

castell 1422
[cauedig] cayedig 1934
cawr 452, 567; *llu.* cewri 378, 387, 563, 564
cebyddiaeth 1417
cebystr 3811
cefn 230, 311, 752, 1617, 1618
cefnog 138
cegin 257, 1258
[ceidwad] caidwad 23, 473, 1255, 1316, 1758 etc.; keidwad 4071, 4110; *llu.* caidwaid 835
[ceiniog] cainog 2614; *llu.* cainogey 2614
[ceisio] caisio 58, 75, 76, 83, 136 etc.; *3 un. pres. myn.* cais 3470, 4028; *2 llu. pres. myn.* ceisiwch 1141; *3 llu. pres. myn.* caisiant 3910; *1 un. gorff. myn.* caisais 69; *3 un. gorff. myn.* caisioedd 836, 2526; caisoedd 757; *3 un. pres. dib.* caisio 1371, 3424; *2 un. gorch.* kais 4065
celfyddyd 113, 490, 521, 667; celfeddyd 496; cylfyddyd 3015
celwydd 707, 1400
celwyddog 620, 634, 1683, 1696, 2277
celwyddwyr 612
cely 843
cenad 343, 673, 1205, 1532
cenedl 2281; *llu.* cenedloedd 29, 487
[cenfigen] cynfigen 583, 972, 1359, 1362, 1369 etc.; gw. hefyd *Enwau Priod*
[cenfigenus] cynfigenys 558, 1363, 1365, 1366, 1370 etc.
[cenhedlaeth] cenedlaeth 405, 410; cynhedlaeth 1777; *llu.* cynedlaethay 1789
cenllysgedig 1753
ceraint 1046
cerbyd 2783, 2784; cerbid 2709
cerdded 335, 896, 1027, 1087
cerddwriaeth 2851
cerddwyr 1193
ceryddiaeth 1143
[ceryddu] cyryddv 303; cyryddy 309; *3 un. gorff. myn.* ceryddoedd 815
ci 791, 792, 794, 795, 802 etc.; ki 804; *llu.* cwn 798, 880, 1621; kwn 761
ciglyd 881
cigwr 1411
cilio 2800; *3 un. pres. myn.* cilia 4068; *2 llu. pres. myn.* ciliwch 1695; *3 un. gorff. myn.* cilioedd 444, 583; *3 llu.*
pres. dib. ciliasont 2800; *2 un. gorch.* cilia 989
cinawa 2494
cindrogrwydd 1393
cinio 257, 260, 276, 1208, 1290, 1292; cynio 2708, 2774
claddy 1116, 1898
claf *ans.* 2521, 2545, 2593, 2690, 4049; *llu.* claifion 2398
clawdd 1461, 1517; *llu.* cloddie 915
cleddyf 210, 301, 809, 810, 1434 etc.
clefyd 271, 1373, 1746, 1996, 2524, 2583; *llu.* clefydey 82, 1437, 2594; klefydav 1913
clochtai 1324
clodfawr 1773
[cloddio] *3 un. pres. myn.* cloddia 1753
clog 1969; klog 324
clwyfo 124, 3629
clwyfys 1275, 2526
clymy 781, 3478; *1 un. gorff. myn.* clymais 813
clyst 971; *llu.* clystay 2727, 2954; clystey 1814; clyste 991
clywed 330, 488, 1030, 1622, 2679 etc.; *1 llu. pres. myn.* clywni 3300; *3 un. amherff. myn.* clywai 675; *amhers. amherff.* clywad 1632; *1 un. gorff. myn.* clywais 2297, 2456, 3812; *2 un. gorff. myn.* clywaist 486; klowest 4095; *3 un. gorff. myn.* clywas 873, 1999, 2511; clyby 517, 1611; clywoedd 2954; *3 llu. gorff. myn.* clywsant 824; *3 un. pres. dib.* clywo 2237, 2384, 3534; *1 llu. pres. dib.* clywsom 3077
cnawd 72, 458, 1707, 1717, 1720 etc.
cnawdol 295, 300, 787, 861, 988 etc.; knawdol 4064
[cneuen] cnayen 1341, 1343
cnif 11
cnoad 1725, 1816, 2254
cnoi 1388, 2273; *1 un. gorff. myn.* cnoais 1645
cnywillyn 1344
coch 721, 1183, 2255, 2263; *llu.* cochion 1505
codi 1091, 1214, 1890, 1911, 1919, 2083; *3 llu. pres. myn.* codant 1055; *3 un. gorff. myn.* codes 1628; codoedd 1901; kodoedd 1896
coed 1022, 1299, 1510, 1510, 1510 etc.
coedydd 1502

coedd 673
coeg 1670
coes 2039
coeth 4028
cof 892, 1641, 3781
cofiaeth 2336
cofio 49, 2363, 2817, 3245, 3758 etc.;
  1 un. gorff. myn. cofiais 336, 1306,
  2081, 2146, 2458 etc.; cofais 2094;
  2 un. gorch. cofia 3538, 4003; kofia
  1135
cofiodigaeth 3837; gw. hefyd *Enwau
  Priod*
coffor 221; *llu.* coffray 1649, 1757, 2849;
  coffrey 1248, 2055
cogyddion 1192
colled 1364, 1368, 1371, 1736, 1739,
  3698
colledig 2392, 2491
colledigaeth 1392, 1575
colli 335, 393, 1399, 1730, 1730 etc.;
  3 un. pres. myn. cyll 3490; *2 un. dyf.
  myn.* colli 3829; *1 un. gorff. myn.*
  collais 526, 823, 1155; *3 un. gorff.
  myn.* collwys 1781; *1 llu. gorff. myn.*
  collysoni 2802; *3 llu. gorff. myn.*
  collysont 371; *1 un. amherff. dib.*
  collwn 3817
corff 37, 105, 153, 438, 867 etc.; korff
  1899, 1899, 1901, 1907, 1913; *llu.*
  cyrff 470, 1061, 1254, 1905, 2936 etc.
corfforol 1445, 2630, 3499, 4048
corn 1616
cornelfaen 2536
coron 441, 1229
[**coronu**] *3 un. dyf. myn.* corona 3887
cors 1438, 1594, 1630, 1636, 1642 etc.;
  llu. corsydd 915
corsen 313
corsied 207
corwynt 1628
cosbedigaeth 1139
cosbi 836, 2069, 2566, 3592; *2 un. pres.
  dib.* cospych 1952
cost 937, 1454
costfawr 925, 1204, 2562
costi 1738
craff 1115
craigydd 2092
creadyr 391, 1890, 1957; *llu.* creadyriaid
  2912
creawdr 1475, 2889, 3754
cred 3087

credadwy 3109, 3276, 3277
credadyn 3102
credu 3071, 3076, 3077, 3087, 3117 etc.;
  credy 469, 631, 705, 1983, 2545 etc.;
  kredy 3118; *1 llu. pres. myn.* credwn
  3074, 3206, 3208, 3208, 3209 etc.;
  credwni 3076; *2 llu. pres. myn.*
  credwch 1696; *3 un. amherff. myn.*
  credai 2515; cretai 2391; *1 un. gorff.
  myn.* credais 1238, 1660, 1993; *2 un.
  gorff. myn.* credaist 3082; credaisti
  1987; *3 un. gorff. myn.* credoedd
  3082, 3084; *3 un. pres. dib.* creto
  3171, 3184; *2 un. gorch.* cred 1100,
  2761
credyniaeth 3091
crefftwyr 1013
[**creu**] cray 2159; *3 un. gorff. myn.*
  creawdd 38
[**creulon**] craylon 792, 1690, 3608, 3798;
  gr. gym. craylonach 1369
[**creulonder**] craylonder 181
[**creulonwr**] craylonwr 720, 835; *llu.*
  crayloniaid 560, 574; craylonaid 528
cri 1622
[**crin**] *gr. gym.* crinach 313
crio 1620
Cristion gw. *Enwau Priod*
cristnogaidd 892, 1125, 3552, 3902,
  3926; christnogaidd 1548;
  crysnogeidd 4098
croen 2108, 2155; *llu.* crwyn 1183
croes 1163, 1829, 2323, 2435, 2722
croesffordd 2093
croeshoelio 819
[**croeso**] crayso 47, 1180
[**crogi**] *3 llu. gorff. myn.* crogyson 702
croywddwr 3536
crwn 1260
crwydro 131
crychnaidio 152
cryd 1730
cryf 60, 790, 2691, 3269
cryfder 1049
crynedig 915
crynfa 1628, 2223, 2224
cryny 1956
crys 206, 247, 2108, 2136, 2186
[**cuddio**] ciddio 1817, 3488; cyddio 742,
  1692
[**curo**] cyro 1964; cyrro 2287; *1 un. gorff.
  myn.* cyrais 1644
[**cusanu**] cysany 1303, 2591; *2 un. gorff.*

myn. cysenaisti 2644; *3 un. gorff.*
myn. cysanoedd 1170, 1220, 2551, 2645, 2827
cwbl 1024, 1196, 1206, 1223, 1290 etc.; cwbwl 1293, 3190; *gr. eith.* cwpla 864
[cwblhau] cwplay 401; *2 un. pres. myn.* cwplay 1687
cwdy 1730
cweryl 3635; cweril 4060
[cwmpas] *llu.* cwmpasay 888
cwmpayni 2011
cwmpniaeth 1525
cwningod 1504
cwny 240, 822; *3 un. amherff. myn.* cwnei 1673; *3 un. gorff. myn.* cwnoedd 855; *1 un. amherff. dib.* cwnwn 1213; *3 un. amherff. dib.* cwnai 1520
[cwpwrdd] *llu.* cybyrday 2055, 2849
cwrdd *be.* 59; cywrdd 899; kywrdd 136; *1 un. gorff. myn.* cyhwrddais 2756
cwrisedd 2604
cwrsi 2110
cwrt 1515
cwympo 1343, 1882, 2548, 2589, 2878; *3 un. pres. myn.* cwymp 1889; *1 un. gorff. myn.* cwympais 1638, 1990, 2300, 2460; *2 un. gorff. myn.* cwympaisti 3842; *3 un. gorff. myn.* cwympwys 759; cwympoedd 809, 3809; *3 un. amherff. dib.* cwympe 1520
cwynfan *enw* 2000; *be.* 1943, 3303, 4014; *2 llu. dyf. myn.* cwynfenwch 1835
cwynfanys 2549
cwynfawr 459
[cybydd] cebydd *ans.* 1398, 1409; *enw* 1413, 1416
cyd 2351, 3110, 3505; cid 1162, 1289, 1604, 1914, 4114; ciyd 3672
cyd-etifeddion 3453, 3704
[cydfagu] *amhers. amherff.* cydfagysid 794
cyd-gariad 798
cydgorffoli 3125
cyd-Griston 3629
cyd-gywirdeb 798
cydmaithias 201, 1667, 1747, 2044, 2064 etc.; cydymaithias 921
cydmaithion 190, 1532, 2028; cidmeithion 14; cidmeithian 10
cydnabod *enw.* 200, 965, 3516; *be.* 43, 65, 293, 306, 706 etc.; cyddnabod *be.* 1927, 2687, 3517, 3942, 3963 etc.; kyddnabod *be.* 1895; *amhers. pres.* cydnabyddir 116; *3 un. gorff. myn.* cydnaby 2437; cyddnaby 2118; *2 un. gorch.* cydnebydd 2669; cyddnebydd 3933
cydnabyddiaeth 176, 382; cyddnabyddiaeth 409; cydnebyddiaeth 405
cydnabyddys 1035, 2476, 4040
cyd-rhan 1364
cydsyniol 2160
cydwybod 198, 305, 975, 1379, 1459 etc.; gw. hefyd *Enwau Priod*
cydymaith 357, 508, 654, 795, 797 etc.; *llu.* cydymaithion 2034
cydymddaith 1044, 1332
cyfaddef 2625
cyfaillach 3419
cyfailles 694, 1119
cyfair 2582; cyfeir 4055
cyfan 3142, 3150
cyfarch 943, 975, 2717, 2757; *3 un. gorff. myn.* cyfarchoedd 1212
cyfarwydd 997
cyfeddach 777
cyferbyn *ans.* 1188, 1528
cyfiawn *enw* 559, 614, 2890; *ans.* 967, 2248, 2404, 2407, 2742 etc.; cyfawn *ans.* 2399; cyfion *ans.* 751, 2060, 2628, 2935, 2952; *gr. eith.* cyfiawna 2656
cyfiawnder 385, 472, 1058, 2067, 2068 etc.; cyfiawnderr 441; kyfiawnder 3581; gw. hefyd *Enwau Priod*
cyfiawnhad 3232, 3765
cyfiawnhay 2006, 2246, 3127, 3237
cyflawn 558, 623, 1932, 2192, 2484 etc.; kyflawn 4079
cyflawnder 218, 2865, 3899
cyflenwi 348, 370, 929, 955, 1453 etc.
cyfnaid 2152
cyfnerth 2459, 2911, 3390, 3766, 3774, 3871; cyffnerth 3860
cyfnewid *enw* 2060, 3710; *ans.* 284; *3 un. pres. myn.* cyfnewid 4018
cyfnewidiol 936
cyfnewydd 2152
cyfodi 2022, 2302, 2826; *3 un. pres. myn.* cyfyd 1924; *1 un. gorff. myn.* cyfodais 2002; *3 un. gorff. myn.* cyfodes 1632; *2 llu. gorch.* kyfod 1900, 1916, 1921, 1923
cyfoeth 39, 71, 1014, 1132, 1245 etc.
cyfoethog *ans.* 1232, 1779, 1831, 2085,

2878, 3342; cyfoethogion *ans. llu.*
938; *enw llu.* 275, 3595, 3887; *gr. gym.*
cyfoethocach 3468
cyfoethogi 3246, 3902; *1 un. dyf. myn.*
cyfoethoga 1059
cyfraidiay 195; cyfraidiey 2699;
cyfraidie 190
cyfraidiol 1056
cyfraith 121, 735, 841, 845, 861 etc.; *llu.*
cyfraithay 174, 1582
cyfraithys 3244, 3634
cyfran 1886, 2630, 3151, 3719; kyfran 4075
cyfranedig 3587, 3588
cyfranog 3628, 3716
cyfranol 2728
cyfranwr 2737
cyfrany 1340, 2749
cyfrgoll 1118, 1879, 2778
cyfrgolli 1662, 3193, 3847; *amhers. pres.*
cyfrgollir 3111
cyfrif *be.* 112, 1549, 1562, 2282, 2935 etc.; *enw* 1549, 1550; *3 un. dyf. myn.*
cyfrif 1952
cyfrinach 341
cyfrwy 1595, 2002; kyfrwy 1881
cyfrwyddo 2673, 3437; *3 un. gorff. myn.*
cyfrwyddoedd 2668
cyfrwyddyd 44, 145, 328, 1079
[cyfrwyo] *3 un. pres. myn.* cyfrwydda 1059
[cyfryw] cyfriw 1418, 1545, 3813
cyfyn 2574, 3436, 4039, 4117
cyfyndeb 3233, 3694
[cyfyng] cyfing 995, 2142, 2147, 2186, 2779; *llu.* cyfyngon 2775; *gr. gyf.*
cyfynged 2150
cyfyngdwr 905
cyfynol 3432
cyffelyb 355
cyffes 2465, 2624, 3921
cyffesy 1481, 2111, 2173, 2190; kyffesv 1895; *3 un. gorch.* cyffesed 2692
cyfflybaeth 24; *llu.* cyfflybaythay 2491
cyfflybiaid 358
cyfflyby 2959, 3366; cyffleby 169
cyffredin *enw* 469, 512, 676, 2873; *ans.* 870
cyffredinol 527, 534, 1039, 1333, 1447 etc.
cyffro 1252
cyffroi 3040, 3270
cyffylog 1080
cynghori 405, 1123, 2823; cynghorri

2489; kyngori 4098; *2 un. pres. myn.*
cynghory 1661; *3 un. dyf. myn.*
cynghora 1056; *1 un. gorff. myn.*
cynghorais 395, 532, 647, 733, 819, 859; cyngorais 723; *2 un. gorff. myn.*
cyngoraisti 345; *3 un. gorff. myn.*
cynghores 1986; cynghorwys 755
cynghoriaid 166
cynghorwr 741
cynghorwraig 1992
cyngor 95, 96, 136, 164, 165 etc.; *llu.*
cynghoray 889, 1669, 2700, 2825, 3872; cynghorey 894, 1048, 1109, 2762; cyngore 1125, 1143; cyngorey 1138; kynghore 511
cyhoeddi 844
cyhoeddys 3988
cyhyddo 1461, 1822, 2202, 2230, 3810, 3844; cyddo 2286
cyl 908, 1519, 2025, 2778
cylch 532, 2129, 2136
cymaint 101, 185, 196, 313, 499 etc.
cymell 186, 2563, 3259; *3 un. gorff. myn.*
kymelloedd 138
cymeradwy 178, 1036, 1353, 3261, 3377 etc.
cymeriad 1765, 3379
[cymesur] cymhesyr 2266
cymhedrys 2947
cymhelliad 889; cymelliad 1463
cymhendod 1043
cymryd 612, 1078; cymeryd 165, 315, 429, 476, 896 etc.; *1 un. pres. myn.*
cymeraf 192; *3 un. pres. myn.* cymer 1453, 2353, 2382; *1 llu. pres. myn.*
kymerwn 1774; *3 llu. pres. myn.*
cymerant 1606; *1 un. gorff. myn.*
cymerais 198, 243, 261, 1532, 2457; *3 un. gorff. myn.* cymerawdd 35, 442; cymerodd 2097; cymeroedd 46, 1197, 1205, 1307, 2077 etc.; cymerth 23, 28, 354, 2432; *3 llu. gorff. myn.* cymersant 2427; cymerssant 389; *1 un. pres. dib.*
cymerwyf 247; *3 un. pres. dib.*
cymero 164, 958; *2 un. gorch.* cymer 1010, 3943, 3995
cymwedd 261
cymydog 3390, 3392, 3396, 3428, 3430 etc.; cymodog 3309, 3312, 3430, 3439, 3973; *llu.* cymydogion 425, 3059, 3318, 3393; cymydogon 1582, 3388; cymodogion 1579

cymysgedig 3862
cymysgy 175, 1605
cyn *ardd.* 264, 344, 450, 458, 504 etc.; *cys.* 687, 1694, 2150, 2876; cy 2548
cynddrwg 876, 1822
[**cyneddyf**] *llu.* cynheddfay 143, 2980, 2998, 3673
cynefin 2500, 2562, 2938
cynefinrwydd 3528, 3528
cynffon 308, 1685, 2040
cynffwrdo 2303
cynhayaf 1016
cynhorthwy 3391
cynhwyso 3615
[**cynhyrchu**] *3 un. pres. myn.* cynyrch 1057
cynifer 2451
cynildeb 1684, 2992; cynhildeb 1793
cynllwyn 514, 842, 843, 1393, 2437
cynllwynwr 831, 1377, 1698
[**cynnal**] cynal 121, 4048; *3 un. pres. myn.* cynal 1057
[**cynnar**] cynar 1055, 1091; gw. hefyd *cynt, cyntaf*
[**cynnig**] cynig *be.* 673, 901, 1283, 3433; *enw. llu.* cynigion 3435
[**cynnil**] cynil 151
[**cynnull**] *amhers. pres.* cynillyr 1352
cynorthwy 365, 1981, 3010
[**cynorthwyo**] *2 un. gorch.* cynorthwya 1958
cynt 309, 1410, 1435, 1559, 1702 etc.
cyntaf 9, 289, 329, 351, 360 etc.; kyntaf 570, 1869, 2836; cynta 486, 556, 592, 1973, 2821; cynaf 422
[**cynulleidfa**] cynyllaidfa 2939, 3753; cynllaidfa 3155
cyrchy 2805; *3 un. pres. myn.* cyrch 110
cyrhaeddyd 1929; cyrhayddyd 2809; *3 un. amherff. myn.* cyrhaeddai 396
cysgy 494, 1055, 1199, 1469, 3433, 3500; *1 un. amherff. myn.* cysgwn 233; *2 un. gorch.* cwsc 194
cystal 275, 714, 844, 2198, 2332 etc.
cysylltedig 3107, 3113, 3128, 3131
cyttyndeb 3099, 3104
cytyno 248, 1124, 1171, 1428, 3036 etc.; cyttyno 3091; *1 un. gorff. myn.* cytynais 884; *3 un. gorff. myn.* cytynwys 1613; *3 llu. gorff. myn.* cytynysant 701; *amhers. gorff.* cytynwyd 1296
[**cyweirio**] cwairio 257

cywely 665, 1200
cywian 2799
[**cywilydd**] cwilydd 506, 1732, 2542, 3154, 3691, 3949; cwilidd 4111
[**cywilyddgar**] cwilyddgar 1943, 2114
[**cywilyddus**] cwilyddys 759, 1068, 2528
cywir 2327

chwaer 787, 788, 1216; *llu.* chwiorydd 504
chwanogrwydd 1443
chwant 249, 278, 341, 370, 383 etc.; *llu.* chwantay 300, 1702, 1722, 1813 etc.; chwante 1837; chwantey 72, 304, 1676, 3056, 3841; hwante 4062, 4064
[**chwarae**] chwaray *be.* 2122; chwarey *enw* 318; *be.* 952, 1507, 1515, 1543, 2039; *3 un. pres. myn.* chwery 1344; *1 un. amherff. dib.* chwaraywn 1198
[**chwaraewr**] *llu.* charaywyr 1530
chwareley 1027; cwareley 1097, 2221, 2229
chwareyaeth 1302
chwech 1578
chweched 827, 1326, 1446, 1490, 2813
chwedl 978, 1612; *llu.* chwedley 887, 903, 917
chwenychy 5, 1761, 2278; chwenych 3242, 3536; hwenych 1891; *1 un. gorff. myn.* chwenychais 1610
chwerthin 953, 1834, 2292, 2567; *1 un. pres. myn.* chwarddaf 1139; *3 un. pres. myn.* chwarddoedd 687, 1671
chwerw 1680, 2287, 2450, 2567, 2722; *ans. llu.* chwerwon 1703
chwi 48, 242, 244, 327, 465 etc.
chwilio 3146
[**chwithau**] chwithe 1695
[**chwychwi**] chwchwi 2051
[**chwythu**] *3 un. amherff. myn.* chwythay 1499

da *ans.* 85, 96, 97, 97, 106 etc.; *enw* 33, 728, 1399, 1403, 1406 etc.; *enw llu.* daoedd 2697; gw. hefyd *cystal, gwell, gorau*
dacw 2033, 2036, 2036, 2042, 2047
[**daear**] dayar 407, 493, 727, 1017, 1038 etc.
[**daearol**] dayarol 3737; dayiarol 4088
dafad 2491; *llu.* defaid 1022
dafnay 2452

[dagr] *llu.* daigrey 1964; daigre 2589; deigrey 2550, 2643, 4014; deigray 3758; daigray 2564
daioni 1410, 1679, 3227, 3256; dayoni 40, 80, 85, 90, 116 etc.; dayioni 4082, 4094, 4101, 4105
[daionus] dayonys 219, 287, 298, 340, 378 etc.; dayonnys 3056
dala 75, 517, 2114, 2258, 3269; *3 un. pres. myn.* daila 1407; *amhers. pres.* delir 1406, 3877, 3880; *3 un. gorff. myn.* dalioedd 752; daloedd 1797; dalwys 588; *3 llu. gorff. myn.* dalysant 650
dall *ans.* 1269, 2900, 2958; *llu.* daillion 704
dallineb 1280
dally 1741, 3763
dam 92, 237, 240, 306, 337 etc.
damasc 1969
damgylchyny 2105, 2842, 3013, 3583; *amhers. pres.* damgylchynir 3668
damnabl 255
damnasion 2542
damnedig 898, 1068, 1401, 1683, 1696 etc.
damnedigaeth 1363, 1998; damnedigath 4086
[damweinio] *3 un. gorff. myn.* damwainoedd 1295
dan *ardd.* 109, 373, 760, 1619, 1803 etc.; *3 un.* deni 3509
danfon 716, 779, 1913, 3305, 3964; *3 un. pres. myn.* denfyn 2227; *3 un. dyf. myn.* denfyn 1892; *3 un. gorff. myn.* danfones 1918, 1926, 2321, 2391, 2393; danfonawdd 391; danfonodd 4091
dangos *be.* 4, 8, 331, 485, 503 etc.; *1 un. pres. myn.* dangosaf 3792; *3 un. pres. myn.* dangos 1, 3435, 3436, 3559, 3561; dengys 3144, 3562; *3 un. amherff. myn.* dangosai 629; dangosei 1205; *1 un. gorff. myn.* dangosais 891; *2 un. gorff. myn.* dangosaisti 803; *3 un. gorff. myn.* dangoses 784, 2288; dangosodd 91; dangosoedd 804, 1292, 2010, 2098, 2520 etc.; *amhers. gorff.* dangoswyd 3394, 4089; dangoswydd 4090; *amhers. gorberff.* dangosysid 2121
dangosiad 1062, 2444, 2573, 3861, 3871 etc.; dangasiad 3568

dangoswyr 3624
[dannod] danod *enw* 3690; *be.* 4035; *3 un. gorff. myn.* dannodes 4035
[dansial] *amhers. gorff.* dansiolwyd 760
darfod 276, 1813, 2070, 2250, 2367 etc.; darvod 18; *3 un. pres. myn.* darffo 1675, 1770, 2698; derfydd 1351, 1713, 4089; *3 un. amherff. myn.* darodd 4092; daroedd 135, 230, 1323, 1816, 1937 etc.
darfodedig 1568
dargysygrwydd 1488
darlleawdwr 4080
darllenadr 848, 892, 1310
darllenn 4032; darllain 2457, 3294, 3517, 3519; *3 un. pres. myn.* darllain 3495; *3 un. gorff. myn.* darllenoedd 2306, 2313
darney 564
darostwng 172, 3406; *3 un. pres. myn.* darestwng 4064; *amhers. pres.* darostyngir 288
dart 210, 312, 312, 315, 753 etc.
dawns 1198
dawnsio 897, 952, 1302, 1544, 1603, 2951; dawnso 2122
dawnswyr 1530
day 327, 329, 362, 684, 690 etc.; tay 370, 797
deall *enw* 60, 68, 97, 164, 875 etc.; *be.* 269, 343, 402, 860, 1904 etc.; dyall *be.* 4084; gw. hefyd *Enwau Priod*; *1 llu. pres. myn.* deallwni 2987; *amhers. pres.* deellir 1748; *1 un. gorff. myn.* dyellais 94; *3 un. gorff. myn.* dealloedd 2955; *2 llu. gorch.* deallwch 1713; dyellwch 2482
deally *be.* 1138, 1574, 3769, 4016
deallys 2912, 3495
deay 907, 1107, 2253, 2258, 2261
dechray *be.* 3128; dechre *enw* 49, 1865, 3710; *be.* 730, 827, 2212, 2214; dechrey *be.* 2217; *amhers. pres.* dechreir 97; dechreyir 2164; *1 un. gorff. myn.* dechreyais 339, 375; dechreais 1657; *3 un. gorff. myn.* dechreyodd 412; dechreoedd 2051; dechreyoedd 414, 416, 1158; dechreywys 2239
dechreyad 424, 637, 1665, 2210, 2510
dedwydd 150, 1766, 1860, 3264, 3523
dedwyddyd 6, 59, 63, 66, 66 etc.
deddfol 480, 503, 666

defaidwyr 1013
defnydd 3980
deg 347, 1486, 1546, 1549, 1549 etc.;
   deng 650, 688
degfed 1492
dehaylaw 3215
[deilio] *3 un. pres. myn.* dailia 1021
deisyf *be.* 154, 343; daisyf *enw* 205,
   3817; *be.*1793, 2735, 3304, 4044,
   4050; *1 un. pres. myn.* daisyfaf 1981;
   1 un. gorff. myn. daisyfais 1110, 1201,
   2026; deisyfais 2464; *3 un. gorff. myn.*
   daisyfoedd 841, 2494; *2 un. gorch.*
   deisyf 3934
deisyfiad 213; daisyfiad 1454, 1736,
   1736; *llu.* deisyfiadey 253;
   dieisyfiadey 304
deisyfy 1994; daisyfy 48
delw 432, 452, 453, 755, 1128, 1382; *llu.*
   delway 423; delwe 407, 553, 555, 555,
   852
delw-addoliaeth 1397, 2355
derbyn 2174, 2707, 2718, 2743, 3418;
   1 un. pres. myn. derbyna 1180; *2 un.
   amherff. myn.* derbynyd 1138; *1 un.
   gorff. myn.* derbynais 2716, 2754;
   2 un. gorff. myn. derbynaist 1142;
   3 un. gorff. myn. derbynoedd 2528;
   2 llu. gorff. myn. derbynysoch 3449;
   amhers. gorff. derbyniwyd 1148;
   derbynwyd 2102, 2753
derbynaid 1476
[deri] teri 1511
derwenn 750
dethol 2509
[deuddegfed] deiddegfed 4081
[deugain] daygain 268, 2614
dewisaidd 1312
dewisedig 28, 2964
dewisiad 3272, 3307, 3450
[diaereb] diayreb 166
diaflaidd 1119
dial *be.* 492, 720; *3 un. gorff. myn.*
   dialoedd 750; *enw* 716, 1393, 1829,
   2377, 3771; *llu.* dialey 2065; diale 180
dialedd 2869
diank 540; diangc 2805; *3 un. gorff.
   myn.* diangoedd 2803; *3 un. amherff.
   dib.* diange 752
dianrhydedd 1893
dianwadal 3143, 3160, 3170, 3269, 3511
   etc.; gw. hefyd *Enwau Priod*
[diarfogi] *3 un. gorff. myn.* diarfoedd 1182

diawchy 917
diawl 103, 321, 1340, 1345, 1348 etc.;
   llu. diawlaid 2064, 3122, 3137, 3878
diawlig 1243
dibechod 2627, 2658, 4059
dibrisio 129, 382; dibriso 1910
dibryderiaeth 1488; gw. hefyd *Enwau
   Priod*
dibrydery 2073
dichell 3167
diderfynedig 2940, 3696, 3701, 3748;
   diderfynedic 3717
didwyll 3233
diddanwch 2838, 2856, 3747, 3766
diddiffoddedig 2291
diddigonedd 1397
diddim 1669
dieithr 2859; diaithr 33; dierth 889, 2860
[dieithrio] *3 un. gorff. myn.* dieithroedd
   307
diesgys 3889
difa 3643, 3645, 3645
difai 4031; difei 4029
difaiedig 3978
difalch 3604
difesais 2267
difesyredig 3716
difetha 1415, 3642
difethio 16
[diflodeuo] difladayo 603
difwyniant 3113
difyrwch 319, 789, 1002, 1605, 1607 etc.
diffaeledig 2389, 3277
diffaint 4031
diffaith 76
diffaithio 652; *amhers. gorff.*
   diffaithwyd 664
diffaithwch 19, 432, 1241; diffathwch
   1099
diffodd 3407
diffrwyth 3577, 4023
diffrwytho 2934, 3039; *1 un. gorff. myn.*
   diffrwythais 39; *3 un. gorff. myn.*
   diffrwythoedd 398
[diffygio] dyffygio 2096
[diffygiol] dyffygiol 1201
dig 561
digadwriaeth 1336
digasedd 1491
digio 1309, 1405, 2192, 2376, 2396; *3 un.
   gorff. myn.* digiodd 497
digofaint 1393, 1727, 2359, 2381, 3693;
   digofain 2931, 3613

digon 319, 485, 1914, 2855, 3221 etc.
digryfwch 237, 1623
digwyddio 2726; digwyddo 1880, 3973; *3 un. pres. myn.* digwyddia 1353; *3 un. dyf. myn.* digwyddia 3387; *3 un. pres. dib.* digwyddio 1140, 3813
digymwedd 3359
[digywilydd] digwilydd 749, 1130, 1243, 1279, 2274
[digywilyddrwydd] digwilyddrwydd 178, 209
dihirio 1489
[dihuno] *3 un. pres. myn.* dyhyna 3499
[di-lon] dylon 1478
dilyn 41, 73, 76, 624, 639 etc.; dilynn 1836; dilin 4085; *2 un. pres. myn.* dilyny 946, 969, 1089; *2 llu. pres. myn.* dilynwch 1697; *1 un. gorff. myn.* dilynais 242, 1660, 1872, 2019, 2072; *3 un. gorff. myn.* dilynoedd 1074, 2786; *2 un. pres. dib.* dilynych 1100; *3 un. pres. dib.* dilyno 1120, 1134, 1825; *2 un. gorch.* dilyn 1088, 3996
dilyniad 2296
dilys 598, 1425
dillad 183, 203, 765, 1643
dim 66, 169, 170, 215, 225 etc.
dinas 417, 424, 447, 447, 454 etc.
dinaswyr 3703, 3714, 3746, 3788
dinistr *enw* 758, 2426, 3564; *be.* 881; dinystr *be.* 2075; *amhers. pres. dib.* dinistrer 1140
diod 233, 296, 667, 3661; *llu.* diodydd 2851
dioddef 309, 1694, 1735, 1751, 1754 etc.; *2 un. pres. myn.* dioddefy 3636; *3 un. gorff. myn.* dioddefoedd 660, 1828, 2722, 3213
dioddefaint 2704, 4110
dioddefys 3995
diofalrwydd 764
diofalys 1481
diofn 3161, 3489, 3925
diofryd 145
diog 609, 1468, 1471, 2376, 2377, 4003
diogel 994, 1770, 3160, 3225, 3271 etc.
diogelhay 3279, 3306
diogelrwydd 1093, 1689, 2237, 3170
diogelwch 3288
diogi 1469; gw. hefyd *Enwau Priod*
diohir 1271, 2179, 2243, 2800

diolch *enw* 1110, 2015, 2717, 2766, 2806 etc.; *be.* 2731; *3 un. gorff. myn.* diolches 2758; *2 un. gorch.* diolch 3985
diolchys 2016
diraid 820
diraidi 726
dirfawr 531, 1260, 2233, 2437, 2509 etc.
dirgel 1309, 2480
dirgeledig 495, 1308, 4007
dirgelwch 494, 2041, 2556, 3483
dirmygy 3945, 3957; *2 un. gorch.* dirmyga 4070
dirmygys 970
dirwystr 2992
diryfedd 2272
diryfeddrwydd 1355
disglairr 3231
disglairedig 3712
disglairio 3701; *3 un. gorch.* disglairied 3543
disglair-loyw 1211; disglayr-loyw 1261
disglairwch 3686, 3709
[disgrïad] disgriad 1293, 3071, 3195, 3308, 3547; desgriad 2977
disgrio 2974
disgyn 1168, 1966; *3 un. pres. myn.* disgyn 1344; *3 un. gorff. myn.* disgynoedd 2167
distrywiaeth 3387; distrrywaeth 387; distriwiaeth 1889
distrywio 173, 482; *amhers. gorff.* distrywydd 682
disymwth 1086, 1593, 1965, 2241, 2806
disymydedig 3106, 3143, 3160
disyndod 1625, 1852, 1972, 2935
diwair 1045, 2580
diwall 186, 245
diwatwar 933
diwedd 42, 49, 96, 97, 323 etc.
diweddar 1055, 1092
diweddy 1773, 2708, 2754, 3764, 3780; *1 un. pres. myn.* diweddaf 3772; *3 un. pres. myn.* diwedda 3569
diweniaeth 3611
diwethaf 762, 2748, 3823
diwrnod 700; diwarnod 770, 776, 788, 808, 1546 etc.
diwyneby 179
diymadroddion 2267
[diystyried] distyried 1988
doctor 2485; *llu.* doctoriaid 818, 1547, 2209

MYNEGAI I'R TESTUN

[dod] *3 un. pres. myn.* daw 96, 1348, 1729, 1839, 2229 etc.; dyd 2382; *1 llu. pres. myn.* dawn 3467; *3 llu. pres. myn.* dawant 97, 3043; *1 un. dyf. myn.* dawaf 195; *1 un. gorff. myn.* daethym 2642; daythym 1640, 2143, 2402, 2555; daythof 2399; *3 un. gorff. myn.* daeth 415, 498, 659, 1164, 1217 etc.; dayth 35, 237, 351, 482, 485 etc.; *1 llu. gorff. myn.* daethom 905; daethon 1174; daython 2829; *3 llu. gorff. myn.* daethant 671, 1185; *2 un. pres. dib.* delych 949; *3 un. pres. dib.* del 318, 1282, 1411, 1414, 1812 etc.; *3 un. amherff. dib.* dawe 871, 1318; dawei 1672; delei 189; delsei 680; *2 un. gorch.* dod 987, 2157, 3960; dare 2236; *3 un. gorch.* dawed 2689, 2690, 3178

dodi 757, 807, 883, 1281, 1429 etc.; *3 un. pres. myn.* dyd 3500, 4074; *amhers. pres.* dodir 1352; *1 un. gorff. myn.* dodais 531; *2 un. gorff. myn.* dodaist 3843; *3 un. gorff. myn.* dodoedd 308, 732, 1152, 2541; dodes 247, 833, 2195, 3805; *3 llu. gorff. myn.* dodysant 643, 651, 702; *amhers. gorff.* dodwyd 373, 2002, 2251

doeth *ans.* 132, 151, 163, 847, 1030 etc.; doethion *ans. llu.* 127, 1705; *enw llu.* 119, 119, 3615

doethineb 112, 114, 115, 118, 120 etc.; gw. hefyd *Enwau Priod*

dogon 1151

dolyr 2007, 2111, 2598; *llu.* dolyriay 669, 2545, 2555; dolyrie 985, 2459, 2686; dolyriey 1734

dolyrio 1858, 1994, 2693; *1 un. gorff. myn.* dolyriais 1643, 2286

dolyrys 2026, 2326, 2461, 2466, 2558 etc.

[drach] drych 230

[drachefn] drychefn 26, 2273

drachtedig 1196

dragwn 12

drain 1759

drewi 1460

drewiant 1632, 2022, 2063, 2096

drewllyd 2876

dringad 1106, 3946

dropsi 1744

dros 646, 1111, 1608, 1752, 1752 etc.; *2 un.* drosod 3983; *3 un.* drosto 842, 1518, 3890; drosti 1520; *1 llu.* drosom 2409, 3214

drwg *ans.* 106, 107, 109, 137, 170 etc.; *enw* 157, 220, 1375, 3210; drwc *ans.* 1875, 1904; dryg *ans.* 1009, 1069, 1676, 1702, 2800, 3152; *enw llu.* drygay 1417; gw. hefyd *cynddrwg, gwaeth, gwaetha*

drwgdybiaid 2316; *2 un. gorch.* drygdybia 948

drwgrhiolaeth gw. *Enwau Priod*

[drwgwaithred] *llu.* drygwaithredoedd 519

drwgwyllys 973, 2234; gw. hefyd *Enwau Priod*

drwy 30, 57, 97, 117, 120 etc.; *3 un.* drwyddo 3487

drych 3993

drygair 1368

drygdyb 3692

drygedday 3647

dryghwant gw. *Enwau Priod*

drygioni 4086; drwgoni 285; drygoni 81, 90, 148, 175, 217 etc.

[drygionus] drygonys 365, 993; drwgonys 2158

dryll (= *darn*) 519; *llu.* drylle 2133; dryllie 2187

dryllio 1561, 1572, 1575, 1582, 1587 etc.; *1 un. gorff. myn.* drylliais 1643, 3918; *3 un. gorff. myn.* dryllioedd 2221

drysi 1759

du 102, 156, 1226

[dull] dyll 407, 2244, 2248

[dur] dvr 282

duw 429, 464, 472, 612, 635; gw. hefyd *Enwau Priod (Duw, Gras Duw)*; *llu.* duwie 465, 471, 1584; dywiey 483; duwiey 483, 631

duwies 1268; duwes 639, 705, 707, 1219, 1536, 2044

duwiol 731, 757, 927, 929, 2248, 2488 etc.; dywiol 43, 44, 175, 2729, 2746 etc.; diwiol 7, 17, 3065

[duwiolaeth] dywiolaeth 3320

duwiolder 1951, 4020

dwbled 206, 250, 2135

[dwfn] dyfn 1275, 2734; dyfwn 1753, 2020

dwfr 2642, 3281, 3508; dyfwr 3275; *llu.* dyfroedd 1514

dwfrllyd 4014

[dŵr] dwr 407, 1390
dwy 56, 853, 899, 905, 909 etc.
dwyfol 3494
dwylo 541; dwylaw 1172, 1644, 1943, 2461, 3383
dwyn 246, 532, 549, 569, 581 etc.; *1 un. pres. myn.* dygaf 947, 968, 2177; *3 un. pres. myn.* dwg 110; *3 llu. pres. myn.* dygant 3879; *amhers. pres.* dygir 3524; *3 un. gorff. myn.* dygoedd 501, 520, 655, 663, 1202 etc.; *amhers. gorff.* dygwyd 1533, 2710; *3 un. gorff. dib.* dyg 482
dy *rhag.* 193, 344, 348, 782, 802 etc.; d'ol 2155
dyblo 1183
[dybryd] dibryd 384
dychmygiade 1108
dychmygion 888
[dychmygu] *3 un. gorff. myn.* dychmygoedd 555; dechmygoedd 2, 438
dychmygwr 516
dychon 1368, 1384, 1430, 1573, 1757 etc.; dychonn 1821
dychymig 3163
dydd 272, 733, 822, 904, 1105 etc.; *llu.* dyddie 347, 467, 546, 1590, 1597, 1986; dyddiay 3772
dyfaly 2840
dyfnder 64, 2312, 2425
dyfod *be.* 17, 54, 69, 85, 220 etc.; dywod 2546
dyfodiad 25, 244, 354, 458, 2815; dyvodiad 14
[dyfrhau] *2 un. gorch.* dyfra 986
dyffryn 1497, 1508, 3758
dyladwy 1948
dyledog 2016, 2294; dylyedog 3397
dyledys 2740, 2855, 3357; dylyedys 3587
[dylu] *1 un. pres. myn.* dylyaf 3771; *2 un. pres. myn.* dyly 3259, 3346, 3365, 3395, 3396 etc.; dylyti 3151; *3 un. pres. myn.* dyly 2656, 3241, 3252, 3268, 3345 etc.; *1 llu. pres. myn.* dylywn 3235, 3245, 3246, 3265, 3303; dylywni 3071, 3195, 3308, 3555, 3555 etc.; dylwni 3342; *amhers. pres.* dylyir 3353, 3425; *2 un. amherff. myn.* dylyd 2290, 2668, 3020, 3435; *3 un. amherff. myn.* dylyei 895, 3906; dylye 187; dylyai 1402, 2412, 3621, 3624, 3905; *1 llu. amherff. myn.* dylywniney 2572;
3 llu. amherff. myn. dylyen 1435; dylyent 2402; *1 un. gorberff. myn.* dylyswn 160, 162; *3 un. gorberff. myn.* dylysei 441; *3 un. pres. dib.* dylyo 3562; *3 un. amherff. dib.* dlyai 880; *1 llu. amherff. dib.* dylyem 2572
dylyed *enw* 1154, 2615, 2616, 2626, 2626 etc.; *be.* 2613
dylyedwr 2613, 2615, 2622, 2628
dyma 2236, 2859, 3127, 3563; lluma 1; llyma 1863, 1865, 3455
dymyniad 3703; *llu.* dymyniaday 251, 3525; dymyniade 2135; dymyniadey 206, 2937
dymyno 633, 678, 955, 962, 1132 etc.; *1 un. pres. myn.* dymynaf 1846; *3 un. pres. myn.* dymyna 1006, 3957; *1 un. amherff. myn.* dymynwn 1033, 3908; *1 un. gorff. myn.* dymynais 136, 1083, 1223, 1599, 1610 etc.
dymynwr 1768, 2272; *llu.* dymynwyr 1773
dyn 78, 219, 220, 352 etc.; *llu.* dynion 77, 106, 108, 112, 832 etc.; dynnion 1811; dynionn 3851; dynon 8
dyna 359, 374, 1794, 1799, 2882 etc.
dynol 3618; dynawl 927, 3147
[dyrchafaidd] drychafaidd 1182
[dyrchafedig] drychafedig 1518
[dyrchafiad] drychafiad 1769, 4007
[dyrchafiaeth] drychafiaeth 1766, 2933
dyrchafu 1339; drychafy 2461, 3775; drychaf 1677; drychaif 1948; *3 un. pres. myn.* drychaf 3491; drychaif 1345, 1350, 1926; *amhers. pres.* drychefir 3718; *1 un. gorff. myn.* drychefais 1942; *3 llu. gorff. myn.* drychafysant 2790; *2 un. gorch.* drychaf 3538, 3969
dyscedig 15; *ans. llu.* dyskedigion 7
dysgawdwyr 1912
dysgeidiaeth 1045, 3619; dysgaidiaeth 1010; dysgydiaith 506
dysgy 514, 893, 1786, 2122, 3136; *1 un. gorff. myn.* dysgais 714, 2119, 2124; *3 un. gorff. myn.* dysgoedd 2117; *1 un. gorberff. myn.* dysgyswn 2126
dywedyd 188, 317, 590, 605, 634 etc.; dwedyd 143, 146, 186, 961, 1658 etc.; *1 un. pres. myn.* dyweda 349; dwedaf 2212; dywedaf 1103, 1560, 1915; *3 un. pres. myn.* dywad 80, 163, 1135, 3119; dywaid 115, 166, 218, 220, 479 etc.;

1 un. amherff. myn. dywedwn 281;
3 un. amherff. myn. dywedei 3709;
dywetai 402; *amhers. amherff.* dywedid
1790; *1 un. gorff. myn.* dywedais 267,
465, 913, 1032, 1085 etc.; dywedas 241;
dwedais 963, 1645; *3 un. gorff. myn.*
dywad 204, 217, 264, 269, 346 etc.;
1 llu. gorff. myn. dwetom 2997; *3 llu.
gorff. myn.* dwedysant 707; *amhers.
gorff.* dwetpwyd 1144; *3 un. gorberff.
myn.* dwedysey 917; *3 un. pres. dib.*
dyweto 1096, 1922; *2 un. gorch.*
dwaid 4071; dweid 4066; *2 llu. gorch.*
dwedwch 2611, 2867, 2909
dywedydiad 1921, 3117

ebe 245, 525, 530; gw. hefyd *hebe*
ebrwydd 462, 689, 796, 1155
[**ecsampl**] exampl 1762, 1774
[**edifar**] etifar 164, 1452
[**edifarhau**] etifarhay 320, 1858, 2205,
2307, 2312 etc.; etifarhav 1910;
etifary 1455, 2179, 2404, 2425, 3417;
3 un. pres. myn. etifarha 1886, 2361;
tifarha 1454; *3 llu. pres. myn.*
etifarant 1065; *3 un. gorff. myn.*
tifaroedd 329; *3 llu. gorff. myn.*
etifarasant 2432; *2 llu. gorch.*
etifarhewch 2366
[**edifarus**] etifarys 2421, 2689, 2781
[**edifeiriol**] etifairol 2493
[**edifeirwch**] etifairwch 316, 2210, 2213,
2239, 2428 etc.; etifeirwch 2201, 2217,
4015; etyfeirwch 4108; tifairwch 2400;
gw. hefyd *Enwau Priod*
edrych 222, 941, 1115, 1462, 1517 etc.;
2 llu. pres. myn. ydrychwchwi 1554;
amhers. amherff. edrychid 1463; *3 un.
gorff. myn.* edrychoedd 686, 2078;
1 un. pres. dib. edrychwyf 3757; *3 un.
pres. dib.* edrycho 1279; *2 un. gorch.*
edrych 2270, 2734; *3 un. gorch.*
edryched 4107; *2 llu. gorch.* edrychwch
2216
ef 24, 25, 28, 35, 46 etc.; e 2436
efangylaidd 3182
efangylwr 21
efengil gw. *Enwau Priod*
efo *rhag.* 400, 492, 522, 555, 575 etc.
eglwys 833, 848, 1903, 1924, 2443 etc.
eglwysig 1041
eglyrhay 3540
ehalaeth 1256

[**ei**] *rhag.* y 12, 26, 34, 87 etc.; i 32, 33,
34, 35, 35 etc.
[**eich**] *rhag.* ych 242, 244, 268, 964, 1033
etc.
eiddio 3591; aiddio 3950
[**eigion**] aigion 1593
[**ein**] *rhag.* yn 22, 23, 327, 329, 898 etc.;
'n 3009, 3761
einioes 211
[**eiriol**] airiol 1859, 1954, 1995
[**eisiau**] *enw* aisay 1256, 3410, 3470;
aisey 960; aisie 1417
eistedle 2891; aisteddle 2417, 2886, 2890
[**eistedd**] aistedd 788, 1187, 1229, 1269,
2544, 3215; aiste 1527, 2504; eiste
1186, 1187; *3 un. gorff. myn.*
aisteddoedd 1188, 2498; *3 llu. gorff.
myn.* aisteddasant 1221
eithr 42, 47, 133, 220, 264 etc.; eithrr
2233; eithyr 3190
elm 1511
elwhay 2746, 4044
emnaid 1621
enaid 155, 278, 470, 986, 1010 etc.;
eneid 1908, 1909, 1911, 1915, 1915
etc.; *llu.* enaidie 1063, 2689, 3047,
3470, 3702 etc.; enaidiey 2692; enaide
2923; eneidav 1906
enill *enw* 1364, 1365, 1399, 1400, 3330
etc.; *be.* 11, 497, 821, 1001, 1012 etc.;
3 un. gorff. myn. enillodd 596;
enilloed 577; enilloedd 439, 491, 572,
575, 577 etc.; *amhers. gorff.* enillwyd
682; *3 un. pres. dib.* enillo 1424
enillfawr 3347
ennyd 1184; enyd 1147
entro 738, 2090, 2201, 3476
enw 99, 258, 455, 549, 582 etc.; *llu.*
enway 970, 1068; enwe 570; enwey
1061, 1069
enwedig 295, 459, 632, 2008, 3057 etc.
enwi 584, 2294, 2855; *amhers. amherff.*
enwid 277, 436, 552, 585
epil 1831
er 153, 272, 348, 348, 478 etc.; err
3250
erbyn 167, 169, 297, 302, 305 etc.
erbynaid 3776; *2 llu. pres. dib.*
erbynysoch 3450
erchi 45, 231, 1949, 3417, 3906 etc.;
3 un. amherff. myn. arche 203; *1 un.
gorff. myn.* erchais 2824; *3 un. gorff.
myn.* erchis 672; archoedd 240, 779,

2017, 2242, 2302, 2438; *3 llu. gorff. myn.* archysont 2430; *3 un. pres. dib.* archo 2762
erdolwyn 2867
ergid 1163
erioed 70, 528, 556, 1524, 1633 etc.; errioed 379
erthyll 1646
erwydd 1172, 1197, 1307, 1431, 1432
eryr 602, 2165, 2167, 2171
es 1986
[esgaeluso] ysgaelyso 177; ysgaelysio 154, 160
[esguso] *amhers. gorff.* ysgyswyd 2139
[esgyn] *1 un. gorff. myn.* esgynais 311, 352, 2782; *3 un. gorff. myn.* esgynoedd 324; ysgynoedd 2802
esgys 842
esmwyth 68, 194, 234, 250, 952 etc.; *llu.* esmwythion 1651, 2055
esmwytho 1873; *3 un. pres. myn.* esmwytha 4073
esmwythter 199, 243, 1056, 2856, 3590, 3698; ysmwythter 2059
[estyn] *3 un. gorff. myn.* estynoedd 2000
etewyn 1358
etifedd 3858; *llu.* etifeddion 403, 3287, 3444, 3453, 3455
etifeddiaeth 1805; etifeddiath 4076
eto 447, 523, 581, 633, 741 etc.; etto 1750, 1790, 1973, 2740, 3082, 3421
etholedig *ans.* 2882, 2887; *enw* 1823; *enw llu.* etholedigion 3224, 4096
[eu] *rhag.* y 14, 14, 204, 262, 380 etc.; i 162, 185, 359, 380, 398 etc.
[euog] ayog 1950
[euraid] ayraid 239, 533, 641, 2258; eiraid 12
ewn 738, 3489; ewnn 2417; *gr. gyf.* ewned 2548
ewnbailchion 2515
ewnder 149, 303, 987, 3456, 3528, 3529
ewndra 1668
ewnfalchedd 2131, 3259
[ewyllys] wyllys 34, 117, 133, 248, 249 etc.; wllys 4053, 4054, 4055, 4118; gw. hefyd *Enwau Priod*
[ewyllysgar] wyllysgar 161, 843, 893, 983, 1456 etc.
[ewyllysio] wyllysio 1008, 1474, 2620; wyllyso 3000

faint *rhag. gof.* 2420, 4107

fal 74, 80, 215, 289, 329 etc.; val 166, 259, 317, 339, 437 etc.
fe *geir. rhagferf.* 264, 564, 716, 799, 1389 etc.; ve *rhag.* 1892; *geir. rhagferf.* 628, 1900, 1911, 1923, 3800; yfe *rhag.* 515, 832
fel 359
felfed 1183
fellu 36, 821, 1108, 1214, 1235 etc.; felly 38, 67, 69, 134, 139 etc.; vellu 1455, 1552, 3795; velly 78, 234, 742, 1875, 3546
fi *rhag.* 946, 1141, 1321, 1629, 1958 etc.
fo *geir. ateg.* 89, 90, 237, 288, 296 etc.; *rhag.* 455, 745, 1284, 1752 etc.; vo *geir. rhagferf.* 35, 88, 101, 423, 445 etc.; yfo *rhag.* 553, 2857; fo'm *rhag. pers. & rhag. gwrth.* 354, 1038
fy *rhag.* 31, 37, 38, 41, 45 etc.; vy 31, 42, 43, 50, 50 etc.

ffaely 2916; *1 un. dyf. myn.* ffaelaf 196; *3 un. amherff. myn.* ffaele 3531
ffafro 3857
ffafwr 2432, 2480, 2493, 3218
ffalst 622
ffalstwr 1683
ffansi 1171
ffenestr 760, 1211, 3730; *llu.* ffenestri 1261
ffesigwr 1374
ffest 752, 916, 938, 1009, 1677 etc.
ffetan 221
ffi 879, 879, 879
ffol *ans.* 4, 60, 133, 646, 875 etc.; *enw* 153, 168, 1127, 1646, 1981
ffolaid *enw* 119, 119, 166, 272, 376 etc.; *ans.* 129, 370, 705, 1283, 1693, 1836
ffolineb 36, 50, 77. 83, 86 etc.; gw. hefyd *Enwau Priod*
ffon 1813; *llu.* ffyn 3161
ffordd 37, 265, 331, 335, 349 etc.; *llu.* ffyrdd 131, 3372
fforestydd 1506, 1599, 1611
ffosydd 915, 1440
ffraeth 4028
ffraio 2036
[ffrind] ffrynd 526, 645, 695, 1108
ffrogaed 1636, 2004
ffromder 648, 3631; gw. hefyd *Enwau Priod*
ffrwst 796, 4067
ffrwyn 299, 1431, 1553

MYNEGAI I'R TESTUN

ffrwyno 303, 1857, 3637; ffrwynno 913; *3 un. pres. myn.* ffrwyna 3505
ffrwyth 1023, 1133, 3046, 3440, 3443 etc.; *llu.* ffrwythay 1512
ffrwythlon 4021; ffrwythlawn 3050; *gr. gym.* ffrwythlawnach 3045
ffrydio 1473
ffwrnes 2036
ffydd 29, 121, 178, 851, 1009 etc.; gw. hefyd *Enwau Priod*
ffyddlon *ans.* 22, 126, 741, 2516, 2580 etc.; *enw* 3106; ffyddlawn *ans.* 3964, 3993; *ans. llu.* ffyddlonion 2369
ffyddlonder 803
ffyniant 2273, 4050
ffynianys 560
ffynnyd 426
ffynon 2168, 2171, 2526; *llu.* ffynonay 1299, 3536

gadel 43, 187, 343, 767, 1153 etc.; gady 4009; *1 un. pres. myn.* gadaf 709; *3 un. pres. myn.* gedy 1095, 1098, 1416, 3470, 3557; *3 llu. pres. myn.* gadan 1606; *amhers. pres.* gadewir 2162; *1 un. gorff. myn.* gedais 2003, 2186; *3 un. gorff. myn.* gadawodd 32; gadoedd 1073; *1 llu. gorff. myn.* gadawsom 1841; *1 un. gorberff. myn.* gadawswnn 2764; *3 un. amherff. dib.* gadawai 2138; *2 un. gorch.* gad 1071, 1101, 1117, 2745 etc.; *3 un. gorch.* gydawed 2351; *3 llu. gorch.* gedwch 17, 1856, 2387, 2417, 2585, 2605
[gaeaf] gayaf 1177
[gafael] *enw* gafel 1432
gaflach 2596
gair 279, 382, 1085, 1095, 1367 etc.; *llu.* gairiay 3371; gaire 1143; gairie 197, 959, 975, 1272, 1358 etc.; gairiey 1154, 1447, 1472, 1494, 1713 etc.
galar 4015
galari 1310, 1310
galarys 2678
galw 113, 471, 491, 500, 593 etc.; *1 llu. pres. myn.* galwn 1719; galwni 449, 2986; *3 llu. pres. myn.* galwant 966, 2857; *amhers. pres.* gelwir 210, 292, 294, 416, 417 etc.; *3 llu. amherff. myn.* galwent 546; *amhers. amherff.* gelwid 200, 212, 307, 311, 312 etc.; *1 un. gorff. myn.* gelwais 315, 1136; *3 un.*

gorff. myn. galwoedd 538, 544, 1164, 1758, 2106; gelwis 447
galwedig 3671
gally *enw* 523, 1765, 1776, 1962, 2327 etc.; *be.* 2297, 2300; gallu *enw* 1244, 2864; *be.* 1106; gallel *be.* 678, 919, 2144, 3165; *1 un. pres. myn.* gallaf 505, 1928; *2 un. pres. myn.* gelly 1104, 1687, 1978, 2141, 3354 etc.; *3 un. pres. myn.* gall 86, 88, 220, 267, 782 etc.; *1 llu. pres. myn.* gallwn 2237, 2805, 3375, 4116; gallwni 3453, 3468, 3760; gallwnn 3096; *2 llu. pres. myn.* gellwch 1586, 1827, 2844; *3 llu. pres. myn.* gallant 104, 1604, 2897; gellynt 397, 2403, 3616; *amhers. pres.* gellir 66, 169, 1011, 1012, 1037 etc.; *1 un. amherff. myn.* gallwn 68, 225, 309, 1124 etc.; *3 un. amherff. myn.* gallai 503, 877, 2322, 2524, 2534 etc.; gallei 214, 742, 2858; *amhers. amherff.* gellid 605, 1312; gellyd 1514; *1 un. gorff. myn.* gellais 1031; *3 un. gorff. myn.* galloedd 496; *3 un. gorberff. myn.* gallysei 1144; *2 un. pres. dib.* gellych 318, 3420, 3425, 3487, 3540 etc.; *3 un. pres. dib.* gallo 1341, 1388, 1391, 1769 etc.; *1 llu. pres. dib.* gallom 2417, 3053; gallon 4118; *3 llu. pres. dib.* gallont 3544, 3708
gallyog 999, 1788, 2228, 2319, 3121 etc.; gallyawg 1780
gan 40, 45, 47, 48, 95 etc.; gann 503, 1883, 1935, 3474; *1 un.* genyf 244, 323, 924, 960, 1080 etc.; *2 un.* gennyd 3975; genyd 343, 1003, 1028, 1128, 1131 etc.; *3 un.* gantho 75, 638, 789, 798; ganto 164, 771, 1244, 1304, 1399 etc.; genthi 2536; genti 681, 1111; *1 llu.* genym 2413, 3225, 3383, 3470, 3472, 3473; *2 llu.* genych 964, 1033; *3 llu.* ganthynt 239; gantyn 3607; gantynt 1050, 1052, 1053, 1054, 1066 etc.
ganedig 2391
ganedigaeth 376, 2370
gardd 701; *llu.* gardday 1297, 1298, 1512; garddey 1634, 1648, 2057
garwineb 1028
gay 413, 415, 424, 434, 450 etc.
gelyn 251, 527, 1434; *llu.* gelynion 769, 2945, 3152, 3626 etc.
gelynaidd 2180

gelynes 100, 639, 644
genay 218, 1042, 1421, 1424, 1430 etc.; geney 1144; genyay 3597
geni 269, 450, 3089; *amhers. gorff.* ganed 2067, 2496
[ger] gair 368, 1944, 1966, 2220, 2300 etc.; gyr 4101
gilydd 104, 1328, 1629, 3674
glan 1510, 1966, 2105, 2452, 3679; *llu.* glenydd 169, 1498, 1506, 2221
[glân] glan 1298, 1310, 2087, 2091, 3480; gw. hefyd *Enwau Priod (Ysbryd Glân, Ysgrythur Lân)*
glanhay 2944; *2 llu. pres. myn.* glanhewch 1698; *2 un. gorff. myn.* glanhaist 2732; *2 un. gorch.* glanha 1008
glas 907, 1089, 1969; *llu.* glaision 1648
glaswelltog 914
glaswydd 1508
glaw 3044, 3045, 3048
glendid 3699
glinay 2549, 2824; gliniay 2460; glynie 1990, 2014
glothineb 774, 1240, 1427, 1432, 1434 etc.; gw. hefyd *Enwau Priod*
[gloyw] *llu.* gloywon 2561
[gloyw-ddŵr] gloyw-ddwr 1300, 1509
glwthig 1440, 2274, 2577
glyny 3511
go 3778
gobaith 178, 342, 1020, 1057, 1401 etc.; gw. hefyd *Enwau Priod*
gobaithio 1023, 2198, 2368, 2370, 2929 etc.; *amhers. pres.* gobaithir 3198, 3202
gobaithys 2457
gochelyd 3909
godidog *ans.* 616, 617, 1193, 1204, 1298, 1968; *enw* 3915
godineb 295, 300, 384, 606, 684 etc.; gw. hefyd *Enwau Priod*
godinebwr 624, 661, 665; godinebwrr 684
godineby 2662
godinebys 868, 1457, 1740, 2274, 2580
goddef 715
goddefiaeth 3605
goddol 662
gofal 193
gofid 28; gofyd 1014, 1811; *llu.* gofydion 2879
gofyn *be.* 734, 964, 1198, 1213, 2386 etc.; govyn 261; gyfyn 2051; *3 un. pres. myn.* gofyn 3270; *3 llu. amherff. myn.* gofynynt 2325; *1 un. gorff. myn.* gofynais 412, 882, 944, 1235, 1266 etc.; *3 un. gorff. myn.* gofynoedd 800, 1199; *amhers. gorff.* gofynwyd 264; *2 un. gorch.* gofyn 2048; *enw llu.* gofynion 3602
gofyniad 2211, 2497, 2619
gogoneddys 4041, 4120
gogoniant 292, 371, 987, 1244, 1356 etc.
gogyfvwwch 357
golay 103; goley 1711, 2900, 2901
golchi 2590, 2642; *3 un. gorff. myn.* golches 2643; golchoedd 2550
goleini 159, 2900, 3437, 3686, 3687, 3713; golaini 1260, 3102, 3168, 3543, 3687 etc.
goliany 1211, 1939
golwg 336, 793, 806, 2508, 3229; *llu.* golygon 942, 1942, 1948, 3491
golyd 674, 1015, 1761
gollwng 229, 717, 790, 1963; *3 un. pres. myn.* gellwng 1343; *3 un. amherff. myn.* gallyngai 668; *1 un. gorff. myn.* gollyngais 2770, 3780; *3 un. gorff. myn.* gollyngawdd 299; *amhers. gorff.* gollyngwyd 3280
gonest 562
gonestrwydd 385
[gorau] goray 1078, 1084; gorey 910, 945, 980; gore 690
gorbwyso 81, 982, 3152, 3166, 4062
[gorchfygu] gorchyfygy 991, 1387, 3616; *3 un. gorff. myn.* gorchyfygoedd 1529, 1781, 1789, 1792, 2606, 3801; *amhers. gorff.* gorchyfygwyd 1800
gorchmynedig 3388
gorchwyl 57, 87, 2842; *llu.* gorchwylion 3512; gorchwilion 989, 1473
gorchymyn *enw* 723, 785, 1550, 1572, 1576 etc.; *be.* 1578, 1579, 3786; *3 un. pres. myn.* gorchymyn 1912; *3 un. amherff. myn.* gorchymnei 1251; gorchmyne 976; *3 un. gorff. myn.* gorchmynoedd 257, 554, 806, 1234 etc.; *enw llu.* gorchmynion 127, 129, 279, 302, 1551 etc.; gorchmynon 1561, 1585; gorchymynion 124, 3087, 3188
gordderch 619, 658
gordderchadey 749
[goresgyn] gwresgyn 1588; gwresgyny 829, 1433, 2883, 3061, 4120

MYNEGAI I'R TESTUN

[goresgynnwr] *llu.* gwresgynwyr 1860
[goresgynol] gwresgynol 3203
gorestwng 4011
[gorfod] *3 un. dyf. myn.* gorfydd 1815; *3 un. gorff. myn.* gorfy 716; *amhers. gorff.* gorfywyd 523
gorffwys 3493, 3737; *1 un. pres. myn.* gorffwysaf 246; *1 un. amherff. myn.* gorffwyswn 285; *3 un. gorff. myn.* gorffwysoedd 3781
gorisel 3503
gormodd *ans.* 2674, 2948; *enw* 3242; gormoddion *ans. llu.* 937, 1436, 2696; *enw llu.* 1052, 1444, 4046
[gormoddol] gormoddawl *ans.* 1729
gortrechy 176; *3 un. gorff. myn.* gortrechoedd 744
[goruchafaidd] gorchafaidd 1360
[goruchafiaeth] gorchafiaeth 736, 857, 1346, 2709
gorwag 250, 1315; *llu.* gorwaegion 1191
gorwedd 493, 750, 906, 1317, 1373 etc.; *3 un. pres. myn.* gorwedd 1351; *1 un. gorff. myn.* gorweddais 1536
gorychaf *ans.* 86, 115, 342, 1185; *enw* 466, 3741
gorychel 1000, 2486, 2858, 2914
gorychelder 65, 3914; gorywchelderr 3942
gosod 613, 620, 693, 949, 977 etc.; *1 un. gorff. myn.* gosodais 198; *3 un. gorff. myn.* gosodes 423, 2444; gosodoedd 1185, 2260; *amhers. gorff.* gosodwyd 1184; *2 un. gorch.* gosod 2582
gosodiad 1495
gostwng 904, 2640, 2675; *1 un. gorff. myn.* gostyngais 1233
gostyngedig 2014, 2326, 3794; gostynedig 4054
gostyngedigion 1247
gown 925, 926, 936, 1183, 2109
gowts 1745
[grabinio] *1 un. gorff. myn.* grabinais 1645
gradd 1277, 3606; *llu.* gradday 2938; graddey 1187
graps 1501
gras 30, 43, 44, 242, 371 etc.; grras 2527, 3026; rhas 1889; gw. hefyd *Enwau Priod*
[graslon] graslawn 1978
grasol 3757, 3773
[gresaw] *3 un. gorff. myn.* gresawoedd 1170, 2827; *amhers. gorff.* gresewyd 1148
gronyn 1094
grym 271, 274, 380, 1296, 1678 etc.
grymys 484, 791
grymyster 142, 2975, 3548, 3557, 3560 etc.; gw. hefyd *Enwau Priod*
gwachelyd 3912
gwady 2276, 2621, 3609; *3 un. dyf. myn.* gwada 1097; *3 un. gorff. myn.* gwadoedd 2433
[gwae] gway 1834, 1835, 2067
gwaed 663, 2265, 2719, 2737, 2745 etc.
[gwaedgi] gwaetgi 790, 793
gwaedolaeth 510
gwael 206, 251, 253, 830, 855 etc.; *llu.* gwayledd 4087
gwaelaidd 1557, 1836, 1853, 1879, 1905 etc.
gwaelder 1064, 1581, 1586, 1817, 1825 etc.; gwaylder 4085; gw. hefyd *Enwau Priod*
gwaeledig 2589
gwaeledd 2289
gwaelod 2383; gwaylod 1397
gwaered 1348
gwaeth *gr. gym.* 62, 170, 964, 1033, 1111 etc.
gwaetha *gr. eith.* 528, 793
gwaethygy 980, 1436, 1760; gwethygy 1450; *3 un. pres. myn.* gwaethyga 3408
gwag 2484, 2531
[gwagelyd] *2 un. gorch.* gwagel 3973
gwagosgod 2962, 3757; gwagysgod 1128
gwahaniad 1349, 1921, 3116
gwahaniaeth 2503, 2995; gwahanieth 101
gwahany 3674; *3 un. gorff. myn.* gwahanoedd 1629
[gwahardd] *3 un. gorberff. myn.* gwaharddysei 367
[gwaharddedig] gwarddedig 165
[gwahodd] *3 un. gorff. myn.* gwahoddawdd 2586
gwain 809, 1672
gwaith 264, 363, 519, 926, 1882 etc.
gwallgofi 626
gwallt 753, 1643, 1813, 2025, 2551 etc.
gwallys 1471, 3504
gwallysio 1480
gwan 802, 1639, 2486; *gr. eith.* gwanaf 366

gwanobaithio 2422, 2931; *3 un. pres. myn.* gwanobaithia 2385; *2 un. gorch.* gwanobeitha 4062
[**gwanymddiried**] *be.* gwanymddires 2422
gwas 741; *llu.* gwaision 1333, 1651, 2058, 3751
gwasanaeth 214, 1526, 2636, 3353
gwasanaeth-ddynion 824
[**gwasanaethgar**] gwasnaethgar 3805
[**gwasanaethwr**] *llu.* gwasnaethwyr 1332; gwsnaythwyr 4076
gwasanaethy 120, 867; gwsnaethy 127, 306, 1096, 1246, 1471 etc.; gwasnaythy 1262, 2046; *3 un. pres. dib.* gwasnaetho 2583; gwsanaetho 2037
[**gwasgaru**] *amhers. gorff.* gwasgarwyd 403
gwasgod 2243
gwasgodi 3714; *3 un. pres. myn.* gwasgoda 4073
gwasgodol 1499
gwasgy 1943; *1 un. gorff. myn.* gwesgais 1644
gwastad 1469, 1605, 3491, 3514
gwatwar *enw* 2514, 2543; gwattwar *enw* 390
gwatwary 1147, 1671, 2507, 3944
gwayn 907
gwayw 1730
gwddwg 702
gwedy 16, 42, 50, 63, 67 etc.; gwedu 1310
gwedd 224, 263, 597, 1886
gweddi *be.* 4006, 4019, 4022; *enw* 2754, 3780, 3906, 3935, 3937 etc.; *enw llu.* gweddie 2373; gweddiay 4034
[**gweddïo**] gweddio 1054, 1963, 2125, 2880, 2950 etc.; *2 un. pres. myn.* gweddy 4063; *3 un. pres. myn.* gweddia 3498; *3 llu. pres. myn.* gweddiasant 2428; *1 un. gorff. myn.* gweddiais 2730; *2 un. gorch.* gweddia 3986
gweddw 1897, 1906
gweddys 191, 280, 1429, 1474, 2215 etc.
[**gwefus**] *llu.* gwefysedd 3384
gwegi 208; gw. hefyd *Enwau Priod*
gweglyd 2663, 3019
[**gweinidog**] *llu.* gwenidogionn 175
[**gweithio**] gwaithio 2230, 3052, 3061, 3063, 3104 etc.; *3 un. pres. myn.* gwaithia 3506; *3 un. gorff. myn.* gwaithioedd 3248

[**gweithred**] gwaithred 359, 1095, 1742, 1922, 2009 etc.; *llu.* gwaithredoedd 246, 332, 374, 613, 621 etc.; gwaithredon 338, 344, 346, 1019, 1478 etc.; gwaithrredon 3253; gwaithyredon 3251; gwaithreta 885
[**gweithredwr**] gwaithredwr 216, 217
gweled 18, 147, 686, 777, 878 etc.; gwelet 982; *1 un. pres. myn.* gwelaf 1133; *2 un. pres. myn.* gwely 1013, 1105, 1982, 2032, 2046 etc.; *1 llu. pres. myn.* gwelwn 548, 569, 1737, 1772 etc.; *2 llu. pres. myn.* gwelwch 328, 2005, 2906, 3041; *amhers. pres.* gwelir 116, 3202, 3204, 3483, 3700; *1 un. amherff. myn.* gwelwn 149, 922, 1330, 1625, 1879 etc.; *3 un. amherff. myn.* gwelei 1593; gwele 674; *1 llu. amherff. myn.* gwelem 2037; *2 llu. amherff. myn.* gwelech 1700; *1 un. gorff. myn.* gwelais 822, 1263, 1314, 1524 etc.; *2 un. gorff. myn.* gwelaist 3839; gwelaisti 3650; *3 un. gorff. myn.* gwelas 767, 799, 1125, 1850 etc.; gweloedd 877, 2079, 2954, 3083, 3083; gwelodd 795; *1 llu. gorff. myn.* gwelsom 1311, 3077; *1 un. gorberff. myn.* gwelswn 3784; *3 un. gorberff. myn.* gwelsai 2011; *1 llu. gorberff. myn.* gwelsem 2027; *2 un. pres. dib.* gwelych 3988; *3 un. pres. dib.* gwelo 1820, 1890; *2 llu. gorch.* gwelwch 1810, 2802
gwelediad 2076, 3081
gweledig 1717, 3080
gweledigaeth 1972, 2027
gwely 238, 241, 1092, 1202, 1203 etc.; *llu.* gwelyay 1651, 2054; gwelydd 1322, 1323, 1516
gwell *ans.* 214, 1052, 1053, 1054, 1081 etc.; *enw* 306, 944, 1212
gwellay 1373, 1374, 1456, 2192, 2407 etc.; *3 un. pres. myn.* gwella 3503
gwelliant 1372
gwenaithio 339
gwendid 1731
gwenhaithys 140, 1686
gweniaith 1666
gwenwyn 981, 1692, 2584
gwenwynig 1420, 1637, 1690, 1980
gwenwynllyd 1274
gwenwynllys 1541
gwenwyno 515

MYNEGAI I'R TESTUN

gwenyn 1006
gwerchyrio 2259
gwers 2124
gwerthfawr 2532, 2646; gwrthfawr 222, 986, 1225, 1230, 2056 etc.; *gr. gym.* gwerthfawrocach 2920; gwrthfawrocach 2412; *gr. eith.* gwerthfawrocaf 2915
[gwerthu] *3 un. gorff. myn.* gwerthwys 589; gwerthoedd 3807
gwialen 1231, 1930, 2000, 2253, 2268, 2790
gwiber 1685, 2040, 2151, 2170; *llu.* gwiberod 1637, 1980, 2764
gwidow 695; *llu.* gwidwod 1045
gwiliad 2793, 2815, 3227, 3878
gwilio 1858
gwin 1257, 1420, 1652, 2058, 2739
gwingad 912
gwingfa 1731
gwinllanay 1500
gwinwydd 1299
gwir *enw* 163, 1421, 2602; *ans.* 23, 59, 65, 78, 87 etc.; gwirr *ans.* 2862
[gwirhau] *amhers. pres.* gwirhair 1833
gwirion 378, 1378, 1378, 3169, 3350, 3592
gwiriondeb 3853
gwirionedd 215, 371, 1560, 1675, 1843 etc.
gwisg 1231; *llu.* gwisgoedd 1048, 2529
gwisgad 2085, 2130, 2195
gwisgo 256, 282, 765, 925, 2054 etc.; *3 un. amherff. myn.* gwisgai 868; *1 un. gorff. myn.* gwisgais 250, 252, 276, 293, 298 etc.; *3 un. gorff. myn.* gwisgawdd 291; *2 un. gorch.* gwisc 2159
gwiw 3304
gwlad 416, 677, 693, 3630, 3635; *llu.* gwledydd 448, 1384, 1387; gwledvdd 33
gwlan 1024, 1814
gwledd 2682; *llu.* gwledday 2697
gwledda 1531
gwledd-dai 1297, 1522
gwlith 3299
gwlyb 102
gwnaethyr 47, 58, 123, 132, 161 etc.; gwnaethyrr 812, 3020; gwnaythyr 708, 740, 859, 1242, 1254 etc.; gwneithyr 4115, 4116; gwnethyr 1700; gwnnaythyr 1489; gwnathyr 3628; neithyr 4119; *1 un. pres. myn.* gwnaf 996, 3337; *2 un. pres. myn.* gwnai 3630; gwnay 1094, 2173, 3347, 3864; *3 un. pres. myn.* gwna 53, 107, 108, 118, 119 etc.; *1 llu. pres. myn.* gwnawn 3256; *2 llu. pres. myn.* gwnewch 1697; *3 llu. pres. myn.* gwnant 2425; *amhers. pres.* gwnair 1037, 2182, 4021; *1 un. amherff. myn.* gwnawn 281; *3 un. amherff. myn.* gwnai 155, 2598, 2673; *amhers. amherff.* gwnelid 668; *1 un. gorff. myn.* gwnaethym 360, 1124, 1945, 2002 etc.; gwnaythym 2660; gwnaythoeddwn 1945; gwnaethof 1214, 2018, 2302; *2 un. gorff. myn.* gwnaethosti 2747, 3977; gwnaethost 2670, 3839, 3875, 3913, 3948, 3976; *3 un. gorff. myn.* gwnaeth 25, 27, 205, 355, 361 etc.; gorig 2678; gwnathoedd 336, 727, 1307; naeth 748; *3 llu. gorff. myn.* gwnaethant 463, 466, 2200, 2751; *amhers. gorff.* gwnaethpwyd 270, 848, 1808; gwnaethbwyd 422, 807, 3793, 3857, 3980; *amhers. gorberff.* gwnaethysyd 2499; *3 un. pres. dib.* gwnelo 468, 2317, 3430, 4018; gwnel 124, 1709, 2651, 2657, 2657, 3407; *1 llu. pres. dib.* gwnelom 3053; *amhers. pres. dib.* gwneler 96, 4020; gwnelyr 4055; *1 un. amherff. dib.* gwnawn 1214; *3 un. amherff. dib.* gwnelai 1451, 3664; *2 un. gorch.* gwna 2742, 2745, 2762, 3429, 3967 etc.
gwnaethyredig 4042
gwnaethyrwr 3922; gwnaethwr 1947
[gwobrwyo] gobrwyaw 1046
gwr 54, 74, 163, 245, 362 etc.; *llu.* gwyr 109, 185, 332, 408, 488 etc.; gwur 1
gwraig 362, 363, 365, 367, 436 etc.; gwraic 1897, 1906; gwaraig 2538; *llu.* gwragedd 392, 604, 728, 1045, 1253 etc.
gwraigaidd 765
gwrando 49, 278, 1077, 1381, 2519 etc.; *3 un. pres. myn.* gwryndy 1381; *1 un. gorff. myn.* gwrandewais 1659; *2 llu. gorch.* gwrandewch 1589, 2482; gwrandewchwi 1710
gwregys 2132; gwregis 209, 298, 300, 2110
[gwreichionen] gwrychonen 874

[gweiddyn] gwraiddin 1331; *llu.*
  gwraidd 2505
gwres 82, 1090, 1754, 3456
gwresog 296
gwrogaeth 554
gwrthgas 3419, 3892
gwrthgasedd 3163
gwrthladd 4068
gwrthod 405, 1134, 1398, 2412, 3435;
  3 un. pres. myn. gwrthod 3827; *1 un.
  gorff. myn.* gwrthodais 1871; *2 un.
  gorff. myn.* gwrthodaist 1137; *2 un.
  gorch.* gwrthod 194, 1957; *3 un. pres.
  myn.* gwrthodes 736; gwrthodoedd
  1791, 2497, 3808
gwrthodedig 1953
gwrthwyneb *ans.* 122, 512, 725, 735,
  1051 etc.
[gwrthwynebwr] gwrthnebwr 1422,
  3419
gwrthwyneby 3534
gwrthwynebys 104, 3627; gwrthnebys
  154, 640, 2126, 2775
gwrygio 2524
gwthio 2185; *3 un. pres. myn.* gwthia
  1348
gwybod *be.* 58, 95, 112, 893, 899 etc.;
  gwbod 3254; *enw llu.* gwyboday
  142; *1 un. pres. myn.* gwn 2864;
  2 un. pres. myn. gwddost 3648;
  gwddosti 245, 2556; *3 un. pres. myn.*
  gwyr 3442, 3569; *2 llu. pres. myn.*
  gwddoch 1422; gwddochwi 4036;
  2 llu. dyf. myn. gwybyddwch 1699;
  1 un. amherff. myn. gwybyo 1633,
  1989; gwyddwn 1078; *1 un. gorff.
  myn.* gwybyo 1941, 2264; gwybym
  1939, 2309; *3 un. gorff. myn.* gwyby
  866, 2096; *3 un. gorff. arf.* gwybyddai
  2600; *3 llu. gorff. myn.* gwybyont
  462; *2 un. gorch.* gwybydd 414, 998,
  3989
gwybodaeth 115, 364, 1142, 1277, 2841
  etc.
gwybodedig 598
gwybodys 932, 1968
gwybr 2792, 2934
gwybyddiaeth 3532
gwybyddys 151, 1771, 3225
gwych 954, 1165, 1181, 2847; *llu.*
  gwychion 1232, 1648, 2053, 2057
gwychter 1314
gwydr 686; gwydyr 3488

gwydredig 1261; gwydyredig 1211
gwydd 2594, 3991
[gwylio] *3 un. pres. myn.* gwyl 3495;
  2 un. gorch. gwyl 2667
gwyllt 61, 879; *llu.* gwyllton 1099
gwyn 102, 157, 925, 1226, 1813, 1969;
  llu. gwynion 1516, 2784
gwynfyd 71, 235, 236, 989, 1047 etc.
gwynfydedig 560, 3746
gwynt 326, 1282, 1351, 1499, 1624 etc.
[gwyran] gwyra 1509
[gwyrdd] *ans. llu.* gwyrddion 1648
[gwyrth] *llu.* gwrthey 708; gwrthe 2169
gwyrthfawr 2086, 2552
gwyry *ans.* 507, 3090
gwytho 1366, 1917, 2931
gwywo 689
gyda 98, 237, 325, 644, 663 etc.; gada
  870; gida 4076; gvda 3744; gydag
  363, 483, 606, 719, 726 etc.
[gyrru] *amhers. gorff.* gyrwyd 358
gysp 262

ha 241, 2677
had 379, 471, 1017, 1022
[haearn] hayarn 2037, 2253; hayrn 794,
  2268
[haechen] haychen 2234
haeddedigaeth 2337, 2340, 2447, 2448,
  2449 etc.
haeddy 967, 1998, 2007, 2069, 2283 etc.;
  hayddy 2203; *2 un. amherff. myn.*
  haeddyd 3983
hael 2513; *llu.* haelion 1192
haelder 40
haelioni 2441, 2736; haylioni 2699
haf 1176
hafaidd 1295
[hagr] *gr. gym.* hacrach 2086
haint 3508
halaeth 2777
halog 79, 389, 885, 1439, 1636 etc.; *gr.
  gym.* halogach 871, 1369
halogaidd 2158
halogi 174, 980, 2089, 2090, 3406 etc.;
  3 un. pres. myn. haloga 1448, 1448;
  amhers. gorff. halogwyd 449
halogrwydd 502, 766, 830, 1065, 1239
  etc.
haner 347, 1196, 1630, 2302
hanfod 410, 3694
[hanu] *3 un. gorff. myn.* hanoedd 586
hap 1663

MYNEGAI I'R TESTUN

[hapio] *3 un. pres. myn.* hapia 1104, 1739, 1852; *3 un. gorff. myn.* hapiodd 769; hapioedd 632, 787, 801, 802, 900 etc.
hapys 1305, 1704, 1758, 1837, 1876 etc.
hapysrwydd 6, 59, 62, 66, 84 etc.
hardd 613, 621, 652, 1315, 1503, 1533
harddy 937, 1210, 2562, 2846
harnais 183, 191, 202, 207, 276 etc.
harnaisio 226; *3 llu. gorff. myn.* harnaisysont 535; *2 un. gorch.* harnaisa 990
harnaiswr 200, 202, 228
[hau] hay 1017, 1019; *3 un. pres. myn.* heya 1022
[haul] hayl 406, 471, 904, 1158, 1210 etc.
hawdd 60, 1882
heb 62, 67, 69, 84, 96 etc.; *1 un.* hebof 1037, 1037; *3 un.* hebddo 3255; hebddi 3788
hebe 191, 393, 404, 429, 451 etc.; heb 148; gw. hefyd *ebe*
heblaw 2059
heboca 953, 1507, 1544, 1613
[hebog] *llu.* hebogaid 1650
hed 3898
[hedeg] *3 un. pres. myn.* hydeg 1342
[hedfan] *3 un. gorff. myn.* hedoedd 325
heddiw 2440
heddwch 472, 685, 1383, 1688, 2238 etc.
heddychlon 534
hefyd 21, 26, 28, 203, 369 etc.; hevyd 13, 15
heibio 669, 1606, 3797; haibio 319, 338, 709, 1095, 1708 etc.
hela (= *ymlid*) 953, 1389, 1507, 1544, 1592 etc.; *3 un. gorff. myn.* heloedd 498, 518, 692; helwys 748; *amhers. gorff.* helwyd 372, 1784; *3 un. pres. dib.* helo 2584
[helaeth] helath 4095
helaethrwydd 1314
helaethy 2184
helm 307, 1169
helmed 208, 1615
help 566, 1815, 1974
helpy 796, 1979; *3 un. gorberff. myn.* helpysei 565, 567
helwr 1615; *llu.* helwyr 1619
hely 1611
hen 272, 331, 344, 569, 591 etc.
henaint 318, 1812, 1818
heno 948, 968, 1102

heritycs 3120; eritics 3151, 3626
herlid *be.* 560, 574, 852, 1796, 3420; *enw* 3961; *3 un. gorff. myn.* herlidioedd 833, 1792; herlidoedd 756, 3799
herlidiwr 2443
herlodes 3443
herwr 820
herwydd 699, 752, 2077, 2185
het 1615, 2128, 2131
hi *rhag.* 99, 109, 137, 141, 145 etc.
hiliogaeth 3395
hipocrit 2588
hir 210, 312, 445, 782, 851 etc.; *gr. gym.* hwy 462; *gr. eith.* hwyaf 4016; *llu.* hirion 889
hithay *rhag.* 946, 2078, 2825; hithe 137, 137, 191, 268, 414 etc.; hithey 263, 346, 800, 1034, 1085 etc.
hobi 1617
[hoenuso] *3 un. pres. myn.* oenysa 3837; *3 un. gorff. myn.* hoenysoedd 2460
hoenys 2169, 2172, 3838; hoynys 4065
hoenysrwydd 3648
hoenyster 3558, 3602
hoeth 2038, 2138
hofran 984, 1081, 2166, 3162, 3831
hoff 798, 1602, 2364, 3352; *gr. eith.* hoffa 1304, 1449
hoffaidd 947, 947, 960, 1003, 1025 etc.; haffaidd 2064
hoffedd 3334
hoffter 17, 207, 234, 252, 322 etc.; hoffder 4088
hongan 1727
holi 2209
holl 33, 39, 41, 146, 179 etc.
hollallyog 3342, 3922; hollallyawg 3196, 3685
hollol 490, 1433, 1608, 3222, 3262, 4109; hollawl 133, 764
[hollti] *3 un. gorff. myn.* holltoedd 784
hon *rhag. dang.* 30, 55, 307, 308, 312 etc.; honn 1097, 1226, 1527, 1925, 3744
honno *rhag. dang.* 755, 861, 915, 1886, 1903, 1972 etc.; hono 100, 138, 150, 882, 912 etc.
[huad] *llu.* hyaid 1619, 1650
[hudo] hydo 365
[hudoliaeth] hydoliaeth 1121; hydolaeth 515; *llu.* hydolaethay 1155
[hudoliaethu] hydolaethy 3164
[hudolyn] *llu.* hydolion 2563

[hun] hyn 238
[hunan] hynan *rhag.* 31, 34, 41, 68, 87 etc.; hynann 324; hvnan 1873, 1880, 1882, 1889; hynnan 774; *llu.* hynain 108, 381, 397, 470, 504 etc.; hynein 4116; hvnain 1920; ynain 1701, 1837, 2345, 2372
[hurt] hyrt 1127
[hurtio] hyrto 1525
[hurtrwydd] hyrtrwydd 3703
hwn *rhag. dang.* 2, 6, 12, 23, 32 etc.; hwnn 396, 432, 596, 1775, 1897 etc.
hwnnw *rhag. dang.* 1900; hwnw 24, 201, 292, 358, 403 etc.
[hwpo] *amhers. gorff.* hwpwyd 359
[hwrnu] *3 un. pres. myn.* hwrna 1389
hwy *rhag.* 97, 101, 372, 700, 1364 etc.; wy *rhag.* 73, 74, 104, 430, 471 etc.
[hwylio] *3 un. pres. myn.* hwyla 1752
hwynt *rhag.* 20, 20, 110, 263, 345 etc.; hwyynt 3613; hwyntav 1917; hwyntay 2896; hwynte 425, 432, 534, 2903, 2905; hwyntey 2899, 3720; hwynt-wy 642; hwynt-hwy 389
hyd *ardd.* 272, 396, 1137, 1594 etc.; *enw* 335, 1541, 1546, 1771; hvd *enw* 11; ved *ardd.* 1880
[hyhi] *rhag.* hihi 1316
hyn *rhag. dang.* 53, 212, 244, 339, 344 etc.; hynn 191, 264, 317, 468, 619 etc.
[hynafiaeth] henafiaeth 548
[hynafiaid] henafiaid 448
hynny *rhag. dang.* 86, 153, 165, 298, 475 etc.; hyny 48, 52, 73, 98, 116 etc.
hysbys 2919, 3178, 3387, 3829, 3982
[hysbysrwydd] ysbysrwydd 1681
hytrach 2194, 2280, 2945, 3943

i *ardd.* 28, 32, 58, 69, 82 etc.; y *ardd.* 5, 8, 11, 11, 17 etc.; i & *y fannod* i'r 140, 352, 503, 509, 587 etc.; y'r 19, 29, 49, 110, 138 etc.; i & *rhag. gen. 1 un.* y'm 94, 144, 146, 148, 150 etc.; *2 un.* y'th 1009, 1092, 1104, 2116, 2278 etc.; *3 un.* y'w 169, 677, 678; *1 llu.* y'n 2722, 2944, 3052, 3446; *2 llu.* y'ch 3982; *3 llu.* y'w 104, 719, 881; *i & rhag. mewn.* yddy *3 un.* 91, 422, 422, 443, 574 etc.; *3 llu.* 432, 512, 556, 890, 1662 etc.; yddu *3 un.* 1553; *rhediad yr arddodiad: 1 un.* ym 224, 240, 241, 272, 945 etc.; *2 un.* yt 1140, 2558, 3873; ytti 3826; *3 un.* iddo 430, 475, 615, 731, 747 etc.; yddo 204, 440, 463, 509, 522 etc.; yddaw 34, 46, 362, 543, 2325; iddi 368, 693, 1154, 1224, 1251 etc.; yddi 108, 135, 673, 706, 871 etc.; yddy 680; *3 llu.* iddynt 429, 1262; yddynt 367, 372, 380, 381, 383 etc.; yt 3413, 3413
iach 1110, 1533, 2397, 2594, 3142, 3151
iachay 1275, 2620, 2689; *3 un. gorff. myn.* iachaodd 2695
iachys 1498, 3141, 3153
iaith 399, 1121, 1790; *llu.* iaithoedd 400
[iâr] iar 2799
iasbar 1227
iawn *adf.* 561; *ans.* 1004, 1701, 3911; *enw* 2406, 3765
iay 3617
idd *geir.* 185, 916, 939, 940, 944, 2358
ie 34, 43, 160, 285, 371 etc.
iechyd 155, 163, 271, 278, 1072 etc.
iefanc 443, 576, 661, 790, 2152, 2171; iefangc 61, 2156, 2169; iefangk 55; iefank 1900; *llu.* iefainc 604, 610, 698; iefainck 1190
[iefenctid] iefeinctyd 1811
[ieuanc] iayank 317; *gr. eith.* ianga 780
[ieuenctid] ieinctyd 1818; ieingctyd 3505; ieinktyd 1820; ienctyd 313, 1823; ienktyd 53, 513
ifori 2783
[ill] yll *rhag.* 370, 711, 797, 2616, 3879
[impio] *3 un. pres. myn.* impia 1022
inay *rhag.* 30, 36, 74, 188, 241 etc.; ine 1614; iney 89, 196, 640, 911, 1113 etc.
ir *geir.* 17, 98, 161, 509, 561 etc.
iraid 2532, 2552, 2591
irio 2591; irhay 3044, 3049, 3299; *3 un. pres. myn.* irha 3501; *2 un. gorff. myn.* iraisti 2645; *3 un. gorff. myn.* iroedd 2552, 2646
isel 1352, 2114, 3886; *gr. eith.* isaf 2985; isa 449

labar 1014
[leprosi] liprosi 1745

lladd *be.* 172, 563, 565, 568, 582 etc.; *3 un. gorff. myn.* lladdoedd 377, 627, 831, 832 etc.; llas 567, 1755; *3 llu. gorff. myn.* lladdysant 797; *amhers. gorff.* lladdwyd 524, 652, 654, 655 etc.; *amhers. gorberff.* lladdysid 699
lladdfay 1808

MYNEGAI I'R TESTUN

lladdwr 1414
llafyr (= *ŷd*) 1016, 1024; *llu.* llafyriay 1502; llafyr (= *gwaith*) 1806
llafyrdir 1649
llai *gr. gym.* 1000, 1456, 1678, 1853, 1914 etc.
llais 879, 1117, 1840, 1900, 2042 etc.
llall 101, 285, 402, 794, 907 etc.
llanerch 907, 947
llapre 2221
llariaidd 2226, 2235, 2257
llaw 247, 312, 315, 443, 524 etc.
llawen 194, 260, 318, 924, 996 etc.; llawenn 3511
llawenhay 1367, 2405, 2678, 3325, 3702; llawenhae 1888; *1 un. gorff. myn.* llawenhais 1974; *3 un. gorff. myn.* llawenhaodd 2712
llawenychaidd 1272, 2681
llawenydd 341, 1819, 2856, 2870, 2918 etc.; llywenydd 152, 999, 1151, 1158, 1160 etc.
llawer *enw* 163, 355, 757, 1050, 1435 etc.; *ans.* 7, 8, 264, 376, 400 etc.; *ans. llu.* llaweredd 1263; gw. hefyd *cymaint, mwy, mwyaf*
llawforwyn 2111; *llu.* llawforynion 1534, 2262
llawn 221, 253, 296, 364, 571 etc.
llawr 1159, 2167, 2300, 2444, 2650
lle *adf.* 70, 70, 70, 89, 90 etc.; *enw* 147, 148, 274, 372, 404 etc.; *llu.* lleoedd 2419, 2476, 3438, 3616
lled *enw* 403, 1176; *adf.* 891
lleder 2110
lledglaerder 1487
lledrad 514, 2436
[**llef**] *llu.* llefey 2293
llefain *be.* 1680, 2042, 2801; *enw* 1627
[**llefaru**] llafary 2553
lleferydd 2506, 2679; llaferydd 2512
[**llefu**] *3 un. pres. myn.* llef 3534; *1 llu. pres. myn.* llefwn 3450; *1 un. gorff. myn.* llefais 1644, 2078; *3 un. gorff. myn.* llefoedd 2066
[**lleiaf**] llaiaf *gr. eith.* 472, 3751, 3944; llaia 293, 2648, 2648; lleia 2343
[**lleidr**] llaidr 820, 820, 2216, 2435, 3806; llaidir 623
llenay 2054, 2846
llenllaine 1203
[**llenwi**] *1 un. pres. myn.* llanwa 2769
lles 155, 2598

[**llesâd**] llesiad 2868
llesgedd 1469, 1480, 1486
llestr 28, 365; *llu.* llestri 1581, 1710
llettu 1308; *llu.* lletyay 1049, 1486, 1848
lletya 952, 3497; lletua 2533; *1 un. pres. myn.* lletyaf 948; *1 llu. pres. myn.* lletywn 1103
lletywr 3468, 3469
[**lleuad**] llayad 406
llew 790, 791, 797, 802
[**llewyrchu**] llewychy 3778
lliain 2109, 2250
llid 648, 837, 1355, 1380, 1380 etc.; gw. hefyd *Enwau Priod*
[**llidio**] *1 un. gorff. myn.* llidiais 1671; *3 un. gorff. myn.* llidiodd 805; llidioedd 390, 779, 845
llidiog 1381, 1385, 1391, 1392, 2355 etc.; llydiog 2273
llidiogrwydd 1385; llidiawgrwydd 1952
llif 391, 457, 489, 504, 2550, 3270
llin 525, 2455
[**llithro**] llythro 4009; *3 un. gorff. myn.* llithroedd 2076, 2082
lliw 935, 2088, 2738; *llu.* lliwiey 936, 2959; lliwie 925, 1253; llywie 2562
lliwio 2933
lliwydd 2089
llo 431
lloer 3686
llonydd 304, 434, 534, 1031, 1153 etc.
llonyddwch 194, 1384, 1688, 2703, 2969 etc.
llorio 1226
llosgfaen 1745
llosgi 1194, 1288, 1459, 2023, 2290 etc.; *3 un. gorff. myn.* llosgoedd 627
llu 1803
[**llunio**] *3 un. gorff. myn.* llynioedd 423; llyniawdd 362
llwybrey 897; llwybre 983
[**llwyd**] *ans. llu.* llwydon 1506
llwyddiant 4052
llwyddianys 4059
llwyn 1508; *llu.* llwyney 1301
llwyr 125, 359, 1348, 1963, 3918
llwythfawr 2690
llwytho 3742
llydan 906, 1101, 2769, 2776
llyddnod 1505
llyfr 479, 545, 859, 1863, 2218 etc.; llyfyr 4079, 4115, 4124; llufr 1

[llyffant] *llu.* llyffaint 1637, 2764
llygaid 1707, 1720, 1722, 1748, 1894 etc.; llygeid 4056
llygoden 936, 1406
llygredig 2009
llygredigaeth 1708, 1714
llygry 886
llyn 452, 553, 3171, 3483, 4036
llynaethy 151
llyncbwll 1397
llyngcy 2299, 2769; *3 un. gorff. myn.* llyngcoedd 728
llys 949, 960, 967, 1103, 1159 etc.
llysenw 427, 526, 536, 559, 578 etc.
llysfam 442, 445, 840
[llysiau] llysaye 1299
llythyrey 2310
llywodraeth 320, 443, 1871
llywodraethferch 91, 150, 231, 1083, 1611, 2004
llywodraethwraig 355, 2763
llywodraethy 99, 105, 106, 128, 333 etc.; llywodraythy 1276; *2 un. pres. myn.* llywodraythy 1661; *3 un. pres. myn.* llywodraetha 1058; *amhers. pres.* llywodraethir 3482; *1 un. gorff. myn.* llywodraethais 375, 376, 378, 487, 529 etc.; llywodrraethais 618; llywodraiethais 657; *2 un. gorff. myn.* llywodraethaisti 345; *3 un. gorff. myn.* llywodraethoedd 263

mab 23, 147, 191, 414, 419 etc.; *llu.* maib 392; maibion 380, 438, 492, 547, 587 etc.
madday 2324; madde 2424, 2446, 2685; maddey 1455, 2330, 2339, 2342, 2353 etc.; *amhers. pres.* maddeyir 2648; *3 un. gorff. myn.* maddayoedd 2428; maddeyoedd 2431, 2616; *amhers. gorff.* maddaywyd 2677, 3282; maddeywyd 2618, 2680
[maddeuaint] maddeyaint 1954, 2464, 3272, 4045; maddeaint 45, 1949, 2238; maddayaint 3236, 3306
[maddeuant] maddayant 2438, 2527, 3232, 3417; maddeyant 1995, 2386, 2557, 2824, 3424; maddyant 4109
[maddeuwr] meddaywr 1477
maen 1176, 1343, 2535; main 1225, 1230, 2056
maes 524, 567; mays 1019; *llu.* maysydd 1648

maeth 134
magig 490, 496
magl 1408
magwriaeth 3060
magy 790, 1437, 1503, 1737, 3055; *3 un. pres. myn.* mag 3527, 3528, 3529, 3530
[mai] *cys.* may 62, 65, 143, 414, 595 etc.; mae 1266, 1974, 3681
main 2071
maint 771, 1523, 2422, 2865, 4068
malais gw. *Enwau Priod*
mam 377, 422, 555, 831, 1427 etc.; *llu.* mamey 504
mamaeth 294, 3314
man 656, 1217, 1311, 1593, 2139 etc.; *llu.* manne 3186
[manwl] manol 1031, 1096, 2270
marbl 1176, 1226
march 183, 190, 211, 311, 326 etc.; *llu.* mayrch 1650, 2058, 2784, 2789, 3331
marchog 652, 1541, 1552, 1589, 1592, 1841, 1851, 1867, 2010, 2101, 2115, 2202, 2240, 2471, 2707, 2760, 2802, 2834, 2859, 3646, 3657, 3721, 3820, 3904; gw. hefyd *Enwau Priod (Marchog Crwydrad)*; *llu.* marchogion 719
marchogaeth 265, 808, 924, 935, 954 etc.
marsiant 1451
marw *be.* 273, 457, 626, 656, 690 etc.;*enw* 428, 462, 552, 704, 3553; *ans.* 753, 1901, 1911, 3877; mairw *be.* 1435; *enw llu.* 3216, 3620; *ans. llu.* 272, 1061, 1068; mairwon *ans. llu.* 1904, 1905, 1906
marwol 897, 1909, 3139, 3551, 3744
marwolder 3694
marwolhay 2234
[mas] maes 3375
mater 898, 2839, 3150
math 144, 150, 187, 191, 221 etc.
mawr 28, 36, 47, 77, 126 etc.; *llu.* mawrion 1261, 3595; gw. hefyd *cymaint, mwy, mwyaf*
mawredig 574, 1229, 1960
mawredd 2049, 2729, 3601, 3604
mawrhay 1060, 1976, 3384, 3958; *3 un. gorff. myn.* mawrhaodd 141; mawrhaoedd 1234; *3 un. gorch.* mawrhaed 2180
medi 1016, 1018; *3 un. pres. myn.* meda 1364
[medlyd] *amhers. amherff.* medlyd 1464

MYNEGAI I'R TESTUN

[medr] meder 2077
[medrwy] *llu.* medrwye 939; medrowod 1636
medry 2959; *1 un. pres. myn.* medraf 2282; *3 un. amherff. myn.* medrei 262, 875; *2 un. pres. dib.* medrych 955; *3 un. pres. dib.* medro 3162
medrys 1189, 4034
medd *3 un. pres. myn.* 480, 594, 626, 1136, 2336 etc.; medde *3 un. amherff. myn.* 1251, 1790; *2 llu. pres. myn.* meddwch 77
medd-dod 775, 1441, 2061, 2697, 2948; gw. hefyd *Enwau Priod*
meddw 493, 782, 1196, 1196, 1427, 2576; *llu.* meddwon 1441
meddwi 1054
meddwl *enw* 37, 61, 144, 630, 847 etc.; *be.* 1714, 2197, 3009, 3029, 3492 etc.; *3 un. pres. myn.* meddwl 1001; *amhers. pres.* meddylir 2585; *1 un. amherff. myn.* meddylwn 320; *1 un. gorff. myn.* meddylais 57; meddyliais 2197, 2717; *3 un. gorff. myn.* meddylioedd 875; *3 un. pres. dib.* meddylio 1016; *3 un. amherff. dib.* meddylie 397; *2 un. gorch.* meddwl 148, 1071, 2031, 2296, 3839, 3848 etc.; *enw. llu.* meddyliay 2520, 2937, 3371, 3376, 3597, 3600; meddylie 1009, 1081; meddyliey 1286; meddyley 4006; meddylion 4019; meddylionn 4017
[meddyg] meddig 2398, 2401, 2525, 2541, 2547 etc.
meddyginaeth 2583, 2598, 2687; meddiginiaeth 2944; meddiginaeth 2595
meddylgar 3522
meddyliaid 1674
megis 71, 74, 130, 190, 217 etc.; megys 3572, 4024
[meistr] maistir 3807; maistyr 699, 2433, 2612
[meistres] maystres 958, 1631; maestres 340
[mêl] mel 1005, 1693
melys 1193, 2058, 2851; *llu.* melyson 1703; *gr. eith.* melysaf 233, 238
melysaidd 1985
melysig 156, 1154, 1195
melysigrwydd; melysrwydd gw. *Enwau Priod*

melltigedig 1658, 1660, 1684, 1691, 1845 etc.; melldigedig 1659, 1659
melltith 2194
melltithio 1054, 2279; melldithiaw 1917
menig 208
mentro 2442; *1 un. gorff. myn.* mentrais 326
merch 580, 657, 1983, 1985, 1985, 1993; *llu.* merched 379, 547, 603, 698, 2974; merchedd 2820
merthyri 3606, 3623
mesiff 1349, 1796, 2123
mesifflyd 876, 992
mesyr 3711
mesyrol 4048
[meudwy] maydwy 3814; gw. hefyd *Enwau Priod (Maydwy Dayonys)*
mewn 41, 50, 52, 54, 63 etc.; mewnn 3266, 4018
mi *geir. rhag.* 57, 136, 149, 197, 252 etc.; *rhag.* 38, 45, 47, 47, 50 etc.; i 38, 47, 49, 54, 54 etc.
migen 2003, 2014, 2764
mil 266, 1754, 2419, 2837, 2839; *llu.* milioedd 956, 3881
milaindra 605, 766, 2123
milainig 992
milgwn 1619, 1650
milwriaeth 3633
min 2590, 2644
minay *rhag.* 60, 94, 267, 326, 351 etc.; mine 946, 2018; mvnav 1880; mynay 1638, 3663, 3813; miney 223, 1153, 1200, 1213, 2014 etc.
mis 1295
moat 1517, 2106
modd 78, 267, 345, 412, 431 etc.; *llu.* moddion 48, 625, 932, 1013, 1538 etc.; moddionn 1148
moethay 1421; moethey 2948
moethys 249, 258, 940, 952, 1108 etc.; *gr. eith.* moethysaf 232
moethyster 1195, 1444, 1523
[mogi] *amhers. gorff.* mogwyd 726
molest 2925
molesty 3762, 4070
molianny 4033; moliany 1491, 3382, 4012
moliant 1570, 2469, 2705, 2939, 3365 etc.
mor *adf.* 151, 151, 151, 151, 233 etc.
[môr] mor 76, 623, 721, 2383, 2452, 2452; *llu.* moroedd 11, 1752

morddwydydd 2041
morwyn 98, 3090; *llu.* morynion 507, 610, 1046
morwyr 1013
[munud] mynyd 2080
mwg 2022, 2934
mwnwgl 937
mwy *gr. gym.* 120, 122, 266, 309, 492 etc.
mwyaf *gr. eith.* 379, 472, 664, 767, 862 etc.; mwya 292, 951, 1296, 2617, 2618 etc.
mwyhay 3061, 3472, 3718, 4044
mwyl 752
mwyn *enw* 348, 492, 630, 708, 789 etc.; *ans.* 934
mwynedys 1412
mwyniant 2467, 2901, 3229, 3230, 3647
mwyniany 87, 441, 1566, 1771, 2883 etc.; *3 un. pres. myn.* mwyniana 1023
myfi *rhag.* 40, 192, 214, 364, 378 etc.; mifi 3025
myfyrio 850, 2524
myl 2113
myned 11, 94, 135, 138, 140 etc.; mynd 2071; *2 un. pres. myn.* ay 2144, 3829; *3 un. pres. myn.* a 1372, 3688, 3865; *3 llu. pres. myn.* ant 319, 1055, 1708; *1 un. amherff. myn.* awn 188, 909; *3 un. amherff. myn.* ai 869, 900; *1 un. perff. myn.* aethof 1872; *1 un. gorff. myn.* aethym 283, 1221, 2183, 2267; aythym 1535, 2180, 2824; *3 un. gorff. myn.* aeth 32, 508, 541, 685, 694 etc.; *1 llu. gorff. myn.* aethom 327, 1258; aethon 1224, 1235, 1248, 1252, 1256 etc.; *3 llu. gorff. myn.* aethant 535, 1289, 1618, 1777, 2191 etc.; aythant 1535; *3 un. gorberff. myn.* athoedd 338, 669, 2095; *2 un. pres. dib.* elych 2154; *3 llu. pres. dib.* elont 109; *3 un. amherff. dib.* elai 146; *1 llu. amherff. dib.* elem 916; *2 un. gorch.* dos 2695; *2 llu. gorch.* ewch 1110, 1533
mynediad 19, 20
[mynegi] *1 un. pres. myn.* manegaf 48; *3 un. gorff. myn.* manegoedd 15
myntyno 310, 1807
myny 1687, 1692; *1 un. pres. myn.* mynaf 2335, 2363, 3708; *2 un. pres. myn.* myny 996, 1687, 3140, 3379, 3826; *3 un. pres. myn.* myn 2328, 2329, 2690; *3 llu. pres. myn.* mynynt 3846; *1 un. amherff. myn.* mynwn

233, 281, 1199, 3646, 3912; *2 un. amherff. myn.* mynyd 3428; *3 un. amherff. myn.* mynai 533, 715, 2137; *3 un. pres. dib.* myno 1005, 1179, 1245, 2214, 3515 etc.; mynno 1911; *3 un. amherff. dib.* myne 3430
mynych 465, 507, 868, 1568, 1892 etc.
mynydd 240, 352, 501, 737, 825 etc.; *llu.* mynydday 908. 1028, 1098, 1106, 2092 etc.; mynyddey 1112, 2227; mynydde 1753
myrno 388; *3 un. pres. myn.* myrnaidda 1416
mysg 404, 1803; mysc 520, 641, 1628, 2029, 2905
mysgar 1731
myswr 293

na *cys.* 148, 170, 321, 321, 382 etc.; no 337, 1744, 4022; nag 321, 321, 385, 934, 1142 etc.; na *& rhag. gen. 1 un.* na'm 309; *3 un.* na'y 1012, 3009, 3379, 3655; *3 llu.* na'y 1582
na *geir. neg. gyda'r gorch.* 148, 193, 194, 948, 971 etc.; nag 3261
na *geir. mewn ateb* 3470, 3750; nag 2365, 2847, 2847
na *o flaen cymal* 66, 96, 187, 308, 351 etc.; nad 146, 215, 368, 399, 401 etc.; nas 2434; na *& rhag. gwrth. 1 un.* na'm 2138; *2 un.* na'th 3162; na *& rhag. gen. 1 llu.* na'n 2409
na *gyda'r radd gym.* 120, 122, 170, 266, 1129 etc.; no 1069, 1718, 1905, 2282, 2626; nag 62, 462, 492, 961, 1000 etc.; noc 1914; na *& y fannod* na'r 313, 871, 1337, 1339, 1717; no'r 2626 ; na'rr 2638; na *& rhag. gen. 2 un.* na'th 2343, 4052; *3 un.* na'y 1456; no'y 1399; *3 llu.* na'y 2889, 3120
nachaf 974
nage *adf.* 2341, 2341
naill 1500, 3941
namyn 2392, 3035, 3964
[nâr] nar 1646
naturiol 1907; natyriol 507, 875, 1047, 1999, 3066
natyr 24, 3141, 3144, 3173, 3406 etc.
natyriaeth 113, 287, 292, 502, 1435 etc.; natyrriaeth 2321
nawfed 1492
nawr 2616
nawsaidd 1203

[nawseiddio] *2 un. pres. myn.* nawsaiddia 3501
neb 86, 114, 164, 409, 1120 etc.
nef 110, 111, 321, 352, 358 etc.; *llu.* nefoedd 855, 1566, 1975, 2516, 2882 etc.; nefodd 4075
nefol 470, 1132, 1566, 1588, 1622 etc.; nefawl 2743
[neidio] naidio 954, 1302, 1544, 1603, 1799 etc.; *3 un. pres. myn.* naidia 3527; *1 un. gorff. myn.* naidais 1617
[neidr] naidr 365, 366; *llu.* nadredd 1637
[neilltuo] nailltyo 3205; *2 un. gorch.* nailltya 4005
[neilltuol] nailltyol 488, 3354, 3586, 3673
nerth 44, 67, 69, 523, 649 etc.; *llu.* nerthodd 4122
nerthog 4073
nerthy 2078, 2502, 2546, 2699, 2946 etc.; *3 un. pres. myn.* nertha 4072; *3 un. gorff. myn.* nerthoedd 2083, 2243, 2786; *amhers. gorff.* nerthwyd 3394; *2 un. gorch.* nertha 1957
nes *adf.* 246, 335, 434, 651, 702 etc.
[nesaf] nesa 2108
nesay 3480, 3510, 3560; *2 un. gorch.* nasa 4069
netwith 1646
[neu] *cys.* nay 605, 1018, 2860, 3390, 3978, 4025; nei 12; ne 623, 820, 945, 1158, 1174 etc.; ney 58, 59, 62, 66, 71 etc.
[neuadd] nayadd 1181, 2756
newid 185, 532
newidio 173, 1558, 2207, 3168, 3660
newydd *ans.* 865, 1320, 1840, 1855, 2124 etc.; *enw. llu.* newyddion 2859
newyddaidd 2247
newyn 82, 1090, 1754, 2061, 2877, 3530
[newynllyd] nywynllyd 881
ni *rhag. pers.* 17, 17, 22, 24, 265 etc.
[ni] *neg.* ny 70, 70, 104, 164, 196 etc.; nyd 64, 70, 84, 112, 120 etc.; nnyd 2178
nifer 721, 4088; *llu.* niferoedd 674
ninay *rhag.* 2415, 2996, 3452; nine 4095; niney 2423, 3257, 3287
[nis] nys 162, 1686, 1687, 2118, 3074 etc.
[niwlo] nywlo 2484
[niwlog] *llu.* nywlogion 3146
nodedig 26
nodi 2750
[nodwydd] nydwydd 926

noeth 891, 1169, 1278, 2195, 3133
[noethi] *3 un. gorff. myn.* noethoedd 494
noethlymyn 880
nos 948, 968, 1102, 1176, 1180 etc.
nwyd 341
nwyfant 52; gw. hefyd *Enwau Priod*
nyni *rhag.* 1102, 1224, 1248, 1259, 1301 etc.
nyrddo 2084

o *ardd.* 7, 8, 9, 13, 14 etc.; o & *y fannod* o'r 3, 19, 42, 49, 65 etc.; o'rr 2848; o & *rhag. gen. 1 un.* o'm 55, 67, 304, 374, 782 etc.; *2 un.* o'th 1686, 1958, 1995, 2737, 3364 etc.; *3 un.* o'i 665, 1882, 2590, 2590, 2643 etc.; o'y 40, 337, 355, 361, 377 etc.; o'e 510; *1 llu.* o'n 2803, 2944, 3306; *3 llu.* o'y 383, 503, 1854 etc.; o'i 1851; *1 un.* ohanaf 1646; *2 un.* ohanat 3950; *3 un.* ohano 585, 1888, 3030, 3069; ohanno 3070; ohonaw 5, 2023; *1 llu.* ohanom 329, 4116; *3 llu.* ohanynt 350, 402, 642, 892, 924 etc.; ohannynt 3792; ohonynt 900
o *cys.* 343, 397, 674, 1089, 1094 etc.
o *ebych.* 180, 180, 180, 856, 1126 etc.
oblegid 25, 386, 887, 1748, 3791
[ocr] ocor 514; oker 1417
och 313, 1653, 1653, 1656, 1821 etc.
[ochenaid] *llu.* ychnaidion 2026
[ochneidio] ychnaidio 3303
od *cys.* 1554, 2348, 3829, 4031, 4099
[odid] odyd 2339
oddi 1517, 1695, 4068, 4074; oddy 37, 37, 85, 146, 193 etc.
oddyno 20, 583, 694, 871, 1235 etc.
oed 267, 3795
oedi 1608, 1910
oedran 51, 54, 54, 55, 261 etc.
oel 2645, 2646
oer 102, 1300
oerfel 82, 1090
oeri 3508
oes *enw* 312, 986, 1002, 1783, 1787 etc.; *llu.* oesoedd 2469, 2706
[oesol] oysol 4123
ofer 187, 207, 252, 292, 987 etc.
oferedd 41, 44, 89, 254, 630 etc.; ofereidd 1877; gw. hefyd *Enwau Priod*
ofn 385, 445, 665, 1142, 1956 etc.
ofni 369, 914, 3449, 3602, 3612 etc.;

1 un. amherff. myn. ofnwn 279; *1 un. gorff. myn.* ofnais 2076, 2084, 2255, 3813
ofnys 1092, 1517, 2072, 2581, 2794
offairiad 2414; *llu.* effairiaid 818
offrwm 430, 474, 480, 615, 725 etc.
ogof 2219
oherwydd 3706, 3958
[**ôl**] ol *ans.* 14, 34, 250, 383, 394 etc.; *enw* 14, 76, 373, 677, 718 etc.
oliff 1511
oll 29, 49, 53, 103, 466 etc.
ond 34, 113, 153, 165, 169 etc.
[**oni**] ony 288, 1016, 2016, 2030, 2673 etc.; any 245
[**onid**] onyd *cys.* (= *eithr*) 72, 189, 221, 225, 243 etc.; *geir. mewn gof. neg.* 77, 3847; *cys.* (= *nes*) 1065
opiniwn 310, 517, 3166; *llu.* opinionay 1698, 3152
[**ordeinedig**] ordainedig 2884
ordeinio 537; ordeino 724; *3 un. gorff. myn.* ordeinoedd 649, 997; ordainoedd 372, 3850
order 1259
os 154, 167, 318, 461, 781 etc.

pa 240, 244, 261, 267, 345 etc.; p'yn 137, 480, 597, 900, 1084 etc.
padellaid 3508
padriarch 455, 536, 542, 613
paham 800; pyham 1695, 2860; pwyham 1877
pais 282, 601, 2134
paladr 1210
palffrai 325, 1618
pally 1111; *3 un. gorff. myn.* palloedd 2496
pam 1694, 1696, 1697, 1697, 1698 etc.
pan *cys.* 56, 67, 107, 109, 131 etc.; pann 265, 4005
paradwys 4120; pradwys 2440
[**paratoi**] parodhay 1379, 2233, 3054, 3983; parothay 1380, 2189, 2208; parottay 3009; partoi 228, 2246, 3042; *1 un. dyf. myn.* paratoaf 956; *3 un. gorff. myn.* partoedd 1216, 2525; partoawdd 182
parc 1505
parch 47, 1234
parhay 3336, 3791; *3 un. pres. myn.* pery 1709, 2724; *3 un. gorff. myn.* parhaoedd 3795

parod 258, 644, 792, 982, 1621 etc.; *gr. gym.* parotach 3000
[**parsel**] *llu.* parrseley 1284
parsli 1731, 1744
parth 3673
pasiwn 2467
pawb 126, 310, 503, 554, 1179 etc.
pawin 308
pawines 976
pe *cys.* 1080, 2338, 3496; pey 3749; & *3 un. amherff. dib.* pet 2451, 3457; & *2 llu. amherff. dib.* petfaychwi 1700; & *3 llu. amherff. dib.* petfasent 476
pechadurys 1892, 1908; pechadyrys 1066, 2090, 2161, 2206, 2744 etc.
pechadyr 1957, 2230, 2365, 2384, 2386 etc.; *ben.* pechadyres 2506, 2509, 2527, 2601; *llu.* pechadyriaid 1477, 1913, 2178, 2246, 2307 etc.
pechod 44, 123, 124, 286, 288 etc.; *llu.* pechodav 1895, 1925, 1926; pechoday 1333, 1427, 1442, 1462, 1465 etc.; pechode 1481, 1828, 1854, 2005, 2008 etc.; pechodey 384, 1331, 1426, 1449, 1949 etc.
pechy 477, 1885, 2667, 2668, 3292 etc.; pechv 1910; *2 un. dyf. myn.* pechy 4004; *3 un. gorff. myn.* pechoedd 2672; *3 un. pres. dib.* pecho 2652
pedair 927, 3547, 3550, 3641, 3643, 3647; pedairr 3552
pedwar 21, 1577, 1908, 3141, 3642; pedwarr 3563
pedwrydd 55, 1326, 1395, 1488, 2812, 3173
pei *cys.* 303, 518, 820, 1738, 1983 etc.; pai 3749; pey 3530
[**peidio**] paidio 919, 3420; paido 1891
[**peintedig**] paintedig 977
[**peintio**] paintio 765, 931, 941, 1253, 2562, 3596
[**pêl**] pel 641, 1516
[**pell**] *gr. gyf.* pelled 687; *gr. eith.* pella 3425
pen 125, 144, 246, 688, 753 etc.; penn 816, 1152; *llu.* penay 530, 1281, 1348; peney 359, 1727
penaethiaid 177, 302; penaithiaid 2035
penaf 353, 724, 1842, 2477, 3103, 3104; pena 546, 3057, 3313
penben 1389
penlinio 2949, 3782; penlino 2125; *1 un. gorff. myn.* penlinais 3735

MYNEGAI I'R TESTUN 185

pennod 2978, 3197, 3658; penod 93, 184, 227, 289, 334 etc.
[pêr] per 1510
peraidd 1161, 1255, 1299, 2062, 2534 etc.
perchen 1043
perchenog 1324
pererin 1079; *llu.* perinion 1563, 1848
[pererindod] perindod 22, 27
perffaiddwch 3132, 3695, 3717
perffaith 80, 117, 179, 512, 945 etc.; perffeidd 4121; pryffaith 1020, 2691, 2961, 3067
peri 630, 731, 791, 919, 1435 etc.; perri 3853; *3 un. pres. myn.* pair 1025, 1380, 1386, 1387, 1470 etc.; *3 un. amherff. myn.* parai 1798; *1 un. gorff. myn.* perais 380, 381, 383, 469, 474 etc.; *2 un. gorff. myn.* peraist 805; *3 un. gorff. myn.* paroedd 211, 366, 453, 496, 553 etc.; parwys 756; peris 712; *3 un. pres. dib.* paro 951
perlay 1970; perls 222, 1230, 2056, 2259
perllane 1634
pert 3433
perthyn 1465; *3 un. pres. myn.* perthyn 1354, 1375, 1392, 1417, 2684 etc.
perthyny 3078
perthynys 3079, 3114, 3115
[perygl] perigl 768, 795, 1347, 1806, 2079 etc.
[peryglu] *2 un. gorch.* perigla 986
[peryglus] periglys 256, 897, 1480, 1484, 1520, 1669
petryso 909
peth 89, 95, 100, 139, 155 etc.; *llu.* pethay 505, 3634; pethe 73, 96, 154, 156, 161 etc.; pethey 219, 229, 236, 473, 474 etc.
[piau] piey 957, 1237
[pib] *llu.* pibe 897
pibyddiaeth 1302
pig 1341
pilerey 1226
pirad 623
plain 2108, 3142, 3144, 3145
planedey 406; planede 113
plas 1174
[plât] plat 208, 2056, 2850
ple *rhag. gof.* 1647, 1662, 1663, 2048, 3846
plegid 1416, 2870

plemys 1511
plentyn 25, 32, 232, 751, 784 etc.; *llu.* plant 18, 373, 432, 466, 497 etc.
plentynaiddrwydd 52
plethedig 2040
plyf 324, 325, 1515
plyfdew 2166
[po] pa 292
pob 80, 81, 95, 100, 104 etc.
pobl 395, 410, 461, 501, 503 etc.
pobloedd 262, 338, 344, 474, 522 etc.
poen 27, 1012, 1026, 1091, 1453 etc.; *llu.* poenay 3608, 3692, 3849; poenne 3880; poene 1734, 1768, 2063, 2203, 2288 etc.; poeney 1838, 2033, 2265, 2291, 3770 etc.
poenedig 995, 1087
poeni 1369, 1831, 2031, 2069
poeth 1288, 2023
poethfan 1393
poethter 1458
pont 1518, 1519
porfa 1024
porth 1175, 1330, 1357, 1377, 1396 etc.; *llu.* pyrth 2774, 2782
porthi 1803; *2 un. gorch.* portha 2744
porthor 1429
posi 1330
posybl 2913
[pothell] *llu.* pothelley 1745
power 3032
pregeth 2470, 2708, 2712, 2758; *llu.* pregethay 390
pregethwr 2252, 2261, 3097, 3099; prygethwyr 3624
pregethy 29, 386, 825, 1146, 2488 etc.
preladiaid 1041
pren 703, 752, 781, 880, 1132
presay 2850
presenol 669, 987, 2168, 2865, 2869 etc.
preswylio 2867, 2909
prico 1759; *3 un. gorff. myn.* pricoedd 2268
pridd 1750, 2933, 3044, 3046, 3046
priod 660, 666
priodad 865
priodas 681, 813, 814, 1466
priodi 743, 786; *3 un. gorff. myn.* priodawdd 436; priodes 840
priodol 99, 3091, 3136, 3139
pris 638, 2771, 2972
prisio 137, 384, 763, 1027, 1716 etc.; prrisio 1282; *1 un. amherff. myn.*

prisiwn 279; *2 un. gorch.* prisia 3979, 4066
profedigaeth 1762, 2416, 3270; profedigath 4065; *llu.* profedigaethay 3161, 3476, 3905, 3909
profi 867, 2843, 3169, 3655; *1 un. gorff. myn.* profais 353
proffid 1024
proffwyd 744, 858, 2334, 2345, 2350 etc.; *llu.* proffwydi 732, 733, 756, 1042, 2609 etc.
prwfo 2607; *1 un. gorff. myn.* prwfais 133; *3 un. gorff. myn.* prwfoedd 2637
pryd (= *amser*) 241, 260, 269, 288, 403 etc.; pryd (= *harddwch*) 1264
pryderaeth 230, 243
pryderi 2283
prydery 278, 1092, 1279, 1664, 3622, 3818; *3 llu. pres. myn.* pryderant 1056
pryderys 1222, 1756, 4027
pryfyn 1459; *llu.* pryfaid 1637
[prynsbal] *gr. eith.* prynsbala 349
prynses 3570
prynwr 2512, 2731, 3427, 4111
prysyr 343, 2927, 3778
prysyrdeb 3768
[pureiddio] *2 un. gorch.* pyraiddia 1009
[pŵer] pwer 373, 719, 1244, 2907, 3618; pwfer 2296
pwll 1880, 2024, 2136, 3719
[pwnc] *llu.* pyngcay 3923, 3926
pwplican 4025; *llu.* pwplicans 2397, 2432
pwrcas 1455
pwy *rhag. gof.* 48, 88, 124, 261, 262 etc.; pw 3840
pwynt 3959
pwysig 519
pwyso 982
pycho 3337
pymed 1326, 1419, 1489, 2813
pymp 266, 829, 2613, 2630
pyraidd 27, 3101, 3350, 3480, 3599; pyrraidd 3705; pywraidd 117, 121, 2248, 3044, 3358, 3487
pysgod 75, 1512; pysod 1390
pysgod-lynay 1512
pysgodwr 1389
pysgota 2004
pytain 864, 872, 879, 885, 1447 etc.; *llu.* pytainaid 2123
pytaindy 869, 872

philosophers 1548, 2988
philosophi 850
[rŵan] rwan 17
rhad 1928, 2418, 3068, 3716; *llu.* rhade 1132, 3065; rhadey 929
rhaff 702
rhag *ardd.* 444, 505, 665, 672, 785 etc.; *3 un.* rhagddo 442, 1817; rhogddi 979
rhagor 957, 1551, 1609, 3326; rhagorr 1610
rhagori 872, 1194, 1265, 1523, 2854 etc.; rhagorri 1313
rhagoriaeth 3237
rhai 31, 53, 106, 107, 128 etc.; rrai 1361
[rhaibio] *1 un. gorff. myn.* rhaibais 731
rhaid (= *angen*) 167, 195, 222, 269, 885 etc.; (= *ymryson*) 1317
rhaidiol 95, 189, 229, 239, 3515 etc.
rhain 103, 297, 713, 1165, 1582 etc.
rhan 664, 766, 862, 904, 1102 etc.; rhann 1207, 1577, 1809, 1870, 3012, 4038
[rhancboddiaeth] rhangkboddiaeth 1702; rhaincboddiaeth 1175
[rhannu] *3 un. gorff. myn.* rhanoedd 400
rhawn 2108, 2250
[rhedeg] rhydeg 125, 168, 1300, 1472, 1509, 1603; *3 un. pres. myn.* rhydeg 1811; *3 llu. pres. myn.* rhedant 1280
[rhedegfa] rhygedfa 1811
[rheini] rhaini 408, 411, 461, 530, 965 etc.
rhengi 254, 951, 956
rheol 3437
[rheolaeth] rhiolaeth 763, 2701, 3565; *llu.* rhiolaethay 1809
[rheoli] rhioli 263, 274, 896, 1041, 1431, 3638; *1 un. gorff. myn.* rhiolais 488, 489; *2 un. gorff. myn.* rhiolaist 345; *3 un. gorff. myn.* rhioloedd 2668
[rheolwr] rhiolwr 724, 1241; *ben.* rhiolwraig 224, 235
rhester 688
[rheswm] rheswn 167, 2271, 2985, 3162, 3206, 3565; *llu.* rhysynay 3147
[rhesymol] rhysymol 3391
[rhesymolder] rhysymolder 1381
[rhialtwch] rhialwch 2059
rhifedi 347, 376, 2283, 2736, 2750, 3224
rhinwedd 927, 1959, 2534, 2909, 2966 etc.; rrinwedd 2997; gw. hefyd *Enwau*

Priod; *llu.* rhinwedday 513, 2967, 3061; rhinwedde 85, 142, 179, 428, 1339 etc.; rhinweddey 985, 1019, 2537, 3059, 3065 etc.; rrinwedday 3997
rhinweddol 828
rhinweddys 1046, 3017, 3018, 3335, 3585
rhith 431, 1655, 3168
rhod 1772
rhodio 983, 3727, 3934; *1 un. pres. myn.* rhodiaf 2904; *1 llu. gorff. myn.* rhodiasom 2092
rhodd 65, 2008, 2740, 3057, 3063 etc.; *llu.* rhoddion 930, 1569, 1571, 1982, 2629 etc.; rhoddionn 3971
rhoddi 164, 168, 957, 1008, 1109 etc.; rroddi 2716; rhoi 511, 616, 855, 880, 969 etc.; *1 un. pres. myn.* rhoddaf 2760, 2888; *3 un. pres. myn.* rhydd 3222; rhy 1924; *amhers. pres.* rhoddir 3316, 3316; *amhers. amherf.* rhodded 2662, 2663; rhoed 2662, 2663; *1 un. gorff. myn.* rhoesym 718, 2015, 2766, 2805; *2 un. gorff. myn.* rhoddaist 3707; rhoddeist 2642; *3 un. gorff. myn.* rhoddes 785, 1126, 1902, 3539, 3785; rhoes 24, 145, 564, 645, 742 etc.; *3 llu. gorff. myn.* rhoesont 825; *amhers. gorff. myn.* rhoesbwyd 2174; *3 un. gorberff. myn.* rhoddesei 39, 2770; rhoesai 1320; *2 un. pres. dib.* rhoddych 3410; *3 un. pres. dib.* rhoddo 1679; *2 un. gorch.* rho 971, 3966; *2 llu. gorch.* rhowch 2696
rhoddiawdur 2918
rhoddwr 2578
rhos 1299
rhwng 56, 102, 102, 103, 820 etc.; *1 llu.* rhyngom 2995; *3 llu.* rhyngtynt 101
rhwyd 75, 1390
rhwydd 673; *llu.* rhwyddion 1503
rhwyfys 942, 2274
rhwyfysiad gw. *Enwau Priod*
rhwym 794, 3132
rhwymedig 1154, 2669
rhwymo 129, 160, 880
[**rhwystr**] rhwystyr 3240, 3699
rhwystro 1381, 2330; *3 un. gorff. myn.* rhwystroedd 316
rhy *adf.* 802, 2840, 3532
[**rhybuddio**] rhybyddio 1931; *3 un. gorff. myn.* rhebyddioedd 1930
rhydd 299, 769, 1553, 2989, 2991 etc.

rhydd-did 383, 3047
rhyddhad 2295
rhyddhay 1996, 2006, 2323, 2324, 2410 etc.; rhyddhae 1888; *3 un. gorff. myn.* rhyddhaoedd 2080
rhyddwyllys 2979, 2987, 2990, 2993, 2994 etc.
rhyfedd 244, 1968, 2861, 2893, 3680, 3683
rhyfeddfawr 1517
rhyfeddod 2215
rhyfeddy 1060, 2150, 3661, 3663; *1 un. gorff. myn.* rhyfeddais 1177, 2087, 2153, 2170
rhyfel 180, 381, 652, 748, 768; rhyvel 14; *llu.* rhyfeloedd 1791, 1808
rhyfelwyr 3619
[**rhyfyg**] rhyfig gw. *Enwau Priod*
rhyfygys 131, 248, 1462, 2851, 2923
rhyo 3838
rhysod 222
rhythr 1126
rhyw *ans.* 180, 291, 384, 470, 597 etc.; *enw* 1503, 1513, 1530, 3642, 3763; *enw llu.* rhywion 1501
rhywbeth 3330
rhywbryd 835
rhywiog 2579, 3894

sach 2109, 2251
saeth 655, 782, 1269, 1273, 1282; sayth 1272
saethy 954, 1270, 1285, 3563; *3 un. gorff. myn.* saethoedd 783; *3 un. gorberff. myn.* saethysei 1321
safedig 423, 553
safnrythy 2075
safwr 2022
sain 2235
saith 112, 1323, 1493, 2810, 2819, 2974
salm 2081, 2768, 3024; *llu.* salmay 1842, 2939, 4012; salme 2458; salmey 1053
salwedig 2479
salwhay 1143, 1375, 2825, 3944, 3957; *3 un. pres. myn.* salwha 2604, 3888, 3974
[**sanctaidd**] santaidd 463, 464, 478, 2358, 2536 etc.; santeidd 4117; santtaidd 3994
[**sancteiddio**] sanntaiddio 3901; *amhers. gorch.* santaiddier 3936
[**sancteiddrwydd**] santeiddrwydd 4121; santaiddrwydd 473, 1047, 1072, 1856, 2160 etc.

saney 252, 2134; ysaney 206
sant 28, 80, 2407; sain 2952; saint 26, 114, 289, 479, 480 etc.; *llu.* saint 468, 1035, 2748, 2753, 2939 etc.
sardo 1657
sarff 2039; sarph 12
sattan 1969
sawl 72, 332, 468, 958, 1005 etc.
scwthin 601
sef 51, 116, 135, 1370, 1414 etc.
sefyll 270, 598, 769, 862, 923 etc.
sefyllfa 1494, 1495
segyrllyd 1602
segyryd 208, 988
sengi 1798
[seithfed] saithfed 1327, 1467, 1490, 2477, 2814
seneddwyr 836
[sêr] ser 113, 406, 3687
serten 1333, 1874, 2245
[siampl] *llu.* sompley 3791
[sicr] sicir 1028, 1423, 3458
sidan 234, 2054, 2846, 2850
sidanaidd 2571
singco 1967
sitsio 649
[siwr] sywr 994, 1365, 2702, 3110
[siwrneio] siwrnaio 1201
sodley 1114, 2077
soniaday 1444
soniant 1686
sownd 2225
[staer] *llu.* ystaeray 1227
storiay 17; gw. hefyd *ystori*
sur 934; *llu.* syrion 156
swper 1184, 1197, 1522, 1529, 2748
swpery 1297; *1 llu. gorff. myn.* swperyson 1522
swydd 726, 1311, 1311
swyddog 1194
swyn 668
swynoglay 1666; swynogley 1162
swynogli 1122, 3164; *3 un. gorff. myn.* swynogloedd 959; *amhers. gorff.* swynoglwyd 1654
[swynserchu] *3 un. gorff. myn.* swynserchoedd 667
[swynwraig] *llu.* swynwragedd 734
syberwyd 287
sych 102, 2455
syched 82, 1090, 1754, 1832, 2062
sychy 2590, 2693; *3 un. gorff. myn.* sychoedd 2551, 2571, 2643

sydd 72, 102, 103, 105, 125 etc.; sy'n 85, 1285
syler 1256
sylfaen *enw* 3106, 3108; *ans.* 3112
symyd 470
synaid 1030, 2848, 3116, 3754, 3998; synid 2256; *2 un. gorch.* syna 3767; *2 llu. gorch.* synwch 479, 1842, 3445
synhwyrys 3566
synwyr 68, 141, 1080, 1730, 1742, 2842
syr 2760, 2858, 3646
syrhay 3593
syrthfa 2244, 2726, 4091
syrthio 1593, 1626, 1676, 1761, 1852 etc.; *1 un. gorff. myn.* syrthiais 1629; *3 un. gorff. myn.* syrthioedd 809
[syw] *llu.* sywion 1192

tablen 1577
tad 26, 32, 35, 38, 40 etc.; *llu.* taidiay 2278
tadmaeth 1370
tadycy 452, 537, 591, 1240; tadyky 541
taer 2138
[tafarn] *llu.* tefyrn 1437
tafl 983
tafly 1336, 2128; *3 un. pres. myn.* taifil 2383; *3 un. gorff. myn.* tafloedd 2052, 2131, 2135; *2 un. gorch.* tafla 192
tafod 3442, 4027, 4030, 4033; *llu.* tafodey 2837
tagy 702
tair 51, 885, 927, 1158, 2167 etc.
taith 58, 94, 138, 188
talent 2630, 2631, 2631
taliad 646, 1729, 2036, 2295, 3349, 3361; *llu.* taliade 1744
taly 2615; *3 un. pres. myn.* tal 3180, 3788
tamaid 2767, 2769
[tân] tan 407, 1832, 2021, 2224, 2225 etc.
tanllyd 222
[tarfu] *amhers. gorff.* tarfwyd 1621
tario 98; *3 un. pres. myn.* tarra 1022; *3 un. gorff. myn.* tariodd 1552
taro 1285; *1 un. pres. myn.* trawaf 782; *3 un. gorff. myn.* trawoedd 1270, 2789; *3 un. pres. dib.* trawo 1286
tarth 2021
tawly 911, 1462; *3 un. gorff. myn.* tawloedd 2188
[taylwr] taylwrr 223

MYNEGAI I'R TESTUN

tebig 31, 168, 268, 271, 574 etc.; *gr. gym.* tebygach 1219
[tebygaeth] tybygaeth 3981
tebygy 5, 1724; *2 un. pres. myn.* tebygy 1106, 3976; tybygy 3978; *1 un. amherff. myn.* tybygwn 1161, 1320; *3 un. pres. dib.* tybyco 88; *2 un. gorch.* tebig 3977
teg 636, 648, 687, 906, 907 etc.; *gr. gyf.* teced 705; *gr. eith.* tecaf 910; tegcaf 642
tegwch 143, 707, 1264, 1265, 2563, 3731
teilwng 2742, 2743; tailwng 3625, 3832, 4030
teilyngdod 4102, 4110
teimlo 2601; taimlo 1899; *3 un. pres. myn.* taimla 1912; *amhers. amherff.* taimlid 1464; *3 un. gorff. myn.* taimlodd 495
teml 1262, 2903, 3683, 3685; temel 706, 1438; *llu.* temlay 421, 467
tenys 1515
terfyn 1569, 4018
[terfynu] *3 un. pres. myn.* terfyna 4124; tyrfyna 2831
[tew] *llu.* tewonn 1322
tewi 877
teyrn 1231
teyrnas 1566, 1781, 1861, 2516, 2791 etc.; ternas 763, 1784
[teyrnasiad] ternasad 394
teyrnasy 274, 441, 461, 730, 828 etc.; ternasy 375, 418, 1780; tyrnasy 4057; ternasu 1334, 1564; *1 un. gorff. myn.* teyrnesais 404; *3 un. gorff. myn.* ternasoedd 522
ti *rhag.* 148, 195, 196, 265, 269 etc.
tir 21, 715, 769, 1016, 1021 etc.; *llu.* tiroedd 1514
[tirio] tirwy 4095; *3 un. gorff. myn.* tirioedd 446; tiriws 4096
tirion 2257, 3745; *gr. eith.* tirionaf 2731
tirionwch 4090
tithay *rhag.* 197, 2154, 3537; tithe 2030, 3429, 3538, 3990, 4069; tithey 2172, 3423; tythay 3412
tlawd *enw* 1416; *ans.* 1785, 1786; tylawd *enw* 2699; *ans.* 4049; *enw. llu.* tylodion 275, 2696, 3595, 3887, 4048; *gr. gyf.* tylotet 2876
[tlodi] tylodi 1737
[tlws] *enw llu.* tlysey 938, 1249
[tom] *llu.* tomydd 1440
tor 1216

tori 123, 128, 173, 279, 533 etc.; *3 un. pres. myn.* tyrr 3502; tery 2088; *3 un. gorff. myn.* toroedd 564, 744, 796, 877, 2133; *3 un. pres. dib.* torro 1343
tortsis 1193
tost 799, 1271, 1656, 1840, 1945
tostiryaidd 1902; tostyriaidd 1903
tostyrio 2125
tostyrys 1575, 1627, 1925, 2042, 2113, 2299
tra *cys.* 228, 318, 630; *adf.* 837; try *cys.* 1284, 1798
[trachefn] trychefn 1506
trachwant 42, 83, 987, 1356, 1402 etc.; gw. hefyd *Enwau Priod*
trachwanty 2274
trachwantys 1398, 1403, 1405, 1408, 1409 etc.
traethy 31, 337, 347, 485, 609 etc.; *1 un. pres. myn.* traethaf 265; *3 un. pres. myn.* traetha 219, 464, 544; *1 llu. pres. myn.* traethwn 1494, 1764; *amhers. pres.* traethir 2478, 3678; traethyr 2889; traythyr 2976; *1 un. gorff. myn.* traethais 1870; *3 un. gorff. myn.* traethoedd 9, 13, 27, 890, 975 etc.; traethes 7; *amhers. gorff.* traethwyd 3024; traythwyd 4115
[trafael] trafayl 1023, 1025; trafel 913, 1012, 1091, 1454, 1750 etc.; *llu.* trafaelion 1768
trafaely 445; tryfaely 1000; *3 un. pres. myn.* trafaela 1752; *3 un. gorff. myn.* tryfaeloedd 849; *3 un. gorch.* trafaeled 2970
tragwyddol 45, 374, 1062, 1072, 1728 etc.; tragywyddol 1709; trygwddol 4058, 4078, 4086
tragywydd 1839
trais 274, 609, 1418, 1466, 3692
trallod 1735, 1770, 1806, 1811, 2229 etc.; *llu.* tralloday 3476; trallode 4052; trallodey 2943
trallodedig 1080, 1647
trallodi 171, 1370, 1386, 1457, 3420; trallody 1916
tramgwydd 2888
tramwy 996, 1102
tran 1553
tranoeth 1206, 1210
trasay 1051, 1775, 2058, 3332, 3413 etc.; trasey 1053
trefn 3726

trefny 1225
trefydd 173
treigl 1, 8, 9, 13, 18 etc.; traigl 31, 32, 58, 146, 186 etc.; tregl 15
[**treiglo**] traiglo 1814, 2149
[**treisio**] traisio 507, 603, 660, 2281; treiso 4057; *3 un. gorff. myn.* traiswys 647
tresor 219
tresordu 1248
[**treul**] trayl 3470
[**treulio**] traylio 903, 2697; traylo 50, 234, 236, 1001, 1066 etc.; *3 un. pres. myn.* trayla 1453; *1 un. gorff. myn.* traylais 39; *3 un. gorff. myn.* trayloedd 1822; traylodd 33
tri 392, 569, 587, 1105, 1457 etc.
tridiey 236
trigadle 2883, 4122
trigadwr 2896, 2898; *llu.* trigadwyr 2895, 2898
trigadwy 2903, 2907, 3317, 4099
trigo 111, 372, 434, 456, 521 etc.; *3 un. pres. myn.* trig 1677, 3109; *1 llu. pres. myn.* trigwn 3467; *3 un. gorff. myn.* trigoedd 401; trigwys 850, 891
[**trimio**] trymo 1315
trin 2033
trindod 3156, 3704, 3915
trist 2113
tristay 800, 1116, 3294; tristav 1903
tristyd 1359, 1821, 2293, 2925, 3691, 3697
troddi 2406; *3 un. gorch.* trodded 4108
troed 624, 1673, 2076, 2082; *llu.* traed 760, 2186, 2550, 2570, 2589 etc.; trraed 2549
[**troedi**] *3 un. amherff. dib.* troede 1519
[**troëdig**] troedig 1638
troeledig 2021
troi 551, 942, 1105, 1402, 1480 etc.; *1 un. pres. myn.* trof 2357; *3 un. pres. myn.* try 2089, 2292; *1 llu. pres. myn.* trown 898, 1841; *2 llu. pres. myn.* trowch 3954; *2 un. dyf. myn.* troy 2156; *1 un. gorff. myn.* troesym 45; *3 un. gorff. myn.* troes 3, 586, 1657, 2169 etc.; trosoedd 2567; *2 un. gorch.* tro 2356; *2 llu. gorch.* trowch 2345, 2372; *amhers. gorch.* troed 2352
tros 2023
[**truan**] tryan 153, 661, 703, 1079, 1133 etc.; *llu.* tryain 2052, 2325, 2475, 2489, 2603

[**trueni**] trieni 1984, 2097, 2301, 2353, 2382 etc.
[**trugaredd**] trigaredd 40, 46, 1859, 1951, 1958 etc.; trygaredd 4105, 4113
[**trugarhau**] *3 un. pres. myn.* trigarha 2602; *2 un. gorch.* trigarha 4026
[**trugarog**] trigarog 1999, 2348, 2350, 2513, 3233 etc.
trwa 520, 2071
trwm 1738, 2068, 2326, 2384, 3778; *llu.* trymion 2166
trwsiad 190, 212, 229, 276, 868 etc.; *llu.* trwsiaday 2112; trwsiade 1232, 2057, 2698; trwsiadey 1165, 1190, 2374
trwsiady 226
trwy 33, 36, 44, 170, 213 etc.; *3 un.* trwyddo 810, 2394; *3 llu.* trwyddynt 3553
trwydded 1412, 1523, 3331
trwyll 2783
trwyn 1814
trwyn-rwym 1388
trydydd 418, 420, 600, 658, 1325 etc.; trydy 822, 1488, 2811, 2832
trymder 1359, 1469, 1490, 4015
tu 1448, 1449, 2517, 2520, 2922, 2924; ty 543, 2517, 2922, 2925, 2925, 4010
[**tua**] tia 521, 855, 1942
[**tuag**] tiag 280, 923, 1948, 3988
twll 2144, 2184
[**twˆr**] twr 396, 401, 770, 1293, 1324 etc.
twrch 1409, 1438, 1439
[**twtsio**] *3 un. gorff. myn.* twitsioedd 2268
twyll 148, 583, 1375, 1417, 1542
twyllo 314, 1010, 1120, 1133, 1724 etc.; *amhers. gorff.* twyllwyd 1656; *2 un. gorch.* twylla 3176
twyllodrys 313, 366, 993, 1873, 3759
twyllwr 1683, 1697
twym 102
twym-coch 2038
[**twymwresogi**] *3 un. pres. myn.* twymwresoga 296
[**tŷ**] ty 99, 336, 546, 1178, 2541; tu 738, 746, 1252, 1468, 1719 etc.; tv 32; *llu.* tai 749, 1043, 3596
tybiaid 72, 77, 78, 86, 189 etc.; *1 un. gorff. myn.* tybais 61, 393; tybiais 68, 821, 1654, 2298; *2 un. gorff. myn.* tybiaist 2034
tybied 132, 484, 595, 751, 823 etc.; tybed 1304

MYNEGAI I'R TESTUN

tydi *rhag.* 856, 1001, 1006, 1026, 1097 etc.; tidi 805; tydy 4073
tyfu 1299; tyfy 1015, 1501, 1502, 1508, 1510; *3 un. pres. myn.* tyf 1479, 3516; *3 un. gorff. myn.* tyfoedd 3798; *3 un. pres. dib.* tyfo 293
tynghedfen 1249, 1772
tynghedfenys 1127, 3715
tyngy 629, 2276; *3 un. pres. myn.* twng 1400
tylwyth 726, 1043
tyllad 2142, 2151
tymeraiddrwydd 2976, 3548, 3560, 3645, 3651; tymeraiddrwyd 3637; temeraiddrwydd 3638; temherraiddrwydd 3557; gw. hefyd *Enwau Priod*
tymhery 1191, 2999
tyner 1254
tynny 1933, 1975; tyny 1145, 1273, 1672, 2137, 2185 etc.; *3 un. pres. myn.* tyn 109, 288; *amhers. pres.* tynir 3525; *1 un. gorff. myn.* tynais 1642; *3 un. gorff. myn.* tynoedd 1169, 1271, 1867, 1992 etc.; *3 un. gorberff. myn.* tynnysei 631; *amhers. pres. dib.* tyner 3162
tyst 3290; *llu.* tystion 3288
[tystiolaeth] tystolaeth 1804, 3274, 3281, 3283 etc.; *llu.* tostolaethay 2388
[tystiolaethu] tystolaethy 1278, 1573, 3276, 3278, 3452; tystolaythy 2560; *3 un. pres. myn.* tystolaetha 289; *amhers. pres.* tystolaethir 3271
tywad 2452
tywallt 3048
tywyll 2020; *llu.* tywyllion 3438
tywyllwch 43, 64, 103, 158, 3664 etc.
tywylly 1937; *3 un. pres. myn.* tywylla 1389, 1390; *3 un. gorff. myn.* tywylloedd 1109
tywyn 3686
tywyny 1970
tywysog 776, 1228, 1233, 1236, 1240 etc.; *llu.* tywysogion 172, 275, 510, 653, 1040 etc.
tywysogaidd 778, 1334

[uchaf] ycha 324, 2105, 2109, 3607; ywchaf 2984, 2994
[uchel] ychel 687, 1900, 2269, 3616; ywchel 396, 760, 879, 1021, 1117 etc.; gw. hefyd *uwch, uchaf*
[uchelder] ywchelder 3385
[uchelfalch] ywchelfalch 1720, 2847
[uchod] ychod 3648
[udo] *1 un. gorff. myn.* ydais 1644
[ufudd] yfydd 46, 49, 108, 122, 522 etc.; yddyf 1894
[ufudd-dod] yfydd-dod 1049, 1338, 1353, 1927, 2540 etc.; gw. hefyd *Enwau Priod*
[ufuddhau] yfyddhay 177, 1061, 1142, 1944, 3905, 4100; *2 un. pres. myn.* yfyddhay 3952; *3 llu. amherff. myn.* yfyddhaynt 723
[uffern] yffern 110, 111, 125, 321, 359 etc.; yffernn 2931
[uffernol] yffernol 2291, 3848
[ugain] igain 53, 56
[ugainfed] igainfed 3929
[un] yn 137, 480, 597, 900, 1084 etc.; vn 24, 53, 78, 100, 104 etc.
[unbenes] vnbenes 1265
[undeb] vndeb 1383, 3488, 3742, 4079
[unig] ynig 3510; inig 2982, 3121; vnig 202, 381, 481, 615, 768 etc.
[union] inion 585, 2619, 3003, 3003, 4096; iniawn 638, 997, 1021, 1188, 1528 etc.
[unionder] iniawnder 1856
[unwaith] vnwaith 247, 351, 1423, 1432, 1676 etc.
[urddas] yrddas 70, 3013, 3443; *gr. gym.* yrddasach 2411, 3454
[urddasaidd] yrddasaidd 2843
[urddasol] yrddasol 1967, 2818, 3680
[urddasrwydd] yrddasrwydd 3531, 3755; yrddaswydd 3384
[urddedig] yrddedig 1231, 2740, 2807, 3636
[us] vs 1350, 1350
[uwch] ywch 1727, 3776
[uwchben] ywchben 1342, 1376, 1396
[uwchlaw] ywchlaw 1340, 2448, 2791, 2858, 3104 etc.

waetio 1190, 1443, 1534, 1858; waitio 698
warens 1504
[watsio] *3 un. pres. dib.* witsio 1288
[weithian] waithian 487, 1494, 1589, 1748, 1764, 2585
[weithiau] waithie 185, 1606, 1739, 3582
wrth 34, 38, 73, 85, 197 etc.; *1 un.* wrthyf 146, 146, 243, 317, 910 etc.; *2 un.* wrthyd 349, 1096, 1103, 1915, 2357 etc.; wrthyt 193; *3 un.* wrtho

196, 204, 240, 1946, 2439 etc.; wrthi 267, 340, 1695, 2680, 2695; wrthdi 938; *1 llu.* wrthym 2351; *3 llu.* wrthynt 4047
wylmentey 1254
[wylmentu] *3 un. gorff. myn.* wylmentoedd 2570
wylo 1092, 1991, 2567, 4014; *2 llu. pres. myn.* wylwch 1835; *1 un. gorff. myn.* wylais 1643, 2094, 2287; *3 un. gorff. myn.* wyloedd 799, 2434
wylofain *enw* 2292; *be.* 2373, 2693
wylofys 2549, 2565, 2694
wyneb 765, 931, 940, 1169, 1624 etc.
wypan 1620; *3 un. gorff. myn.* wypoedd 1163
[ŵyr] wyr 570, 592, 614; *llu.* wyron 548
wythfed 1491
wythnos 51, 55

y *y fannod* 1, 4, 5, 8, 11 etc.; yr 2, 12, 16, 21, 23 etc.; yrr 1684, 4013; 'r 3, 12, 17, 19, 24 etc.
y *geir. perth.* 13, 15, 72, 78, 105 etc.; i 58, 68, 73, 79, 86 etc.; yr 188, 327, 585, 675, 1221 etc.; i 187, 1916; y *geir. perth. & rhag. gwrth.* y'm 1140, 1533, 1653, 1656, 1930 etc.; y'th 3394, 3394, 3857, 3913; y'n 2067
y *gyda bod* 81, 101, 215, 597, 656 etc.; i 79, 124, 165, 243 etc.; yr 30, 36, 54, 74, 113 etc.; yrr 1396, 2024
ych 431; *llu.* ychen 1651
ychydig *ans.* 394, 628, 1050, 1400, 1494 etc.; *enw* 2148; gw. hefyd *llai, lleiaf*
[ŷd] vd 1350, 1351
ydd *geir.* 266, 440, 789, 900, 1004 etc.; yd 1132, 2640; 'dd 905, 909
yfed 1195, 1436, 1544, 1603, 1729 etc.; *1 un. amherff. myn.* yfwn 233
ynghyd 104, 3174
yma 8, 81, 88, 202, 802 etc.
[ymadael] ymadel 1600, 3258; ymado 1082, 1482, 1565, 1608, 1668, 2237
ymadrodd *be.* 2759, 3514, 3519; *enw* 366, 1077, 1989, 2066, 2605 etc.; ymadroedd 4079; 'madrodd 708; *enw llu.* ymadroddion 139, 3659; 'madroddion 980, 2094
[ymaelyd] *3 llu. pres. myn.* ymaelan 297
ymaith 193, 326, 327, 445, 473 etc.
ymarfer 503, 989, 1525, 1941; *2 un. gorch.* ymarfer 984, 3971

ymarfogi 3610, 3614, 3621, 3625
ymatal 2667
ymborth 1048, 1428, 3243
ymborthi 1195, 1601
ymdroi 1439, 1441
ymdrwsiady 1219
ymdrwsio 954, 1215; *1 un. gorff. myn.* amdrwsiais 1614; *3 un. gorff. myn.* ymdrwsioedd 323
ymddala 2676
ymddaliad 2650, 3166
ymddangos 156, 157, 157, 158, 159 etc.; *3 un. gorff. myn.* amddangoses 2251; amddangosoedd 1968, 3783
ymddiddan 922, 3489, 3511, 4007
[ymddieithrio] amddieithro 869
ymddiried *be.* 380, 2796, 3123; *enw* 3225; ymddyried *be.* 4101, 4109; *enw* 4105; ymddires *be.* 235, 3222; *3 un. gorff. myn.* ymddiredoedd 314; *3 un. pres. dib.* ymddireto 3264; amddireto 3265; *2 un. gorch.* ymddiried 192; ymddires 3262
ymddolyrio 1964, 2192, 2373
ymddwyn 1597
ymddygiad 931; 2157, 2299, 2505; ymddigiad 1065, 2461
[ymddyrchafu] ymddrychafy 2794; *3 un. gorff. myn.* amddyrchafoedd 356
[ymenydd] ymhenydd 3163
[ymerawdwr] ymherawdr 3886; amherawdr 844, 847, 865, 883, 1795
[ymerodraeth] amherodraeth 829; *llu.* amherodraethay 173
[ymerodraidd] amherodraidd 1230
ymfoddlon 255
ymfoddloni 41, 1733, 3617
ymgadw 397, 3646; *2 un. gorch.* ymgadw 979
ymgais *be.* 1587
[ymgreinio] ymgrainio 1933; ymgraino 1438, 1441; *3 un. gorff. myn.* amgrainoedd 2167
[ymgrogi] *3 un. gorff. myn.* amgrogoedd 1763, 3810
[ymguddio] ymgiddio 2796, 2897
ymgydnabod 286
ymgyffrydy 80
ymgymysgy 1703
ymgysylltio 3124
ymhalogi 2522
ymhell 37, 1004, 1464, 1633, 1701, 2854

MYNEGAI I'R TESTUN

ymhellach 745, 877
[**ymherodr**] amherodr 827, 839, 1240; *ben.* amherodres 864, 878, 967; *llu.* ymherodron 3589
ymhoeliad 2216
ymhoffi 1733
[**ymiachâd**] ymichad 1126
ymladd *enw* 566; *be.* 1386, 3434; *3 un. amherff. myn.* ymladdyse 688; *3 llu. gorff. myn.* ymladdysant 792
ymlawenhay 1559, 2238, 2943, 3343; 'mlawenhay 1592; *1 un. gorff. myn.* ymlawenhais 149, 197
[**ymliasu**] *3 un. gorff. myn.* ymliasoedd 737
ymlidio 734
ymlidiwr 473
[**ymlosgi**] *3 un. gorff. myn.* ymlosgoedd 770
ymlwygad 37
ymofydio 1964, 2173, 3291, 3846, 3895; ymofidio 2191, 3743
ymofyn 3146
ymostwng 3938
ympryd 1217, 1221, 2373
ymprydio 1054, 2125, 2950
ymprydiol 2577
[**ymregi**] *3 un. gorff. myn.* ymregoedd 2433
ymroddi 1556, 2569, 2575, 3773, 3841; ymrhoddi 2275, 2502, 2566; ymroi 81, 1890, 2568, 4053; 'mroi 602; ymrhoi 196, 490, 2284; *3 un. gorff. myn.* ymrhoddes 774; ymroddes 830; *2 un. gorch.* ymro 3899, 3959; *3 llu. pres. dib.* ymroddont 107
ymryddhay 2297
ymryson *be.* 641; *enw* 643; *3 llu. pres. myn.* ymrysonan 297
ymweglyd 785
[**ymweld**] *amhers. pres.* ymwelir 1916
ymwregysy 2109
ymwrthod 767, 895, 1131, 1854, 2970, 3910; *3 un. gorff. myn.* ymwrthodes 851; ymwrthodoedd 4085; *3 un. pres. dib.* ymwrthoto 3191
ymysg 1097, 1264, 1313, 1789, 1953, 2500; ymysc 1098, 1242, 1636, 2396, 2696 etc.
ymysgathry 1670
yn *ardd.* 3, 5, 8, 14, 14 etc.; ynn 235, 544, 1324, 1376, 1395 etc.; ym 274, 288, 404, 417, 420 etc.; ny (*yn & y fannod*) 58, 62, 79, 83, 87 etc.; nyr 860, 1017, 1026, 1233, 1338 etc.; *1 un.* ynof 2746; yno' 283; *2 un.* ynot 3941; ynod 2031, 4057; *3 un.* yndo 215, 372, 874, 1324, 1371 etc.; yndi 221, 693, 1626, 1967, 3141, 3583; yntho 558; ynthi 1976; *1 llu.* ynom 2201, 2217, 3023, 3052, 3061 etc.; *3 llu.* yndynt 916, 1493, 1503, 2231, 2686 etc.; yndyn 469
yn *geir.* 4, 5, 8, 11, 12 etc.; ynn 698, 1201, 1386, 1410, 1751 etc.; 'n 81, 157, 158, 1670, 1702, 1964; ny (*yn & rhag.*) 124, 175, 175, 333, 339 etc.
yna 204, 240, 291, 311, 670 etc.
ynfyd 1117, 1128, 1444, 1451, 1647, 2650; *llu.* ynfydion 74, 611
ynfydy 1640; *1 un. gorff. myn.* ynfydais 1972
yno 20, 54, 56, 136, 211 etc.; ynno 1140, 2288
yntay *rhag.* 2076, 3978, 3980, 3985; ynte 369, 494, 617, 815, 842 etc.; yntey 205, 512, 530, 577, 809 etc.
ynys 583, 651; ynvs 11
ysbaddy 438
ysbardyno 326; *1 un. gorff. myn.* ysbardynais 1673
ysbaynel 1803
ysbectal 1814
[**ysbeilio**] ysbailio 886, 1741; esbailio 513, 535; sbailio 67; *amhers. gorff.* ysbailiwyd 1755
ysbryd 855, 1386, 1718, 2247, 2745 etc.; gw. hefyd *Enwau Priod*; *llu.* ysbrydion 2792, 2800
ysbrydol 930, 1470, 2629, 2745, 3198 etc.; ysbydol 3861
ysbrydoli 42, 2517, 3049
ysbrydoliaeth 2481, 3051
ysgawn 324, 3505; ysgawnn 258
ysgol 1785, 2098, 2101, 2104, 2116 etc.; osgol 2141
ysgolhaig 257, 258, 2189
ysgrifenedig 437, 928, 1330, 1358, 1377 etc.
ysgrifeny 518, 549, 2264, 3518; escreveny 18; *3 un. gorff. myn.* ysgrifenoedd 21; esgrifenoedd 2314
ysgrifenyddion 819, 2395
[**ysgrythur**] ysgrythr 465; gw. hefyd *Enwau Priod*
[**ysgwyd**] *2 un. gorch.* ysgid 988

ysgyfarnog 76, 1621; *llu.* ysgyfarnogaid 1505
[ystad] ystat 1228, 1808
ystafell 1204, 1211, 1226, 1227, 1311 etc.; 'stafell 1224; *llu.* ystafelloedd 1647, 2053, 2845
ystlys 1186, 1500, 1501, 1502
ystol 2251, 2886
ystor 3472
ystori 2471; *llu.* ystoriay 569, 2848; ystoriae 7; gw. hefyd *storiay*
ystoriawyr 516
ystormedig 1752
[ystyried] 2 *un gorch.* ystyried 1627, 2559
yw 78, 83, 86, 115, 116 etc.

(2) Enwau Priod

Aba 3450
Abel 378
Aberigens 543
Abiron 722n, 727
Abram 410n, 3675
Absalon 747n
Achab 755
Achilarwy 653n
Addaf 1830
Afrad 1166, 1172
Aifft 19, 499, 500, 711, 719, 808, 3931; Eifft 426, 527
Alcaron 860n
Alcumena 606n, 619
Alexander 637, 643, 666; Alexanderr 662
Almaen 449
Alsews 618
Altirws Blascon 577n
Amen 1962, 2473, 2753, 4078, 4097, 4123
Amenophis 711n
Amon 748n
Amphitrion 606n, 620
Aniwairdeb 1218, 1318, 1446; gw. hefyd *Geirfa*
Anlladrwydd 1167, 1173, 1202, 1255; gw. hefyd *Geirfa*
Annas 817n; Anas 1070
Anobaith 1519; gw. hefyd *Geirfa*
Antonivs Basian Caracala 838–9n
Araxa 575n

Arcadia 595, 596
Armenia 536, 540
Armenians 461
Aros Dianwadal 3796–7, 3805, 3826, 3867; Arros yn Ddianwadal 3722–3, 3786; gw. hefyd *Geirfa*
Arosiad 3812, 3816; gw. hefyd *Geirfa*
Asaracws 588n
Asirians 417, 763
Atlas 580n
Athens 595, 849
Awstin 479n, 1715, 2659, 2979, 3024, 3033, 3036, 3088, 3638

Baal 755n
Babilon 441; Pabilon 417n, 420, 424, 436, 445, 453, 524, 529, 770
Baiasethes 1800n
Balchedd 211, 1325, 1331; Balched 1329; gw. hefyd *Geirfa*
Bel 419n, 422, 435, 452, 529, 541, 553
Belgiga 448
Bernad 3955n
Bersaba 740n
Bocoris 711n
Bractiens 521

Caerisalem 749, 818
Cainn 376n, 379
Caldea 416
Cambises 773n, 781, 783
Camboblascon 578, 579, 594, 597, 599
Cananit 2429, 4026
Cariad 1536, 2044, 2812, 2820, 2852; gw. hefyd *Geirfa*
Castar 10n
Catholig 3917, 3923
Cayffas 817n, 1070
[Cenfigen] Cynfigen 1325, 1357; gw. hefyd *Geirfa*
Cham 392n, 419, 427, 489, 498, 500, 508, 512, 519, 526, 557, 571
Cirws 773; gw. hefyd *Sirws*
Ciwpyd 990n, 1276, 1288, 1320; Kiwpyd 2852
Clawdiws 865
Cnoad y Gydwybod 2254
Cofiodigaeth 2259, 2261, 2304, 2312, 2714, 2787, 2817; Kofiodigaeth 2305; Cofodigaeth 2309; Cyfiodigaeth 2456; gw. hefyd *Geirfa*
Colcos 11
[Core] Chore 722n

MYNEGAI I'R TESTUN

Corho 725
Corinthe 1785
Cresws 1779n
Cret 589, 600
Crist 851, 1481, 1758, 2146, 2160 etc.; Christ 451, 458, 820, 2284; Krist 2394; gw. hefyd *Iesu Grist*
Cristion 280, 3242, 3993; *llu.* Cristnogion 1796, 3114, 3115, 3120, 3122 etc.; Christnogion 833, 853; Kristnogion 1905
Cws 419n; Chws 525, 538
Cydwybod 2202, 2260, 2263, 2267, 2286 etc.; gw. hefyd *Geirfa*
Cyfiawnder 2813, 2820; gw. hefyd *Geirfa*
Cymyn 2707, 2716, 2730, 2743, 2754; Cymynn 2718

Dafydd 734n, 739, 746, 747, 1842, 2081, 2367, 2458, 2768, 3676, 3750, 3800, 4026
Dardania 584, 586
Dardanws 582n, 591
Dathan 722, 727
Deall Da 2471, 2715, 2757, 2761, 2787 etc.; Deall Dayonys 3659, 3814–15, 3817–18, 3820, 3823; gw. hefyd *Geirfa*
Detromiwn 3367
Dianwadal Aros 3821, 3881; Dianwadal Arros 3908; gw. hefyd *Geirfa*
Dibryderiaeth 1166; gw. hefyd *Geirfa*
Dindarws 608
Diodare 9n
Diogi 1327, 1467; gw. hefyd *Geirfa*
Dionisiws 1784n
Doethineb 100, 105, 107, 109, 1039, 1144, 2812, 2820; gw. hefyd *Geirfa*
Drwgrhiolaeth 259
Drwgwyllys 201; Drygwyllys 182, 213, 214, 223, 228; gw. hefyd *Geirfa*
Dryghwant 971
Duw 23, 30, 38, 40, 65 etc.; Dyw 1539, 1956, 2875, 3085, 3222, 3966; gw. hefyd *Geirfa*

[Edifeirwch] Etifeirwch 2177, 2250; Etyfeirwch 4093; Etifairwch 2099, 2102, 2104, 2107, 2115 etc.; gw. hefyd *Geirfa*
Efengil 29, 218, 1896, 2147, 2477, 2483, 3183

Eidal 16; Eidial 513; Aidial 456, 482, 509, 518, 542, 576
[Eidaliaid] Adailiaid 460
Eifftiaid 426; Aifftiaid 428
Electra 580n
Elen 659, 667, 675, 692, 699, 703
Elen Fanog 608–9n, 647, 657, 670
Elias 758n, 2219
Eneas 15, 482
Erictoniws 585n
Esai 2333, 2885
Esegiel 2360
[Ewyllys Da] Wyllys Da 216; gw. hefyd *Geirfa*
[Ewyllys Drwg] Wyllys Drwg 216, 237; gw. hefyd *Geirfa*
Exodws 3929

Fenws 645, 1271, 1527, 1534; Venws 640n, 1267, 1319, 1524, 1535
Flises 671n
Frias 742, 743; Vrias 740n, 741
Fyrgil 544; Virgil 15n

Ffarisiwr 2586, 2592, 2594, 2596, 2606, 2610; Ffariswr 2493, 2620, 2650, 2675; Ffarisiaid 2395, 2405, 2483, 2515, 2543, 2681
Ffaro 714, 717, 718; Pharo 710, 711
Ffelistines 736
Ffolineb 92, 99, 106, 108, 110 etc.; gw. hefyd *Geirfa*
Ffrainc 446, 573; Ffraink 511
Ffranc 1793; Pkrank 2
[Ffrangeg] Phrangeg 3
Ffromder 212, 311, 327, 328, 911, 1113, 1617, 2003; gw. hefyd *Geirfa*
Ffydd 2811, 2815, 2820, 3656, 3669 etc.; gw. hefyd *Geirfa*

Galia 448
Galilean 856
Gaminedes 588n, 589, 591
Gelboa 737; Gelboe 3802
Glothineb 294, 1326, 1419; gw. hefyd *Geirfa*
Gobaith 210, 312, 2811, 2820; gw. hefyd *Geirfa*
Godineb 1166, 1326; gw. hefyd *Geirfa*
Gras Duw 1867, 1935–6, 1942, 1989, 2000 etc.; gw. hefyd *Geirfa (duw, gras)*
Groeg 607, 622, 647, 658, 671, 677

Groegwr 13; *llu.* Groegwyr 620, 634, 648
Grymyster 2813, 2821; gw. hefyd *Geirfa*
Gwaelder 901, 971, 977, 993, 1052 etc.; Gwaelderr 3892; Gwaylder 1266; gw. hefyd *Geirfa*
Gwegi 1166, 1182; gw. hefyd *Geirfa*

[Hebryw] Ebryw 539
[Hector] Ector 653n
Heliogabalws 1069
Hercwles 10n; Hercules 548, 550, 565, 572, 573, 618, 621, 621, 622, 654; Ercules 607
Herod 811n, 1069n
Herodias 812
Homer 13n

Iacob 753
Iaffeth 392
Ianws 455n
Iasiws 582
Iddewon 411, 713
Iefan 1826
Ieremi 2354
Iermaen 510
Ierom 3551n
Iesabel 754n
Iesu 1896, 1898, 2494, 2549, 2589 etc.; Iesy 2548, 2679
Iesu Grist 24, 29, 217, 1718, 1833 etc.; Iessu Grist 22, 4071, 4076, 4111; Iesy Grist 1564, 1847, 2463, 3108, 3194; gw. hefyd *Crist*
Ieuan 814, 1706, 1713, 3273, 3445, 3463, 3483
Igeta 840
Ilion 650n
Iliws 587n
Indians 521
Ioan 80n
Ioel 2371
Ionas 2427
Ioves 549, 599; Ioues 547
Itali 573, 581, 594
Italws 581
Iubiter 427n, 547, 559, 570, 572, 579, 580, 589, 592, 594, 596, 599, 600, 614, 619, 624, 658
Iulian Apostata 846n
Iuno 422n, 640
Iunoes 547n

Iwdea 3612

Jason 10n
Jwstun 9n

Lanigenes 460
Lasarws 2236, 2876
Lasedemon 596n
Leda 608n, 658
Lesedemonia 693
Libia 566, 572, 621
Lidians 1779
Lywc 2477; Lvwc 26
Lywsyffer 1239, 1243, 2034; Lysyffer 354n

Lladin 539
Lladingwr 15
Llid 1325, 1376; gw. hefyd *Geirfa*

Mahomet 859n
Mai 1295n
Mair Fawdlen 2471n; Mair o Fawdlen 2559
Malais 971
Marc 218
Marchog Crwydrad 1, 4, 91, 182, 226, 331, 873, 899, 1073, 1148, 1207, 1292, 1538, 1864, 1866, 2831, 2833; Marchog Krwydrad 4083–4; gw. hefyd *Geirfa (marchog)*
Mathew 2147, 3367, 3428; Mathay 2216; Mathe 2431
Medd-dod 1167, 1186, 1216, 1257; gw. hefyd *Geirfa*
Megapentws 691
Melysigrwydd 1215, 1258; Melysrwydd 1186
Meneleys 660n, 671; Menelavs 690; Menelaws 685; Menelays 679;
Mesaline 863n
Mesrain 593n
[Meudwy Daionus] Maydwy Dayonys 2470, 2713, 2756–7, 2760–1, 2787, 2973; gw. hefyd *Geirfa*
Micheas 2378
Mithridates 1788n
Moeses 539, 593, 723, 4032; Moesen 18n

Naboth 756n
Naim 1898
Nathann 744n
Nemrwth 419, 452, 538

MYNEGAI I'R TESTUN

Nero 1069; **Nerro** 826n
Nicodemws 2390
Nicoffratws 691
Nicomedia 849
Ninive 2426n
Ninws 418n, 418, 420, 435, 439, 439, 444, 524, 530, 541, 551
Noe 386n, 389, 392, 403, 420, 455, 459, 462, 467, 470, 478, 489, 493, 526, 537, 541, 542, 571, 592, 613
Nwyfant 1165, 1182, 1199; gw. hefyd *Geirfa*

Oferedd 971; gw. hefyd *Geirfa*
Ofydd 9n
Osiris 599; **Osirys** 614; **Osirws** 426n, 427, 559, 563, 570, 592

Palas 639n, 640, 644
Pampion 841
Paris 636n, 643, 655, 661, 665; **Parys** 653
Pawl 28, 289, 834, 1760, 2157, 2216, 2314, 2407, 2442, 2573, 2780, 2952, 3093, 3201, 3447
Peder 834n, 2433
Persia 854
Persians 773
Persil 1797
Pilat 817n, 1070
Piter Lwmbard 3035n
Plato 3569n
Polipo 695n, 697
Pontws 1788
Praxasbes 776n, 781
Priaf 651, 664, 1774
Priamws 637, 662, 672, 676

Philoctetes 628n, 654
Pholix 10n
Phrigia 584, 588
Phylip 813

Rache 2431n

Rhea 427
Rhinwedd 900, 1039, 1074, 1081, 1087 etc.; **Rhynwedd** 2819; gw. hefyd *Geirfa*
Rhods 694, 696
Rhon 446
Rhwyfysiad 308
Rhyfain 827, 836, 839, 847, 866, 1795

Rhyfainiaid 2314; **Rhyfiniait** 290
[Rhyfyg] Rhyfig 1166, 1197

Sabasiws 537, 540
Sabatiws Saga 535n
Sabatha 539
Saesneg 3
Salomon 1136
Samaritan 2429
Samos 583
Samwel 4032n
Sardanapalws 762n; **Sardanaplus** 1069
Satan 1135, 1718, 3563, 4088
Satwrn 453, 499, 527, 536, 539, 547
Satwrnia 544
Satwrnys 549n
Sawl 729n, 3793
Sbaen 511, 573
Selyf 143n
Sem 392
Semiramis 437n
Seneca 626n, 832
Serapis 433n
Serberws 2074n
Seth 380
Sierom 3675
Simon 2610n, 2617, 2622, 2626, 2626, 2631, 2633, 2633, 2634, 2636, 2639, 2639
Sioel 3676
Sion Karthen 2n
Siril 114n
Sirws 566n, 1781; gw. hefyd *Cirws*
Sisil 1784
Sithia 1801
Sodomeaid 590
Soraster 527
Sorastos 491
Sparta 690
Sydas 1762n, 3803n

Tamerlan 1801n, 1804
Tantalws 588n
Tartarian 1801
Testament 2333, 2333, 2387, 2848
Tiber 544
Tintarws 659
Tiphon 557n, 563, 567
Tlepolinws 700
Tleposemws 696
Tomas 3082, 3083
Trabeta 440, 444, 451

Trachwant 1167, 1172, 1327, 1395; gw. hefyd *Geirfa*
Trenies 447n
Troea 14, 16, 482, 483, 587, 649, 656, 663, 670, 680, 682, 696; Troya 664; Troyaf 1774
Tros 586n, 587
Trwes 454
Twrks 1800
Twscan 576
Twscws 575n, 577
Tymeraiddrwydd 2814, 2821; gw. hefyd *Geirfa*

[Ufudd-dod] Yfydd-dod 2106; gw. hefyd *Geirfa*
Ulyses 13

Varlerianws 1795n

Wiliam Godyar 3n

[Ysbryd Glân] Ysbryd Glan 252, 297–8, 1961, 2468, 2473, 3289 etc.; Ysbryd Glaen 4077; gw. hefyd *Geirfa (glân, ysbryd)*
[Ysgrythur Lân] Ysgrythyr Lan 500, 860, 2332, 2419, 3148, 3186, 3678, 3792; Ysgrythr Lan 1245; gw. hefyd *Geirfa (glân, ysgrythur)*
Ysparta 692
Ysrael 19, 432, 715, 725, 730, 2355, 2356, 2367, 3611, 3794

BYRFODDAU

Llawysgrifau

A	Llanstephan 178
B	Llanwrin 2 (NLW 15533B)
C	Llanover E1 (NLW 13163B)
D	Belmont (NLW 15541A)
E	Cwrtmawr 30B
Llst.	Llanstephan

Llyfryddol

BBCS	*Bulletin of the Board of Celtic Studies*
BDPF	*Brewer's Dictionary of Phrase and Fable* (E. C. Brewer ac I. H. Evans, goln., Llundain, 1981)
CLlGC	*Cylchgrawn Llyfrgell Genedlaethol Cymru*
GMW	*A Grammar of Middle Welsh* (D. Simon Evans, Dulyn, 1994)
GPC	*Geiriadur Prifysgol Cymru*
GWL	*A Guide to Welsh Literature* (1: A. O. H. Jarman a Gwilym Rees Hughes, goln., Caerdydd, 1992; 2: A. O. H. Jarman a Gwilym Rees Hughes, goln., Abertawe, 1979; 3: R. Geraint Gruffydd, gol., Caerdydd, 1997)
LlC	*Llên Cymru*
LlGC	*Llyfrgell Genedlaethol Cymru*
OCB	*Oxford Companion to the Bible* (Bruce M. Metzger a Michael D. Coogan, goln., Rhydychen, 1993)
OCCL	*Oxford Companion to Classical Literature* (Paul Harvey, gol., Rhydychen, 1937)
ODCC	*Oxford Dictionary of the Christian Church* (E. A. Livingstone, gol., Rhydychen, 1997)
ODS	*Oxford Dictionary of Saints* (David Hugh Farmer, Rhydychen, 1978)

Reports	*Report on Manuscripts in the Welsh Language* (J. Gwenogvryn Evans, Llundain, 1902–10)
SC	*Studia Celtica*
TC	*Y Treigladau a'u Cystrawen* (T. J. Morgan, Caerdydd, 1952)
THSC	*Transactions of the Honourable Society of Cymmrodorion*
TLlM	*Traddodiad Llenyddol Morgannwg* (G. J. Williams, Caerdydd, 1948)
TRh	*Y Traddodiad Rhyddiaith* (Geraint Bowen, gol., Llandysul, 1970)
TRhOC	*Y Traddodiad Rhyddiaith yn yr Oesau Canol* (Geraint Bowen, gol., Llandysul, 1974)
TWK	*The Wandering Knight* (Dorothy Atkinson Evans, gol., Seattle, 1951)
VWK	*Voyage of the Wandering Knight*
WM	*The White Book of Mabinogion* (J. Gwenogvryn Evans, gol., Pwllheli, 1907)
Y Bywgraffiadur	*Y Bywgraffiadur Cymraeg hyd 1940* (John Edward Lloyd, R. T. Jenkins, Robert Thomas a William Llywellyn Davies, goln., Llundain, 1953)
YB	*Ysgrifau Beirniadol* (J. E. Caerwyn Williams, gol., Dinbych)
YGD	*Y Gymraeg yn ei Disgleirdeb* (Geraint H. Jenkins, gol., Caerdydd, 1997)

Cyffredinol

adf.	adferf
amherff.	amherffaith
amhers.	amhersonol
ans.	ansoddair
ardd.	arddodiad
arfer.	arferiadol
be.	berfenw
ben.	benywaidd
bf.	berf
c.	circa
cf.	cymharer
col.	colofn
cyf.	cyfartal
cym.	cymal/cymharol

cys.	cysylltair
dib.	dibynnol
dyf.	dyfodol
ebych.	ebychiad
e.e.	er enghraifft
engh.	enghraifft
eith.	eithaf
etc.	etcetera
ff.	ffolio
geir.	geiryn
gcn.	genidol
gof.	gofyniad/gofynnol
gol.	golygydd
goln.	golygyddion
gorberff.	gorberffaith
gorch.	gorchmynnol
gorff.	gorffennol
gr.	gradd
gw.	gweler
gwr.	gwrywaidd
gwrth.	gwrthrychol
h.y.	hynny yw
ibid.	yn yr un gwaith
ll.	llinell
llsgr.	llawysgrif
llu.	lluosog
myn.	mynegol
n.	nodyn
neg.	negyddol
perff.	perffaith
pers.	personol
perth.	perthynol
pres.	presennol
rhag.	rhagenw
s.n.	sub nomina
t.	tudalen
tt.	tudalennau
un.	unigol

LLYFRYDDIAETH

Llawysgrifau

Llyfrgell Genedlaethol Cymru:
        Belmont (NLW 15541A)
        Cwrtmawr 30B
        Cwrtmawr 142C
        Llanover B17 (NLW 13075B)
        Llanover B18 (NLW 13076B)
        Llanover E1 (NLW 13163B)
        Llanstephan 171B
        Llanstephan 178B
        Llanwrin 2 (NLW 15533B)
        Lloyd Verney 20
        NLW 430–E
        Williams MS 482 (NLW 280D)

Llyfrgell Ganolog Caerdydd:
        Hafod 4 (Caerdydd 2.618)
        Hafod 22 (Caerdydd 2.632)
        Singleton 1 (Caerdydd 3.240)

Llyfrgell Brydeinig, Llundain:
        Harley 2414

British Library University Manuscripts Set, Early English Books 1475–1640 (Micro 188).

Traethodau Ymchwil

BEVAN, John: 'Astudiaeth Seinyddol o Gymraeg Llafar Coety Walia a Rhuthun ym Mro Morgannwg' (Traethawd MA, Prifysgol Cymru, Caerdydd, 1970).

BOWEN, Geraint: 'Llenyddiaeth Gatholig y Cymry (1559–1829): Rhyddiaith a Barddoniaeth' (Traethawd MA, Lerpwl, 1952–3).

——: 'Rhyddiaith Reciwsantiaid Cymru' (Traethawd Ph.D., Prifysgol Cymru, Aberystwyth, 1979).

GRUFFYDD, R. Geraint: 'Religious Prose in Welsh from the Beginning of the Reign of Elizabeth to the Restoration' (Traethawd D.Phil, Coleg yr Iesu, Rhydychen, 1952–3).
PHILLIPS, T. I.: 'The Spoken Dialect of the Ogwr Basin, Glamorganshire' (Traethawd MA, Prifysgol Cymru, Aberystwyth, 1933).
PHILLIPS, T. Oswald: 'Bywyd a Gwaith Meurig Dafydd (Llanisien) a Llywelyn Siôn (Llangewydd)' (Traethawd MA, Prifysgol Cymru, Caerdydd, 1937).
SMITH, Daniel Mark: 'Golygiad o destun *Y Marchog Crwydrad*, gyda rhagymadrodd, nodiadau a geirfa, ynghyd ag astudiaeth o gyd-destun hanesyddol, cymdeithasol a llenyddol ei lunio' (Traethawd Ph.D., Prifysgol Cymru, Abertawe, 1999).

Erthyglau

AWBERY, G. M.: 'A bibliography of research on Welsh dialects since 1934' yn *Papurau Gwaith Ieithyddol Cymraeg Caerdydd*, 2 (1982), 103–20.
BOWEN, Geraint: 'Ysgol Milan' yn Geraint Bowen (gol.), *Y Traddodiad Rhyddiaith* (Llandysul, 1970), 79–117.
——: 'Ysgol Douai' yn Geraint Bowen (gol.), *Y Traddodiad Rhyddiaith* (Llandysul, 1970), 118–48.
——: 'Roman Catholic prose and its background' yn R. Geraint Gruffydd (gol.), *A Guide to Welsh Literature c.1530–1700* (Caerdydd, 1997), 210–40.
BREEZE, Andrew: 'Bepai'r ddaear yn bapir' yn *Bwletin y Bwrdd Gwybodau Celtaidd*, 30 (1982–3), 274–7.
——: 'The Blessed Virgin and the sunbeam through glass' yn *Celtica*, 23 (1999), 19–29.
BROMWICH, Rachel: 'Dwy chwedl a thair rhamant' yn Geraint Bowen (gol.), *Y Traddodiad Rhyddiaith yn yr Oesau Canol* (Llandysul, 1974), 143–75.
CHARLES-EDWARDS, Gifford: 'The scribes of the Red Book of Hergest' yn *Cylchgrawn Llyfrgell Genedlaethol Cymru*, 21 (1980), 246–56.
DANIEL, R. Iestyn: 'Golwg newydd ar ryddiaith grefyddol Cymraeg Canol' yn *Llên Cymru*, 15 (1984–8), 207–48.
DIVERRES, A. H.: 'Iarlles y Ffynnawn and Le Chevalier au Lion: adaptation or common source?' yn *Studia Celtica*, 16/17 (1981–2), 144–62.
——: 'Can the episode of Arthur's hunt of Twrch Trwyth in "Culhwch ac Olwen" be an early twelfth-century allegory?' yn *Transactions of the Honourable Society of Cymmrodorion* (1992), 9–17.

EVANS, Daniel Silvan (gol.): 'Y Marchog Crwydrad' yn *Y Brython*, 5 (1862–3), 1–17, 138–53, 257–67, 361–74.

EVANS, D. Simon: 'Rhyddiaith anchwedlonol yr Oesoedd Canol' yn *Llên Cymru*, 11 (1970–1), 131–9.

FORD, Patrick K.: 'A fragment of the Hanes Taliesin by Llywelyn Siôn' yn *Études Celtiques*, 14 (1974–5), 451–60.

FOSTER, Idris Llywelyn: 'Geraint, Owein, and Peredur' yn R. S. Loomis (gol.), *Arthurian Literature in the Middle Ages* (Rhydychen, 1959), 192–205.

FRIEND, A. C.: 'Master Odo of Cheriton' yn *Speculum: A Journal of Medieval Studies*, 23 (1948), 641–58.

GRIFFITH, William P.: 'Dysg ddyneiddiol, addysg a'r iaith Gymraeg 1536–1660' yn Geraint H. Jenkins (gol.), *Y Gymraeg yn ei Disgleirdeb* (Caerdydd, 1997), 287–314.

GRUFFYDD, R. Geraint: 'Gwasg ddirgel yr ogof yn Rhiwledyn' yn *Journal of the Welsh Bibliographical Society*, 9 (1958–65), 1–23.

——: 'Dau destun Protestannaidd cynnar o lawysgrif Hafod 22' yn *Trivium*, 1 (1966), 56–66.

——: 'The Welsh Book of Common Prayer 1567' yn *Journal of the Historical Society of the Church in Wales*, 17 (1967), 43–55.

——: 'Yny Lhyvyr Hwnn . . . (1546), the earliest Welsh printed book' yn *Bwletin y Bwrdd Gwybodau Celtaidd*, 23 (1968), 105–16.

——: 'Yr iaith Gymraeg mewn ysgolheictod a diwylliant 1536–1600' yn Geraint H. Jenkins (gol.), *Y Gymraeg yn ei Disgleirdeb* (Caerdydd, 1997), 339–64.

GRUFFYDD, W. J.: 'Morgan Llwyd a Llyfr y Tri Aderyn' yn *Y Cofiadur*, 3 (1925), 4–21.

HUWS, Daniel: 'Llyfr Gwyn Rhydderch' yn *Cambridge Medieval Celtic Studies*, 21 (Haf 1991), 1–37.

JAMES, Brian Ll.: 'The Welsh language in the Vale of Glamorgan' yn *Morgannwg*, 16 (1972), 16–36.

JAMES, Christine: '"Llwyr wybodau, llên a llyfrau": Hopcyn ap Tomas a'r traddodiad llenyddol Cymraeg' yn Hywel Teifi Edwards (gol.), *Cwm Tawe* (Llandysul, 1993), 4–44.

——: 'Ban wedy i dynny: Medieval Welsh law and early Protestant propaganda' yn *Cambrian Medieval Celtic Studies*, 27 (Haf 1994), 61–86.

JAMES, Ivor: 'Yr iaith Gymraeg yn yr unfed a'r eilfed ganrif ar bymtheg' yn *Y Traethodydd*, 42 (1887), 243–54, 295–312.

JARVIS, Branwen: 'Welsh humanist learning' yn R. Geraint Gruffydd (gol.), *A Guide to Welsh Literature c.1530–1700* (Caerdydd, 1997), 128–53.

JENKINS, Geraint H., SUGGETT, Richard, a WHITE, Eryn M.:

'Yr iaith Gymraeg yn y Gymru fodern gynnar' yn Geraint H. Jenkins (gol.), *Y Gymraeg yn ei Disgleirdeb* (Caerdydd, 1997), 45–119.

JENKINS, John: 'Mediaeval Welsh scriptures, religious legends, and midrash' yn *Transactions of the Honourable Society of Cymmrodorion* (1919–20), 95–140.

JOHNSTON, Dafydd: '"Ceidwaid yr hen iaith"? Beirdd yr Uchelwyr a'r iaith Saesneg' yn *Y Traethodydd*, 155 (2000), 16–24.

JONES, Dafydd Glyn: 'Rhan gyntaf *Y Seint Greal*' yn J. E. Caerwyn Williams (gol.), *Ysgrifau Beirniadol* 6 (Dinbych, 1971), 45–86.

JONES, E. D.: 'The Llanover Manuscripts' yn *Cylchgrawn Llyfrgell Genedlaethol Cymru*, 1 (1939–40), 39–40.

——: 'Ieuan ab Ieuan ap Madog' yn ibid., 229–30.

——: 'Le Voyage du Chevalier Errant' yn *Cylchgrawn Llyfrgell Genedlaethol Cymru*, 8 (1953–4), 369–86.

JONES, Gareth Elwyn: 'Wales 1550–1700: the historical background' yn R. Geraint Gruffydd (gol.), *A Guide to Welsh Literature c.1530–1700* (Caerdydd, 1997), 1–28.

JONES, G. Hartwell: 'Celtic Britain and the pilgrim movement' yn *Y Cymmrodor*, 23 (1912), 1–581.

JONES, R. M.: 'Y rhamantau Cymraeg a'u cysylltiadau â'r rhamantau Ffrangeg' yn *Llên Cymru*, 4 (1956–7), 208–27.

JONES, Thomas, a WILLIAMS, J. E. Caerwyn: 'Ystori Alexander a Lodwig' yn *Studia Celtica*, 10/11 (1975–6), 261–304.

JONES, Tom: 'A bibliography of the dialects of Wales' yn *Bwletin y Bwrdd Gwybodau Celtaidd*, 6 (1931–3), 323–50; 7 (1933–5), 134–6.

LEWIS, Ceri W.: 'The literary tradition of Morgannwg down to the middle of the sixteenth century' yn *Glamorgan County History*, 3 (1971), 449–554.

——: 'The literary history of Glamorgan from 1550 to 1770' yn *Glamorgan County History*, 4 (1974), 535–640.

LEWIS, H. Elvet: 'Welsh Catholic poetry of the fifteenth century' yn *Transactions of the Honourable Society of Cymmrodorion* (1911–12), 23–41.

LEWIS, Henry: 'Darnau o'r Efengylau' yn *Y Cymmrodor*, 31 (1921), 193–216.

——: 'Darn o'r Ffestival (Liber Festialis)' yn atodiad *Transactions of the Honourable Society of Cymmrodorion* (1923–4), 1–95.

——: 'Modern Welsh versions of the Seven Wise Men of Rome' yn *Revue Celtique*, 46, 50–88.

LLOYD-MORGAN, Ceridwen: 'Rhai agweddau ar gyfieithu yng Nghymru yn yr Oesoedd Canol' yn J. E. Caerwyn Williams (gol.), *Ysgrifau Beirniadol* 13 (Dinbych, 1985), 134–45.

——: 'Breuddwyd Rhonabwy and later Arthurian literature' yn Rachel Bromwich, A. O. H. Jarman a Brynley F. Roberts (goln.), *The Arthur of the Welsh* (Caerdydd, 1991), 183–208.

MATHIAS, W. Alun: 'William Salesbury – ei fywyd a'i weithiau' yn Geraint Bowen (gol.), *Y Traddodiad Rhyddiaith* (Llandysul, 1970), 27–53.

——: 'William Salesbury – ei ryddiaith' yn ibid., 54–78.

——: 'William Salesbury a'r Testament Newydd' yn *Llên Cymru*, 16 (1989), 40–68.

MORGAN, Prys: 'Glamorgan and the Red Book' yn *Morgannwg*, 22 (1978), 42–60.

NORTH, Sally: 'The ideal knight as presented in some French narrative poems, *c*.1090–*c*.1240: an outline sketch' yn Christopher Harper-Bill a Ruth Harvey (goln.), *The Ideals and Practice of Medieval Knighthood* (Suffolk, 1986), 111–32.

OWEN, Morfydd E.: 'The prose of the *cywydd* period' yn A. O. H. Jarman a Gwilym Rees Hughes (goln.), *A Guide to Welsh Literature* 2 (Abertawe, 1979), 338–75.

——: 'Gwŷr dysg yr Oesoedd Canol a'u dulliau rhyddiaith' yn J. E. Caerwyn Williams (gol.), *Ysgrifau Beirniadol* 17 (Dinbych, 1990), 42–62.

——: 'Functional prose: religion, science, grammar, law' yn A. O. H. Jarman a Gwilym Rees Hughes (goln.), *A Guide to Welsh Literature* 1 (Caerdydd, 1992), 248–76.

PFHANDER, H. G.: 'Dives et Pauper' yn *Library*, 4, 14 (1933–4), 299–312.

PRITCHARD, Telfryn: 'Ystori y Gŵr Moel o Sythia' yn *Studia Celtica*, 18/19 (1983–4), 216–33.

——: 'Aristotle's advice to Alexander: Welsh versions of an Alexandreis passage' yn *Cylchgrawn Llyfrgell Genedlaethol Cymru*, 24 (1985–6), 295–308.

RICHARDSON, H. G.: 'Dives and Pauper' yn *Library*, 4, 15 (1934–5), 31–7.

ROBERTS, Brynley F.: 'Llurig Alexander' yn *Bwletin y Bwrdd Gwybodau Celtaidd*, 20 (1962–4), 104–6.

——: 'Ystori'r Llong Foel' yn *Bwletin y Bwrdd Gwybodau Celtaidd*, 18 (1958–60), 337–62.

——: 'Rhagymadrodd' yn Dafydd a Rhiannon Ifans (gol.), *Y Mabinogion* (Llandysul, 1980), ix–xxxi.

——: 'Rhagarweiniad i ddosbarthu testunau rhyddiaith crefyddol Cymraeg Canol' yn J. E. Caerwyn Williams (gol.), *Ysgrifau Beirniadol* 17 (Dinbych, 1990), 28–41.

——: 'Tales and romances' yn A. O. H. Jarman a Gwilym Rees Hughes (goln.), *A Guide to Welsh Literature* 1 (Caerdydd, 1992), 203–43.

ROBERTS, Enid: 'Chwedlau Odo' yn *Barn*, 43 (Mai 1966), 200–1; 47 (Medi 1966), 313–14; 48 (Hydref 1966), 338–9.

ROBERTS, Peter R.: 'Deddfwriaeth y Tuduriaid a statws gwleidyddol "yr Iaith Frytanaidd"' yn Geraint H. Jenkins (gol.), *Y Gymraeg yn ei Disgleirdeb* (Caerdydd, 1997), 121–50.

ROWLANDS, Eurys I.: 'Cywydd Dafydd ap Gwilym i Fis Mai' yn *Llên Cymru*, 5 (1958–9), 1–25.

SMITH, Llinos Beverley: 'Pwnc yr iaith yng Nghymru 1282–1536' yn Geraint H. Jenkins (gol.), *Cof Cenedl* 1 (Llandysul, 1986), 3–33.

——: 'Yr iaith yng Nghymru'r Oesoedd Canol' yn *Llên Cymru*, 18 (1995), 179–91.

——: 'Yr iaith Gymraeg cyn 1536' yn Geraint H. Jenkins (gol.), *Y Gymraeg yn ei Disgleirdeb* (Caerdydd, 1997), 15–44.

THOMAS, Graham C. G.: 'From manuscript to print – I. Manuscript' yn R. Geraint Gruffydd (gol.), *A Guide to Welsh Literature c.1530–1700* (Caerdydd, 1997), 241–62.

THOMAS, Peter Wynn: 'Cysylltiadau daearyddol Chwedlau Odo' yn J. E. Caerwyn Williams (gol.), *Ysgrifau Beirniadol* 19 (Dinbych, 1993), 59–85.

——: 'Middle Welsh dialects: problems and perspectives' yn *Bwletin y Bwrdd Gwybodau Celtaidd*, 40 (1993), 17–50.

WATKIN, Morgan: 'The English element in Welsh: a review' yn *Transactions of the Honourable Society of Cymmrodorion* (1923–4), 116–32.

WILLIAMS, Glanmor: 'William Salesbury's Baterie of the Popes Botereulx' yn *Bwletin y Bwrdd Gwybodau Celtaidd*, 13 (1948–50), 146–50.

——: 'The ecclesiastical history of Glamorgan 1527–1642' yn *Glamorgan County History*, 4 (1974), 203–56.

——: 'Wales and the reign of Queen Mary I' yn *Cylchgrawn Hanes Cymru*, 10 (1981), 334–58.

——: 'Crefydd a llenyddiaeth Gymraeg yn oes y Diwygiad Protestannaidd' yn Geraint H. Jenkins (gol.), *Cof Cenedl* 1 (Llandysul, 1986), 35–63.

——: 'Richard Davies, Esgob Tyddewi, a'r traddodiad Protestannaidd' yn *Llên Cymru*, 16 (1989), 88–96.

——: 'Iaith, llên a chrefydd yn yr unfed ganrif ar bymtheg' yn *Llên Cymru*, 19 (1996), 29–40.

WILLIAMS, G. J.: 'Nodiadau Traddodiad Llenyddol Morgannwg' yn *Llên Cymru*, 1 (1950–1), 48–51.

——: 'The Welsh literary tradition of the Vale of Glamorgan' yn *Glamorgan Historian*, 3, 13–32.

WILLIAMS, J. E. Caerwyn: 'L'Enfant Sage ac Adrian et Epictitus yn

Gymraeg' yn *Bwletin y Bwrdd Gwybodau Celtaidd*, 19 (1960–2), 259–95; 20 (1962–4), 17–28.

——: 'Buchedd Catrin Sant' yn *Bwletin y Bwrdd Gwybodau Celtaidd*, 25 (1973–4), 247–68.

——: 'Rhyddiaith grefyddol Cymraeg Canol' yn Geraint Bowen (gol.), *Y Traddodiad Rhyddiaith yn yr Oesau Canol* (Llandysul, 1974), 335–59.

WILLIAMS, Patricia: 'Y gwrthdaro rhwng serch a milwriaeth yn y Tair Rhamant' yn J. E. Caerwyn Williams (gol.), *Ysgrifau Beirniadol* 12 (Dinbych, 1982), 40–56.

WILLIAMS, Stephen J.: 'Cyfieithwyr cynnar' yn *Y Llenor*, 8 (1929), 226–31.

——: 'Rhai cyfieithiadau' yn Geraint Bowen (gol.), *Y Traddodiad Rhyddiaith yn yr Oesau Canol* (Llandysul, 1974), 303–11.

WILLIAMS, W. Ogwen: 'The survival of the Welsh language after the Union of England and Wales: the first phase, 1536–1642' yn *Cylchgrawn Hanes Cymru*, 2 (1964), 67–93.

Llyfrau

BARBER, Richard: *The Knight and Chivalry* (Llundain, 1970).

BARNUM, Priscilla Heath (gol.): *Dives and Pauper* (Early English Text Society, rhifau 275 a 280, Rhydychen, 1976 a 1980).

BEVAN, Hugh (gol.): *Alegoriäu Christmas Evans* (Caerdydd, 1950).

BEWICK, Thomas: *Bewick's Select Fables of Aesop and Others* (Llundain, 1878).

BIRCH, Walter de Gray: *A Descriptive Catalogue of the Penrice and Margam Abbey Manuscripts . . .* (Llundain, 1893–1905).

BOWEN, Geraint (gol.): *Y Traddodiad Rhyddiaith* (Llandysul, 1970).

—— (gol.): *Y Traddodiad Rhyddiaith yn yr Oesau Canol* (Llandysul, 1974).

—— (gol.): *Y Drych Kristnogawl* (Caerdydd, 1996).

——: *Welsh Recusant Writings* (Caerdydd, 1999).

BREEZE, Andrew: *Medieval Welsh Literature* (Dulyn, 1997).

BREWER, E. C., ac EVANS, I. H. (goln.): *Brewer's Dictionary of Phrase and Fable* (Llundain, 1981).

BROMWICH, Rachel (gol.): *Trioedd Ynys Prydein* (Caerdydd, 1961).

——, JARMAN, A. O. H., a ROBERTS, Brynley F. (goln.): *The Arthur of the Welsh* (Caerdydd, 1991).

BUMKE, Joachim: *The Concept of Knighthood in the Middle Ages* (Efrog Newydd, 1982).

BUNYAN, John: *The Pilgrim's Progress* (Rhydychen, 1960).

CARTWRIGHT, Jane: *Y Forwyn Fair, Santesau a Lleianod: Agweddau ar Wyryfdod a Diweirdeb yng Nghymru'r Oesoedd Canol* (Caerdydd, 1999).

CAWLEY, A. C. (gol.): *The Canterbury Tales* (Llundain, 1958).
CHADWICK, Henry: *Augustine* (Rhydychen, 1986).
CHAUCER, Geoffrey: *Canterbury Tales* (Rhydychen, 1798).
CLYNNOG, Morys: *Athravaeth Gristnogol* (Llundain, 1880).
CURTIUS, Ernst Robert: *European Literature and the Latin Middle Ages* (Llundain, 1953).
DANIEL, R. Iestyn (gol.): *Ymborth yr Eneid* (Caerdydd, 1995).
DAVIES, Alun Eirug: *Traethodau Ymchwil Cymraeg a Chymreig 1887–1971* (Caerdydd, 1973).
DAVIES, J. H.: *The National Library of Wales Catalogue of Manuscripts* (Aberystwyth, 1921).
DE HAMEL, Christopher: *Medieval Craftsmen: Scribes and Illuminators* (Llundain, 1992).
DENHOLM-YOUNG, N.: *Handwriting in England and Wales* (Caerdydd, 1954).
EVANS, Daniel Silvan (gol.): *Y Marchog Crwydrad: Hen Ffuglith Gymreig* (Tremadog a Chaerfyrddin, 1864).
EVANS, Dorothy Atkinson (gol.): *The Wandering Knight* (Seattle, 1951).
EVANS, D. Simon (gol.): *Buched Dewi* (Caerdydd, 1965).
——: *Gramadeg Cymraeg Canol* (Caerdydd, 1977).
——: *Writers of Wales: Medieval Religious Literature* (Caerdydd, 1986).
——: *A Grammar of Middle Welsh* (Dulyn, 1994).
EVANS, Frederic: *Tir Iarll* (Caerdydd, 1912).
EVANS, J. Gwenogvryn: *Report on Manuscripts in the Welsh Language*, 2 (Llundain, 1902–10).
—— (gol.): *The White Book of Mabinogion* (Pwllheli, 1907).
FARMER, David Hugh: *The Oxford Dictionary of Saints* (Rhydychen, 1978).
FULTON, Helen: *Dafydd ap Gwilym and the European Context* (Caerdydd, 1989).
GIES, Frances: *The Knight in History* (Llundain, 1986).
GOETINCK, Glenys Witchard (gol.): *Historia Peredur vab Efrawc* (Caerdydd, 1976).
GOODBRIDGE, J. F. (gol.): *Piers the Ploughman* (Llundain, 1966).
GRUFFYDD, R. Geraint: *Argraffwyr Cyntaf Cymru: Gwasgau Dirgel y Catholigion* (Caerdydd, 1972).
—— (gol.): *A Guide to Welsh Literature c.1530–1700* (Caerdydd, 1997).
GRUFFYDD, W. J.: *Llenyddiaeth Cymru: Rhyddiaith o 1540 hyd 1660* (Wrecsam, 1926).
GUYER, Foster Edwin: *Chrétien de Troyes: Inventor of the Modern Novel* (Llundain, 1960).
Handlist of Manuscripts in the National Library of Wales 4 (Aberystwyth, 1986).

HARVEY, Paul (gol.): *The Oxford Companion to Classical Literature* (Rhydychen, 1937).
HOOD, Paxton: *Christmas Evans: The Preacher of Wild Wales* (Llundain, 1881).
HOPKIN-JAMES, L. J.: *Hopkiniaid Morganwg* (Bangor, 1909).
——, ac EVANS, T. C. (goln.): *Hen Gwndidau, Carolau a Chywyddau* (Bangor, 1910).
HOPPER, Vincent Foster: *Medieval Number Symbolism* (Efrog Newydd, 1969).
HUGHES, Stephen (cyfieithydd): *John Bunyan: Taith y Pererin tan rith breuddwyd* (Llundain, 1688).
HUSSEY, Maurice (gol.): *The Nun's Priest's Prologue and Tale* (Caergrawnt, 1965).
JACKSON, W. H. (gol.): *Knighthood in Medieval Literature* (Suffolk, 1981).
JARMAN, A. O. H. (gol.): *Chwedlau Cymraeg Canol* (Caerdydd, 1979).
——, a HUGHES, Gwilym Rees, (goln.): *A Guide to Welsh Literature* 2 (Abertawe, 1979).
—— (goln.): *A Guide to Welsh Literature* 1 (Caerdydd, 1992).
JENKINS, Dafydd: *Cyfraith Hywel* (Llandysul, 1970).
JENKINS, Geraint H.: *Hanes Cymru yn y Cyfnod Modern Cynnar 1530–1760* (Caerdydd, 1983).
—— (gol.): *Y Gymraeg yn ei Disgleirdeb* (Caerdydd, 1997).
JOHNSTON, D. R. (gol.): *Gwaith Iolo Goch* (Caerdydd,1988).
JONES, Gwyn, a JONES, Thomas (goln.): *The Mabinogion* (Llundain, 1993).
JONES, Morgan D.: *Termau Iaith a Llên* (Llandysul, 1972).
JONES, Mari: *Trwy Lygaid y Bugail* (Porth Talbot, 1970).
——: *Yng Nghysgod y Gorlan* (Pen-y-bont ar Ogwr, 1979).
——: *Daw'r Wennol yn ôl* (Pen-y-bont ar Ogwr, 1992).
JONES, Nerys Ann, a RHEINALLT, Erwain Haf (goln.): *Gwaith Sefnyn, Rhisierdyn ac Eraill* (Aberystwyth, 1995).
JONES, Robert Owen: *Hir Oes i'r Iaith* (Llandysul, 1997).
JONES, R. Brinley: *The Old British Tongue: The Vernacular in Wales 1540–1640* (Caerdydd, 1970).
JONES, R. Tudur: *Cymru a'r Diwygiad Protestannaidd* (Caernarfon, 1987).
JONES, Terry: *Chaucer's Knight: The Portrayal of a Medieval Mercenary* (Llundain, 1980).
JONES, Thomas (gol.): *Rhyddiaith Gymraeg* 2 (Caerdydd, 1956).
—— (gol.): *Ystoryaeu Seint Greal Rhan 1: Y Keis* (Caerdydd, 1992).
KEEN, Maurice: *Chivalry* (Llundain, 1984).
KELLY, D.: *Chrétien de Troyes: An Analytic Bibliography* (Llundain, 1976).

KIBLER, William W. (gol.): *Arthurian Romances* (Llundain, 1991).
LEWIS, Henry (gol.): *Brut Dingestow* (Llandysul, 1942).
—— (gol.): *Chwedleu Seith Doethon Rufein* (Caerdydd, 1958).
——, ROBERTS, Thomas, a WILLIAMS, Ifor (goln.): *Cywyddau Iolo Goch ac Eraill* (Caerdydd, 1937).
LIVINGSTONE, E. A. (gol.): *The Oxford Dictionary of the Christian Church* (Rhydychen, 1997).
LLOYD, John Edward, a JENKINS, R. T. (goln.): *Dictionary of Welsh Biography down to 1940* (Llundain, 1959).
——, ——, THOMAS, Robert, a DAVIES, William Llewellyn (goln.): *Y Bywgraffiadur Cymraeg hyd 1940* (Llundain, 1953).
McGANN Jerome J. (gol.): *Textual Criticism and Literary Interpretation* (Llundain, 1985).
METZGER, Bruce M., a COOGAN, Michael D. (goln.): *The Oxford Companion to the Bible* (Rhydychen, 1993).
MORGAN, T. J.: *Y Treigladau a'u Cystrawen* (Caerdydd, 1952).
MORRIS-JONES, J., a RHŶS, John: *The Elucidarium and Other Tracts in Welsh from Llyvyr Agkyr Llandewivrewi* (Rhydychen, 1894).
ORWELL, George: *Animal Farm* (Llundain, 1951).
OWEN, D. D. R. (gol.): *Arthurian Romances* (Llundain, 1987).
OWEN, Goronwy Wyn: *Llên y Llenor: Morgan Llwyd* (Caernarfon, 1992).
PARRY, Thomas (gol.): *Detholion o Destament Newydd 1567* (Caerdydd, 1967).
——: *Hanes Llenyddiaeth Gymraeg hyd 1900* (Caerdydd, 1979).
PARRY-WILLIAMS, T. H.: *The English Element in Welsh* (Llundain, 1923).
—— (gol.): *Rhyddiaith Gymraeg*, 1 (Caerdydd, 1954).
PEARSALL, Derek (gol.): *Manuscripts and Texts: Editorial Problems in Later Middle English Literature* (Caergrawnt, 1987).
PINE-COFFIN, R. S. (gol.): *Saint Augustine: Confessions* (Llundain, 1961).
PUGHE, William Owen: *Geiriadur Cymraeg a Saesoneg: A Welsh and English Dictionary* (Llundain, 1793–1803).
RAMSBOTTOM, B. A.: *Christmas Evans* (Luton, 1985).
RICHARDS, Melville (gol.): *Breudwyt Ronabwy* (Caerdydd, 1948).
——, a WILLIAMS, Glanmor (goln.): *Llyfr Gweddi Gyffredin 1567* (Caerdydd, 1953).
ROBERTS, Brynley F. (gol.): *Gwassanaeth Meir* (Caerdydd, 1961).
—— (gol.): *Brut y Brenhinedd* (Dulyn, 1984).
RONEY, Lois: *Chaucer's Knight's Tale and Theories of Scholastic Psychology* (Tampa, 1990).
ROWLANDS, Eurys I. (gol.), *Poems of the Cywyddwyr* (Dulyn, 1976).

SALESBURY, William: *Testament Newydd* (Caernarfon, 1850).
SCAGLIONE, Aldo: *Knights at Court* (Rhydychen, 1991).
SILVERSTEIN, Theodore (gol.): *Sir Gawain and the Green Knight* (Chicago, 1984).
SWAN, Charles, a HOOPER, Wynnard (goln.): *Gesta Romanorum* (Llundain, 1877).
THOMAS, Alan R.: *A Linguistic Geography of Wales* (Caerdydd, 1973).
THOMAS, Beth, a THOMAS, Peter Wynn: *Cymraeg, Cymrâg, Cymrêg . . . Cyflwyno'r Tafodieithoedd* (Caerdydd, 1989).
THOMAS, Graham C. G. (gol.): *A Welsh Bestiary of Love* (Dulyn, 1988).
——, a HUWS, Daniel: *Summary Catalogue of the Manuscripts of South Glamorgan Libraries, Cardiff Central Library, commonly referred to as the 'Cardiff MSS'* (Aberystwyth, 1994).
THOMAS, Isaac: *Y Testament Newydd Cymraeg 1551–1620* (Caerdydd, 1976).
THOMAS, M. Wynn: *Writers of Wales: Morgan Llwyd* (Caerdydd, 1984).
—— (gol.): *Llyfr y Tri Aderyn Morgan Llwyd* (Caerdydd, 1988).
THOMSON, R. L. (gol.): *Owein* (Dulyn, 1986).
—— (gol.): *Ystorya Gereint uab Erbin* (Dulyn, 1997).
TOLKIEN, J. R. R. (gol.): *Sir Gawain and the Green Knight, Pearl and Sir Orfeo* (Llundain, 1975).
TOPSFIELD, L. T.: *Chrétien de Troyes: A Study of Arthurian Romances* (Caergrawnt, 1981).
WARD, A. W., a WALLER, A. R. (goln.): *The Cambridge History of English Literature* 2 (Caergrawnt, 1908).
WILLIAMS, Glanmor: *Bywyd ac Amserau'r Esgob Richard Davies* (Caerdydd, 1953).
——: *Welsh Reformation Essays* (Caerdydd, 1967).
——: *The Welsh Church from Conquest to Reformation* (Caerdydd, 1976).
——: *Grym Tafodau Tân* (Llandysul, 1984).
——: *The Welsh and their Religion* (Caerdydd, 1991).
——: *Wales and the Reformation* (Caerdydd, 1997).
WILLIAMS, G. J.: *Traddodiad Llenyddol Morgannwg* (Caerdydd, 1948).
WILLIAMS, Ifor (gol.): *Pedeir Keinc y Mabinogi* (Caerdydd, 1951).
—— (gol.): *Chwedlau Odo* (Caerdydd, 1957).
WILLIAMS, J. E. Caerwyn: *Geiriadurwyr y Gymraeg yng Nghyfnod y Dadeni* (Pen-y-bont ar Ogwr, 1983).
WILLIAMS, Patricia (gol.): *Kedymdeithyas Amlyn ac Amic* (Caerdydd, 1982).
—— (gol.): *Gesta Romanorum* (Caerdydd, 2000).
WILLIAMS, Stephen J. (gol.): *Ffordd y Brawd Odrig* (Caerdydd, 1929).
—— (gol.): *Ystorya de Carolo Magno* (Caerdydd, 1930).